Susanne Gerdom

# Elbenzorn



PIPER

Zu diesem Buch

Die Elben, jene geheimnisvollen, magisch begabten Geschöpfe, sind die faszinierendsten Wesen der Fantasy. Nun brechen sie auf in ihr größtes Abenteuer. Vor langer Zeit vertrieben die Goldenen Elben die Dunklen aus ihrer gemeinsamen Heimat, und das Volk entzweite sich. Seither ziehen die Vertriebenen ruhelos und grollerfüllt durch die Welt. Nachdem im Sommerpalast der Goldenen Elben grausame Morde begangen wurden, geht die Angst um. Sind die Dunklen zurück, um schreckliche Rache zu nehmen? Die ungleichen Schwestern Iviidis und Rutaaura beschließen, die Verschwörung aufzudecken – und geraten dabei in höchste Gefahr … Der große Roman über Tolkiens berühmteste und mysteriöseste Geschöpfe.

*Susanne Gerdom,* 1958 in Düsseldorf geboren, wuchs am Niederrhein auf. Nach einer Buchhandelslehre arbeitete sie als Regisseurin und Schauspielerin an verschiedenen Düsseldorfer Theatern. Mit dem Roman »Elbenzorn« schrieb sie sich ins Herz der Fantasy-Leser. Zuletzt erschien von ihr »Die Seele der Elben«.
Weiteres zu Autorin: www.susannegerdom.de

Susanne Gerdom

# Elbenzorn

Roman

Piper München Zürich

Von Susanne Gerdom liegen bei Piper vor:
Elbenzorn
Die Seele der Elben

FSC
Mix
Produktgruppe aus vorbildlich bewirtschafteten Wäldern und anderen kontrollierten Herkünften
www.fsc.org Zert.-Nr. GFA-COC-001223


Ungekürzte Taschenbuchausgabe
Februar 2010

Umschlagkonzeption: semper smile, München
Umschlaggestaltung: Guter Punkt, München | www.guter-punkt.de
Umschlagabbildung: RainfeatherPearl
Karte: Erhard Ringer
Autorenfoto: Bastian Busch
Satz: Satz für Satz, Barbara Reischmann, Leutkirch
Papier: Munken Print von Arctic Paper Munkedals AB, Schweden
Druck und Bindung: CPI – Clausen & Bosse, Leck
Printed in Germany ISBN 978-3-492-26713-7

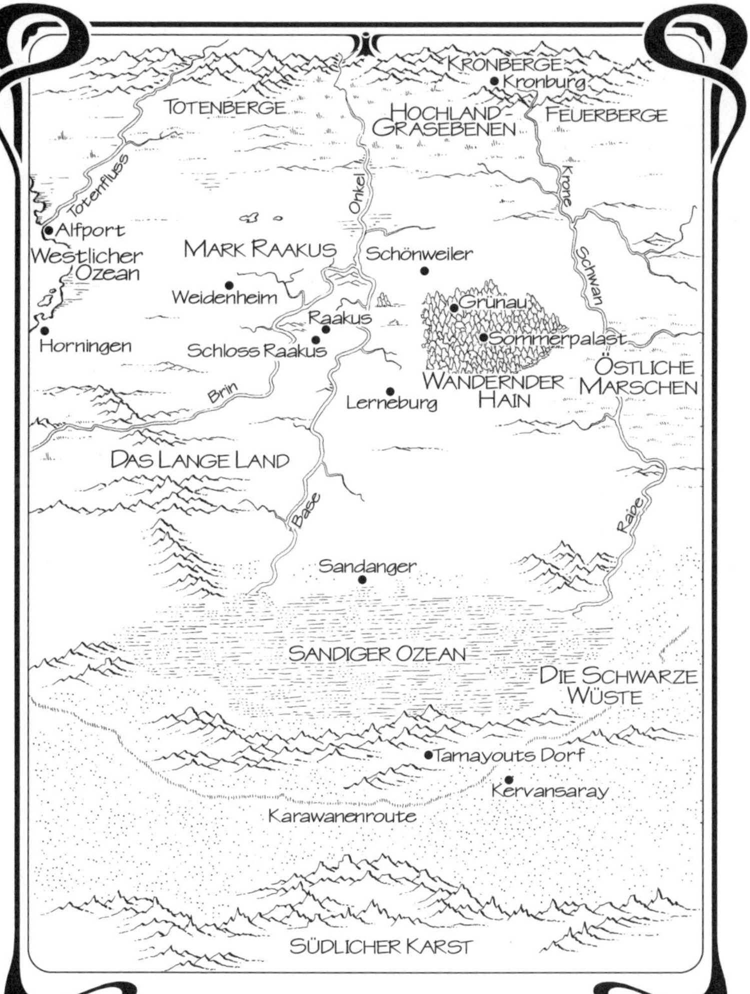
KRONBERGE
Kronburg
TOTENBERGE
HOCHLAND-
GRASEBENEN
FEUERBERGE
Totenfluss
Onkel
Krone
Alfport
Westlicher
Ozean
MARK RAAKUS
Schönweiler
Schwan
Weidenheim
Grünau
Raakus
Horningen
Schloss Raakus
Sommerpalast
ÖSTLICHE
MARSCHEN
WANDERNDER
HAIN
Brin
Lerneburg
DAS LANGE LAND
Base
Raibe
Sandanger
SANDIGER OZEAN
DIE SCHWARZE
WÜSTE
Tamayouts Dorf
Kervansaray
Karawanenroute
SÜDLICHER KARST

# Andronee Mondauge, *Verborgenes Licht*

*»Fürchte die Dunklen, die Schweigsamen Wanderer. Stumm ziehen sie ihrer finsteren Wege, rastlos wandern sie durch die Gefilde der Nacht, ewig sind sie auf der Suche nach Erlösung von ihrem Fluch. Kreuze nicht ihre Wege und richte nicht das Wort an sie. Wenn sie auf dich zeigen mit kalten Fingern, musst du ihnen folgen. Bitte die Ewigen Mächte, die Hellen, die Ahninnen, um Schutz, auf dass die Dunklen dich nicht finden und ihr stummes Wort an dich richten. Hüte dich. Ihr Reich ist kalt und dunkel, und es gibt keine Rückkehr in die Welt der Lebenden. Die Dunklen sind Boten des Nicht-Seins, Träger des atemlosen Vergessens. Wer ihnen begegnet, wird zu Stein und Eis, und seine Tränen rinnen ewig. Hüte dich. Wandere nicht in der Dunkelheit, verschließe Tür und Fenster.*

*Danke den Ewigen und Hellen mit einem Feuer, das dich schützt gegen die Dunklen, Kalten und Schweigsamen. Erstarre nicht in ständiger Furcht, atme und lebe und freue dich des Seins, doch hüte dich vor den Schwarzen Elben!«*

Die Historikerin Andronee Mondauge war Oberste Tenttai der Bewahrer während der Glücklichen Ära. Ihre einzigartige Sammlung von Legenden, Geschichten und Märchen der drei Großen Völker wurde nach der Ära der Verlorenen Könige nicht weiter vervollständigt.

# 1

Er hatte noch nie zu den zaghaften Naturen gehört. Er war besonnen, ganz sicher kein Hitzkopf, dafür lebte er schon viel zu lange inmitten der Intrigen des Sommerpalastes. Hitzköpfe gelangten in der Elben-Hierarchie nicht allzu weit nach oben. Er hingegen hatte im Laufe seiner vielen Lebensjahre einen bedeutenden Rang erreicht, einen Rang, mit dem die meisten anderen sich zufrieden gegeben hätten. Aber die Vorstellung, am Gipfel seiner höfischen Karriere angelangt zu sein, biss ihn wie ein kleines Tier, raubte ihm den Schlaf und ließ ihn ruhelos und gereizt seinem Tagwerk nachgehen.

Nach Jahren der Unrast und des Grübelns hatte er sich nun also entschieden, den Schritt zu wagen. Sein Ziel war, zwei Übel gleichzeitig aus der Welt zu schaffen. Er wollte sein Weiterkommen ermöglichen und obendrein den Elben etwas von dem wiedergeben, was sie vor langer Zeit verloren hatten.

Aber noch stand er am Anfang seines Vorhabens. Und der Weg, den er heute gehen musste, machte ihm Angst. Das Wagnis, das er eingehen musste, war groß und in gewisser Weise unberechenbar. Elben waren nicht so eng an die Vergänglichkeit gefesselt wie andere, kurzlebige und sterbliche Völker. Das hieß aber nicht, dass ein Elbe nicht getötet werden konnte. Seine Lebenszeit war zwar von Natur aus unbegrenzt – aber ein gewaltsamer Tod konnte ein Elbenleben durchaus abrupt beenden. Und diejenigen, die er heute zum ersten Mal von Angesicht zu Angesicht treffen würde, waren die einzigen lebenden Wesen, die ein Elbe zu fürchten gelernt hatte – auch wenn kaum einer ein Zusammentreffen mit den Dunklen lange genug überlebt hatte, um davon zu berichten.

Er nahm einen langen, tiefen Atemzug und hoffte, es möge nicht einer seiner letzten gewesen sein. Dann betrat er den unterirdischen Raum.

Es war finster. Das störte ihn gewöhnlich nicht, denn er hatte Nachtaugen, wie alle seines Volkes, und konnte auch in der größten Dunkelheit noch scharf und deutlich sehen. Auch das war etwas, worin die Elben allen anderen Völkern überlegen waren, sogar den unterirdisch lebenden Zwergen – von den Menschen ganz zu schweigen, die in allem jämmerlich waren, selbst in der Leistung ihrer Sinnesorgane.

Aber in der Finsternis dieses unterirdischen Gewölbes war er so blind wie ein Mensch. Er hob ärgerlich die Hand und ließ einen bläulichen Elbenfunken aufglimmen. Für den Bruchteil eines Augenblicks sah er sich Gesichtern gegenüber, die ihn scharf musterten, ohne dass ihre hellen Augen in dem plötzlichen Licht blinzelten. Dann erlosch das Zauberfeuer und ließ ihn so blind wie zuvor zurück. Er erschrak. Elbenfunken gehorchten allein dem Willen ihres Erzeugers, kein Lufthauch, kein fremder, äußerer Einfluss konnte sie ersticken. Hier war ein Zauber am Werk, der die gewöhnliche Elbenmacht überstieg. Er presste die Lippen aufeinander. Auch wenn er blind war – eine Ahnung sagte ihm, dass *sie* ihn sehen konnten, und das ließ sein sonst furchtloses Herz stocken.

»Was willst du von uns?«, kam eine Stimme flüsternd aus der undurchdringlichen Dunkelheit.

»Meine Boten haben es euch gesagt – ihr wisst, was ich will«, erwiderte er beherzter, als er sich fühlte. Seine Stimme grollte durch die Finsternis und weckte ein fernes Echo. »Ich möchte euch einen Handel vorschlagen. Ihr verhelft mir zu dem, was ich will, und dafür gebe ich euch, was ihr euch wünscht.«

Das Echo wisperte verhallend und verstummte. Eine Weile herrschte Schweigen.

»Und du glaubst, du wüsstest, was wir uns wünschen?« Der Sprecher, ein anderer als zuvor, klang unverkennbar spöttisch.

»Ich weiß es nur zu gut«, erwiderte er. »Freiheit. Dass ihr euch wieder im Licht der Sonne bewegen dürft, unter den Goldenen, frei durch die Wälder eurer – *unserer* Ahnen.« Er holte Luft.

»Macht. Und sicher auch Rache. Die kann ich euch als Erstes geben. Rächt euch – ich gebe euch die Gelegenheit dazu.«

Er hörte zischelnde Stimmen, aber sosehr er sich auch anstrengte – er konnte nicht verstehen, was sie sprachen.

Endlich hob sich die Stimme eines dritten Sprechers: »Also gut. Wir wollen dir vertrauen. Du willst, dass wir uns um deine Feinde kümmern?«

Erleichtert schüttelte er den Kopf. Er lebte noch, und mehr als das: Ihm winkte der Erfolg.

Er straffte seine Schultern und begann zu sprechen: »Es geht mir nicht darum, meine Gegner aus dem Weg zu schaffen. Ich will mehr erreichen, viel mehr. Hört mir also zu …«

Unter den Elbengardisten galt es als große Ehre, dem Wachdienst vor Kommandeur Horakins Quartier zugeteilt zu werden. Keine der Elben, auch nicht Broneete, hätte jemals zugegeben, dass sie sich dabei langweilte, aber dennoch zogen die ereignislosen Nachtstunden vor des Hauptmanns Tür sich ebenso in die Länge wie eine Wache vor dem gewöhnlichsten Schuppen mit Verpflegung oder Waffen.

Die junge Gardistin gähnte verstohlen und wagte es nach einem schnellen Seitenblick, ihre linke Schulter sacht den Türstock berühren zu lassen und mit einer unmerklich kleinen Seitwärts-Aufwärtsbewegung den leisen, aber hartnäckigen Juckreiz neben ihrem Schulterblatt zu lindern. Das schwere Leinen und die silbernen Tressen ihrer nachtblauen Jacke kratzten leise über den Holzbalken. Sie atmete kaum hörbar aus und stand wieder aufrecht, die Hände um den schwarzen Schaft des Speeres geschlossen, und spürte an ihrem Schenkel das Gewicht des kurzen Schwertes. Höfische Elben aus dem Sommerpalast, die sich in das Hauptquartier auf dem Gelände der Garde verirrten, ließen sich hin und wieder ihre Erheiterung darüber anmerken, dass der Kommandeur im Herzen des Wandernden Hains seine Gardisten in voller Montur vor allen möglichen Türen Wache halten ließ. Kommandeur

Horakin ließ den Spott an sich abperlen. Er entstammte einem der ältesten und angesehensten Zweige des elbischen Militär-Adels, und seine ererbte Verachtung den höfischen Vettern gegenüber – vor allen Dingen, wenn sie sich ein Urteil über militärische Angelegenheiten anmaßten – kannte keine Grenzen.

Irgendwo weiter hinten stand ein Fenster zum Hof offen, durch das hin und wieder ein sachter Windhauch die stickige Luft in dem Gang zwar ein wenig auffrischte, aber keine wirkliche Kühlung brachte. Broneete hörte das Klirren von Zaumzeug und Stimmen, anscheinend war gerade eine der Patrouillen zurückgekehrt.

Der Lärm auf dem Hof verebbte wenig später, und auch im Gebäude selbst kehrte nach und nach nächtliche Ruhe ein. Broneete lauschte der Stille und ließ ihre Gedanken wandern. Als Elbin, die im Herzen des Hains aufgewachsen war, hatte sie sich an das erdrückende Gefühl der Mauern und Wände um sich herum erst gewöhnen müssen. Noch heute fiel ihr in warmen Nächten wie dieser das Atmen schwer, wenn sie sich innerhalb des Gebäudes befand. Sie dachte mit Sehnsucht an die lichtdurchfluteten, luftigen Wohnstätten ihrer Kindheit und Jugend zurück. Zwar hatte sie auf ihren Patrouillen gesehen, dass die Elben, die am Rande des Hains lebten, ebenfalls fest gebaute Häuser vorzogen, aber sie selbst konnte daran einfach keinen Geschmack finden.

Broneete lehnte ihren Speer gegen die rau verputzte Wand und hob den schweren dunklen Zopf an, um sich über den schweißfeuchten Hals zu wischen. Sie warf einen unschlüssigen Blick auf den Hocker, der neben der Tür stand. Der Kommandeur mochte zwar streng sein, aber er verlangte von seinen Gardisten nicht, dass sie die ganze Nacht strammstanden. Vielleicht sollte sie sich für ein paar Minuten ausruhen. Die ganze Nacht lag noch vor ihr, und ihre Füße schmerzten jetzt schon in der schwülen Wärme.

Der Hocker war zweckmäßig hart und unbequem. Sie wollte nur ein wenig ihre Füße ausruhen, dann würde sie wieder aufstehen. Die junge Elbin lehnte den Kopf gegen die Wand und bemühte sich, die Augen offen zu halten. Ein zartes Lüftchen fächelte ihre Wangen und streichelte sanft über ihre Augenlider. In der Ferne hörte sie ein leises, summendes Singen. Ihre Augen brannten mit einem Mal wie Feuer, und es drängte sie mit Macht, sie für eine kurze Weile zu schließen. Nur kurz, bis das Brennen aufhörte …

Es war vollkommen still. In der Dunkelheit des Ganges regte sich eine tiefere Dunkelheit, glitt ohne einen Laut heran, blieb vor der schlafenden Gardistin stehen. Eine aus Schatten gemachte Hand strich leicht über ihre Augen. Sie seufzte leise und fiel in eine tiefe Betäubung. Der Kopf sank ihr auf die Brust. Kein Lüftchen bewegte sich mehr. Mit einem wie durch Watte gedämpften Knarren schwang die Tür zum Quartier des Kommandeurs nach innen, verharrte einen Augenblick lang, in dem die Schwärze aus dem Gang in das Innere des Quartiers zu sickern schien, und schloss sich dann mit einem sachten Klicken.

Kommandeur Horakin erwachte mit einem Ruck und tastete als Erstes nach seinem Dolch, der immer griffbereit neben dem Bett lag, auch, wenn er sich in der Sicherheit seines Quartiers befand. Etwas hatte ihn geweckt, aber er wusste nicht, was. Horakin richtete sich auf und blickte sich um. Es war dunkler als gewöhnlich, fast, als wären draußen am Himmel Wolken aufgezogen. Die vom Kissen zerraufte goldbraune Mähne fiel ihm ins Gesicht, als er den Kopf neigte, und er strich die Strähnen nachlässig hinter seine spitzen Ohren, während er lauschte. Nichts. Kein Laut war zu vernehmen. Er runzelte die Stirn und schwang die Beine aus dem Bett. Irgendetwas hatte seinen Schlaf gestört, und er wollte den Grund dafür herausfinden.

Seine nackten Füße trugen ihn über den kalten Steinboden zum vergitterten Fenster. Er blickte hinaus, aber selbst der scharfe Elbenblick konnte das unnatürliche Dunkel nicht durchdringen.

»Bei den ewigen Mächten«, murmelte er. »Was geht hier vor?«

Die Ahnung einer Bewegung in seinem Rücken ließ ihn herumfahren. Jemand stand hinter ihm. Er hob die Hand, um einen Elbenfunken aufleuchten zu lassen, aber das kleine blaue Feuer an seinen Fingerspitzen erlosch, ehe es zu mehr als einem Glimmen geworden war – doch der matte Schein hatte ausgereicht, um ihm für einen Sekundenbruchteil zu zeigen, was da vor ihm stand. Ein Albtraum aus der finstersten Unterwelt, ein leibhaftiger Dämon, der ihn mit kaltem Blick ansah!

Seine Finger schlossen sich fester um den harten Griff des Dolches. Er wich unwillkürlich zurück, bis sein Rücken an das Fenster stieß. In keinem Schlachtgetümmel hatte er je eine solch zwingende, berstende Angst verspürt – nicht einmal bei seinem ersten Kampf gegen einen Ork, dessen Hieben mit einem krummen Schwert er damals nur um Haaresbreite entkommen war. Jetzt aber zitterten seine Hände, und der kalte Schweiß brach ihm aus, etwas, das er zuletzt als blutjunger Leutnant erlebt hatte, als er gemeinsam mit menschlichen Magiern gegen den großen Drachen von Thal ausgezogen war.

Er zwang seinen keuchenden Atem zur Ruhe und erhob seine Waffe. Sie war so unzulänglich wie das Spielzeug eines Kindes. Sein Schwert hing dort hinten an der Tür, unerreichbar und damit doppelt nutzlos, ebenso wie der starke Speer, der in der Ecke lehnte. Aber keine elbische Waffe taugte gegen diesen Gegner, der ihm mit einem Atemhauch, einem Wink mit dem Finger das Leben nehmen konnte.

Eine schwarze Hand berührte federleicht seine um den Dolch geballte Faust, und die Waffe klirrte zu Boden, als seine Finger erschlafften. Hilflos starrte er seinem Verhängnis ins dunkle Antlitz. Er, der in keiner Schlacht je von einem Gegner entwaffnet worden war, ließ nun wehrlos wie ein Säugling zu, dass die sanften Finger des Schweigsamen zart wie Schmetterlingsflügel seine Brust und seine Schläfe berührten und ihm Atem, Augenlicht und Lebensfunken raubten.

Als Leutnant Antanas, der Adjutant des Kommandeurs, in der Morgendämmerung aus Horakins Quartier stürmte und die Tür hinter sich zuschmetterte, war seine ewig besorgte Miene dem Ausdruck schieren Entsetzens gewichen. Er befragte die junge Gardistin Broneete mit rauer Stimme nach den Vorkommnissen der Nacht. Broneete erinnerte sich zwar noch daran, dass sie einmal für ein paar Atemzüge die Augen geschlossen hatte, weil sie so brannten, aber das hielt sie nicht für erwähnenswert. Jeder wurde einmal müde bei einer Nachtwache, aber da sie schließlich nicht eingeschlummert war, hatte das keinerlei Bedeutung. Sie gab ihm also zur Auskunft, dass nichts, aber auch gar nichts Bemerkenswertes vorgefallen sei. Sie habe nichts gehört, nichts gesehen, die Wache sei vollkommen ereignislos verlaufen.

Der sonst so beherrschte Adjutant fuhr die Gardistin grob an, sie solle sich nicht von der Stelle bewegen und niemanden Kommandeur Horakins Quartier betreten lassen, bis er zurück sei, und rannte den Gang hinunter, als würde er von den leibhaftigen Dunklen verfolgt …

Niemand dachte im Laufe des nun folgenden Vormittags daran, die Wache ablösen zu lassen. Mit zitternden Knien verfolgte Broneete die zuerst heimlich, dann immer offener vollzogenen Treffen, Untersuchungen, Diskussionen in und vor Hauptmann Horakins Quartier. Sie hatte einen schnellen Blick in das Zimmer werfen können, als die erste Gruppe von Offizieren, allen voran Kommandeur Horakins Stellvertreter Vilius, Leutnant Antanas durch die Tür folgte. Sie hatte gesehen, dass der reglose Körper des Kommandeurs mit verrenkten Gliedern unter dem Fenster auf dem Boden lag – etwas wahrhaft Schreckliches, Undenkbares war geschehen, während sie vor dem Quartier Wache gehalten hatte!

Der Vormittag wandelte sich bereits zum Mittag, als ein Elbengardist kam, um sie zu holen. Sie lief hinter ihm her, und die Furcht vor der nahenden Befragung vertrieb alle Müdigkeit.

Der langgestreckte Raum mit der niedrigen Balkendecke, zu dem der Gardist sie führte, lag im linken Seitenflügel des eingeschossigen Hauptquartiers. Er diente normalerweise als Schulungsraum, und man hatte ihn wohl gewählt, weil es dort ruhiger war als im zentralen Besprechungsraum. Vier ernst blickende Elben saßen an der Längsseite eines langen Tisches aufgereiht. Broneetes Blick glitt über die beiden Rotgekleideten, die gleich vor ihr saßen, und landete am Ende des Tisches bei Leutnant Antanas, der einen höchst ungewöhnlichen Anblick bot. Er kauerte zusammengesunken auf seinem Stuhl, hatte nachlässig den Uniformkragen geöffnet, und seine schrägstehenden katzengrünen Augen starrten abwesend auf die Tischplatte nieder. Aus seinem sonst so akkurat geflochtenen Zopf spitzten einige aufgelöste Strähnen hervor.

An seiner Seite saß steif aufgerichtet Vize-Kommandeur Vilius und musterte die junge Gardistin scharf und missbilligend. Er war wie immer tadellos gekleidet, und sein Zopf war korrekt gebunden. Kein Fältchen und kein Stäubchen auf seiner Uniform störte das Erscheinungsbild des Offiziers. Der Kontrast in Haltung und Erscheinung zwischen den beiden Männern hätte wohl kaum größer sein können.

Einer der rot gekleideten Bewahrer, eine imposante Erscheinung mit scharf geschnittenem Gesicht und durchdringendem Blick, das goldblonde, von silbernen Strähnen durchzogene Haar streng aus der hohen Stirn zurückgekämmt, räusperte sich. Durch die hohen Fenster im Rücken der Sitzenden fiel helles Sonnenlicht, brachte das prächtige Zinnoberrot und die goldenen Stickereien der offiziellen Roben zum Leuchten und fing sich weich glänzend in dem fein ziselierten Silberschmuck an seinen Ohrspitzen.

»Gardistin, du weißt, wer ich bin?«, fragte er.

»Glautas, der Oberste Tenttai der Bewahrer«, erwiderte die junge Frau voller Furcht.

»Du weißt, warum wir dich gerufen haben.« Die Gardistin nickte beklommen. Glautas fuhr fort, während seine zwingenden dunkelblauen Augen sie mit großem Ernst fixierten: »Deinem Kommandeur wurde das Leben genommen, während du Wache vor seiner Tür hieltest. Was möchtest du uns dazu sagen?«

Der jungen Elbin schwindelte. Etwas Ungeheuerliches hatte sich in dieser Nacht zugetragen. Der Kommandeur lag tot in seinem Quartier, aber sie selbst hatte nichts und niemanden hineingehen oder es wieder verlassen sehen. Horakin war von den Dunklen geholt worden, wie in einem alten Schauermärchen für Kinder.

»Hoher Tenttai«, erwiderte Broneete zitternd, »ich habe vor dem Quartier Wache gehalten, wie es meine Pflicht war, und wenn ich in dieser Pflicht versagt haben sollte, kann ich mir das nicht erklären. Mir ist nichts Ungewöhnliches aufgefallen, und das ist die reine Wahrheit. Herr, es muss einen Grund für die Geschehnisse geben. Niemand kann durch Wände gehen, und selbst der mächtigste Magus wäre nicht ungesehen ins Hauptquartier und wieder hinaus gelangt. Könnte nicht etwas anderes der Grund für Kommandeuer Horakins Tod sein? Vielleicht war es ein Unfall?«

»Ein Unfall«, sagte Glautas nachdenklich. Er neigte der neben ihm sitzenden Bewahrerin den Kopf zu, und sie sprach leise zu ihm. Sein Mienenspiel schien unergründlich, aber in der Tiefe seiner dunkelblauen Augen blitzte ein Funke, der seine äußerliche Gelassenheit Lügen strafte. Der Oberste Bewahrer war zutiefst aufgewühlt. Seine Finger spielten mit dem Smaragdring, drehten ihn um den Finger, auf dem er steckte.

»Gardistin«, sagte die Bewahrerin, die an Glautas' Seite saß, »würdest du erlauben, dass ich in deinem Geist lese? Es mag sein, dass du dazu gebracht wurdest, die nächtlichen Geschehnisse, derer du Zeugin wurdest, zu vergessen.«

Die junge Elbin wich unwillkürlich einen Schritt zurück. Eine Sondiererin!

Die Bewahrerin lächelte ihr beruhigend zu. »Setz dich hierher«, flötete ihre sanfte Stimme. »Hab keine Angst. Es wird nicht wehtun, du wirst kaum etwas spüren. Eine leichte Berührung, möglicherweise, aber nicht mehr.«

Mit einer schnellen Bewegung griff die Bewahrerin nach Broneetes Kopf und hielt ihn zwischen ihren Handflächen fest, sodass ihre Zeigefingerspitzen die Schläfen der Gardistin berührten und die Daumen über ihren Brauen lagen und sich in der Stirnmitte trafen. Auf diese legte sie nun ihre eigene Stirn, schloss die Augen und verharrte so.

Keiner der Anwesenden regte auch nur einen Finger. Es war so still im Zimmer, dass man hören konnte, wie draußen im Hof scheppernd einige Rüstungsteile zu Boden fielen und jemand fluchte.

In Broneetes Ohren summte es. Ihre Kehle war so trocken vor Angst, dass sie nicht mehr schlucken konnte. Kleine Funken tanzten vor ihren Augen, und irgendwo in ihrem Kopf drehte sich ein alberner alter Kinderreim in endloser Wiederholung um und um.

*Baumfinger wahrt die Kleinen,*
*Mondfinger Traumbringer,*
*Windfinger sucht die Seinen,*
*Wasserfinger Lügensinger,*
*Sternenfinger liebt die Reinen …*

Ihre Lider flatterten und sanken herab. *Sternenfinger liebt die Reinen* hauchte es in ihrem Kopf. Sie seufzte leise und schlief ein.

Sie saß vor dem Quartier des Offiziers. Es war drückend schwül, ihre Glieder waren schwer und ihre Augen brannten vor Müdigkeit. Irgendwo wisperten Stimmen, ein Chor von Flüsterern und Murmlern, und sie bemühte sich, zu verstehen, was sie sagten, denn es war höchst wichtig, dass sie das tat. Der Schweiß brach ihr aus allen Poren, so sehr strengte sie sich an zu *verstehen*. Eine Stimme war deutlicher als die anderen, und sie konnte fast hören, was sie sagte. *Schlaf*, dachte sie. *Schließ einfach die Augen und schlaf. Alles ist friedlich, keine Gefahr droht …* Sie riss die Augen auf, die zuzufallen drohten. Vor ihr ragte eine nachtschwarze Gestalt auf, hoch wie ein Haus. Broneete ächzte leise und wollte aufspringen, aber die Berührung einer Hand, leicht wie eine Feder und gleichzeitig schwer wie das Gewicht des Himmels, drückte sie zurück auf ihren Hocker. Helle Augen blitzten aus einem nachtdunklen Gesicht und fesselten sie mit ihrem eisklaren Blick. Gelähmt, wie mit unsichtbaren Banden gefesselt, sah sie hilflos zu, wie die schwarze Gestalt die Tür öffnete, die sie bewachte, und eintrat.

*»Hilfe!«*, wollte sie schreien, doch die Zunge gehorchte ihr so wenig wie ihre Glieder. Dann drangen Geräusche aus dem Quartier. Schreckliche, nervenzerfetzende Geräusche. Lebendiges Fleisch, das von Knochen gerissen wurde, warmes Blut, das

gegen Wände spritzte, eine Stimme, die in Todesangst schrie und schrie und noch höher schrie, bis ihr die Trommelfelle zu bersten drohten …

Broneete erwachte mit einem Ruck. Ihre Lider waren schwer, und die unbequeme Haltung, in der sie auf dem Stuhl zusammengesunken war, hatte ihre Glieder taub werden lassen.

Worte drangen an ihr Ohr: »Gardistin Broneete hat die Wahrheit gesprochen, Vize-Kommandeur. Ich habe in ihrem Geist nichts finden können, was darauf hindeutet, dass jemand oder etwas an ihr vorbei in das Quartier gelangen konnte.«

»Dunkelelben«, versuchte sie zu murmeln, aber ihre Lippen waren so taub und schwer wie der Rest ihres Leibes. Sie gähnte, dass ihre Kiefer knackten, und die letzten Traumreste zerfaserten und lösten sich auf.

Gesichter wandten sich ihr zu. »Du kannst gehen, Gardistin«, sagte der Vize-Kommandeur. Die Köpfe drehten sich, sie wurde nicht weiter beachtet. Während sie zur Tür ging, sie öffnete und leise wieder hinter sich schloss, hörte sie Glautas' sonore Stimme sagen: »Ich weiß, dass man in der Garde nun munkeln wird, dass die Dunklen dahinterstecken. Aber ich glaube nicht an Kindermärchen. Das war ein gut vorbereitetes Attentat, und wer auch immer Horakin getötet hat: Wir werden es herausfinden!«

# 2

Der Wandernde Hain schlief friedlich unter dem Licht der Sterne. Die zarte Sichel der Jägerin stand über den Wipfeln der schlanken, hochstämmigen Bäume und färbte ihr goldgrünes Laub silbrig. Von der Anhöhe, an deren südlicher Flanke der Wandernde Hain in diesem Frühling ruhte, konnte man in einer klaren Nacht wie dieser sogar die filigranen Säulengänge des Sommerpalastes in seinem Zentrum erblicken.

Rutaaura stand an einen mächtigen Findling gelehnt. Ihre hochgewachsene Gestalt verschmolz völlig mit seinem Schatten, und nur ihre Augen fingen das schwache Mondlicht ein und reflektierten es grünlich wie die Nachtaugen einer großen Katze.

Zur Zeit der Frühlings-Jägerin sandte der Wandernde Hain seinen zwingendsten Ruf aus, und um diese Jahreszeit hatte sie ihm noch nie widerstehen können. Ganz gleich, in welchen abgelegenen Teil des Landes ihre ruhelose Reise sie geführt hatte, sie musste sich auf den Weg machen und an den Ort ihrer Geburt zurückkehren.

Das abgeschabte Leder ihrer Stiefel knarrte leise, als sie um ein Geringes ihre Position änderte und dann wieder zur Reglosigkeit erstarrte.

Die Menschen sagten, die goldene Hauptstadt der Elben bewege sich wie von einer unsichtbaren Strömung getragen über die weiten Ebenen der Welt und niemand könne sagen, wo der Wandernde Hain morgen oder in einer Woche sein würde, aber Rutaaura wusste, dass diese Sicht der Dinge in der blinden Unfähigkeit der Menschen begründet lag, die Welt so zu sehen, wie sie war. Der Wandernde Hain stand schon seit Beginn der Zeit still an seinem angestammten Platz. Dies war die Mitte der Welt, denn im Zentrum des Wandernden Hains wuchs leuchtend, schön und ewig der Sommerpalast.

Rutaaura spuckte aus. Den Sommerpalast zu betreten blieb ihr verwehrt. Die Nachtluft war weich und still und schmeckte süß, aber der bittere Geschmack in ihrem Mund würde erst wieder weichen, wenn sie diesem Ort den Rücken kehrte. Doch zuerst musste sie hinuntersteigen und eine kleine Ansiedlung am Rande des Hains aufsuchen, dort würde sie sich wie ein Dieb in der Nacht von Schatten zu Schatten schleichen, leise an die hübsch verzierte Tür oder den geschnitzten Fensterrahmen klopfen und »Ich bin's« flüstern, wenn die Stimme ihrer Schwester von drinnen noch halb im Schlaf nach dem Grund des Geräusches fragte.

Es wurde Zeit, sich auf den Weg zu machen.

Die Elbin stieß einen sanften Laut aus, der wie der Ruf eines Nachtvogels klang. Kurz darauf ertönte der dumpfe Klang von Pferdehufen auf dem weichem Waldboden. Rutaaura streichelte die warme Nase ihres Grauen, richtete das Bündel mit ihren Waffen, das an den Sattel gebunden war, und schwang sich auf seinen Rücken. Die Kapuze ihres Mantels fiel zurück, und das Mondlicht glänzte für einige Augenblicke auf eisfarbenem Elbenhaar, das zu einem langen Zopf gebunden war. Dann zog Rutaaura die Kapuze wieder tief ins Gesicht und lenkte ihr Pferd den steilen Pfad hinunter.

Nachts konnte sie beinahe genauso gut sehen wie bei Tageslicht, und wenn die Nacht noch dazu so hell war wie diese, bereitete ihr auch der Weg durch einen Wald keine Mühe.

Ihren Grauen band sie am Waldrand an. Elbenohren waren scharf, und da innerhalb des Hains nur die Garde beritten war, waren die Geräusche eines Pferdes in der stillen Nacht störend genug, um Neugierde zu erwecken oder einen leichten Schlaf zu unterbrechen.

Rutaaura schritt leichtfüßig aus. Unter ihrem sicheren Schritt raschelte kein vorjähriges Laub und brachen keine Zweige. Ihre Waffen hatte sie bei dem Pferd gelassen, damit weder Bogen noch Schwert sich irgendwo verfingen und Lärm verursachten. Obwohl sie sich fühlte, als sei sie in Feindesland unterwegs, gab es doch keine Notwendigkeit, bis an die Zähne bewaffnet durch dieses friedliche Wäldchen zu schleichen. Vor ihr tauchte das Haus auf. In den Fenstern brannte kein Licht, nichts rührte sich.

Eine Weile verharrte sie unter einer Birke und blickte mit einer Regung, die sie erstaunt als Neid bezeichnen musste, auf das schlichte Heim ihrer Schwester. Iviidis war von Kindesbeinen an eine weitaus prächtigere Umgebung als diese gewöhnt. Rutaaura und sie waren nicht gemeinsam aufgewachsen, aber Rutaaura hatte ihr das alles nicht im Geringsten geneidet, obwohl ihre eigene Kindheit nicht so reich gesegnet gewesen war. Ihre Mutter hatte sie von einem ergebenen menschlichen Dienerpaar außerhalb des Wandernden Hains aufziehen lassen, und wahrscheinlich musste sie noch dankbar dafür sein, dass Lootana so barmherzig gewesen war. Es galt zwar als unheilbringend, Kinder ihrer Art einfach zu töten, aber niemand sah es als Mord an, wenn ein Säugling irgendwo ausgesetzt und der Gnade der ewigen Mächte anheim gegeben wurde.

Rutaaura schüttelte den Kopf, um die Gedanken zu vertreiben. Sie hasste es, an den Makel ihrer Geburt erinnert zu werden, und die Besuche bei ihrer Schwester rissen die alten Wunden jedes Mal erbarmungslos wieder auf. Warum tat sie sich das immer wieder an? Warum tat sie es Iviidis an? Warum hielt sie sich nicht einfach fern vom Wandernden Hain und ging ihren eigenen Geschäften nach?

Im tiefen Schatten unter der frisch belaubten Pergola bewegte sich etwas Helles. Stoff raschelte und ein nackter Fuß schabte über den Boden. Dann war es wieder still. Rutaaura entließ den angehaltenen Atem.

»Ivii«, rief sie, leise wie ein Hauch.

Wieder raschelte es, dann erklangen Schritte. »Ruta«, hörte sie ihre Schwester antworten. »Ich wusste, dass du kommst. Ich habe gestern schon auf dich gewartet, weil ich spürte, dass du in der Nähe bist.«

»Ich bin von Norden gekommen und musste den Hain erst umrunden«, erwiderte Rutaaura. »Du weißt, dass ich nicht gerne bei Tag durch dieses Gebiet reise.«

Iviidis nahm den Arm ihrer Schwester und zog sie unter die Pergola. »Hier können wir uns ungestört unterhalten. Sag, wie geht es dir?«

Iviidis hatte einen Krug mit verdünntem Wein und eine Schale mit Brot und Früchten auf die Bank gestellt und lud ihre Schwester mit einer Handbewegung ein, sich zu bedienen. Sie zog die Füße auf die Bank und hüllte sie in ihren weichen wollenen Umhang, denn die Nachtluft war kühl. Dann füllte sie einen Becher mit Wein und nippte daran.

»Es geht mir gut, wie immer«, erwiderte Rutaaura ein wenig steif, denn sie war es nicht gewöhnt, Unterhaltungen mit anderen Elben zu führen. Sie schob die Kapuze in den Nacken und zog an ihrem Zopf, der sich in den Falten ihres Mantels verfangen hatte. Einige helle Strähnen lösten sich daraus und kringelten sich in ihrem Nacken. Es bereitete ihr Unbehagen, ihr dunkles Gesicht so schutzlos den Blicken der anderen Elbin auszuliefern, aber Iviidis war ihre Schwester und durch ihre regelmäßigen Treffen in all den Jahren an ihren Anblick gewöhnt. Trotzdem bemerkte Rutaaura, dass ihre Schwester unwillkürlich vor ihr zurückwich.

»Es tut mir leid«, sagte die Elbin und griff nach Rutaauras Hand. »Wir haben uns so lange nicht gesehen …«

»Schon gut«, erwiderte Rutaaura und zog ihre Hand weg. Um der Geste die Schroffheit zu nehmen, griff sie nach einem Stück Brot. Iviidis war das einzige Mitglied ihrer Familie, das sich nicht von ihr losgesagt hatte und sie immer, wenn sie kam, schwesterlich und warm begrüßte. Sie nahm ihr diese kurzen Momente des Erschreckens nicht übel.

»Ich bin froh, dass du meine Schwester bist«, sagte Rutaaura etwas unbeholfen. »Wie geht es deinem Kind?«

Iviidis' Gesicht hellte sich auf. »Er wächst und gedeiht«, erwiderte sie lebhaft. »Ich würde ihn dir so gerne zeigen …«

»Willst du, dass der Junge Albträume bekommt?«, erwiderte ihre Schwester mit trockenem Humor. »Es mag ja sein, dass du ihm nichts über … die Schweigsamen erzählst, aber er wird die Gruselgeschichten dennoch alle kennen.«

Iviidis' Lächeln erlosch. Sie berührte kurz Rutaauras Hand und wechselte dann das Thema. »Bist du weitergekommen mit deiner Suche?«

Rutaaura zuckte die Achseln. Sie brach ein Stück von ihrem Brot ab und schob es in den Mund. In dem Schatten, der ihr Gesicht war, blitzten helle Zähne auf.

»Sie sind überall und nirgends«, antwortete sie schließlich. »Es ist fast, als wollten sie sich nicht finden lassen. Ich höre von ihnen, ich komme an den Ort, wo sie sein sollen, aber sie sind fort.« Sie seufzte leise und lächelte dann, was ihre hellen Augen unvermutet aufstrahlen ließ. Iviidis lächelte zurück, aber eine kleine Sorgenfalte stand dabei auf ihrer Stirn.

»Warum gibst du es nicht einfach auf?«, fragte sie. »Was versprichst du dir davon? Die Schweigsamen sind ruhelose Wanderer, und nichts von dem, was sie tun, trägt Heil in sich. Was willst du von ihnen, wenn du sie findest?«

Rutaaura lehnte sich gegen die warme, ein wenig raue Holzwand des Hauses und streckte die Beine aus. Sie betrachtete ihre abgetragenen, zerschrammten Stiefel. Ihr abwesender Blick wanderte weiter über das ausgeblichene Schwarz ihrer Hose und blieb an einem kleinen, ausgefransten Riss im Saum der wattierten Weste hängen. Gedankenlos zog sie an einem losen Fädchen und beobachtete, wie der Riss sich erweiterte.

»Hier bei euch ist kein Platz für mich«, sagte sie schließlich. Sie sagte es ohne Anklage, aber ihre Schwester zuckte dennoch zusammen. Rutaaura legte ihre Hände um die Kante der Bank und beugte sich leicht vor. »Wenn es denn keine Heimat für mich gibt, dann muss ich doch nach denen suchen, die genauso heimatlos sind wie ich. Sie sind meine Art und meine Familie, mehr als Lootana und Glautas und selbst du. Verzeih mir«, fügte sie sanft hinzu, als sie Iviidis' Betroffenheit sah. »Ich habe dich sehr gern, und du hast mir immer das Gefühl gegeben, willkommen zu sein. Das ist jedenfalls mehr, als ich von jenen behaupten kann, die mir beständig aus dem Weg gehen.« Sie seufzte und wechselte das Thema.

»Was gibt's Neues am Hof?«, fragte sie und spürte, wie die Anspannung aus Iviidis' Schultern wich. Iviidis nahm eine Traube aus der Schale mit Früchten. »Das ist das Neueste, was ich dir aus dem Sommerpalast anbieten kann«, sagte sie. »Ich selbst komme nicht mehr oft dorthin, seit wir hierher gezogen sind.« Sie pflückte eine der Beeren ab und schob sie zwischen die Lippen. Rutaaura griff ebenfalls zu, und eine Weile genossen sie gemeinsam die zartsäuerliche Süße, die die Schale der Beeren im Zerplatzen auf ihren Zungen freigab.

»Ich weiß ja nicht, an welchen Neuigkeiten du interessiert bist«, begann Iviidis mit einem zögernden Fragen in der Stimme. »Den üblichen Klatsch willst Du wohl kaum hören?« Iviidis wartete eine Weile, aber als ihre Schwester schwieg, begann sie: »Der Hohe Rat hat zwei neue Mitglieder erwählt, weil Paivis das Begehren geäußert hat, sich künftig nur noch seinen Studien zu widmen. Seinen Sitz hat nun Nekiritan eingenommen. Ich glaube, dass unser Vater bei dieser Ernennung seine Finger im Spiel hat, Nekiritan ist einer seiner engsten Freunde. Was den anderen Sitz betrifft: Lootana weilt ja schon recht lange nicht mehr im Hain, sie hat aber ihren Sitz im Rat behalten und nur um Urlaub ersucht. Jetzt kam eine Botschaft von ihr, dass sie vorläufig nicht zurückkehren wird und deshalb ganz aus dem Rat auszuscheiden wünscht. Die Berufung ihrer Nachfolgerin hat für Aufsehen gesorgt, der Rat hat sich nämlich für Nekaari, Nekiritans Cousine, entschieden.«

Rutaaura lehnte sich mit einem langen Atemzug zurück und faltete die Hände um ein hochgezogenes Knie. »Also hat Glautas jetzt zwei Stimmen im Rat.«

Iviidis verzog das Gesicht. »Zwei Stimmen *mehr*«, stieß sie unerwartet scharf hervor. »Er hat in den letzten Jahren dafür gesorgt, dass sein Einfluss auf die Geschäfte des Goldenen Hofes stetig größer wird. Ich frage mich, was ihn antreibt. Die Ewigen Mächte stehn mir bei – er ist der Oberste Tenttai der Bewahrer, es gibt kaum eine einflussreichere Position bei Hofe!«

Über Rutaauras gleichmütige Miene zuckte ein winziges Lächeln. Die ehrliche Empörung in Iviidis' Stimme amüsierte sie. »Das ist doch ein altes Thema«, erwiderte sie. »Unser Vater ist ehrgeizig, und er langweilt sich schnell. Und weil er als Bewahrer nicht in den Rat berufen werden kann, sorgt er eben dafür, dass der Rat nach seiner Pfeife tanzt.«

»Und die Garde gleich mit«, sagte Iviidis düster. »Den alten Kommandeur haben vor Kurzem die Dunklen geholt …«, sie unterbrach sich und schlug die Hand vor den Mund. »Vergib mir«, sagte sie hastig. »Ruta, das war sehr taktlos von mir!«

Rutaaura lachte, und ihr dunkles Gesicht zeigte nichts als ehrliche Erheiterung, als sie jetzt Iviidis zutrank. »Entschuldige dich nicht wegen nichts, kleine Schwester«, sagte sie, als sie den geleerten Becher auf den Boden stellte. Ein kleiner Tropfen Wein hing in ihrem Mundwinkel, und sie leckte ihn mit einer blassrosa Zungenspitze ab, die aussah, als gehörte sie einem schwarzen Kätzchen.

Iviidis hob die Schultern und breitete mit einer verlegenen Geste die Hände aus. »Es sind die alten Redensarten«, gab sie freimütig zu. »Ich ärgere mich über mich selbst, wenn ich so etwas sage, aber ab und zu passiert es eben doch.«

Rutaaura tat das mit einer Handbewegung ab. »Ich bin nicht empfindlich«, erwiderte sie. »Es kommt immer darauf an, wer so etwas sagt und welche Absicht dahinter steckt.« Sie lachte wieder. »Ein Freund, den ich vor Jahren im Vergessenen Land kennengelernt habe, nennt mich gerne ›Kinderschreck‹. Ich habe ihn leben lassen.« Sie grinste. »Aber dafür muss er sich damit abfinden, dass ich ›Stolperstein‹ zu ihm sage.«

Iviidis brauchte ein paar Atemzüge, um zu verstehen. »Ein Zwerg«, sagte sie mit leisem Abscheu in der Stimme und zog den Umhang enger um die Schultern, als müsste sie sich gegen ein lästiges Insekt schützen.

Rutaaura hob die weißen Brauen. »Ein Zwerg«, bestätigte sie. »Netter Kerl. Hat ausgezeichnete Manieren, was man nicht von allen Vertretern seiner Art – und leider auch nicht von allen Elben – sagen kann.«

Die Lichte Elbin erwiderte nichts. Ihre dunkle Schwester stand auf und trat aus der schützenden Höhle der belaubten Pergola. Sie blickte zum Himmel. »Ich muss langsam fort. Bis zur Morgendämmerung will ich einen guten Abstand zwischen mich und den Hain gebracht haben.«

Rutaaura drehte sich zu ihrer Schwester um. »Sag, Ivii, willst du mir einen Gefallen tun?«

»Aber das weißt du doch. Wie kann ich dir helfen?«

»Hast du in der nächsten Zeit einen Besuch bei Hofe geplant?«

»Eigentlich nicht«, erwiderte Iviidis zögernd. »Ich wollte erst zum Sommerpalast, wenn auch hier im Hain wieder hoher Sommer ist.«

»Würdest du jetzt schon gehen? Und meine Augen und meine Ohren sein?«

»Was soll ich tun?«

Rutaaura betrachtete ihre Schwester mit leisem Erstaunen. Sie wusste, dass Iviidis nicht nur deshalb an den provinziellen Rand des Goldenen Hains gezogen war, weil es ihr unangenehm war, immer wieder vor ihren alten Freunden und Bekannten ihre Verbindung mit einem einfachen Hain-Elben rechtfertigen zu müssen. Sie fand einfach kein Vergnügen an der uralten Etikette, die das Leben im Sommerpalast regelte. Die Goldenen liebten den kunstvollen Tanz, das Spiel mit den alten Regeln, die Sprache, Kleidung, Verhalten und Gesten bis ins kleinste Detail und in die zarteste Nuance hinein festlegten. Ein Lebensfaden, der tausend und mehr Umläufe lang nicht riss, wenn er nicht durch einen Unfall zerschnitten wurde, ließ seinem Besitzer alle Zeit der Welt für ausgeklügelte und zeitraubende Zeremonien, selbst wenn es um so simple und alltägliche Verrichtungen ging wie das Schälen eines Apfels.

Iviidis aber war so ungeduldig wie – Rutaaura lächelte unwillkürlich, als sie einen Vergleich wählte, der ihrer Schwester gar nicht gefallen hätte – ungeduldig wie ein Mensch. Sie hatte die erste Gelegenheit genutzt, sich den allzu komplizierten Schritten des höfischen Menuetts zu entziehen und ihren eigenen schlichten Reigen mit Olkodan und Indrekin zu eröffnen.

»Was kann ich also für dich tun, Ruta?«, riss die Stimme ihrer Schwester sie aus ihren müßig abschweifenden Gedanken. Rutaaura schüttelte unwillig den Kopf. Sie war müde, und das verleitete sie zum Trödeln. »Du warst bis zu deiner Heirat Glautas' Mitarbeiterin«, sagte sie. »Hast du noch immer Zugang zu den Tenttai-Archiven?«

Iviidis zögerte. Die Tenttai-Archive waren der Öffentlichkeit nicht zugänglich; nur Bewahrer, die einen gewissen Rang erreicht hatten, durften dort ohne Erlaubnis ein- und ausgehen. Iviidis hatte als engste Vetraute und Mitarbeiterin ihres Vaters zu diesem erlesenen Kreis gehört – aber sie war nicht mehr als Bewahrerin tätig und hatte die Archive seit ihrer Heirat nicht mehr betreten.

»Ich weiß es nicht«, sagte sie. »Wahrscheinlich würde einer der Archivare bei meinem Vater nachfragen, ob meine Berechtigung noch besteht ... Ich müsste mir vorher seine Einwilligung holen.«

»Kannst du das tun?«

»Mit welcher Begründung?« Iviidis runzelte die Stirn. »Seit wann sind denn für dich die Archive von Belang?«

Rutaaura zog sich einen Hocker heran und setzte sich dicht vor Iviidis. »Ich weiß von Aufzeichnungen, die meine Suche betreffen«, flüsterte sie. »Irgendwo in den Archiven werden Dokumente aus der Zeit der Verlorenen Könige verwahrt, die sich mit den Wanderern beschäftigen. Wahrscheinlich stammen sie aus der Feder von Andronee Mondauge – und ich glaube, dass unsere Mutter diese Aufzeichnungen kannte. Ich muss wissen, was sie enthalten!«

Iviidis schnalzte mit der Zunge. »Alles aus dieser Zeit, was auch nur entfernt mit den Dunklen zu tun hat, liegt unter Verschluss. Da komme ich nicht heran – nicht ohne Weiteres.« Sie klopfte nachdenklich mit ihrem Zeigefinger gegen das zierliche Kinn, und Rutaaura sah befriedigt das Funkeln in ihren Augen. Die Neugierde ihrer Schwester war geweckt. Sie kannte Iviidis gut genug, um zu wissen, dass sie jetzt nicht mehr lockerlassen würde – darin glichen die beiden Schwestern sich nur zu sehr.

Rutaaura stand auf und sah Iviidis prüfend ins Gesicht. »Noch einen Gefallen kannst du mir tun, wenn du einmal dort bist«, sagte sie. »Halte die Ohren auf, hör zu, was geklatscht wird. Wenn dir etwas auffällt, das anders ist als sonst, etwas Ungewöhnliches, Neues ...«, sie unterbrach sich und wischte ungeduldig mit der Hand durch die Luft. »Ich bin nicht sicher. Rede mit Glautas, er weiß schließlich über alles Bescheid, was dort vor sich geht. Lass ihn erzählen, welche Politik der Hof zurzeit betreibt. Was die Veränderungen im Rat für die Zukunft bedeuten.«

Iviidis schüttelte den Kopf. »Warum willst du das alles wissen?«

Rutaaura schloss für einen Moment die Augen. Sie stand unter dem Sternenhimmel und sog die süß nach Blüten und reifendem Obst duftende Luft durch die Nase. »Ich bin einfach nur neugierig«, sagte sie und öffnete ihre Augen, die im weichen Mondlicht wie helle Kristalle aus der dunklen Fläche ihres Gesichtes leuchteten.

»Gut«, sagte Iviidis. »Ich werde sehen, was ich für dich herausfinde. Und du erzählst mir beizeiten, was du mit diesem Wissen vorhast!«

Statt einer Erwiderung riss ein plötzliches Gähnen Rutaauras Mund auf. Iviidis nahm ihren Arm. »Komm, Ruta. Dieses eine Mal: Bleib hier bei mir, schlafe in einem weichen Bett, und morgen stelle ich dich endlich meinem Mann vor. Das liegt mir schon so lange am Herzen!«

Rutaaura schüttelte den Kopf und zog die Kapuze über ihr helles Haar und tief ins Gesicht. »Nein, meine Schwester. Ich danke dir für das Angebot, aber ich möchte lieber gehen. Außerdem wartet mein Pferd auf mich.« Sie lächelte, Iviidis sah das Blitzen ihrer Zähne. »Ich werde zur Zeit der Tänzerin wiederkommen. Glaubst du, dass du bis dahin wieder hier bist?«

Iviidis sah zur Mondsichel auf. »Wahrscheinlich. Ich nehme Indrekin mit. Der Junge wird im Sommerpalast zwar immer schrecklich verzogen, aber Glautas wird sich freuen.« Sie umarmte ihre Schwester und spürte den festen Druck der starken Arme um ihren Leib. Rutaaura roch würzig und frisch nach Holz und Wind, der über weites Land weht. Ein unerwartetes, fremdes Gefühl von Fernweh überfiel Iviidis mit klarer Schärfe und war gleich wieder fort.

»Bis zum Mond der Tänzerin«, sagte Rutaaura fast feierlich. Sie wandte sich um und verschmolz augenblicklich mit den schattigen Umrissen der Bäume und Büsche. Iviidis lauschte, aber selbst ihre scharfen Ohren verrieten ihr nicht, welchen Weg ihre Schwester genommen hatte.

Mit einem leisen Seufzer nahm sie Becher und Krug auf und wandte sich zum Haus. Das Geschirr klapperte leise, als sie zusammenzuckte, weil eine kleine, weiße Gestalt plötzlich hinter ihr aufgetaucht war und an ihrem Rock zupfte.

»Mama, ich hab' Durst«, sagte Indrekin und blinzelte zu ihr hoch. Sie stellte die Becher ab und hob den Jungen auf den Arm. Seine bloßen Füße traten protestierend gegen ihren Bauch. »Lass mich runter«, forderte er. Sie lachte, kitzelte ihn, bis er gluckste und aufhörte, sich zu sträuben, und trug ihn zum Haus.

»Warum schläfst du nicht?«

»Da war ein dunkler Mann in meinem Zimmer«, murmelte er schläfrig.

Iviidis drückte ihn fest. »Möchtest du bei mir und Papa schlafen?«

Er nickte und schob den Daumen in den Mund. »Bei dir und Papa«, nuschelte er, schon halb wieder im Schlaf. Seine Lider senkten sich, und der helle Kopf sank an ihre Brust. Sie bettete ihn leise in das breite, niedrige Bett, neben ihren fest schlafenden Mann, bevor sie selbst aus ihren Kleidern und unter die spinnwebweiche Decke schlüpfte. Zärtlich strich sie über sein Haar. »Schlaf ruhig, mein Stern«, flüsterte sie in das spitze, rosige Ohr ihres Sohnes. »Es gibt keine dunklen Männer. Also träume süß.«

# Andronee Mondauge, Verborgenes Licht

»Als Aiirata erkannte, dass es an der Zeit war, ging sie zu ihrem Mann Salvotaran, und er bereitete ihr ein Lager und rief nach der Heilkundigen, auf dass sie seiner Frau beistehe.

Die Heilkundige und die Freundinnen Aiiratas blieben drei Tage und drei Nächte an ihrer Seite, und endlich gebar sie ihr Kind. Salvotaran hörte ihren Schrei, und er hörte den Schrei des Kindes, und er lächelte. Aber dann hörte er, wie auch eine der Freundinnen aufschrie, und er vernahm den gebieterischen Ruf der Heilerin: ›Nehmt es und bringt es hinaus!‹

Und als er herbeilief und die Tücher beiseite schlug, die das Lager seiner Frau beschirmten, da sah er, wie Aiirata weinte und eine der Frauen ein verhülltes Bündel in ihren bebenden Händen hielt, als wäre es ein wildes Tier.

Sie streckte ihm das Bündel entgegen, er nahm es und schlug den Zipfel des Tuchs beiseite, der das Gesicht des Kindes verhüllte. Und wenn er erwartet hatte, Reißzähne und Dämonenaugen zu sehen, so war das, was er nun erblickte, noch weit schlimmer als seine ärgsten Befürchtungen. Er schrie auf und bedeckte eilig das schwarze Gesicht des Säuglings, aus dem ihm helle, uralte Augen entgegensahen.

Und während die Frauen sich um das Bett Aiiratas scharten und zu den Ewigen und Hellen beteten, rief er nach einer Dienerin und trug ihr auf, das Kind fortzubringen, damit das Unheil von seinem Haus abgewendet werde.«

# 3

Das *Schwarze Einhorn*, Gasthof und Poststation in Schönweiler, war ein beliebter Treffpunkt für Reisende, die von den nördlich gelegenen Totenbergen und den Hochland-Grasebenen weiter in die Marschgebiete und zur Küste des Runden Meeres gelangen wollten. Die drei Handvoll Häuser, die das Dorf Schönweiler bildeten, lagen in der weiten, fruchtbaren Ebene der Mark Raakus, die getüpfelt war von kleinen Gehöften, gemustert von Viehweiden, Weizen- und Maisfeldern und kreuz und quer durchzogen von zahlreichen Wasserläufen, die dafür sorgten, dass die Felder niemals Gefahr liefen zu verdorren, auch wenn der Sommer noch so heiß und trocken daherkam.

Aber jetzt war der Winter gerade vorüber, und die ersten schüchternen Anzeichen des Frühlings zeigten sich in den grünen Spitzen, die aus der schweren dunklen Erde lugten. Ein kalter, immer noch nach Schnee riechender Wind blies von den Bergen herunter und ließ die zarten Knospen an den Büschen erschauern.

Trurre Silberzunge, der gerade sein stämmiges Bergpony dem Stallburschen übergab und mit seinem geschulterten Packen, ebenso staubbedeckt und von der Reise zerknautscht wie er selbst, den Schankraum des *Schwarzen Einhorns* betrat, hätte wohl überall sonst in den Dörfern der Gemarkung für ordentliches Aufsehen gesorgt. Hier, im *Schwarzen Einhorn*, drehten sich zwar einige Gäste zu dem Eintretenden um, wandten sich aber, da er kein Bekannter war, auch gleich darauf wieder ab.

Der Zwerg stapfte zum Schanktisch, ließ sein Gepäck zu Boden fallen, dass eine Wolke aus Staub und Stroh aufstieg, lehnte seinen knotigen Stock an den Tresen und kletterte auf einen für solche Fälle bereitstehenden niedrigen Hocker. »Ein Humpen von deinem besten Selbstgebrauten, Wirt«, orderte er. »Meine Kehle ist so staubig wie dein Fußboden.«

»Kommt sofort, mein Wertester«, erklang die Antwort. Der Wirt, ein Mensch aus dem Hochland, wie man an dem rötlichen Haar und der sommersprossigen Haut erkennen konnte, drehte den Zapfhahn auf und hielt einen hölzernen Humpen darunter. Das Bier schäumte aus dem Hahn und gluckerte verlockend in das Gefäß.

Trurre warf eine Münze auf den Schanktisch, ergriff mit beiden Händen den Humpen und trank ihn in einem Zug halb leer. Dann grunzte er zufrieden, wischte sich den Mund und drehte sich herum, um an den Tresen gelehnt die Anwesenden zu mustern. Er suchte jemanden, und als er ihn nicht in der Menge fand, drehte er sich wieder zurück, leerte den Humpen bis zur Neige und gab dem Wirt ein Zeichen, ihn wieder aufzufüllen.

»Was hast du zu essen?«, fragte er, nachdem er einen weiteren, diesmal kleineren Schluck zu sich genommen hatte.

Der Wirt trocknete seine sommersprossigen Hände ab und hob sie, um sorgfältig an den Fingern abzuzählen: »Feinen Elbenschmaus, aber den wirst du wohl nicht mögen«, – Trurre schüttelte angewidert den Kopf – »dann einen Eintopf mit Grütze, Kartoffeln und frischem Speck, Spießbraten vom Schwein, gewürzten Kohl und natürlich einen kalten Imbiss nach Wunsch: Brot, Schinken, Käse, Speck, geräucherte Wurst, Honig …«

»Ah, gut, danke«, unterbrach ihn der Zwerg. »Bring mir Brot und eine dicke Scheibe vom Spießbraten. Und dann eine Ecke Käse und noch ein Bier. Ach ja, den Kohl nehme ich auch. Kocht den immer noch deine Frau?«

Der Wirt nickte und schickte einen Jungen, der nahebei unter ordentlichem Gespritze schmutzige Krüge in einen Zuber mit Spülwasser tunkte, mit der Bestellung in die Küche.

»Kommst du von den Totenbergen oder bist du auf dem Weg dahin?«, fragte der Wirt später, als er die Platte mit Essen zu einem freien Tisch trug.

»Weder noch«, erwiderte Trurre. Er kletterte auf die Bank und verzog das Gesicht. »Hast du noch was für meinen Hintern …«

»Kommt sofort, mein Wertester«, erwiderte der Wirt. Er griff unter die Bank und holte ein außerordentlich dickes Kissen hervor.

»Danke«, murmelte sein Gast. Nachdem er sich mit einem zufriedenen Seufzer das Kissen untergeschoben hatte, ließ er seinen schweren Lodenumhang von den Schultern gleiten und knöpfte die dunkelgraue Joppe auf, unter der ein hübsches weißleinenes Hemd mit geschnürtem Halsausschnitt zum Vorschein kam. In diesen stopfte er jetzt ein rotkariertes Sacktuch, griff sein Messer und stach es voller Vorfreude in die dampfende Scheibe Braten, die in dicker, duftender Soße schwamm.

»Na, mal wieder beim Essen?«, erklang eine Stimme, als er gerade den letzten Rest Soße mit einer Scheibe Brot auswischte. Er ließ sich nicht stören, stopfte das Brot in seinen Mund, kaute seelenruhig und schluckte es hinunter, ehe er auffordernd auf die Bank klopfte. »Ich dachte, ich verkürze mir die Wartezeit«, sagte er, zog das Sacktuch aus seinem Kragen und wischte sein Messer daran sauber. Dann lockerte er seinen Gürtel um zwei Löcher, lehnte sich zurück und kramte mit einem auffordernden Blick eine stummelige Pfeife aus seiner Jackentasche.

Der Neuankömmling, ein mittelgroßer, kräftig gebauter Mensch in abgetragenen Kleidern, rutschte neben ihn und warf einen Beutel auf den Tisch. Er wandte sich seinem Nachbarn zu, der ihm sogar im Sitzen gerade mal bis zur Schulter reichte. »Du hast da Zeug in deinem Bart, Trurre«, zog er ihn auf. »Viel Zeug. Und, wie ich mit Schrecken vermute, *altes* Zeug!«

»Mein Notvorrat für schlechte Zeiten«, lachte Trurre gutmütig und striegelte seinen durchaus gepflegten Bart mit kurzen, kräftigen Fingern. Das einzelne Bröckchen Käse, das sich darin verfangen hatte, wanderte zwischen seine Zähne. Dann zog er sich den Beutel heran, öffnete ihn und begann seine Pfeife zu stopfen. »Feines Kraut«, murmelte er anerkennend und zerrieb eine Prise unter seiner knolligen Nase. »Aus dem Langen Land, habe ich recht?«

»Wo ist unsere verehrte Freundin?«, fragte der andere und blickte sich um. »Noch nicht eingetroffen?«

Trurre knurrte behaglich und stieß eine geradezu beängstigende Rauchwolke aus. Er lehnte den Kopf zurück und sah zu, wie sie sich zu den geschwärzten Deckenbalken emporkräuselte. »Habe sie noch nicht gesehen«, erwiderte er. »Aber ich habe so ein Gefühl, als würden wir sie heute auch nicht zu sehen bekommen. Ist was dazwischengekommen.«

»Du und deine Gefühle«, sagte der andere lachend. »Das ist unzwergisch, das solltst du doch wissen.«

Trurre schnaubte. »Erzähl gerade du mir, was zwergisch ist und was nicht, Halber!«

Der andere grinste. Er streckte seine Beine aus und verschränkte die Arme hinter dem Kopf, wobei die Ärmel seiner Jacke hochrutschten und muskulöse, behaarte Unterarme sehen ließen. Er musterte aufmerksam den Raum. »Keine Goldeselchen hier«, murmelte er. »Das dürfte unsere Freundin freuen. Sie hat eine Allergie gegen die Bande.«

»Da sind wir schon zu zweit«, murmelte Trurre. Er schob seinem Freund den Tabaksbeutel zu. »Danke, Lluigolf. Kann ich dir dafür ein Bier spendieren?«

»Bin hiermit noch nicht fertig«, erwiderte Lluigolf. Er nahm einen großzügigen Schluck und wischte sich über die bartschattigen Wangen. Dunkles Haar kräuselte sich über seiner Stirn und fiel in dichten Locken fast bis zum Kragen seines groben Leinenhemdes. Die dunkelbraune Jacke, die er trug, hatte schon bessere Zeiten gesehen, und auch die derben Hosen zierte der eine oder andere Flicken.

»Was machen wir, wenn sie nicht kommt?«, fragte Trurre. »Warten wir, und wenn ja, wie lange?«

»Was bleibt uns übrig?«, fragte Lluigolf zurück. Er fischte nun ebenfalls eine Pfeife aus der Tasche. »Wir warten, und es gibt unangenehmere Orte, die ich mir dafür vorstellen könnte.«

Der Schankraum hatte sich gefüllt, Männer aus dem Dorf standen um den Tresen und tauschten Neuigkeiten und Klatsch aus, wobei der Wirt naturgemäß die ergiebigste Quelle für Nachrichten aus der näheren und weiteren Umgebung war.

»Der Markgraf will schon wieder die Steuern anheben, hab ich gehört«, brüllte ein vierschrötiger Mann, dem Stallmist an den

Stiefeln klebte. »So langsam weiß ich nicht mehr, wo ich's hernehmen soll! Auf dem Viehmarkt in Steinbergen hab ich's gehört, er will wohl wieder sein Heer vergrößern. Was das soll, wir leben im tiefsten Frieden seit ewigen Zeiten.«

»Es gibt Gerüchte, dass die Orks sich wieder rüsten«, erwiderte ein anderer, der mit seinen dicken Fingern einen Zipfel Wurst in scharfe Soße tunkte und sich in den Mund schob. »Die Orks oder die Zwerge oder die Leute von der anderen Seite der Berge, ich hab's vergessen«, fuhr er kauend fort. »Irgendwer von dem auswärtigen Gesindel jedenfalls. Und die Elben werden uns kaum zu Hilfe kommen. Die halten sich fein raus, ist denen doch egal, wenn unsere Felder plattgemacht werden und unser Zuchtvieh in Soldatenmägen landet.«

»Ich denke nicht, dass es Krieg geben wird«, sagte der Wirt. Er polierte einen Zinnkrug und hauchte ab und zu über die blanke Oberfläche. »Der Markgraf hat eine anspruchsvolle neue Gespielin und will ihr ein Lustschloss bauen – das kostet Geld.« Er grinste, und die Bauern lachten dröhnend.

Lluigolf wandte seinen Blick zur Hintertür, durch die sein Begleiter verschwunden war. Nach ihm waren noch zwei Männer hinausgegangen, die stumm trinkend an einem Ecktisch gesessen hatten, und keiner von den dreien war bisher wieder hereingekommen. Er seufzte leise, schob Trurres Reisegepäck und seinen Rucksack tief unter die Bank, griff nach Trurres Knotenstock und ging zur Hintertür, wobei er dem Wirt bedeutete, er möge für eine Weile ihr Gepäck im Blick behalten.

Lluigolf drängte sich durch eine Gruppe von Fremden in dunkler Reisekleidung, offenbar Kaufleute auf der Durchreise, die vor der Wurfscheibe standen. Einer von ihnen schimpfte ihm hinterher, weil er wegen der Störung einen Fehlwurf getan hatte, und Lluigolf machte eine entschuldigende Geste.

Dann war er an der Tür und öffnete sie. Seine Augen benötigten eine kleine Weile, um sich vom hellen Schankraum an die Dunkelheit des Durchgangs zu gewöhnen, die im Durchgang zum Hof herrschte, aber seine Ohren bestätigten ihm schon seine Erwartungen darüber, was draußen vor sich ging.

Eine raue, betrunkene Stimme grölte: »Wo hast du denn deine Axt, hä? Kleine Stinker wie du sollten nie ohne ihre Axt ausgehen!«

»Auch nicht zum Austreten«, quiekte eine andere, nicht viel nüchterner klingende Stimme. Der Mann brach in gackerndes Gelächter aus. Lluigolf folgte dem Gepolter, das sich den Worten anschloss, während seine Nachtsicht langsam wiederkehrte. Zwei kräftige Gestalten schoben und schubsten Trurre zwischen sich herum. Der Zwerg wehrte sich zwar, aber seine Reichweite war natürlich begrenzt, und er war unbewaffnet.

»Trurre, fang«, rief sein Freund.

Der wütend dreinblickende Zwerg fing geschickt seinen Stock auf und drosch ihn sofort dem Kerl über den Buckel, der ihm am nächsten stand. Der Bursche jaulte auf und griff nach dem Stock, aber der Zwerg war schon ein Stück zurückgesprungen und zielte auf die Schienbeine des anderen Angreifers. Lluigolf trat im gleichen Moment dem ersten in den Hintern, dass er herumfuhr. »Hallo, Schwachkopf«, sagte er fröhlich. »Und hier noch einen schönen Gruß zur Nacht.« Seine Faust knallte gegen die Nase des Mannes. Der brüllte auf und warf sich auf den kleineren Mann, der elegant beiseitetrat und den betrunkenen Angreifer ins Leere laufen ließ.

Die Geräusche in der anderen Ecke verrieten ihm, dass der Zwerg inzwischen damit beschäftigt war, seinen Mann kräftig mit dem derben Stock durchzubläuen. Lluigolfs Gegner hatte inzwischen erkannt, dass er ihn irgendwie verfehlt haben musste, und trampelte erneut wie ein zorniger Stier auf ihn los. Lluigolf verdrehte die Augen, murmelte »Anfänger«, und wiederholte sein Manöver – nur, dass er diesmal dafür sorgte, dass der Kerl dabei über sein Bein stolperte. Dem Fallenden versetzte er noch einen kräftigen Hieb in den Nacken und setzte sich dann auf ihn, um sein Gesicht in den matschigen Boden zu drücken. »Wenn du keine Luft mehr kriegst, pfeif einfach«, knurrte er. »Ach ja, ich habe hier ein Messer. Nur, um es mal erwähnt zu haben.«

Er lehnte sich gemütlich vor, ohne das wilde Zappeln unter sich zu beachten, und betrachtete den letzten Akt des Schauspiels auf der anderen Seite des Hofes.

Trurre hatte den Angreifer in die Ecke geprügelt und stand jetzt vor ihm, den Stock drohend erhoben, während sein Gegner sich vor ihm duckte und vergeblich versuchte, gleichzeitig seinen Kopf, seine edlen Teile und seine Schienbeine vor den erwarteten Schlägen zu schützen.

»Wie weit bist du?«, rief Trurre über seine Schulter.

Lluigolf hob den Kopf des Mannes, auf dem er hockte, kurz an den Haaren an und ließ ihn wieder zurückfallen. »Fertig, so weit. Hast du mit deinem noch was Besonderes vor?«

»Keineswegs«, knurrte Trurre missmutig und ließ seinen Stock sinken. Für einen Moment machte sich Erleichterung auf dem zerschlagenen Gesicht seines Gegners breit, dann holte Trurre aus und schmetterte dem Mann seinen Stock über den Kopf. Der verdrehte die Augen und sank zusammen.

»Dann können wir jetzt also wieder reingehen und noch ein Bier trinken?«, fragte Lluigolf und stand auf.

»Worauf wartest du?«, fragte Trurre zurück und kam auf ihn zu.

Lluigolf musterte ihn von der Seite, während er die Tür zum Schankraum öffnete. »Warum hast du dich eigentlich nicht gewehrt?«

Der Zwerg fluchte. »Orrin verbanne diese Kerle als Latrinenschipper in die tiefste Grube und lasse jede Stunde eine Horde durchfallkranker Orks auf sie heruntersch…«

»Ist ja gut«, lachte Lluigolf. »Sie haben dich sozusagen mit runtergelassener Hose erwischt, stimmt's? Du kriegst da übrigens ein blaues Auge.«

Der Wirt nickte ihnen zu, als sie wieder eintraten. »Zwei Bier?«

Beide Männer tranken und rauchten ein weiteres Pfeifchen. Dem Zwerg entfuhr hin und wieder ein grimmiger Laut, wenn er den blauen Fleck betastete, der seinen Wangenknochen zierte. Der Schankraum hatte sich geleert, und der Junge, der bisher die Krüge gespült hatte, ging nun herum, sammelte herumstehendes Geschirr ein, löschte das Licht und stellte die Stühle hoch.

»Waren das nur die üblichen besoffenen Schwachköpfe, oder hätten wir sie uns genauer ansehen müssen?«, fragte Lluigolf.

Trurre kaute auf dem Mundstück seiner Pfeife herum. »Nur das Übliche, denke ich.« Er runzelte die Stirn.

»Du scheinst recht zu behalten.« Lluigolf reckte die Arme und gähnte. »Sie kommt nicht. Ich wäre nicht abgeneigt, mir eine Mütze Schlaf zu holen, bin seit zwei Tagen auf den Beinen. Was meinst du?«

Statt einer Antwort rutschte der Zwerg von der Bank und ging zum Tresen. Der Wirt hörte auf, seine Kasse zu sortieren, und beugte sich zu Trurre hinunter. Dann nickte er und wies auf die Ecke des Raums, die auch den Kamin beherbergte.

Trurre kehrte an den Tisch zurück und zog seinen Reisepack unter der Bank hervor. »Ich habe keine Lust, im Stall zu schlafen«, sagte er. »Der Wirt hat nichts dagegen, wenn wir in der Schankstube übernachten. Dann ist wenigstens sein Biervorrat sicher, meinte er.«

Lluigolf grinste. »Dass er so viel Vertrauen in zwei Vagabunden wie uns setzt, finde ich erstaunlich. Was hast du mit ihm angestellt, alter Hexer?«

Trurre trat ihm kurz und fest auf den Fuß. »Hör auf zu schwätzen, Halber«, brummte er. »Nimm dein Bündel und komm!«

Sie rollten sich am Feuer in ihre Decken. Trurre benutzte seinen Mantel als Kissen, umklammerte seinen Wanderstock und starrte noch eine Weile in die Dunkelheit. Der Wirt war ins obere Geschoss hinaufgestiegen, und sie hörten noch ein paarmal die Dielen unter seinen Schritten knarren. Aus einem der Gastzimmer drang gedämpftes Schnarchen.

Der Zwerg lauschte lange dem ruhigen Atem Lluigolfs, der im selben Augenblick eingeschlafen war, als er seinen Rucksack unter den Kopf geschoben und die Decke über sich gezogen hatte.

Mit einem resignierten Seufzer erkannte er schließlich, dass er wohl vorerst keinen Schlaf finden würde. Er richtete sich auf, lehnte sich an die warme Ziegelmauer neben dem Kamin und fischte seine Pfeife wieder aus der Tasche.

Während er sie stopfte und in Brand setzte, lauschte er den nächtlichen Geräuschen. Irgendwo im Dorf bellte ein Hund, und in der Ferne hörte er trunkenen Gesang, der kurz darauf abrupt verstummte. Ein Pferd in den Stallungen wieherte leise, es klang, als würde es im Schlaf reden.

Trurre legte seinen Wanderstock quer über den Schoß und fuhr gedankenverloren über die Knoten und Kratzer, die ihn bedeckten. Seine Lippen bewegten sich stumm.

Eine Bewegung im tiefen Schatten neben der Eingangstür ließ ihn aufmerken. Er legte bedächtig seine Pfeife neben sich und richtete sich auf, den Stock abwehrbereit vor sich gereckt. Nahezu unhörbare, weiche Schritte flüsterten über den Boden auf ihn zu, aber sein Blick traf nur auf dichte, undurchdringliche Finsternis. Zu dicht, zu undurchdringlich. Etwas Gefährliches bewegte sich auf ihn zu, lauernd, tödlich, brachte die Haare in seinem Nacken dazu, sich aufzurichten. Er stand da, bereit zum Sprung, bereit, sich gegen das Unsichtbare zu verteidigen, und seine Lippen bewegten sich immer noch lautlos flüsternd. Die scharfen Zwergenaugen unter den dichten Brauen fixierten einen Punkt in der Luft, der jetzt nur noch ein paar Schritte von ihm entfernt war. Die Nacht hielt den Atem an …

Trurre ließ den Stock sinken und setzte sich zurück auf die Fersen.

Die Dunkelheit entließ ein leises Lachen, und eine schwarz gekleidete Gestalt kauerte neben ihm nieder. Die Kapuze ihres Mantels zurückschlagend, enthüllte sie eisblondes Haar und helle Augen, die den Zwerg lächelnd musterten.

»Rutaaura, meine Liebe«, begrüßte Trurre sie mit Erheiterung in der tiefen Stimme. »Du hast mich zu Tode erschreckt!«

»Wo ist Lluis, mein scharfsichtiger Freund?«, fragte die Elbin. Der Zwerg deutete auf das Deckenbündel neben sich und blinzelte verdutzt, als er erkennen musste, dass niemand darunter lag.

»Hier bin ich.« Eine Gestalt löste sich aus dem Winkel neben dem Kamin, und die ersterbende Glut hob das kräftige Profil mit der großen Nase und den schwerlidrigen Augen hervor. Der Mann steckte mit einer schnellen Bewegung sein Messer in den Gürtel zurück und ergriff Rutaauras Hände. »Schön, dich zu sehen«, sagte er. »Wir haben uns schon Sorgen gemacht.«

»*Du* hast dir Sorgen gemacht«, warf Trurre ein. Der Unmut darüber, dass er nicht mitbekommen hatte, wie sein vermeintlich schlafender Gefährte sich versteckte, war deutlich zu vernehmen.

»Friede, mein Alter«, sagte Lluigolf und klopfte dem Zwerg auf die Schulter. »Du hast wenigstens Wache gehalten, während ich schlief. Und ich habe von meinem verfluchten Vater immerhin auch das eine oder andere Talent geerbt, vergiss das nicht.«

Die Elbin hatte ihr Geplänkel ruhig angehört. »Gibt es etwas, das ich wissen müsste?«, fragte sie und deutete mit einer kleinen Kopfbewegung auf das blaue Auge des Zwerges.

»Nichts von Bedeutung«, erwiderte Lluigolf. »Zwei betrunkene Raufbolde, die meinten, ein leichtes Opfer gefunden zu haben. Trurre hatte wie immer seine Axt nicht dabei.«

Der Zwerg schnaufte erbost, aber Rutaaura gebot mit einer Handbewegung Schweigen. »Hört zu: Ich muss unsere Pläne ein wenig ändern. Wir reisen vorerst nicht nach Süden weiter. Ich will erst hören, was meine Schwester herausbekommt.«

Lluigolf schnalzte mit der Zunge. »Ist das nötig? Wir könnten bis zum Sommer wieder hier sein, das wäre doch früh genug.«

Rutaaura schüttelte den Kopf. »Wir wissen immer noch zu wenig. Die Goldlöckchen brauen eifrig eine Suppe, die nach Verrat stinkt, und ich will wissen, wer der Koch ist und wann und wo er sein Essen servieren wird.«

»Das wird deine Schwester alleine nicht herausfinden können«, wandte Trurre ein. »Womöglich bringt sie sich damit in Gefahr, hast du darüber mal nachgedacht? Und außerdem – was bedeuten für uns die Intrigengespinste im Sommerpalast?«

»Und was ist mit deiner verdammten Suche? Wir haben endlich eine heiße Spur, die weist klar nach Süden, und wenn wir jetzt hier zu viel Zeit vertrödeln, wird sie uns unter den Füßen kalt!«, fügte Lluigolf hinzu.

Rutaaura schwieg. Ihre Finger umkreisten unruhig einen glatten schwarzen Stein, den sie aus einer Tasche gezogen hatte. Endlich schloss sie ihre Finger darum zur Faust und atmete tief aus. »Also gut. Lluis, wir beide gehen nach Süden«, entschied sie. »Falls es mir überhaupt bestimmt ist, die Wanderer zu finden, dann wird es vielleicht dieses Mal endlich gelingen. Trurre – du reist für mich dem Wandernden Hain hinterher. Behalte die Lage ein wenig im Auge und pass auf Iviidis' Familie auf. Vielleicht kannst du es sogar übernehmen, mit ihr Kontakt aufzunehmen, wenn sie wieder zu Hause ist. Sag ihr, dass ich später komme als verabredet.«

Sie stand mit einer fließenden Bewegung auf und zog die Kapuze über, und augenblicklich verschmolz ihre hochgewachsene Gestalt wieder mit dem umgebenden Dunkel.

»Lluis, ich treffe dich morgen früh am Wegstein auf dem alten Pfad«, erklang ihre Stimme, dann war sie von einem Lidschlag auf den anderen verschwunden.

»Na, dann gute Nacht«, brummte der Zwerg, rollte sich in seine Decke, schloss die Augen und schlief ein.

»Eine gute Nacht auch dir, mein Freund«, erwiderte der Mensch und tat es ihm nach.

# 4

Die düster gekleidete Gardistin bahnte sich ihren Weg durch die farbenfroh gewandeten Elben, die ihr plaudernd und lachend entgegenkamen. Irgendwo schien mal wieder eins der vielen Feste stattzufinden, denn an einem normalen Tag liefen sonst selbst die Eitelsten der Goldenen nicht so prächtig herausgeputzt herum.

Broneete schenkte ihnen wenig Beachtung. Sie war mit ihren eigenen Gedanken beschäftigt, und die waren unerfreulich. Es gefiel ihr ganz und gar nicht, dass Vize-Kommandeur Vilius sie zur persönlichen Eskorte und Leibwache des Obersten Bewahrers abkommandiert hatte. Die anderen Gardisten waren weitaus älter und erfahrener als sie, und keiner von ihnen hatte den niedrigen Rang eines gewöhnlichen Gardisten – dieser Umstand machte ihr das Leben und den Dienst im Sommerpalast nicht unbedingt leichter. Dazu kam, dass sie sich als Hainelbin ohne Rang und Namen unter all den hochgestellten Goldenen im Sommerpalast immer ein wenig schäbig und minderwertig fühlte – worüber sie sich dann auch noch ärgerte, weil sie dieses Gefühl der Unterlegenheit als völlig unbegründet erkannte und trotzdem nicht vertreiben konnte.

Sie schnaubte laut, wütend über sich selbst. Sie sollte froh sein über ihre Versetzung in den Sommerpalast, die ja keineswegs eine Verschlechterung war, und dem Vize-Kommandeur dankbar für die Chance, die er ihr damit gab.

Eine lebhaft schwatzende Gruppe von Goldenen schritt an ihr vorbei und drängte sie dabei achtlos von dem grasbewachsenen Pfad ab. Broneete zerbiss einen saftigen Fluch zwischen den Zähnen und sah ihnen nach. Die Frauen, die Broneete vom Weg gefegt hatten, waren allesamt nach der neuesten Mode gekleidet, ihre weiten Röcke wippten bei jedem Schritt. Die leichten Unterröcke waren mit biegsamen Reifen aus Weidenruten verstärkt, und darüber bauschten sich farbenfroh mehrere Lagen geraffte und gerüschte Seidenstoffe, die ihre Trägerinnen aussehen ließen wie besonders hübsche Festzelte. Die Mieder dagegen lagen eng am Körper an und waren reich bestickt und über und über verziert mit geschliffenen Steinen, Federn und Blumen. Auch in die kunstvoll hochgesteckten Frisuren der Elbinnen war allerlei bunter Kram hineingeflochten.

Ihre männlichen Begleiter hatten sich offenbar bemüht, modisch nicht allzu sehr hinter ihren aufgeputzten Gespielinnen zurückzustehen. Ihre Beine steckten in eng anliegenden Kniehosen aus glänzender Seide, darüber trugen sie lange, schmal geschnittene Jacken mit breiten, farbig abgesetzten Ärmelaufschlägen und bunt bestickte Westen. Am Hals und vor der Brust bauschten sich in Falten gelegte und gerüschte Halsbinden und Hemdenkragen, und von den schneeweißen Hemdärmeln rieselten Spitzen bis über die Finger hinunter.

»Und obendrein auch noch Stockdegen«, murmelte Broneete angewidert, riss sich von dem Anblick los und trat vom Randstreifen wieder auf den Pfad zurück. Seitab erblickte sie zwischen den hochgewachsenen, glatt berindeten Baumstämmen die hellen Tücher und Wimpel des Zeltbaus, der wohl das Ziel der bunten Vögel war. Musik scholl zu ihr herüber, Gelächter und Stimmen. Broneete verspürte einen Anflug von Neid. Es war lange her, dass sie getanzt hatte, einfach nur unbeschwert gefeiert und sich vergnügt. Warum eigentlich? Sie konnte ihre freie Zeit nutzen, wie sie wollte, solange sie nur rechtzeitig, bevor das Tor geschlossen wurde, wieder im Hauptquartier war.

Sie kam an einer Gruppe von Hausbäumen vorüber. Hoch über ihrem Kopf schritten Elben über die schaukelnden Seilbrücken, die die Bäume miteinander verbanden. Die luftigen Wohnungen, deren Wände und Dächer aus geflochtenem, blühendem Gezweig bestanden, wiegten sich leise im Wind, und die gedämpfte Unterhaltung der Elben in den Baumwipfeln klang aus der Ferne an Broneetes Ohr. Da sie gedankenverloren stetig weitergegangen war, hatte sie inzwischen die Hohe Halle erreicht. Sie blieb einen

Atemzug lang stehen, um sich an dem Anblick der majestätischsten Bäume des Wandernden Hains zu erfreuen. Broneete besuchte von Zeit zu Zeit das Zentrum des Sommerpalastes, doch es war ihr noch nie vergönnt gewesen, seinen innersten Ring zu betreten, da dort nur die adligen Mitglieder des Rates Zutritt hatten. Aber die Wandelgänge, die in sanften Kurven und Biegungen zur Haupthalle führten, und die meisten ihrer zahlreichen prachtvollen Säle waren der Öffentlichkeit zugänglich, und kaum ein Hainelbe ließ es sich nehmen, sich hin und wieder dort aufzuhalten, die kunstvollen Holzarbeiten der besten elbischen Handwerker und Baumsinger zu betrachten und sich am Spiel des Lichtes zu freuen, das durch das verwobene Geäst und die aufgespannten Tücher und Tüllschleier auf den weichen Moos- und Grasboden der Hohen Halle fiel.

Im Zentrum der Halle bedeckten Seidenteppiche den Boden, die aus den Steppen des fernen Maijipp-dan stammten, so erzählte man sich. Die Wände bestanden aus schweren Brokatstoffen, und nur an einigen geschickt gewählten Stellen hingen dünne Tüll- und Seidenschleier, die das Tageslicht einließen. Der hölzerne Doppelthron der Verlorenen Könige stand an der Südseite des runden Raumes, seine Lehnen waren mit Einlegearbeiten aus Perlmutt und Gold verziert, und der Baumsinger, der ihn geschaffen hatte, hatte den Apfelbaum, der den Thron formte, dazu gebracht, dass immer zur Zeit der erneuerten Herrschaft der Baldachin über den Häuptern des Königspaars voll mit reifen rotgoldenen Äpfeln hing. Broneete wünschte sich nichts mehr, als das einmal sehen zu dürfen – obwohl der Anblick sicherlich nicht ohne Traurigkeit war, gemahnte der leere Thron doch schmerzlich an die Verlorenen Könige des Elbenvolks.

»Hör auf herumzutrödeln«, ermahnte sie sich. Glautas wohnte in der Nähe der Hohen Halle, und der Baumsinger, der sein Domizil geschaffen hatte, hatte sich für den Obersten Tenttai besondere Mühe gegeben. Die schlanken Birken und Buchen, die den Bewahrer behüteten, wuchsen ebenmäßig und gerade in die Höhe und neigten sich nur in den Wipfeln anmutig ein wenig zur Mitte.

Die Äste und Zweige der Bäume verflochten sich zu zierlichen Ornamenten, und das helle Laub filterte das Sonnenlicht in wunderbaren Gold- und Grüntönen.

Broneete schritt zum Eingang, der heute auf der Ostseite des Baumringes gelegen war.

Der Gardist, der auf Befehl des Vize-Kommandeurs vor dem Eingang Wache schob, nickte Broneete gelangweilt zu. Noch hatte sich die Aufregung über den Tod Kommandeur Horakins nicht wieder gelegt, und Vize-Kommandeur Vilius ließ alle Mitglieder des Rates und die obersten Hofbeamten von einer Leibwache begleiten.

Broneete durchquerte den Eingangsbereich, der mit Matten ausgelegt und mit einigen festen Kissen möbliert war, und betrat den Gang, der in den offiziellen Teil des Baum-Hauses führte. Die Wände bestanden aus nüchternem Weidengeflecht, das nur wenig Licht einließ. Da ein heller Tag war, reichte aber der Anteil an Sonnenlicht, der von oben hereinfiel, um im Gang ein angenehmes grünliches Dämmerlicht zu schaffen.

Sie schritt um die letzte Kurve und klatschte vor der papierbespannten Schiebetür von Glautas' Büro leise in die Hände.

»Herein«, erklang die flötengleiche Stimme von Glautas' Gefährtin Zinaavija. Broneete verzog kurz das Gesicht, zwang sich dann zu einer höflichen Miene und trat, die Tür aufschiebend, ein.

»Ah, Broneete, wie gut, dass du kommst«, empfing die Bewahrerin sie herzlich. Zinaavija saß an dem kleinen Schreibtisch neben der Lichtöffnung, die auf eine Art Innenhof hinausblickte. Heute trug sie nicht die offizielle Robe, sondern war in schlichte, fließende Hausgewänder gekleidet, die ihre anmutige Figur mit hellen Farben umschmeichelten. Wie immer kam Broneete sich grob und ungehobelt neben ihr vor. Sie räusperte sich und legte die Faust zum militärischen Gruß an die Schulter. »*Han-Ttai*«, sagte sie steif.

»Ach, sei doch nicht so förmlich, Broneete«, lachte die Bewahrerin. Sie spielte mit den zarten Silberkettchen, die von ihrem hübschen Ohr herabbaumelten. »Ich brauche deine Hilfe. Verstößt es gegen deine Soldatenehre, einen Botengang für mich zu erledigen? Die Bediensteten sind allesamt damit beschäftigt, die Gemächer für unseren Besuch herzurichten, und ich möchte keinen von der Arbeit abziehen.«

»Ich stehe zur Verfügung«, erwiderte die Gardistin gezwungen. So freundlich sich Zinaavija ihr gegenüber auch zeigte, Broneete schaffte es einfach nicht, sie zu mögen.

Ein Lächeln zuckte über die ebenmäßigen Züge der Bewahrerin. Wenn es spöttisch war, verweilte es jedenfalls zu kurz auf dem schönen Gesicht, als dass Broneete es hätte deuten können.

»Gut«, erwiderte Zinaavija sachlich. Sie griff nach dem Federkiel, streifte die überschüssige Tinte ab und schrieb noch einige Zeilen auf das halb beschriebene Blatt, das vor ihr auf dem Tisch lag. Mit einem schwungvollen Schnörkel setzte sie ihre Unterschrift darunter, schüttelte aus einer silbernen Dose ein wenig Sand über die feuchte Tinte und blickte zu Broneete auf. Das Licht, das durch die Öffnung fiel, fing sich in ihrem blonden Haar und brachte es zum Leuchten. »Diesen Brief bring bitte zu Ratsherr Nekiritan. Du weißt, wo du ihn findest?«

Broneete bejahte, und die Bewahrerin schüttete den Sand ab und faltete den Bogen sorgsam zusammen. Sie versiegelte ihn und reichte ihn der Gardistin. »Du musst dich auf dem Rückweg nicht beeilen«, sagte sie freundlich. »Glautas wird dich heute nicht benötigen, also nimm dir ruhig ein wenig Zeit zum Bummeln. Es ist so ein schöner Tag!«

Broneete verneigte sich zackig und ging zur Tür. »Danke«, rief Zinaavija ihr nach, und wieder glaubte Broneete, in der schönen Stimme einen spöttischen Ton vernommen zu haben. Wahrscheinlich war sie überaus ungerecht, Zinaavija behandelte sie schließlich immer sehr zuvorkommend. Aber bei den Ewigen – sie konnte die Sondiererin einfach nicht ausstehen! Glautas dagegen war ihr bei aller Zurückhaltung, die der Oberste Tenttai an den Tag legte, durchaus sympathisch.

Zwei Dienerinnen kamen ihr entgegen, sie trugen einen offensichtlich schweren Korb mit einem Stapel höfischer Gewänder zwischen sich. Die kleinere der beiden, eine stämmige Frau mit einem fröhlichen runden Gesicht voller Sommersprossen war ganz offensichtlich keine Elbin. Broneete warf einen neugierigen Blick auf die Menschenfrau. Allzu häufig traf man selbst im Sommerpalast nicht auf menschliche Diener, obwohl einige Mitglieder des Adels es wohl für besonders vornehm hielten, nichtelbische Dienerschaft zu beschäftigen. Zu Glautas passte das allerdings nicht recht, sicherlich gehörte die Frau zum Gesinde seiner Gefährtin.

Die beiden schwatzenden Dienerinnen schwiegen nur kurz, als sie Broneete passierten, und die Menschenfrau deutete einen schnellen Knicks an. Broneete nickte unbehaglich und setzte ihren Weg fort. Sie hatte auch während ihrer Einsätze außerhalb des Wandernden Hains, so gut es ging, jeden Kontakt mit Menschen oder gar Zwergen zu vermeiden versucht. Das war ihr nicht immer gelungen, aber sie legte einfach keinen Wert darauf, sich mit Kurzlebigen oder Troglodyten zu verbrüdern. Es herrschte nun schon lange Frieden zwischen den Völkern der Berge und der Ebenen – aber es war ein oberflächlicher, leicht zu störender Frieden. Elben und Zwerge – das war eine zu lange Geschichte der Feindschaft und der Kriege, als dass ein paar ruhigere Jahrhunderte den alten Hass hätten auslöschen können.

Doch als sie durch den Eingang trat, verscheuchte sie alle Gedanken, die sich mit so unerfreulichen Zeitgenossen wie Zwergen oder Menschen beschäftigten. Die Sonne lachte von einem wolkenlos blauen Himmel, Zinaavija hatte ihr genau genommen den Nachmittag freigegeben – also würde sie jetzt schnell diesen Brief ausliefern und sich dann unters feiernde Volk mischen, das überall auf den Wiesen und Plätzen des Sommerpalastes sein Leben genoss.

Einer der kleinen Innenhöfe des Baum-Hauses diente Glautas als Refugium, und wenn er sich dort aufhielt, wollte er auf keinen Fall gestört werden. Der Tenttai saß auf der Bank, die aus dem Stamm eines alten Ahorns herausgesungen worden war, und war umgeben von einem Wust von Papier und Aufzeichnungskristallen –

Akten, Notizen, Protokolle und Verlautbarungen. Trotz seiner unzähligen Verpflichtungen ließ Glautas es sich nicht nehmen, von Zeit zu Zeit den einen oder anderen Vorgang eigenhändig von der Wurzel bis zum Blatt zu prüfen.

Auf einem Hocker neben ihm stand außer der Tintenschale und einer silbergefassten Schreibfeder noch eine Schale mit Obst und eine geschliffene Karaffe, in der grünlich-goldener Traubensaft schimmerte. Der Oberste Bewahrer hatte sich offensichtlich für einen längeren Aufenthalt eingerichtet.

Zinaavija stand einige Atemzüge lang zögernd in der Türöffnung, bevor sie sanft in die Hände klatschte. »Entschuldige, dass ich dich störe«, sagte sie. »Aber du wolltest benachrichtigt werden, wenn deine Tochter eintrifft.«

Glautas hatte mit ungehaltener Miene aufgesehen, aber bei diesen Worten glättete sich seine Stirn, und er erhob sich. Sein weites dunkelgrünes Hausgewand fiel in lockeren Falten auf die weichen, mit kleinen Sonnen bestickten Pantoffeln nieder, er musste es ein Stück raffen, als er über einen Stapel mit Schriftstücken hinwegstieg.

»Sie wollte erst einmal auf ihre Zimmer«, berichtete Zinaavija und trat beiseite, um ihn durch die Tür zu lassen. Sie ließ den Vorhang fallen und beeilte sich, ihm zu folgen, denn er ging bereits mit großen Schritten voran. »Ich habe veranlasst, dass für uns alle im kleinen Frühstückszimmer ein Imbiss serviert wird.«

»Sehr gut«, rief Glautas über die Schulter zurück. »Sei so gut und gib Linnis Order, die Papiere in mein Arbeitszimmer zu schaffen. Sag ihm, ich werde mich erst heute Abend wieder damit beschäftigen.«

Die Bewahrerin kniff verärgert die rosigen Lippen zusammen. Es war ungehörig, wenn Glautas sie mit Aufträgen für seinen Sekretär losschickte, als wäre sie eine gewöhnliche Untergebene. Aber in diesem Fall konnte sie ihm den Fehltritt vergeben. Glautas hatte es eben eilig, seinen Enkel zu sehen.

Zinaavija zuckte gekünstelt mit den Schultern und lenkte ihre Schritte hinüber zu den Arbeitszimmern, um Linnis seinen Auftrag zu überbringen. Der Sekretär würde sich mit Sicherheit ein maliziöses Lächeln herausnehmen, aber Zinaavija wusste, dass eine angemessen eisige Miene und eine scharfe Bemerkung ihn auch sehr schnell wieder an seinen Platz verweisen würden.

Als Glautas sacht mit den Knöcheln gegen den Türpfosten klopfte, hielt Iviidis gerade eines der höfischen Gewänder hoch, das er für sie hatte bereitlegen lassen. Ihr Gesichtsausdruck war alles andere als erfreut, sie drehte und wendete das prächtige, aus schweren Brokaten und steifer, glänzender Seide bestehende Kleidungsstück vielmehr mit leise angewiderter Miene in den Händen, als handelte es sich um einen schmutzstarrenden Lumpen.

Das Klopfen riss sie aus ihrer Betrachtung, sie hob den Kopf und erblickte Glautas. »Vater«, rief sie mit einem Lächeln, das ihr Gesicht erhellte. Ihre bernsteinfarbenen Augen strahlten, und sie eilte auf ihn zu, um ihn zu begrüßen. Glautas umarmte sie und küsste ihre Wange.

»Zinaavija meinte, du seist derart mit Arbeit überhäuft, dass ich dich erst heute Abend zu sehen bekomme«, sagte Iviidis.

»Aber das gilt doch nicht für dich«, erwiderte Glautas beinahe ärgerlich. »Ich muss Zinaavija rügen, dass sie dich behandelt wie einen beliebigen Gast!«

»Sie hat es sicher nicht so gemeint«, wandte Iviidis erschrocken ein. »Bitte, Vater, sie sagte gleich dazu, sie wolle dir Bescheid geben!«

Glautas schob das Thema mit einer ungeduldigen Handbewegung beiseite. »Wo ist mein kleines Goldherz?«, fragte er mit sanfter Stimme. »Du bist doch nicht etwa ohne ihn gekommen?«

»Wie könnte ich?«, fragte Iviidis zurück. »Du würdest mich gleich wieder den langen Weg nach Hause schicken, um ihn zu holen, das weiß ich.« Sie lächelte und deutete auf einen Winkel des Zimmers, der von dort, wo Glautas stand, nicht einzusehen war. Der große Elbe umrundete einen kleinen Tisch und blieb vor einem Haufen Kissen stehen, von denen aus ihn Indrekin schläfrig anblinzelte.

»Großpapa«, jubelte das Kind, als es Glautas erkannte, und streckte ihm die Arme entgegen. Der Elbe hob ihn auf und drückte ihn an sich.

»Hallo, mein Junge«, sagte er und strich ihm übers Haar. »Du bist groß geworden. Freust du dich, mich zu sehen?«

Glautas wandte sich wieder seiner Tochter zu, die gerade dabei war, die bereitgelegten Prachtgewänder in eine der herumstehenden Truhen zu stopfen.

»Du zerknitterst die Sachen nur«, sagte der Bewahrer mahnend. »Lass sie liegen, eine der Dienerinnen wird sich darum kümmern.«

Iviidis sah ihn an. Glautas wusste genau, was die Falte zwischen ihren Brauen zu bedeuten hatte, seufzte leise und versuchte eine Ablenkung: »Deinen Mann hast du sicher zu Hause gelassen, um mir einen Gefallen zu tun, habe ich recht?«

»Den Gefallen erweise ich ihm«, sagte Iviidis scharf. »Du behandelst ihn immer wie einen Bediensteten, das kann ich nicht leiden.«

»Warum musstest du auch ausgerechnet diesen Niemand heiraten?«, gab Glautas nicht minder scharf zurück. »Du hättest dir passende Bewerber gleich im Dutzend aussuchen können. Nimm nur Nekiritan ...«

»Oh, Vater, ich bitte dich! Ich bin verheiratet, also hör endlich damit auf, mich verkuppeln zu wollen. Ich habe einen Sohn – das zumindest sollte dich doch ein wenig für Olko einnehmen!«

Glautas sah sie verkniffen an. »Er ist ein im höchsten Maße unpassender Gatte für meine Tochter, daran ändert auch Indrekin nichts. Was findest du nur an diesem ungehobelten, ungebildeten, untalentierten *Handwerker*?« Er spuckte das Wort aus, als wäre es ein Schimpfwort. »Ein Schreiner, der totes Holz bearbeitet. Wenn ich dagegen an Jorenikan denke, du erinnerst dich? Der Baumsinger, der dir den Hof gemacht hat, als deine Mutter meinte, von hier fortgehen zu müssen. Das war ein feiner junger Mann, vielversprechend, aus allerbester Familie.«

»Eingebildet, affig, selbstverliebt und überaus scharf darauf, dein Schwiegersohn zu werden«, fauchte Iviidis. »Soll ich dir sagen, was ich an Olkodan so liebe? Er ist der liebenswürdigste, uneitelste, feinste Elbe, der mir je über den Weg gelaufen ist. In ihm ist kein Quentchen Falschheit, er ist durch und durch aufrichtig und ohne jeden Eigennutz ...«

»Ich weiß bereits, dass dein Mann ein Schwachkopf ist, das musst du mir nicht noch im Detail erklären«, unterbrach Glautas sie brüsk. Dann atmete er tief durch und rieb sich über die Stirn. »Komm, mein Kind, streiten wir uns nicht ...«, begann er versöhnlich.

»Nicht nur, dass du mich und Olkodan beleidigst, du hast überdies wieder geplant, mich an den Hof zu schleppen, gib's lieber zu!«, unterbrach ihn Iviidis. Glautas verdrehte die Augen. Sein Ablenkungsmanöver war ganz offensichtlich misslungen.

»Du kannst nicht einfach dem Hof fernbleiben, wenn du dich im Sommerpalast aufhältst, Iviidis«, sagte er. »Es wird erwartet, dass du wenigstens einmal dem Thron deine Aufwartung machst. Das bist du deiner Herkunft schuldig.«

Iviidis schnalzte mit der Zunge. »Wir werden sehen«, sagte sie kurz.

Ihr Vater blinzelte. Üblicherweise hätte sich an dieser Stelle ein längerer Disput angeschlossen, mit dem Ende, dass sie damit gedroht hätte, sofort abzureisen – natürlich mitsamt seinem Enkel. »Ja, dann«, sagte er verblüfft. »Zinaavija hat im kleinen Frühstückszimmer einen Imbiss anrichten lassen. Wenn du also so weit bist ...«

Er hielt den Vorhang beiseite und wartete, während Iviidis Indrekin aus dem Kissenhügel grub, den fröhlich krähenden Jungen abbürstete und auf die Beine stellte.

»Hast du Nachricht von Mutter?«, fragte sie, während sie den spiraligen Gang hinaufschritten, Indrekin immer ein paar Schritte hinterdrein.

Glautas verneinte. »Sie reist dort draußen umher«, sagte er mit dem leisem Abscheu in der Stimme, den die meisten Hainelben dem unelbischen Dort-Draußen gegenüber an den Tag legten. »Ich weiß nicht, was sie treibt. ›Forschungen‹ nennt sie es. Zeitverschwendung, wenn du mich fragst. Was soll es dort draußen schon zu erfahren geben? Alles, was für uns Elben von Relevanz ist, befindet sich hier, im Wandernden Hain.«

Iviidis warf ihm einen Seitenblick zu. Glautas' echte Borniertheit, was das Leben und Treiben der anderen Völker betraf, erstaunte sie nach all den Jahren immer noch. Lootana, ihre Mutter, vertrat eine völlig andere Einstellung, und das war wohl letztlich auch der Grund dafür, dass ihre Eltern entschieden hatten, ihren Weg nicht länger gemeinsam zu gehen.

Das kleine Frühstückszimmer war ein hübscher, runder Raum, der sein Licht vor allem durch die in verschlungenen Ornamenten gewachsenen Wände aus Weidenzweigen bekam. Die belaubten Öffnungen gestatteten den Ausblick in einen kleinen Garten, in dem Schmetterlinge wie leuchtende Juwelen im Sonnenlicht tanzten.

Auf dem Boden des Zimmers lagen geflochtene Matten, und in der Mitte stand ein niedriger Tisch, der reich gedeckt war mit Schalen voller Früchte, frischgebackenem Brot, rötlichem Käse und Honig.

Glautas sah sich auf dem Tisch um und runzelte die Stirn. Er klatschte in die Hände und ließ sich dann auf einem Kissen nieder. Eine Dienerin trat ein und blieb neben der Tür stehen.

»Bringe noch Butter und sorge dafür, dass wir nicht gestört werden«, sagte er knapp. »Iviidis, hast du noch Appetit auf etwas, was du hier nicht siehst?«

Seine Tochter schüttelte dankend den Kopf. Sie schnitt einen Apfel in Spalten und gab ihn ihrem Sohn. »Was gibt es Neues?«, fragte sie. »Ich habe gehört, dass Hauptmann Horakin ermordert wurde, stimmt das?«

Glautas verzog das Gesicht und schüttelte sacht den Kopf. Die Dienerin kam herein und stellte eine Schale mit Eiswasser auf den Tisch, in dem goldene Butterflöckchen schwammen. Er wartete, bis sie das Zimmer verlassen hatte, bestrich dann ein kleines Stück Brot mit Butter und träufelte etwas Honig darauf. »Es stimmt«, sagte er. »Aber das ist keine Geschichte, die man sich beim Essen erzählt. Komm, erzähle lieber du. Was hat dich bewogen, mich jetzt schon zu besuchen? Du wolltest doch erst zur nächsten Jägerin oder Sammlerin wieder kommen.« Er beugte sich vor und berührte kurz ihre Hand. »Nicht, dass ich mich nicht immer freue, euch beide zu sehen.«

»Mir war ein wenig langweilig«, sagte Iviidis leichthin. »Und ich hatte Lust, ein paar alte Freunde wiederzusehen. Was macht eigentlich Vinoota, hast du sie in der letzten Zeit gesehen? Hat sie endlich ihr neues Domizil bezogen?«

Sie plauderten eine Weile, und Iviidis ließ sich erzählen, was Glautas von ihren Freunden wusste. Aber sie sah, dass er ein wenig geistesabwesend wirkte und unruhig an seinem Ring zu drehen begann.

Als dann Zinaavija eintrat und sich zu ihnen setzte, erhob er sich und entschuldigte sich förmlich bei den beiden Frauen. »Ich habe noch ein paar Dinge zu erledigen«, sagte er. »Sehe ich dich morgen früh, mein Kind? Ich würde gerne mit dir besprechen, ob und wann du mich an den Hof begleitest.«

Er beugte sich zu Indrekin hinab, der mit honigverschmiertem Gesicht inmitten von Brotkrümeln hockte und friedlich mit ein paar Nüssen spielte. »Ich komme heute Abend noch zu dir und erzähle dir eine Geschichte.« Er strich dem Jungen über den Kopf und rückte sein Gewand zurecht. »Ist es in Ordnung, wenn Arja sich wieder um ihn kümmert? Dann hast du mehr Zeit für deine Besuche.«

Iviidis nickte und erhob sich, um ihm einen Abschiedskuss zu geben. »Bis morgen dann«, sagte sie und ließ sich wieder am Tisch nieder.

Eine Weile herrschte Schweigen, dann seufzte Zinaavija und lächelte entschuldigend. »Er wollte nicht unhöflich sein, aber er muss sich im Moment um so vieles zugleich kümmern …«

»Es gibt zwei neue Ratsmitglieder, wie ich gehört habe?«, fragte Iviidis.

Zinaavija trank graziös aus einer kleinen Tasse, die sie mit hereingebracht hatte und in der sich Tee zu befinden schien. »So ist es. Du kennst sie ja. Nekiritan kommt übrigens morgen zum

Essen hierher. Als er hörte, dass du hier sein wirst, wollte er den Termin zuerst verschieben, aber Glautas fand das unnötig.«

Iviidis verdrehte leise die Augen. »Kannst du mir etwas über diesen mysteriösen Mord erzählen?«, fragte sie. »Vater wollte darüber nicht sprechen.«

Die Bewahrerin richtete mit einer fahrigen Handbewegung ihre hochgesteckte Frisur und strich dann ein paar Krümel von ihrem Hauskleid. »Das hat uns alle sehr mitgenommen«, sagte sie schließlich. »Keiner von uns glaubt schließlich wirklich, dass die Schweigsamen herumlaufen und Elben töten. Schon gar nicht hier, mitten im Herzen des Hains. Und dann auch noch den Kommandeur der Garde, der sich überdies an einem der bestbewachten Plätze des Hains aufhielt. Das ist einfach zu viel, verstehst du?«

Iviidis zuckte mit den Achseln. »Das klingt auch nicht sehr glaubwürdig. Gibt es denn keine Hinweise auf ein ganz normales Attentat?« Sie lachte ein wenig verlegen. »Als ob irgendwas an einem Attentat normal wäre – aber du weißt schon, was ich meine.«

»Die Befragung der Wachhabenden hat keinerlei Hinweise ergeben. Wer auch immer Horakin getötet hat – er muss durch die Wand gegangen sein.« Zinaavija schob ihre Tasse beiseite und deutete ein dezentes Gähnen an. »Entschuldige, ich bin heute sehr früh aufgestanden. Hast du alles, was du benötigst, oder soll ich dir noch etwas auf dein Zimmer bringen lassen?«

Iviidis verstand die höfliche Andeutung. »Ich bin sehr zufrieden, danke«, sagte sie und erhob sich. »Ich bin auch müde von der Reise, ich würde mich jetzt gerne zurückziehen.« Sie hob den schläfrigen Indrekin auf und ließ sich von Zinaavija den Vorhang aufhalten.

Während sie zurück zu ihren Gemächern ging, dachte sie über ihre weiteren Schritte nach. Rutaaura hatte sie gebeten, sich umzuhören, und der beste Weg dahin schien ihr, in den sauren Apfel zu beißen und ihren Vater an den Hof zu begleiten. Dort würden sich alle aufhalten, die Rang, Namen und Ehrgeiz hatten. Sie musste nur mit ihnen plaudern und dabei gut hinhören. Die richtigen Fragen zu stellen dürfte schwierig sein, solange sie noch nicht wusste, wonach sie eigentlich suchte. Glautas und Zinaavija schienen jedenfalls deutlich beunruhigt zu sein, was Horakins Tod betraf, und sie war sehr gespannt, was Nekiritan morgen dazu sagen würde.

# 5

Es war Markttag in Grünau, und auf dem Platz rund um die alte Kastanie herrschte lebhaftes Treiben. Fröhliche Stimmen, Gelächter und Musik verjagten die sonst so beschauliche Ruhe der Elbenansiedlung am südlichen Rand des Wandernden Hains.

Olkodan schlenderte über den Platz und blieb hin und wieder an einem Stand stehen, um ein paar Worte zu wechseln. Er ließ zarte, gemusterte und bestickte Seidenstoffe durch seine Finger gleiten, lobte die Qualität des Stoffes und die Kunstfertigkeit der Stickerei und erstand einen federleichten, pastellfarbenen Schal für Iviidis. Dann wanderte er ein wenig ziellos weiter über den Platz, lauschte den Unterhaltungen, die durch die laue Luft schwirrten wie Vogelgezwitscher, und knetete geistesabwesend das weiche Päckchen in seiner Hand.

»Wo hast du deine schöne Frau versteckt, junger Elbe? Ich sehe sie schon seit Tagen nicht mehr!«

Olkodan blieb stehen und wartete höflich, bis die Sprecherin gemächlichen Schrittes zu ihm aufgeschlossen hatte.

»Sie besucht ihren Vater«, gab er zur Antwort.

»Ah, der Sommerpalast«, seufzte die Elbin. »Ich war schon seit Monden nicht mehr dort. Was für Feste haben wir in unserer Jugend gefeiert, Kestutis und ich. Wir haben Nächte durchgetanzt, und dann sind wir hinausgeritten und haben mit einer Flasche Wein auf dem Schönen Feld den Sonnenaufgang begrüßt.« Sie schob eine weizenblonde Strähne hinter das Ohr und tippte dem schweigend dastehenden Elben kokett auf die Schulter. »Du hättest besser mitgehen sollen, Olkodan. Wie kannst du deine Frau die lauen Nächte im Sommerpalast nur ohne dich verbringen lassen?«

Der junge Elbe lächelte verhalten. »Ich fühle mich hier einfach wohler, Vaiiva«, sagte er. »Ich bin kein geborener Höfling und auf rauschenden Festen fühle ich mich immer fehl am Platze.« Sein Lächeln wurde breiter. »Auf meiner eigenen Hochzeit hat mich einer von Iviidis' alten Verehrern für einen Diener gehalten und nach seinem Mantel geschickt.«

Die Elbin musterte ihn mit skeptisch emporgezogenen Brauen. »Was hast du getan? Ihn gefordert, hoffe ich?«

»Ich habe seinen Mantel geholt«, sagte Olkodan. »Ich habe ihm hineingeholfen, und dann habe ich mich für das Hochzeitsgeschenk bedankt und ihm noch ein Stück Kuchen für den Nachhauseweg angeboten.« Er gluckste leise, und die Elbin ging kopfschüttelnd weiter.

Olkodan schlenderte an einer Reihe von Delikatessen-Ständen vorüber und kaufte ein Stück weichen, orangefarbenen Käse.

Eine winzige Bude, unter deren Schirm eine noch winzigere Frau hockte, reizte seine Neugier. Obwohl er von eher kleiner Statur war und von den meisten seines Volkes um einen halben oder ganzen Kopf überragt wurde, musste er sich ein wenig niederbeugen, um die Auslage betrachten zu können. Die kleinwüchsige Händlerin musterte ihn aus schwarzen Knopfaugen und deutete einladend auf die Glasarbeiten, die auf einem nachtblauen Tuch ausgebreitet lagen. Ihre Finger waren kurz und kräftig, mit dicken, krallenähnlichen Nägeln. Ein Windhauch blies ihr die wolligen Haare ins Gesicht und legte ein spitzes, behaartes Ohr frei, an dem ein blitzender Anhänger aus geschliffenem Glas baumelte.

»Du bist ja eine Moorelbin«, entfuhr es Olkodan überrascht. Die Frau lächelte und zeigte dabei erschreckend scharfe Zähne.

Olkodan legte mit entschuldigender Geste zwei Finger gegen seine Stirn. »Verzeih mir meine Unhöflichkeit. Ich habe nur noch nie eine Moorelbin gesehen ...«

»Meine Leute reisen im Allgemeinen nicht gerne«, sagte die Elbin mit rauer, hoher Stimme. »Ich bin eine Ausnahme.« Sie kicherte vergnügt und deutete wieder auf ihre Ware. »Findest du hier etwas für deine Liebste, mein hübscher Junge?«

Olkodan blickte verlegen auf die hübschen Glaswaren nieder. Er nahm einen dunkelroten Flakon mit rosenförmig geschliffenem

Stopfen in die Hand und drehte ihn bewundernd zwischen den Fingern.

»Das ist echte Zwergenarbeit«, sagte die Händlerin. »Die besten Glasarbeiten, die ich verkaufe, sind von Zwergenhandwerkern. Aber ich verkaufe sie so gut wie nie an Elben – seltsam, nicht?« Sie kicherte und blinzelte Olkodan zu.

Der junge Elbe lächelte zurück. »Mir gefällt das Fläschchen sehr gut, und meiner Frau wird es auch gefallen. Aber ich glaube nicht, dass ich es mir leisten kann.« Er sah sie erwartungsvoll an.

Die Elbin brummelte zufrieden und begann zu feilschen.

Wenig später stand Olkodan am Rande des Platzes und versuchte, die Einkäufe in den Taschen seiner taubenblauen Weste zu verstauen. Der Bummel über den Markt bereitete ihm entschieden weniger Vergnügen als sonst – Iviidis und Indrekin fehlten ihm. Mit welcher Begeisterung hätte der Kleine den Pferdehändlern zugesehen, wie sie die Tiere vorführten, und darum gebettelt, einmal auf einen Pferderücken gehoben zu werden. Indrekin war verrückt nach diesen riesigen, hart behuften Tieren, die so schmerzhafte Bisse verteilen konnten – und diese Vorliebe hatte er ganz sicher nicht von seinem Vater geerbt.

Olkodan trat beiseite, als ein kleiner Trupp der Elbengarde im gemächlichen Trab herannahte. Hier im Randgebiet gehörte der Anblick patrouillierender Elbengardisten zum Alltag, und nicht nur Olkodan fragte sich manchmal nach dem Sinn und Zweck des Ganzen. Wer sollte den Wandernden Hain überfallen? Nicht-Elben durften den Hain nur betreten, wenn sie eine Genehmigung dazu erhielten, wie sie der Käse-Händler an seiner Bude ausgehängt hatte. Aber die Menschen – jedenfalls diejenigen, die zu den Markttagen den Hain betreten durften – schienen sich über den Handel hinaus nicht sonderlich für Elbenangelegenheiten zu interessieren.

Und die uralten Feinde der Elben, die Zwerge, lebten etliche Tagesreisen entfernt in den Bergen des Nordens und ließen sich so gut wie nie hier in der Ebene blicken. Olkodan erinnerte sich an den Zwerg, der als Gesandter des Zwergenkönigs Groffin Steinbrecher vor Jahren einmal den Sommerpalast aufgesucht hatte. Er selbst war damals noch ein Kind gewesen und hatte staunend die Hand seines Vaters umklammert, als die Elbengarde den Kleinwüchsigen durch die Straßen des Sommerpalastes eskortierte. Ein prächtiger, beinahe knielanger Bart zierte sein Kinn, und die kräftigen Hände, die den Stab des Gesandten umfassten, waren ebenfalls mit dichtem dunklen Haar bewachsen. Das hatte Olkodan wohl am meisten beeindruckt. Er kannte nur Elben, und deren Behaarung beschränkte sich ausschließlich auf das Haupthaar. Bärte oder behaarte Arme – das war ihm noch weitaus unelbischer erschienen als der zwergische Wuchs des königlichen Gesandten.

Die Patrouille bahnte sich jetzt ihren Weg durch die Marktbesucher und kontrollierte die Aufenthaltsgenehmigungen der menschlichen Händler. Olkodan steckte den sorgsam eingewickelten Flakon behutsam in die Brusttasche seiner Weste und machte sich auf den Rückweg.

Das Markttreiben verklang hinter ihm, bis nur noch Blätterrauschen und Vogelgezwitscher das Geräusch seiner Schritte auf dem Pfad begleiteten.

Doch der Frieden wurde kurz darauf gestört. Olkodan vernahm vor sich Hufgetrappel und laute Rufe, und kurz darauf sah er weit voraus ein Kind auf einem Pony in der Biegung des Weges auftauchen. Das Kind beugte sich tief über den Hals seines kleinen Pferdes und trieb es mit heftigen Bewegungen zu einem halsbrecherischen Galopp an.

Dicht hinter dem Jungen kam eine Schar berittener Elbengardisten herangeprescht. Das Kind blickte hastig über seine Schulter und hetzte sein Pony mit heiseren Rufen zu noch schnellerem Lauf. Dem Pferdchen flog der Schaum in hellen Fetzen vom Maul, und seine Augen rollten wild, aber die Gardisten auf ihren großen Pferden holten schnell auf. Olkodan stand wie erstarrt angesichts dieses seltsamen Schauspiels. Ein paar Meter vor ihm holten die Gardisten das Pony ein, und einer der Gardisten sprang von seinem Pferd und riss den kleinen Reiter von seinem Tier, das erschreckt aufwieherte, ausbrach und reiterlos davongaloppierte.

Olkodan sah empört, wie zwei der Soldaten sich auf den Jungen warfen und ihn zu Boden zwangen. Einer versetzte ihm einen Fausthieb und machte Anstalten, ein zweites Mal zuzuschlagen.

»Halt«, schrie Olkodan und rannte auf das Geschehen zu. »Hört auf, was macht ihr denn da?«

»Halte dich raus, Elbe«, knurrte ein Gardist, während er eine Handfessel von seinem Gürtel nestelte. »Das hier ist wahrscheinlich ein Fall von unbefugtem Eindringen. Alles ist unter Kontrolle. Geh weiter.«

Der Gefangene wurde auf die Füße gezerrt, und Olkodan erkannte verdutzt, dass er allem Anschein nach keinen Jungen, sondern einen leibhaftigen Zwerg vor sich hatte. Gerade eben hatte er noch über seine erste Begegnung mit einem Vertreter dieser Rasse nachgedacht – und schon stand hier der zweite Zwerg, den er in seinem Leben zu Gesicht bekam. Sein dunkelblonder Bart war nicht ganz so beeindruckend und lang wie der des Gesandten und seine Kleidung eher praktisch als prächtig – aber es war ein Zwerg, ganz eindeutig und unzweifelbar.

»Was hast du zu sagen?«, fragte der Anführer der Patrouille, während er dem Zwerg die Hände band. »Zu welchem Zweck bist du hier, kannst du jemanden benennen, der dich eingeladen hat, oder hast du sonst eine Genehmigung, dich hier aufzuhalten …«

»Er wollte zu mir«, hörte Olkodan sich zu seiner eigenen Überraschung sagen.

Die Gardisten blickten ihn verblüfft an, und ihr kommandierender Offizier verzog ungläubig den Mund. Nur im Gesicht des Zwerges regte sich kein Muskel. Er warf einen kurzen, forschenden Blick auf den jungen Elben. Dann senkten sich seine buschigen Brauen wieder und er rückte, so gut das mit gebundenen Händen ging, seine verrutschte Jacke zurecht.

»Und was hast du von dem Zwerg gewollt?«, fragte der Offizier nicht besonders freundlich.

»Ich bin Tischler«, antwortete Olkodan. »Der Zwerg ist mein Lieferant. Es gibt weit und breit keinen besseren Schellack als den aus den Kronbergen.«

Der Offizier schien nicht gerade überzeugt. »Warum reitet er dann hier durch den Wald, statt auf dem Markt zu stehen, und warum ist er vor uns geflüchtet, wenn er einen Passierschein hat?«

Der Zwerg hatte es aufgegeben, seine Kleidung richten zu wollen, und blickte gleichgültig auf seine Füße. Olkodan bemühte sich um eine ähnlich gelassene Miene.

»Ich kenne Steinbrecher jetzt schon seit Jahren«, sagte er und bemühte sich um ein Lächeln. Der Zwerg blickte jäh auf und sah ihn durchdringend an, als der erfundene Name fiel. »Er ist, gelinde gesagt, zerstreut. Sein Pony ist weitaus geschickter darin, einen Weg zu finden, als er. Und mit Sicherheit hat er den Passierschein wieder dazu benutzt, Bestellungen aufzuschreiben, und findet ihn deshalb nicht wieder. War es nicht beim letzen Mal so, Steinbrecher?«

Einer der Gardisten beugte sich respektvoll zu seinem Vorgesetzten und murmelte etwas. Olkodan hörte, wie die Worte »Schwiegersohn« und »Tenttai« fielen, und musste sich beherrschen, um nicht das Gesicht zu verziehen.

Der Kommandeur sah nicht sonderlich zufrieden drein, aber er nickte knapp und gab dem Gardisten das Zeichen, den Zwerg loszubinden.

»Gut, du bürgst für ihn«, sagte er. »Erledigt eure Geschäfte und schicke ihn dann seiner Wege.« Er blickte auf den Zwerg hinunter. »Wenn ich dich ein zweites Mal festnehmen muss, weil du dich ohne Genehmigung hier herumtreibst, hilft dir kein Bürge, dann landest du im Kerker. Also sei auf der Hut, Zwerg!«

Er gab das Zeichen zum Aufsitzen und trabte grußlos davon, gefolgt von seinen Männern.

Elbe und Zwerg sahen ihnen nach, bis der letzte hinter den Bäumen verschwunden war. Dann räusperte sich der Zwerg und sah Olkodan an. »Danke. Du hast mich aus einer unangenehmen Lage befreit.«

»Bitte«, sagte Olkodan und bemühte sich, den Zwerg nicht anzustarren. So nah war er einem Vertreter des kleinen Volkes noch nie gekommen.

Der Zwerg zwinkerte. »Ich habe zwar keine Ahnung, warum du mir geholfen hast – aber du bist ein guter Lügner. Zwerge schätzen gute Lügner.« Er verbeugte sich formvollendet. »Trurre Silberzunge steht in deiner Schuld, freundlicher Elbe.« Er richtete sich wieder auf und lächelte breit. »Ich bin allerdings froh, dass der Gardist mich nicht zu diesem Schellack befragt hat. Ich hätte passen müssen.«

Olkodan lachte. »Du hättest einfach irgendwas erzählt. Oder glaubst du, der Offizier kennt sich damit besser aus?« Sie grinsten sich an.

»Ich heiße Olkodan«, stellte der Elbe sich vor. »Wie sollen wir jetzt dein Pony wiederfinden? Es ist inzwischen sicher über alle Berge.«

»Keineswegs«, brummte Trurre. Er steckte zwei Finger in den Mund und stieß einen gellenden Pfiff aus. Kurz darauf raschelte es im Gebüsch, und ein spitzes Ohr lugte durch das Blattwerk. Das Pferdchen schnaubte leise.

»Komm schon heraus, Hasenherz«, lockte der Zwerg. »Die bösen Elben sind weg. Der hier ist ein Freund.«

Ein struppiges graues Pony schob sich durch die Büsche und schnoberte kurz an Trurres Ärmel. Dann schnaufte es zufrieden und begann zu grasen. Der Zwerg zog einen Wanderstock aus dem Bündel am Sattel und bohrte ihn nachdenklich in den weichen Boden. Er machte keinerlei Anstalten, aufzusitzen und weiterzureiten.

»Möchtest du dich einen Moment ausruhen?«, fragte Olkodan kurz entschlossen. »Ich wohne nicht weit von hier. Ich könnte dir Apfelwein und Brot anbieten.« Das weiche Päckchen in seiner Westentasche fiel ihm ein. Mit einem solch seltsamen Gast für dieses Mahl hätte er im Traum nicht gerechnet. »Und Käse«, ergänzte er und gluckste.

Der Zwerg nickte, als hätte er nur auf diese Einladung gewartet, und nahm sein Pony am Zügel. »Hast du auch eine Frau?«, fragte er. »Nicht, dass sie schimpft, wenn du unangemeldeten Besuch mitbringst.«

Olkodan nickte und schüttelte gleich darauf den Kopf. »Ich habe eine Frau und einen Sohn – aber sie sind zur Zeit verreist. Iviidis ist die schönste Elbin, die du je zu Gesicht bekommen hast.«

Der Zwerg schnalzte mit der Zunge. »Iviidis. Ich denke, ich kenne ihre Schwester.«

Olkodan sah ihn verdutzt an. »Du irrst dich, Trurre Silberzunge. Meine Frau hat keine Schwester.«

Der Zwerg lächelte nur und schwieg, während er den Rest des Weges neben dem Elben herstiefelte. Olkodan ließ ihn sich um sein Pony kümmern und ging ins Haus, während Trurre seinem Reittier den Sattel abnahm und es auf der Wiese neben dem Haus laufen ließ. Er stand noch eine Weile an den Zaun gelehnt da und sah mit nachdenklich gekrauster Stirn dem Pferdchen zu, wie es aus dem Trog trank und sich das frische Gras schmecken ließ. Dann seufzte er und ging zum Haus, um seinen Gastgeber nicht länger warten zu lassen.

# Andronee Mondauge, Verborgenes Licht

»Das Schattenland liegt jenseits von allem, fern und nah zugleich. Wer über die Wasser reist, um das helle Land der Jugend zu finden, segelt dicht an seiner dunklen Grenze entlang, und nur die Dicke eines Haares trennt den Reisenden von seinen schaurigen Gefilden.

Aber auch hier, im hellsten Sonnenlicht und unter dem Glanz der Sterne, ist das Schattenland nah. Manchmal, wenn ihr blinzelt, könnt ihr es sehen, und sein Anblick raubt euch den Schlaf. Ihr spürt seinen kalten Atem in der Hitze des Sommers, der eisige Hauch legt sich wie feiner Nebel auf eure Sinne und lässt euch frösteln.

Aber wer es sucht, weil seine Sinne sich verwirren und eine fremde Düsterkeit sein Gemüt verfinstert, die Sehnsucht nach dem kalten Land in sein Herz pflanzt, der wird es nicht finden. Das Schattenland, einen Atemhauch entfernt, flieht vor dem Suchenden und entzieht sich hohnlachend seinem Schritt.«

# 6

Das Anlegen der Prunkgewänder war sogar noch komplizierter, als Iviidis es in Erinnerung hatte. Sie zerrte ungeduldig an einem der Bänder, die sich über ihrer Brust kreuzten, um das Leinenmieder zu fixieren, und erwürgte sich beinahe damit. Sie hatte Zinaavijas Angebot ausgeschlagen, ihr die eigenen Zofen zu schicken, um ihr beim Ankleiden zu helfen, und das begann sie nun langsam zu bereuen.

»Ich habe mich *immer* alleine angekleidet«, murmelte sie ergrimmt und löste einen Riemen wieder, den sie gerade um ihre Taille geschlungen hatte. »Ich bin nur ein bisschen aus der Übung.«

Als das Unterkleid endlich zu ihrer leidlichen Zufriedenheit saß, sie nicht allzusehr einschnürte und ihr sogar noch ein wenig Platz zum Atmen ließ, hockte sie sich für einen kleinen Moment des Verschnaufens auf die Kante ihres niedrigen Bettes und starrte bedrückt auf den prachtvoll bestickten Berg an Stoffen, der sich neben ihr auftürmte. Als sie ihr Vaterhaus verließ, um mit Olkodan am Rand des Wandernden Hains zu leben, hatte sie sich geschworen, nie wieder einen Fuß in die Hohe Halle zu setzen, wenn der Hof dort zusammenkam. Sie hatte ihren Vater nach dem Tag ihrer Einführung bei Hofe mehrmals wöchentlich dorthin begeleitet und es jedes Mal gehasst. Bei ihrem Debüt war sie noch ein halbes Kind gewesen und hatte vor Spannung und Vorfreude gezittert – aber die schweren, erdrückenden Prunkgewänder, das endlose, ermüdende Zeremoniell, die Hitze, die vielen fremden Gesichter und Stimmen hatten schnell jede Freude über ihre offizielle Einführung in die Welt der Erwachsenen in ihr erstickt.

Als junge Bewahrer-Novizin und später als Erste Assistentin des Obersten Tenttai gehörten die Termine bei Hof zu ihren Pflichten, und sie erfüllte sie mit all der eisernen Disziplin, die sie von ihrem Vater erlernt hatte. Aber die Erleichterung, die sie empfunden hatte, als sie an Olkodans Seite dem Sommerpalast den Rücken kehrte, war ungeheuer gewesen.

Iviidis seufzte leise und griff nach dem schmucklosen, wadenlangen Gewand aus dunkelgelber Seide, das als erste Schicht der höfischen Gewandung über das leinene Unterkleid gezogen wurde. Sie schloss die Haken, die dankenswerterweise vorne angebracht waren, und sorgte dann mit der seitlichen Schnürung dafür, dass das Gewand sich eng an ihren Körper schmiegte. Die Schnürung der engen Ärmel zog sie mit den Zähnen zu und freute sich ein wenig darüber, dass ihre alte Geschicklichkeit langsam wiederkehrte.

Jetzt kam das mantelähnliche, scharlachrote Übergewand. Sie ächzte leise, als sie es aufhob. Die schwere Seide war steif vor Gold- und Silberstickerei und knarrte beinahe, als Iviidis ihre Arme in die weiten Ärmel mit den breiten Überschlägen schob. Sie schlug die Vorderkanten des Gewandes weit übereinander und griff nach dem zwei Hand breiten gesteppten Gürtel. Iviidis stöhnte leise, als sie die geflochtene Seidenkordel verknotete und die Enden unter dem breiten Gürtel verstaute. Ab jetzt war es ihr nahezu unmöglich, sich zu bücken. Sie warf einen prüfenden Blick in den Spiegel und stöhnte wieder, diesmal etwas lauter. Aus ihrer kunstvoll mit Federn und Bändern geschmückten Frisur hatten sich einige Haarsträhnen gelöst und kringelten sich höchst unzeremoniell auf dem hohen Kragen des Gewandes. Iviidis schob die bodenlang nachschleppenden Ärmel zu den Ellbogen empor und steckte die fahnenflüchtigen Strähnen kurzerhand mit einem juwelenbesetzen Kämmchen hoch. Mit ein bisschen Glück würde das als modische Extravaganz durchgehen.

Sie beugte sich vor und prüfte die dunklen Striche um ihre Augen. Dann schürzte sie die Lippen und tupfte ein wenig neue rote Farbe auf eine verschmierte Stelle. Wenn es irgendetwas gab, was sie noch mehr verabscheute als die Hofkleidung, die wirksam verhinderte, dass man sich einigermaßen normal bewegen konnte, dann war es diese dicke Schicht von weißer Farbe und Puder, die ihr auf dem Gesicht klebte und die jetzt schon erbärmlich juckte.

Sie streckte ihrem bleichen Spiegelbild die Zunge heraus und richtete sich ächzend wieder auf. Dann stieg sie balancierend in die dicksohligen *Hakiitas,* krümmte ihre dünnbestrumpften Zehen, bis sie in den richtigen Schlaufen saßen, und wünschte sich aus tiefstem Herzen zurück in ihr eigenes Haus. Was machte sie eigentlich hier? Warum hatten eine dürre Bitte ihrer Schwester und ein paar vage geäußerte Vermutungen ausgereicht, dass sie alles stehen ließ, zum Sommerpalast reiste und sich nun sogar völlig gegen ihre eigenen Wünsche und Überzeugungen wieder an den Hof begab? Sie musste verrückt geworden sein.

Jemand klatschte vor ihrer Tür leise und höflich in die Hände und unterbrach ihre Gedanken. Iviidis verdrehte die Augen. Ihr Vater hatte darauf bestanden, ihr als verheirateter Frau das volle Zeremoniell angedeihen zu lassen, und deshalb stand jetzt eine Eskorte vor der Tür, um sie zur Hohen Halle zu geleiten.

»Komm herein«, rief sie und konnte nicht verhindern, dass sie gereizt klang.

Der Vorhang teilte sich, und eine junge Gardistin trat ein. Sie blinzelte verblüfft, als sie Iviidis in ihrer höfischen Kostümierung sah, bemühte sich aber augenblicklich wieder um eine neutrale Miene und salutierte formell.

Iviidis nickte ihr zu und unterdrückte ein Seufzen. Ihr Vater schien ihr Erscheinen bei Hofe äußerst ernst zu nehmen, wenn er als ihre offizielle Eskorte sogar eine Gardistin angefordert hatte. Die Elbensoldatin steckte in einer dunkelblauen Paradeuniform mit silbernen Tressen, silberbesticktem Stehkragen, reich verziertem Gehänge und einem schneeweißen Umhang, dessen Faltenwurf von der linken Schulter bis zum Stiefelrand fiel, und schien sich in ihrer Aufmachung ähnlich unwohl zu fühlen wie Glautas' Tochter.

»Wie ist dein Name?«, fragte Iviidis.

»Broneete, *han-Ttai*«, erwiderte die Gardistin steif.

»Ich bin fertig, Broneete. Würdest du bitte kurz meinen Fächer halten? Ich glaube, mein *Kshi* löst sich gerade wieder auf.«

Die Gardistin nahm den Fächer entgegen und wandte taktvoll

den Blick ab, während Iviidis in den Tiefen ihrer Gewänder nach einem sich lockernden Band fahndete.

»So«, sagte Iviidis ein wenig atemlos. »Mit ein bisschen Glück hält alles zusammen, bis ich wieder zu Hause bin.« Sie verzog das Gesicht und spürte, wie ein wenig Puder auf ihren Kragen rieselte.

Die Gardisten biss sich auf die Wange, um nicht zu lächeln. Sie raffte den Vorhang für Iviidis zur Seite und hielt sich dann neben ihr, natürlich mit der vorgeschriebenen Armlänge Abstand. Iviidis hatte Mühe, in den starren *Hakiitas* auszuschreiten, und fand erst langsam wieder in den gleitenden Schritt, den dieses unbequeme Schuhwerk erforderte.

Vor der Tür wartete schon eine Sänfte auf sie. Dankbar nahm sie Broneetes Hilfe beim Einsteigen an. Der hölzerne, mit Seide bezogene Sitz mit der baldachinüberspannten Rückenlehne wurde von seinen Trägern hochgehoben und setzte sich schwankend in Bewegung.

»Du gehörst zu Kommandeur Horakins Leuten?«, fragt Iviidis nach einer Weile, in der Broneete schweigend neben der Sänfte hergegangen war.

Die Gardistin bewegte den Kopf mit einer elbentypischen Geste, die gleichzeitig Zustimmung und Verneinung bedeutete. »Ich bin gerade zur persönlichen Leibwache des Obersten Tenttai versetzt worden«, erwiderte sie. »Aber vorher war ich Kommandeur Horakin unterstellt, das ist richtig, *han-Ttai.*«

»Ich war nicht hier, als es passiert ist. Es muss schrecklich gewesen sein.« Iviidis wartete eine Weile, aber als Broneete nichts darauf erwiderte, fuhr sie fort: »Man erzählt sich, dass Horakin von den Dunklen geholt wurde.«

Die Gardistin schob eine braune Haarsträhne zurück, die der leichte Wind aus ihrem Zopf gelöst hatte, und blickte starr nach vorne. »So sagt man, *han-Ttai*«, antwortete sie.

Iviidis musterte sie neugierig. Die junge Elbin war ungewöhnlich dunkelhaarig, was auf eine nicht allzu vornehme Herkunft hinwies. Aber sie hatte es immerhin zu Horakins Garde und danach zur Leibgarde ihres Vaters geschafft, und das war ein Beweis dafür, dass sie über Verstand und Durchsetzungsvermögen verfügen musste.

»Und du, was denkst du darüber?«, führte Iviidis die Befragung fort. Es begann ihr Spaß zu machen, die Gardistin ein wenig aus der Reserve zu locken.

»Ich bin nur eine einfache Soldatin, *han-Ttai,* Denken gehört nicht zu meinen Aufgaben«, gab Broneete zurück. Ihr Mundwinkel zuckte leicht.

*Du kleines Aas,* dachte Iviidis. Ihre Träger erklommen die flachen Treppenstufen, die zum Vorplatz der Hohen Halle emporführten, und Iviidis umklammerte die geschnitzten Armlehnen der schwankenden Sänfte. Ein Stück vor ihr bewegten sich gerade zwei ähnliche Transportmittel auf ihr Ziel zu. Iviidis blickte empor und betrachtete die silbrigen Stämme und das goldgrüne Blattwerk der riesigen alten Bäume, die die äußerste Wand der Hohen Halle bildeten. Bei allem Widerwillen musste sie doch zugeben, dass dies ein ehrfurchteinflößender Anblick war, auch wenn schon seit Langem kein Königspaar mehr im Herzen des Sommerpalastes Hof hielt.

Broneete reichte ihr die Hand zum Aussteigen und nahm dann schweigend wieder ihren Platz schräg hinter Iviidis ein. »Hat mein Vater dir vielleicht verraten, wo ich ihn treffen werde?«, fragte Iviidis leicht gereizt.

»Nein, *han-Ttai,* aber ich werde ihn für dich suchen, wenn du das wünschst.«

Iviidis schluckte ein paar böse Worte hinunter und schritt durch den Eingang. In den äußeren Wandelgängen standen wie gewöhnlich Angehörige des niederen Elbenadels, die darauf hofften, die Beachtung eines Höhergestellten zu erringen und in seiner Begleitung weiter ins Innere vordringen zu können.

Iviidis erwiderte die Begrüßungen, die ihr zuteil wurden, mit hoheitsvollem Nicken, ließ sich aber nicht weiter aufhalten. Der Gang verbreiterte sich auf seinem spiraligen Weg ins Zentrum mit jeder Biegung ein wenig mehr, bis er zum großen Äußeren Saal wurde. Von hier aus führten Portale weiter ins Innere, aber Iviidis wollte zunächst einmal an diesem Ort bleiben und sich nach Bekannten umsehen.

»Du kannst dich jetzt frei bewegen, wenn du möchtest«, wies sie Broneete an. »Wenn ich dich brauche, lasse ich nach dir schicken. Und falls du meinen Vater sehen solltest, sag ihm bitte, dass ich hier bin.«

Die Gardistin neigte den Kopf und entfernte sich.

Iviidis blickte sich um. Eine kleine Gruppe von Elben stand plaudernd am anderen Ende des Saales beisammen, und zwei von ihnen trug die Farben des Hauses Nekâr. Iviidis atmete tief durch und ging mit gleitenden Schritten über den weich federnden Boden auf die Gruppe zu. Sie wusste nicht, wen von beiden sie weniger leiden konnte, Nekaari oder deren Cousin, aber beide waren Ratsmitglieder und gehörten zu Glautas' engerem Kreis. Sie konnte ihnen in dieser Umgebung schlecht aus dem Wege gehen, also war es gut, die Begegnung gleich jetzt hinter sich zu bringen.

Nekiritan hatte sie schon erkannt, als sie auf die Gruppe zukam, und kam ihr die vom Zeremoniell erlaubten vier Schritte entgegen. Er streckte eine behandschuhte Hand aus, nahm ihre Fingerspitzen und führte sie an die Lippen. Seine Augen blitzten durch die schmalen Öffnungen der Halbmaske aus Silber. Er hatte die Mandelaugen eines reinblütigen Elbenprinzen, und wie alle Goldenen war er sich seiner äußeren Erscheinung sehr bewusst. Seine leicht gepuderten weißblonden Haare ruhten sorgfältig in Locken gelegt auf dem Kragen einer dunkelgrünen Robe, die noch weitaus prächtiger war als das Gewand, das Iviidis trug, und die silberbestickten Handschuhe, die seine Finger umhüllten, waren aus allerfeinstem Hechtleder, so dünn, dass sie die Monde seiner wohlgeformten Nägel hindurchschimmern sah.

»Iviidis, was für eine große Freude, dich hier zu sehen!«, murmelte er und hielt ihre Hand einen Atemzug länger fest, als es sich gehörte. Iviidis lächelte ihn verhalten an. In den wenigen Tagen, die sie wieder im Haus ihres Vaters war, hatte sie Nekiritan schon mehrmals kurz gesehen und ein paar Worte mit ihm gewechselt, und dabei hatte sie schnell erkannt, dass ihr alter Verehrer immer noch versuchte, sie zu umgarnen. Auch der eine oder andere unverblümte Hinweis darauf, dass sie glücklich verheiratet war, schien ihn nicht weiter zu beeinflussen.

»Nekiritan«, sagte sie und entzog ihm sanft ihre Hand. »Ich störe dich hoffentlich nicht bei wichtigen Angelegenheiten?«

»Du störst mich nie, schönste Elbin«, sagte er galant und bot ihr seinen Arm. Iviidis zwang sich, nicht die Augen zu verdrehen, und legte ihre Hand in seine Ellenbeuge. Nekiritan dirigierte sie von der Gruppe weg, und Iviidis sah, wie Nekaari, seine Cousine, ihnen nachblickte. Sie und Nekiritan ähnelten sich wie ein Schwan dem anderen, beide waren hochgewachsen und elegant, mit grazilen Gliedmaßen und blassen, ebenmäßigen Zügen, aus denen gleichermaßen Charme wie Arroganz sprachen. Das Haus Nekâr gehörte ebenso wie Iviidis' eigene Familie zu den fünf alten königlichen Geschlechtern – aber im Gegensatz zu Glautas oder ihr selbst trauerten die Nekâru noch immer dem verlorenen Glanz der Glücklichen Ära nach. Nekiritan wäre wahrscheinlich wirklich erst dann glücklich, wenn er neben seiner Cousine auf dem verwaisten Thron säße – und Iviidis dankte den Ewigen dafür, dass das nicht mehr im Bereich des Möglichen lag.

»Es ist wirklich bedauerlich, dass wir bisher noch keine Zeit gefunden haben, ein wenig länger miteinander zu plaudern«, sagte er und berührte sanft ihre Hand. Iviidis hob ihren Fächer und öffnete ihn zu einem warnenden spitzen Winkel. Nekiritan neigte lächelnd den Kopf und führte sie zu einer der kleinen Lauben an der Südwand. Die Baumsinger, die die Hohe Halle geschaffen hatten, hatten dafür gesorgt, dass das Sonnenlicht hier ungehindert einfallen konnte, und damit ein reizvolles Spiel von Licht und Schatten geschaffen, das an einem Laubwald im Frühjahr erinnerte.

Die Nische, die Nekiritan gewählt hatte, war umrankt von einer Unzahl kleinblütiger zartgelber Rosen, die stark und süß dufteten. Der Eingang lag so, dass das Innere der Laube vom Saal aus nicht ohne Weiteres eingesehen werden konnte. Ein kleiner Tisch mit Erfrischungen und zwei mit Kissen bestückte Bänke luden zum Verweilen ein. Iviidis hatte während ihrer Zeit als Bewahrerin und Assistentin ihres Vaters häufig in einer dieser Nischen gesessen, nämlich immer dann, wenn es darum ging, ein Gespräch zu führen, dessen Inhalt nicht gleich dem ganzen Hof bekannt sein sollte.

Sie wusste, dass die kleinen Lauben auch anderen, intimen Treffen dienten, die weniger politischer Natur waren.

Iviidis zögerte kurz, aber der sanfte, dennoch bestimmte Druck der Hand an ihrem Ellbogen ließ ihr keine andere Wahl, als ihm zu folgen, außer, sie legte es auf einen offenen Skandal an.

Nekiritan schüttelte ihr galant ein weiches Kissen auf und setzte sich dann neben sie. Er schenkte hellgrünen Wein in zwei schön geschliffene Gläser und reichte ihr eins davon. Er lehnte sich in die weichen Polster zurück und nahm, ohne den Blick von ihr zu lösen, seine Halbmaske ab, um sie achtlos auf den Tisch zu legen.

Iviidis war dankbar für die steife Haltung, die ihre Gewänder ihr aufzwangen. Sie nippte kurz an dem kühlen Wein und stellte das Glas ab.

»Was führt dich so früh im Jahr in den Sommerpalast?«, fragte Nekiritan. Die ungewöhnlich unverblümte Frage verblüffte Iviidis. Sie war sich einigermaßen sicher, dass Nekiritian von ihrem Vater schon über den von ihr genannten Grund ihrer Anwesenheit ins Bild gesetzt worden war, und einen Moment lang war sie unsicher, was sie antworten sollte.

Der Elbe hob höflich die Hand, um sein Lächeln zu verbergen, als er ihr Zögern bemerkte. Iviidis schalt sich dafür, sich eine Blöße gegeben zu haben. Das war der Grund für Nekiritans Direktheit – er hatte sie verunsichern wollen, und das war ihm leider gelungen. Sie schien den Tücken einer höfischen Unterhaltung nicht mehr so recht gewachsen zu sein.

»Ich suche Abwechslung«, erwiderte Iviidis schließlich. »Das Leben im Randgebiet ist ruhig und beschaulich, aber auf Dauer ein wenig langweilig. Ich will Glautas überreden, dass er mir Zutritt zu den Archiven gibt, damit ich mich wieder mit meiner alten Arbeit beschäftigen kann.«

Nekiritan nickte mit verständnisvoller Miene, aber seine Augen blitzten schalkhaft. »Ich erinnere mich, du hast dich vor deiner bedauernswerten Entscheidung, dich mit einem nicht ganz ebenbürtigen Partner zu vermählen, mit unserer Geschichte beschäftigt. Deine Forschung galt seltsamerweise den Unaussprechlichen, diesem Fluch unserer Gesellschaft, nicht wahr?« Seine wohlklingende Stimme hatte einen hässlichen, kratzigen Unterton bekommen – Iviidis kannte das aus Gesprächen mit anderen Elben. Wenn es um ihre Forschungen über das heikle Thema der dunklen Wanderer ging, zeigten die meisten Elben wenig Verständnis.

»So ist es«, erwiderte sie kurz. Nekiritan nippte an seinem Glas und bot ihr dann eine Schale mit reifen Erdbeeren an. Iviidis wählte eine der Früchte und tunkte sie in das bereitgestellte Schälchen mit grobgemahlenem Pfeffer, ehe sie die saftige Beere in ihren Mund schob.

»Apropos Langeweile«, sagte Nekiritan nach einer Weile des Schweigens. »Kann ich deine Anwesenheit hier so deuten, dass du noch weitergehende Veränderungspläne hegst?«

Iviidis hob den Fächer und ließ ihn vor ihrem Gesicht aufschnappen, das deutliche Signal, dass ihr Gegenüber sich auf gefährlichem Terrain bewegte und riskierte, dass sie aufstand und ging. »Was meinst du?«, fragte sie kühl.

Nekiritan hob die Hand und schob den Fächer beiseite. Seine Fingerspitzen berührten ihre Hand.

»Wir wussten alle, dass du zurückkommst«, sagte er. Seine dunkelgrünen Nekâru-Augen blickten ernst, ohne den gewohnten Spott. »Es hat uns allerdings erstaunt, wie lange du es ausgehalten hast. Ich muss zugeben, ich habe zuerst nicht verstanden, warum du diesen ... einfachen Burschen geheiratet hast, aber inzwischen respektiere ich deine Entscheidung. Ich bewundere sie sogar.«

Er schwieg nachdenklich, und Iviidis griff nach ihrem Glas. Seine Worte verwirrten sie.

Nekiritan sah ihre Miene und lächelte sanft. »Du hast, was du wolltest. Dein Kind ist prächtig gelungen, ein wohlgebauter und vor Gesundheit strotzender Knabe. Ich hätte es damals schon begreifen müssen. Dein Vater spricht nicht gern über deine Ehe, aber ich weiß, wie stolz er auf seinen Enkel ist. Das Blut der alten königlichen Geschlechter ist dünn geworden, und unsere wenigen Kinder sind oft kränklich und schwach ...«

Iviidis hob wortlos den Fächer und verbarg ihr Gesicht hinter seiner spiegelnden Fläche. Nekiritan blickte auf sein verzerrtes Spiegelbild und seufzte leise.

»Es ist schön, dass du wieder hier bist«, sagte er sanft. »Ich würde mich freuen, wenn wir uns öfter sehen könnten – und nicht nur bei Hofe.«

Er griff nach seinem Glas und leerte es, dann legte er seine Maske wieder an und bot Iviidis seine Hand. Sie ergriff sie nach einem kurzen Zögern.

»Sehen wir uns morgen?«, fragte Nekiritan, als sie aus der Laube traten.

Iviidis blickte ihn nicht an. »Ich werde es dich wissen lassen«, sagte sie kühl.

Er zog ihre Hand an die Lippen und deutete eine resignierte Verbeugung an. »Ich werde deiner Nachricht harren«, murmelte er und ließ sie vor der Laube stehen.

Iviidis sah ihm nach und runzelte die Stirn. Etwas Puder rieselte auf ihre Wimpern. Sie blinzelte ihn ärgerlich fort und zwang sich wieder zu einer Miene glatter Ausdruckslosigkeit. Nekiritans Worte hatten sie seltsamerweise getroffen, und das ärgerte und ängstigte sie gleichermaßen. Es stimmte, dass sie sich in letzter Zeit gelangweilt hatte. Sie gehörte nicht zu den Elbinnen, die zufrieden damit waren, sich herauszuputzen, mit ihren Freundinnen den Tag zu vertändeln, von einer amourösen Affäre zur anderen zu flattern und das Leben zu genießen, ohne ihm einen Sinn zu geben. Sie hatte immer eine Aufgabe gehabt, und sie vermisste ihre Arbeit. Olkodan hatte den Anstoß gegeben, den Sommerpalast zu verlassen, und es war ihr als eine gute Idee erschienen. Ihre Heirat hatte Aufsehen erregt, und niemand, den sie kannte, hatte auch nur das mindeste Verständnis dafür gezeigt.

Aber inzwischen war der Skandal vergessen, und ihre Freunde hatten ihr deutlich gezeigt, dass sie willkommen war und dass ihre Rückkehr mit Freude gesehen wurde. Iviidis seufzte. Vielleicht war sie wirklich nicht nur hier, um ihrer Schwester einen Gefallen zu tun. Vielleicht war es ihr deshalb so leicht gefallen, Olkodan und ihr Heim zu verlassen und in den Sommerpalast zurückzukehren, weil sie sich insgeheim hierher zurücksehnte.

Sie straffte ihre Schultern. Sie würde darüber nachdenken müssen, aber diese Grübelei würde sie sich für eine Gelegenheit aufsparen, in der sie mit ihren Gedanken allein sein konnte und nicht unter Beobachtung stand. Dort kam eine ähnlich aufgeputzte Gestalt auf sie zugesegelt, die dunkelgelben und nachtblauen Farben deuteten auf das Haus Maskir hin. Das musste Riikarja sein, die sie seit ihrer Rückkehr noch nicht gesehen hatte. Es würde nett sein, sich von ihr den neuesten Klatsch erzählen zu lassen.

Iviidis lächelte und ging auf ihre Freundin zu.

# 7

»Hier stinkt es überall.«

Lluigolf lächelte über den Groll in der Stimme seiner Begleiterin. Er wusste, dass ihr Unmut nur teilweise dem zugegebenermaßen strengen Geruch galt, den vor allem Hafenstädte nun einmal auszuströmen pflegten. Angehörige anderer Rassen rochen für Elbennasen ohnehin nicht allzu angenehm, und die Dunstglocke, die seit Tagen über der Stadt lag, hielt die Ausdünstungen der vielen Leiber nicht nur fest, sondern verdichtete sie noch weiter zu einer beinahe greifbaren Masse.

Aber das war es nicht, worüber Rutaaura sich beklagte. Sie war nicht empfindlich, und ein wenig dicke Luft war normalerweise kein Grund, sie zum Jammern zu bringen. Aus den Klagen der Elbin klang vielmehr ihre Enttäuschung über den bisherigen Verlauf ihrer Reise. Die Hoffnungen, die sie sich gemacht hatte, hatten sich bei Weitem nicht erfüllt. Sie waren der Fährte der Schweigsamen Wanderer gefolgt und so bis an die Küste des Sandigen Ozeans gelangt. Aber hier, in diesem lauten, turbulenten, stinkenden Gewühl von Sandanger verlor sich ihre Spur wie Zucker in einem Ameisenhaufen, und sie hatten sie jetzt schon seit Tagen nicht wieder aufnehmen können.

Zwei Ochsenkarren rumpelten an ihnen vorbei und wirbelten noch mehr Staub und Sand auf. Lluigolf hustete demonstrativ und deutete die Straße hinunter. »Ich habe heute so viel Sand geschluckt, dass ich als Wanderdüne arbeiten könnte. Komm, lass uns den *Singenden Delphin* aufsuchen. Damit fangen wir gleich zwei Fische an einem Haken.«

Rutaaura blickte mit ärgerlich zusammengekniffenen Augen das Haus an, auf das er deutete, nickte und zog das herabhängende Tuchende ihres Sandläufer-Turbans wieder vor Mund und Nase, das sie nicht nur vor Sonne, Sand und Straßenstaub, sondern auch vor allzu neugierigen Blicken schützte. Elben waren hier in dieser Menschenstadt selten anzutreffen – deswegen war es ja so überaus verwunderlich, dass sie die Fährte der Dunklen verloren hatten.

Im *Singenden Delphin* erregte ihr Anblick kein Aufsehen. Die Wirtin blickte auf, als sie die Taverne betraten, und gab dem Schankjungen, der auf einem Hocker vor sich hindöste, einen Klaps. Lluigolf bedeutete ihr, zwei frische Krüge Bier zu zapfen, und schob sich mit einem Nicken an den einzigen anderen Gästen vorbei zum Tresen, zwei Fischern, die auf der durchgehenden Bank an der Längsseite des Raumes hockten, ihre Stiefel in den Raum streckten und stummelige Pfeifen rauchten. Einer von ihnen kaute gleichzeitig einen Priem und spuckte in regelmäßigen Abständen dunkelroten Tabaksaft in das Sägemehl zu seinen Füßen.

Rutaaura blieb einige Atemzüge lang an der Tür stehen und zog den Stoff von ihrem Gesicht. Unter dem Turban kringelte sich eine eisblonde Haarsträhne hervor und fiel ihr in die Stirn. Sie schob sie ungeduldig unter den Stoff zurück und ließ sich auf der Bank neben der Tür nieder.

Lluigolf näherte sich mit zwei vollen Krügen in der Hand und zog einen Schemel heran, auf dem er das Bier abstellte.

»Was sagt sie?«, fragte sie leise und griff nach einem Krug. Lluigolf trank, wischte sich den Schaum von der Oberlippe und schüttelte den Kopf. »Der Käpt'n war noch nicht hier«, erwiderte er ebenso gedämpft. »Aber sein Schiff ist noch nicht wieder ausgelaufen. Die Wirtin sagt, dass er gewöhnlich kurz vor dem zweiten Wachwechsel hereinschaut.«

Die Elbin nippte an dem herben Bier, verzog kurz das Gesicht und nahm dann einen beherzteren Schluck. »Menschen nehmen wirklich seltsames Zeug zu sich«, murmelte sie.

»Sei vorsichtig, man gewöhnt sich dran«, warnte ihr Begleiter mit einem wölfischen Grinsen. »Wir warten also hier?«

»Das tun wir«, seufzte Rutaaura.

Sie saßen schweigend und tranken sparsam von ihrem Bier, während sich die Taverne nach und nach mit Seeleuten und Fischern füllte. Mit den Gästen kam salzige Luft durch die offene Tür, und je älter der Abend wurde, desto mehr feiner roter Sand lagerte sich auf den verblichenen Schiffsplanken, aus denen der Boden der Taverne bestand, setzte sich in die Ritzen und Fugen, knirschte zwischen den Zähnen und ließ sogar das Bier im Krug trübe werden.

Lluigolf sah in die schlammige Neige seines Kruges und schüttelte den Kopf. »Das würde noch nicht mal der Zwerg trinken«, murmelte er angewidert. Er kippte den Krug aus und stand auf. »Soll ich dir auch noch ein frisches mitbringen?«

Rutaaura verneinte. Ihr Krug war noch halb gefüllt, das Bier schmeckte inzwischen abgestanden und schal, aber sie hatte auch nicht vor, es zu trinken. Sie sah ihrem Begleiter zu, wie er sich den Weg zum Schanktisch bahnte und dabei energisch seine Ellbogen benutzte. Er hatte sich irgendwoher die salzwassergebleichte Leinenmontur eines Matrosen besorgt und schien sich in ihr genauso wohl zu fühlen wie in seinen eigenen abgetragenen Kleidern. Selbst sein Gang war rollend wie der eines alten Seebären. Ruta lächelte. Sie hatte Lluigolf nie anders als in schäbigen Kleidern gesehen, aber sie war überzeugt davon, dass er die Seidenrobe eines Goldenen mit der gleichen Selbstverständlichkeit ausfüllen würde wie die grobe Kleidung, die er jetzt am Leibe trug. Und wahrscheinlich würde er sich gleichermaßen in der Hohen Halle bewegen, als wäre es sein Geburtsrecht, sich dort aufzuhalten – so, wie er jetzt mit den Seeleuten dort am Tresen scherzte, als hätte er schon manche stürmische Fahrt mit ihnen überstanden.

Ein frischer Luftzug wehte durch die Tür und brachte nächtliche Kühle mit sich und den Geruch nach trockenem, altem Schlangenleder. Kleider raschelten leise, gaben in Rutaauras scharfen Ohren einen ganz anderen Klang als das grobe Knarren der derben Fischerhosen und -jacken rundum.

Sie blickte auf und sah in ein scharf geschnittenes, dunkles und adlernasiges Gesicht, das wie das ihre von einem mitternachtsblauen Turban überschattet wurde. Dunkelbraune Augen blickten in ihre eisfarbenen, einen winzigen Moment lang verblüfft über die ungewöhnliche Farbe. Dann verzog sich der schmale Mund zu einem Lächeln. »*Sran'kka*«, begrüßte der Sandläufer sie als Mitglied seines Volkes.

»*Sr'randu*«, erwiderte Rutaaura und rückte einladend zur Seite. Der junge Mann ließ sich neben ihr nieder und betrachtete sie mit gedämpfter Neugier aus den Augenwinkeln. Beide schwiegen höflich. Nach einer Weile berührte er mit einem schwarz lackierten, spitzen Nagel respektvoll den Ärmel ihres Burnus. »*Q'ka sbran d'gxu?*«, fragte er. *Dein Stamm hat Wasser?*

Rutaaura vollführte eine verschlungene Geste mit den Fingern der linken Hand. »*Rr'qwa sbran'sxa ch'uq.*« *Wir reiten mit Wasser in den Bäuchen.*

Der junge Mann nickte zufrieden und lehnte sich zurück. Sie sah bei näherer Betrachtung nicht aus wie eine Sandläuferin, aber ihre Worte sagten ihm, dass sie ein Recht hatte, diese Kleidung zu tragen, und ihre Geste hatte ihm gezeigt, welcher Stamm sie diese Worte gelehrt hatte.

Ruta fragte sich, was ihn in die Stadt geführt haben mochte. Sandläufer hassten Mauern und Menschenansammlungen, ohne den freien Himmel über dem Kopf und nicht viel mehr um sich als ihren Stamm, Wind und Sand wurden sie krank.

Der Sandläufer würde jetzt ohne Aufforderung nicht mehr das Wort an sie richten, das verbot seine Erziehung. Sie war die Frau, sie musste das Gespräch eröffnen. Sie musterte seinen Burnus. Säume und Kanten waren mit einer feinen roten Stickerei eingefasst und seine Skrall-Peitsche hing an einem geflochtenen Riemen aus Echsenhaut, den er quer über der Brust trug. Außerdem hatte er das lange Ende seines Turbans so drapiert, dass es eine Schulter bedeckte. Ein Sandläufer aus dem Nördlichen Territorium also – er war weit weg von zu Hause.

»Du bist weit weg von deinem Feuer. Dein Stamm hat dich in die Stadt geschickt?«, fragte Rutaaura ihn in der kehligen Sprache des nördlichen Sandes.

Der junge Sandläufer schnalzte bejahend mit der Zunge. Seine dunklen Augen musterten mit wachsamen Blicken die Gäste der Taverne. »Unsere *J'Xchan* hat den Atem der Götter getrunken und der *Gras'dau* kann ihr nicht helfen«, antwortete er. »Die Mütter haben mich geschickt, weil ich schon einmal in den Mauern gewesen bin und den Weg kenne.«

Die scharfen Laute der Sandläufer-Sprache klangen im südlichen Dialekt weicher, als Rutaauras Ohr es gewöhnt war, und sie musste sich sehr anstrengen, um ihn zu verstehen. Das Oberhaupt seines Stammes war also so krank, dass die Ältesten den Sandläufer geschickt hatten, um einen Heiler aus der Stadt zu holen. Das kam vor, wenn auch selten. Er musste einiges an wertvollem Gut mit sich tragen, wenn er einen Heiler überreden wollte, mit ihm auf die lange Reise nach Süden zu gehen.

»Was machst du hier?«, fragte Rutaaura weiter. Sie war sich sicher, dass er sein Reittier irgendwo weit draußen vor der Stadt gelassen und dort auch sein Lager aufgeschlagen hatte. Eine Taverne im Hafenviertel war weder der naheliegendste Ort, noch war jetzt die passende Tageszeit, um nach einem Heiler zu suchen.

Der junge Mann zog die Brauen zusammen. »Ich folge dem Sand«, sagte er unbestimmt. Seine Hände verschwanden in den Ärmeln seines Burnus, als er die Arme über der Brust verschränkte.

Ruta nickte. Er hatte wahrscheinlich etwas bei sich, was er veräußern wollte, und der *Singende Delphin* war der richtige Platz, um seltene, gefährliche oder verbotene Güter an den Mann zu bringen.

»Ich wünsche dir Erfolg bei deinem Vorhaben«, sagte sie. »Der Heiler ist reisebereit?«

Der Sandläufer senkte die Lider, als hätte sie ihn gescholten, und schwieg lange. Dann wandte er ihr sein dunkles Gesicht zu und sah sie direkt an. Das war unter Fremden unüblich, und Rutaaura erwiderte den Blick erstaunt und erwartungsvoll.

»*Durq'kka*«, sagte er entschlossen und sprach sie damit respektvoll als ranghöheres Mitglied seines Volkes an. *Ein Bruder erbittet deine Hilfe.*

Die Form der Bitte ließ ihr keine Wahl. »*MhranQ'r'randu*«, gab Rutaaura zögernd die rituelle Antwort. *Die Schwester hört dich und wird tun, was in ihren Kräften steht.* Sie meinte zu spüren, wie der Boden sich unter ihr bewegte. Was immer der junge Sandläufer jetzt von ihr verlangte – ihre Ehre und ihr Wort banden sie. Rutaaura blickte sich suchend um. Lluigolf, der gegen den Tresen gelehnt dagestanden und sich mit einem Matrosen unterhalten hatte, fing ihren Blick auf, klopfte dem Seemann kräftig auf die Schulter und kam mit seinem Bierkrug in der Hand auf sie zu.

»Wie nennen dich deine Schwestern?«, fragte Rutaaura.

»Die Mütter gaben mir den Namen Tamayout«, sagte er und warf dem herannahenden Lluigolf einen misstrauischen Blick zu.

»Tamayout«, sagte Rutaaura mit leiser Verzweiflung in der Stimme, »mein Stamm nennt mich Arassou. Und das ist mein geschworener Gefährte L'xu'ghol. Er ist mein Ohr und meine Zunge.«

Das Missfallen wich nicht aus der Miene des jungen Mannes. Er hatte sich halb erhoben, und seine mit blaugefärbten Narben bedeckte Hand lag am silbernen Griff eines Dolches, der in seiner Schärpe steckte.

Lluigolf blieb stehen und sah den Sandläufer mit leisem Spott in den dunkelgrauen Augen an. »*Syan'daau*«, grüßte er höflich. »Mehr als das kann ich in eurer halsentzündenden Sprache leider nicht sagen, aber vielleicht hilft es dir, dich ein wenig zu entspannen, mein unruhiger Freund.«

»Lluis«, sagte Ruta mahnend. »Das ist Tamayout. Er hat mich um Beistand gebeten.«

Lluigolf verdrehte die Augen. »Heiliger Katzendreck«, murmelte er leise. »Das hat uns gerade noch gefehlt.«

Tamayout umfasste den Dolchgriff fester und sah Rutaaura mit zusammengezogenen Brauen an. »Er soll gehen«, sagte er stockend in der Sprache der Menschen. »Er Mauermann, Fußkriecher. Er kein *Taywwa!*«

»Richtig, mein Junge, das bin ich nicht«, sagte Lluigolf und zog mit einem Fuß einen Hocker heran, auf dem er sich niederließ. »Aber wenn du Hilfe von meiner Gefährtin willst, hast du mich gleich mit eingekauft.«

Der Sandläufer blieb stehen und sah Rutaaura anklagend an.

Sie legte eine Hand auf Lluigolfs Arm und gab ihm einen stummen Wink. Er wandte den Kopf ab und seufzte. »*Bitte,* Lluis«, sagte sie eindringlich.

Er drehte mit zusammengekniffenen Lippen den Kopf seitwärts und strich kurz seine langen, lockigen Haare von der Schläfe, um dem Sandläufer sein Ohr zu zeigen. Der junge Sandläufer starrte zuerst ihn ungläubig an und dann Rutaaura. Sie zuckte nur mit den Achseln und zupfte eine Strähne ihres hellen Haars aus dem Turban.

Der Sandläufer keuchte und machte Anstalten, sich auf die Knie zu werfen, aber Lluigolf hielt ihn eisern am Ellbogen fest, während Ruta ihren Turban wieder zurechtzog.

»Gut, dann wäre das ja geklärt«, knurrte der stämmige Mensch und schob den verwirrten Sandläufer auf die Bank zu.

Tamayout ließ kein Auge von Rutaaura, als er sich hinsetzte. »Ich erflehe deine Vergebung«, sagte er heiser. »Ich wusste nicht, wer du bist, als ich dich um Beistand bat.« Er schlug beschämt mit der narbenbedeckten Hand auf seine Brust, in seinen dunklen Wimpern hingen Tränen. »Du bist nicht verpflichtet, einem einfachen *Taywwa'na'cho* zu helfen. Dein Stamm ist gesegnet. Deine Füße sollen nie den heißen Sand berühren müssen, das Wasser begleite dich auf all deinen Wegen …«

Rutaaura schenkte dem breiten Grinsen Lluigolfs keine Beachtung. Sie beugte sich vor und nahm die Hand des verzweifelten Jungen in ihre dunklen Hände. »Tamayout«, sagte sie eindringlich. »Ich habe versprochen, dass ich dir helfe – du musst mir jetzt nur sagen, was ich für dich tun soll.«

Er wagte nicht, sie anzublicken und starrte auf ihre Hände nieder, deren Haut sogar noch dunkler war als die seine. »*Saayaa*«, begann er stockend, »der Heiler, den ich für meine *J'Xchan* holen sollte, ist nicht mehr in den Mauern. Ich habe die Mauern-Frau nicht verstanden, die dort jetzt lebt, sie spricht nicht meine Sprache, und eure Sprache viel zu schnell. Der Heiler ist ein *Taywwa*-Halbling, ich hätte mit ihm reden können, aber jetzt weiß ich nicht, was ich tun soll …« Er hatte beim Sprechen langsam die Fassung wiedergewonnen und erzählte weiter. Dies war das zweite Mal in seinem Leben, dass er so weit nach Norden gereist war – beim ersten Mal, vor zwei Umläufen, hatte er einen erfahrenen alten Sandläufer begleitet, der ihm beibrachte, den Weg nach Sandanger durch die sich ständig verändernde Landschaft des *Tyawa'an*, wie die Sandläufer den Sandigen Ozean nannten, zu finden.

Der Alte hatte ihm auch die Händler gezeigt, denen er sein wertvolles Gut verkaufen konnte und die ihn bei dem Handel voraussichtlich nicht mehr übers Ohr hauen würden, als es akzeptabel war.

»Er hat dir hoffentlich auch gesagt, dass du dich dabei nicht von den Leuten des Seelords erwischen lassen darfst«, sagte Rutaaura eindringlich. »Sie würden dir deine Ware abnehmen und dich im besten Fall halb tot prügeln.«

»Das Volk der *Taywwa* zahlt immer pünktlich seinen Tribut an den Lord«, sagte Tamayout grimmig. »Er nimmt uns dennoch in jedem Umlauf mehr von unserem heiligen Sand für seine verhexten Schiffe. Das finden viele *Taywwa* nicht richtig! *Tyawa'an* ist unsere Stamm-Mutter, nicht die der Fußkriecher.«

»Es mag nicht richtig sein«, räumte Ruta ein. »Aber der Seelord hat viele bewaffnete Männer und Hexer, die ihm beistehen. Die Mütter tun gut daran, sich mit dem Lord zu arrangieren.«

»Auch die Stämme haben viele Männer mit Waffen«, begehrte der junge Sandläufer auf.

Rutaaura seufzte. »Welche Waren führst du mit dir?«

Tamayout zögerte. »Drei Handvoll weißes Harz«, sagte er widerstrebend. »Und zwei Blasen Skrallblut. Einen Beutel voll Glühsteine.«

Ruta saugte Luft durch die Zähne. »Das ist wirklich heiße Ware«, sagte sie. »Gut. Ich weiß genau den richtigen Mann dafür.« Sie bat ihn zu warten und übersetzte Lluigolf seine Worte.

Lluis schnalzte unwillig mit der Zunge. »Warum hat die Clan-Chefin ausgerechnet diesen Milchbart auf eine solche Mission geschickt und nicht eine ältere, erfahrene Frau?«, fragte er.

Rutaaura verzog den Mund. »Ich denke, es ist eine ihrer Proben«, erklärte sie. »Die *Taywwa*-Frauen betrauen ihre jungen Männer gerne mit schwierigen oder gefährlichen Aufgaben. Sie werden so schneller nützlich für den Stamm und können gut ihre überschüssige Energie loswerden.«

Lluigolf schnaubte. »Wenn der Bursche nicht mit einem Heiler dort aufkreuzt, wird seine Chefin dieses ganze Unternehmen womöglich nicht überleben. War das nicht etwas unbedacht?«

Rutaaura zuckte mit den Achseln. »Sie wird schon wissen, was sie tut«, erwiderte sie kurz.

»Also gut, der Quacksalber ist fort, und der Junge braucht jetzt einen anderen Heiler, der bereit ist, durch den Sand zu reisen«, sagte Lluigolf. »Und noch dazu möglichst einen, der ein paar Brocken dieser schrecklichen Sprache spricht. Wo treiben wir dieses seltene Exemplar auf?«

Rutaaura kreuzte die Arme vor der Brust. »Ich fürchte, ich werde als Dolmetscherin mitreisen müssen.« Sie verzog den Mund, als schmeckte ihr der Gedanke nicht recht.

»Und was wird aus unserer Suche?«, fragte Lluis. »Wenn wir Zeit vertrödeln, finden wir die Schweigsamen nie. Ihre Spur wird mit jedem Tag kälter ...«

Der Sandläufer hatte offenbar verstanden, was Lluigolf gesagt hatte. Er zupfte aufgeregt an seiner Schärpe. »*Saayaa*, der Mauermann sagt, du suchst die *Saayyin* im Süden?«, fragte er.

Rutaaura griff nach seinem Arm. »Was weißt du über sie?«, fuhr sie ihn an.

»Zwei von ihnen sind im vergangenen Sturmmond ein Stück mit uns gezogen, gesegnet seien ihre Schritte und das Wasser begleite sie auf all ihren Wegen«, erwiderte Tamayout. »Ihr Lager ist tief im südlichen Karst. Viele Felsen, viele tiefe Höhlen.« Er schauderte. Die Vorstellung, in einer Höhle zu leben, ließ einem Sandläufer den kalten Schweiß ausbrechen.

Ruta blickte Lluigolf an. Er sah nicht besonders glücklich aus. »Im südlichen Karst«, murmelte er. »Das ist wahrlich am Rand der Welt, wir müssten den ganzen Sandigen Ozean durchqueren. Ich kann mir vorstellen, dass sich nicht allzu viele Reisende dorthin verirren.«

Rutaaura nickte. »Ich werde alleine gehen«, sagte sie. »Du bist kein Sandläufer ...«

»Du auch nicht«, gab er heftig zurück. »Ruta, das ist Wahnsinn. Du wirst nicht allein durch diese Sandhölle reisen, um dann festzustellen, dass sie wieder nicht an dem Ort sind, an dem die Gerüchte sie vermutet haben!«

Ruta hob die Hand. »Ich denke darüber nach«, sagte sie bestimmt. »Lluis, du wartest hier weiter auf den Kapitän. Ich rechne nicht mehr mit ihm, aber wenn er doch noch auftauchen sollte, frag ihn gleich auch nach der Süd-Passage und ob er ein Schiff kennt, das in der nächsten Zeit die *Taywwa*-Küste anläuft.«

Lluigolf knurrte missvergnügt. »Ich weiß nicht, was ich schlimmer fände – den Sandigen Ozean per Schiff oder auf einem von diesem schuppigen Biestern zu überqueren …«

»Aber ich weiß, was schlimmer wäre«, erwiderte Rutaaura. »Wenn wir es zu Fuß und ohne Führer versuchen müssten.«

Sie wandte sich an Tamayout. »Dein Lager ist vor dem Südtor?« Der Sandläufer nickte mit neuer Hoffnung im Blick. »Du hast Ware mit, die du verkaufen sollst, richtig?« Wieder nickte der junge Mann.

»Gut. Geh und kümmere dich um deine Tiere. Schlaf. Morgen bringe ich dich zu dem Mann, der dir deine Ware abkauft … Ich suche ihn gleich noch auf.« Sie stand auf. »Lluis, falls ich heute nicht mehr hierher zurückkomme, treffe ich dich morgen gegen Mittag am Südtor.«

Der stämmige Mann nickte. Er zog den speckigen Tabaksbeutel aus der Tasche und begann seine Pfeife zu stopfen. Der junge Sandläufer sah ihm fasziniert zu, bis Rutaaura ihm einen Stoß gab und ihn zur Tür schob.

»Pass gut auf dich auf«, stieß Lluigolf scheinbar unbekümmert zwischen zwei Qualmwölkchen hervor. Er lehnte sich gegen die Wand und streckte die Beine aus, auf den ersten Blick nur ein Seemann mehr, der sich hier bis zum Auslaufen seines Schiffes die Zeit vertrieb, trank, rauchte und den Geschichten lauschte. Seine ernsthafte Besorgnis verhehlte er hinter halb geschlossenen Lidern – sie wäre nur Rutaaura aufgefallen, und die ging soeben mit Tamayout in die Nacht hinaus.

# Andronee Mondauge, Verborgenes Licht

*»Dann ging Jannas im Zorn, ohne ein Wort an seine weinende Mutter zu richten, und warf die Tür hinter sich zu. Sie aber rief ihm nach und flehte, er möge zurückkehren, er möge nicht hinausstürmen in die finstere Nacht. Aber er hörte nicht, denn sein Zorn machte ihn blind gegen die Vernunft und taub für die Sorge seiner Mutter.*

*Er lief durch die Nacht, und sein Schatten folgte ihm. Die Reisende stand hoch über ihm am Himmel und beleuchtete seinen Weg, aber Wolken zogen auf und verbargen ihr Gesicht. Es ward finster um ihn, aber er wandte sich nicht um. Sein Zorn trieb ihn unaufhaltsam weiter fort von seinem Heim und seinen Eltern, seinem Volk, und nur sein Schatten folgte ihm …«*

# 8

Olkodan saß auf der Veranda vor seinem Haus. Auf seinen Knien lag vergessen das Stück Lindenholz, aus dem er ein Spielzeugpferd für seinen Sohn hatte schnitzen wollen.

Sein nachdenklicher Blick ruhte auf Trurre, der bis zu den Knien im hohen Gras der Wiese stand und mit kräftigen Bürstenstrichen sein wohlig grunzendes Pony striegelte.

Der Zwerg hatte sich am gestrigen Abend als angenehmer Gast gezeigt. Es war recht spät geworden, weil die beiden Männer noch bis in die Nacht zusammengesessen hatten. Trurre hatte Olkodan mit Geschichten unterhalten, die er auf seinen Reisen erlebt hatte. Anscheinend war er viel in der Welt herumgekommen, und das wunderte Olkodan. Wusste doch jedes Elbenkind, dass das streitbare Volk der Zwerge seine Höhlen und Stollen nur selten und ungern verließ – außer, wenn es darum ging, Krieg zu führen.

Dieser Zwerg war anders als die Zwerge in den Erzählungen. Er war nicht mürrisch und wortkarg, sondern gab sich offen und gut gelaunt. Er schleppte nicht ständig eine Axt oder einen Streithammer mit sich herum, und er erzählte spannend von fremden Regionen und Völkern, von Gasthäusern, Märkten und großen Städten, statt seinen Zuhörer mit der Schilderung von Minen, Erzen, Schmiedearbeit, Gesteinssorten und Felsformationen zu langweilen.

Olkodan biss grüblerisch auf seinen Daumennagel. Warum hatte er Trurre geholfen? Er kannte weder ihn noch seine Absichten, und er konnte sich nicht sicher sein, dass dieser wortgewandte, höfliche Zwerg nicht insgeheim Böses gegen die Elben im Schilde führte.

Trurre sah ihn an, als hätte er seine Gedanken vernommen, und winkte ihm mit dem Striegel zu. Olkodan hob die Hand und winkte zurück, doch seine Miene blieb nachdenklich.

Der Zwerg gab seinem Pony einen Klaps, das Tier schnaubte und begann zu grasen. Trurre stiefelte durch das Gras und ließ sich neben Olkodan auf die Bank fallen.

»Was bereitet dir Kummer, mein Freund?«, fragte der Zwerg. Der Elbe legte achtsam das Stück Lindenholz beiseite und blickte den kleinen Mann an. In seinem dunkelblonden Bart hingen ein paar trockene Grashalme, und das brachte Olkodan zum Lächeln. Erleichtert lächelte der Zwerg zurück, und die Fältchen um seine braunen Augen wurden tiefer. »Du fragst dich, was ich eigentlich hier will, richtig?«

Olkodan seufzte. »Ich kann dich gut leiden, Trurre Silberzunge, aber ich kenne dich nicht. Du bist ein Zwerg, und du treibst dich ohne Genehmigung auf Elbenland herum. Weiß ich denn, was du in deinem Herzen verbirgst?«

Trurre nickte langsam. Er zog seine Pfeife hervor, steckte sie unangezündet zwischen die Zähne und saugte ein paarmal zischend daran. Dann legte er sie neben sich auf die Bank und beugte sich vor.

»Ich will es dir sagen«, sagte er kurzentschlossen. »Wahrscheinlich reißt sie mir den Kopf deswegen ab, aber im Moment ist sie weit weg, und ich bin hier.« Er verstummte, wiegte den Kopf und trommelte mit seinen kurzen Fingern gegen das Holz der Bank. Olkodan sah ihn fragend an.

»Hab Geduld mit mir«, bat der Zwerg. »Ich muss eine lange Geschichte in eine kurze Rede stopfen, und mein Magen knurrt so laut, dass ich mir kaum beim Denken zuhören kann. Außerdem will ich dich nicht zu lange aufhalten, denn du hattest sicher vor, gleich ein feines Frühstück für zwei hungrige Mägen zu bereiten ...« Er machte eine bedeutungsvolle Pause.

Der Elbe musste erneut lächeln. »Du bist mein geehrter Gast, Trurre Silberzunge, und ich behandele dich wenig gastfreundlich, verzeih. Komm, stopfe deine Geschichte in eine Rede, so lang oder kurz es dir beliebt – ich mag lange Geschichten, vor allem, wenn ein meisterhafter Erzähler wie du sie mir serviert. Ich kümmere mich derweil um unser leibliches Wohl.«

Der Zwerg sah ihm nach, wie er ins Haus ging. Der junge Elbe war ein Bursche nach seinem Herzen, obwohl Trurre normalerweise ebenso wenig für die »Goldeselchen« übrig hatte wie seine beiden Gefährten. Er steckte mit einem geistesabwesenden Fingerschnippen seine Pfeife in Brand. Blaugraue Rauchwölkchen stiegen in die sommerlich warme Luft und rochen nach Herbst und malzigem Bier. Das war Zwergenkraut, es schmeckte nach den Bergen seiner Kindheit und weckte ein Gefühl, das Trurre nur selten überfiel – dann aber mit aller Heftigkeit.

Er reiste schon lange von seinem Volk getrennt durch die Welt. Die Gefährten, denen nun seine Treue und sein loyaler Schwur gehörten, waren ebenso wie er Missgeburten in den Augen ihres Volkes.

Trurre seufzte ein wenig. Es war an der Zeit, wieder einmal die Halle seines Vaters aufzusuchen. Er war nicht offiziell verbannt worden, aber seine Sippe sah ihn nach jedem seiner seltenen und kurzen Besuche nicht ungern wieder gehen. Zwerge hielten viel auf die Tradition, und einer wie er passte nicht in ihr geordnetes Bild der zwergischen Welt. Für einen Besuch in der Kronhalle würde er erst einmal nach seiner Axt suchen müssen, die gut eingewickelt irgendwo tief unten in einem seiner Reisesäcke ruhte.

Geschirr klapperte verheißungsvoll. Olkodan stellte ein hoch beladenes Tablett auf den Tisch und begann, allerlei Leckereien vor Trurre aufzubauen. Scharf riechender grüner Tee schickte Dampfschwaden empor, in einer Schale schwammen goldgelb gebratene Getreideschnitten in brauner Butter, und auf einem grünen Blatt lag ein Kanten Käse, der vom Abend übrig geblieben war, neben braunem, krustigem Brot. Die dunkle Süße von Honig in einem kleinen Topf lockte ebenso das Wasser in Trurres Mund wie eine große Schüssel mit geschnittenem Gemüse, das noch mit morgendlichem Tau überperlt zu sein schien.

»Ah«, machte der Zwerg behaglich und griff nach dem Messer in seinem Gürtel. »Das ist wirklich beachtlich, mein Elbenfreund – auch wenn ich ein wenig die kräftigeren Genüsse wie Speck, gepökelten Schinken, Braten und Räucherwurst vermisse – aber ihr Elben seid solchen Delikatessen ja grundsätzlich abgeneigt.«

Olkodan schüttelte den Kopf. »So etwas würde ich wirklich nicht herunterbringen – aber ich weiß, dass Menschen und Zwerge anders darüber denken. Zum Trost für dich habe ich das hier.« Er stellte einen irdenen Krug auf den Tisch und löste den versiegelten Korken mit einem Messer. Dann schob er Trurre den Krug hinüber und bedeutete ihm, den Inhalt zu probieren. Trurre hängte seine Nase über den Krug, schnüffelte und hob erstaunt den Kopf. »So etwas hätte ich wahrlich hier im Elbenland nicht erwartet«, sagte er. Ein starker Geruch nach reifem Obst erfüllte die Luft.

Olkodan lächelte breit und reichte dem Zwerg einen kleinen Becher. Trurre nahm einen winzigen Schluck zur Probe, den er lange im Mund umherwälzte, ehe er ihn herunterschluckte. Die Sonne ging in seinem Gesicht auf. Er schenkte sich eine weitaus großzügiger bemessene Portion der klaren, ein wenig öligen Flüssigkeit ein und nickte dem Elben anerkennend zu. »Das ist ein Tropfen, der des Zwergenkönigs würdig wäre – der lässt Barthaare wachsen. Wer von euch vornehmen bartlosen Burschen macht sich mit diesem Handwerk die Elbenfinger schmutzig?«

Olkodan lachte und schenkte sich selbst Tee ein. »Auch wenn wir alle keine Haare im Gesicht tragen, sind wir doch nicht alles Goldene, in Seide und Spitzen geboren und mit Morgentau aufgezogen. Diesen speziellen Obstbrand stellt mein Nachbar her, er braut auch ein sehr anständiges dunkles Bier.«

»Das glaube ich«, erwiderte Trurre mit vollem Mund. Eine Zeit lang schwiegen beide, der Zwerg, weil er mit Kauen und Schlucken beschäftigt war, und Olkodan, weil er seinem Gast, wenn auch zurückhaltender, beim Essen Gesellschaft leistete.

Endlich schob Trurre sein Essbrett beiseite, seufzte zufrieden, lockerte seinen strammsitzenden Gürtel und legte die Füße auf einen Schemel. Er fingerte seine Pfeife hervor, klopfte die Asche heraus und stopfte den altersdunklen Kopf neu mit duftendem Kraut.

»Möchtest du ein Pfeifchen probieren?«, bot er seinem Gastgeber an. Olkodan schüttelte fast entsetzt den Kopf. »Damit könntest du einen Elben wahrscheinlich umbringen. Trotzdem danke.«

»Ihr wisst wahrlich nicht, was gut ist«, brummte Trurre und benutzte diesmal einen sorgsam in immerfeuchtes Moos eingewickelten Glühstein zum Entzünden des Tabaks. Er schmauchte geruhsam einige Züge, blies einen Rauchring nach dem anderen in den Himmel und nippte zwischendurch an dem erneut aufgefüllten Becher mit Obstbrand.

Trurre nahm die Pfeife aus dem Mund und drückte mit dem Daumen den glimmenden Tabak fest. »Ich habe dir eine Geschichte versprochen«, begann er. »Du erinnerst dich an unsere erste Begegnung?« Olkodan schmunzelte und erwiderte nichts auf diese rhetorische Frage. »Du hast dem Offizier gesagt ›Der Zwerg wollte zu mir.‹« Trurre verengte seine Augen zu vergnügt funkelnden, schelmischen Schlitzen. »Du hast es nicht gewusst, aber das war die reine Wahrheit. Trurre Silberzunge war auf dem Weg zu dir.«

Der Elbe sah ihn verdutzt an. Trurre blickte versonnen den Rauchwölkchen aus seiner Pfeife nach. Er ließ sich Zeit mit seiner Geschichte.

»Es sind drei Gefährten«, hob er nach einer Weile des Sinnens wieder an. »Sie sind ohne Clan und ohne Volk. Sie reisen durch die Welt, mal gemeinsam, mal auf getrennten Wegen, doch immer im Geiste und im Schicksal vereint.« Wieder machte er eine Pause. Olkodan blickte ihn unverwandt, aber ohne ein Zeichen von Ungeduld an.

»Eine von ihnen trägt schwer an ihrem Los, von ihrem Volk ausgestoßen zu sein. Sie sucht nach ihresgleichen, und diese ruhelose Suche führt sie in die entlegensten Winkel der Welt. Doch immer, wenn es Frühling wird in der Welt außerhalb und die neue Sichel des Mondes sich über dem Wandernden Hain zeigt, zieht es sie an den Ort ihrer Geburt zurück, damit sie diejenige trifft, die sie ihre Schwester nennt.«

Der Zwerg trank einen Schluck und fuhr in nüchternem Tonfall fort: »Kurz und gut, die Schwester deiner Frau hat mich gebeten, ein Auge auf dich und Iviidis zu werfen. Deine Frau hält sich im

Sommerpalast auf – dort kann ich mich beim besten Willen nicht blicken lassen –, und ich fand es überflüssig und ärgerlich, hier irgendwo in einem Gebüsch zu hocken und dich insgeheim zu beobachten, wenn ich das Gleiche genauso gut nett, warm und gemütlich an deinem wohlgefüllten Tisch tun kann.«

Olkodan schüttelte sich wie eine Katze, die von einem Wasserstrahl getroffen wird. »Was?«, stammelte er.

Trurre lachte rollend. »Dass ausgerechnet du mir gestern so überaus freundlich aus der Klemme geholfen hast, war wie ein Wink mit Orrins Hammer. Ich passe gerne ein bisschen auf dich und deine Frau auf – auch wenn ich nicht genau weiß, warum ich das eigentlich tun soll. Aber wenn Ruta es für nötig hält, ist mir das Grund genug.«

»Ruta – das ist Iviidis' Schwester?«, fragte Olkodan, der verzweifelt nach dem Faden suchte, der ihn durch dieses Labyrinth führen würde.

»Rutaaura, die Mondleuchtende«, erwiderte Trurre feierlich. »Rutaaura, die mir eigenhändig den Kopf abschrauben wird, wenn sie herausfindet, dass ich hier an deinem Tisch sitze und dir einfach von ihr erzähle. Sie ist ein wenig geheimniskrämerisch, deine Schwägerin.«

»Wenn das stimmt, ist nicht nur sie geheimniskrämerisch«, murmelte Olkodan verblüfft. »Ivii hat mir nie von einer Schwester erzählt.«

Trurre seufzte leise, und ein Schatten zog über sein Gesicht. »Sie hat ihre Gründe dafür«, sagte er kurz. »Wir sind keine gute Gesellschaft für Leute wie dich. Ordentliche Leute, die Kinder haben und Nachbarn, die Bier brauen, und sich keine Gedanken machen wollen über Dinge, die dunkel und fremd sind …« Er versank in Schweigen, und der gefüllte Becher blieb lange Zeit unbenutzt auf dem Tisch stehen.

Olkodan betrachtete ihn nachdenklich. Die Geschichte des Zwerges hatte mehr Fragen aufgeworfen, als sie geklärt hatte. Es war höchst ungewöhnlich, dass eine Elbin sich von ihrem Volk entfernte, und er hatte noch nie davon gehört, dass ein Elbe verstoßen worden wäre. Er konnte sich nicht vorstellen, aus welchem Grund so etwas geschehen sollte.

Dass der Zwerg nicht bei seinem Volk lebte, war ebenso seltsam. Vielleicht hatte Trurre Silberzunge ein Verbrechen begangen, für das er mit der Verbannung bestraft worden war – aber diese Vorstellung erschien Olkodan beinahe lächerlich, auch wenn er Trurre erst seit Kurzem kannte.

»Was hast du also vor?«, fragte der Elbe, um das Schweigen zu brechen. »Du kannst eine Weile hier bei mir bleiben. Hier ist Platz genug für dich, und solange Iviidis bei Hofe ist, freue ich mich über Gesellschaft. Es ist nicht angenehm, allein zu essen.«

»Oder zu trinken«, erwiderte der Zwerg, mit einemmal wieder sichtlich aufgemuntert, hob den Becher und trank Olkodan zu.

Dann stand er auf, verbeugte sich feierlich vor dem jungen Elben und sagte: »Trurre Silberzunge, Groffins Sohn, dankt dir für deine Freundlichkeit, deine Gastlichkeit und dein hochherziges Anerbieten, einem Zwerg ein Dach über dem Kopf, ein Bett und einen Platz an deinem Tisch zu gewähren. Zwerge und Elben sind wahrlich Feinde gewesen, seit es die ewigen Berge gibt. Aber, bei Orrins Hammer und bei meinem Wort als Groffins Sohn – das soll ein Ende haben!« Er reichte Olkodan, der unwillkürlich ebenfalls aufgestanden war, die Hand hin, die der Elbe ein wenig verlegen ergriff. »Das soll ein Ende haben«, wiederholte Trurre leise und nachdrücklich. Er hielt die Hand des Elben einige Atemzüge lang fest, dann ließ er sie abrupt los und wandte sich ab. Olkodan meinte, das Glitzern von Tränen in den Augen des Zwerges gesehen zu haben – aber darin hatte er sich wahrscheinlich getäuscht, denn Trurre sagte in nüchternem Ton: »Ich werde deine Gastfreundschaft noch für eine Nacht beanspruchen, wenn ich darf. Dann mache ich mich wieder auf. Das hier ist kein Platz, an dem sich ein Zwerg länger herumtreiben sollte. Und du könntest Schwierigkeiten deswegen bekommen, das will ich nicht. Es war kein guter Gedanke von mir, hierherzukommen, obwohl ich froh darüber bin, dich kennengelernt zu haben.«

Olkodan protestierte, aber Trurre unterbrach ihn mit einer seltsam herrischen Handbewegung, die gar nicht recht zu dem jovialen kleinen Mann passen wollte. Er stand da, beide Beine leicht gespreizt und fest in den Boden gestemmt, und hatte sich zu seiner vollen, nicht besonders imposanten Höhe aufgereckt. »Auch wenn ich nicht an deinem Tisch sitze, werde ich über dich und deine Familie wachen – und das nicht, weil ich es jemandem versprochen habe. Ich bin Trurre, Groffins Sohn. Meine Freunde können sich immer auf mich verlassen.«

Er wandte sich um und stapfte über die Wiese zu seinem Pony. Olkodan sah ihm verblüfft nach. Der Zwerg wechselte seine Stimmungen wie manche Frühlingstage ihr Wetter – und der Elbe verstand nicht recht, was das alles zu bedeuten hatte. Aber anscheinend hatte sich Trurre gerade feierlich zu seinem Freund ernannt, und das fühlte sich durchaus gut und beruhigend an.

Sie sprachen an diesem Tag nicht mehr viel miteinander. Trurre war erneut in eine fast grüblerische Stimmung versunken, und Olkodan ging es ähnlich. Doch in der Abenddämmerung saßen beide nebeneinander auf der Bank vor dem Haus, blickten in den Garten und plauderten über friedliche, nichtige Dinge.

Der nächste Morgen erblickte den Zwerg in sichtlich besserer Stimmung. Er stand im frühen Sonnenschein neben der Pumpe über den Zuber gebeugt und seifte sich ab. Das ungeflochtene Haar hing nass über seine breiten Schultern und einen vor Nässe glänzenden Rücken, unter dessen gebräunter Haut sich erstaunlich kräftige Muskeln abzeichneten. Unter seiner breiten Brust wölbte sich ein kugeliger Bauch – ein körperliches Merkmal, das den von Natur aus überschlanken Elben völlig fremd war. Olkodan bestaunte die kräftigen langen Arme des kleinen Mannes und den mächtigen Brustkasten, beides von einem dichten Pelz bedeckt. Elben kannten keine Körperbehaarung – auch deshalb war ein halb nackter Zwerg für Elbenaugen ein seltener und seltsamer Anblick.

Trurre schäumte gründlich seinen dunkelblonden Bart ein und brummte dabei melodisch vor sich hin. Ab und zu sang er sogar mit tiefer Stimme ein paar Worte in der gutturalen Sprache der Zwerge.

Als er den Elben entdeckte, der ihm von der Tür aus zusah, winkte er gut gelaunt und verspritzte dabei Wasser und Seifenschaum. »Guten Morgen«, rief er und spuckte etwas Schaum aus. »Ich habe Hunger – kannst du mich noch zum Frühstück einladen, oder habe ich deine Vorratskammern inzwischen komplett geleert?« Er klopfte fröhlich auf seinen runden Bauch.

Olkodan schmunzelte. »Ein kleines Frühstück bekomme ich wohl noch zusammengekratzt, wenn ich durch alle Winkel kehre«, antwortete er.

Nach einem üppigen und ausgiebigen Frühstück, das sich beinahe bis zum Mittag hinzog, war Trurre zum Aufbruch bereit. Er stand neben seinem Pony und wartete auf Olkodan, der noch einmal kurz ins Haus gegangen war. Als er zurückkam, trug er einen offensichtlich schweren Korb in der Hand, der sorgsam mit einem Tuch abgedeckt war.

»Hier, Trurre Silberzunge mit dem großen Appetit. Ich habe dir ein bisschen Wegzehrung eingepackt. Wie ich dich kenne, reicht sie nicht bis heute Abend – aber vielleicht kannst du den gröbsten Hunger damit stillen«, neckte er.

Trurre nahm sprachlos den Korb entgegen. Er schnallte ihn am Sattel des Ponys fest und wischte sich hastig über die Augen. Dann stieg er auf, drückte Olkodans Hand und sagte nur: »Bis bald, mein Freund. Ich bin nicht weit fort, und wenn du mich brauchst, werde ich es wissen und zu dir eilen.«

Olkodan sah ihm nach, bis er hinter der Wegbiegung verschwunden war. Dann schüttelte er den Kopf, murmelte »Gute Reise, Trurre Silberzunge« und ging ins Haus zurück.

# 9

Rutaaura stand in der Nähe des Südtors, wo sie Tamayout verlassen hatte, und lauschte den Geräuschen, die sie umgaben. Sie hörte raue Stimmen und Gelächter aus einer Schänke ein paar Gassen weiter. In einem der Gebäude in der Nähe keifte eine schrille Frauenstimme, immer wieder unterbrochen von dem tieferen Schimpfen eines Mannes. Etwas schepperte und zerbrach, und ein Hund begann zu bellen. Schritte holperten über den unebenen Boden, ein Betrunkener, der sich von Mauer zu Mauer schlingernd den Weg nach Hause ertastete.

Rutaaura hielt die Augen geschlossen und weitete ihre Aufmerksamkeit aus. Irgendwo hinter der Stadtmauer erklang gedämpft das Rauschen des Meeres. Wind strich über ihr Gesicht und brachte Salz und Sand und den trockenen, ledrigen Reptiliengeruch der Skralls.

Der Hafen lag unweit von hier. Ein Magus hielt ständig Wache und sorgte dafür, dass das Wasser Wasser blieb, solange Schiffe vor Anker lagen. Rutaaura hatte einmal miterlebt, wie das Hafenbecken sich mit Sand füllte, als der diensthabende Hexer einen Ohnmachtsanfall erlitt. Die Flüche der Seeleute, deren Schiffe plötzlich im Sand feststeckten, hatten ihn schnell wieder auf die Beine gebracht.

Sie öffnete ihre Augen. Das Mondviertel war ruhig, sie vernahm nirgendwo in der Umgebung die Geräusche, die eine patrouillierende Wache verursacht hätte. Die Nacht war dunkel, und der größte Teil der Stadt schien zu schlafen. Eine gute Zeit, um Rookhan nach langer Zeit wieder einmal aufzusuchen. Nachts war er immer noch der verschlagene kleine Gauner, als den sie ihn vor zwanzig oder mehr Umläufen kennengelernt hatte. Damals hatte sie für den Stamm, der sie aufgenommen hatte, weißes Harz und Skrallblut verkauft, und Rookhan hatte sie in einem noch erträglichen Rahmen übers Ohr gehauen. Rutaaura lächelte, und ihre Zähne blitzten in der Dunkelheit.

Den Weg durchs Mondviertel fanden ihre Füße von alleine. Mehrmals kreuzten Passanten ihren Weg, aber sie nützte die Dunkelheit wie einen Mantel, und keiner von ihnen bemerkte mehr von ihr als einen kleinen Lufthauch, der nach Sand und Salz roch.

Die hohe Mauer, die Rookhans Anwesen umgab, bildete kein ernsthaftes Hindernis für sie. Sie wählte die Stelle, die am weitesten vom Eingangstor entfernt war, um gewandt wie eine Bergkatze hinüberzuklettern. Drinnen blieb sie stehen, um sich zu orientieren. Es war finster, die mondlose Nacht lag drückend wie ein Tuch über dem Gelände. Der schwere, nach Reichtum schmeckende Geruch von feuchter, fruchtbarer Erde und wachsendem Grün hüllte sie ein.

Ihr scharfer Elbenblick zeigte ihr die Umrisse eines Gebäudes hinter den Bäumen, zwischen denen sie stand. Lautlos wie ein Schatten ging sie durch den kleinen Hain – Pinien, wie der kräftige, harzige Geruch ihr verriet. Ihre Füße schritten ohne Rascheln über einen dichten Teppich von trockenen Nadeln.

Sie trat aus dem Wäldchen und überblickte die Rasenfläche, die das weitläufige Gebäude umgab. Nichts regte sich. Das Haus lag dunkel und still da, nur im zweiten Geschoss des Westflügels war noch Licht zu sehen, das gedämpft durch die Fensterläden drang. Rutaaura lief über die freie Fläche und verschmolz mit dem Schatten der Hauswand.

Das Gebäude war nach südländischer Bauart verschwenderisch mit ausladenden Balkonen bestückt. Die Säulen und Vorsprünge aus sandfarbenem Stein boten ihren Händen und Füßen genügend Halt und Griffmöglichkeiten, daran emporzuklettern und sich auf einen Altan im zweiten Geschoss zu schwingen.

Sie kauerte sich nieder und lauschte. Ihre Nachtsinne verrieten ihr, dass sie noch immer unentdeckt geblieben war. Sie betastete den hölzernen Laden, der die zweiflüglige Tür ins Innere verschloss, und fand die Stelle, an der der Riegel saß. Wie sie es sich erhofft hatte, waren die Läden im oberen Geschoss nur nachlässig gesichert. Sie zog ihren Dolch aus dem Gürtel, schob ihn zwischen die beiden Türflügel und drückte den Riegel nach oben. Es klapperte leise, und sie konnte die Tür öffnen.

Rutaaura schüttelte den Kopf und verstaute den Dolch wieder. Morgen würde es ein Riesendonnerwetter geben, und der Bedienstete, den es treffen würde, tat ihr fast leid. Rookhan war kein angenehmer Mensch, und ganz sicher behandelte er sein Gesinde nicht besser, als er den Rest der Welt behandelte.

Sie zog die Läden hinter sich zu und schob den Riegel wieder vor. Die Luft im Zimmer war stickig, es roch nach parfümiertem Räucherwerk. Sie orientierte sich kurz und wählte dann eine Tür, von der sie annahm, dass sie auf einen Gang führte.

Auch hier war es dunkel. An den Wänden waren Halterungen für Kerzen und Öllampen zu sehen, aber sie waren leer. Rookhan wäre nicht so reich geworden, wie er es war, wenn er zu Verschwendung geneigt hätte. Rutaaura fühlte sich wohl in der Dunkelheit. Sie glitt lautlos an der Wand entlang in die Richtung, in der sie Rookhans Gemächer vermutete. Er war schon immer ein Nachtmensch gewesen, und daran hatte auch sein Wohlstand nichts geändert.

Sie blieb vor einer Tür stehen, unter der ein kaum sichtbarer Lichtschein hervordrang. Behutsam umfasste sie die Klinke und schob die Tür einen Spalt auf. Soweit sie sehen konnte, war das Zimmer leer. Sie hatte es vermutet, denn das Fenster, dessen Licht sie von draußen erblickt hatte, musste zu einem Raum hinter diesem gehören.

Sie schob sich durch den Türspalt, schloss die Tür lautlos hinter sich und dankte stumm dem Bediensteten, der die Angeln so sorgfältig geschmiert hatten. Der Boden des Gemaches war dicht mit dicken, kostbaren Teppichen belegt, die ihre Schritte dämpften. Schnell hatte sie den Raum durchquert. Sie lauschte kurz, dann atmete sie tief ein und wieder aus, straffte die Schultern und öffnete die Tür.

Rookhan saß in kostbare Seidengewänder gehüllt inmitten eines prachtvoll ausgestatteten Schlafraums an einem erstaunlich schäbigen Schreibtisch. Er blickte auf, den Mund schon zu einer scharfen Zurechtweisung geöffnet, die dem frechen Diener zugedacht war, der einfach so hereinplatzte, und erstarrte. Seine Hand glitt über die Tischplatte zu dem Messer, das dort lag.

»Guten Abend, Rook«, sagte Rutaaura. Der Gesichtsausdruck des Mannes wandelte sich von äußerster Alarmbereitschaft zu einem Ausdruck missmutigen Erstaunens.

»Ruta«, sagte er mit dem heiseren Flüstern, das seine beinahe zerstörten Stimmbänder noch hervorbringen konnten. »Du kommst unangemeldet. Wer hat dich eingelassen?«

»Ich freue mich auch, dich nach so langer Zeit wiederzusehen«, sagte Ruta. »Es scheint dir ja blendend zu gehen. Wie laufen die Geschäfte?«

Sie zog unaufgefordert einen Stuhl heran und setzte sich so hin, dass sie ihn gut im Blick hatte. Beide musterten sich eine Zeit lang schweigend. Als sie ihn kennengelernt hatte, glich Rookhan einem mageren, missmutigen Frettchen. Er hauste in einem schäbigen Schuppen in der Hafengegend, umgeben von Unrat und Gestank, und er wollte nichts weiter als diese Umgebung so schnell wie möglich hinter sich zu lassen.

Das war ihm gelungen. Das letzte Mal, das Ruta ihn getroffen hatte, lebte er schon in einem wohlhabenden Viertel im Osten der Stadt und bewohnte dort ein ansehnliches Haus – das aber in keinem Vergleich zu dem palastähnlichen Bau stand, in dem er jetzt residierte.

Das gute Leben hatte seine Spuren hinterlassen. Von dem mageren Frettchen war nicht mehr viel zu sehen, inzwischen glich Rookhan eher einem zufriedenen alten Mops. Aber der Eindruck hielt nur so lange an, bis man ihm in die Augen über den weichen Hängebacken blickte. Der Blick war genauso scharf, hungrig und misstrauisch wie damals, als er sich aus dem Elendsviertel herausarbeitete.

»Was willst du?«, fragte er. Seine Hand lag immer noch in der Nähe des Messers, und seine Finger, an denen eine verschwenderische Fülle von Ringen steckte, berührten mit einer deutlichen Geste den Griff.

»Ich habe etwas zu verkaufen«, erwiderte Ruta. »Bist du noch im Geschäft?«

Er antwortete nicht gleich. »Bleibst du länger in der Stadt?«, fragte er schließlich.

Sie schüttelte den Kopf. »Nein. Ich will weiter nach Süden.«

Er nickte und verschränkte die dicken Hände vor dem Bauch. »Also gut, um der alten Zeiten willen. Was bietest du mir an?«

»Das Übliche«, sagte Rutaaura.

Rookhan blinzelte langsam wie ein Reptil. »Ich wusste nicht, dass du wieder mit den Stämmen zu tun hast.«

Ruta zuckte mit den Achseln. »Vorübergehend«, sagte sie unverbindlich.

Die hellen Frettchenaugen musterten sie scharf. Sie erwiderte die Musterung. Es erschreckte sie immer, wenn sie einen Menschen lange nicht gesehen hatte, wie schnell dieses Volk alterte. Ihr Aufenthalt bei den Stämmen lag erst einige Umläufe zurück, aber Rookhan war alt geworden in dieser Zeit. Und wenn sie nachrechnete, wurde ihr bewusst, dass sie ihre engsten Gefährten aus dem Volk der Sandläufer inzwischen wahrscheinlich im Kreis ihrer Enkel antreffen würde.

Sie rief sich zur Ordnung. Rookhan das Wiesel war kein Gesprächspartner, in dessen Gegenwart man ungestraft seine Gedanken schweifen lassen durfte.

»Gut«, sagte er. »Ich bin bereit, dir ›das Übliche‹ abzunehmen. Zum üblichen Preis.«

Ruta hob die Brauen. »Der übliche Preis dürfte inzwischen um einige Dans höher liegen als damals«, gab sie zu bedenken. »Ich gehe davon aus, dass du mich nur im gewohnten Rahmen betrügst. Um der alten Zeiten willen, Rook.«

»Um der alten Zeiten willen«, flüsterte Rookhan grimmig und fasste unwillkürlich an seinen Hals – dorthin, wo sich, wie sie wusste, verborgen unter den Fleischwülsten seines Doppelkinns, eine lange, wulstige Narbe quer über seine Kehle zog. »Du hast nichts mitgebracht«, sagte er.

»Ich würde gerne morgen wiederkommen. Am Tag. Ich komme mit einem jungen *Taywwa*. Gibst du Bescheid, dass wir durchgelassen werden?«

Er nickte und deutete auf die Wand hinter Rutaaura. »Läute nach meinem Diener.«

Ruta griff hinter den Vorhang und ertastete eine Klingelschnur. Sie hörte nichts, als sie daran zog, aber kurz darauf öffnete sich die Tür. Die Augen des dunkel gekleideten Dieners weiteten sich erstaunt und auch ein wenig erschreckt, als er Rutaaura erblickte, aber er verneigte sich nur stumm und wartete.

»Hol mir den Wachhabenden«, befahl Rookhan, ohne den Mann anzusehen. Der Diener verneigte sich erneut und verschwand.

Eine Zeit lang herrschte Stille. Rookhan stand auf und ging zu einem kleinen Tisch in der Nähe der Tür, auf dem Gläser, einige Karaffen und ein Korb mit Naschwerk standen. Er nahm ein Glas und schenkte sich aus einer geschliffenen Karaffe Wein ein, ohne ihr ebenfalls etwas zu trinken anzubieten.

»Dein Begleiter ist mir nicht unbekannt«, flüsterte er. »Er hat vor zwei Umläufen drei meiner besten Männer getötet. Ich würde vorschlagen, du lässt ihn morgen in eurer Herberge und kommst nur mit dem *Taywwa*, damit ich nicht in Versuchung gerate.«

Ruta ballte fest die Fäuste im Schutz ihrer Robe. Ihre Finger hatten zu zittern begonnen, aber sie ließ sich ihre plötzliche Furcht nicht anmerken. Anscheinend war Rookhan schon vor dem heutigen Abend über ihr Eintreffen in Sandanger bestens unterrichtet gewesen.

Die Tür öffnete sich, und ein hochgewachsener Gardist stand auf der Schwelle.

»Tritt ein, Dregg. Und du, Marre, bleib hier«, befahl Rookhan. Der Diener, der dem Uniformierten die Tür geöffnet hatte, trat gehorsam ins Zimmer und blieb neben seinem Herrn stehen.

»Dregg, das hier ist Rutaaura. Sie wird morgen mit ihrem Begleiter zu mir vorgelassen.« Der Gardist musterte sie schweigend und nickte.

»Marre, wer hatte heute die Aufgabe, sich um die Fenster und Türen in diesem Geschoss zu kümmern?«

Der Diener wurde blass. »Ich, Herr«, sagte er leise.

»Du warst nachlässig, Marre«, flüsterte der beleibte Mann. Sein Mopsgesicht war ausdruckslos, die kalten Augen schienen den Diener zu aufzuspießen. »Du weißt, dass ich keine Nachlässigkeit dulde.«

»Ja, Herr«, erwiderte der unglückliche Bedienstete eilig. »Es tut mir leid, Herr. Es wird nicht wieder vorkommen.« Er verbeugte sich tief.

»Ich weiß, Marre, das wird es nicht«, sagte Rookhan. Er machte eine kurze, blitzschnelle Bewegung mit der Hand. Der Diener ächzte leise, und statt sich wieder aufzurichten, sackte er zu Rookhans Füßen zusammen. Der wandte sich gleichgültig ab, und Ruta sah, wie er ein schmales Messer wieder in seinem Ärmel verschwinden ließ.

»Lass das wegräumen«, sagte er zu dem Gardisten und sah Ruta kalt an. »Du wirst ab jetzt den Haupteingang benutzen, wenn du zu mir willst.«

Rutaaura biss die Zähne zusammen. Rookhan hatte ihr ein deutliches Zeichen gegeben, sie würde gut daran tun, es nicht leichtfertig zu missachten. »Morgen gegen Mittag werde ich kommen – durch den Haupteingang.«

Rookhan nickte und setzte sich wieder an seinen Schreibtisch. Der Gardist öffnete die Tür und ließ Ruta den Vortritt, und als sie durch das vordere Zimmer wieder hinaus auf den Gang trat, konnte sie hören, wie er den Toten aus dem Gemach schleifte.

Lluigolf war noch wach, als sie in ihr Quartier zurückkam. Er lag auf seiner Decke, die er auf dem mit Strohmatten bedeckten Boden ausgerollt hatte, sein Bündel unter dem Kopf, und rauchte. Im Zimmer war es dunkel, das Fenster stand offen, und von draußen drang das quakende Zirpen der Froschgrillen herein.

Ruta setzte sich neben ihn, lehnte sich gegen die Wand und begann, den Turban abzuwickeln.

»Müde?«, fragte er, ohne die Pfeife aus dem Mund zu nehmen. Sein Gesicht lag im Schatten, aber sie konnte in seiner Stimme hören, dass er sich Sorgen gemacht hatte.

»Müde, ja«, murmelte sie. Ihre Glieder waren mit einem Mal bleischwer.

»Bist du noch im Besitz aller wichtigen Körperteile?«, fragte er.

Ruta warf den langen Stoffstreifen achtlos in die Ecke und rieb sich kräftig durch die knisternden Haare. Der allgegenwärtige Sand kroch sogar durch die gewickelten Lagen des Turbans. »Alles an Ort und Stelle«, erwiderte sie mit ebenso gespielter Leichtigkeit. »Und Rook ist noch genauso widerlich, wie ich ihn in Erinnerung hatte.«

»War es sehr schlimm?«, fragte er mitfühlend. Er hatte die Pfeife beiseitegelegt und sich aufgerichtet. Rutaaura begann sich auszukleiden. »Ich dachte, er wäre mir besser gesonnen«, sagte sie. »Immerhin habe ich ihm mal sein verdammtes Leben gerettet.« Sie schnaubte. »Manchmal frage ich mich wirklich, ob das ein Fehler war.«

Lluigolf zischte wie eine gereizte Schlange. »Rookhan ist ein *Zwalkrajk*. Falsch bis ins Mark seiner Knochen. Wenn es ihm Profit bringen würde, seine Mutter an jamallische Sklavenjäger zu verkaufen, würde er das tun.«

Rutaaura schüttelte sich. »Du glaubst also, dass Rook eine Mutter hat?«, fragte sie. »Ich bezweifle das. Er ist aus einem Skrall-Ei gekrochen.« Sie zog die weichen Kurzstiefel von den Füßen, schüttelte den Sand heraus, krümmte und streckte ihre langen Zehen und stöhnte leise.

Lluigolf lachte sein Wolfslachen und zog Ruta in seinen Arm. Beide saßen eine Weile da und lauschten den nächtlichen Geräuschen. Ruta kraulte gedankenverloren die dichten Haare auf seinem Unterarm und ertastete mit sensiblen Fingern die lange Narbe, die sich vom Ellbogen zum Handgelenk zog. »Du hast mir gar nicht erzählt, dass du ein böses Zusammentreffen mit Rookhan hattest«, sagte sie beiläufig.

Sie sah Lluis nicht an, aber sie spürte, wie seine Schultern sich anspannten. Er hob die Hand und fuhr sich übers Kinn, wobei seine Bartstoppeln ein kratzendes Geräusch machten.

»Du warst irgendwo im Norden unterwegs«, sagte er nach einer Weile. »Ich habe mit Trurre einen Auftrag für den Markgraf erledigt – er wollte, dass wir einen freien Kapitän für ihn beobachten, der ab und zu für ihn arbeitete, weil er glaubte, dass der ihm Waren unterschlug.«

Er schwieg und zog eine ihrer Locken durch die Finger. »Er hatte recht. Der Kapitän – ein verfluchtes Spitzohr, einer von diesen schlangenzüngigen Westmeer-Elben – hatte regelmäßig einen Teil der Ladung unter der Hand an Rookhan verkauft.«

Ruta seufzte. »Und ihr beide hattet natürlich nichts Besseres zu tun, als euch mit ihm anzulegen.«

Er hüstelte. »Trurre hatte einen feinen Plan«, sagte er entschuldigend. »Wenn er geklappt hätte, hätten wir nicht nur die veruntreute Ladung zurückbekommen, sondern noch einen schönen Batzen Entschädigung obendrein, und Rookhan hätte niemals erfahren, wer ihm sein Lagerhaus ausgeräumt hat.«

Sie stöhnte und schloss die Augen. »Trurre Silberzunge und seine ›feinen Pläne‹«, sagte sie. »Eines Tages wird er noch Kopf und Kragen verlieren durch einen seiner feinen Pläne!«

»Es hätte klappen können«, verteidigte er seinen Freund. »Es war schieres Pech, dass der Hauptmann des Seelords uns in die Quere gekommen ist.«

»Erspar mir die Einzelheiten, ich bitte dich«, sagte Ruta. »Jedenfalls lässt Rookhan dir ausrichten, du mögest dich lieber von ihm fernhalten. Und, Lluis – ich rate dir dasselbe. Rook ist eine Natter.«

Er klopfte stumm seine Pfeife aus. Rutaaura drehte ihr langes Haar zu einem Zopf und gähnte.

»Wir werden also mit Tamayout reisen«, sagte sie. »Wie es dann weitergeht, müssen wir sehen. Lluis, während ich morgen mit dem Jungen bei Rookhan bin, könntest du dich um den Heiler kümmern. Ich denke, du weißt besser als ich, wo du einen auftreiben kannst. Biete ihm zwei Familien, das sollte genügen. Wenn er feilschen will, gehst du noch fünfzig Dan höher, aber keinesfalls über drei Familien!«

»Ich höre und gehorche, *J'Xchan*«, knurrte er und fletschte die Zähne. Ruta knurrte zurück und schlug fest gegen seine Brust. Sie rangen halb spaßhaft miteinander, wobei der muskulöse Mensch kein so leichtes Spiel gegen die feingliedrige, aber sehnige Elbin hatte, wie er vielleicht gehofft hatte.

»Verdammt, ich kapituliere! Ich glaube, du hast mir den Daumen gebrochen«, sagte er schließlich keuchend.

»Du bist aus der Übung, mein Lieber«, erwiderte Ruta kühl. Sie flocht ihren Zopf neu und steckte ihn fest. »Du hast dich zu viel mit dem Zwerg herumgetrieben, zu viel geraucht, zu viel gefressen, und wie ich euch kenne, viel zu viel gesoffen.«

Lluigolf spuckte erbittert aus. »Sag es doch gleich, wenn du mich satt hast«, sagte er. »Gib es zu, du hast dich in ein Goldeselchen verguckt. Ist er hübsch? Hat er auch einen schönen glatten Hintern?«

Sie lachte, und er grinste zurück. »Komm, meine dunkle Schöne. Die Nächte sind kalt im Süden, und unter meiner Decke ist immer ein warmer Platz für dich.«

»Du kannst so verdammt charmant sein, Lluis«, schnurrte Ruta. Ihre Augen funkelten ironisch. »Warum versuchst du es damit nicht bei unserer Wirtin? Sie hat dir heute früh ganz verliebte Augen gemacht.«

Er knurrte erbost und streckte einen Arm aus, um sie an sich zu ziehen. Sie wehrte sich ein wenig, aber nicht ernsthaft, und küsste ihn dann mit heftig aufflammender Leidenschaft.

»Versprich mir, dass du dich morgen rasierst«, flüsterte sie ihm nach ein paar atemlosen Minuten ins Ohr. »Du kratzt!«

Er brummte nur zufrieden und wortlos und zog sie hinab auf ihr hartes Lager.

# Andronee Mondauge, Verborgenes Licht

»Der Anfang war Dunkelheit, allumfassend und vollkommen. Nichts fehlte und nichts war zu viel. Alles war eins und alles.

Dann ward Etwas: ein Funke, der nicht Dunkelheit war und nicht allumfassend und nicht vollkommen. Etwas gebar Licht.

Licht suchte das Dunkle, das der Ursprung war, das Allumfassende, die Vollkommenheit.

Licht suchte Ewigkeit und fand die Zeit.

Licht schuf die Dunklen. Die Dunklen waren ewig, aber sie waren ewig in der Zeit. Sie waren nicht vollkommen, nicht allumfassend, nicht eins. Die Dunklen ruhten.

Licht schuf die Hellen. Die Hellen waren ewig, aber sie waren ewig in der Zeit. Sie waren nicht vollkommen, nicht allumfassend, nicht eins. Die Hellen ruhten nicht.

Sie formten Kinder nach ihrem Bild.

Es war unvollkommen. Licht nahm die Dunklen, nahm die Ewigkeit von ihnen, nahm ihre Ruhe.

Licht gab ihnen Atem und Bewegung und Zeit.

Die Welt begann.«

# 10

Die riesige Rotesche war der älteste und gleichzeitig der größte Baum im Wandernden Hain. Die ausladende Krone überschattete jene jüngeren Baumenkel, die in respektvoller Entfernung zu ihr Wurzeln geschlagen hatten.

In ihrer Zeit als Bewahrerin war Iviidis fast täglich hierher gekommen, um in den Archiven zu arbeiten, die in unzähligen Kammern im Geäst der Rotesche und auch in Höhlen in ihrem mächtigen Stamm untergebracht waren.

Hier war das Gedächtnis ihres langlebigen Volkes, waren seine Erinnerungen, seine Geschichte, seine Überlieferungen verwahrt. Wenn ein Elbe sich entschied, zu den jenseitigen Ufern aufzubrechen, ging er vorher zu den Bewahrern und ließ all seine Erinnerungen in den Archiven zurück.

Iviidis schritt langsam über das weiche Moos, das ihre Füße einsinken ließ wie ein exquisiter Seidenteppich. Glautas war so erfreut darüber, dass seine Tochter sich jetzt schon mehrmals bei Hofe hatte sehen lassen und des Öfteren im vertraulichen Gespräch mit seinem Liebling Nekiritan gesehen wurde, dass er ihr wahrscheinlich jeden Wunsch erfüllt hätte. Als sie ihn darum bat, ihre Forschungsarbeit im Archiv wieder aufnehmen zu dürfen, hatte er sich sichtlich gefreut und ihr sogleich wieder den alten Status verliehen. Damit hatte sie also freien Zutritt zu nahezu allen Archiven, bis auf die, für deren Zugang auch die höchsten Bewahrer-Ränge Glautas' persönliche Erlaubnis benötigten.

Ein gelber Fleck Sonnenlicht taumelte durch die Luft und näherte sich ihr. Ein großer Schmetterling tanzte um ihr Gesicht, berührte ihre Wange zart wie ein Kuss und landete dann auf ihrem Scheitel. Sie spürte die tastende Bewegung seiner zierlichen Beine und lächelte erwartungsvoll.

*Liebste,* flüsterte Olkodans Geist-Stimme in ihrem Kopf. *Ich vermisse dich so sehr. Hast du eine schöne Zeit? Freut sich Indrekin, seinen Großvater so oft zu sehen? Ach, ihr fehlt mir so.* Die Stimme machte eine winzige Pause. *Ich hatte einen interessanten Gast,* fuhr Olkodan fort. *Aber davon erzähle ich dir, wenn du wieder daheim bist. Bleib im Sommerpalast, solange es dir gefällt – aber komm möglichst bald wieder nach Hause!* Sie spürte sein Lächeln bei diesen Worten.

Iviidis hob die Hand und nahm den Falter behutsam zwischen die Fingerspitzen. Lautlos gab sie ihm die Nachricht an Olkodan mit: *Liebster, ich vermisse dich auch – sehr, sehr, sehr! Indrekin fragt immer nach dir. Ich wünschte, du wärst hier.* Sie zögerte kurz und verscheuchte den lästigen Gedanken an Nekiritan, der sich in den Vordergrund drängelte. Sie wollte nicht, dass Olkodan einen falschen Eindruck bekam. Ihr kleiner Flirt mit Nekiritan hatte keine persönlichen Gründe. *Ich weiß noch nicht, wann ich zurückkommen werde,* fügte sie hinzu. *Aber ich trödele nicht herum, das verspreche ich dir. Ich freue mich darauf, wieder bei dir zu sein!*

Sie hob den Falter an die Lippen und hauchte ihn sanft an. Er spreizte behaglich die Flügel und sah sie mit seinen facettierten Regenbogenaugen an. »Flieg zurück zu ihm«, flüsterte sie. Der goldene Schmetterling hob sich von ihrer Hand und gaukelte empor, hoch und immer höher, bis er mit dem Sonnenlicht verschmolz und sie ihn nicht mehr sehen konnte.

Iviidis blieb noch einige Lidschläge lang stehen. Nachdenklich betrachtete sie das Sonnenmuster zu ihren Füßen. Olkodan hatte seltsam verhalten geklungen – als hätte er etwas vor ihr zu verbergen. Und wer war der Gast gewesen, von dem er gesprochen hatte?

Sie schüttelte das leise Unbehagen ab, das sie befallen hatte, und setzte ihren Weg fort.

Die spiralförmig um den Baum herumführenden Stufen der ersten Treppe waren so sorgsam aus dem rissigen alten Stamm herausgesungen worden, dass ein Fremder sie mit Sicherheit übersehen hätte. Sie waren moosbewachsen bis auf die kleine blankpolierte Stelle in jeder Stufenmitte, die die Füße der Bewahrer seit Generationen bei ihrem Aufstieg berührten. Iviidis pries die Alten, als sie die Stufen erklomm.

Auf der Höhe der ersten ausladenden Äste endete die erste Treppe. Ohne auf den Wind zu achten, der ihr kitzelnde Haarsträhnen ins Gesicht blies, lief sie leichtfüßig über den Ast und freute sich an den sanften Erschütterungen.

Die zweite Treppe war eine freischwebende Konstruktion aus Seilen und Holz. Iviidis knotete ihre Tunika in der Hüfte und schwang sich mit sicheren Griffen und Tritten empor. Sie war ein halbes Kind gewesen bei ihrem ersten Aufstieg und hatte große Angst davor gehabt. Aber ihr Führer, ein ruhiger Sondierer namens Alvydas, hatte sie mit seinen kühlen Händen berührt und ihrem Geist Ruhe und Zuversicht eingeflößt. Alvydas war später ihr Lehrer geworden, der stärkste und fähigste Sondierer, den sie je kennengelernt hatte, und sie hatte ihn beinahe noch mehr geliebt als ihren Vater.

Alvydas verließ das Archiv nie. Er arbeitete, aß und schlief auf und in der alten Esche. Ob sie ihn noch in seinen alten Räumen tief im Inneren des Baumes finden würde, in höchster Konzentration über einen Brocken Schwarzbernstein oder Kristallharz gebeugt, die schmalen Finger in sanfter Berührung mit dem warmen, atmenden Kristall?

Die dritte Treppe war der sogenannte »Korridor« – eine unter ihrem Schritt vibrierende Konstruktion aus geflochtenen Grasseilen und zu belaubten Spiralen gesungenen Ästen der Esche. Von hier aus führten Hängebrücken in alle Richtungen wie Sonnenstrahlen. Schmetterlinge tanzten um ihren Kopf und leuchteten in der Sonne wie die Funken eines exquisiten Feuerwerks.

Sie ließ die Erinnerungen ihre Schritte durch das verwirrende Labyrinth von Brücken, Seilen, Rampen und Treppen leiten. Hin und wieder begegnete sie Elben, die in allen Sonnenuntergangsschattierungen von Rot und Orange gewandet waren. Fast alle Bewahrer, die ihren Weg kreuzten, trugen den milden, dunklen Curryton eines Archivars, und die meisten von ihnen gehörten den unteren Rängen an, wie die rostroten Schärpen und Säume der Tuniken zeigten.

Glautas hatte sie in ihren alten Rang wieder eingesetzt, und deshalb wies ihre weinrote Tunika mit den zart rosafarbenen Säumen und der orangefarbenen Schärpe sie als Sondiererin der Vierten Stufe aus. Die Archivare grüßten sie respektvoll, und wenn ein Weg oder Aufstieg zu schmal für beide war, traten sie beiseite und ließen Iviidis passieren.

Tief im Geäst des westlichen Baumabschnittes schwang sie sich Astgabelung für Astgabelung wieder zurück zum Stamm. Eine elbengroße Öffnung lag tief im Schatten verborgen. Sie kletterte ins Innere des Stammes, und eine Zeit lang ging es im Dämmerlicht sachte abwärts. Als der letzte Lichtschimmer verschwunden war, wartete sie, bis ihre Augen sich umgestellt hatten und sie den matten Schein des leuchtenden Mooses erkennen konnte, das ihren Weg begleitete. Die kühle Luft roch nach Feuchtigkeit, Alter und in der Dunkelheit wachsenden Pflanzen.

Sie zögerte kurz, als ihre Füße auf eine breitere Plattform stießen. Dann wandte sie sich nach links ins vollkommene Dunkel, zählte siebzehn Schritte ab und hob die Hand. Ihre Finger stießen gegen weichen Stoff.

»Alvydas?«, rief sie leise.

Hinter dem dichten Vorhang raschelte Stoff, und etwas kratzte über den Boden. Der Stoff bewegte sich unter ihren Fingern. Rötliches Licht fiel durch den sich öffnenden Spalt, und so schwach es auch war, es blendete sie kurz. Die Silhouette, die in dem Licht erschienen war, ragte einige Augenblicke lang düster und drohend vor ihr auf.

Dann vernahm sie ein beinahe lautloses Ausatmen. Der Spalt im Vorhang öffnete sich weiter, und eine kühle Hand berührte ihren Arm, zog sie ins Innere der kleinen Kammer.

»Glautas' helle Tochter, welch schöne Überraschung«, sagte die vertraute, klare Stimme ihres alten Lehrers, der hinter ihr den Vorhang wieder sorgsam zuzog. Sie drehte sich um, Begrüßungsworte auf den Lippen, die erstarben, als sie Alvydas erblickte.

Er lächelte, als er ihr Erschrecken sah. »Du hast mich lange nicht besucht«, sagte er ohne Vorwurf. Er ging, auf einen schlanken Stab aus Eschenholz gestützt, an ihr vorbei und ließ sich auf einen abgenutzten, bequemen Lehnstuhl sinken. Iviidis sah voller Mitleid, dass seine schmucklosen Kleider um den hageren Leib hingen, als gehörten sie einem viel größeren und breiteren Mann. Sie waren von so tiefroter Farbe, dass sie in dem matten Licht der Kammer schwarz wirkten, und Alvydas' großer Kopf schien deshalb ohne Verbindung zu seinem Körper frei in der Luft zu schweben.

Dünne, bleiche Finger deuteten auf einen zweiten Stuhl. Iviidis nahm zögernd Platz, ohne den Blick von Alvydas zu wenden. Der Elbe war schon immer eine auffällige Erscheinung gewesen – vielleicht war auch das ein Grund dafür, dass er sich hier im Archiv vergrub. Sein großer Schädel und sein Gesicht waren vollkommen haarlos, die unbewimperten Augen riesig und von einer nicht zu bestimmenden Farbe. Jetzt, im Schimmer des leuchtenden Mooses und einiger kleiner Glühsteine, hatten sie eine winterblasse, graugrüne Tönung, aber bei näherem Hinsehen verlor sich der Eindruck in einem opalisierenden Schimmer.

Iviidis bemerkte, dass sie ihn immer noch anstarrte. Alvydas lächelte sein beinahe kindliches Lächeln, und seine Augen nahmen eine wärmere Schattierung an. Früher war er kräftiger gewesen und seine glatte Haut von einer gesunden, für einen Goldenen Elben sogar ungewöhnlich dunklen Tönung gewesen.

Jetzt überzog ein dichtes Netz von haarfeinen Fältchen ein mondbleiches, knochiges Gesicht, das so eingefallen und hager war, wie auch der Rest seines Leibes zu sein schien.

»Alvydas, was ist mit dir?«, stammelte Iviidis zutiefst beunruhigt. Sie griff nach seiner Hand.

Er drückte sanft ihre Finger und ließ sie wieder los. »Du brauchst mich nicht so besorgt anzusehen«, sagte er trocken. »Ich erfreue mich bester Gesundheit, auch wenn ich vielleicht nicht mehr ganz so ansehnlich bin wie früher.«

Er griff hinter sich und nahm einen Krug mit Wasser aus einer Wandnische.

Iviidis kannte diesen Raum wie ihr eigenes Zimmer, und anscheinend hatte sich hier nichts verändert. Ohne nachzudenken, holte sie aus einem Fach in dem Schränkchen neben ihrem Sitz einen Becher hervor. Alvydas lächelte wieder und schenkte ihr Wasser ein, das mit ein wenig frischer Minze aromatisiert war.

Er lehnte sich zurück, vorsichtig, als hätte er Schmerzen, und faltete die langen Hände im Schoß. »Du siehst ausgezeichnet aus«, sagte er in recht nüchternem Ton. »Deine Ehe bekommt dir gut, wie es scheint. Glautas hat mir erzählt, dass du ein Kind hast. Einen Sohn, richtig?«

Iviidis bejahte. Alvydas' klare Stimme und sein Geplauder verjagten nach und nach ihren Schrecken.

»Dein Vater besucht mich immer noch regelmäßig«, sagte der Elbe. »Ich glaube, alle anderen haben vergessen, dass es mich gibt.« Er kicherte leise und vergnügt. »Wahrscheinlich würden sie vor Schreck umfallen, wenn ich mich wieder einmal draußen sehen ließe.« Er machte eine wegwerfende Handbewegung. »Ich gehe selten hinaus. Immer nur bei Nacht – ich vertrage das Sonnenlicht nicht mehr gut.«

»Wer sorgt für dich?«

»Glautas kümmert sich darum, dass ich alles bekomme, was ich benötige.« Ihr alter Lehrer schob sich in eine aufrechtere Position und deutete auf ein Kästchen in einem Regal an der Wand. »Bring mir das einmal her, ich möchte dir etwas zeigen.«

Iviidis gehorchte. Der Kasten war aus Kirschholz gefertigt, und als sie ihn aufhob, stellte sie fest, dass er nicht mit der Hand hergestellt, sondern aus einem Stück der Wurzel herausgesungen worden war. Das war das Werk eines wahrhaft meisterlichen Baumsingers, und Iviidis äußerte ihre Bewunderung, als sie es vor Alvydas hinstellte.

»Es ist ein Geschenk einer guten Freundin«, sagte ihr alter Lehrer geistesabwesend. Seine Finger glitten über die scheinbar nahtlose Oberfläche des Kastens. Iviidis hörte das Klicken einer feinen Feder, dann sprang der Deckel auf.

Mit sanften Händen hob Alvydas einen großen, schwarzen Kristall aus der Höhlung. Das schwache Licht der Glühsteine spiegelte sich in den Facetten des Steins, vervielfachte sich und verlor sich in seinen grün, purpur und gelblich lodernden Tiefen.

Iviidis hielt den Atem an. Das war der größte und makelloseste Schwarzbernstein, den sie je gesehen hatte. Er war groß genug, um die Erinnerungen einer ganzen Sippe zu speichern.

»Nimm ihn in die Hand«, sagte Alvydas. Seine Augen schienen die purpurnen und gelben Blitze zu spiegeln, die im Kristall tanzten. »Entzünde einen Elbenfunken und sieh ihn dir an.«

Sie nahm ihm behutsam den Stein aus den Fingern. In dem kurzen Augenblick, in dem sie beide den Kristall berührten, fing sie Bruchstücke seiner Gedanken auf. Es waren undeutliche Bilder, nicht vergleichbar mit dem klaren Rapport, den ein Sondierer während einer Aufzeichnungs-Sitzung mit seinem Partner erlebte. Sie empfing ein Gefühl des Verlustes, der Heimatlosigkeit und der Trauer; gleichzeitig sah sie einen jungen, starken Baum vor sich – die Rotesche, in deren Schoß sie sich jetzt befand, wie sie vor Tausenden von Umläufen ausgesehen haben musste.

Das Bild verblasste, als der Kristall nur noch in ihren Händen ruhte. Er war leicht und warm, wie Schwarzbernstein es an sich hatte. Sie hauchte auf seine seidenglatte Oberfläche, und als der Dunst ihres Atems sich verzog, ließ sie einen Elbenfunken über den Stein tanzen.

Tief im Inneren des Steins strahlte eine kleine Sonne auf. Iviidis seufzte entzückt und umfasste den Kristall mit beiden Händen. Sie ließ ihren Geist in den Stein sinken. Der Baum, der diese große Träne geweint hatte, war schon seit Äonen vom Antlitz der Welt verschwunden. Dieser Bernstein war älter als alle, die sie je in den Händen gehalten hatte. Mit angehaltenem Atem sondierte sie sein Innerstes. Er war völlig frei von Verunreinigungen, und die einzigen Erinnerungen, die er freigab, waren seine eigenen.

Iviidis hob den Blick und sah Alvydas an. »Wo hast du ihn her?«, fragte sie. Er lächelte.

»Er wurde von weit her zu mir gebracht«, sagte er. »Sandläufer haben ihn gefunden, am Rande des südlichen Karsts. Noch nicht einmal ich wusste, dass es dort vor Urzeiten Bäume gegeben hat.«

Iviidis legte den Stein wieder in die Hände ihres alten Lehrers zurück. »Wofür willst du ihn nehmen?«, fragte sie.

Ein Wolkenschatten wanderte über seine irritierenden, wimpernlosen Augen. »Wirst du wieder als Sondiererin arbeiten?«, fragte er, ohne ihre Frage zu beantworten.

Iviidis schüttelte den Kopf. »Ich hatte vor, mich um mein altes Projekt zu kümmern«, erwiderte sie. »Erinnerst du dich?«

Er lächelte wieder. Die haarfeinen Runzeln in seinem Gesicht wurden tiefer. »Ich erinnere mich an alles«, sagte er sanft. »Und ich habe etwas für dich.«

Er stand schwerfällig auf, seine Hände auf die Lehnen des Stuhls gestützt, und ging zu der mit Nischen übersäten Wand. Iviidis machte Anstalten, ihm zu helfen, aber er hielt sie mit einer Handbewegung zurück. Eine Zeit lang stand er vor der Wand und dachte nach. Dann griff er in eine der dunklen Nischen und holte zwei kleinere, helle Kristalle heraus.

Iviidis hörte, wie schwer sein Atem ging, als er wieder neben ihr stand – als wäre er eine lange Strecke schnell gelaufen, statt nur ein paar Schritte von Wand zu Wand zu tun. Er stützte sich für einige Atemzüge auf ihrer Schulter ab.

»Alvydas«, begann sie hilflos, aber er schüttelte streng den Kopf.

»Du kannst nichts für mich tun, Kind«, sagte er. »Die Zeit liegt schwer auf meinen Schultern. Wenn der Weg zu den Barmherzigen nicht so weit wäre, wäre ich ihn schon längst gegangen.«

Iviidis blickte ihn fragend an. Sie verstand nicht, was er ihr sagen wollte – wen nannte er die »Barmherzigen« und wohin musste er reisen, um zu ihnen zu gelangen?

»Sieh sie dir an«, forderte er sie auf, ihre unausgesprochenen Fragen missachtend. Verwundert blickte Iviidis auf ihre Hände nieder. Sie hatte die Kristalle vergessen, die er ihr gereicht hatte.

Prüfend hielt sie den kleineren der beiden gegen das schwache Licht des Glühsteins auf dem Tisch. Das war kein Schwarzbernstein, sondern rötlich glühendes Kristallharz. Auch ein alter Stein, wie sie an seinem ungewöhnlichen Schliff erkannte. Sie schloss die Hand darum und ließ ihren Geist hineinsinken. Klar und kühl fanden Worte den Weg in ihr Bewusstsein: »Der Anfang war Dunkelheit, allumfassend und vollkommen. Nichts fehlte und nichts war zu viel. Alles war eins und alles.«

Ihr Atem stockte und sie blickte auf. »›Verborgenes Licht‹«, hauchte sie erschüttert. »Alvydas, du hast es gefunden!«

Er hatte sich wieder niedergelassen und saß nun vorgebeugt da, die Hände auf dem Tisch gefaltet. Sein bleiches Gesicht war müde, aber der Blick seiner Augen so klar und scharf wie früher. »Den anderen«, forderte er sie auf.

Iviidis legte den ersten Kristall widerstrebend beiseite. Die Aufzeichnungen der legendären Elben-Historikerin hatten als verloren gegolten. Wo immer Alvydas sie gefunden hatte, es war eine Sensation. Seltsam nur, dass niemand ihr davon erzählt hatte. Der Fund dieses Kristalls hätte ein Hauptgespräch in Bewahrerkreisen sein müssen. Und selbst, wenn die Aufregung darüber schon geschwunden war: Jeder wusste doch, dass Andronee Mondauges Aufzeichnungen eine der wichtigsten Quellen für ihre Forschungsarbeit bildeten.

Warum hatte niemand mit ihr darüber gesprochen?

»Niemand weiß davon«, sagte Alvydas leise. Wie so oft hatte er das Echo ihrer Gedanken gehört.

Iviidis riss den Kopf hoch. »Was?«, fragte sie fassungslos, beinahe sicher, dass sie ihn falsch verstanden hatte.

Er hob die Hände. »Niemand weiß davon«, wiederholte er. »Ich hielt es für richtig, den Fund nicht publik zu machen.«

»Aber Glautas weiß doch sicher …«

»Niemand«, sagte er mit untypischer Härte in der Stimme. »Und auch du wirst niemandem davon erzählen. Ich vertraue darauf, wie ich dir immer vertraut habe.«

Iviidis starrte ihn an. »Alvydas, das kannst du nicht …«

»Ich kann es. Und du auch.« Er hatte sich aufgerichtet, und sie spürte wie früher seine Kraft und die Macht seines Willens. »Ich habe zu den Ewigen gebetet, dass sie dich zu mir schicken, und sie haben meine Bitte erhört. Ich verlange keinen blinden Gehorsam von dir, das habe ich nie getan. Aber ich brauche dich für das, was ich vorhabe, und du wirst eine Erklärung von mir bekommen, nur nicht jetzt, nicht heute. Ich bin zu müde.«

Er sank erschöpft in seinen Sitz zurück und lehnte den Kopf an die Rückenlehne. Seine Augen schlossen sich. »Den anderen«, wiederholte er matt.

Iviidis atmete tief durch und beruhigte das Chaos ihrer Gedanken. Sie nahm den größeren Stein und stellte gleich fest, dass er erheblich jüngeren Datums sein musste als die Aufzeichnungen Andronee Mondauges. Sie fokussierte ihren Geist und begegnete einer vertrauten, geliebten, lange vermissten Stimme.

»Ach«, stieß sie hervor. Sie blickte Alvydas an, der immer noch zusammengesunken in seinem Stuhl lehnte, aber sie wieder mit klarem, kühlem Blick fixierte. Er nickte.

»Ich frage dich jetzt nicht, woher du das hast«, sagte Iviidis, zu aufgewühlt durch alles, was sie hier gerade erlebte. »Du wirst es mir irgendwann erzählen, mein Lehrer. Aber du hast mich gefragt, ob ich wieder als Sondiererin arbeiten werde, und ich weiß nun, dass du einen Hintergedanken bei dieser Frage hattest. Was willst du von mir?«

Er atmete lang und zitternd ein. »Der Kristall«, sagte er fast unhörbar und deutete auf den großen Schwarzbernstein. »Du wolltest wissen, wofür ich ihn benutzen möchte.«

Iviidis nickte. Alvydas schloss wieder die Augen. Irgendwo in der Ferne, draußen, im Licht des Tages, sang ein Vogel. Näher, im Baum, irgendwo in der Dunkelheit, raschelte ein kleines Tier, und ein anderes, ein großer Falter oder eine Fledermaus, flog durch eine der Höhlungen im Baum, nur für Elbensinne zu vernehmen.

»Ich möchte, dass du mir hilfst, meine Erinnerungen aufzuzeichnen«, flüsterte Alvydas. »Ich bin müde, und ich habe eine lange Reise hinter mir.« Er runzelte die Stirn. »Und eine noch längere vor mir«, fügte er fast ärgerlich hinzu. Er richtete sich auf und streckte die Hand aus.

»Wirst du mir helfen?«

Iviidis zögerte, dann berührte sie seine Fingerspitzen und nickte.

Er schloß erleichtert die Augen. »Danke«, sagte er.

Der Abend dämmerte bereits, als Iviidis in Glautas' Haus zurückkehrte. Sie hatte sich gewünscht, noch etwas in dem kleinen Innenhof zu sitzen, der an ihr Zimmer grenzte, und über den Tag nachzudenken, aber als sie durch den Vorhang trat, der den Hof vom Gang abtrennte, erblickte sie ihren Vater im vertraulichen Gespräch mit Nekiritan. Sie murmelte eine Entschuldigung und wandte sich um, aber Nekiritan war schon aufgesprungen und hatte ihre Hand ergriffen, um sie an die Lippen zu ziehen. »Bleib bei uns, Glanzpunkt dieses schönen Tages«, sagte er schwülstig.

Iviidis warf ihrem Vater einen Blick zu, in der vagen Hoffnung, er wolle mit Nekiritan alleine sein. Aber Glautas winkte nur einladend und lächelte. »Ja, komm zu uns, mein Kind. Wir freuen uns über deine Gesellschaft.«

Iviidis ließ sich von Nekiritan zu der Bank geleiten, auf der er zuvor gesessen hatte. Er legte ein weiches Kissen auf die Sitzfläche und rückte ihr einen Fußschemel zurecht. Dann blieb er neben ihr stehen und deutete eine Verbeugung an. »Darf ich dir etwas zu trinken kredenzen, schönste Freundin? Du siehst müde aus.« Er griff nach der Karaffe, ohne ihre Antwort abzuwarten. Nekiritan war leger gekleidet, in ein weich fallendes, smaragdgrünes Gewand, unter dem weiße Seidenstrümpfe und bestickte offene Seidenschuhe hervorsahen. In seinen offenen Locken blitzte Diamantpuder, und seinen Wangenknochen zierte ein winziger geschliffener Rubin, der das dunkle Grün seiner Augen betonte.

Iviidis ließ sich einen eisgekühlten Aprikosensaft einschenken und dankte ihm. Er setzte sich betont anmutig neben sie und drehte sich dabei ein wenig, sodass er sie anblicken konnte.

»Wie ich sehe, warst du heute im Archiv?«, stellte Glautas mit einem wohlwollenden Blick auf ihre rote Tunika fest. Sie senkte bejahend den Kopf und nippte an dem süßen Saft.

»Hat du dich gut zurechtgefunden – oder hat man dir helfen können?«, fragte er.

»Es war, als wäre ich nach Hause zurückgekommen«, sagte sie wahrheitsgemäß. Ihr entging nicht, dass Nekiritan und Glautas Blicke wechselten.

»Das freut mich«, sagte Glautas. »Ich bin sehr gespannt auf das

Ergebnis deiner Arbeit.« Er beugte sich vor und streichelte ihr kurz über die Hand. Iviidis lächelte ihn an. Sie hatte Glautas selten so entspannt erlebt wie heute.

»Was ist eigentlich mit Alvydas?«, fragte sie beiläufig und steckte eine der säuerlich eingelegten Blütenknospen aus der Schale, die neben ihr stand, in den Mund.

»Alvydas«, sagte Glautas langsam. »Hast du nach ihm gesucht?«

Etwas in seiner Stimme ließ sie aufhorchen. Offenbar wollte er jetzt nicht über dieses Thema reden. Sie würde ihn später noch einmal darauf ansprechen, wenn sie allein waren.

»Nein, ich habe ihn nicht gesucht«, sagte sie. »Ich habe nur an ihn gedacht und mich gewundert, dass ich ihm im Archiv nicht begegnet bin. Normalerweise war er doch aus der sechsten Ebene nicht zu vertreiben.«

Glautas nickte und trank den fingerhohen Rest Wein aus, den er im Glas hatte. »Ich lasse euch beide jetzt allein. Ihr wollt sicher ungestört miteinander plaudern.« Er legte Nekiritan kurz die Hand auf die Schulter, dann ging er ins Haus.

Iviidis schloss die Augen und lauschte dem Gesang einer Amsel, die hoch oben im Wipfel eines der Hausbäume saß und den Abend begrüßte. Sie war sich der Nähe Nekiritans nur zu bewusst, hörte sein leichtes Atmen und das leise Rascheln seiner Kleider, wenn er sich bewegte.

Glautas hatte sich gewünscht, dass sie einmal Nekiritans Frau würde, und Iviidis erinnerte sich, dass die Vorstellung ihr lange Zeit nicht einmal unangenehm gewesen war. Nekiritan hatte ihr eifrig den Hof gemacht, und seine Cousine hatte sie dafür mit ihrer Eifersucht verfolgt, aber das hatte Iviidis mehr amüsiert als gestört. Und dann hatte sie Olkodan getroffen, und alles hatte sich verändert.

»Du hast sicher vieles verändert vorgefunden«, brach Nekiritan ihr Schweigen. Seine Worte klangen wie ein Echo ihrer Gedanken, doch er sprach nicht über die alten Zeiten. »Ich selbst komme selten dazu, das Archiv aufzusuchen, aber Glautas hat mir erzählt, dass der gesamte Zeitraum nach der Ära der Verlorenen Könige inzwischen in die zweite Ebene verlagert worden ist.«

Iviidis stellte ihr Glas ab und legte die Füße auf den Schemel. »Ich war nicht so weit unten«, sagte sie. Sie warf ihm unter gesenkten Lidern einen Blick zu. »Hast du etwas Neues von Riikarja und Alvurkan gehört?«

Nekiritan lächelte und rückte näher. Seine Finger berührten leise ihre Hand, als wolle er sie in seine nehmen, aber er beließ es bei der flüchtigen Berührung. »Riika hat ihn endlich erhört«, sagte er. »Alvur hat es gestern Nekaari erzählt, und von ihr weiß ich es. Die beiden wollen sich beim nächsten Sammlerin-Mond das Versprechen geben.« Er berührte wieder kurz ihr Handgelenk. »Darf ich uns beide als Begleiter anbieten? Alvurkan würde sich sehr geehrt fühlen, wenn du dabei an seiner Seite wärst – immerhin heiratet er ins Haus Maskir ein, und wenn auch seine Begleiter königlichen Häusern entstammen, gibt das dem Versprechen den Rahmen, den dieses Ereignis verdient.«

Iviidis bemühte sich um eine neutrale Miene, obwohl sie am liebsten das Gesicht verzogen hätte. Nekiritan trug seine königliche Herkunft vor sich her wie ein Banner.

»Ich hätte sicherlich nichts dagegen«, sagte sie. »Aber gibt das nicht ein falsches Zeichen, wenn wir beide als Alvurkans Begleiter auftauchen? Normalerweise sollten sich Begleiter sehr viel näher stehen, als wir das tun.«

Er neigte den Kopf näher zu ihr. Sein wohlgeformter Mund berührte ihr Ohrläppchen. »Schöne Freundin«, hauchte er. Sein Atem, wohlriechend wie eine Blumenwiese, streichelte ihre Wange. Iviidis verspürte das leise Kribbeln, mit dem sich ihre Nackenhärchen aufrichteten. »Schönste, angebetete Iviidis – sollten wir nicht darüber nachdenken, *wie* nahe wir uns stehen? Denk an die alten Zeiten …«

Sie wandte ihm das Gesicht zu, und seine Lippen näherten sich ihrem Mund.

»Mama«, krähte eine Kinderstimme. Iviidis schrak heftig zusammen, und Nekiritan fuhr zurück, als wäre er gestochen worden. Im Eingang zum Hof stand Nekiritans Cousine Nekaari neben Zinaavija, die Indrekin an der Hand hielt. Der Junge streckte die Arme nach seiner Mutter aus und quengelte laut. Iviidis stand auf, um ihn in den Arm zu nehmen, und ignorierte dabei das mokante Lächeln der Sondiererin.

»Nekiritan, es tut mir so leid, dass wir euch gestört haben«, sagte Nekaari und schwebte zu ihrem Cousin hinüber, der sich höflich erhoben hatte. »Das war sehr indiskret und ungeschickt von uns, verzeih mir.«

Nekiritan murmelte etwas, das Iviidis nicht verstand, aber seine unmutig gerunzelte Stirn glättete sich, als er seine Cousine anblickte.

»Du störst nicht, Schätzenswerte«, sagte Nekiritan galant. »Wir freuen uns über so liebliche Gesellschaft. Zinaavija, liebe Freundin, ich bin erfreut, dich zu sehen. Glautas sagte mir, du seist zu beschäftigt, um dich zu uns zu gesellen?«

Glautas' Gefährtin lächelte, ohne ihren spöttischen Blick von Iviidis und ihm zu nehmen. Ein leises Lüftchen spielte in ihren Locken und blies feine Haarsträhnen in ihr herzförmiges Gesicht. »Ich muss mich wirklich entschuldigen, Ratsherr Nekiritan, ich habe noch zu arbeiten. Aber der kleine Kerl hier jammerte so nach seiner Mutter, dass ich sie mit ihm suchen gehen musste. Ich werde euch jetzt aber wieder allein lassen.« Sie neigte den Kopf und ging ins Haus zurück.

Nekaari öffnete ihren bestickten Fächer und verbarg ein Gähnen dahinter. »Kiritan, Lieber, sei ein Kavalier und bring mich nach Hause. Ich bin todmüde.«

Der Elbe stellte sein Glas ab und beeilte sich, die Hand seiner Cousine zu ergreifen, die sie ihm in einer matten Geste entgegenhielt. »Kaari, ich bin immer dein gehorsamer Diener«, sagte er. Er wandte sich an Iviidis, die sich ihren Sohn bequem auf die Hüfte gesetzt hatte, und deutete mit bedauerndem Lächeln eine Verbeugung an. »Ich bin traurig, dich schon verlassen zu müssen, aber Nekaari hat recht: es ist spät geworden.« Er öffnete den Vorhang für seine Cousine und ließ ihr den Vortritt. Nekaari verabschiedete sich mit einem huldvollen Winken, und als sie hineinging, beugte sich Nekiritan vor und flüsterte Iviidis ins Ohr: »Ich komme morgen wieder – ohne störende Begleitung!«

Ohne Iviidis' Erwiderung abzuwarten, ließ er den Vorhang fallen und war fort.

Iviidis streichelte Indrekin über den Kopf, der selbstvergessen an einem Knopf ihrer Tunika herumspielte. »Ab ins Bett mit uns beiden«, sagte sie müde. »Morgen wird sicher ein anstrengender Tag.«

# 11

Tamayouts Lager lag gut verborgen in einer Senke zwischen zwei niedrigen Hügeln, die mit Dornenbüschen und verkrüppelten Sandkiefern überwuchert waren. Einem Wanderer wäre das kleine Rundzelt aus Skrallhaut wahrscheinlich verborgen geblieben, bis er fast darüber fiel, aber Rutaauras scharfe Elbensinne hatten ihr schon von Weitem verraten, wo sie nach dem Sandläufer suchen musste. Der Morgenwind, der ihr kräftig und kalt von Süden her entgegenblies, trug den scharfen, ledernen Geruch der Skralls und einen würzigen Hauch von Kiefernfeuer mit sich und wies ihr den Weg.

Tamayout hatte das Feuer bereits gelöscht, als sie zwischen den Sandkiefern hervortrat. Er hörte auf, Sand über die Feuerstelle zu streuen, und verneigte sich tief vor ihr. »Ich wünsche dir einen reichen und glücklichen Tag, *Saayaa*.«

»Das gleiche wünsche ich dir, Tamayout.« Rutaaura ließ sich neben dem Zelt auf dem Boden nieder und zog die Beine unter sich. Der Sandläufer goss aus der Kanne, die auf den immer noch heißen Steinen der Feuerstelle stand, eine dunkelrote Flüssigkeit in einen Becher und reicht ihn ihr. »Willkommen an meinem Feuer«, sagte er die rituellen Worte.

»Möge es immer heiß und rauchlos brennen«, erwiderte Rutaaura und nahm einen vorsichtigen Schluck von dem bitteren Gebräu aus Thungpalmenrinde. Um den herben Geschmack etwas abzumildern, hatte Tamayout Dattelhonig hineingerührt, wofür sie ihm sehr dankbar war.

Der junge Mann beugte sich mit eifrig bemühter Miene vor und bot ihr Datteln an, die er auf einem großen Blatt angerichtet hatte. Tamayout hatte offensichtlich nicht vor, ihr auch nur das geringste Detail des Begrüßungszeremoniells zu ersparen.

Rutaaura nahm eine der fleischigen Datteln. Tamayout reichte ihr ein Schälchen mit *Fuchai*, einem Brei aus geröstetem, gemahlenem Getreide und Salz, der mit Safran und Curcuma leuchtend gelb eingefärbt worden war.

Rutaaura dankte, schob sich zwei Finger voll davon in den Mund und trank ihren Tee aus. »Tamayout«, sagte sie schnell, als der junge Mann in einen kleinen Beutel griff, der, wie sie wusste, klebrige Bröckchen von weißem Harz und eine kleine Tonpfeife enthielt. »Der Höflichkeit ist Genüge getan, ich danke dir. Wir sollten jetzt langsam aufbrechen. Ich habe gestern noch den Mann aufgesucht, der dir deine Ware abkaufen soll. Er wird uns heute empfangen.«

Tamayout ließ leise enttäuscht die Hand sinken. »Wie du befiehlst, *Saayaa*«, stimmte er nichtsdestoweniger höflich zu.

Er nahm den Ledersack, der neben ihm lag, und stand mit einer geschmeidigen Bewegung auf. »Ich bin fertig«, sagte er.

Rutaaura stand auf. »Den *Yikk* musst du hier lassen«, sagte sie und deutete auf den mit Streifen aus Skrallhaut umwickelten Griff seines Dolches, der in seiner Schärpe steckte. Tamayout starrte sie stumm an.

»Du wirst ihn nicht benötigen«, sagte sie geduldig. »Es wäre unklug, bewaffnet vor unserem Gastgeber zu erscheinen. Glaube meinem Wort. Du bist nicht in Gefahr.«

Der Sandläufer zögerte, sein dunkles Gesicht war ausdruckslos. Dann hob er resignierend die Hände und zog den Dolch aus seiner Schärpe. Er legte ihn an seine Stirn, küsste ihn und schob ihn sorgfältig in seinen Reisesack, der neben dem Zelt lag.

Ruta nickte und legte ihm die Hand auf die Schulter. »Gehen wir«, sagte sie.

Der Tag nach dem Dunkelmond war Markttag in Sandanger. Dementsprechend herrschte Gedränge auf den Straßen und Gassen, die zum Großen Markt führten. Rutaaura wies stumm den Weg, und Tamayout folgte ihr mit Staunen im Blick. Auf ihrem Weg wurden die Straßen zusehends breiter, und die Häuser lagen nicht mehr direkt an der Straße, sondern etwas zurückgesetzt inmitten von üppig blühenden Gärten. Im Mondviertel wohnten die wohlhabendsten Bürger der Stadt, und dementsprechend prachtvoll waren die breiten Alleen und die schmucken, weißen Häuser anzusehen, die sie säumten. Grüne Gärten labten das Auge, Wasser plätscherte und kühlte die Luft, der Wohlgeruch von Blumen parfümierte den sanften Wind von Süden.

Tamayout blickte um sich. »Hier wohnt der Mann, den wir aufsuchen wollen?«, fragte er ungläubig.

»Dort drüben«, sagte Rutaaura und deutete auf ein Haus, das sogar noch prächtiger war als die anderen. Sie gingen den breiten, blumengesäumten Weg zum Eingang hinauf. Die Tür schwang vor ihnen auf, als Rutaaura die erste Treppenstufe betrat.

Tamayout sah die Uniformierten, die den Eingang bewachten, und griff unwillkürlich nach der Stelle an seiner Schärpe, an der sich normalerweise sein Dolch befand. Rutaaura legte ihm beruhigend die Hand auf den Arm und rief den Wachen zu: »Rookhan erwartet uns.«

Zwei Gardisten kamen die Treppe hinab, um sie ins Haus zu eskortieren. In der weitläufigen Halle mit dem schwarz-weißen Steinboden warteten sie einige Zeit, in der Tamayout sich unbehaglich umsah. Endlich erschien ein Bediensteter, der sie mit Erstaunen und leiser Verachtung anblickte und ihnen bedeutete, ihm zu folgen.

Er führte sie zu einer intarsienverzierten Doppeltür im hinteren Teil des Gebäudes, klopfte an und wartete. Auf eine gedämpfte Aufforderung von drinnen öffnete er die Tür, deutete eine Verbeugung an und sagte: »Der Seelord lässt bitten.«

Tamayouts Schritt stockte. Er fuhr herum und sah Rutaaura mit Schmerz und Anklage in den Augen an. »Der Seelord? *Saayaa*, was bedeutet das?«, keuchte er. »Warum bringst du mich hierher?«

Rutaaura schüttelte den Kopf und bedeutete ihm zu schweigen. Sie gab ihm einen energischen Stoß und trieb ihn ins Zimmer.

Der große Raum öffnete sich hinten zum Garten. Ein leichter Wind wehte durch zarte Vorhänge, trug den Gesang von Vögeln und Blumendüfte herein. Rookhan stand mit dem Rücken zu ihnen und blickte in den Garten hinaus. Sein massiger Leib war in ein schmuckloses Gewand aus cremefarbener Bergziegenwolle gehüllt, aber Rutaaura wusste, was eine Handvoll dieses federleichten, weichen Ziegenhaars wert war. Dieses Hauskleid kostete soviel wie eine kleine Herde Skralls.

»Rookhan, hier bringe ich den *Taywwa*, von dem ich dir berichtet habe«, ergriff Rutaaura das Wort, als der Seelord keine Anstalten machte, sie zu begrüßen.

Rookhan drehte sich langsam um und musterte den Sandläufer. »Zeig deine Ware«, forderte er ihn flüsternd auf.

Tamayout blickte sich um wie ein gehetztes Wild, das Weiß seiner Augen leuchtete aus seinem dunklen Gesicht. »Beruhige dich«, wisperte sie. »Er wird dir deine Waren abkaufen, wie ich dir versprochen habe.«

Der Sandläufer hob widerstrebend den Ledersack von seiner Schulter und öffnete ihn. Er zog einige Beutel und verschnürte Päckchen hervor und legte sie zögernd auf den Tisch.

Rookhan knurrte und zog sich einen Stuhl heran. Er ließ sich nieder, ohne Rutaaura und Tamayout ebenfalls einen Platz angeboten zu haben. Ruta biss die Zähne zusammen. Rookhan schien entschlossen zu sein, sie so unhöflich wie möglich zu behandeln, und das war bei seinem üblen Charakter kein besonders glücksverheißendes Zeichen.

Der Seelord öffnete eins der mit Lederschnüren verschlossenen kugeligen Päckchen und blickte hinein. Er feuchtete mit der Zungenspitze seinen dicken Mittelfinger an und stippte ihn in das blaugrüne, körnige Pulver. Prüfend rieb er es zwischen Daumen und Finger, roch daran, besah es gegen das Licht und leckte es schließlich ab.

Er nickte und öffnete einen der größeren Beutel, entnahm einen der milchigen weißgelben Kristalle, um ihn ebenso gründlich zu prüfen. Er schabte mit einem kleinen Messer etwas von der Substanz ab und legte sie beiseite. Dann wischte er seine Hände an einem feinen Seidentüchlein ab und befühlte den größten Beutel, der mit feuchtem Moos gepolstert war. »Glühsteine?«, fragte er. Rutaaura nickte.

Rookhan nahm eine hübsch gearbeitete, silberne Zange und öffnete den Verschluss des Beutels. Er zog einen kleinen Stein heraus, legte ihn auf ein silbernes Tellerchen und ließ die vorher abgeschabten Kristallharz-Flöckchen auf den Stein fallen. Es zischte leise, und ein aromatisch nach Zimt, Nelken und Kardamom riechendes grünliches Wölkchen stieg auf. Rookhan wedelte sich etwas davon mit dem Tüchlein zu und schloss die Augen.

Tamayout verlagerte das Gewicht von einem Fuss auf den anderen. Rutaaura spürte seine wachsende Unruhe und Besorgnis. »Schhhh«, hauchte sie ihm zu wie einem scheuenden Skrall.

»Also gut«, sagte Rookhan, nachdem er eine Zeit lang mit finsterer Miene dagesessen hatte. Er faltete die Hände über dem Bauch und lehnte sich zurück. Seine kalten Augen fixierten Rutaaura. »Ich kaufe das Zeug. Es ist von annehmbarer Qualität.«

»Es ist von *ausgezeichneter* Qualität«, widersprach Ruta sanft. »Rook, du weißt, du schuldest mir noch was. Nenne uns einen anständigen Preis.«

Der Seelord verengte seine Augen zu Schlitzen. Er öffnete leicht den Mund und zischte sie an: »Machst du mir etwa Vorschriften, Elbenweib? Ich könnte euch die Kehlen durchschneiden oder ins finsterste Loch meines Gefängnisses werfen und dort verrotten lassen, und niemand würde mich dafür zur Rechenschaft ziehen.«

Rutaaura zuckte nicht zurück. Sie erwiderte unbeirrt seinen Blick und verschränkte die Arme vor der Brust. »Ich erinnere dich nur an dein Wort, Rookhan«, sagte sie.

Er knirschte mit den Zähnen. »Zwölf Familien für alles«, presste er hervor.

»Dreiundzwanzig«, erwiderte Rutaaura kühl. Tamayout hielt den Atem an.

»Vierzehn«, konterte Rookhan ergrimmt.

Rutaaura lächelte ihn an. »Ist die Magiergilde noch immer dein Hauptabnehmer für Skrallblut?«, fragte sie. »Ich weiß, was Magister Sonnbart für eine Blase von dieser Qualität zahlt. Zwanzig.«

Rookhan funkelte sie an. »Sechzehn Familien und keinen Dan mehr.«

»Wenn du Achtzehn sagst, bist du uns los«, ermunterte sie ihn.

Er starrte sie an. Dann erhob er sich, ging zu einem Schränkchen und holte eine Schatulle heraus. Seine massige Gestalt verdeckte seine Hantierungen, aber als er sich umwandte, hielt Rookhan einen kleinen Stoffbeutel in der Hand.

»Siebzehn Familien«, flüsterte er heiser, »und ich lasse euch lebend gehen. Damit sind wir quitt, Elbin.« Er wies mit abfälliger Geste auf die Beutel auf seinem Tisch. »Das hier ist illegale Ware. Ich hätte sie ebenso gut beschlagnahmen und dich und deinen zahmen Sandkriecher für alle Zeiten aus dem Sonnenlicht verschwinden lassen können – und genau das werde ich tun, wenn einer von euch mir noch mal unter die Augen kommt. Und jetzt raus!«

Rutaaura nahm den Beutel und zog Tamayout mit sich zur Tür. Sie schwieg auf dem Weg hinaus und auch, während sie die breite Allee in Richtung Hafen hinuntergingen.

»Wohin gehen wir?«, fragte Tamayout nach einer Weile. Rutaaura sah ihn an, als hätte sie vergessen, dass er neben ihr ging. Dann lächelte sie und hob mit einer entschuldigenden Geste die Hand. »Du warst sehr geduldig mit mir, Tamayout. Verzeih mir, dass ich dir nicht gesagt habe, wer der Mann ist, den ich aufsuchen wollte. Ich habe nur befürchtet, dass du auf das Geschäft verzichtet hättest – und glaube mir, es wäre schwierig geworden, die Ware anderswo zu einem guten Preis an den Mann zu bringen. Das war der gefahrloseste und lukrativste Weg.«

»Gefahrlos!« Der Sandläufer schnappte nach Luft. »Bei allen Älteren Geistern, das nennst du ›gefahrlos‹?«

Rutaaura schüttelte den Kopf. »Es war ein gewisses Risiko dabei, das gebe ich zu. Aber Rookhan ist kein Dummkopf. Und außerdem – er war mir noch etwas schuldig.«

Tamayout hob die Hände. »Der Seelord«, sagte er erschüttert. »Meine *J'Xchan* wird mich zu Skrallfutter verarbeiten, wenn ich ihr erzähle, dass ich dem Seelord selbst unter die Augen getreten bin.«

»Warum sollte sie das tun?«, fragte Rutaaura. »Du bringst gutes Geld mit. Ich denke, du hättest bei keinem Händler mehr als dreizehn Familien herausgeschlagen.«

Der Sandläufer hob in einer entschuldigenden Geste die Finger an die Lippen. »Ich bin nicht undankbar, *Saayaa.* Du hast meinem Stamm einen großen Dienst erwiesen.«

Rutaaura nickte kurz und bedeutete ihm, er möge weitergehen. »Zu deiner Frage, wohin wir unterwegs sind: Wir treffen uns mit meinem Begleiter«, sagte sie. »Ich hoffe, er hat einen Heiler aufgetrieben, der bereit ist, mit uns zu kommen.«

Sandangers Hafen war ein unübersichtliches Areal von Molen, Kais und Hafenbecken, die teils mit trübem, dumpf riechendem Wasser, teils mit schmutzigem Sand, Kies und stinkenden Abfällen gefüllt waren. Der sogenannte alte Hafen lag vollkommen trocken. Rutaaura konnte sich noch an die Zeit erinnern, als von hier aus die Schiffe nach Westen abgelegt hatten, aber das war lange vorbei.

Tamayout sah sich neugierig um, während er Rutaaura durch das Gelände folgte. Zwischen baufälligen Schuppen und verlassenen Lagerhallen mit löchrigen oder schon eingestürzten Dächern lagen die skelettartigen Überreste von Booten und Lastkähnen, Haufen von verrottenden Fischernetzen und Stapel kaputter Kisten und löchriger Körbe. In den Ecken und Winkeln raschelten kleine Füße, Fliegen summten träge durch die Luft, und es roch immer noch schwach nach Fisch, Tang und Salz. Auf den bröckeligen Mauern sonnten sich Katzen und Eidechsen, und in den Ritzen zwischen den Steinen wucherte allerlei graubraunes, zähes und stachliges Gewächs.

»Was tun wir hier?«, fragte Tamayout erstaunt. Rutaaura deutete auf einen Lagerschuppen, der etwas besser erhalten war als die anderen rundum.

»Ich habe hier ein kleines Depot«, erläuterte sie. »Wenn Lluis und ich dich begleiten, müssen wir uns für die Reise ausrüsten – und das meiste davon finde ich hier.«

Lluigolf saß neben der Tür des Lagerschuppens an die Wand gelehnt, hatte die Beine in seinen ausgebeulten, ein wenig schmuddeligen Hosen lang ausgestreckt und den schäbigen Hut tief in die Augen gezogen. Er schien fest zu schlafen. Neben seiner schlaff herabhängenden Hand lag ein leerer Weinkrug, und in einer klebrigen Weinlache krabbelten Ameisen herum. Tamayout schenkte Rutaauras Begleiter einen angewiderten Blick und spuckte geringschätzig aus. Er sah sie in der Erwartung an, auch in ihrem Gesicht den von ihm empfundenen Abscheu zu entdecken, aber Rutaaura lächelte nur schmal.

Als sie sich der Tür näherten, hob Lluigolf den Kopf und schob den Hut zurück. Er blinzelte sie schläfrig an und kratzte sich träge über die bartschattigen Wangen. »Hallo Leute, hab euch gar nich' gehört«, sagte er mit schwerer Zunge. »Alles glattgelaufen mit dem ollen Seelord?«

Rutaaura verkniff sich ein Grinsen. Der junge Sandläufer an ihrer Seite bemühte sich nicht, die Verachtung in seinem Blick zu verbergen.

»Wie du siehst, leben wir noch«, sagte die Elbin. »Hast du einen Heiler auftreiben können? Übrigens: Du kannst aufstehen, wir sind angemessen beeindruckt von deinen schauspielerischen Fähigkeiten.«

Er rappelte sich auf und klopfte den gelben Staub von seiner Hose. Der Blick seiner grauen Augen, mit dem er Tamayout musterte, war klar und spöttisch. »Man weiß nie, ob sich Rookhans Leute hierher verirren«, sagte er. »Ich spüre seinen Atem im Nacken, seit wir hier sind.«

Rutaaura nickte ungeduldig. »Warst du also erfolgreich?«, fragte sie und schob die Tür des Schuppens auf.

Lluigolf lehnte sich an den Türrahmen und verschränkte die Arme. Sein Blick schweifte wachsam über das Hafengelände, während er antwortete: »Ich habe im Laternenviertel eine Heilerin aufgetrieben, die bereit ist, uns zu begleiten. Für Erkundigungen über sie war die Zeit ein wenig knapp, aber ich habe den Eindruck, dass sie brauchbar ist.«

Die Elbin verschwand wortlos im Dunkel des Schuppens.

Nach einer Weile tauchte sie wieder auf, einen Reisesack unter dem Arm.

»Wann ist die Heilerin reisebereit?«, fragte sie Lluigolf und hob das Bündel auf die Schulter.

»Sofort, sagte sie.«

»Hol sie ab und bring sie zum Lager«, sagte Rutaaura. »Wir haben alles, was wir brauchen, und ich möchte vor der Finsterstunde schon ein gutes Stück des Wegs geschafft haben.«

Rutaaura leitete den Sandläufer durch ein unscheinbares Tor, das hinaus aus der Stadt führte. Tamayout schritt neben ihr her, und sein Gesicht war nachdenklich.

»Er war nicht betrunken«, sagte er.

»Nein. Lluigolf trinkt nie, wenn er eine Aufgabe für mich erledigt. Nicht, dass ich ihn nicht hin und wieder betrunken gesehen hätte«, fügte sie mit einem schwachen Lächeln hinzu.

Tamayout runzelte die Stirn. Sie kletterten einen kiesbedeckten Weg hügelaufwärts, und ihre Schritte ließen eine kleine Lawine von Steinchen hinter ihnen den Hang hinabkullern.

Als sie Tamayouts Lager erreicht hatten, begann der Sandläufer damit, sein Zelt abzubrechen, während Rutaaura den Inhalt ihres Reisesacks in der Sonne ausbreitete und Stück für Stück sorgfältig begutachtete.

Ein melodischer Pfiff ließ sie den Kopf heben, als sie den gepackten Reisesack wieder verschnürte. Lluigolf kletterte mit flotten Schritten über die Kuppe des Hügels, er hatte ein Bündel über die Schulter geworfen. Eine kleinere, dunkel gekleidete Gestalt folgte ihm etwas langsamer.

»Da sind wir«, sagte er, als er in einem Sandwirbel vor ihr hielt. Die lichtbraunen Augen seiner Begleiterin musterten Rutaaura neugierig.

»Das ist Graina«, stellte Lluigolf sie vor. »Rutaaura, die *J'Xchan* unserer Reise.«

Die Heilerin reichte ihr zögernd eine sommersprossige Hand. Rutaaura drückte sie leicht und ließ sie gleich wieder los. Sie würde sich an diesen Menschenbrauch nicht gewöhnen, es war ihr immer ein wenig unangenehm, die Finger eines Fremden in ihrer Hand zu spüren.

»Wunsch, Wasser unter deinen Füßen. Du *Taywwa* was

Stamm?«, fragte Graina in holprigem *Tya'n'tawa*. Rutaaura registrierte die schauderhafte Aussprache und neigte lächelnd den Kopf.

»Es ist nicht nötig, die Sprache der Stämme mit mir zu sprechen, aber ich danke dir für deine Höflichkeit«, sagte sie. Die Heilerin sah enttäuscht aus, aber dann siegte die Neugier. »Wie lange werden wir unterwegs sein? Der Seemann sagte nur, es sei eine weite Reise, bis in die Südlichen Territorien.«

Rutaaura fragte sich kurz, wen Graina mit »Seemann« meinte, dann dachte sie an Lluigolf in seinen salzwassergebleichten Kleidern und lachte. »Ah, ja. Wir werden heute noch bis zum ersten Randstein reiten. Von dort aus sind es sechs Tagesreisen, schätze ich.«

»So weit«, sagte die Heilerin. Ihre Augen funkelten begeistert.

Ein scharfer Ruf und das Geräusch von brechenden Zweigen ließen sie den Kopf wenden. Ihre Lippen formten ein stummes »Oh«. Dicht neben ihr schob sich ein schmaler braungrüner Kopf aus dem Gebüsch, gefolgt von einem langen Hals und mächtigen, mannshohen Schultern. Der Skrall sah sie gleichgültig an und stapfte auf seinen stämmigen Beinen mit den gekrümmten schwarzen Klauen an ihr vorbei. Sein langer, kräftiger Schwanz schleifte über den Boden und hinterließ eine charakteristische, tiefe Furche. Kurz hinter ihm folgte ein zweites Tier, das mit seiner gespaltenen Zunge nach der Heilerin züngelte, um ihre Witterung aufzunehmen. Runde gelbe Augen mit geschlitzten Pupillen sahen die kleine Frau an.

»Die sind aber groß«, hauchte Graina. Sie war unwillkürlich ein wenig näher an Lluigolf herangerückt, als die Echse sie passierte.

»Das sind Jungtiere, Weibchen. Sie tragen das Gepäck«, bemerkte Rutaaura. »Wir werden auf den Vätern reiten.«

Lluigolf räusperte sich unbehaglich. »Ich habe keine Erfahrung mit dieser Art von Reittieren«, sagte er. »Wie hast du dir das vorgestellt?«

Rutaauras Antwort ging in einem heiseren Brüllen unter, gefolgt von dem Krachen, mit dem eine kleine Kiefer zu Boden ging. Mit schaukelnden Schritten, die den Boden erbeben ließen, stampfte ein Skrall-Riese heran und ließ sich dicht neben Rutaaura mit einem donnernden Stöhnen auf die Knie nieder. Sie trat furchtlos heran und ließ sich von seiner langen grünlichen Doppelzunge betasten.

Graina hatte einen spitzen kleinen Laut ausgestoßen und war wie eine erschreckte Maus in Lluigolfs Schatten gehuscht. Zusammengekauert blickte sie an seinen Beinen vorbei auf das Ungeheuer, das vor ihr lag.

»Das ist Krannta«, erklang Tamayouts Stimme von hoch oben. »Er ist der Große Vater. Jinnta, den Kleinen Vater, muss ich noch holen, er ist immer ein wenig langsamer als die anderen.« Er schwang sich vom Rücken der Echse und rutschte an einem Seil herab, das am Sattelaufbau befestigt war.

Er sprang auf den Boden und ging den Weg zurück, den er gerade gekommen war.

Rutaaura klopfte Krannta fest auf den Hals und blickte mit leisem Amüsement in das erschreckte Gesicht der Heilerin und die mühsam gefasste Miene Lluigolfs.

»Auf – auf diesem werden wir reiten?«, flüsterte Graina. »Können wir nicht eins von den kleinen …«

»Die Töchter sind sicher noch nicht an Reiter gewöhnt«, unterbrach Rutaaura. »Außerdem sind sie noch zu temperamentvoll, wenn sie so jung sind. Die Väter halten sie im Zaum, aber nur sehr erfahrene Hirten trauen es sich zu, junge Skralls zuzureiten.« Sie legte ihre Hand über ein Skrall-Nasenloch. Die riesige Echse schnaubte und wickelte ihre Zunge um Rutaauras Handgelenk.

»Das ist ein sehr friedliches Tier«, sagte Rutaaura. »Er wird sich gut reiten lassen.«

Wieder bebte der Boden, als ein zweiter Riese durch das Gebüsch brach. Scharfer Echsengeruch erfüllte die Luft.

Tamayout ließ ihn neben seinem Gefährten lagern und sprang herab. Er blickte die Heilerin an.

»Tamayout, das ist Graina, die Heilerin«, sagte Rutaaura. Der junge Sandläufer legte in einer förmlichen Geste die Faust gegen seine Schulter. »Deine Schritte seien gesegnet«, sagte er auf *Tya'n'tawa*.

Die kleine Heilerin vergaß ihre Furcht vor den mächtigen Echsen und strahlte ihn an. »Gruß, Sandfrau! Wunsch, Wasser für deinen Stamm«, sagte sie. »Freude zu reiten mit Sandfrau. Mein heilmach Mutter-Tier.«

Tamayout starrte sie an. Rutaaura biss sich auf die Lippe und raunte ihm in schnellem *Tya'n'tawa* zu: »Sie lernt deine Sprache noch. Sei geduldig. Sie wollte sagen, dass sie sich freut, mit dir zu reiten und darauf brennt, die *J'Xchan* deines Stammes zu heilen.«

Tamayouts Gesicht blieb ernst. Er kreuzte die Arme vor der Brust, verneigte sich vor der kleinen Frau und erwiderte stockend in der Sprache der Städte: »Ich danke dir, Heilfrau. Meine *J'Xchan* sein wird glücklich, dich zu sehen und doppelt glücklich, du unsere Sprache sprichst. Aber du mir helfen lernen Stadt-Sprache. Sprechen mit mir Stadt-Sprache, bitte.«

Die Heilerin errötete unter ihren Sommersprossen und erwiderte die Verbeugung mit einem unbeholfenen Knicks.

»Wir sollten jetzt langsam ans Aufbrechen denken«, mahnte Rutaaura.

Lluigolf seufzte leise. »Auf welchem dieser Riesenviecher werde ich sitzen?«, fragte er.

Rutaaura zeigte auf den Kleineren. »Mit mir auf Jinnta. Ich überlasse die Heilerin Tamayout – dann können die beiden ihre Sprachkenntnisse verfeinern.«

»Also gut, Chefin. Ich gehe recht in der Annahme, dass ich unserem tapferen Krieger jetzt beim Aufladen helfen soll?«

»Ich bitte dich darum«, erwiderte Rutaaura. »Je eher wir aufbrechen, desto eher sind wir am ersten Randstein.«

Das Beladen der jungen Skralls war schnell erledigt. Die Tiere kauten zufrieden an den dornigen Salzpflanzen, die Tamayout vor ihnen aufgehäuft hatte, und ließen sich dabei nicht im Mindesten stören. Rutaaura zeigte der Heilerin, wie sie den Rückensattel der größten Echse besteigen sollte. Graina kletterte tapfer an dem

Seil empor, und Tamayout, der schon oben thronte, reichte ihr die Hand und zog sie das letzte Stück hinauf.

»Jetzt du«, sagte die Dunkle Elbin zu Lluigolf. Er seufzte leise und musterte den Skrall, der mit gleichmütiger Ruhe seinen Blick erwiderte. Dann packte Lluigolf das Seil und schwang sich auf den Skrallrücken. Er rutschte sich im Sattel zurecht, murmelte etwas über die Härte des Sitzes und blickte zu Tamayout und der Heilerin hinüber. Der Sandreiter hob seine Skrall-Peitsche, ließ sie neben der Ohröffnung der großen Echse knallen und rief »Sssa!«

Krannta, der Große Vater, erhob sich schaukelnd auf die stämmigen Beine. Die jungen Skrall-Weibchen schlossen sich dem Großen Vater an, und erst, als die letzte Echsenschwanzspitze im Gebüsch verschwunden war, erhob sich auch der Kleine Vater Jinnta und stapfte den anderen hinterher.

»Wir sind endlich unterwegs«, sagte Rutaaura. »Auf dieser Reise werden wir die Schweigsamen finden.«

# Andronee Mondauge, Verborgenes Licht

»Alle Völker, die uns auf unserem Weg begegnet sind, leben mit dem beständigen Wissen um das Ende ihres Lebens in ihrem Blut. Manche, wie die Menschen, leben so kurz wie Fliegen, und für manche, wie die Unterirdischen, liegt der Tod in so weiter Ferne, dass sie erst als Graubärte beginnen, darüber nachzudenken, was es bedeutet, einmal nicht mehr zu sein.

Aber sie alle erschaffen sich Götter und jenseitige Welten, damit ihr Ende weniger endgültig erscheint, doch im tiefsten Inneren fürchten sie, dass nach ihrem Tode in Wahrheit NICHTS sein wird.

Unser Volk ist glücklich und verflucht zugleich. Wer geht, geht freiwillig und in Frieden, weil er müde geworden ist und sein Maß des Lebens übervoll. Wer sich auf den Weg zu den Barmherzigen macht, lässt seine Erinnerungen zurück. So geht niemand zur Gänze, seine Essenz, sein Wissen und seine Erfahrungen, Freuden, Liebe, Glück und Unglück bleiben erhalten, auf dass seine Kinder und Kindeskinder sich ewig seiner erinnern können. Das ist das Wesen unseres Volkes und wehe uns, wenn wir es jemals vergessen.

Doch heute schließen die, die zurückbleiben, die Augen und wollen nicht sehen und verfluchen die Barmherzigen, obwohl sie doch nur geben, worum sie gebeten werden und nur das nehmen, was ihnen freiwillig gegeben wird.«

# 12

»Warum hieltest du eine erneute Zusammenkunft für nötig?« Seine Stimme klang überlaut in seinen eigenen Ohren, und er bemühte sich, seinen Unmut über die Zeitverschwendung und die Gefahr der Entdeckung, in die er sich durch diese Treffen brachte, zu drosseln.

Wie bei jedem ihrer Treffen herrschte bei seiner Ankunft undurchdringliche Dunkelheit in dem unterirdischen Gewölbe. Die Luft war zwar kühl, roch aber schal und abgestanden, und aus irgendeiner Ecke drang schwacher Aasgeruch.

Er hatte eine Zeit lang im Finsteren gewartet, offenbar noch allein an ihrem Treffpunkt.

Dann hörte er, wie vor ihm etwas raschelte und leise atmete. Das Gewölbe musste einen zweiten Eingang haben, denn er war sicher, dass niemand hinter ihm durch die Türöffnung gekommen war.

Ein rötlicher Funke glomm vor seinen Augen auf, dann zischte etwas, und ein Flämmchen erhellte den tischartigen Stein, auf dem es nackt, ohne Docht, Wachs oder Öl, tanzte. Sein matter Schein ließ Glimmereinschlüsse in dem Stein aufblitzen. Schwarze Hände ruhten neben der Flamme, und das nachtdunkle Gesicht mit den kalten grünen Augen schwebte in einer Aureole von hellem Haar scheinbar körperlos darüber.

Er starrte in die Augen des Dunklen, der reglos seinen Blick erwiderte. »Also?«, fragte er scharf und ohne sich sein Unbehagen über die Gegenwart eines Schwarzen Elben anmerken zu lassen.

Der Dunkle öffnete den Mund, zeigte scharfe, perlweiße Zähne und eine rote Zunge, die über seine Lippen fuhr. »Wir warten«, sagte er so leise, dass das Tröpfeln des Wassers irgendwo hinter ihm seine Worte fast übertönte. »Wir haben getan, was du verlangt hast. Wann wirst du deinen Teil unserer Abmachung einlösen?«

»Ich bin noch nicht am Ziel«, erwiderte der andere. »Noch sind nicht alle im Rat auf meiner Seite – auch wenn mehr von ihnen auf mein Wort hören als je zuvor. Ihr müsst euch gedulden. Eure Zeit kommt, sobald meine Zeit gekommen ist – wenn ich erst den leeren Thron bestiegen habe, werdet ihr den verdienten Lohn für eure Unterstützung erhalten!«

»Wir haben uns schon zu lange geduldet«, sagte der Dunkle Elbe. »Was können wir tun, um dich schneller an dein Ziel zu bringen?«

Er zog nachdenklich die Brauen zusammen und blickte in die kleine, Licht spendende Flamme auf dem Stein.

»Vielleicht hast du recht«, murmelte er nach einer Weile. »Es geht zu langsam voran. Ich denke darüber nach, mein Freund. Ich denke darüber nach …«

Als Iviidis an diesem Vormittag aus dem Haus trat, um zu Alvydas ins Archiv zu gehen, lief ihr die Gardistin über den Weg, die sie gewöhnlich an den Hof eskortierte und mit der sie inzwischen fast so etwas wie Freundschaft verband. Iviidis winkte ihr zu und rief einen Gruß.

Broneete blieb stehen und lächelte, aber als Iviidis sich ihr näherte, verschwand das Lächeln und machte einem geradezu erschreckten Blick Platz.

»Was ist, Broneete?«, fragte Iviidis erstaunt.

Die Gardistin starrte auf ihre Tunika. »Du bist eine Sondiererin?«, fragte sie beinahe anklagend.

Iviidis seufzte leise. Es gab immer wieder Elben, die kein Vertrauen zu den Sondierern hatten oder sogar Angst vor ihnen. »Ja, das bin ich«, sagte sie in besänftigendem Ton. »Du klingst besorgt. Hast du schlechte Erfahrungen mit einem Sondierer gemacht?«

Broneete sah ihr nicht in die Augen. »Ich bin einmal sondiert worden«, sagte sie steif. »Es war nicht angenehm, aber sie hat mir nichts Übles zugefügt.«

»Warum hätte sie das auch tun sollen?«, fragte Iviidis. Sie nahm

Broneetes Arm und führte die etwas Widerstrebende zu einer Laube hinter dem Haus. »Komm, erzähl mir davon«, bat sie und zog Broneete neben sich auf die Bank. Die Laube war dicht bewachsen und bot einen guten Schutz gegen Blicke.

Die Gardistin saß steif aufgerichtet da und war sichtlich darauf bedacht, Iviidis nicht versehentlich zu berühren und sie nicht anzusehen.

Iviidis hob bewusst langsam die Hand und drehte das Gesicht Broneetes zu sich. Die Gardistin zuckte zuerst zurück, dann ließ sie die Berührung zu und hob auch den Blick, um Iviidis anzusehen. Ihre Augen spiegelten gleichzeitig Furcht und Ärger wider.

»Es ist dumm«, sagte sie heiser. »Ich habe schon als Kind Angst davor gehabt, dass mir ein anderer meine innersten Gedanken stiehlt. Aber du bist immer so freundlich zu mir, und ich war unhöflich ...«

»Sei still«, sagte Iviidis sanft. »Du musst dich nicht entschuldigen, aber du solltest auch keine Angst vor mir haben. Ich würde nie deine Gedanken stehlen – das würde kein Sondierer jemals tun.«

Broneete nickte zweifelnd. Dann holte sie tief Luft und erzählte Iviidis von ihrer Wache vor Horakins Tür, seiner Ermordung und der darauf folgenden Befragung.

»Du hast diese schreckliche Tat miterlebt, und Zinaavija hat dich sondiert?« Iviidis griff aufgeregt nach Broneetes Hand, und die Gardistin entzog sich ihr nicht. Sie nickte.

»Was hat sie gesehen?«

»Nichts«, sagte Broneete. »Sie sagte, da wäre nichts gewesen. Genau wie ich auch ausgesagt hatte.«

Iviidis zog die Unterlippe zwischen die Zähne und blickte Broneete grübelnd an. Die Gardistin verzog das Gesicht.

»O nein«, sagte sie energisch. »Ich kann sehen, was du denkst, *han-Ttai*. Nein, ich werde dich nicht in meiner Erinnerung herumwühlen lassen!«

»Du würdest mir damit einen sehr, sehr großen Gefallen tun«, sagte Iviidis eindringlich. »Du weißt, ich beschäftige mich mit den Dunklen ...«

»Ich verstehe nicht, wieso du das tust. Mir würde das schlechte

Träume machen«, sagte Broneete heftig. »Ich werde jetzt noch manchmal wach und frage mich, warum ich noch lebe. Der Dämon hätte mich ebenso töten können wie den Kommandeur. Nein, *han-Ttai*, nimm es mir nicht übel, aber ich kann dir nicht helfen. Ich will es nicht!« Sie machte Anstalten sich zu erheben, aber Iviidis hielt sie zurück.

»Warte, Broneete«, sagte sie leise. Sie hob die Hand an den Mund und überlegte. Würden die Erinnerungen der Gardistin ihr etwas nützen? Rutaaura hatte sie gebeten, nach allem Ungewöhnlichen Ausschau zu halten – und was war ungewöhnlicher als die Ermordung des Kommandeurs der Garde durch einen Dunklen Elben? Aber Zinaavija hatte Broneete sondiert und nichts gefunden – und warum hätte sie das sagen sollen, wenn es nicht stimmte?

»Ich werde nichts von dir verlangen, ohne dir gleiches Vertrauen zu schenken«, sagte sie. »Ich will dir ein Geheimnis anvertrauen. Aber nicht hier und nicht jetzt. Komm heute nach dem ersten Abendruf in mein Zimmer. Willst du das tun?«

Broneete willigte zögernd ein.

Auf ihrem Weg zum Archiv war Iviidis in Gedanken verloren. Die plötzliche Eingebung, Broneete von ihrer Schwester zu erzählen, erschien bei näherer Überlegung allzu leichtsinnig. Niemand wusste von dem Geheimnis ihrer Familie, und ganz sicher war Glautas nicht erpicht darauf, dass ein Mitglied der Elbengarde davon Kenntnis bekam. Wenn Broneete sich als weniger diskret erwies, als Iviidis annahm, würde das Gerücht von Glautas' dunkler Tochter sich unweigerlich verbreiten wie Tinte in einem Wasserglas.

Sie schob den Gedanken erst einmal beiseite, als sie im Archiv eintraf. Der Aufstieg bis zum Eingang der Baumhöhle war schnell geschehen, sie tastete sich die letzten Schritte durch die undurchdringliche Dunkelheit und schob dann den Vorhang zu Alvydas' Quartier beiseite.

Der Elbe saß in seinem Lehnstuhl und war in die Betrachtung eines hellen Kristalls versunken. Er blickte auf und lächelte sie mit seinen blassen Opalaugen an. »Das hier musst dir dir ansehen«, sagte er. »Ich denke, es hat mit deinem Forschungsgebiet zu tun.« Er reichte ihr den Kristall mit seinen spinnenbeindünnen Fingern. Sie nahm ihn an, sondierte flüchtig seinen Inhalt und legte ihn wieder auf den Tisch.

»Was ist?«, fragte Alvydas und nippte an einer Schale mit Tee.

»Warum verurteilst du mein Interesse für die Dunklen nicht?«, fragte sie unverblümt. »Jeder, den ich kenne, macht mir Vorhaltungen deswegen oder hält mich für überspannt – nur du nicht.«

Alvydas stellte die Schale behutsam ab und legte die Hände unter seinem Kinn zusammen. Er musterte sie durchdringend, und Iviidis erwiderte den Blick.

»Ich habe keine Vorbehalte«, sagte er schließlich. »Die Dunklen sind Teil unseres Volkes. Ein unglücklicher Teil, das ja. Verbannte, Getriebene und manchmal leider auch Verirrte. Aber ich weiß, dass das einmal anders war, und ich freue mich, dass du weiterführst, was deine Mutter begonnen hat.«

Iviidis beugte sich vor. »Was meinst du damit?«, fragte sie.

Alvydas richtete den Blick seiner seltsam verschleierten Augen in die Ferne. »Du hast noch keine Zeit gefunden, dir anzuhören, was Lootana auf dem Kristall gespeichert hat.«

Iviidis hob die Hände und ließ sie wieder sinken. »Ich wollte es mir nicht im Haus meines Vaters anhören«, sagte sie.

Alvydas nickte. »Es hat Glautas zutiefst getroffen, dass deine Mutter fortgegangen ist. Und ich weiß, dass er nicht billigte, womit sie sich so eingehend befasst hat.«

Iviidis hielt den Atem an. »Die Dunklen«, flüsterte sie. »Natürlich.«

Alvydas lächelte. Die tausend feinen Fältchen ließen sein Gesicht zerspringen wie craqueliertes Eis. »Wenn du möchtest, kannst du dich mit Lootanas Aufzeichnungen hier bei mir beschäftigen«, bot er an. »Es stimmt, ich ertrage keine Gesellschaft mehr um mich herum – aber du bist mir angenehm.«

Iviidis dankte ihm, seltsam gerührt.

»Hast du dir denn Andronees Aufzeichnungen inzwischen ansehen können?«, fragte er. Sein Blick war erwartungsvoll, fast ein wenig lauernd.

Iviidis lächelte, sie kannte ihren alten Lehrer gut genug, um zu wissen, worauf er aus war.

»Das ›Verborgene Licht‹ ist weit nach der Glücklichen Ära entstanden. Das heißt, Andronee muss nach dem Umbruch noch gelebt haben. Warum ist das keinem der Historiker aufgefallen?«

Alvydas' Lächeln ließ die Müdigkeit aus seinem Gesicht schwinden wie die Sonne den Morgentau. »Niemand außer deiner Mutter hat ihre Aufzeichnungen je in der Hand gehabt«, sagte er. »Das ›Verborgene Licht‹ galt als verschollen oder vernichtet, in der Zeit des Umbruchs verloren gegangen. Nur einige Bruchstücke daraus waren bekannt, und die Zitate galten als ungesichert. Deshalb hat sich niemand Gedanken über die Widersprüche gemacht.«

Iviidis schüttelte den Kopf. »Es kann doch nicht sein, dass dieser Kristall so lange verloren war. Wo hast du ihn gefunden?«

Alvydas senkte die Lider über die Augen. Er legte einen seiner dünnen Finger an die Nase und seufzte kaum hörbar. »Er war bei mir«, sagte er schließlich.

Iviidis sah ihn verblüfft an. »Wie meinst du das?«, fragte sie.

»Ich hatte ihn all die Zeit. Er war bei mir.« Seine Stimme klang rau.

»Alvydas, du bist der klügste, scharfsinnigste Elbe, den ich kenne, aber du redest irre. Du meinst, du hast ihn gefunden und deinen Fund unverständlicherweise für dich behalten.«

Alvydas lächelte. Seine blassen Augen funkelten verwirrend im Licht des Elbenfeuers. »Sie hat ihn mir gegeben und mich gebeten, ihn für sie zu verwahren«, sagte er beinahe fröhlich. »Eigentlich wollte ich ihn deiner Mutter überlassen, denn sie hat sich hier bei mir damit beschäftigt, aber als sie fortging, erschien mir das zu unsicher. Er sollte hier bleiben, im Herzen unserer Erinnerungen.«

Iviidis schüttelte den Kopf. »Du nimmst mich auf den Arm, mein Lehrer. Aber gut, wenn du es mir nicht sagen willst …«

Der alte Elbe schloss die Augen und holte mühsam Luft. Dann schob er sich in einen aufrechteren Sitz und ließ eine Hand über den haarlosen Schädel gleiten. »Ich würde gerne mit der Aufzeichnung beginnen«, sagte er. »Bist du bereit?«

Iviidis legte wortlos ihre Hände auf den Tisch. Alvydas hatte den großen Schwarzbernstein schon griffbereit zurechtgelegt. Er hob ihn aus seiner Umhüllung und legte ihn in Iviidis' Hände. Sie schloss die Augen, leerte ihren Geist. Da war die Seele der großen Harzträne, still, dunkel, tief und äonenalt. Iviidis nickte wortlos. Alvydas schloss seine kühlen Finger um ihre Unterarme. Seine Haut fühlte sich trocken an und dünn wie Papier.

*Öffne*, sagte Iviidis lautlos.

Alvydas schloss nun ebenfalls die Augen und senkte den Kopf. Beide atmeten im gleichen, langsamen Rhythmus. Iviidis wartete; ihr Geist war ein stilles, leeres Gefäß, bereit, Alvydas' Erinnerungen zu empfangen und in den Bernstein zu lenken.

Es begann wie immer, ein zögerndes Tröpfeln, das zu einem steten Rinnsaal wuchs. Sie verstärkte sanft den Sog, mit dem sie den Erinnerungsbach in den Speicherstein leitete. Der Bach schwoll zu einem Fluß, zu einem breiten Strom. Sie öffnete sich so weit, wie sie konnte, und ließ die Flut durch sich hindurchströmen.

Es war jedes Mal ein wenig anders. Diese Erinnerungsflut war dicht und zähflüssig wie dunkelgoldener Sirup oder Honig. Ihr Geist schmeckte die ein wenig bittere Süße und das volle Aroma eines langen, langen Lebens. Bilder blitzten vor ihrem inneren Auge auf, tanzten vorbei wie Blätter, waren verschwunden. Ein Baum, größer noch als die Esche, die das Archiv beherbergte, inmitten eines Waldes von solchen Baumriesen. Ein Elbe, der einem jungen Alvydas ähnlich sah, aber nicht Alvydas war. Der Elbenthron, auf dem jemand zu sitzen schien. Ein dunkles Gesicht, das sie gerne näher betrachtet hätte, aber es war so schnell fort wie die anderen Eindrücke. Lootana, jung und lachend. Fort. Eine endlos weite Wasserfläche und ein Segel am Horizont. Fort.

Der Strom wurde zum Ozean und die Bilder zu konstanten Lichtblitzen. Iviidis hielt den Kanal aufrecht, so lange sie konnte, aber ihre Kräfte begannen zu schwinden. Sie hob mit letzter Anstrengung die Hand und löste den Kontakt zwischen sich, Alvydas und dem Bernstein. Sie sank in den Stuhl zurück und ließ die letzten Bilder in ihrem Geist zerfasern wie Spinnweben im Wind.

Sie hatte so lange nicht mehr als Kanal gearbeitet, dass sie fast vergessen hatte, wie erschöpft sie sich nach einer Sitzung immer fühlte. Ihr Geist summte und schwirrte von den fremden Erinnerungen, die durch ihn hindurchgeflossen waren, und sie wusste, dass sie noch viele Nächte hiernach fremde Träume träumen würde. Normalerweise wechselten Sondierer sich bei einer Aufzeichnung deshalb ab, damit der aktive Kanal eine Gelegenheit zur Erholung bekam. Aber normalerweise hätten ihr bei der Arbeit auch Assistenten zur Seite gestanden und geholfen, den Kanal stabil zu halten.

Sie sah Alvydas an. Der alte Elbe saß schlaff zurückgelehnt in seinem Stuhl und hatte noch immer die Augen geschlossen. »Alvydas, geht es dir gut?«, fragte sie leise und streckte die Hand nach ihm aus.

Er nickte, ohne die Augen zu öffnen. Seine Hand strich federleicht über ihre Finger. »Danke«, sagte er nur.

Iviidis behielt seine Hand in der ihren. Sie saßen eine lange Weile so da, dann ließ ein tiefer Atemzug Alvydas' gebrechlichen Leib erschauern.

»Ich brauche nur eine Pause«, sagte er. »Und du ganz sicher auch. Wir sollten morgen weitermachen, Kind.«

»Es ist mir recht«, sagte sie. »Alvydas, wer wird das Material archivieren, wenn wir fertig sind?«

Es war nicht üblich, dass der Elbe, dem die Erinnerungen gehörten, seine eigenen Aufzeichnungen sichtete, auch, wenn er selbst ein Sondierer war. Aber Iviidis nahm an, dass Alvydas niemand anderen darin herumstochern lassen wollte. Deshalb war sie höchst überrascht, als der Elbe nach einer kleinen Pause erwiderte: »Ich denke, du solltest es tun. Ich vertraue dir, wie ich deiner Mutter vertraut habe.«

Iviidis dachte an die Zeit, die es sie kosten würde, um dieses Gebirge an Erinnerungen zu sichten, und war dennoch erfreut. Sie äußerte ihre Überraschung und ihren Dank, aber Alvydas schnitt ihr das Wort ab.

»Du musst mich jetzt ausruhen lassen«, sagte er freundlich.

»Wenn du selbst nicht zu müde bist, gilt mein Angebot noch: Du kannst dir Lootanas Aufzeichnungen hier bei mir ansehen.«

Iviidis zögerte trotz ihrer Erschöpfung nicht lange. Sie war einfach zu neugierig, was ihre Mutter auf diesem Kristall gespeichert hatte.

Alvydas hatte sich in die kleine Nische zurückgezogen, in der, wie sie wusste, nicht mehr als ein schmales Bett stand. Sie war ungestört. Einige tiefe Atemzüge vertrieben den schlimmsten Druck von ihren Schläfen, sie nahm das Kristallharz in die Hände und befühlte die beinahe lebendige Wärme seiner samtig-glatten Oberfläche. Sie dachte an Lootana, wie sie sie zuletzt gesehen hatte. Ihre Mutter stand neben ihrer schwarzen Stute, hatte schon zum Aufsteigen bereit eine Hand auf dem Sattel liegen und sah Iviidis mit Schmerz in ihren schönen dunkelgrünen Augen an. Glautas war nicht gekommen, um seine Frau zu verabschieden. Iviidis wusste von Lootana, dass sich die beiden wieder bis früh in den Morgen gestritten hatten. Früher hatte Lootana nach einem solchen Streit nachgegeben und war geblieben, aber Iviidis wusste, dass dies hauptsächlich ihretwegen geschehen war. Lootana fiel es schwer, sich von ihrer Tochter zu trennen – es fiel ihr schwerer, als Glautas im Streit zu verlassen, erkannte Iviidis erstaunt.

Sie hatten beinahe wortlos voneinander Abschied genommen. Es war alles gesagt. Lootana hatte sie gefragt, ob sie sie nicht begleiten wolle, und Iviidis hatte voller Bedauern abgelehnt. Sosehr sie der Gedanke gereizt hatte, Lootana zu folgen und die Welt da draußen zu erkunden – sie wollte auch Olkodan heiraten und mit ihm leben, und beides passte einfach nicht zusammen.

Seitdem hatte sie nichts mehr von ihrer Mutter gehört. Wo auch immer sie sich herumtrieb, sie dachte wahrscheinlich schon lange nicht mehr an ihre Familie.

Iviidis umschloss den Kristall mit beiden Händen und öffnete ihren Geist. »*… weiter als ich gedacht hätte*«, erklang die vertraute Stimme ihrer Mutter. »*Ihre Aufzeichnungen enthalten eine klare Beschreibung des Weges. Ich frage mich, warum nie-*

*mals jemandem aufgefallen ist, dass sie zu einem viel späteren Zeitpunkt entstanden sein müssen. Wie hätte sie sonst all die finsteren Legenden sammeln können, die über die …«*

Iviidis sprang an eine andere Stelle des Monologes. Lootana hatte ihre Überlegungen immer einigermaßen unsortiert in ihre Speicherkristalle gespeist und sich dann ständig darüber beschwert, dass sie nichts wiederfinden konnte. Gleichzeitig hatte sie Iviidis wegen ihrer methodischen Arbeitsweise aufgezogen – und Iviidis hatte sie geneckt, dass sie mit Sicherheit einen ganzen Zweig von Sondierern und Archivaren benötigen würde, um ihre Notizen in den Griff zu bekommen. Es war übrigens charakteristisch für sie, dass sie kaum mit unterstützenden Gedankenbildern arbeitete. Sie sagte immer, dass es sie vom reinen Gedanken ablenkte.

*»Ich glaube, er weiß noch viel mehr über diese Zeit, als er sagt. Er dürfte einer der Wenigen sein, die noch unter uns sind und selbst miterlebt haben, wie das Elbenvolk zerbrach. Manchmal frage ich mich, wer oder was er eigentlich ist. Aber er ist verschlossen wie ein Stein, selbst mir gegenüber.«*

Iviidis hielt unwillkürlich den Atem an. Sie zwang sich, an eine andere Stelle zu springen. Heute konnte sie sich nur einen kurzen Überblick verschaffen, für ein methodisches Vorgehen war sie einfach zu müde.

*»… mir unendlich schwer gefallen, sie fortzugeben. Ich hatte dafür gesorgt, dass man sich so gut um sie kümmern würde, als wäre sie bei mir geblieben, aber ich hatte mir nicht vorstellen können, welchen Schmerz es mir verursachen würde. Ganz sicher ist das ein Grund für meine Besessenheit. Vielleicht ist es auch der Grund für Iviis Interesse an den Schweigsamen. Ich weiß es nicht. Ich weiß nur, dass ich es Glautas immer noch übel nehme, dass er mich dazu gezwungen hat, obwohl ich weiß, dass es keine andere Möglichkeit gegeben hätte. Wir sind noch nicht bereit dafür, aber ich werde dafür arbeiten, dass …«*

Widerstrebend riss Iviidis sich los. Sie konnte nicht mehr. Sie öffnete matt die Hände, und der Kristall fiel mit einem leisen Klacken auf den Tisch. Sie rieb sich die Augen und lehnte sich zurück. Nur für einen Moment …

Sie wanderte durch einen düsteren, grauen Wald. Die Bäume waren höher als alle, die sie je in einem Wald gesehen hatte. Mächtige Stämme und dicke Wurzeln versperrten ihr den Weg, der ohnehin kaum mehr war als ein geahnter Pfad durch dichtes, dorniges Unterholz. Es war stickig und unnatürlich still. Kein Vogelruf, kein Rascheln kleiner Füße, nur das Knacken, mit dem gelegentlich ein dürrer Zweig unter ihrem Tritt brach.

Sie ahnte, dass jemand hinter ihr war. Sie spürte seinen Atem in ihrem Nacken und wusste, dass er sie an der Schulter berühren könnte, wenn er nur die Hand ausstreckte. Sie würde ihn sehen, wenn sie sich umdrehte, aber es war ihr unmöglich, den Kopf zu wenden oder stehenzubleiben. Sie ging weiter, tastend und unsicher im seltsamen Zwielicht des Waldes.

»Du gehst fort.« Sie streckte die Hand aus, aber die dunkle Frau mit den Opalaugen, die ihr gegenüber stand, ergriff sie nicht, und deshalb ließ sie sie zögernd wieder sinken. Mit einer hilflosen Geste fuhr sie sich über die Stirn und berührte die glatte, haarlose Haut ihres Kopfes. Erstaunen. Erkennen.

Die Dunkle Elbin hatte sich abgewandt. »Warte«, rief sie mit fremder Stimme, die doch ihre eigene war. »Du musst nicht gehen. Oder wir gehen beide … warte auf mich, Windgesang!«

Die Esche, die ein Leben lang sein Baumbruder gewesen war, starb. Es hatte begonnen, als seine dunkle Schwester sie beide verließ und ihre Seelen mit sich nahm. Er legte die Stirn gegen den Stamm des Baumes und sprach mit ihm. Versprach ihm, er würde sie zurückholen. Sie alle, die gegangen waren und ihr Volk seelenlos zurückgelassen hatten …

Mit einem Ruck schrak Iviidis hoch. Die Traumbilder umklammerten sie, gaben sie nur widerwillig frei. Sie streckte sich und schüttelte die klebrigen Ranken der fremden Träume ab. Alvydas' Erinnerungen lasteten in ihrem Geist, ließen sie sich fühlen wie einen überprall aufgeblasenen Ballon, der jeden Augenblick zu platzen drohte. Die Echos des Erinnerungsflusses würden zwar mit der Zeit schwächer werden und schließlich verblassen, aber solange sie mit Alvydas an der Aufzeichnung arbeitete, würde sie sich mit den Bildern seines langen Lebens in ihrem Geist arrangieren müssen.

Sie stand eine Weile über den Tisch gebeugt und betrachtete die drei Kristalle, die so unterschiedliche Stimmen beherbergten. Der Schwarzbernstein, der Alvydas' gesamtes Leben fassen würde, wenn sie fertig waren, glühte in einem satten dunklen Moorbraun, und tief in seinem Inneren pulsierte beständig ein hellgoldener Funke wie eine kleine Sonne. Die kleineren Kristallharz-Speicher an seiner Seite leuchteten mit rötlichen Reflexen, ihr Puls schien sich dem seinen anzupassen. Es war, als sprächen sie miteinander. Iviidis ertappte sich dabei, dass sie ihre Ohren anstrengte, um das leise Flüstern der Kristalle zu erlauschen, wie sie es als Kind im Studierzimmer ihrer Mutter getan hatte. Die stumme Sprache, das Beinahe-Lebendige der Erinnerungskristalle hatte sie schon damals fasziniert.

Iviidis schob die drei Steine – Alvydas, Lootana, Andronee – mit sachten Fingern zusammen, dass ihre Kanten sich berührten. Drei unterschiedliche Leben – und doch schien sie eine Gemeinsamkeit zu verbinden, die sie nicht benennen konnte, aber erahnte.

Der erste Abendruf riss sie aus ihrer Versunkenheit. Sie musste sich beeilen, denn Broneete würde gewiss schon auf sie warten, wenn sie nach Hause kam.

Wirklich traf Iviidis die Gardistin schon vor ihrem Zimmer, als sie eintraf. Broneete sah sie kommen und zog eine Grimasse. »Ein wenig hatte ich gehofft, du hättest mich vergessen«, sagte sie.

Iviidis lachte und zog sie am Arm durch die Türöffnung. »Setz dich hin und nimm dir etwas Obst. Ich sorge nur eben dafür, dass wir ungestört bleiben«, sagte sie fröhlich. So müde sie selbst auch war, sie musste Broneete ihre Befangenheit nehmen.

Broneete setzte sich auf die Kante eines Diwans und starrte mit zusammengezogenen Brauen auf ihre Hände nieder. Sie trug leichte, zivile Kleider in hellen Tönen, die ihre kräftigen Farben und die dunklen Haare betonten. Wahrscheinlich hatte sie es nicht leicht gehabt in der Elbengarde. Die Mehrzahl der Gardisten entstammte Familien, die einen gewissen gesellschaftlichen Rang innehatten, und dazu gehörte Broneetes Familie ganz offensichtlich nicht.

Iviidis zog den Türvorhang zu und legte kurz die Hände auf den feinen Stoff. Sie wob den deutlichen Hinweis, dass sie nicht gestört werden wollte, über die Türöffnung und sorgte gleichzeitig dafür, dass kein Laut aus ihrem Zimmer nach draußen dringen würde. Was auch immer sie von Broneete zu erfahren hoffte – es sollte diesen Raum nicht verlassen.

Dann wandte sie sich um und klatschte leise in die Hände. Broneete zuckte zusammen und blickte auf, Ablehnung in ihrem Blick. Iviidis lächelte sie aufmunternd an und füllte rosafarbenen Wein in zwei Gläser, von denen sie eines ihrem Gast reichte, bevor sie sich in die Kissen des zweiten Diwans sinken ließ. Sie hob das Glas und nickte der Gardistin zu. »Ich bin völlig erledigt«, sagte sie im Plauderton. »Wie war dein Tag?«

Broneete entspannte sich ein wenig. Sie nippte an ihrem Glas, blinzelte und nahm einen zweiten, größeren Schluck. »Oh«, sagte sie überrumpelt. »Oh, das schmeckt aber wunderbar!«

Iviidis lächelte verstohlen. Ihr war noch keine Elbin begegnet, die diesen Erdbeerwein nicht zum Niederknien fand.

»Nimm dir etwas zum Knabbern dazu«, sagte sie und hielt Broneete die Silberschale hin. Die Gardistin wählte ein knuspriges Käsegebäck und kaute schweigend eine Weile darauf herum.

Iviidis saß zurückgelehnt da, trank ihren Wein und betrachtete Broneete. Die junge Elbin war weniger robust gebaut, als sie in ihrer Uniform wirkte und ihre etwas bäurischen Farben suggerierten. Allerdings hatte der militärische Drill dafür gesorgt, dass ihr Körper sehniger und durchaus auch muskulöser als die der meisten Elbinnen aus dem Sommerpalast war. Ihr Gesicht war fein geschnitten, und an der sanftgeschwungenen Kurve, mit der sich ihre Ohren zuspitzten, hätte auch die reinblütigste Goldene Elbin nichts auszusetzen gehabt.

Broneete räusperte sich unbehaglich und stellte ihr halb geleertes Glas ab. »Was wolltest du mir erzählen, *han-Ttai?*«, fragte sie mit ihrer etwas heiseren Stimme.

»Nenne mich bei meinem Namen, ich bitte dich«, sagte Iviidis.

»Das wäre ungehörig, solange ich deinem Vater diene, *han-Ttai*«, erwiderte die andere Elbin.

Iviidis schüttelte den Kopf. »Wenn wir allein sind, kann ja wohl niemand daran Anstoß nehmen.«

Broneete schwieg mit gesenktem Blick. Um ihren Mund lag ein störrischer Zug. Iviidis seufzte leise und richtete sich auf. »Du hast dich gefragt, warum ich über die Schweigsamen forsche«, begann sie. »Was ich dir jetzt erzähle, gebe ich dir und nur dir zu allertreusten Händen. Ich vertraue dir und weiß, dass du nicht zu denen gehörst, die anvertraute Geheimnisse weitererzählen.«

Mit dieser Einleitung hatte sie Broneetes volle Aufmerksamkeit gewonnen. Die junge Gardistin blickte sie mit weit offenen, lichtbraunen Augen an, aus denen endlich die bisherige Reserviertheit gewichen war. Iviidis atmete innerlich auf.

»Nichts von dem, was du mir sagst, wird je über meine Lippen kommen, *han-*... Iviidis, das schwöre ich bei meiner Ehre«, sagte Broneete feierlich. Iviidis beugte sich vor und berührte kurz ihre Hand.

»Ich weiß, dass ich dir vertrauen kann, obwohl ich dich erst kurz kenne. Aber du sollst wissen, dass auch du dich auf mich verlassen kannst. Wenn du eine Freundin brauchst ...« Sie sprach nicht weiter. Broneete neigte den Kopf. »Danke«, sagte sie nur.

Iviidis legte ihre Hände ineinander und sammelte sich. »Ich habe eine Zwillingsschwester«, sagte sie schließlich.

Broneetes Augen weiteten sich erstaunt. »Aber ...«, setzte sie an.

Iviidis hob die Hand. »Ich weiß«, sagte sie ernst. »Elben kennen keine Zwillingsgeburten. Das ist Menschenart.« Sie lachte kurz auf. »Das ist nur eine der Lügen, mit denen unser Volk lebt«, sagte sie bitter. »Und alle, die es besser wissen, schweigen lieber, als die Lüge öffentlich zu machen. Meine Mutter wollte es tun, aber mein Vater hat sie zum Schweigen gezwungen.«

Broneete schüttelte den Kopf. »Aber warum?«, fragte sie. »Es ist doch ein großes Geschenk. Du hast einen Sohn, hättest du dich nicht gefreut – und dein Mann auch – wenn du noch ein zweites Kind geboren hättest?«

»Mein Mann hätte möglicherweise damit gedroht, es zu töten, und ich hätte mit dem Kind fliehen müssen, wenn ich es hätte behalten wollen«, erwiderte Iviidis. »Das Kind wäre schwarz gewesen, Broneete. So wie meine Schwester Rutaaura.«

Die junge Gardistin schrie auf und schlug die Hände vor den Mund. Sie schüttelte den Kopf, die Augen dunkel vor Angst und Abwehr. »Es sind Legenden, Dämonen aus alten Geschichten«, stieß sie hervor. »In Wirklichkeit gibt es sie nicht. Wir erschrecken die Kinder damit …«

»Und wir haben Angst vor ihnen und wissen genau, dass es sie gibt und immer gegeben hat«, sagte Iviidis scharf. »Sie gehören zu uns wie die Nacht zum Tag. Und ich weiß, dass sie atmen und essen und schlafen wie wir und lachen können und Angst haben … Ich kenne meine Schwester, und meine Schwester ist eine von ihnen! Wir tun großes Unrecht, Broneete, und ich will wissen, warum das so ist.«

Die Gardistin riss sie aus ihren Gedanken. »Warum hast du mir davon erzählt?«, fragte sie. »Ich fürchte, Glautas wäre nicht sehr froh darüber, wenn er es wüsste.«

Iviidis sah auf, erstaunt darüber, ihre eigenen Überlegungen aus Broneetes Mund zu vernehmen. »Er würde toben«, sagte sie schlicht. »Du siehst, du hast mich jetzt in der Hand.« Sie lächelte schwach.

Broneete verzog den Mund. »Ich denke, es ist umgekehrt«, sagte sie nüchtern. »Du hast mich verpflichtet, und jetzt bin ich dir etwas schuldig.«

Iviidis hob anmutig die Schultern. »Du hast die höfischen Regeln schnell gelernt«, gab sie zu. »Ich möchte wissen, was in jener Nacht geschehen ist.«

Broneete nickte ergeben. »Ich hätte es dir auch so gestattet. Meine Angst ist einer Soldatin nicht würdig. Und du hast mir nie Grund gegeben, dir zu misstrauen. Die meisten im Sommerpalast spielen doppeltes und dreifaches Spiel, das habe ich schon bemerkt. Du und Glautas – ihr seid die Einzigen, die immer sagen, was sie denken.«

Iviidis schluckte kurz. Das stimmte nicht – weder für sie noch für ihren Vater. Aber es wäre in diesem Moment sicherlich nicht ratsam, Broneete auf ihren Irrtum hinzuweisen.

»Was muss ich tun?«, fragte Broneete, und das Unbehagen stand ihr trotzdem ins Gesicht geschrieben.

Iviidis schüttelte den Kopf. »Gar nichts«, sagte sie. »Lehn dich ein wenig zurück, dass du bequem sitzt. Ich komme neben dich. Keine Sorge, es wird weder unangenehm noch schmerzhaft. Und ich verspreche dir, ich berühre nichts, was nicht diesen Vorfall betrifft. Deine innersten Gedanken sind vor mir sicher.«

Broneete seufzte ergeben und lehnte sich gegen das Polster, und Iviidis nahm neben ihr Platz. Sie hatte keine Zeit gehabt, sich von der langen und anstrengenden Sitzung mit Alvydas zu erholen, und das war ungünstig. Selbst eine leichte Sondierung, mit einer Partnerin, die daran gewöhnt war, wäre ihr unter diesen Umständen schwergefallen. Es wäre besser gewesen, die Sondierung für einen späteren Zeitpunkt anzusetzen – aber sie befürchtete, dass sie kein zweites Mal so leicht Broneetes Einwilligung bekäme. Sie musste es probieren.

»Ich werde dich jetzt berühren«, sagte Iviidis mit leiser, beruhigender Stimme. »Ich sage das nur, damit du dich nicht erschreckst.« Broneete nickte mit zusammengepressten Lippen, blass unter ihrer sonnenbraunen Haut.

Iviidis legte tastend ihre Hände an die Schläfen der jungen Elbin. Sie schloss den Daumenkontakt über der Nasenwurzel und glich ihren Atem dem schnelleren der Gardistin an. Dann begann sie bewusst langsamer und tiefer zu atmen. Nach einer Weile folgte Broneete ihr in den langsameren Rhythmus. Ihre verkrampften Schultern entspannten sich, und der Kopf sank nach vorne, schwer in Iviidis' Griff hinein.

»Gut«, flüsterte Iviidis aufmunternd. »Du machst das sehr gut.«

Sie schloss die Augen und streckte ihre Geistfinger aus. Der erwartete Widerstand blieb aus. Erstaunlich mühelos tauchte sie unter die aufgewühlte Oberfläche von Broneetes wirbelnden Alltagsgedanken. Sie orientierte sich in dem vertrauten Zwielicht, das stets auf dieser Stufe eines fremden Geistes herrschte. Das war der schwierigste Moment des gezielten Sondierens. In welcher Richtung lag die Erinnerung, die sie suchte, wo fand sie den Tag, das Ereignis …

Iviidis sammelte ihre Kräfte für die große Anstrengung, die es bedeutete, ihren sondierenden Sinn so weit und offen auszustrecken, dass er diese ganze Ebene durchmessen und umfassen konnte. Sie stützte sich auf ihren Atem und dehnte sich mit ihm aus. Am Rande ihres Bewusstseins fühlte sie den Widerstand, den Broneete ihr unbewusst entgegensetzte – schwach wie die ziellos in die Luft greifenden Händchen eines neugeborenen Kindes. Sie schob den Widerstand sanft und ohne Anstrengung beiseite und wusste, dass Broneete dieses Mal keinerlei Angst verspüren würde. Warum fiel ihr diese Sondierung so merkwürdig leicht, obwohl sie doch geglaubt hatte, alle ihre Reserven dafür mobilisieren zu müssen?

Jetzt nicht, später würde sie die Ruhe haben, sich damit zu beschäftigen. Jetzt musste sie erst einmal finden, was sie suchte – und zwar *dort*.

Ein kurzer Ruck, sie zog ihre Geistfinger ein bis auf den einen, der die Erinnerung berührt hatte, die sie suchte. Eine zweiter, kürzerer Ruck wie ein Fingerschnippen, dann war sie am Ort. Sie fiel, ein kurzer, scharfer Riss, dann schlug sie die Augen auf und sah und hörte, was Broneete gesehen, gehört, gespürt – und wieder vergessen hatte.

Das leise Singen, das Broneete eingeschläfert hatte, verklang. Iviidis strengte all ihre Sinne an. Schritte näherten sich – lautlos, und doch vernehmbar. Das war kein körperloser Geist, der da auf sie zukam und vor ihr Halt machte. Und die Hand, die jetzt ihre Augen berührte, war fest, kühl und von lebendem Fleisch und Blut.

Iviidis wartete. Hinter ihr öffnete sich eine Tür und schloss sich wieder. Es blieb ruhig, dann hörte sie, wie etwas mit metallischem Klirren zu Boden fiel, und kurz darauf den schwereren, dumpferen Fall eines Körpers.

Wenige Atemzüge später öffnete sich erneut die Tür. Der Mörder Horakins trat aus dem Gemach, und Iviidis erwartete, dass er vorübergehen würde. Doch zu ihrem grenzenlosen Erstaunen blieb er erneut neben ihr stehen und berührte ihr Gesicht, und Broneete öffnete die Augen und sah ihn an.

Iviidis hatte Mühe, ruhig zu bleiben. Sie durfte sich jetzt nicht bemerkbar machen, um Broneete nicht vorzeitig aus ihrer Trance zu reißen.

Helle, farblose Augen blickten sie an. Einen verwirrten Moment lang schienen sie körperlos in der Luft zu schweben, dann schälten sich Umrisse aus der Dunkelheit. Das Gesicht, zu dem die Augen gehörten, war schwarz wie die Nacht. Iviidis fühlte die knochentiefe Angst, die die Gardistin packte und schüttelte und wie ein riesiger Hund zwischen ihren Kiefern zu zermalmen drohte.

Der Dunkle hob erneut die Hand und strich über Broneetes Stirn, berührte ihre Nasenwurzel. Sie wusste mit erschreckender Deutlichkeit, dass ihr Leben hier und jetzt mit dieser Berührung hätte enden können. Aber der Dunkle verharrte nur einige Atemzüge, starrte sie an, dann blies er auf ihre Augenlider, die sich zitternd und widerstrebend senkten. Der Druck der kühlen Finger lastete noch auf ihrer Stirn, dann war er plötzlich verschwunden. »Sag ihm, dass wir unseren Auftrag erfüllt haben«, flüsterte eine Stimme. Erdschwere Betäubung senkte sich auf Broneetes Bewusstsein. Iviidis wehrte sich gegen den dunklen Sog, aber er zog sie mit sich ins Nichts, sosehr sie sich auch sträubte.

Sie riss sich von Broneetes Erinnerung los und tauchte, nach Luft schnappend wie eine Ertrinkende, empor ins Licht.

Die Gardistin war gegen sie gesunken und lehnte schlaff an ihrer Schulter. Iviidis löste die Verbindung und blieb eine Weile an Broneetes Schultern geklammert sitzen, bis ihr Atem sich beruhigt hatte.

Dann ließ sie Broneete behutsam auf den Diwan sinken und zog eine seidene Decke über sie. Ein paar Minuten Ruhe würden Broneete guttun, und das gab ihr selbst die Gelegenheit zu sortieren, was sie gesehen hatte.

Was Broneete gesehen hatte ... Der Dunkle hatte sie für seine Botschaft geweckt und sie sie dann sofort wieder vergessen lassen. Das warf zwei Fragen auf: Für wen war die Botschaft gedacht gewesen – und wie sollte derjenige in ihren Besitz gelangen?

Und die dritte Frage, die sich stellte: Jemand hatte einen der Schweigsamen dazu angestiftet, den Kommandeur der Wache zu töten, und dieser Auftraggeber war hier, im Wandernden Hain. Das war wahrhaftig unvorstellbar. Und was noch unvorstellbarer war ...

Iviidis tauchte aus ihren Gedanken auf und sah, dass Broneete sie anblickte. Die Augen der Gardistin waren verschattet, und Iviidis wusste, dass sie sich dieses Mal an alles erinnern konnte.

»Sie hat gelogen«, sagte Broneete mit schwerer Zunge. Iviidis erkannte überrascht, dass die Gardistin sich nicht damit aufhielt, über die Geschehnisse während ihrer Wache nachzudenken, sondern gleich auf den Punkt kam, der auch ihr das größte Rätsel aufgab. Broneete richtete sich auf und griff nach dem Glas mit Erdbeerwein, um ihre Lippen zu befeuchten. »Ist es möglich, dass sie nicht gesehen hat, was du gesehen hast?«, fragte sie.

Iviidis schüttelte den Kopf. »Es war nicht versteckt, ganz im Gegenteil«, sagte sie. »Es sollte ja gefunden werden, wenn auch nicht von mir ...« Sie legte die Hand vor den Mund. »Es sollte gefunden werden«, flüsterte sie. »Von der Sondiererin, die dich nach dem Mord befragt hat.«

Sie sahen sich an.

»Was hat das zu bedeuten?«, fragte Broneete nach einer Weile. »Kannst du es dir erklären?«

Iviidis schüttelte stumm den Kopf. »Ich werde sie fragen«, sagte sie schließlich.

Broneete griff nach ihrem Arm. »Nein«, sagte sie energisch. »Nein, das solltest du nicht tun!«

Iviidis sah sie verblüfft an. Die junge Gardistin hatte sich aufgerichtet, ihr Gesicht war hart und konzentriert. »Verstehst du nicht?«, sagte sie. »Wenn Zinaavija mit dem Mord zu tun hat, wäre es unklug, es ihr auf den Kopf zuzusagen, ehe wir nicht mehr wissen. Was steckt dahinter, wer steckt noch dahinter – du weißt schon. Wir sollten es herausfinden und sie nicht vorher warnen.«

Iviidis nickte schwach. »Du hast wahrscheinlich recht.«

Broneete fuhr sich durch die Haare. Ihr Zopf hing halb aufgelöst über ihren Rücken, und sie band ihn ungeduldig neu. »Vielleicht sollten wir aber deinen Vater unterrichten.«

Iviidis schüttelte energisch den Kopf. »Nein. Du hast es ja selbst gesagt – wir wissen nicht viel mehr, als dass Zinaavija die Unwahrheit gesagt hat über das, was sie bei der Sondierung gefunden hat.«

»Aber sie hat deinen Vater belogen«, wandte Broneete ein. »Sollte er das nicht erfahren?«

Iviidis zögerte. »Ich weiß nicht warum, aber ich möchte erst genauer Bescheid wissen«, sagte sie schließlich und sah Broneete prüfend an. »Wir werden darüber schweigen und der Sache nachgehen?«

»Das werden wir tun«, stimmte die Gardistin zu. Iviidis reichte ihr die Hand, und Broneete ergriff sie.

»Lass uns morgen darüber nachdenken, was jetzt zu tun ist«, sagte Iviidis. »Ich bin zu müde zum Denken.«

»Ich auch«, murmelte die Gardistin und unterdrückte ein Gähnen. Sie stand auf und rieb sich die Arme. »Danke«, sagte sie. »Du warst sehr behutsam.«

Iviidis öffnete den Türvorhang für sie und blieb dann eine Weile in der Tür stehen. Es war Nacht geworden, und im Gang herrschte Stille. Aus einem der Innenhöfe drang der Gesang einer Nachtigall. Iviidis ging ein paar Schritte den Gang hinunter und trat in den ersten Hof. Laub rauschte leise in der Dunkelheit, anscheinend war Wind aufgekommen. Sie blickte zum Himmel empor. Sterne funkelten auf sie hinunter, und der Wind kühlte ihr erhitztes Gesicht. Die Erschöpfung kam wie eine schwere, nasse Decke, hüllte sie ein, dämpfte alle Empfindungen. Iviidis gähnte und kehrte in ihr Zimmer zurück.

# 13

Alvydas saß da, das Kinn in die Hand gestützt und den Blick seiner farblosen Augen unverwandt auf Iviidis gerichtet, während sie ihm von Broneetes Erinnerungen an die Nacht des Mordes berichtete.

»Was hältst du von all dem?«, fragte Iviidis schließlich, nachdem sie geendet hatte und Alvydas immer noch schwieg.

Der alte Elbe lehnte sich zurück und spitzte die Lippen, als wolle er pfeifen. Iviidis lächelte leise, denn sie erinnerte sich an Zeiten, da hätte er in so einem Augenblick wirklich einen Pfiff ausgestoßen, der klang wie der klagende Regenruf einer Amsel.

Alvydas sah die Erinnerung in ihren Augen und blickte sie beinahe zärtlich an. »Also gut«, sagte er. »Du hast mich gefragt.« Er beugte sich vor und nahm ihre Hand. »Ich muss dich warnen, Kind«, sagte er eindringlich. »Seit einigen Umläufen gehen hier Dinge vor sich, die mich außerordentlich beunruhigen. Geflüster und Gerüchte und heimliche Zusammenkünfte ... Ich habe solche Zeiten erlebt, und sie endeten immer in Blut, Krieg und Chaos.« Iviidis sah ihn betroffen an. Seine Finger, die ihr Handgelenk umfassten, waren trocken und kühl und schienen sachte zu beben.

»Was meinst du damit, Alvydas?«

Er ließ sie los und sank in seinen Sitz zurück. »Ich lebe nicht mehr im Zentrum des Geschehens«, sagte er müde. »Alles, was zu mir gelangt, ist wie das Echo eines Echos. Ich sehe nur noch die verzerrten Schatten der Dinge, die sich von draußen in meine Höhle verirren. Aber ich habe all das zu oft erlebt, um es nicht einordnen zu können. Jemand versucht, die Ordnung zu stören. Vielleicht will er oder sie auch die alte Ordnung wiederherstellen, das ist möglich. Das Ergebnis wäre in beiden Fällen das gleiche. Ich kann dir nur raten, sehr vorsichtig zu sein und dich nicht in Gefahr zu begeben, indem du in dieser Sache herumstocherst.«

»Alvydas, ich bin kein Kind mehr. Ich bin hier, weil meine

Schwester mich gebeten hat, nach eben solchen Entwicklungen Ausschau zu halten – ich hielt es für ein Hirngespinst, aber jetzt bestätigst du Rutas Verdacht. Du musst mir erzählen, was du weißt oder vermutest!«

Alvydas schwieg. Seine Miene war verschlossen. Jetzt war es Iviidis, die sich vorbeugte und seine Hand ergriff. »Alvydas, ich weiß, du willst mich nur schützen, aber das kannst du nicht. Du hast mir all deine Erinnerungen selbst anvertraut. Noch kann ich sie nicht einordnen, aber auch das ist bald geschehen. Spätestens dann weiß ich ohnehin alles, was du weißt.«

Die kühlen Finger regten sich in ihrer Hand. Er nickte resigniert. »Ich bin ein alter Narr«, sagte er trocken. »Verzeih mir. Ich werde dir sagen, was ich weiß – aber gib mir dein Wort, dass du vorsichtig sein wirst. Und versprich mir, dass du mit niemandem darüber redest.«

Er drehte ihre Hand und packte sie erstaunlich fest am Handgelenk. »Mit niemandem!«, betonte er. »Auch nicht mit deinem Vater oder deinem Mann – hörst du?«

Iviidis nickte widerstrebend. Alvydas sah sie prüfend an, und das Ergebnis schien ihn ein wenig zu beruhigen. »Hör mir also zu«, sagte er. »Immer wieder gibt es Zeiten, in denen die Unzufriedenheit wächst. Ich habe es schon oft erlebt, und es erwuchs fast immer Böses daraus. Wir sind kein friedliches Volk, mein Kind. Wir waren es einst, als wir noch mit unseren Baumbrüdern lebten und die Welt um uns herum ebenso jung und unbeschrieben war wie wir. Aber das ist lange vorbei.« Seine Augen blickten durch Iviidis hindurch in die Ferne, und seine Stimme war noch leiser geworden.

»Seitdem führen wir Krieg – mit anderen Völkern und mit uns selbst. Wir haben unsere Könige und unsere Seelen verloren, und wenn wir einmal kurze Zeit, wie jetzt, in Frieden leben, sehnen sich die rastlosen und zornigen Geister unter uns so sehr nach Krieg und Kampf, dass sie alles dafür tun, den Frieden zu zerstören.«

Iviidis schauderte. »Was geht deiner Meinung nach vor sich?«, fragte sie. »Wer ist es diesmal, der den Frieden stört?«

Alvydas' zerfurchtes Gesicht war traurig. »Ich weiß es nicht, mein Kind«, flüsterte er. »Die Ewigen mögen mir vergeben – ich weiß es nicht …« Er schlug eine Hand vor die Augen. Dann fuhr er fort zu sprechen: »Alles, was ich weiß, ist: Jemand strebt nach dem höchsten Amt. Es kann also nur einer sein, der einem der fünf Hohen Häuser entstammt.«

»Nekâr, Maskir, Rutâr, Sekrin, Lejân«, zählte Iviidis die altvertrauten Namen auf. »Rutâr scheidet aus – ich bin es nicht, und sonst ist nur noch mein Vater da und Indrekin.«

Alvydas nickte. »Aber in den anderen vier Häusern finden sich genug geeignete Kandidaten für die Schurkenrolle«, sagte er mit galligem Humor.

Iviidis dachte nach. »Nekiritan und seine Cousine«, sagte sie schließlich. »Nekiritan ist ungeheuer stolz auf sein Haus, und ich weiß, dass er vom Thron träumt. Und Nekaari würde ihm sicher nur zu gerne folgen.«

Alvydas zuckte matt mit den Schultern. »In jedem der Häuser gibt es jemanden, auf den das zutrifft«, gab er zu bedenken. »Verdächtige nicht Nekiritan, nur weil du ihm einmal nahegestanden hast.«

Iviidis senkte beschämt den Kopf. Dann sah sie ihren alten Lehrer fragend an. »Was ist mit dem Dunklen, den ich in Broneetes Erinnerung gesehen habe?«, fragte sie. »Ich habe nie an diese Kindergeschichten geglaubt, dass die Schweigsamen allesamt Dämonen sind, die Unheil, Tod und Zerstörung bringen, aber jetzt bin ich unsicher geworden. Vielleicht ist Rutaaura eine Ausnahme, weil sie bei Menschen groß geworden ist. Sie sucht nach den Dunklen, und ich fürchte nun, dass sie Dämonen finden wird.«

Alvydas stand auf und drehte ihr den Rücken zu. Er ging zu einem Regal und blieb eine Weile reglos davor stehen. Dann nahm er etwas aus dem Regal, das er behutsam vor sie auf den Tisch stellte. Es war eine kleine Figur aus dunklem und hellem Holz. Iviidis strich sacht mit dem Finger darüber. Die Oberfläche war so glatt wie Seide, und das offensichtlich uralte Holz glänzte wie mit

Wachs poliert. Sie betrachtete die Figur verständnislos. Es schien die absurde Darstellung eines Elben mit zwei Köpfen und zu vielen Gliedmaßen zu sein. Hier folgte ihr Auge einem hellen Arm, dort war ein dunkles Bein neben einem hellen Fuß, hier verschränkten sich helle und dunkle Hände ineinander, dort war ein Stück von einem weißen Rücken, der sich an eine dunkle Schulter schmiegte. Dann schaltete etwas in ihrem Kopf um, und sie begriff, was sie sah. Es waren zwei Elben dargestellt, hell wie die Sonne und dunkel wie die Mitternacht, und derart ineinander verschlungen, dass es die Augen zunächst verwirrte.

Sie hob den Blick und sah Alvydas fragend an. »Das ist ein sehr altes Stück aus den Anfängen unserer Zeit«, sagte er. »Der Baumsinger, der es geschaffen hat, ist längst vergessen. Ich bewahre es, weil es schön ist, aber auch weil es eine Mahnung und eine Erinnerung ist an das, was war.«

Iviidis starrte die Figur an. »Ich sehe, was es bedeutet«, sagte sie mit flacher Stimme. »Wir waren nicht immer Feinde.«

»Nein«, bestätigte Alvydas. »Nein, das waren wir nicht. Wir waren Brüder und Schwestern, Geliebte und Freunde. Sie waren die Seele und das Herz unseres Volkes, wir der Kopf und der Arm. Wir haben sie verjagt, und seitdem sind wir ohne Erinnerung und ohne Rettung.«

Er rieb sich über die Augen, und Iviidis erschrak über die Erschöpfung, die sein blasses Gesicht zeichnete.

»Ich habe dich überanstrengt«, sagte sie. »Verzeih mir, Alvydas.«

Er schüttelte den Kopf. »Es ist gut. Es gibt so vieles, was ich dir noch sagen muss, aber für heute soll es reichen. Du kommst morgen zu mir, und wir werden weiter an der Aufzeichnung arbeiten. Wenn ich dann noch Kraft habe, können wir reden.« Er stemmte sich hoch und stellte die Figur zurück in die Nische.

Iviidis schlief nicht in dieser Nacht, denn die Erzählung des alten Elben hatte sie zu sehr aufgewühlt. Immer wenn sie die Augen schloss und in die sanften Arme des Schlafes glitt, tauchten Bilder vor ihr auf: Dunkle Elben, die von ihren hellen Geschwistern aus ihren Häusern vertrieben und wie Tiere gehetzt wurden. Der verwaiste Elbenthron, der wie eine stumme Anklage in der Hohen Halle brütete. Dunkle Dämonen, die sich auf arglose Elben stürzten und sie zerfleischten. Die stille Trauer ihrer Mutter und die Bitterkeit im Gesicht ihrer eigenen Schwester. Bilder über Bilder wirbelten unaufhörlich durch ihren Geist, und keins von ihnen war angenehm.

Iviidis wälzte sich von einer Seite auf die andere, schreckte immer wieder aus einem oberflächlichen Halbschlaf auf und erhob sich schließlich, an Körper und Seele zerschlagen, von ihrem Lager, weil ihr in dieser Nacht offensichtlich kein erholsamer und ruhiger Schlaf mehr vergönnt war.

Sie zog ihr liebstes Morgenkleid über, das mit den langen Doppelärmeln, in denen sich so viel verstauen ließ, und sah kurz nach ihrem Sohn, der friedlich und fest in seinem Bettchen schlummerte. Indrekin hatte sich wie immer freigestrampelt, und Iviidis deckte ihn wieder zu. Eine Weile stand sie da und sah auf seinen Kopf mit dem verwuschelten Haar hinunter.

Dann zog sie die Vorhänge um sein Bett wieder zu und ging hinaus in einen der vielen Innenhöfe. Die Nacht war samtig und still. Iviidis setzte sich auf eine weich gepolsterte geflochtene Bank, zog die bloßen Füße hoch, wickelte sie gut in ihr Morgenkleid und kramte dann Lootanas Aufzeichnungen und einen Apfel aus ihrem Ärmel. Sie biss in den Apfel und ließ ihre überreizten Sinne in die kühle Tiefe des Kristalles sinken. Die Sonne ging gerade auf, als sie wieder daraus auftauchte. Die Vögel begrüßten den neuen Tag, die Luft war feucht und kühl und roch nach frischem Gras, und der angebissene Apfel lag vergessen neben ihrer Hand, mit feinen Tauperlen überzogen.

Iviidis streckte sich, aß den Apfel auf und schob den Kristall wieder in ihren Ärmel. Lootana hatte ihr noch zusätzlich einiges Material zum Nachdenken gegeben, und sie brannte darauf, sich mit Alvydas auch darüber zu unterhalten.

Schritte flüsterten über das Gras, und Stoff raschelte. Sie blickte auf und sah ihren Vater auf sich zukommen. Er hielt zwei Becher in den Händen, aus denen es verlockend dampfte.

»Ich sah dich, als ich aufstand, aber ich wollte dich nicht stören«, sagte er. »Du warst so vertieft.« Er setzte sich neben sie.

Iviidis nahm den Becher aus seiner Hand entgegen und dankte ihm. Sie hatte vergessen, dass Glautas nur wenige Stunden in der Nacht schlief und gewöhnlich schon bei Tagesanbruch wieder an die Arbeit ging. Die Köchin hielt schon immer eine Kanne mit Tee für ihn bereit, wenn er in aller Frühe in der Küche auftauchte.

Sie saßen eine ganze Weile schweigend und friedlich nebeneinander. Iviidis wärmte ihre Hände an dem dampfenden Becher und ließ ihre Gedanken schweifen. Die Annahme, dass die Gefährtin ihres Vaters auf irgendeine Weise in die Ermordung Horakins verwickelt sein könnte, erschien ihr im Morgenlicht absurd. Wahrscheinlich war das Ganze ein Irrtum und im Handumdrehen aufzuklären.

»Gibt es eigentlich neue Erkenntnisse zur Ermordung Horakins?«, fragte sie.

Glautas runzelte die Stirn. »Ich weiß nicht, warum dich das interessiert«, sagte er leise tadelnd. »Aber gut, es ist eben ein sensationelles Thema, und junge Elben lieben so etwas. Ich hätte dir allerdings ein wenig mehr Reife und Gelassenheit zugetraut.«

Iviidis nahm den Rüffel stumm hin. Sie war immer wieder überrascht, wie empfindlich ihr Vater sich bei diesem Thema zeigte – aber das lag wahrscheinlich daran, dass er immer noch keine Ahnung hatte, wer hinter dem Anschlag steckte. Sie fröstelte. Sie hätte zu gerne mit ihrem Vater über all das gesprochen, was Alvydas ihr anvertraut hatte, aber ihr Versprechen, dass sie schweigen würde, band sie.

»Ich denke, wir werden die Angelegenheit ungeklärt abschließen müssen«, fuhr Glautas säuerlich fort. »Es ist eine Schande, aber Mordfälle sind nun wirklich nichts, womit unsere Sondierer sich auskennen. Wahrscheinlich wäre es hier sogar einmal von Vorteil, wenn wir Menschen wären.« Es war ein dürftiger Witz, aber Iviidis lächelte pflichtschuldig.

»Ich habe gerüchteweise gehört, dass du die Gardistin in Dienste genommen hast, die damals vor Horakins Quartier Wache gehalten hat«, stocherte sie nach.

Glautas zuckte mit den Achseln. »Mag sein«, sagte er gleichgültig. »Ich habe damals veranlasst, dass ein paar Leute abkommandiert werden, um den Schutz meines Haushaltes zu vergrößern. Man wusste ja nicht, ob noch weitere Attentate folgen würden. Es kann schon sein, dass diese Gardistin dazu gehörte.«

Iviidis nickte nachdenklich. »Zinaavija hat sich darum gekümmert, oder?«

Glautas nickte, er wollte dieses Thema offensichtlich nicht vertiefen.

»Ich freue mich, dass du dich entschlossen hast hierzubleiben«, sagte er unvermittelt.

Iviidis öffnete den Mund, um seinen Irrtum zu berichtigen, aber dann hielt sie inne. Sie lebte jetzt beinahe seit zwei Monden wieder im Sommerpalast, hatte ihre alte Arbeit wieder aufgenommen und sich mit Material für mehrere Umläufe eingedeckt, dann war da die Arbeit an Alvydas' Erinnerungen, die ihr noch bevorstand und die sicherlich mehrere Monde beanspruchen würde. Aber vor allem das, was Alvydas ihr gestern erzählt hatte, machte es ihr unmöglich, jetzt nach Hause zurückzukehren.

Das wäre nicht einmal schlimm, wenn da nicht Olkodan wäre, der daheim auf sie wartete. Sie vermisste ihn, aber trotzdem wollte sie ihre Arbeit nicht aufgeben. Gerade jetzt hatte sie der alte Forschungsdrang wieder gepackt, und sie wusste, dass es sie nicht mehr befriedigen würde, in ihr geruhsames und weitgehend untätiges Leben mit Indrekin und Olkodan zurückzukehren.

»Ich weiß noch nicht, wozu ich mich entschlossen habe«, sagte sie deshalb ein wenig kleinlaut. »Weißt du, es wäre alles sehr viel leichter für mich, wenn du Olkodan nicht immer noch so ablehnend gegenüber stündest.«

Glautas legte seine Hand auf ihre. Iviidis blickte ihn an, aber er hatte sein Gesicht abgewandt, und sie sah nur sein verschlossenes Profil.

»Dein Gatte entspricht nicht dem, was ich mir für meine Tochter gewünscht hätte, das ist wahr«, sagte er schließlich. »Mir blutet immer noch das Herz, wenn ich daran denke, dass Nekiritan dich mit Freuden zur Frau genommen hätte. Ihr beide wärt ein prächtiges Paar gewesen, mein Kind. Prächtig. Dem Ansehen unserer beiden alten Häuser angemessen …« Er schwieg und drückte ihre Hand.

»Ach, Vater. Wir haben so oft schon darüber gesprochen, und es tut mir leid, dass es dich immer noch so schmerzt. Aber ich bin glücklich mit Olkodan – und Indrekin.«

»Indrekin lässt es mich ertragen«, sagte Glautas warm. »Aber dennoch«, seine zwingenden Augen fixierten ihr Gesicht, »ich hatte den Eindruck gewonnen, dass Nekiritan und du einander wieder nähergekommen seid.«

»Vater!«, sagte Iviidis halb ärgerlich, halb belustigt. »Nur weil ich mich mit ihm unterhalte, wie es alte Freunde nun einmal tun, machst du dir gleich wieder falsche Hoffnungen.«

»Du ermutigst ihn. Du lässt ihn deine Hand halten und dir Zärtlichkeiten sagen – das ist kein schönes Spiel, Iviidis, wenn es dir damit nicht auch ernst ist!«

Iviidis schüttelte den Kopf. »Ich schlage ihm vielleicht nicht so oft auf die Finger, wie ich müsste, da magst du recht haben. Aber ich kann mir nicht vorstellen, dass Nekiritan allen Ernstes glaubt, ich würde Olkodan für ihn verlassen. Und nach dem, was ich damals alles zu ihm gesagt habe, glaube ich auch nicht, dass er sich das wirklich wünschen könnte.«

Glautas sah sie immer noch an. »Ich fürchte, du irrst dich«, sagte er. »Spiel nicht mit ihm. Das hat er nicht verdient.« Er lächelte schwach und tätschelte ihre Hand, als wäre sie ein Kind. »Aber wahrscheinlich ist das nur die weibliche Art, um seine Aufmerksamkeit zu buhlen. Glaube mir, Kind, ich nähme dir das nicht übel. Ganz im Gegenteil.«

Iviidis sah ihn fassungslos an. So klug und weitblickend ihr Vater auch sonst war, was ihre Beziehung zu Olkodan betraf, zog er es vor, sich blind, taub und dumm zu stellen.

»Es kann doch nicht sein, dass du immer noch dieses Pferd reitest«, sagte sie leise, aber scharf. »Vater, du beleidigst damit gleichzeitig mich und deinen eigenen Verstand!«

Seine Augen blitzten gefährlich. »Wer hier wen beleidigt, sollten wir lieber dahingestellt sein lassen«, erwiderte er nicht minder scharf. »Du wirfst dich an diesen Bauernlümmel weg, statt an dein Blut, an deine Familie zu denken. Das nenne ich im höchsten Maße pflichtvergessen!«

Iviidis sprang auf. Die leere Tasse rollte von ihrem Schoß und zersprang am Boden. »Was wirfst du mir vor? Dass ich nicht so leben möchte wie Lootana und du – in höflicher Kälte nebeneinander her? Es kann dir doch nicht nur wichtig sein, dass ich standesgemäße Kinder werfe!«

Glautas erhob sich ebenfalls, langsamer. Er hob die Hand und deutete auf seine Tochter, die zornsprühend vor ihm stand. »Du vergisst dich«, sagte er leise und grollend. »Du sprichst mit deinem Vater, nicht mit deinem Bettgenossen. Und ja – ich erwarte von meiner Tochter, dass sie die Belange der Familie über ihre eigenen kleinen Bedürfnisse stellt. Unsere Familie hat einmal die Könige …«

»Ach, erspar mir dieses Gewäsch von den glorreichen Zeiten unserer Familie«, fauchte Iviidis. »Es kommt mir zu den Ohren heraus!« Sie fuhr auf dem Absatz herum und stürmte ins Haus, ohne zu beachten, dass Glautas hinter ihr herrief: »Ich möchte, dass wir uns heute Abend sehen. Wir haben Gäste, also trag bitte formelle Kleidung.«

In ihrem Kopf summte und rauschte der weißglühende Zorn, am liebsten hätte sie etwas sehr Teures in kleine Stücke zertrümmert. Was war es, dass Glautas und sie sich regelmäßig dermaßen streiten mussten?

Sie liebte ihren Vater, und er liebte sie, aber dennoch gerieten sie immer wieder aneinander. Es war gut, dass sie nicht mehr ständig in seinem Haus wohnte, und sie musste sich wirklich überlegen, ob sie sich nicht für die weitere Dauer ihrer Forschungen eine neue Bleibe hier im Sommerpalast suchen sollte – mit Olkodan. Wenn sie weiter im Hause ihres Vaters lebte, würde der Streit wahrscheinlich kein Ende nehmen.

Alvydas wartete schon auf sie. Iviidis holte gleich den Schwarzbernstein aus seinem Futteral und begann mit den Vorbereitungen, während sie den Streit mit Glautas entschlossen aus ihren

Gedanken verbannte. Der Stein fühlte sich schwerer an, und sein Kern leuchtete in einem tiefen Glutton. Iviidis staunte darüber, wie langsam die Aufzeichnung voranging. Eigentlich hätte sie schon vor drei oder vier Tagen beendet sein müssen, und Iviidis wäre längst damit beschäftigt, das Gesammelte zu sichten und zu ordnen. Wahrscheinlich lag das an Alvydas' geschwächtem Zustand – seltsam war nur, dass der Strom der Erinnerungen ihr alles andere als dünn und tröpfelnd erschien.

Sie vertrieb entschlossen alle Überlegungen aus ihrem Kopf und verband sich mit dem Stein.

»Ich muss leider gleich wieder fort«, sagte sie, als sie später den Schwarzbernstein wieder in seine Umhüllung legte. »Glautas hat Gäste und wünscht meine Anwesenheit. Kann ich noch etwas für dich tun?«

Alvydas lag schmal und blass auf seinem Lager. Seine Augen glänzten fiebrig. »Geh ruhig, Kind«, sagte er leise. »Mir ist es recht, wenn wir erst morgen miteinander reden. Ich werde jetzt schlafen. Mir ist, als würde ich mit jeder unserer Sitzungen ein wenig leichter …« Seine Lider flatterten und sanken herab.

Sie hatte gerade noch Zeit genug, sich in eins der formellen Gewänder zu kleiden, wie es für einen solchen häuslichen Anlass vorgeschrieben war. Es war zwar nicht ganz so aufwendig und unbequem wie das höfische Prunkgewand, aber trotzdem hätte sie nach diesem bösen Streit vom Morgen und der durchwachten Nacht lieber ihr leichtes Hauskleid übergestreift und sich in einen der Innenhöfe geflüchtet.

Iviidis runzelte die Stirn, während sie mit einem Strich dunkler Farbe sorgfältig ihre Augen umrahmte. Die geblümte Seide ihrer Ärmel strich raschelnd über das Schränkchen, auf dem der Spiegel stand. Sie zupfte ein paar Strähnen aus ihrem mit Kämmen zurückgesteckten Haar in die Stirn, musterte prüfend den Sitz ihres Ausschnittes und rückte noch einmal den gepolsterten Unterrock zurecht, der sich über ihren Hüften bauschte. Dann richtete sie die mantelähnlichen Rückenfalten ihres Überkleides, so gut das ohne Zofe ging, und zog ein Paar spinnwebdünner Handschuhe über.

Als sie das große Gesellschaftszimmer betrat, waren die meisten der Gäste, etwa zwanzig an der Zahl, schon eingetroffen. Glautas hatte zu einer zwanglosen Gesellschaft geladen, deshalb achteten alle darauf, Iviidis' Eintreten nur beiläufig mit einem Nicken oder einem Winken zur Kenntnis zu nehmen.

Glautas stand in einer Ecke des Raumes und hörte mit gerunzelter Stirn zu, wie Kommandeur Horakins Nachfolger Vilius ihm etwas berichtete. Iviidis hätte gerne zugehört, aber Glautas' Blick, der sie traf, sprach keine Einladung aus, sich ihnen zu nähern.

Sie sah sich suchend um, ging langsam durch den hell erleuchteten Raum, lächelte und hob den Fächer zum Gruß und gesellte sich schließlich zu ihrer Freundin Vinoota, die mit einem Ratsmitglied plauderte und dabei ein Glas grünlichen Wein in den eleganten Fingern hielt.

»Ah, Ivii. Du siehst bezaubernd aus«, begrüßte Vinoota sie und hauchte zwei Küsse in die Luft. Iviidis erwiderte das Kompliment und nahm ein Glas von dem Tablett, das ein Bediensteter ihr hinhielt. Vinoota wandte sich wieder ihrem Begleiter zu. Er war hochgewachsen und hatte die perlige Haut eines Goldenen aus einer der alten Familien. Iviidis kannte ihn flüchtig, er kam manchmal, um mit Glautas Ratsangelegenheiten zu besprechen. Vinoota tippte ihm mit dem Fächer gegen die Schulter. Der Elbe lächelte ein wenig verlegen. »Gintaris hier behauptet, dass der Rat unsere Grenze für alle anderen Völker sperren will«, sagte sie.

Iviidis sah den Elben fragend an. »Stimmt das? Es kann doch ohnehin nicht jeder herein. Ich weiß, dass die menschlichen Händler, die zum Beispiel auf den Markt in Grünau wollen, dafür eine Einladung benötigen und dass an diesen Tagen die Grenze immer nur für kurze Zeit passierbar gemacht wird.«

»Das stimmt zwar«, sagte Gintaris, »aber Menschen als weitgehend magieblinde Geschöpfe sind nicht die Gefahr. In den meisten Fällen können sie den Hain ohne Hilfe nicht einmal finden. Nein, unsere Überlegungen betreffen Zwerge und andere magiebegabte Völker.«

Iviidis verzog ungläubig den Mund. »Zwerge – magiebegabt?«, sagte sie. »Soviel ich über dieses Volk weiß, ist ›Magier‹ für sie ein Schimpfwort.«

Der Ratsherr lachte gedämpft. »Das ist richtig. Ich habe mich ein bisschen mit den Unterirdischen beschäftigt – eine kleine Marotte von mir –, und es ist wirklich so, dass sie Magiebegabte aus ihrer Gesellschaft ausschließen, wenn denn mal ein Zwerg überhaupt das Pech hat, mit magischen Fähigkeiten geboren zu werden. Aber darum geht es nicht – das Volk der Zwerge an sich ist magisch, und deshalb sind sie auch in der Lage, unsere Grenze zu überschreiten. Wie erkläre ich das?« Er blickte sich hilfesuchend um. Vinoota klopfte ihm energisch auf den Arm.

»Gintaris, sei kein Langweiler! Wir haben begriffen.«

Der Ratsherr sah zwar ein wenig enttäuscht drein, dass man ihm nicht erlaubte, weiter sein Steckenpferd zu reiten, aber wechselte gehorsam das Thema. Iviidis bemerkte die anbetenden Blicke, die er Vinoota schenkte, und verbarg ein Lächeln hinter ihrem Fächer. Vinoota neigte ihm anmutig den Kopf entgegen, und beide waren für ihre Umgebung vorerst verloren.

Iviidis entfernte sich diskret ein paar Schritte und ließ ihre Blicke durch den Raum schweifen. Stimmengewirr, gedämpftes Gelächter und das leise Klirren von Gläsern hing in der Luft. An der Tür stand Nekiritan, der gerade eingetreten war, und beugte sich über die Hand Zinaavijas, die lächelnd etwas zu ihm sagte.

Iviidis ertappte sich dabei, dass sie die Gefährtin ihres Vater durchbohrend anstarrte, und wandte hastig den Blick ab.

»So geistesabwesend, liebste Freundin?«, erklang eine Stimme hinter ihr.

Sie wandte sich um und begegnete dem Blick Alvurkans. Sie begrüßte ihren alten Freund mit echter Freude. »Wo ist Riikarja?«, fragte sie.

Alvurkan zuckte bedauernd mit den Schultern. »Sie besucht gerade meine Familie«, sagte er. »Du weißt schon, das ganze offizielle Theater, das immer vor einem Versprechen stattzufinden hat.« Er nippte an seinem Glas und blickte sich müßig um. »Vermisst du deinen Mann eigentlich nicht?«, fragte er dann unverblümt.

Iviidis sah ihn verblüfft an. »Doch, schon. Warum fragst du?«

Er hob die Schultern und lächelte. »Ich habe mich damals auf eurer Hochzeit mit ihm unterhalten und mochte ihn sehr gerne. Ich habe es bedauert, dass ihr dem Sommerpalast danach so schnell den Rücken gekehrt habt.«

Iviidis schüttelte den Kopf. »Mit dieser Meinung stehst du ziemlich alleine da«, sagte sie bitter. »Ich glaube, niemand hier hat Olkodan hinterhergeweint, im Gegenteil, alle waren froh, dass ich den Stein des Anstoßes so schnell aus dem Weg geräumt habe.«

»Da irrst du dich«, sagte Alvurkan. Iviidis sah ihn zweifelnd an, aber seine Miene war aufrichtig und ernst. »Es hat sicher eine Gruppe gegeben, die sich mokiert hat – die Gleichen, die sich über alles mokieren, was in irgendeiner Form die Etikette verletzen könnte.« Er verzog verächtlich das Gesicht, und Iviidis wunderte sich über seine Vehemenz. Alvurkan war ein ruhiger, sanftmütiger Elbe, aus dessen Mund sie bisher niemals eine Bosheit vernommen hatte.

»Du wirst ja richtig heftig«, sagte sie neckend.

Alvurkan lächelte nicht. »Du warst lange fort«, sagte er kurz. »Die Stimmung hier hat sich verschlechtert. Und das ist nicht nur mein Eindruck.«

Er wandte sich um, weil Glautas von der anderen Seite des Raumes seinen Namen rief. »Dein Vater. Ich bin gleich wieder bei dir«, sagte er entschuldigend.

Iviidis sah ihm nach, wie er das Zimmer durchquerte. Nachdenklich nippte sie an ihrem Wein. Der friedfertige Baumsinger Alvurkan fühlte also auch, dass etwas im Argen lag. Sie hatte ohnehin vorgehabt, sich mit ihm und Riika einmal zu treffen, ohne dass Nekiritan dabei war. Vielleicht erfuhr sie dann ein wenig mehr.

Sie erinnerte sich an ihre Pflicht, ging durch den Raum, wechselte hier und da ein paar Worte und plauderte eine Weile mit einem Elben, mit dem zusammen sie vor ihrer Heirat hin und wieder als Sondiererin gearbeitet hatte. Als ihre Füße zu schmerzen begannen, setzte sie sich auf einen Diwan, an dessen anderem Ende eine ältere Elbin aus Glautas' Stab saß, die unauffällig ihre Füße massierte und ein wenig verlegen lächelte, als Iviidis sie ansah.

Iviidis deutete auf ihre Füße und verzog schmerzlich das Gesicht. Beide lachten.

»So fröhlich gestimmt, meine Schönste?«, murmelte Nekiritans Stimme, und seine Hand glitt über ihre Schulter. Iviidis schrak zusammen.

»Musst du dich immer so anschleichen?«, fauchte sie. Dann legte sie ihm die Hand auf den Arm. »Entschuldige. Ich bin müde, und meine Füße tun weh, das macht mich gereizt.«

Er ließ sich mit einer geschmeidigen Bewegung neben sie auf den Diwan sinken. Er war so vollendet gekleidet wie immer, sein Haar war perfekt frisiert und leicht gepudert, und seinen Wangenknochen zierte ein sternförmiger Schönheitsfleck. Iviidis dachte an die Hoffnungen ihres Vaters und bemühte sich um eine kühle Miene. Nekiritan ließ sich davon allerdings nicht beirren. Er fuhr fort, ihr ebenso ungeniert und deutlich den Hof zu machen, wie er es schon seit ihrer Ankunft betrieb.

Iviidis war kurz davor, ihn sehr deutlich in seine Schranken zu weisen, obwohl es ihr unangenehm war, das hier in Gesellschaft tun zu müssen, als ausgerechnet Zinaavija ihr zu Hilfe kam.

»Entschuldige, wenn ich euch störe, Nekiritan, aber deine Cousine hat mich gebeten, dir etwas für sie mitzugeben«, sagte sie mit einem Seitenblick auf Iviidis. »Kommst du kurz mit mir?«

Nekiritan erhob sich mit einer Entschuldigung und folgte Zinaavija. Iviidis zögerte, dann stand sie ebenfalls auf und ließ sich langsam durch den Raum treiben, lächelte und grüßte den einen oder anderen und kam so der Ecke immer näher, in der jetzt Zinaavija mit Nekiritan vor einem Schränkchen stand. Beide wandten dem Zimmer den Rücken zu und gaben vor, das hübsch gearbeitete Schränkchen zu betrachten, aber Iviidis konnte erkennen, dass sie in Wirklichkeit nur in ihr Gespräch vertieft waren.

Sie biss sich auf die Lippe und manövrierte sich und ihren derzeitigen Gesprächspartner langsam auf die beiden zu. Sie wollte hören, was sie miteinander besprachen, aber das Stimmengewirr rundum und vor allem die dröhnende Stimme des älteren Elbenherrn, der vor ihr stand, machten es ihr unmöglich, mehr als ein paar Fetzen der Unterhaltung aufzufangen.

»... dann sofort den Ausnahmezustand ...«, hörte sie Zinaavija gedämpft sagen. Nekiritan hob eine Hand und legte sie um die Türkante des Schränkchens. Iviidis sah, wie seine Knöchel sich weiß verfärbten, so fest packte er zu.

»... nicht unklug?«, hörte sie ihn in einer Gesprächspause ihres Gegenübers sagen. »Die Garde kann nicht ...«, wieder schlug das Stimmengewirr über seinen Worten zusammen. Das nächste, was sie hörte, kam wieder aus Zinaavijas Mund: »... wäre allerdings unklug. Aber niemand rechnet damit ...«

Iviidis verzweifelte fast bei dem Versuch, mehr als nur diese unzusammenhängenden Wortfetzen aufzufangen. Am liebsten hätte sie ihren Gesprächspartner mit seiner penetrant lauten, dröhnenden Stimme angeschrien, endlich den Mund zu halten, damit sie zuhören konnte.

Zinaavija schloss das Schränkchen und drehte sich um. Iviidis wandte sich hastig ab und zog ihren verdutzten Gesprächspartner mit sich. »Ich brauche ein wenig Ruhe«, verkündete sie. »Ehrenwerter Urkodis, du musst mir gestatten, dass ich mich kurz hier niederlasse.«

Der Elbe verneigte sich beflissen und ließ sich zu Iviidis' Erleichterung gleich darauf von einem Bekannten in ein Gespräch verwickeln.

Iviidis setzte sich auf einem Sessel in der Nähe des Fensters und wedelte sich mit ihrem Fächer Luft zu, während sie nachdachte. Zinaavija und Nekiritan hatten sich offensichtlich nicht über irgendwelche Mitbringsel für seine Cousine unterhalten. Wie konnte sie herausfinden, worum es bei ihrem Gespräch wirklich gegangen war? Ob sie versuchen sollte, Nekiritan auszuhorchen? Er tat immer so verliebt, möglicherweise machte ihn das gesprächig.

Sie seufzte, denn das Objekt ihrer Gedanken steuerte gerade wieder auf sie zu. Nekiritan zog sich einen Hocker heran und setzte sich neben sie, sodass seine Knie die ihren fast berührten.

»So still, meine Liebe?«, fragte er.

Iviidis lächelte ihn an. »Ich bin ein wenig erschöpft«, sagte sie. »Die Arbeit im Archiv hat mich angestrengt.«

Er nahm ihre Hand und küsste ihre Fingerspitzen. »Du solltest ein wenig ausspannen«, schlug er vor. »Was hältst du davon, wenn wir beide morgen einen Ausflug unternehmen? Ich lasse mir von meiner Köchin einen schönen Korb zusammenstellen, und wir fahren hinaus zum Roten See.«

»Wir beide und Nekaari, nehme ich an?«, fragte Iviidis spöttisch.

»Nur wir beide, du und ich«, sagte er schmeichelnd. »Komm, meine Herzensschöne, ich möchte dich einen Tag lang verwöhnen. Du siehst müde aus.« Er hob die Hand und strich leicht mit dem Finger über die gerunzelte Stelle zwischen ihren Augenbrauen.

Iviidis gab ihm mit dem Fächer einen tadelnden Klaps auf die Hand. »Morgen bin ich unabkömmlich«, sagte sie kurz.

Er gab nicht auf. »Dann übermorgen. Oder bestimme du den Tag, ich werde mich ganz und gar nach dir richten.«

»Ach, Kiritan«, sagte Iviidis. »Du gibst einfach nicht auf, oder?«

»Nein«, erwiderte er bestimmt. »Das wäre doch auch erbärmlich, oder?«

»Also gut«, sagte Iviidis. »Dann sehen wir uns übermorgen. Und sieh zu, dass deine Köchin uns etwas von ihrem wunderbaren Aprikosenpudding einpackt.«

Nekiritan küsste ihr stumm die Hand und erhob sich. »Ich muss dich nun leider verlassen«, sagte er mit echtem Bedauern in der Stimme. »Dein Vater wollte nach der Gesellschaft noch etwas mit mir besprechen, und wie ich sehe, bricht man inzwischen auf.«

Iviidis sah sich um. Der Raum hatte sich wirklich schon merklich geleert, und von der Tür winkte ihr Alvurkan zu, der gerade seinen Mantel von einem Diener in Empfang nahm.

Nekiritan zog sich mit einer Verbeugung zurück, und Iviidis beeilte sich, ihre Freunde zur Tür zu bringen und sich gleich auch für einen der nächsten Tage mit Alvurkan zu verabreden.

# 14

Broneete stand einen Augenblick lang still vor Glautas' Arbeitszimmer, ehe sie in die Hände klatschte und »Deine Eskorte, Hoher Tenttai« rief.

Sie wartete und ärgerte sich ein wenig über ihren schneller schlagenden Puls. Der Oberste Tenttai hatte sie nicht beachtet, seit sie in seine Dienste abkommandiert worden war, sie tat normalen Wachdienst oder erledigte Botengänge für seine Gefährtin. Heute hatte er sie zum ersten Mal selbst bestellt, und sie nahm an, dass sie ihn zur Hohen Halle eskortieren sollte.

Der Türvorhang wurde von einer energischen Hand geöffnet, und Glautas trat aus dem Zimmer. Er sah sie nicht an, als er an ihr vorüberging. Broneete fiel in den Laufschritt, um zu ihm aufzuschließen.

»Ich werde zu Fuß gehen«, sagte er, als sie vor die Tür traten. Broneete gab den Trägern ein Zeichen und marschierte dann stumm hinter Glautas her.

»Du bist die Gardistin, die ich damals verhört habe, richtig?«, fragte der Bewahrer nach einer Weile.

»Ja, *yun-Ttai*«, antwortete Broneete überrascht.

»Gefällt es dir in meinem Haushalt, oder möchtest du zurück zur Garde?«, fragte er weiter. Ehe Broneete sich eine Antwort überlegen konnte, winkte er ungeduldig über seine Schulter. »Komm an meine Seite, Gardistin«, sagte er in ärgerlichem Ton. »Ich habe keine Lust, mir den Hals zu verrenken, wenn ich mit dir spreche.«

Broneete biss sich auf die Lippe und schloss zu ihm auf. »Ich bin gerne in deinen Diensten, Hoher Tenttai«, antwortete sie.

»Was wünschst du dir für deine Karriere?«, fragte Glautas.

Broneete hob kurz die Schultern. »Meine Herkunft ermöglicht mir keine Karriere, *yun-Ttai*«, sagte sie freimütig. »Ich bin zufrieden mit dem, was ich erreicht habe.«

Glautas sah sie zum ersten Mal richtig an. »Du siehst aus, als hättest du Verstand zwischen deinen Ohren«, sagte er. »Nur Elben ohne Verstand benötigen Beziehungen, um aufzusteigen. Dein jetziger Kommandeur ist ein Bauernsohn aus dem Randgebiet, wusstest du das?«

Broneete schüttelte den Kopf. »Ich werde darüber nachdenken, Hoher Tenttai«, murmelte sie.

»Tu das«, sagte er nicht unfreundlich. »Und wenn du darüber nachgedacht hast, kannst du mir ja sagen, was dabei herausgekommen ist.«

Er hielt an. Broneete sah sich ein wenig verdutzt um, denn sie waren nicht, wie erwartet, an der Hohen Halle angekommen. Das Haus, vor dem sie standen, war ihr unbekannt.

»Ich werde bis zum Mittag hier verweilen«, sagte Glautas. »Bis dahin kannst du tun, was dir beliebt.« Er ging hinein, und Broneete blickte sich ein wenig unschlüssig um.

Ein Diener kam aus dem Haus und sah sie fragend an. »Entschuldigung, wem gehört dieses Haus?«, hörte sich Broneete zu ihrem eigenen Erstaunen fragen.

»Ratsherrin Eloona«, antwortete der Diener gleichgültig und ging weiter.

Es war noch früh am Tag. Sie konnte ebenso gut zurückgehen und nachschauen, ob Iviidis Zeit für sie hatte. Ihre frisch geweckte Erinnerung an die Nacht des Mordes ließ ihr keine Ruhe, und im Schlafen und Wachen stand ihr ständig das erbarmungslose Gesicht des Dunklen vor Augen.

Kurzentschlossen machte Broneete sich auf den Rückweg.

Glautas' Haus lag still in der Morgensonne. Sie erinnerte sich, dass Zinaavija der Dienerschaft heute erlaubt hatte, einen gemeinsamen Ausflug zum kleinen Wasserfall zu unternehmen. Das war eine der lobenswerten Traditionen des Hauses Rutâr, hatte Leniita, die Köchin ihr erzählt, die sich selbst allerdings hartnäckig weigerte, ihr Reich zu verlassen. »Wer soll dann dafür sorgen, dass *yun-Ttai* Glautas und mein kleiner Liebling und ihr Söhnchen etwas Gutes zu essen bekommen?«, hatte sie gesagt und geschäftig in ihren Töpfen gerührt.

Broneete hatte nicht gleich begriffen, dass mit dem »kleinen Liebling« die *han-Ttai* Iviidis gemeint war, aber Leniita hatte gleich angefangen, ihr lang und breit zu erzählen, was für ein wahrhaft goldenes Kind Iviidis gewesen war und dass der kleine Indrekin so ganz und gar nach seiner Mutter kam.

Broneete betrat das Haus, das ohne seine Bediensteten noch ruhiger war als sonst. Ohne zu zögern, ging sie den spiraligen Gang zu Iviidis' Zimmer hinunter. Vor der Tür klatschte sie in die Hände und rief leise: »Ich bin es, *han-Ttai* – äh – Iviidis.« Als niemand antwortete, zog sie den Vorhang ein Stück auf und blickte hinein, aber das Zimmer war leer.

Auf dem Rückweg kreuzte Broneete den Gang, der zu den Wirtschafts- und den Arbeitsräumen führte, und blieb nach ein paar Schritten stehen. Stimmen drangen aus einem der Arbeitszimmer an ihr Ohr. Die Sprecher bemühten sich nicht um besondere Diskretion, anscheinend wähnten sie das Haus verlassen. Sie glaubte zuerst, Iviidis' Stimme erkannt zu haben, und bog in den Gang ein, aber nach ein paar Schritten erkannte sie ihren Irrtum. Es war Zinaavija, die da sprach, und eine äußerst übel gelaunte Zinaavija noch dazu.

»Wir haben keine Wahl«, sagte sie gerade in aufgebrachtem Ton. »Die Sache ist jetzt ins Rollen gebracht worden, und selbst wenn wir wollten, können wir es nicht mehr aufhalten. Warum willst du das nicht begreifen?«

»Aber ich bitte dich, meine Liebe«, erwiderte eine arrogant klingende männliche Stimme, die Broneete nicht einordnen konnte. Der Disput machte sie neugierig, und leise schob sie sich vorwärts, auf das Zimmer zu, in dem sich die Streitenden aufhielten.

»Du willst mir doch nicht ernsthaft erzählen, dass die Zügel nicht mehr in unseren Händen liegen? Immerhin sind wir es, die …«

»Halt lieber den Mund«, zischte Zinaavija, und der andere schwieg tatsächlich. »Du lässt mich glauben, dass du unsere Geschäftspartner nicht kennst oder sie sträflich unterschätzt. Beides spräche für eine gewisse Dummheit, und davon will ich im Sinne unserer Sache lieber nicht ausgehen. Also, bitte. Reiß dich zusammen. Wir haben lange genug darauf hingearbeitet, und du solltest froh sein, dass wir endlich so weit sind.«

»Sind wir das?«, fragte ein anderer Elbe, der bis jetzt geschwiegen hatte. »Wie gut sind wir denn darauf vorbereitet? Es wird Chaos geben, Blut wird fließen – und niemand kann uns garantieren, dass es nicht unser Blut sein wird!«

»Zweifelst du an unseren Zielen?«, fragte Zinaavija kalt. Die Stimmen wurden leiser, und Broneete konnte das Gespräch nicht weiter verfolgen.

Sie hatte keine Zweifel daran, dass die Elben dort in dem Zimmer die gleichen waren, die Horakins Ermordung geplant hatten und für die auch die Botschaft des Dunklen bestimmt gewesen war. Und Zinaavija war eine von ihnen. Sie musste Glautas davon in Kenntnis setzen, und zwar so schnell wie möglich. Etwas Schlimmes würde geschehen, und sie war die Einzige, die davon wusste.

Eine Weile vernahm sie noch das Murmeln der Stimmen und verstand auch das eine oder andere Wort. Sie prägte sich alles gut ein, um es Glautas so genau wie möglich überbringen zu können.

Dann wurde auf einmal ein Stuhl gerückt und Schritte erklangen, die sich der Tür des Zimmers näherten. Broneete sah sich hastig um. Wenn jetzt einer der Elben durch die Tür trat, war sie erledigt. Der Türvorhang bewegte sich, und sie sah, wie eine Hand ihn zu teilen begann. Jeden Augenblick würde man sie hier finden, wie sie im Gang stand und lauschte. Sie drückte sich flach an die Wand und tastete hinter sich, während sie starr die Hand fixierte, die jetzt innehielt. Der Besitzer der Hand richtete im Gehen noch einige Worte an die anderen im Zimmer. Broneete nützte die Gelegenheit und schlüpfte durch den Türvorhang, den sie hinter sich spürte, in das Zimmer nebenan. Am Fenster bewegte sich eine helle Gestalt, die sie gleich fragen würde, was sie hier wollte. Broneete spürte, wie ihr der Schweiß ausbrach, und dann wurden ihr die Knie weich vor Erleichterung, als sie erkannte, dass es nur ein im Luftzug wehender Vorhang war, der ihren Blick genarrt hatte. Sie sah sich hastig um, aber das Zimmer war tatsächlich leer.

Draußen gingen Schritte dicht an ihrer Zuflucht vorbei. Sie

wartete noch einige Atemzüge lang, bis sie nichts mehr hörte, dann spähte sie durch einen Spalt im Vorhang. Der Gang war leer, also huschte sie aus dem Zimmer und bog so lautlos wie möglich um die nächsten beiden Ecken. Dort ließ sie die angehaltene Luft aus den Lungen und ging zügig weiter zum Ausgang. Sie befand sich wieder im öffentlichen Teil des Gebäudes, und wenn ihr jetzt jemand begegnete, konnte sie behaupten, Iviidis oder Glautas hätten sie geschickt, um etwas zu besorgen.

Den Weg zu Ratsherrin Eloonas Haus legte sie im Laufschritt zurück. Es war kurz vor dem Mittagsruf, als sie dort eintraf, und sie wartete einen Moment, in dem sie wieder zu Atem kam, ehe sie ins Haus trat und nach Glautas fragte.

Doch dieser hatte das Haus bereits verlassen, so sagte man ihr, und die Anweisung für sie hinterlassen, seiner Gefährtin eine Nachricht von ihm zu übergeben und dann ihren gewöhnlichen Dienst in seinem Haus wieder aufzunehmen. Broneete erhielt ein versiegeltes Schreiben, mit dem sie sich auf den Rückweg machte.

Broneete fand Zinaavija in ihrem Arbeitszimmer. Sie las die Nachricht in Broneetes Beisein und runzelte die Stirn. »Wer hat dir das übergeben?«, fragte sie. Broneete beschrieb die Elbin.

»Eloonas persönliche Sekretärin«, murmelte Zinaavija. Sie drehte das Schreiben in ihrer Hand hin und her und starrte an Broneete vorbei auf die Wand. Dann zuckte sie mit den Schultern, ein wenig ärgerlich, wie es Broneete schien, und warf die Botschaft auf den Tisch. »Gut«, sagte sie energisch, und auch das klang ärgerlich. »Der Ratsherr ist für einige Tage verreist. Ich soll mich hier um alles kümmern – als ob ich das nicht ohnehin täte«, fügte sie gemurmelt hinzu. Sie sah Broneete an und zwang sich zu einem Lächeln. »Danke. Du kannst gehen.«

Broneete salutierte, weil sie wusste, dass Zinaavija sich darüber ärgerte, und stand dann unentschlossen vor der Tür. Glautas' Gefährtin hatte so normal und alltäglich auf sie gewirkt, dass sie ein wenig ins Zweifeln kam. Vielleicht hatte sie eine völlig harmlose Unterhaltung einfach nur falsch verstanden. Sie seufzte. Der Einzige, der das wahrscheinlich beurteilen konnte, war verreist – und zwar so plötzlich, dass noch nicht einmal seine Gefährtin und engste Mitarbeiterin davon gewusst hatte. Ob sie wollte oder nicht – sie konnte jetzt nur abwarten, bis Glautas wieder daheim war.

Iviidis war ein wenig unsicher, ob sie Indrekin zu Alvydas mitnehmen konnte. Ein lebhaftes kleines Kind war möglicherweise nicht das, was der alte Elbe gut ertragen konnte oder wollte. Aber da sie heute nicht auf die Betreuung der Dienerinnen zählen konnte, die sich sonst um ihren Sohn zu kümmern pflegten, sah sie keine andere Möglichkeit.

»Wir besuchen heute einen Mann, der sehr alt ist«, sagte sie, als sie Indrekin morgens anzog. »Ich freue mich, wenn du sehr lieb zu ihm bist und versuchst, ganz leise zu sein. Er ist krank, weißt du?«

Der Junge sah sie ernst an. »Stirbt er?«, fragte er.

Iviidis wusste nicht, was sie antworten sollte. Wie kam er auf diese seltsame Idee?

»Wir sterben nicht«, sagte sie schließlich. »Wir sind Elben, Indrek. Nur Menschen sterben.«

»Du hast gesagt, er ist alt. Alte sterben«, beharrte das Kind.

Iviidis band die Schnüre seines Hemdes zu einer Schleife und strich ihm das Haar aus der Stirn. »Du hast mit der Frau geredet«, sagte sie. »Ich weiß nicht, wie sie heißt. Die Menschenfrau, die sich um die Wäsche kümmert.«

Indrekin bohrte in der Nase. »Lass das«, sagte Iviidis. »Elben sterben nicht, Indrek. Alvydas ist einfach sehr alt und müde, das ist alles. Sei lieb und benimm dich. In der Nase bohren gehört nicht dazu!«

Sie nahm ihn an die Hand und ging mit ihm hinaus. Indrekin war stumm, sie sah an seiner gerunzelten Stirn und dem angespannten Gesicht, dass er nachdachte.

»Dann sind ja alle immer da«, sagte er, als sie schon ein Stück vom Haus entfernt waren.

»Wen meinst du?«, fragte Iviidis.

»Alle. Wenn wir nicht sterben, sind alle immer da.«

Iviidis stöhnte innerlich. Dies war eins der schwierigsten philosophischen Konzepte, die das Elbenvolk kannte, und sie musste es jetzt einem Kind erklären, das noch nicht in der Lage war, sich alleine anzuziehen. Irgendwie hatte sie gehofft, dass es Olkodan treffen würde, aber der war jetzt leider nicht in Reichweite.

»Du hast recht, Indrek. Eigentlich müssten alle Elben, die jemals gelebt haben, noch hier im Wandernden Hain sein, und wir müssten noch alle unsere Könige und Königinnen in der Hohen Halle antreffen können. Bis auf die, die eines gewaltsamen Todes gestorben sind«, fügte sie schnell hinzu.

»Gewaltsam«, wiederholte Indrekin fragend.

»Das heißt, sie hatten einen Unfall, oder jemand hat sie getötet«, erklärte Iviidis. »In den Kriegen sind viele Elben getötet worden.«

Indrekin dachte stumm darüber nach. »Die bösen Zwerge machen den Krieg«, sagte er dann.

Iviidis seufzte. »Zwerge sind nicht böse, Indrek. Wir leben schon lange in Frieden mit den Unterirdischen.«

Der Junge sah sie zweifelnd und ein wenig bockig an. »Zwerge sind wohl böse«, beharrte er.

Iviidis ließ das Thema auf sich beruhen. Irgendjemand in Glautas' Haushalt hatte Indrekin von den bösen Zwergen erzählt, und darauf würde er jetzt bestehen, bis er – oder sie selbst – blau im Gesicht war, das wusste sie aus Erfahrung.

Sie gingen über eine sanft geschwungene Brücke. Ihre Schritte klangen hohl und hallend vom Dach der Brücke wider. »Wo sind die, die nicht tot sind?«, kehrte Indrekin zu Iviidis Verzweiflung zu seinem ursprünglichen Thema zurück, als sie wieder auf weichem Gras wandelten.

»Das weiß niemand«, sagte Iviidis. »Manche glauben, dass die, die vom Leben müde geworden sind, über das Meer nach Westen segeln, in ein anderes Land. Andere sagen, dass unsere Seelen dorthin zurückkehren, wo sie in den Anfängen der Zeit herkamen – zurück in die Hügel und Bäume und Blumen. Dann glauben manche, dass tief unten im Süden, wo die Welt nur noch aus großer Hitze und noch größerer Kälte besteht, ein Ort ist, an dem Steine stehen, die einmal Elben waren. Indrek, ich weiß es nicht. Niemand weiß es.«

Der Junge sah einer Schwalbe nach, die über ihm ihre Flugkünste vorführte. »Ich finde es heraus«, sagte er ernsthaft. »Dann sage ich es dir, Mama.«

Iviidis musste lachen. »Darüber würde ich mich sehr freuen, Indrek«, sagte sie.

Sie gingen weiter, und als Indrekin sich beschwerte, dass seine Füße ganz, ganz müde seien, nahm Iviidis ihn auf den Arm, staunte über sein Gewicht und trug ihn den Rest des Weges auf ihren Schultern.

Sie sangen das Lied vom starken Dovydas und den Drachen, als der Archivbaum in Sicht kam. Indrekin verstummte und blickte die gigantische Esche an.

»Uiiih«, sagte er ehrfürchtig.

»Uiiih, mein Großer«, sagte Iviidis und setzte ihn ab. »Komm, wir klettern da jetzt hoch. Du gehst vor mir, dann kann ich dir helfen, wenn du nicht weiterkommst.«

Sie waren beide außer Atem und etwas zerzaust, als sie endlich oben im Baum waren. Indrekin zeigte keine Furcht vor der Höhe, deshalb legten sie den Weg bis zum Eingang der Baumhöhle vergleichsweise schnell zurück. Sie kletterten gemeinsam in das finstere Innere des Baumes.

Vor Alvydas' Tür angelangt, rief Iviidis: »Ich bin es. Ich bringe noch jemanden mit, Alvydas.«

»Dann kommt herein«, erklang die Stimme des alten Elben.

Iviidis schob den Vorhang beiseite und ließ Indrekin vorangehen. Der Junge sah sich staunend um. »Das ist eine richtige Wohnung«, sagte er.

»Das ist es«, sagte Alvydas, der gerade durch den Vorhang trat, der den Nebenraum abteilte. Indrekin verstummte und sah den Elben an.

Alvydas beugte sich zu ihm hinunter und hielt ihm die Hand hin. »Du bist Indrekin, nehme ich an?«, fragte er freundlich. »Ich heiße Alvydas. Ich bin ein Freund deiner Mutter.«

Indrekin legte schüchtern seine kleine Hand in die des alten Elben. Lange, blasse Finger schlossen sich um die kleine Hand und drückten sanft zu. Alvydas sah dem Kind prüfend ins Gesicht. Dann ließ er los und klopfte ihm gegen die Wange. »Magst du einen Apfel?«, fragte er und hielt Indrekin ein rotbackiges Exemplar hin. Der Junge nickte zögernd und nahm den Apfel.

Iviidis drehte sich zu Alvydas um, der, auf seinen Stock gestützt, neben ihr stand. »Es tut mir leid, dass wir dich ohne Vorwarnung überfallen. Aber mein Vater hat vergessen, mir zu sagen, dass Indrekins Kindermädchen heute frei hat. Und alle anderen anscheinend auch.«

Alvydas schüttelte den Kopf. »Das macht nichts. Ich freue mich, deinen Sohn einmal kennenzulernen. Er ist ein hübscher Junge. Und er scheint klug zu sein.«

»Das ist er«, sagte Iviidis nicht ohne Stolz. »Heute hat er mich gefragt, wo all die Elben sind, die vor uns waren.«

Alvydas gab einen Laut zwischen Husten und Lachen von sich. »Und dann wollte er wahrscheinlich wissen, wer die Welt erschaffen hat, wo der Donner herkommt und wohin die Sonne abends geht – oder?«

Iviidis gluckste. »Damit hat er glücklicherweise seinen Vater vor ein paar Monden erwischt. Ich habe mich ganz leise rausgeschlichen und Olkodan alleine schwitzen lassen.«

Alvydas lächelte und ließ sich von Iviidis zu seinem Stuhl helfen. »Wohin sie alle gehen …«, sagte er nachdenklich. »Was hast du ihm gesagt?«

Iviidis wiederholte ihre Antwort. Alvydas schloss die Augen und tippte nachdenklich mit den Fingern gegen sein Kinn. »Hast du ihm je von den Dunklen erzählt?«, fragte er.

Iviidis schüttelte entsetzt den Kopf. »Nie«, sagte sie. »Er hat einiges von unseren Nachbarn aufgeschnappt und jetzt sicher auch von den Dienern – wie die Sache mit den Zwergen –, aber ich selbst habe nicht mit ihm darüber gesprochen. Ich fand es immer falsch, Kinder damit zu erschrecken, und Olkodan denkt nicht anders darüber.«

Alvydas lächelte, ohne seine Augen zu öffnen. »Kind, du hast eine dunkle Schwester«, sagte er mild. »Ihr hättet ihm von ihr erzählen sollen.«

Iviidis schwieg. Alvydas öffnete die Augen und sah sie scharf an. »Dein Mann weiß nichts von Rutaaura«, sagte er, und es war keine Frage. Iviidis nickte beschämt.

»Vielleicht solltest du das nachholen«, sagte Alvydas. »Es ist nicht gut, jemandem so etwas vorzuenthalten, man weiß nicht, was daraus entsteht.«

»Ich wollte schon lange mit Olkodan darüber sprechen. Aber es hat sich nie eine gute Gelegenheit ergeben«, murmelte Iviidis. Alvydas lächelte nur.

»Du wolltest mir etwas zu Lootanas Notizen sagen?«, fragte er.

Iviidis ging dankbar auf den Themenwechsel ein. »Ihre Aufzeichnungen sind ein ziemliches Durcheinander. Hast du sie gesehen?«

Alvydas schüttelte den Kopf. »Sie hat sie mir gegeben, damit ich sie verwahre, und mich gebeten, sie dir zu geben, falls du einmal bei mir auftauchen solltest. Aber sie hat oft mit mir über ihre Arbeit gesprochen, ich weiß also, worum es geht.«

»Sie sucht nach den Dunklen, ebenso wie Ruta«, sagte Iviidis. »Sie vermutet, dass es irgendwo im Süden einen Ort gibt, an den die Dunklen immer wieder zurückkehren, um sich dort von ihren Reisen auszuruhen. Hinweise darauf hat sie wohl in Andronees Aufzeichnungen gefunden. Ich bin das ›Verborgene Licht‹ schon einmal flüchtig durchgegangen, habe aber noch nichts gefunden, was sich darauf beziehen könnte. Weißt du etwas darüber?«

Alvydas antwortete nicht. Sein Blick ruhte auf dem still spielenden Indrekin, und er lächelte versonnen.

Iviidis betrachtete ihn. Lootana hatte sich Gedanken über Alvydas gemacht, und Iviidis hätte gern gewusst, ob ihre Mutter diese Fragen auch ihm gestellt hatte oder ob sie sie für sich behalten hatte.

»Alvydas«, sagte sie leise. »Du bist weder ein Hainelbe noch ein Goldener, ist das wahr?«

Er sah sie an. »Behauptet Lootana das?«, fragte er mit leisem Amüsement in der Stimme. Iviidis antwortete nicht, sah ihn nur an. Alvydas lachte.

»Kind, du bist im Besitz einer ganzen Menge meiner Erinnerungen, und bald weißt du alles über mich, was es zu wissen gibt. Warum bist du so ungeduldig?«

Iviidis hob die Hände. »Du bist ein alter Geheimniskrämer. Du hast es gerade nötig, mich zu rüffeln, weil ich meinem Mann nicht alles sage.«

»Gut getroffen«, erwiderte Alvydas. Seine Opalaugen blitzten vergnügt. »Also gut, neugieriges Elbenkind: Ich bin ein Baumelbe.«

Iviidis sah ihn ungläubig an. »Es gibt keine …« fing sie an. Dann unterbrach sie sich. »Baumelbe«, sagte sie langsam. »Alvydas, das ist genau so ein Kindermärchen wie das von den Dunklen.«

Er lachte herzhaft. »Stimmt«, sagte er. »Genau wie das von den Dunklen.«

Iviidis schüttelte den Kopf. »Wenn ich dich nicht kennen würde, würde ich glauben, dass du mich aufziehst. Wenn das stimmt, was du sagst – Alvydas, das ist unmöglich. Niemand hat sie je gesehen. Sie sind ein Mythos.«

»Wir sind die Ersten«, sagte Alvydas. »Ich nehme an, es gibt nicht mehr viele von uns – wir waren nie sehr gesellig. Wir haben für unsere Baumbrüder gesungen, sie waren uns Gesellschaft genug.« Sein Gesicht war traurig.

Iviidis hatte plötzlich einen trockenen Hals. »Alvydas …«, sagte sie schwach. Er schüttelte den Kopf.

»Nichts mehr davon«, sagte er. »Du wirst bald all meine Erinnerungen teilen. Es macht mich müde, darüber zu reden.«

Er beugte sich vor und sah Indrekin an. »Hast du das schon einmal gesehen?«, fragte er und legte seine Hand gegen die Wand der Höhle. Er summte leise, und rund um seine Finger wich das Holz zurück, formte eine kleine Höhlung. In der Höhle lag eine perfekt geformte Murmel aus Holz, die Alvydas herausnahm und dem Kind in die Hand drückte. Indrekin hatte mit ernsten Augen zugesehen, und jetzt schloss er seine Finger um die Murmel und strahlte Alvydas an. »Wie Papa«, verkündete er stolz.

Alvydas sah ihn fragend an, aber Indrekin war damit beschäftigt, die Murmel über den Boden kullern zu lassen.

»Was meint er damit?«, fragte er Iviidis.

Sie zuckte mit den Schultern. »Wahrscheinlich will er damit sagen, dass Olkodan Dinge aus Holz herstellt. Er ist Tischler.«

Der alte Elbe nickte gedankenverloren. Dann hob er den Schwarzbernstein aus seiner Umhüllung und legte ihn vor Iviidis auf den Tisch. »Lass uns beginnen.«

# Andronee Mondauge, Persönliche Aufzeichnungen

»Die Zeit der Verwirrung und der Zerfall unseres Volkes begann, als die Glückliche Ära für immer zu Ende ging. Unsere Königin Onabiirute führte ihr Volk von einem Krieg in den nächsten. Wir, ihre Berater, warnten sie, weiter diesen blutigen Weg zu gehen, und rieten ihr, Frieden mit den anderen Völkern zu suchen. Aber unsere Königin war von dem Gedanken besessen, dass ihr Geschlecht für alle Zeiten über die anderen Völker auf dieser Welt herrschen würde.

In einer der letzten Schlachten fiel der König, und Onabiirute wurde wahnsinnig. Sie zog alleine gegen ein Heer von Zwergen, Trollen, Orks und Menschen und wurde nie wieder gesehen.

Dies fand ich in einer Überlieferung der Menschen:

*Als aber Onabiirute nun endlich ihre Berater wieder um sich versammelte, las sie in ihren Gesichtern die Botschaft, die sie nicht hatte hören wollen. Sie zerriss ihre Gewänder und hob die Hände zu den Ewigen und flehte sie an, das Unheil noch einmal abzuwenden, das ihr Tun über sie und ihr Volk gebracht hatte.*

*Aber der Krug war zerbrochen, der Wein vergossen, und kein Flehen und kein Bitten konnte zurückbringen, was unwiederbringlich dahin war.*

*Da erhob sich die Königin, rüstete sich, griff nach ihrem Schwert und sprach: ›Ich selbst werde mich dem Bösen entgegenstellen, das ich gerufen habe. Keiner von euch, meine Getreuen, soll mich begleiten, denn ich dulde es nicht, dass noch ein weiterer Elbe sein Leben lassen muss.‹*

Alles veränderte sich nach diesem letzten Gang unserer Königin. Sie war fort, und wir zogen uns zurück in den Schutz unseres Hains, verwirrt und verlassen wie Kinder, deren Eltern plötzlich gegangen waren.

Wir warteten, obwohl wir wussten, dass jedes Warten vergeblich war. Onabiirute hatte ihr Volk verlassen, und sie hatte es getan, ohne einen Regenten zu ihrem Nachfolger zu ernennen.

Als die Zeit des Wartens und Trauerns vorüber war, begannen schließlich die Kämpfe. Die Fünf Häuser stritten sich um den leeren Thron, und mein Versuch, zwischen ihnen zu vermitteln, scheiterte. Schlimmer noch: Die Fünf wandten sich gegen mich und meine Bewahrer. Wir waren die Mahnenden, die Unbequemen, und mussten teuer dafür bezahlen. Sie gaben uns die Schuld an dem, was geschehen war …«

# 15

Trurre Silberzunge hatte sich kurzerhand im *Schwarzen Einhorn* einquartiert. Von hier aus war es noch immer kaum ein halber Tagesritt zum Rand des Wandernden Hains, und es würde sicherlich noch einen Mond oder zwei dauern, bis der unstete Elbenhain auf seinem gemächlichen Weg außerhalb eines Tagesritts angelangt war. Bis dahin jedenfalls bot das *Schwarze Einhorn* eine praktische Ausgangsbasis für alle infrage kommenden Unternehmungen – sowie ein Dach über dem Kopf, ein weiches Bett und reichliche und regelmäßige Mahlzeiten.

Der Zwerg saß vor der Tür des Wirtshauses in der Sonne und grübelte in seinen dritten Krug mit frischgezapftem Bier hinein. Die letzte Nachricht, die er erhalten hatte, besagte, dass Rutaaura und Lluigolf auf dem Weg zu einem der Sandläufer-Stämme waren. Danach würden sie weiter in den Südlichen Karst reisen, bis zu ihrer Rückkehr in die Mark Raakus würden also mit Sicherheit noch einige Monde vergehen. Was bedeutete, dass er, Trurre Silberzunge, sich hier in den nächsten Monden zu Tode langweilen würde, denn er saß hier fest und musste auf eine friedliche Elbenfamilie aufpassen, die ohne Zweifel sicher im Wandernden Hain aufgehoben war und der ganz offenbar keinerlei Gefahr drohte. Rutaaura neigte einfach manchmal dazu, Bedrohungen zu sehen, wo keine waren.

Der Zwerg seufzte laut und trank. Dann starrte er wieder trübsinnig den gesunkenen Pegel in seinem Krug an. Hier zu sitzen und Bier zu trinken war auf Dauer keine Beschäftigung, die ihn befriedigte. Wenn er ein freier Zwerg gewesen wäre, hätte er sein Pony gesattelt und wäre nach Norden geritten. Seine Augen dürsteten danach, auf den weißen Gipfeln der Kronberge zu ruhen, seine Ohren vermissten die rauen, aber melodischen Klänge seines heimatlichen Dialektes, seine Lungen verzehrten sich nach der klaren, kalten Luft des Nordgebirges, seine Füße sehnten sich danach, die Halle seines Vaters zu betreten, und sein Herz rief laut die Namen seiner Sippe.

Erneut ertönte ein langer, vernehmbarer Seufzer von seinen Lippen. Er stellte, plötzlich entschlossen, den Krug ab und griff in die Tasche seiner Joppe. Mit behutsamen Fingern holte er ein herbstgelbes Birkenblatt hervor, ein wenig zerknittert und bräunlich gefleckt. Er legte es auf seine raue Handfläche und hauchte es an.

Das Blatt erzitterte und glättete sich, dehnte sich aus und teilte sich in zwei hauchzarte Hälften. Zitternde Fühler und sechs tastende Beine kitzelten über Trurres Finger, während goldene Flügel sacht auf- und zuklappten und abwechselnd strahlend goldene und mattsilberne Seiten mit bräunlichen Augenflecken zeigten.

Trurre neigte sein Gesicht über den Schmetterling und hauchte seine Botschaft. Dann hob er die Hand und schickte das Insekt auf seinen taumelnden und doch windschnellen Flug in den Süden. Der Zwerg sah ihm nach, bis er den tanzenden goldenen Funken nicht mehr erkennen konnte, dann stand er auf und ging in den Schankraum, um sein Bündel zu holen.

Der Elbenhain war anscheinend ein ordentliches Stück nach Südosten gewandert. Trurre ritt einen Feldweg entlang und ließ seine verborgenen Sinne nach der Grenze suchen, die den Hain von der Welt der Menschen trennte. Endlich stieß er auf den warnenden Druck, der lautlos zu sagen schien: »Halte dich fern von hier. Du willst hier nicht sein. Nichts von dem, was du suchst, wirst du hier finden. Dies ist kein Ort für dich …« Er ließ sich davon leiten wie von einem umgekehrten Magneten, und am Ort des stärksten Widerstandes angelangt, hielt er sein unbehaglich schnaubendes Pony an und stieg ab. Hasenherz legte die Ohren an und stemmte widerspenstig die Beine in den Boden. Trurre zog an den Zügeln und lockte es mit sanften Schnalzern, bis das Tier ihm folgte. Der Zwerg hob seinen Wanderstock und stocherte damit in der Luft herum. Der Feldweg gabelte sich hier, links lockte in der Ferne ein Wäldchen mit kühlem Schatten, rechts lag still ein kleiner See.

Vor ihm erstreckte sich ein Weizenfeld, sanftgrün und leise vom Wind bewegt. Trurre biss die Zähne zusammen. »Verdammte Spitzohren«, murmelte er. Dann schloss er die Augen, stieß seinen Stock mit einer energischen Geste vor und empor und betrat das Weizenfeld.

Hasenherz wieherte empört. Trurre öffnete die Augen und stand in einem lichten Wald. Hohe, schwarzweiß gefleckte Birken und silbrige Buchenstämme säumten einen schmalen, moosbedeckten Pfad. Trurre sah sich um – auch hinter ihm Wald, so weit sein Auge reichte. »Na bitte«, knurrte der Zwerg und klopfte zufrieden auf die runde Kruppe des Ponys.

Er ritt den sich müßig windenden und schlängelnden Pfad entlang und hoffte, dass die Richtung stimmte, in die er ritt. Sein Gefühl sagte ihm, dass Olkodans Häuschen westlich von dem Punkt lag, an dem er den Hain betreten hatte, aber sein sonst guter Orientierungssinn wurde im Elbenhain jedes Mal zu einem unzuverlässigen Gefährten. »Zu viel Magie in der Luft«, sagte er laut, und Hasenherz schnaubte zustimmend.

Sie gelangten an eine Wegkreuzung. Trurre zögerte eine Weile, dann entschied er sich für die Gabelung, die nach Südwesten führte. »Oder dorthin, wo Südwesten wäre, wenn es hier so was wie Himmelsrichtungen gäbe«, knurrte er missvergnügt. Das Pony schlug unruhig mit dem Schweif und schüttelte den Kopf.

»Was hast du, Hasenherz?«, fragte Trurre. Er zügelte das Pferdchen und horchte. Hinter ihm erklang dumpfer Hufschlag, der schnell näher kam. Das war kein einzelner Reiter. Trurre fluchte unterdrückt, stieg ab und zog sein Pony in das dichte Gebüsch, das den Pfad säumte. »Still«, hauchte er und legte Hasenherz die Hand über die Nüstern. Das Pony sträubte sich gegen seinen Griff, aber als Trurre es streng fixierte und ihm wortlos mit einer Tracht Prügel drohte, legte das Tier ergeben die Ohren an und verhielt sich ruhig.

*Nebel,* dachte Trurre. *Dichter, weicher, alles dämpfender Nebel.* Das Rascheln des Laubes und die emsigen Geräusche der Vögel und Mäuse im Gebüsch wurden leiser und klangen weiter entfernt.

Die Reiter galoppierten heran. Trurre bog behutsam ein paar Zweige auseinander und beobachtete, wie sie an der Weggabelung anhielten und zu beratschlagen schienen. Es waren sechs, in dunkle Mäntel gewandet, die schillernd über die Rücken ihrer schönen, unruhigen Rösser fielen, und mit tief ins Gesicht gezogenen Kapuzen.

Einer von ihnen wandte den Kopf in Trurres Richtung und schien das Gebüsch, in dem der Zwerg mit seinem Reittier hockte, misstrauisch zu untersuchen. Trurre spürte das tastende Suchen der Elbensinne wie einen schweren Druck auf Augen und Ohren, und kalte Furcht griff nach seinem Herzen. Hasenherz schüttelte unruhig den Kopf, worauf auch ein zweiter Elbenreiter sich ihrem Versteck zuwandte. Trurre legte dem Pony eine bannende Hand auf den Kopf und verharrte still, während er die bergenden Nebel noch dichter um sich und das Pony zog.

Nach einigen Momenten, in denen Trurres Herz schwer und beinahe hörbar laut in seiner Brust schlug, wandten beide Reiter sich zögernd wieder ab und sprachen leise mit ihren Gefährten.

Trurre atmete lautlos aus. Er senkte die Lider und schloss die Finger um seinen Stock. Seine Fingerspitzen glitten in verschlungenen Gesten über die geschnitzten Ornamente. *Eulenohr,* dachte er beschwörend. *Rattenohr, Wolfsohr …*

Eine Stimme sagte im Flüsterton, aber doch deutlich vernehmbar: »Wir folgen diesem hier, Brüder. Er führt uns auf einem Umweg zu unserem Ziel, aber auf dem anderen Pfad spüre ich ein Hindernis. Es wäre ungünstig, jetzt einer Patrouille in die Arme zu laufen.«

»Ungünstig, aber amüsant«, lachte eine zweite Stimme. »Diese Garde hat keinen Mumm. Wir könnten sie in den Boden stampfen, ehe sie ihre Schwerter gezogen haben. Mein Herz dürstet nach Kampf.«

»Wir haben versprochen, kein Aufsehen zu erregen«, sagte der erste Sprecher. Aus seiner Stimme sprach Autorität. »Wenn wir unseren Unterschlupf erreicht haben, werden wir mit unseren

Verbündeten das weitere Vorgehen besprechen. Und dann, das verspreche ich euch, werdet ihr Blut trinken. Bis dahin aber bewahrt Ruhe.«

Melodische Elbenstimmen murmelten Zustimmung. Die Reiter lenkten ihre Pferde auf den Pfad, der nach Nordosten führte, und bald verklangen die Hufschläge in der Ferne.

Trurre wartete noch ein Dutzend Herzschläge lang, bis er sicher war, dass die Reiter ihn nicht mehr bemerken konnten, dann zog er das widerstrebende Pony aus dem Gebüsch und ließ schnaubend die Luft aus seinen Lungen entweichen. Anscheinend hatte er, ohne es zu merken, den Atem angehalten, und mit leisem Erstaunen fühlte er, dass sein Herz immer noch etwas schneller schlug als gewöhnlich. Die Reiter hatten ihm ordentlich Angst eingejagt, wie er sich eingestehen musste.

»So was«, murmelte er. »Alter Ochse. Fürchtet sich wie ein bartloses Kind, nur weil ein paar vermummte Spitzohren nach Blut schreien.« Er schüttelte sich und richtete die Steigbügel. »Es war auch schon viel zu lange ruhig. Gegen wen geht es wohl diesmal?« Kopfschüttelnd stieg er in den Sattel und trieb Hasenherz an. Das Pony fiel in einen gemütlichen Zuckeltrab und blieb dickköpfig dabei, sosehr der Zwerg sich auch bemühte, es zu einer etwas schnelleren Gangart zu animieren.

»Also hatte Ruta doch recht«, sagte er nach einer langen, nachdenklichen Pause. »Ich muss sie benachrichtigen. Ich muss meine Leute warnen. Ach, bei Orrins Hammer, geht das Elend wieder los! Sie waren so lange friedlich, dass ich schon hoffte, es sei ein für alle Male vorbei mit den Kriegen.«

Hasenherz, das daran gewöhnt war, dass sein Reiter mit sich redete, wenn ihn etwas aufregte oder bedrückte, zuckte ab und zu mit den Ohren und gab aufmunternde kleine Wieherlaute von sich. Trurre klopfte gedankenverloren den Hals den Ponys und schwieg dann für den Rest des Weges.

Als er sich schließlich vor Olkodans Haus wiederfand, stieg er aus dem Sattel und sah sich ein wenig verwirrt um. Was wollte er hier, warum war er hergekommen?

Er zog sich heftig am Bart, um seine sausenden Gedanken zur Ordnung zu rufen.

»Au! Das muss doch wehgetan haben«, rief eine belustigt klingende Stimme hinter ihm. Trurre drehte sich um und breitete erleichtert die Arme aus.

»Zu dir wollte ich«, sagte er. »Verzeih, mein Freund, ich bin etwas aus dem Gleichgewicht geraten. Hatte eine unerfreuliche Begegnung auf dem Weg zu dir.«

»Die Garde?«, fragte Olkodan besorgt. Er war aus dem Garten gekommen und stellte nun den Korb mit Grünzeug ab, den er in der Hand trug. Er öffnete dem Zwerg die Tür. »Geh schon hinein. Ich kümmere mich um dein Pferd.«

Als Olkodan durch die Küchentür ins Haus trat, hörte er den Zwerg im Zimmer auf- und abgehen. Er runzelte die Stirn. Trurre war offensichtlich äußerst aufgewühlt durch das, was ihm begegnet war. Sein hartes Zusammentreffen mit der Patrouille, bei dem Olkodan ihn kennengelernt hatte, hatte er wesentlich gelassener hinter sich gebracht.

»Was ist denn passiert?«, fragte Olkodan also unverblümt, indem er durch die Tür trat.

Der Zwerg stellte seine ruhelose Wanderung durch Olkodans Wohnzimmer ein und wandte ihm ein sorgenzerfurchtes Gesicht zu. »Krieg«, sagte er knapp.

Olkodan setzte sich. »Krieg?«, fragte er, sicher, sich verhört zu haben. Aber Trurre nickte.

»Wer? Gegen wen?«

Der Zwerg seufzte und zog sich einen Hocker heran. »Irgendwelche Spitzo… Elben. Ich habe sie belauscht. Es war die Rede von Kampf und Blut und Verbündeten. Ich weiß nicht, gegen wen. Aber im Zweifelsfall geht es gegen meine Leute – es geht ja fast immer gegen meine Leute.«

Olkodan starrte ihn ungläubig an. »Aber, Trurre, warum? Warum sollten wir einen Krieg anzetteln? Es gibt keinen Grund dafür.«

Der Zwerg zuckte mit den mächtigen Schultern. »Ihr habt nicht immer einem Grund gebraucht. Manchmal hattet ihr einfach nur Lust auf Blutvergießen«, sagte er bitter. »Vielleicht passt euch der Bart meines Königs nicht mehr. Vielleicht hat unser Gesandter euch damit beleidigt, dass er in der Hohen Halle geniest hat. Was weiß ich?«

Olkodan sprang auf. »Ich glaube es nicht, und ich glaube, dass du dich irrst. Komm, wir gehen zum Sommerpalast. Mein Schwiegervater ist ein hohes Tier, wir können ihn dazu befragen. Ich kann ihn nicht leiden und er mich nicht, aber er ist ein Ehrenmann. Er wird uns sagen, was er weiß.«

Trurre hob abwehrend die Hände. »Lieber, guter Elbe – nimm einmal an, ich hätte mich nicht geirrt, und nimm weiter an, dass wirklich wieder ein Krieg der Elben gegen die Zwerge geplant ist. Glaubst du, es wäre dann angeraten, mit einem Zwerg quer durch euer Land und ins Herz eures Reiches zu reiten?«

Olkodan ließ sich in einen Sessel fallen. »Hmm«, machte er.

Beide schwiegen. Dann begannen beide, gleichzeitig zu reden.

»Ich könnte ...«, sagte Olkodan, und Trurre: »Ich werde ...«

Beide lachten, und der Zwerg bedeutete dem Elben zu sprechen.

»Ich wollte sagen: Ich könnte alleine zum Sommerpalast reisen und herausfinden, was los ist«, sagte Olkodan. »Du kannst so lange einfach hier bei mir bleiben.«

Trurre nickte. »Danke«, sagte er. »Ich wollte etwas ganz Ähnliches vorschlagen: Du ziehst Erkundigungen bei deinen Leuten ein – aber sei vorsichtig, mein Freund! –, und ich reite wie der Teufel zu meinem König und warne ihn. Umso besser, wenn du mir dann Entwarnung gibst, aber ich will, dass mein Volk für den Fall der Fälle gewappnet und kampfbereit ist.«

Olkodan sah ihn groß und traurig an. »Was tun wir, wenn es stimmt?«, fragte er leise.

Trurre legte ihm die Hand auf den Arm. »Ich weiß es nicht«, sagte er ehrlich. »Mein lieber Elbenfreund – ich weiß es nicht!«

Olkodan musste den Zwerg dazu überreden, erst etwas zu essen, bevor er wieder aufbrach. Nach einem hastigen, aber kräftigen Imbiss, bei dem Trurre dennoch eine erstaunliche Menge verputzt hatte, saß der Zwerg wieder auf seinem Pony und hielt Olkodans Hand fest zwischen seinen breiten Fingern. »Pass auf dich auf«, sagte er eindringlich. »Sei überaus vorsichtig. Wenn Kriege vorbereitet werden, gibt es oft schon Opfer, ehe die erste Axt geschwungen wurde. Ich will nicht, dass du dazu gehörst!«

Olkodan erwiderte den Druck der Zwergenfinger. »Das Gleiche gilt für dich, Trurre Silberzunge. Pass auf dich auf. Deine Götter mögen deinen Bart behüten. Und ich hoffe, die Ewigen gewähren uns ein baldiges Wiedersehen in Frieden!«

Der Zwerg hob grüßend die Hand und ließ sein Pferdchen antraben.

Olkodan wandte sich ab und ging ins Haus, um sich ebenfalls reisefertig zu machen. Es war an der Zeit, seinen Widerwillen gegen das Reiten wieder einmal zu überwinden.

Trurres Rückweg durch das Elbenland verlief ohne weitere Begegnungen, die ihn gezwungen hätten, sich im Gebüsch zu verbergen. Die Grenze zur Außenwelt vom Inneren des Hains aus zu finden war deutlich schwieriger als der umgekehrte Weg.

Trurre ließ Hasenherz im langsamen Schritt dahertrotten und öffnete alle Sinne, um die undeutlichen Energielinien aufzuspüren, die die Grenze begleiteten. Sie leiteten ihn bis zu der Stelle, wo ein Übergang möglich war. Trurre ließ sich aus dem Sattel gleiten, leerte mit einem Seufzer seinen Geist und führte Hasenherz über die Grenze.

Wie immer fühlte es sich an, als hätte ihm jemand die Haut abgezogen, seine Innereien gut durchgerührt und wieder eingefüllt. Trurre schüttelte sich, knurrte erbost und stieg wieder auf sein Pony.

»Auf, Hasenherz«, sagte er. »Wir reiten nach Hause.« Er lenkte sein Pferd nordwärts, auf die langgestreckte Kette der Kronberge zu, die in der Ferne schon als blauer Schatten am Horizont zu sehen war.

Je weiter er nach Norden kam, desto höher schien der endlos blaue Himmel über ihm zu werden. Irgendwo über seinem Kopf sang eine Lerche, und Trurre ertappte sich dabei, dass er trotz seiner Sorgen mit ihr um die Wette ein fröhliches Liedchen pfiff.

Hasenherz trabte unermüdlich voran, auch, als der schmale Weg unter seinen Hufen immer stärker anzusteigen begann. Der Abend dämmerte, aber Trurre ritt weiter. Die Nacht sank herab, und es wurde zu dunkel, um den Weg fortzusetzen, also suchte er einen windgeschützten Platz für die Nacht. In einer Senke zwischen zwei großen Findlingen befreite er sein müdes Pony von Sattel und Gepäck, dann suchte er Äste und Zweige für ein kleines Feuer zusammen und hockte sich, in seine Decke gewickelt, daneben. Olkodan hatte es sich trotz aller Eile nicht nehmen lassen, ihm etwas zu essen einzupacken. Behaglich brummend packte Trurre den Korb aus und ließ sich seinen Inhalt schmecken. Dann rauchte er seine Pfeife, bis das Feuer herabgebrannt war, und rollte sich in seine Decke. Er blickte noch einige Zeit zum Himmel auf und zählte die Sternschnuppen, die über das weite Firmament zogen, bis ihm die Lider zu schwer wurden.

Früh am Morgen ritt er weiter. Seine Gelenke knackten in der morgendlichen Kühle. Es war deutlich kälter als unten in der Ebene, vor allem daran merkte er, was für ein tüchtiges Stück des Wegs er am Vortag hinter sich gebracht hatte. Die Kronberge schienen schon zum Greifen nahe, aber der Zwerg wusste, dass er noch einen guten Tagesritt, vielleicht sogar etwas mehr, bis zur Feste des Königs hinter sich bringen musste.

Der Pfad, den er entlangritt, wurde noch schmaler und steiniger und führte steil an der Flanke des Gebirges entlang. Bis gestern war er hin und wieder noch durch einen kleinen Wald geritten. Die Bäume, die nun nur noch spärlich seinen Weg säumten, waren kleinwüchsiger und knorriger als die des warmen Tieflandes, und ihr Wuchs beugte sich dem starken Nordostwind, der vor allem im Winter unablässig von den Gipfeln der Kronberge herabwehte.

Hasenherz zeigte jetzt seine wahre Stärke. Das Pony kletterte unverdrossen und in schnellem Tempo den steilen Pfad empor und scherte sich nicht um Geröll und unebenen Boden. Trurre saß schweigend im Sattel, seine fröhliche Laune hatte sich mit jeder Länge, die sie sich der Zwergenfestung näherten, weiter verdüstert.

Spät am Mittag gönnte er sich und dem Pony eine Pause, aber die Unrast trieb ihn weiter. Er wollte noch vor Einbruch der Nacht in der Kronburg eintreffen, und das erlaubte keine lange Pause.

»Verzeih mir, Hasenherz«, sagte er, als er wieder in den Sattel stieg und das Pferdchen antrieb. »Du bekommst das süßeste Heu, Hafer, so viel du fressen kannst und einen schönen warmen Stall, sobald wir da sind.« Das Pony schüttelte den Kopf, dass seine Mähne flog, und kletterte tapfer weiter den Berg hinauf.

In der Dämmerung sah Trurre zum ersten Mal in der Ferne die Wachfeuer auf den Mauern der Kronburg aufleuchten. »Nicht mehr weit«, sagte er erleichtert und bedrückt zugleich. »Bald sind wir da, Hasenherz.«

Eine knappe Länge vor der Burgmauer stieß er auf die erste Wache. »Halt«, rief eine knarrende Stimme im rumpelnden Dialekt des nördlichen Zwergenvolkes. »Wer reitet dort durch die Nacht?«

»Trurre Silberzunge«, erwiderte der Zwerg. »Ich bringe dem König Botschaft aus dem Tiefland.«

Stimmen murmelten. Dann löste sich eine dunkle Gestalt mit einem Speer aus dem Schatten eines Felsens. Dunkle Augen in einem bärtigen Gesicht starrten Trurre misstrauisch an. »Bist du wirklich der, der du zu sein behauptest? Beweise es«, forderte der Wächter Trurre auf.

Trurre hob die Arme und drehte sich ein wenig. »Siehst du meine Axt?«, fragte er säuerlich.

Der Wächter verneinte erstaunt.

»Kennst du einen anderen Zwerg, der ohne seine Axt reist?«, knurrte Trurre. »Außerdem, was soll die Befragung, sehe ich etwa aus wie ein Ork-Spion? Ich bin ein Zwerg, das kann doch wohl sogar ein hirnloser Blinddachs wie du erkennen.« Er beugte sich vor und musterte den Wächter genauer, der beleidigt zurückstarrte.

»Du bist einer der Langzahn-Brüder«, sagte er. »Entweder Bjarn, Beorn, Brage oder Barne. Lass mich jetzt gefälligst durch.«

Der Wächter knurrte, aber er gab den Weg frei. »Du weißt, dass du nicht willkommen bist, Trurre Silberzunge«, rief er Trurre giftig hinterher.

»Ja, ja«, winkte Trurre ab, ohne sich umzuwenden. Er ritt den gepflasterten Weg entlang, der zum Haupttor der Festung führte.

Die Kronburg, seit Urzeiten Sitz der Zwergenkönige, beeindruckte vor allem durch ihre trutzigen, aus groben grauen Steinen gefügten Mauern, die wuchtig und breit auf der Bergflanke lasteten. Die Festung wuchs nicht allzu hoch in den kalten Himmel, aber Trurre wusste, wie endlos tief hinab in den Berg ihre Gänge, Säle und Kammern führten.

Er gelangte ans Tor und schlug donnernd mit seinem Stock gegen das verwitterte Holz. »Holla, aufmachen«, rief er.

»Jaja, hör schon auf, solchen Lärm zu machen. Ich komme ja schon«, antwortete nach einiger Zeit eine Stimme von drinnen, bei deren Klang ein Lächeln über Trurres sorgenvolles Gesicht ging.

»Beweg dein Holzbein, alter Maulwurf«, rief er. »Ich friere mir hier draußen den Hintern ab.«

»Die Stimme kenn ich doch«, erscholl die Antwort von drinnen. »Wenn du glaubst, ich öffne für eine Wanderratte wie dich das Tor, hast du dich geirrt.«

»Ich prügele dir dein bisschen Hirn aus den Ohren, wenn du nicht flott öffnest«, brüllte Trurre vergnügt.

»Du und wer noch?«, fragte der andere, während die kleine Einlasspforte im großen Tor knarrend aufschwang. Der Zwerg, der in der Pforte stand, war breit gebaut und wohl einen halben Kopf größer als Trurre. Er hatte zottiges dunkelrotes Haar, einen geknoteten Bart, der ihm beinahe bis zum Knie hing, und er stützte sich auf eine Krücke. Sein breites Lächeln und die Hand, die er ausstreckte, um Trurres Hand zu umfassen und heftig zu schütteln, straften die rüden Worte Lügen, die die beiden Zwerge zuvor ausgetauscht hatten.

»Komm rein, alter Gauner«, sagte der Torwächter. Er schloss die Pforte hinter Trurre und seinem Pony und verriegelte sie sorgfältig wieder. Dann drehte er sich zu Trurre um und musterte ihn im Schein der blakenden Fackeln an der Mauer vom Kopf bis zu den Füßen.

»Du siehst gut aus«, sagte er schließlich. »Bist kräftiger geworden, hm?«

Trurre grinste ihn an. »Es gibt reichlich gute, nahrhafte Kost unten im Tiefland, Snorrgald. Essen für Männer. Ich habe nur unser gutes Bier vermisst.«

Der andere lachte schnaubend und klopfte Trurre kräftig auf den Rücken. »Dann wollen wir das schleunigst nachholen. Heute Nacht willst du sicher nicht mehr zu deinem Vater, oder?«

Trurre sah an den Mauern empor. Die Festung lag dunkel und still unter den klaren Sternen. »Ich denke, es hat bis morgen Zeit, auch wenn ich wichtige Botschaft bringe. Hast du einen Schlafplatz für mich und Hasenherz?«

Snorrgald bedeutete ihm mit einer Kopfbewegung, ihm zu folgen. Seine Krücke und das Holzbein, das er anstelle seines linken Unterschenkels hatte, klopften rhythmisch auf den gepflasterten Boden. Der Torwächter pfiff scharf durch eine Zahnlücke, und ein verschlafen aussehender, noch spärlich bebarteter Jungzwerg kam aus einer niedrigen Tür gekrabbelt.

»Kümmere dich gut um das Pony«, wies Snorrgald den Jungen an. Dann legte er Trurre den Arm um die Schulter und deutete auf einen Eingang, hinter dem das warme Licht eines Kaminfeuers aufleuchtete. »Dort kannst du schlafen«, sagte er. »Aber zuerst leeren wir ein paar Krüge miteinander, und du erzählst mir von den Frauen im Tiefland. Sind sie so hübsch wie unsere Frauen?«

»Ach was«, erwiderte Trurre. »Viel zu schmächtig. Und zu wenig Haare im Gesicht.« Beide lachten dröhnend, als sie hineingingen.

Als Trurre auf seinem Strohlager erwachte, wusste er nicht gleich, wo er war. Es war dunkel und kalt in dem höhlenartigen Raum, es roch nach Asche und abgestandenem Bier, und von draußen schallten raue Stimmen herein. Pferde wieherten, Hühner gackerten, und über allem lag der Klang von eisenbeschlagenen Stiefeln auf Stein und der weitschallende Lärm einer Schmiede, der von den Mauern widerhallte.

Trurre setzte sich auf und rieb sich den Schlaf aus den Augen. Er zupfte einige verschimmelte Strohhalme aus seinem Bart und gähnte herzhaft. Dann ging er zum Fenster und stieß die schweren Läden auf.

»Es wird aber auch Zeit, dass du endlich aufwachst«, sagte jemand, der ruhig in der Ecke gesessen hatte. Der Sprecher war eine kleine, stämmige Zwergin in einem abgewetzten Lederhemd, über dem sie eine ärmellose Weste aus weichem Wildkatzenfell trug, und dicken Leinenhosen. Sie hatte ein energisches Gesicht mit breiten Wangenknochen und einem fröhlichen Mund, und ihr dickes Haar war in viele kleine, feste Zöpfe geflochten, die mit Federn und durchbohrten Steinen geschmückt waren.

Trurre wandte sich um und verschränkte die Arme vor der Brust. Er leckte sich über die trockenen Lippen und warf einen sehnsüchtigen Blick auf den halb vollen Krug, der noch auf dem klobigen Tisch stand.

»Guten Morgen«, sagte er. »Ich glaube, ich sollte die Reste von gestern austrinken.«

Die Zwergenfrau lächelte nicht, sondern runzelte die Stirn. »Du weißt, dass er dich nicht sehen will.«

»Das hat er mir bei unserem letzten Treffen laut und deutlich zu verstehen gegeben. Ich muss aber unbedingt mit ihm sprechen, Torill. Es gibt beunruhigende Neuigkeiten.«

Die Zwergin seufzte und stand auf. Sie kam zum Fenster und packte Trurre an den Schultern, um ihn zum Licht zu drehen. »Du siehst gut aus«, sagte sie. »Bist ein bisschen dicker geworden, aber das steht dir gut. Es gibt dir eine gewisse Würde.« Sie lächelte endlich. Trurre sah sie zärtlich an.

»Du siehst auch gut aus, Kleines. Bist sogar noch hübscher geworden.« Er strich sanft mit den Fingern über ihre glatte Wange und lachte unwillkürlich auf.

»Was ist so komisch?«, fragte die Zwergin.

»Die Tiefländer. Sie glauben, ihr hättet Bärte.«

Torill sah ihn ungläubig an. »Du nimmst mich auf den Arm, Großer. Das ist doch ein alter Witz!«

»Kein Witz. Sie glauben das wirklich.«

Die Zwergin schüttelte den Kopf und lachte. Dann zog sie

Trurre in eine rippenbrechende Umarmung und schob ihn von sich. »Also gut, ich riskiere meinen Kopf und bringe dich zu ihm. Aber sei friedlich und so höflich, wie du nur kannst. Und benimm dich einmal in deinem Leben wie ein ganz gewöhnlicher Zwerg, versprich mir das. Unser König ist dieser Tage äußerst schlecht gelaunt.«

»Ist der alte Groffin Steinbrecher das nicht immer?«, murmelte Trurre.

Torill schlug ihm fest auf den Arm und sah ihn dann kritisch an. »Du hast eine Wäsche nötig. Hast du noch ein frisches Hemd? Außerdem solltest du deine Axt zur Audienz mitnehmen.« Ihre braunen Augen blickten besorgt. »Du *hast* doch deine Axt noch, oder?«

»Ich habe sie noch. Unser Vater gab sie mir, als ich alt genug war, sie tragen zu können«, erwiderte Trurre steif. »Sie ist in meinem Gepäck.«

»Und bei Orrins Bart, lass das Ding hier«, fuhr Torill mit einem angewiderten Blick auf Trurres Stock fort. »Er wird fuchsteufelswild, wenn du mit diesem Stock in der Hand bei ihm auftauchst.«

Der Zwerg knurrte eine Bestätigung und begann, sich zu entkleiden. Torill verdrehte die Augen und ging zur Tür.

»Ich hole dich gleich ab«, sagte sie im Hinausgehen.

»Frühstück?«, rief Trurre flehend, aber sie schloss wortlos die Tür.

Frisch gewaschen, Haare und Bart ordentlich gekämmt und geflochten, in ein halbwegs sauberes Hemd gekleidet, stand Trurre später am Morgen neben Torill vor dem großen Portal der Kronhalle. Seine Führerin zupfte nervös an seiner Joppe herum, und Trurre rückte unbehaglich die Axt in seinem Gürtel zurecht. Seine Hände vermissten den vertrauten Stab.

Er holte tief Luft. »Wer ist bei ihm?«, fragte er leise. Torill verzog das Gesicht. »Eirik Hammerstirn«, sagte sie. »Ich bin immer noch des Königs erste Beraterin, aber Eirik hat sich in den letzten Umläufen sehr geschickt unentbehrlich gemacht. Ich fürchte, er will mich ablösen.«

Trurre knirschte mit den Zähnen. »Der intrigante Grubenmolch Eirik Hammerstirn. Ich habe dich vor ihm gewarnt!«

Torill zuckte mit den Schultern. »Er schmeichelt Groffin, er kriecht ihm, höflich ausgedrückt, in den Hintern – und er sorgt dafür, dass die Küche ständig auf Hochtouren arbeitet und die Brauer gut zu tun haben.«

Trurre stöhnte. »Ich verstehe«, sagte er. Dann straffte er seine Schultern und nickte der Zwergin zu.

Torill hob die Faust und pochte gegen das eisenbeschlagene Portal. Der Schlag rollte donnernd durch die Vorhalle.

Schritte klirrten auf dem Steinboden, dann schwang einer der Türflügel auf. Die Wache erkannte Torill, schenkte Trurre einen erstaunten Blick und gab dann mit einem Nicken den Weg frei.

Die Kronhalle war so riesig, dass Trurre sich jedes Mal wünschte, er hätte sein Pony dabei, um sie zu durchqueren. Mächtige Säulen stützten das Dach, das sich so hoch über ihren Köpfen befand, dass er seinen Kopf in den Nacken legen musste, um es zu sehen. Die Säulen waren aus Granit und mit kunstfertig verschlungenen Ornamenten verziert, wie sie nur Zwergensteinmetze so meisterlich schaffen konnten. Die Wände der Halle waren mit dicken Teppichen behängt, die die Akustik in diesem riesigen Raum aus Stein etwas erträglicher machten. Es war kalt und dunkel, und durch die Luken oben unter dem Dach pfiff eisig der Wind. Vögel schwirrten durch sie herein und wieder hinaus und saßen auf den mächtigen Eichenbalken.

Ganz hinten, an einer Seitenwand, brannte ein Feuer in einem riesigen Kamin. Am Kopf der Halle stand auf mehreren Stufen der steinerne Thronsessel der Zwergenkönige, ebenso kunstvoll behauen wie die Säulen der Halle und mit Intarsien aus Gold und anderen Edelmetallen verziert. Wachen in voller Rüstung flankierten den Thron, und auf seinen Stufen standen einige der Noblen in schmucken Gewändern und wandten den Neuankömmlingen ihre Gesichter zu.

Trurre fühlte, wie ihm etwas flau im Magen wurde, als er sich dem Thron näherte. Er senkte den Blick, beugte seine Knie und berührte ehrerbietig seine Axt.

»Groffin Steinbrecher, unser König, ich führe Trurre Silberzunge vor deinen Thron. Er bringt wichtige Kunde aus den Tieflanden«, verkündete Torill mit klingender Stimme.

Die Stille dauerte beinahe zu lange für Trurres angespannte Nerven.

Dann erklang des Zwergenkönigs grollender Bass: »Ich bin nicht froh darüber, dass du ihn hergebracht hast, Torill. Aber nun ist er einmal hier, also soll er auch sagen, was er zu sagen hat. Erhebe dich, Trurre, Schandfleck unseres Volkes und Jammer deiner Eltern.«

Trurres Wangen brannten, als er aufstand. Er straffte seinen Rücken und begegnete, ohne zu blinzeln, Groffins kaltem Blick.

Der Zwergenkönig saß, in Leder und prächtige Pelze gehüllt, mächtig und breit auf seinem Thron, die Fäuste auf dem Stiel seiner riesigen Axt, die er vor sich auf den Boden gestemmt hatte. Über seine Schulter starrte mit aufgerissenem Maul der Schädel eines Berglöwen, zeigte gelbe Reißzähne und leicht schielende Augen aus geschliffenem Glas.

Der König war so fett, dass er den Thronsitz, der zwei gewöhnlichen Zwergen bequem Platz geboten hätte, beinahe vollständig ausfüllte. Trurre blickte in sein Gesicht, dessen schwere Hängebacken und doppeltes Kinn glatt rasiert und rosig wie die eines Kindes waren. Groffin Steinbrechers Augen unter den buschigen grauen Brauen musterten Trurre ohne einen Funken von Sympathie.

»Ich sehe, du trägst deine Axt«, sagte er grollend. »Hat sie dir dazu geraten?« Er wies mit dem Kopf auf Torill. »Sie ist eine kluge Beraterin. Manchmal *zu* klug …« Sein harter Blick streifte die Zwergin, die ihn furchtlos erwiderte.

»Torill hat einen klugen Kopf zwischen den Schultern«, sagte Trurre. »Das liegt bei uns in der Familie.«

Der König schnaubte ungeduldig, aber seine Augen verloren ein wenig von ihrer Feindseligkeit.

»Also, Trurre Silberzunge, der du deinen Namen zu Recht trägst – was willst du hier?«

Trurre sah sich um. Die Noblen, die den Thron umringten,

blickten ihn alles andere als gastfreundlich an, und am giftigsten schaute ein graues Augenpaar, das dem schwarzhaarigen Zwerg gleich an Groffins rechter Seite gehörte. Trurre verzog angewidert den Mund und sah wieder den König an.

»Unser König, ich habe beunruhigende Nachrichten«, begann er. »Meine Gefährten und ich sind im Tiefland auf elbische Umtriebe gestoßen, die auf Vorbereitungen zu einem Krieg hindeuten. Außerdem habe ich ein Gespräch unter Elben mithören können, in dem davon die Rede war, zu kämpfen und Blut zu trinken. Um wessen Blut es dabei gehen dürfte, können wir uns sicher alle denken.« Er wartete ab, bis sich das Gemurmel legte, das seine Worte hervorriefen. Der König gab ihm mit einem stummen Nicken zu verstehen, er möge fortfahren. Trurre legte seine Hand unwillkürlich fester um den Stiel seiner Axt und berichtete dann, was er im Elbenhain erlebt und belauscht hatte und welche Schlussfolgerungen er daraus zog.

Der König hörte ihm mit auf die Faust gestütztem Kinn zu. Dann, als Trurre geendet hatte, sah er seine Getreuen an. »Hammerstirn?«, forderte er den Schwarzhaarigen auf.

Der wiegte bedenklich den Kopf. »Gerüchte«, sagte er. »Die Spitzohren planen ständig irgendwelche Bosheiten. Ich finde nicht, dass wir deswegen Maßnahmen ergreifen sollten. Unsere Spione haben jedenfalls von nichts berichtet, was nach Kriegsvorbereitungen aussieht.«

»Ihr anderen?«, fragte der König.

Die Noblen räusperten sich und scharrten mit den Füßen. Endlich sagte einer: »Wir stimmen Eirik Hammerstirn zu, König Groffin. Nichts weist bisher auf einen bevorstehenden Krieg hin, jedenfalls nicht gegen unser Volk. Das, was Trurre Silberzunge uns erzählt hat, kann so oder so gedeutet werden.«

Des Königs Blick richtete sich auf Torill, die blass und mit zusammengebissenen Zähnen vor ihm stand. »Meine Beraterin?«, sagte er trügerisch sanft.

Torill lockerte die Fäuste. »Ich bin nicht eurer Meinung«, sagte sie, an die Noblen gewandt. »Wir sollten diese Warnung nicht leichtfertig in den Wind schlagen. Trurre bereist seit Langem die

Tieflande und kennt die Gegebenheiten dort besser als wir alle zusammen.«

»Elbenfreund«, zischte eine Stimme hämisch. Torill beachtete den Zwischenruf nicht weiter und fuhr fort: »Ich würde dir raten, König, der Sache nachzugehen. Schicke deine Spione aus, hole Erkundigungen ein, lass deinen Gesandten an den Elbenhof reisen. Wir sollten alles unternehmen, um dieses Gerücht entweder zu entkräften oder zu bestätigen. Und darüber hinaus sollten wir uns wappnen, damit wir keine Zeit verlieren!«

Die Noblen murmelten. Der König sah Torill nachdenklich an. Dann hob er die Hand und gebot Ruhe. »Geht nun«, sagte er zu Torill. »Ich werde über deinen Rat gut nachdenken. Und du, Trurre«, er blickte den Zwerg an, »ich danke dir, dass du hergekommen bist. Du hast Mut bewiesen, vor meinen Thron zu treten, und das rechne ich dir wohl an. Aber nun möchte ich, dass du gehst. Und ich wünsche nicht, dich wiederzusehen.«

Trurre fuhr zurück, als hätte er eine Ohrfeige erhalten. Sein Gesicht war bleich, aber er beugte die Knie vor seinem König und wandte sich dann heftig um, um den langen Weg zum Portal zurückzugehen. Torill verneigte sich hastig und eilte hinter ihm her.

# 16

Dunkle, schwere Wolken hingen über dem Tal. Ein heftiger Wind blies durch den Wehrgang der Kronburg und ließ die Fahnen auf dem höchsten Turm knattern und wild gegen die Stangen schlagen, an denen sie befestigt waren.

Trurre stand reglos an einer der Schießscharten, umklammerte den steinernen Rand mit gefühllos gewordenen Fäusten und starrte hinab ins Tal.

Torill, die lange nach ihm gesucht hatte, stellte sich still neben ihn. Nach einer Weile, in der beide schwiegen, rührte sie sacht an seine eiskalten Finger und sagte: »Komm mit, Großer. Ich habe uns etwas zu essen in meine Räume bringen lassen. Ich dachte mir, dass du keine Lust hast, im Saal mit den anderen zu tafeln.«

Trurre regte sich nicht. Sein Profil war wie aus dem grauen Felsgestein gemeißelt, aus dem die Mauern der Burg bestanden. Torill schüttelte den Kopf, dass die Steinchen, die sie an ihre Zöpfe gebunden hatte, leise klirrten und klapperten. »Trurre, was hast du erwartet? Dass er dich mit offenen Armen empfängt und dir heißen Honigwein servieren lässt? Du hast gewusst, dass man dich hier nicht willkommen heißen wird!«

Er nickte langsam, aber sein Blick war immer noch starr ins ferne Tal hinaus gerichtet.

Torill zog ihre Fellweste gegen den schneidenden Wind enger um den Leib. »Von uns Jüngeren denken nicht alle so, das weißt du auch«, sagte sie sanfter. »Aber Groffin Steinbrecher wird seinen Sinn nicht ändern. Du kennst seinen Dickkopf so gut wie ich. Und er hat schlechte Ratgeber«, fügte sie leise hinzu.

Trurre sah sie an. Sein Blick war finster. »*Du* bist seine Ratgeberin«, sagte er knarrend.

Torills Lippen wurden zu einer dünnen Linie. »Das ist wahr und falsch zugleich«, erwiderte sie schließlich. »Manche hier sehen es nicht gerne, dass eine Frau diese wichtige Stelle innehat. Andere sind neidisch und wollen den Platz an des Königs Seite für sich selbst. Und wieder andere werfen mir vor, dass ich deine Schwester bin ...«

Sie biss sich auf die Zunge, als sie Trurres Miene sah. »Komm, mein Lieber, das ist alles unwichtig. Wir haben zu überlegen, was die Nachrichten für uns bedeuten, die du gebracht hast. Und ein leerer Bauch denkt nicht gut.« Sie knuffte ihn in die Seite. »Sag nicht, du hast keinen Hunger, das glaube ich nämlich nicht.«

Ein Lächeln glitt über sein Gesicht. Er nahm ihren Arm und ging mit ihr zur Treppe. Blakende Pechfackeln beleuchteten die schmalen Stufen, die steil hinunter ins Innere der Burg führten.

»Ich werde heute noch abreisen«, sagte er.

Torill blieb auf der engen Treppe stehen und sah ihn mit zusammengekniffenen Augen an. »Du wirst *nicht* heute noch abreisen«, sagte sie in einem Ton, der keinen Widerspruch duldete. »Du wirst gefälligst mit mir und ein paar anderen überlegen, was wir jetzt unternehmen.« Sie hatte den Finger erhoben und tippte ihm aufgebracht gegen die Brust. »Du weißt genauso gut wie ich, was Hammerstirn und die anderen Speichellecker dem König raten werden.«

Trurre spuckte erbittert aus. »Ich habe die Botschaft gebracht, und du hast dich für Maßnahmen ausgesprochen. Schon klar!«

Torill nickte nachdrücklich und stumm.

•

Die Treppe endete nach einem scheinbar endlosen Abstieg tief im Inneren der Festung, die weit in den Fels hinein- und hinuntergebaut war. Jeder Mensch oder Elbe hätte das über ihm lastende Gestein als Bedrückung empfunden, aber Trurre dehnte seine Brust, als hätte er eine Lunge voll frischer Luft genommen.

»Ah«, sagte er. »Ah, ich hatte ganz vergessen, wie es ist, zu Hause zu sein.« Er sah sich mit neu gewonnener Energie um. »Wo wohnst du inzwischen? Als Beraterin des Königs doch bestimmt nicht mehr im Quartier der unverheirateten Frauen – oder?«

Torill verdrehte die Augen. »Nein, das bleibt mir erspart. Ich wohne im Witwentrakt, gleich neben Mutters Räumen. Wir teilen uns die alte Wohnung von Tante Oddlaug.«

Trurre sah sich um, als sie die immer leicht abwärts führenden Gänge hinunterschritten.

»Wie geht es Mutter?«, fragte er zögernd.

»Sie vermisst dich«, erwiderte Torill. »Sie hat es Vater sehr übel genommen. Ich glaube, sie haben eine Umdrehung lang nicht miteinander gesprochen, nachdem du gegangen bist.«

»Und sie ist in Tante Oddlaugs alte Wohnung in den Witwentrakt gezogen«, murmelte Trurre. Sein Gesicht war zerfurcht.

Torill blieb wieder stehen und wandte sich zu ihm um. Sie packte seine Arme und schüttelte ihn sacht. »He, Bruder, ich kenne dich. Aber du bist verrückt, wenn du dich auch noch deshalb schuldig fühlst. Mutter und Vater haben schon seit Torfinns Tod nicht mehr viel miteinander geredet, und ich kann Mutter gut verstehen!« Sie ließ ihn los und ging weiter.

»Du sprichst schließlich auch noch mit ihm.«

»Mir bleibt ja nicht viel anderes übrig«, sagte Torill praktisch.

Sie bogen um eine Ecke und betraten einen Gang, der steil abwärts führte. Es war mehr ein Stollen als ein Gang, die Wände waren grob behauen und schimmerten leicht feucht. Das hier war der älteste Teil der Festung, und hinter ihm lag nur noch das alte Bergwerk.

Ein Zwerg, der ihnen entgegen kam, musterte sie kaum, grüßte Torill flüchtig und war schon halb an ihnen vorbei, als er mit einem Ausruf der Verwunderung herumfuhr.

»Orrins Bart und alle seine Läuse! Der alte Hexenmeister ist wieder da!«

Trurre hob schon die Hand, um dem Spötter eine Antwort zu schicken, die er nicht so schnell vergessen würde, aber als das Licht der Fackel über seinem Kopf auf das Gesicht des Zwerges fiel, ließ er den Arm sinken und lachte. »Kjetil Einauge. Ich dachte, du wärst im Süden!«

Der Zwerg grinste breit. Er hatte einen runden, beinahe kahlen Schädel und trug die spärlichen Reste seines weißblonden Haares neben der kahlen Stirn zu zwei dünnen Zöpfen geflochten. Auch sein Bart war schütter wie der einer Ziege. Sein wettergegerbtes Gesicht war durch eine wulstige Narbe verunstaltet, die sich breit und rot über die Stirn zog, unter einer Augenklappe verschwand und auf der Wange wieder auftauchte. Sie zog einen seiner Mundwinkel nach oben, was dem Gesicht etwas Verschlagenes gab.

»Du wolltest doch ein Schiff finden, mit dem du so weit segeln kannst, bis du den Horizont berührst – was hat dich aufgehalten?«

»Ich hatte Heimweh«, sagte der narbige Zwerg. »Keine nennenswerten Berge da unten. Salzige Luft und seltsame Leute. Und Wasser ist einfach keine Umgebung für unsereins, jedenfalls nicht auf Dauer. Auch wenn es viele schöne Gelegenheiten gegeben hat, seine Axt scharf zu halten.«

Er sah über seine Schulter und beugte sich vertraulich näher. »Bleibst du jetzt hier?«, fragte er im Flüsterton. »Wäre gut, Trurre. Nichts gegen den König – oder seine Beraterin«, fügte er hastig hinzu und verbeugte sich vor Torill, die sich vergeblich um eine ernste Miene bemühte. »Aber wenn ich dieses Hammerstirn-Gesocks herumstolzieren sehe, als gehörte ihnen der Laden, bekomme ich das Kotzen. Verzeihung, junge Zwergin«, fügte er eilig hinzu.

»Du solltest besser aufpassen, wo und zu wem du so etwas sagst, Kjetil Einauge«, bemerkte Torill in strengem Ton, den allerdings das amüsierte Funkeln ihrer Augen Lügen strafte.

Kjetil zwinkerte ihr mit seinem verbliebenen wasserblauen Auge verschwörerisch zu. Dann hieb er Trurre die Hand auf die Schulter, dass der kleinere Zwerg leise aufstöhnte. »Hör zu, alter Dachs. Heute Abend treffen sich ein paar von den Jungs unten im ehemaligen Schacht Sieben. Wir trinken auf die guten alten Zeiten und singen ein paar Liedchen. Kommst du?«

Trurre zögerte. Dann nickte er. »Ich komme, Kjetil. Aber ich reise bald wieder ab – also werde ich eure Liedchen nur mit halbem Herzen mitsingen.«

»Das ist egal«, erwiderte der Zwerg. Sein Blick war scharf und kühl. »Jeder, der auch nur die eine oder andere Strophe mitsingt, ist willkommen und nützlich.« Er verbeugte sich kurz, aber tief vor Torill und verschwand mit hallenden Schritten um die Biegung des Ganges.

Torill sah Trurre mit emporgezogenen Brauen an. »Kaum wieder da, triffst du dich gleich mit den Rädelsführern der Revolution?«, sagte sie neckend.

»Ach, du kennst Kjetil doch. Viel Lärm um nichts.«

Aber Torills Gesicht war nachdenklich, als sie die Tür zu ihrem Zimmer aufschob. »Da wäre ich mir nicht so sicher«, murmelte sie.

Das Gemach war anheimelnd und gemütlich eingerichtet, mit bequemen Sesseln, dicken Teppichen auf dem Boden und an den Wänden, und es begrüßte die Eintretenden mit einem prasselnden Feuer im Kamin und einem schweren Eichentisch voller Leckereien aus der königlichen Küche.

Torill deutete auf einen der Sessel neben dem Kamin und durchquerte das Zimmer, um durch eine Tür zu verschwinden, die hinter einem Wandteppich verborgen war. Trurre schenkte sich Wein in einen Pokal ein und ließ sich mit einem Seufzer des Behagens in den weichen Sessel fallen. Er streckte seine Beine zum Kaminfeuer aus und trank einen herzhaften Schluck. »Fein«, sagte er anerkennend zu niemandem und stellte den Pokal neben sich auf den Boden. Trurre faltete die Hände auf dem Bauch, blickte versonnen in das Feuer und gähnte.

Als Torill wieder hereinkam, schlief er fest. Sie wandte sich um und legte einen Finger auf die Lippen. Eine ältere, in schlichte, dunkle Wolle gekleidete Zwergin, die hinter ihr eingetreten war, nickte und hockte sich auf einen Schemel neben dem Kamin. Sie nahm ein Strickzeug aus ihrer Schürze und legte es in ihren Schoß. Aber statt zu stricken, betrachtete sie den schlafenden Trurre mit einem schwer zu deutenden Ausdruck in den braunen Augen.

Im Kamin zerbarst knackend ein Holzscheit und schickte einen Regen von Funken empor. Trurre schrak hoch. »Was?«, murmelte er und rieb mit der Hand über sein Gesicht. Er rappelte sich aus seiner zusammengesunkenen Position hoch und bemerkte jetzt erst die Zwergin, die immer noch ruhig neben ihm saß.

»Mutter«, rief er überrascht.

»Mein Sohn«, erwiderte sie zurückhaltend.

Trurre zögerte, dann umarmte er sie kurzentschlossen, doch sein Gesicht zeigte, dass er mit einer Zurückweisung rechnete.

Aber die Zwergin ließ es nicht nur geschehen, sondern legte ihrerseits die Arme um ihn und drückte ihn fest an sich. Eine Weile lang hockte Trurre vor ihr und verbarg sein Gesicht an ihrer Schulter. Als er schließlich den Kopf hob, waren seine Augen feucht, und er lächelte.

»Du hast dich verändert«, sagte die Zwergin. »Da ist Härte in deinen Zügen.« Sie strich mit sanften Fingern über sein Gesicht.

»Ich bin eben kein naiver junger Zwerg mehr, der glaubt, dass alles schon gut wird, wenn er nur brav ist«, sagte Trurre.

Seine Mutter betrachtete ihn aus braunen Augen, die den seinen ähnelten. Trurres Vater hatte Oddveig Weißhand, die mittlere Tochter des Groß-*Jarl* Frodegeir, damals voll Stolz nach Hause geführt und immer geschworen, sie sei die schönste Zwergin des gesamten Östlichen Feuergebirges. Ihr rotblondes Haar war inzwischen von weißen Strähnen durchzogen, aber ihr Gesicht war immer noch so schön wie das einer jungen Frau. Nur ein paar kleine Fältchen zwischen den Augenbrauen und in den Mundwinkeln deuteten auf Trauer und verborgenen Zorn.

»Kommt, lasst uns essen«, rief Torill. Sie schob einladend die Stühle zurecht und schenkte Wein in die Pokale.

Doch Trurre aß wenig und schob schon nach kurzer Zeit seinen Teller fort, und auch Torill stocherte nachdenklich mit ihrem Messer auf ihrem Teller herum, mit ihren Gedanken offensichtlich weit fort. Oddveig hatte nur etwas Obst gegessen und dabei kaum einen Blick von ihrem Sohn gewandt.

»Also erzählt mir endlich, was eure Herzen beschwert«, sagte sie schließlich.

Torill seufzte und hob den Blick. »Ich weiß nicht, was ich tun soll«, sagte sie. Sie blickte auf ihren Teller, überrascht, dass sie ihr Essen kaum angerührt hatte. Zerstreut schnitt sie ein Stück von einer Bratenscheibe ab, steckte es in den Mund, kaute und deutete gleichzeitig mit ihrem Messer auf Trurre. »Du willst gleich wieder fortlaufen und mich mit den Schwierigkeiten hier alleinlassen, gib es nur zu. Seit der Audienz sitzt du im Geiste sowieso schon wieder im Sattel.«

Trurre schnaufte hörbar durch die Nase. »Du hast unseren König vernommen«, sagte er säuerlich. »Ich bin hier nicht gelitten.«

Oddveig schlug mit der Hand auf den Tisch. »Du redest wie ein beleidigtes Kind«, sagte sie scharf. »Du bist mein Sohn. Mein Sohn läuft nicht greinend fort, nur weil jemand ihm sagt, dass er ihm nicht willkommen sei. Das habe ich dir damals schon übel genommen!« Sie funkelte ihn an.

Trurre wurde rot und wieder blass. »Mutter, du vereinfachst die Sache ein wenig«, sagte er beherrscht. »Ich bin nicht einfach ›davongelaufen‹, wie du es nennst. Der König und sein Rat der Noblen haben mich offiziell verbannt – und ich hätte genau genommen auch heute keinen Schritt in die Festung tun dürfen. Ich riskiere, dass man mir Hände und Füße abhackt und mich in die Drachenkluft stürzt.«

»Ach, Papperlapapp«, sagte die alte Zwergin. »Solange ich hier noch ein Wörtchen mitzureden habe, landet der orrinverflucht einzige Sohn, der mir geblieben ist, nicht in irgendeiner Kluft!«

»Mutter!«, sagte Torill schockiert und begann zu lachen.

Trurre, der verdutzt den Mund geöffnet hatte, konnte bei dem ansteckenden Gelächter seiner Schwester nicht lange ernst bleiben. Erst glucksend und dann dröhnend lachte er mit, bis ihm die Tränen kamen.

Oddveig sah sie kopfschüttelnd an. »Und jetzt will ich wissen, warum du zurückgekehrt bist und mit was sich deine Schwester deshalb herumschlagen muss«, sagte sie, als die beiden sich einigermaßen wieder gefasst hatten.

Trurre griff nach seinem Pokal, roch daran und stellte ihn wieder ab. »Hättest du einen Schluck Bier für mich?«, fragte er bittend.

Torill nickte nur und ging hinaus. Kurz darauf kam sie mit einer kleinen, ängstlich dreinblickenden Magd zurück. Die Magd knickste mit gesenkten Augen vor Oddveig, flüsterte ehrerbietig »Bitte sehr, *Dronning*« und stellte einen großen Krug auf dem Tisch ab, bevor sie begann, die Reste des Mahls abzuräumen. Dabei warf sie hin und wieder scheue und neugierige Seitenblicke auf Trurre, der sich schäumendes dunkles Bier aus dem Krug eingeschenkt hatte und nun in großen Schlucken davon trank.

Als die Magd sich knicksend wieder entfernt hatte und der Krug zur Hälfte durch Trurres Kehle geflossen war, streckte Oddveigs Sohn seine Beine aus, holte seine stummelige Pfeife hervor, steckte sie in Brand und begann, seiner aufmerksam lauschenden Mutter von der Begebenheit im Wandernden Hain zu berichten.

Oddveig nickte stumm, als er geendet hatte. Dann sah sie ihre Tochter an. »Du denkst, der *Kunge* wird nichts unternehmen«, sagte sie.

Torill bemerkte mit einem Lächeln die altmodische Form des Herrschertitels, den ihre Mutter unwillkürlich gewählt hatte. Oddveigs Vater war so stolz auf seine Familie und die lange Reihe seiner Ahnen gewesen, dass er seine Töchter erzogen hatte, als stünde das goldene Zeitalter der mächtigen Zwergenkönige von Hammervest noch in voller Blüte. Aber die ruhmreiche alte Feste der Zwerge war schon vor langen Generationen in den Klüften des Feuergebirges versunken, und nur wenige Zwerge erinnerten sich noch der alten Geschichten. Dennoch, Groffin Steinbrecher fühlte sich immer sehr geschmeichelt, wenn einer seiner Gefolgsleute ihn »*Kunge*« nannte.

»Er wird nichts unternehmen«, sagte Torill leise. »Eirik und die anderen Noblen werden es verhindern. Ich glaube, sie würden es begrüßen, wenn die Elben uns angriffen, ohne dass wir gewappnet sind.«

»Warum?«, fragte Trurre erstaunt.

Oddveig seufzte. »Eirik Hammerstirn ist ein Emporkömmling, nicht einmal ein *Jarl*, nur ein kleiner *Hovedling* aus einer der minderen Familien. Das Chaos, das unweigerlich ausbricht, wenn solch ein Angriff uns unvorbereitet trifft, gäbe ihm und seinen Gefolgsleuten die Möglichkeit, sich an die Macht zu bringen. Alle sagen, dass der König keinen Erben mehr hat ...« Sie unterbrach sich und legte ihre Hand auf Trurres geballte Faust.

»Ich weiß, dass du dir die Schuld an seinem Tod gibst«, sagte sie leise und eindringlich. »Aber höre meine Worte, mein Sohn: Wenn überhaupt jemanden eine Schuld trifft, dann ist das Groffin selbst. Du weißt, dass ich die Wahrheit spreche!«

Trurre sah in ihre Augen, die hart und glänzend erschienen und das Licht der Öllampen reflektierten, als wären sie aus poliertem Granit. Er nickte stumm, aber seine geballte Faust entspannte sich nicht.

»Was unternehmen wir also?«, fragte Torill in ihrer zupackenden Art.

Oddveig runzelte die Stirn und schwieg. Dann wiegte sie nachdenklich den Kopf, und ein Lächeln glitt über ihr Gesicht. »Ich werde versuchen, vorsichtig ein paar Fäden zu spinnen«, sagte sie. »Es gibt noch Zwerge hier, die auf mich hören. Das Gleiche gilt für dich, Tochter.« Sie sah Torill an, die ernst nickte. Dann blickten beide Frauen auf Trurre. Der zuckte mit den Schultern und begann zu grinsen. »Ich habe heute Abend eine Verabredung mit Kjetil Einauge. Ich denke, ich werde hingehen und ein paar der Lieder mitsingen. Und ich nehme Snorrgald Eichenfuß dorthin mit.«

»Eine gute Wahl«, nickte Oddveig. »Snorrgald war immer schon ein besonnener Mann, er wird die allzu eifrigen Hitzköpfe ein wenig dämpfen.«

Trurre verließ die beiden Frauen, die noch im ernsten Gespräch die Köpfe zusammensteckten, und machte sich auf, sein Gepäck bei Snorrgald abzuholen.

Der Einbeinige saß vor der Torwache auf der Bank und ließ sich von der Sonne wärmen. Als er Trurre sah, lächelte er breit und winkte ihm zu. »Audienz heil überstanden?«, fragte er.

Trurre nickte und knurrte etwas.

»Gut«, sagte Snorrgald zufrieden. »Gut, gut.« Er blinzelte ins helle Licht und spitzte die Lippen zu einem lautlosen Pfiff.

»Ich bleibe noch einen Tag«, sagte Trurre. »Wollte dich von meinem Gepäck befreien.«

»Wo schläfst du?«

»Ich weiß nicht. Vielleicht in den Junggesellen-Quartieren.«

Snorrgald schüttelte den Kopf, ohne Trurre anzusehen. »Keine gute Idee. Zu viele hier, die sich vorstellen könnten, dir den Schädel einzuschlagen, um damit bei Eirik Hammerstirn Eindruck zu schinden.« Er grinste humorlos. »Bleib bei mir, dann passiert dir nichts. An meiner Axt kommt keiner vorbei – und das wissen alle!«

Trurre nickte. Snorrgald Eichenfuß war der gefürchtetste Krieger und Offizier der königlichen Leibwache gewesen, bevor er in den letzten Tagen der Trollkriege sein Bein und beinahe auch sein Leben verloren hatte, als er seinen König beschützte. Auch heute noch würde niemand riskieren, ihn ohne Not zu einem Kampf herauszufordern. Trurre hatte das, was er über den Kampf mit der Axt wusste, von Snorrgald gelernt, und auch wenn er seine Axt nicht mehr benutzte – wenn es darauf ankam, konnte er sich damit durchaus gegen einen Angreifer zur Wehr setzen.

»Ich treffe mich heute Abend mit den ›Unzufriedenen Verschwörern‹«, sagte er.

Snorrgald brummte und senkte sein rotbärtiges Kinn auf die Brust. Seine gewitterblauen Augen unter den buschigen Brauen musterten Trurre scharf und abwartend.

»Ich will mich umhören«, erläuterte Trurre. Er klopfte die Taschen seiner Joppe ab und förderte nacheinander Pfeife, Tabaksbeutel und Glühstein zutage. Schweigend stopfte er seine Pfeife und reichte dem anderen den Tabaksbeutel hinüber. Snorrgald brummte wieder und fischte eine Pfeife mit dickem Kopf und zerbissenem Mundstück hervor.

Trurre paffte die ersten Wölkchen in die klare Luft, während Snorres breiter Daumen noch den Tabak in die Pfeife stopfte. Dann setzte auch er seine Pfeife in Brand, reichte Glühstein und Tabak wieder zurück und lehnte sich mit einem Seufzer gegen die warmen Steine der Burgmauer.

Er nahm die Pfeife aus dem Mund, drückte den glimmenden Tabak hinunter, steckte sie zurück zwischen die Zähne und nuschelte: »Pass lieber auf.«

»Worauf?«, fragte Trurre.

Snorrgald spuckte präzise neben Trurres linken Stiefel. »Kjetil ist in Ordnung. Die meisten anderen auch. Aber es treffen sich auch ein paar Gesellen, mit denen man besser nicht näher zu tun hat.«

Trurre lächelte schief. »Solche Gesellen wie ich?«

Snorrgald lächelte nicht. Er sah Trurre kurz von der Seite an und schüttelte den Kopf. »Du solltest darüber nachdenken, wer du bist und was du eigentlich willst«, sagte er nach einer Weile.

»Wer ich bin ...«, Trurre seufzte. »Der letzte Sohn meines Vaters. Ein Zwerg, den sein eigenes Volk nicht in seiner Mitte dulden möchte. Ein Elbenfreund und einer, der seine Axt nicht trägt, und die ewige Schande seiner Eltern ...«

»Selbstmitleid passt nicht zu dir«, sagte Snorrgald hart. »Du bist kein Jungspund mehr, dem man das nachsieht. Sag mir, was du willst.«

Trurre sog nachdenklich an seiner Pfeife. »Ich will den Frieden zwischen den Zwergen und den Elben«, sagte er endlich zu seiner eigenen Überraschung. »Es war lange ruhig zwischen unseren Völkern, und ich habe erkannt, dass die meisten Spitzohren nicht anders sind als wir. Sie wollen in Frieden leben und ihre Kinder aufziehen, sie sind freundlich zu Fremden und essen gerne gut.« Er lachte ein wenig verlegen.

Snorrgald wiegte den Kopf. »Du vergisst diejenigen, die ohne Not Händel mit ihren Nachbarn anfangen und einen Zwerg nicht in Frieden durch ihr Land reiten lassen würden«, wandte er ein.

Trurre nickte bedächtig. »Und ich denke an diejenigen von uns, die kein Spitzohr lebendig über den Sverrenpass reiten lassen würden und begierig mit ihren Äxten und Schwertern rasseln, wenn jemand vom Krieg gegen die Elben redet.«

Snorrgald lachte dröhnend. »Getroffen, Trurre Silberzunge«, rief er aus. Er steckte seine Pfeife zwischen die Zähne und paffte einige große Wolken. Sie schwiegen lange und rauchten, während der Himmel über ihnen sich abendlich zu verfärben begann.

»Begleitest du mich?«, fragte Trurre endlich und klopfte seine Pfeife aus.

»Was hast du vor?«

»Ich will wissen, was hier in der Burg vor sich geht. Der König hat Berater, die nicht viel mehr als ihr eigenes Wohl im Sinn haben, und wir gehen schweren Zeiten entgegen«, sagte Trurre. »Die Welt da draußen schert sich nicht um meine Wünsche,

Snorrgald Eichenfuß. Es wird Krieg geben, wenn nicht jetzt, dann später. Es liegt in der Luft.«

Snorrgald musterte ihn aufmerksam. »Spürst du das?«, fragte er. Trurre nickte schwermütig.

Snorrgald legte seine Pranke auf die Schulter des Jüngeren. Dann stand er auf und streckte sich mit knackenden Gelenken. »Ich werde Bjarte Wolfszahn sagen, dass er heute Nacht für mich die Torwache übernehmen muss. Wann treffen wir uns?«

»Ich hole dich ab, wenn der Götterhammer über dem Turm steht«, sagte Trurre. Snorrgald nickte und blinzelte ihm zu, dann hinkte er über den Hof und verschwand in der Wachstube.

# Andronee Mondauge, Verborgenes Licht

»Holmirs Hammer, nur halb im Ernst geführt im spielerischen Zwist, traf dennoch hart sein Ziel, und so erschlug er seinen Bruder und wurde von seiner Sippe verflucht. Sein Geist trübte sich, er floh aus der Festung und irrte durch das Gebirge und rief seines Bruders Namen in den heulenden Sturm.

Und so geschah es, dass er auf dunkle und traurige Reisende traf, die ihn aufnahmen und den Hungrigen und Dürstenden labten und die Wunden, die er sich bei Stürzen zugefügt hatte, versorgten, obwohl ihre Völker Feinde waren. Sie erkannten seinen verwirrten Geist und gaben ihm Tränke, die ihn besänftigten und zur Ruhe kommen ließen, und sie nahmen ihn für eine Zeit mit auf ihre endlose Wanderung.

(…)

Holmir kehrte zurück zu seiner Sippe und tat Buße für den Tod seines Bruders. Und am Ende seines langen Lebens trat er hinaus vor das Tor der Festung, blickte gen Norden und sprach: ›Südwind, trage meinen Gruß zu den Dunklen und Traurigen, die fern von ihrem Volk leben, von ihm verflucht, wie ich einst von meiner Sippe. Mögen sie nach Hause finden!‹«

# 17

»Sand«, spuckte Lluigolf aus, und das Wort klang nicht nur wie ein Fluch, es war einer. Rutaaura zog ihren Schleier vom Gesicht und nahm einen kleinen Schluck aus dem Wasserschlauch, der am Sattelhorn hing. Sie reichte den Schlauch über ihre Schulter und befestigte den Mundschutz wieder. Ihre zusammengekniffenen Augen blickten über die graublaue, leicht gewellte Sandfläche und suchten die Bergkette, die sich schwach am Horizont abzeichnete.

»Warte ab, bis wir in den steinigen Teil kommen«, sagte sie. »Dagegen ist das hier ein Vergnügen.«

Lluigolf schluckte einen vorsichtigen Mundvoll des warmen, leicht salzig schmeckenden Wassers.

Sie hatten einen zweitägigen Ritt durch langgestreckte Täler und Dünenberge hinter sich und durchquerten jetzt eine beinahe tellerebene Fläche, die nur hier und dort von kleinen dornigen Büschen unterbrochen wurde. Die Sonne brannte kupferfarben von einem violetten Himmel. Rutaaura hatte nicht erklären können, woher die seltsamen Färbungen von Himmel und Sonne rührten, die zu manchen Tageszeiten das Auge irritierten.

»Bald ist Mittag. Wir sollten uns nach einem Platz für die Rast umsehen«, rief Rutaaura dem voranreitenden Tamayout zu. Der Sandläufer deutete auf eine Senke, die ein Stück seitlich vom Weg vor ihnen lag.

Als sie näher kamen, erkannte Lluigolf, dass die vermeintliche Senke eine langgezogene Rinne war, deren rissiger Grund mit Geröll bedeckt war.

»Was meinst du, ist der Platz sicher?«, fragte Rutaaura. Sie stieg ab, sprang in die Rinne und hob ein paar Steine vom Grund auf, die sie misstrauisch beroch. Tamayout ließ sich vom Rücken seines Skralls gleiten und kniete am Rand der Rinne nieder. Er nahm einen Kiesel in die Hand und roch an ihm, dann leckte er vorsichtig daran.

»Ja, für eine Weile. Wir wollen nicht lagern, nur rasten«, sagte er und stand auf.

Lluigolf und die Heilerin, die ebenfalls abgestiegen waren und ihre steifgewordenen Beine streckten, sahen den beiden verständnislos zu. »Verstehst du, worüber sie reden?«, fragte Graina leise.

Lluigolf schüttelte den Kopf. »Sie werden es uns auch nicht erklären«, erwiderte er gallig. »Seit wir hier in diesem Sandloch unterwegs sind, komme ich mir vor wie ein Stück Gepäck. In der Morgendämmerung werde ich auf dieses Biest geschnallt, mittags darf ich ein wenig im Sand liegen, und abends stellt man mich irgendwo ab. Wenn das noch länger so geht, werde ich mich nicht beschweren, wenn jemand anfängt, seine Kleider in mir aufzubewahren.«

Graina lachte auf. »Du übertreibst wirklich schrecklich«, sagte sie vergnügt.

»Daran solltest du dich besser gewöhnen, das tut er gerne«, erklang Rutas trockene Stimme neben den beiden. »Komm, alte Reisetasche, hör auf zu maulen und hilf uns lieber, den Sonnenschutz aufzustellen.«

Tamayout kümmerte sich um die Skralls, die sich unter behaglichen Grunzlauten im Sand niederließen und dann damit begannen, die spärlichen Pflanzenbüschel weiter zu dezimieren. Graina sah zu, wie das stachelige Gestrüpp zwischen den Zähnen der Tiere verschwand. »Bekommen sie kein Wasser?«, fragte sie den Sandläufer schüchtern.

»Genug Wasser in den *Aginas*«, sagte Tamayout und deutete auf die Pflanzen, die kleine violette Blüten zwischen den mit Stacheln bedeckten dicken Blättern trugen.

»Was das Wasser angeht …«, meldete sich Rutaaura zu Wort. »Wie weit ist es bis zur nächsten Zisterne?«

Tamayout lehnte sich an Kranntas ledrige Flanke und blickte zum Horizont. »Morgen Abend«, sagte er zögernd. »Zuerst wir müssen noch die große Rinne durchqueren.« Sein hageres, dunkles Gesicht war besorgt.

Ruta nickte. »Das hatte ich befürchtet«, sagte sie. »Wie verläuft die Rinne zurzeit?«

»West-östlich. Sie zu umgehen würde uns eine Woche kosten.«

Rutaaura hob die Hände. »*Halaai*«, sagte sie fatalistisch. »Es kommt, wie es kommen soll.«

Sie schliefen eine Weile, dicht aneinandergedrängt im dürftigen Schatten eines Sonnensegels. Gegen Nachmittag starrte Tamayout in den Himmel. In der Ferne zogen Wolken auf, dünne rostrote und grünliche Schleier.

»Das Wetter ändert sich«, sagte der Sandläufer. Er hockte sich neben Rutaaura, und die beiden beratschlagten leise. Dann stand Tamayout auf und begann, die Skralls reisefertig zu machen.

Das Sonnensegel war so schnell abgebaut und eingepackt, wie sie es aufgebaut hatten, und dann saßen alle wieder auf den Rücken der Skralls und trieben die riesigen Tiere zu einer schnellen Gangart an. Tamayout ließ die Echsen der schmalen Rinne folgen, die sich nach und nach erweiterte und gleichzeitig vertiefte. Ab und zu sah er zum Himmel auf.

Rutaaura blickte sich ebenso häufig um. Lluigolf beobachtete das auffällige Verhalten der beiden und fragte nach einer Weile leise: »Worauf wartet ihr?«

»Wasser«, sagte Ruta knapp.

Lluigolf wartete, ob sie dem noch etwas hinzufügen würde. »Entschuldige, dass das Gepäck neugierig ist«, knurrte er.

Ruta griff nach hinten und klopfte ihm aufs Knie. »Verzeih du mir, Lluis«, sagte sie. »Ich bin ein wenig beunruhigt. Das Wetter schlägt unberechenbar schnell um in dieser Gegend, und das kann gefährlich werden.«

Sie ritten schweigend weiter. Die Rinne war inzwischen mehrere Längen breit und so tief eingeschnitten, dass ihre Ränder sich hoch über ihren Köpfen nach innen wölbten. Das Reiten im Schatten war angenehm, obwohl die Luft in dem Einschnitt heiß und stickig war.

Rutaaura hatte ihren Mundschutz gelöst und wischte sich den Schweiß vom Gesicht. Sie griff nach dem Wasserschlauch, als Tamayout, der eine halbe Länge vor ihnen ritt, die Hand hob und einen schrillen Ruf ausstieß. »*Sbran'sxa*!« Er lenkte sein

Reittier scharf nach links, zum Rand der Rinne hin, die sich ein Stück weiter vor ihnen zu einer Ebene öffnete. Rutaaura stieß einen Fluch aus.

Lluigolf beugte sich vor, um an ihrer Schulter vorbeisehen zu können. Seine Augen weiteten sich, als er sah, was vor ihnen lag.

Tamayout hatte Krannta angehalten, und die Jungtiere, die sonst immer ein Stück hinter den Vätern hertrotteten und dabei auf beiden Seiten des Weges das Gelände erkundeten, schlossen in eiligem Schaukelschritt auf, sich eng an den Großen Vater drängend. Rutaaura ließ Jinnta neben ihnen halten und sprang aus dem Sattel. Staub und Sand wirbelten um ihre Füße, als sie sich dem näherte, was Lluigolf so gebannt betrachtete.

Während sie durch den blaugrauen Sand ging, schien er sich unter ihren Schritten zu verflüssigen. Bald staubte er nicht mehr, sondern schlüpfte beiseite wie zäher Schlamm. Sie hockte sich hin und prüfte den flüssigen Sand mit den Fingern. Dann sah sie zu Tamayout auf, der neben ihr stand und über die vor ihnen liegende Ebene blickte.

»Auf meinem Hinweg war die große Rinne noch passierbar, und sie hätte es auch jetzt noch sein müssen«, sagte Tamayout. »Im Dürremond sollte sie nicht in diesem Zustand sein.«

Rutaaura seufzte. »Die Schiffe des Seelords kümmern sich nicht um Jahreszeiten. Er hat schließlich genügend fähige Magier in seinen Diensten.«

Lluigolf ging an ihnen vorbei, und seine Schritte quietschten im zähen Schlamm. Je weiter er ging, desto flüssiger wurde der Sand, auf dem er lief, bis seine Schritte mit leisen Platschern im Wasser versanken. Er beugte sich hinab und kostete das Wasser aus der hohlen Hand.

»Salzig«, sagte er.

»Geh lieber nicht weiter, Lluis«, warnte Rutaaura. »Es bleibt nicht lange so flach, und ich habe keine Lust, dich rausfischen zu müssen.«

Bis zu den Knien stand der stämmige Mann im Wasser. Der Saum seines Burnus war dunkel und schwer vor Nässe.

»Ich fürchte, wir brauchen ein Boot«, sagte er.

Rutaaura und Tamayout standen neben Krannta und beratschlagten in der kehligen Sprache der Sandläufer.

Lluigolf stakste aus dem Wasser, wrang den Saum seines Burnus aus und hockte sich in den Schatten des Großen Vaters.

Die Diskussion in seinem Rücken wurde hitziger. Schließlich warf Rutaaura die Hände in die Luft, schnaubte laut und sagte: »Also meinetwegen, du Dickkopf. Ich kann es versuchen. Aber glaube mir, ich habe kein besonders gutes Gefühl dabei.«

»Was will er denn?«, fragte Lluigolf gelassen.

Rutaaura deutete mit einer Kopfbewegung zum Himmel, der inzwischen eine bedrohlich dunkelrote Färbung angenommen hatte. Wolken schoben sich vor eine grünlich stechende Sonne. »Es wird Sturm geben«, sagte sie. »Und wir befinden uns hier an einem extrem ungünstigen Platz, ohne Schutz, mit der Gefahr einer Flutwelle. Wir müssen hier weg, aber wir wollen nicht umkehren. Außerdem müssten wir dafür wieder durch die Rinne zurückreiten, und früher oder später wird das Wasser auch dort stehen – spätestens, wenn ein Schiff Richtung Sandanger fährt.«

»Also, was machen wir?«, fragte Lluigolf.

Ihre Kiefer mahlten. »Ich werde versuchen, uns hindurchzubringen«, sagte sie schließlich.

»*Da* hindurch?«, fragte Lluigolf ungläubig und deutete auf die graublaue, sich sanft bewegende Wasserfläche.

»Wir müssen die Pfade finden«, mischte Tamayout sich ein. »Ich bin ein guter Wegfinder, L'xu'ghol.«

»Das bezweifle ich ja nicht.« Lluigolf rieb sich über die Nase. »Aber was nützen uns die schönsten Pfade, wenn sie irgendwo da unten im Wasser liegen und über uns ein Sturm losbricht?«

»Kommt, kein langes Gerede mehr.« Rutaaura kletterte in den Sattel und reichte ihrem Gefährten die Hand, um ihn hochzuziehen. »Tamayout, such den Eingang.«

Sie ritten langsam am Rand des Wassers entlang. Der beinahe verflüssigte Sand spritzte unter den schweren Tritten der Skralls hoch auf und klebte bald überall an den Reittieren, den Reitern und ihrem Gepäck.

Nach einigen Längen rief Tamayout »Dort!« und lenkte seinen Skrall ins Wasser hinein.

Die *Kray'xych* folgte ihrem Leittier, ohne zu zögern. Sie ritten vorwärts, und bald waren sie bis zu den Knien nass. Die Echsen stapften ungerührt durch immer tiefer werdende Wasser. Tamayout hatte sich im Sattel aufgerichtet und starrte hinab. Endlich hielt er an und drehte sich zu Rutaaura um. »Ab jetzt kommen wir ohne Hilfe nicht weiter«, sagte er.

Die Elbin schloss die Augen und umklammerte das Sattelhorn mit beiden Händen. Sie bewegte flüsternd die Lippen. Das Wasser, das sie umgab, zitterte und wich nach und nach zurück, dabei nahm es eine geleeartige Konsistenz an. Unter ihnen verwandelte es sich zögernd in den vertrauten, festgebackenen Sand zurück, der es gewesen war und der sich nun als schlängelnder Pfad vor ihnen durch die Wasserfläche zog.

Rutaaura öffnete die Augen und nickte. »Schnell jetzt«, sagte sie gepresst. Tamayout schnalzte mit der Zunge und trieb sein Reittier an, ließ aber den Kleinen Vater und Rutaaura die Führung übernehmen.

Sie ritten zügig durch eine beängstigende Szenerie. Der Himmel über ihnen hatte die zornige Farbe von reifen Krausbeeren, und links und rechts von ihnen gluckerte und gluckste das Wasser und beulte die erstarrten Wände aus, die höher wuchsen, je weiter sie in die Ebene hinausritten.

»Wie machst du das?«, fragte Lluigolf und betrachtete die zäh vibrierende Wand aus Wassersand neben seiner Schulter.

»Normalerweise würde ich das nicht riskieren, ohne wenigstens eine zweite Führerin, die mich unterstützt«, sagte Rutaaura. Ihre Stimme klang angestrengt. »Einige der *Taywwa* besitzen magische Fähigkeiten, die speziell Sand und Wasser betreffen. Es ist nicht meine Form der Magie, aber ich habe gelernt, damit umzugehen.«

Lluigolf bemerkte besorgt ihren schwerer werdenden Atem.

Er legte seine Hände auf ihre Schultern und schloss die Augen. Sein Atem glich sich ihrem Rhythmus an.

Nach einer Weile seufzte sie erleichtert. »Danke, Lluis. Pass lieber auf deine Reserven auf, ich brauche das vielleicht noch mal, ehe wir hier durch sind.«

Sie schwiegen. Lluigolf warf hin und wieder einen Blick in den Himmel, aber bis auf die Tatsache, dass er mittlerweile eine tiefrote Färbung angenommen hatte, war nichts zu bemerken. Das schaukelnde Traben der Echsen, das diffus grünlichblaue Licht, das über ihrem Pfad lag, und die leise glucksenden Wasserwände übten trotz aller Besorgnis eine beinah einschläfernde Wirkung auf ihn aus.

Plötzlich stieß Rutaaura einen warnenden Ruf aus. »Schiff kreuzt!«

Tamayout brachte hastig den großen Skrall zum Halten. Ein Rauschen und Donnern wie von einem mächtigen Wasserfall dröhnte in den Ohren der Reisenden. Vor ihren Augen spritzte eine Fontäne auf, und die verfestigten Wasserwälle rechts und links gerieten in bedrohliche Schwingungen, beulten und schwappten hin und her, dass sogar die großen Echsen unruhig zu werden begannen. Tamayout hatte alle Hände voll zu tun, Krannta zur Ruhe zu bringen, und die kleineren Tiere drängten sich knurrend und fauchend an den Großen Vater, ihre schweren Schwänze peitschten gefährlich durch die Luft.

Rutaaura saß hoch aufgerichtet auf Jinntas Rücken und hatte beschwörend die Hände erhoben. Schweiß lief in Strömen über ihr dunkles Gesicht. Lluigolf hielt ihre Schultern umfasst und gab ihr an Kraft, was er nur aus sich herausholen konnte – und, als er spürte, dass das nicht ausreichte, gab er verzweifelt mehr, als er hatte.

Das donnernde Geräusch schwoll an, wurde ohrenbetäubend laut. Die heftig schwingenden Wasserwände drohten zu bersten. Vor ihnen brach ein dunkler, riesiger Schatten durch die träge Masse, verflüssigte sie, drängte sie beiseite und schob sich schnell an ihnen vorbei. Das Donnern nahm ab, und die tobenden Sand- und Wassermassen zu ihren Seiten kehrten langsam wieder in ihren sanft wogenden Ausgangszustand zurück.

Rutaaura ließ sich mit einem Stöhnen auf den breiten Hals ihres Reittieres sinken. Lluigolf klammerte sich hinter ihr an das

Sattelhorn des Doppelsattels. Vor seinen Augen blitzten Sterne durch die aufziehende Dunkelheit der Bewusstlosigkeit. Er fühlte, wie er zur Seite kippte, und dann spürte er nichts mehr.

Kühle Hände berührten seine Unterame. Jemand hob seinen Kopf an, und etwas Glattes berührte seinen Mund. Flüssigkeit benetzte seine Lippen, und er öffnete sie, um zu schlucken. Bitter und gleichzeitig frisch wie eine grüne Wiese an einem Sommermorgen. Er schluckte, verschluckte sich und begann zu husten.

»Langsam«, sagte eine ruhige Stimme. »Bleib liegen. Alles wird gut, aber du solltest jetzt auf mich hören.«

Lluigolf gehorchte. Sein Kopf schwamm, und seine Glieder schienen aus Stein gefertigt und dann mit Blei gefüllt worden zu sein. Selbst wenn er gewollt hätte, er hätte nicht aufstehen können.

Aber zumindest seine Augenlider gehorchten ihm. Er blinzelte.

Das Gesicht, das sich über ihn beugte, erschien ihm im ersten Moment fremd. Lichtbraune Augen und ein rundes Gesicht mit dem Beginn eines Sonnenbrandes auf der Nase. Ein angespannter, energischer Ausdruck, den sein Gedächtnis nicht mit diesem Gesicht verband und der es ihm so fremd machte.

»Graina«, sagte er.

Die Heilerin fühlte seine Stirn und hielt ihm dann erneut die Schale hin.

»Ganz austrinken«, befahl sie.

Lluigolf rappelte sich auf die Ellbogen hoch. Er lag auf einer Decke auf festgetretenem Sand, und über ihm spannte sich das Tuch eines Sonnensegels. Graina runzelte die Stirn, half ihm aber, sich aufzusetzen.

»Ich hasse es, das sagen zu müssen«, sagte er. »Wo bin ich?« Er nahm ihr die Schale aus der Hand, setzte sie an und trank sie aus.

»Du fragst die Falsche. Immer noch irgendwo auf dem Sandigen Ozean, würde ich sagen. Noch nicht an unserem Ziel, aber auch nicht mehr weit davon, sagt Tamayout.«

Lluigolf fuhr sich über die Wangen. Seine Bartstoppeln gaben ein kratzendes Geräusch von sich. »Wie lange war ich … indisponiert?«

Graina verschluckte ein Lachen. »Du bist gestern am späten Nachmittag aus dem Sattel gekippt«, sagte sie. »Und jetzt ist etwa eine Stunde nach Mondaufgang. Rutaaura hat darauf bestanden, dass wir früh Rast machen, damit ich mich endlich anständig um dich kümmern kann. Du musst hungrig sein, möchtest du etwas Suppe haben?«

Lluigolf schloss die Augen. Das Blei in seinen Gliedern schien sich verflüssigt zu haben und schwappte träge hin und her, wenn er sich bewegte. »Das Unwetter?«, fragte er und hörte kaum noch die Antwort: »Vorübergezogen. Wir haben gestern nur noch einen Ausläufer davon …«

Als er das nächste Mal erwachte, fühlte er sich zwar immer noch zerschlagen, aber die Schwere war aus seinen Gliedern geschwunden. Eine kleine Öllampe verbreitete ihr schwaches Licht. Graina hockte neben der Lampe, einen dünnen, in Holz gebundenen Kodex aufgeschlagen auf dem Schoß. Ihre Hände ruhten auf den eng beschriebenen Blättern, ihr Kopf lehnte an einem Reisesack, und sie schnarchte leise.

Lluigolf legte ihr seine Decke über und löschte die Lampe. Er krabbelte aus dem Unterstand und kam ein wenig wackelig auf die Füße. Die Luft war kristallklar und kalt, sie trug einen Hauch von Frost in sich. Es war dunkel, in der Ferne hörte er das Zirpen von Grillen und den Ruf eines Wolfes.

»Ausgeschlafen?«, hörte er Rutaauras Stimme neben sich. Sie kauerte neben dem Unterschlupf, hatte eine Decke um sich geschlungen, wie er erkennen konnte, und die dunkle Fläche ihres Gesichts verschmolz mit der Nacht. Nur das Licht der Sterne, das sich in ihren Augen spiegelte, zeigte ihm, dass sie ihn ansah.

Er setzte sich neben sie. »Es tut mir leid«, sagte er.

Sie nahm seine Hand. »Was?«, fragte sie nüchtern. »Dass du uns das Leben gerettet hast?«

Er antwortet nicht. Ruta hob die Decke von ihren Schultern und legte sie um sie beide. Lluigolf rückte enger heran und legte seinen Arm um sie.

»Ich war am Ende meiner Kraft«, sagte sie. »Wenn du mir nicht geholfen hättest, wären wir jetzt alle tot.«

»Schöne Hilfe«, sagte er bitter. »Ich bin auf dieser Reise doch nur Ballast. Du hattest recht, ich hätte nicht mitkommen sollen.«

Sie drückte seine Hand so fest, dass es schmerzte. »Das klingt nicht nach meinem Gefährten in schlimmen Zeiten«, sagte sie. »Lluis, du bist noch geschwächt, deshalb redest du so dumm daher. Und glaube nicht, ich hätte übertrieben mit dem, was ich dir gerade gesagt habe, nur um dein angekratztes Selbstbewusstsein zu heilen. Das fiele mir nicht im Traum ein. Du bist schließlich eingebildet genug.«

Er knurrte, und Rutaaura lachte.

»Was denkst du, wie geht es weiter?«, fragte er nach einer Weile, in der beide geschwiegen und zum sternklaren Himmel aufgesehen hatten. Lluis' Augen hatten sich an die Dunkelheit angepasst, und er musterte besorgt Rutaauras Gesicht. Sie hatte die Kapuze ihres Burnus zurückgestreift, ihr offenes Haar fiel hell und leuchtend über ihre Schultern und umrahmte ihr dunkles Gesicht.

»Hätten wir einen anderen Weg finden müssen?«, fragte Lluigolf, erschreckt von den Linien der Erschöpfung, die Rutaauras Gesicht durchzogen.

Sie schüttelte den Kopf. »Tamayout hat es mir aufgezeichnet. Die große Rinne hat ihre Form und Lage verändert, seit ich das letzte Mal durch diesen Teil des *Taywwa*-Gebietes geritten bin. Wir hätten nur umkehren können.«

»Und wie kommen wir dann wieder zurück?«

Sie zuckte nur mit den Schultern. »*Halaai*. Wir werden sehen.«

Hinter ihnen raschelte Stoff. Graina war aufgewacht und herausgekommen. Sie sah, dass die beiden sie anblickten, und lächelte verlegen. »Geht es dir besser?«, fragte sie und hockte sich neben Lluigolf.

»Dank deiner Pflege, ja«, sagte er. Sie nickte und starrte unbehaglich auf ihre Hände herab. Etwas beschäftigte sie, aber ganz offensichtlich wollte sie nicht darüber reden.

»Was ist los mit dir?«, fragte die Elbin unverblümt. Lluigolf verkniff sich ein Lächeln und knuffte sie sanft. Geduld gehörte nicht unbedingt zu Rutaauras Stärken.

Graina presste die Lippen aufeinander. Dann sah sie Lluigolf in die Augen. »Ihr seid beide keine Menschen«, sagte sie, und es klang sowohl anklagend als auch eine Spur beleidigt.

Lluigolf verschluckte sich und hustete. Rutaaura lächelte.

»Was bringt dich auf diesen Gedanken?«, fragte sie.

Graina bemerkte nicht, dass Rutaaura sie aufzog. »Deine Haare und deine Augen sind ungewöhnlich«, erwiderte sie langsam. »Gut, das könnte Zufall sein. Aber er«, sie deutete bestimmt auf Lluigolf, der aufgehört hatte zu husten und nun breit grinste, »er hat *spitze* Ohren!«

»Aber Lluis«, sagte Rutaaura, »davon hast du mir ja nie etwas erzählt!«

Er verbeugte sich im Sitzen. »Verzeihung, Licht meines Lebens. Ich dachte, es wäre offensichtlich.«

Rutaaura schnaufte hörbar durch die Nase und verschränkte die Arme vor der Brust. Ihre Augen funkelten vergnügt.

»Ihr nehmt mich auf den Arm«, sagte Graina unsicher.

»Die Möglichkeit besteht«, meinte Rutaaura und gähnte herzhaft.

»Was seid ihr?«, fragte die Heilerin unbeirrt. »Ihr seid keine Elben, aber ihr seid auch keine Menschen.«

Lluigolf hob die Hände und ließ sie wieder sinken. »Ist das nicht völlig gleichgültig? Sie ist die hochwohlgeborene Rutaaura aus dem Hain, Tochter der Lootana und des Glautas, und ich bin Lluigolf aus Weidenheim, Sohn der schönen Rialinn, Kammerfrau der Markgräfin, und eines spitzohrigen Vaters, den ich nicht kenne und auch nicht kennenlernen möchte. Was sagt dir das jetzt über uns?«

Sein leichtfertiger Ton konnte die Heilerin nicht täuschen. Sie wurde flammendrot und stammelte: »Ich habe dich verletzt. Verzeih mir, dass ich neugierig war. Es geht mich nichts an, du hast recht. Ihr seid sehr freundlich, dass ihr mir Rede und Antwort steht, und ich war unhöflich …« Sie sprang auf und stolperte dabei über ihre eigenen Füße.

Lluigolf packte sie am Ellbogen, und gleichzeitig griff Rutaaura nach ihrer Schulter, um sie vor dem Sturz zu bewahren.

»*Wir* waren unhöflich«, sagte die Elbin ruhig. »Du musst uns verzeihen. Es ist nur so, dass du etwas angesprochen hast, das uns anscheinend immer noch keine Ruhe lässt. Unser Volk ist nicht sehr tolerant, was Missgeburten wie uns angeht.«

Graina, noch immer mit rotem Kopf, setzte sich wieder hin. »Es tut mir leid«, flüsterte sie beschämt.

»Dummes Zeug«, sagte Lluigolf. Er tätschelte der kleinen Heilerin verlegen die Schulter. »Es stimmt schon. Wir sind zu empfindlich.«

»Ihr seid also beide Elben«, stellte Graina fest. Die Aufregung ließ ihre Augen blitzen. »Das ist – *großartig*! Ich habe noch nie Elben aus der Nähe ... Das ist so *aufregend*!«

Lluigolf legte die Hand auf den Mund, um nicht zu lachen. »Was ist daran aufregend? Außerdem bitte ich darum, nicht als ›Elbe‹ bezeichnet zu werden. Ich bin schlimmstenfalls ein Halbelbe – und das reicht mir vollkommen.«

Die Heilerin ließ sich nicht beirren. »Warum reist ihr mit dem Sandläufer? Und sind noch mehr von euch hier?«

Rutaaura schüttelte leicht den Kopf. »Ich gehöre zu den Stämmen«, sagte sie in einem Tonfall, der weitere Fragen verbot. »Tamayout bat mich um Hilfe, und deshalb bin ich hier. Genau wie du.« Sie stand auf und streckte sich. Der Atem stand als weißer Dunst vor ihrem Mund. »Wir sollten schlafen gehen. Tamayout sagt, wir hätten noch eine Strecke von knapp drei Tagesritten vor uns. Denkst du, dass du morgen reiten kannst, Lluis?«

»Wenn nicht, bindet mich doch einfach zu den anderen Lasten«, murmelte er. Graina lachte, und er zwinkerte ihr zu, ehe er in den Unterstand kroch und seine Decke über den Kopf zog.

# 18

Die Sonne ging über der kahlen, felsigen Landschaft auf und schuf dabei harte Kontraste und tiefe Schatten. Die Luft begann sich schnell zu erwärmen. Lluigolf hatte beim Aufstehen eine hauchdünne Eisschicht auf seiner Decke gefunden. Fröstelnd war er aufgestanden und faltete jetzt seine klammen Finger dankbar um den Becher mit heißem, scharfem Tee, den Tamayout ihm mit einem Stück dünnem Fladenbrot reichte.

»Heute Nacht wir schlafen bei meinem Stamm«, sagte der Sandläufer. Seine dunklen Augen blitzten vor Freude, und die sonnengegerbte Haut seines Gesichtes legte sich in Lachfalten.

»Heute Abend schon?«, sagte Rutaaura erstaunt. Sie kam mit langen Schritten den steinigen Hügel herabgeklettert, von dem aus sie sich einen Überblick über das Umland verschafft hatte.

»Heute Abend«, bestätigte Tamayout.

»Über dem Kamm dort im Westen habe ich Rauch gesehen«, sagte Rutaaura. »Was kann das sein?«

Tamayout zog die Brauen zusammen. »Ich weiß nicht. Aber dort wir müssen hin. Der Sommerplatz meines Stammes. Wasser.«

»Eine Zisterne oder eine Quelle?«, fragte Rutaaura. »*Ouref* oder *Sellouf*?«, setzte sie erklärend hinzu, als sie Tamayouts fragenden Blick sah.

»Ah«, sagte er. »*Sellouf*. Gutes Wasser, frisch.«

»Eine Quelle. Das ist wunderbar, ich bin dieses abgestandene Zeug einigermaßen leid«, warf die Heilerin ein.

»Wie wir alle«, sagte Lluigolf. Er trank den kalt gewordenen Rest seines Tees aus, wischte die Tasse mit einem Fetzen Brot aus und verstaute sie in der Tasche, die am Sattelhorn hing. »Reiten wir? Ich will endlich irgendwo ankommen. Diese Gegend hier stimmt mich melancholisch.«

Sie ritten schweigend durch eine gespenstische Landschaft. Der Felsboden war dicht mit kantigen Steinsplittern und größeren Brocken übersät, auf und zwischen denen zu laufen selbst den großen Echsen Mühe bereitete. Ihr Weg führte sie an absonderlich geformten knochenweißen Kalksteingebilden vorbei, die grotesk anmutende Schatten über den Boden warfen. Die aufsteigende Sonne brannte vom weißen Himmel und setzte die felsige Wüste rötlich in Brand. Die schweren Tritte der Skralls knirschten laut.

Der Felskamm am Horizont kam nur quälend langsam näher.

Gegen Mittag machten sie wie immer eine lange Pause im Schatten eines Kalksteinmonolithen, der von Weitem aussah wie der große Turm von Lerneburg, wie Lluigolf lachend bemerkte.

Rutaaura verspürte eine unerklärliche Rastlosigkeit. Während die anderen ruhten, verließ sie immer wieder den Schatten des Sonnensegels und ging hinaus in die Glut des Mittags, starrte zum Horizont, ging wieder zurück und setzte sich kurz hin, bevor sie wieder aufsprang und einige Schritte über den steinigen Boden in die Richtung lief, in der ihr Ziel lag.

»Was ist denn los?«, fragte Lluigolf leise, als sie sich wieder einmal an seiner Seite niederließ.

»Ich bin unruhig.«

»Das sehe ich. Aber warum?«

Rutaaura hatte sich schon wieder auf die Knie erhoben und starrte mit zusammengekniffenen Augen ins Weite. »Ich weiß es nicht«, sagte sie. »Aber ich habe das Gefühl, dass die Zeit drängt. Irgendetwas macht mich ganz fahrig.«

Lluigolf schob sich in eine aufrecht sitzende Haltung und beschattete die Augen, um ebenfalls in die Ferne zu blicken.

»Was siehst du?«, fragte er nach einer Weile.

»Nichts«, sagte sie zornig. »Ich sehe nichts.« Sie hockte sich auf die Fersen und kaute auf ihrer Unterlippe. »Da war Rauch am Horizont heute früh«, murmelte sie leise.

»Ja. Und?«

»Also hat etwas gebrannt. Und es war kein Kochfeuer, das hätte man auf die Entfernung nicht sehen können. Außerdem –

das wüstentrockene Holz, mit dem die Sandläufer feuern, entwickelt so gut wie keinen Rauch. Was also kann da gebrannt haben?«

Sie brachen früher auf als sonst, weil Rutaaura drängte. Gegen Abend führte Tamayout sie in einem gewundenen Kurs an dem langsam ansteigenden Hang der Hügelkette empor. »Wenn wir oben, wir können Sommerlager sehen«, sagte er. »Mein Stamm hat schöne Häuser dort. Gut und kühl.«

Die Sonne sank dunkelrot dem Horizont entgegen, und die Schatten über der Wüste färbten sich violett und blau. Sie erklommen das letzte Stück des Hügels und blickten in eine an drei Seiten geschlossene, weite Talsenke hinab. Am gegenüberliegenden Hang war die Ruine einer alten Festungsanlage zu erkennen, und unten im Tal lag das Sommerlager von Tamayouts Stamm: ein dichter Wald aus Palmen und Olivenbäumen, aus dem hier und da die fensterlosen, kegelförmigen Lehmhütten der Sandläufer herausblickten.

Tamayout stieß einen lauten, schrillen Ruf aus, der über dem Tal widerhallte. Von unten schallte die leise Antwort herauf.

»Gehen wir«, sagte Tamayout lachend und tippte Krannta mit dem Griff seiner Peitsche auf den Kopf. Der Skrall zischte leise und machte sich an den Abstieg. Seine gegabelte Zunge fuhr aus dem Maul und züngelte aufgeregt in die Luft.

»Der Große Vater spürt das Wasser«, sagte der Sandläufer.

Rutaaura lenkte den Kleinen Vater hinterher und witterte mit geblähten Nasenlöchern in die Luft. »Rauch«, sagte sie so leise, dass nur Tamayout sie hören konnte. »Ich rieche Rauch.« Ihre Stirn war gerunzelt.

Die Sonne sank schnell. Der Weg hinab führte sie in die Schatten der steilen Abbrüche, und bald ritten sie durch tiefe Dämmerung. Unten im Tal brannten Feuerstellen, und Leute schienen sich mit Fackeln umherzubewegen. Tamayout trieb die Skralls an, er war ungeduldig, nach der langen Reise endlich wieder bei seiner Familie zu sein.

Am Rand des Palmenwaldes empfing sie eine verängstigt dreinblickende Gruppe von Mädchen und jungen Frauen, die in faltenreiche, farbenfrohe Gewänder gehüllt waren. Sie umringten Tamayout, kaum dass er abgestiegen war, und zeterten mit hellen Stimmen los, während ihre Arme, an denen silberne Reifen klingelten, erregt durch die Luft fuchtelten. Rutaaura beugte sich vor, um zu hören, was sie sagten.

»Es hat einen Überfall gegeben«, sagte sie schließlich zu den anderen, die zu ihnen aufgeschlossen hatten. »Ein Lager mit Palmwein hat gebrannt, aber das Feuer ist schnell gelöscht worden. Es war ein Ablenkungsmanöver ... Warte, was sagt die in dem violetten Kaftan?« Sie lauschte, dann fasste sie mit hartem Griff nach Lluigolfs Hand. »Sklavenjäger.«

Lluigolf zischte durch die Zähne. »Verflucht sollen sie sein. Haben sie Beute gemacht?«

Sie sprang von Jinntas Rücken und gesellte sich an Tamayouts Seite. Der junge Sandläufer hörte mit entsetzter Miene zu und unterbrach die erregt durcheinander redenden Mädchen nur hin und wieder mit einem Ausruf. Als Rutaaura zu ihnen trat, verstummten die Mädchen. Die Elbin stellte mit ruhiger Stimme eine Frage, die einen Chor von Antworten hervorrief.

Lluigolf, der auch von Jinntas Rücken gesprungen war, half der verwirrt dreinblickenden Heilerin aus dem Sattel und erklärte ihr kurz, was Rutaaura ihm gerade gesagt hatte. Graina schlug die Hände vor den Mund. »Sklavenjäger«, hauchte sie. »Ich habe von ihnen gehört.«

»Wer hat das nicht«, sagte Lluigolf. »Ich hatte schon den einen oder anderen Zusammenstoß mit diesen skrupellosen *Zwalkrajks*. Dass sie sogar so tief im Süden nach ihrer Beute jagen, wusste ich nicht.«

Er sah zu den *Taywwa* hinüber, denn dort hatte sich etwas getan. Eine ältere Frau war zu der Gruppe getreten und sprach nun mit Tamayout und Rutaaura. Ihr ernstes Gesicht war von tiefen Falten durchzogen. Sie fragte etwas, und Tamayout wandte sich um und deutete auf Lluigolf und Graina. Die Heilerin machte einen zögernden Knicks, als die Sandläuferin zu ihnen hinsah. Die Frau lächelte, dass ihre Zähne weiß aus dem dunklen Gesicht blitzten, und bedeutete den beiden, näher zu kommen.

Sie sagte etwas in der Sprache der *Taywwa* und wartete, dass Rutaaura es übersetzte. »Willkommen, heilende Frau«, sagte Rutaaura und lächelte Graina an. »Du wirst gleich zu der Hütte geleitet, in der du wohnen wirst. Falls du nicht zu erschöpft bist von der Reise, würde es Azaoua, deine Gastgeberin, sehr begrüßen, wenn du heute noch nach deiner Patientin sehen könntest.«

Graina knickste erneut vor Aufregung und stammelte ein paar Dankesworte in der Sprache der Sandläufer. Azaoua lächelte und nahm Grainas Hand zwischen ihre ledrigen Hände, um sie mit sich zu ziehen. Die Mädchen rannten neugierig und schwatzend wie Papageien hinter den beiden her, und alle verschwanden mit einem Aufblitzen von Farben – rot, violett, grün, blau – im Dunkel zwischen den Palmen.

Tamayout stand wie betäubt neben Krannta, seine Hand um die lederne Skrall-Peitsche gekrampft. Rutaaura legte ihm eine Hand auf den Arm und wandte sich Lluigolf zu. »Es waren Jamalli. Sie haben Feuer gelegt und dann das Durcheinander genutzt, um über den Stamm herzufallen. Drei Männer sind tot, eine alte Frau wurde leicht verwundet, und sie haben zwei Mädchen und vier Jungen geraubt. Eins der Mädchen ist Akeyoud, Tamayouts jüngste Schwester.«

Der junge *Taywwa* schloss die Augen, unter seinen Lidern quoll es feucht hervor.

»Azaoua sagt, die Männer sind fast alle hinter den Sklavenjägern hergeritten. Sie verfolgen sie Richtung Nordosten«, fuhr Rutaaura fort. »Wahrscheinlich wollen die Jamalli damit aber nur ihre Verfolger abhängen. Die nächste große *Kervansaray* liegt einen halben Tagesritt von hier im Westen. Dort ist ein Markt, auf dem sie möglicherweise versuchen werden, die Kinder zu verkaufen.«

»Außer, es war ein Raub auf Bestellung«, murmelte Lluigolf.

Rutaaura presste die Lippen zusammen. »Hoffen wir es nicht«, sagte sie kurz.

Tamayout hatte sich inzwischen so weit gefasst, dass er ihnen den Weg zum Dorf zeigen konnte. Auf dem Dorfplatz kamen einige Halbwüchsige herbeigerannt und begannen unter lauten Rufen, die Skralls von ihren Lasten zu befreien.

Tamayout wischte sich über das Gesicht. »Ich gehe jetzt zu meiner Familie«, sagte er. »Ihr könnt bei uns schlafen, oder ich frage Azaoua, ob eine Hütte für euch frei ist.«

Es war zwar nach Sitte der *Taywwa* üblich, dass Gäste vom Oberhaupt des Stammes begrüßt wurden, aber da die *J'Xchan* krank darniederlag – und vor allem nach dem Überfall der jamallischen Sklavenräuber –, war es verständlich, dass diese Regel heute vernachlässigt wurde.

Ein junges Mädchen kam auf sie zu und blieb höflich ein paar Schritte von ihnen entfernt stehen. Sie legte die Hand nacheinander an Wange und Brust und trat erst näher, als Rutaaura ihren Gruß erwiderte.

»*Syan'kka*«, sagte das Mädchen respektvoll zu Rutaaura, »die Kleine *J'Xchan* Azaoua entbietet euch den Gruß des Stammes. Sie hofft, dass ihr nicht zu erschöpft seid von der langen Reise, und bittet euch ins Haus der Stimmen.«

Rutaaura verneigte sich kurz. »Es ist uns eine Ehre. Wir folgen dir, *Syan'kka*.«

Das Mädchen lächelte erfreut über die höfliche Anrede, die die ältere Frau ihr zuteil werden ließ, und schritt leichtfüßig voran. Ihre Füße, die in Sandalen aus geflochtenen Palmfasern steckten, wirbelten mit jedem Schritt kleine Wolken von Staub und Sand auf, und die orangefarbenen und grünen Gewänder flatterten ihr um die schmalen Glieder.

Das »Haus der Stimmen« war ein kleiner Versammlungsplatz zwischen Palmen und hohen, dunkelbelaubten Büschen, die mit rosaroten Blüten übersät waren, die betäubend nach Vanille dufteten. Ein luftiges Dach aus Palmwedeln schützte den Platz bei Tage vor der Sonne, und jetzt, in der Dämmerung, raschelten die trockenen Wedel leise im Wind. Öllampen spendeten warmes Licht.

Eine Gruppe dunkel gewandeter Frauen saß im Kreis auf Bänken aus Palmenholz und redete gedämpft miteinander. Dunkle Hände vollführten nachdrückliche Gesten, weiße Zähne blitzen in der Dämmerung, silberne Armreifen klingelten leise gegeneinander.

Als Rutaaura und Lluigolf den Versammlungsplatz betraten, stand Azaoua, das stellvertretende Stammesoberhaupt, auf, um sie noch einmal offiziell, aber nicht minder herzlich willkommen zu heißen. Der Elbin und ihrem Begleiter wurden zwei blumengeschmückte Sitze angeboten.

»Ich danke euch, dass ihr unserem *Na'cho* beigestanden habt. Er hat mir erzählt, dass er dich um Hilfe gebeten hat und dass du nicht gezögert hast, sie ihm zu gewähren«, begann die Kleine *J'Xchan*, nachdem sie eine Weile von den ihnen kredenzten Köstlichkeiten gegessen und getrunken und einander ihre Achtung ausgedrückt hatten. »Ich hoffe, ihr verzeiht uns, dass wir euch nicht gebührend empfangen haben. Aber ihr wisst, dass heute kein glücklicher Tag für uns war.«

Die anderen Frauen, die bisher geschwiegen hatten, begannen leise und klagend zu murmeln. Azaoua bat mit einer Geste um Ruhe.

»Wir wollen aber nicht, dass dein *Rrandu* und du unter unserem Unglück leidet. So lange ihr bei uns bleiben möchtet, sollt ihr alles bekommen, was ihr für euer Wohlbefinden benötigt.«

»Ich danke dir, ehrwürdige Kleine *J'Xchan*«, erwiderte Rutaaura die freundlichen Worte. »Aber mein Gefährte und ich wollen deinem Stamm in dieser schweren Zeit nicht zur Last fallen. Wir danken euch für eure Gastfreundschaft, die wir gerne für kurze Zeit in Anspruch nehmen werden, bevor wir weiter nach Süden reisen. Doch zuvor gestatte mir eine Frage – was habt ihr unternommen, um den Sklavenjägern ihre Beute wieder abzujagen?«

Azaoua hob die Hände und ließ sie in einer verzagten Geste wieder fallen. »Unsere Männer verfolgen die Jamalli. Ich bete zu den Göttern, dass nicht noch mehr von ihnen sterben werden.«

Lluigolf wartete, bis Rutaaura übersetzt hatte, und hob fragend eine Braue. »Wie groß war denn die Bande?«

»Sie zählte acht Häupter«, erwiderte Azaoua.

»Acht? Und der ganze Stamm ist hinter ihnen her? Man sollte doch meinen, dass die *Taywwa* Hackfleisch aus den Jamalli machen«, rief Lluigolf verwundert aus.

Rutaaura schüttelte den Kopf. »Die *Taywwa* sind keine Krieger, Lluis. Sie sind Hirten und manchmal, wie hier im Sommerlager, auch Bauern. Wenn sie angegriffen werden, verteidigen sie sich – aber gegen eine schlagkräftige Truppe können sie sich kaum wehren. Du kennst die Jamalli – sie sind schnell und bösartig wie giftige Skorpione und sie kämpfen bis zum letzten Blutstropfen.«

Azaoua nickte traurig. »Wir haben keine große Hoffnung, unsere Kinder wiederzusehen«, sagte sie. »Es ist ein trauriger Tag, und wir werden noch lange weinen.«

Lluigolf knurrte wie ein Wolf. Die Frauen wandten ihre Köpfe und sahen ihn voller Staunen an, aber er beachtete sie nicht. »Wann reiten wir?«, fragte er knapp.

Rutaaura lachte. »Denkst du dasselbe wie ich?«

»Nur acht haben das Lager angegriffen – also ein kleiner Stoßtrupp. Wenn sie mit der ganzen Karawane unterwegs gewesen wären, hätten sie mehr Krieger geschickt und mehr Beute gemacht. Also werden sie in jedem Fall zuerst die nächste *Kervansaray* anlaufen, um ihre Vorräte zu erneuern. Und wahrscheinlich werden sie auch versuchen, dort schon einen Käufer zu finden.«

Rutaaura nickte. »Womöglich ist ihre Karawane auf einer der großen Routen unterwegs.« Sie wandte sich an Azaoua. »Wisst ihr, ob einer der anderen Stämme in der letzten Zeit von Jamalli überfallen worden ist?«

Eine Frau, die bisher stumm dagesessen hatte, meldete sich zu Wort. »Mein Bruder lebt in der Schwarzen Wüste. Er sagt, die Sklavenjäger haben sich dort seit dem letzten Winter nicht mehr blicken lassen. Damals haben sie bei einem Überfall einen ganzen Stamm ausgelöscht.«

Rutaaura übersetzte für Lluigolf. »Die Schwarze Wüste liegt etwa sechs Tagesreisen nordöstlich von hier«, erklärte sie. »Gleich an der Route, die von der Südküste des Runden Meeres bis hinunter nach Sandanger führt.«

»Bis dahin werden sie die Kinder kaum mitschleppen wollen«, sagte Lluigolf. »Gibt es zwischendurch noch Handelsplätze?«

»Keine von Belang.« Rutaaura rieb sich die Nase. »Wie machen wir es?«

»Ich habe schon eine Idee«, sagte Lluigolf. »Schade, dass Trurre nicht bei uns ist, ich könnte ihn und seine speziellen Fähigkeiten brauchen. Frag bitte die Sprecherin, ob sie uns ein paar Kleider leihen kann – und was ihr Dorfzauberer taugt.« Er skizzierte in kurzen Worten seinen Plan.

Rutaaura wandte sich an Azaoua. »Wir werden die Kinder befreien«, sagte sie. »Aber ich brauche dazu eure Hilfe.« Sie erklärte, was Lluigolf vorhatte, und die ältere Frau verzog zweifelnd das Gesicht.

»Das ist sehr mutig von euch«, sagte sie. »Aber glaubt ihr wirklich, dass es reicht, euch zu verkleiden?«

Rutaaura schüttelte ernst den Kopf. »Nein, das allein wird nicht reichen. Aber ich habe noch ein paar Möglichkeiten mehr, uns zu tarnen. Euer *Gras'dau* – kann er den Geist träumen machen?«

Azaoua nickte stolz. »Das kann er, *Syan'kka*. Er ist ein guter *Gras'dau*, stark und jung.«

»Das ist gut. Dann können wir uns die Arbeit teilen«, sagte Rutaaura erleichtert. »Wir werden uns jetzt ein wenig ausruhen, Azaoua. Ich möchte aber noch heute Nacht aufbrechen, damit wir nicht zu spät in der *Kervansaray* eintreffen. Am besten wäre es, wenn wir vor den Jamalli dort wären.«

»Wir werden Reittiere für euch satteln. Was benötigt ihr noch?«

Rutaaura besprach sich kurz mit Lluigolf, woraufhin die Kleine *J'Xchan* schnell und energisch Anweisungen zu geben begann. Die Frauen in der Runde erhoben sich und liefen geschäftig davon.

Azaoua blieb mit den beiden Elben zurück. »Nochmals: ich danke euch«, sagte sie. »Auch wenn ihr keinen Erfolg haben solltet – ihr bringt euch für meinen Stamm in große Gefahr, und das, obwohl ihr Fremde seid.« Sie verneigte sich tief.

Dann hob sie die Hand und wies hinter sich. »Folgt mir nun, Freunde der *Taywwa*. Ich habe Befehl gegeben, euch ein Bad zu bereiten und frische Kleidung für euch zurechtzulegen. Ihr solltet euch ein wenig ausruhen, bis alles nach euren Wünschen vorbereitet ist.«

Es war Nacht geworden. In den Büschen sangen laut die Grillen, und die Luft war warm. Die beiden Reisenden folgten Azaoua auf einem schmalen Pfad, der sich, vom Dorf wegführend, zwischen der Bepflanzung hindurchwand. Es duftete betäubend nach Zitronen und den vanilleartig riechenden Blüten, die ihnen auf dem Hinweg schon aufgefallen waren.

Sie erreichten zwei winzige Hütten, die inmitten eines kleinen Waldes aus Zitronenbäumen standen. Vor einer der Hütten war ein Zuber aufstellt, aus dem es verlockend dampfte. Zwei Mädchen füllten gerade eine große Kanne mit Wasser hinein, die sie beide gemeinsam hielten. Sie knicksten und kicherten, als Azaoua mit ihren Gästen herankam, und deuteten auf einen Stapel mit weichen Tüchern, die bereitlagen.

»Ah«, sagte Rutaaura. »Ein heißes Bad. Wie wunderbar!«

»Ah«, sagte Lluigolf, der mit Kennerblick gesehen hatte, was neben den Handtüchern auf sie wartete. »Kaltes Bier – wie wunderbar!« Sie lächelten sich an.

»Wir haben Eis«, sagte Azaoua. »Aus den Bergen im Süden geholt und im alten Turm gelagert«, sie deutete in die Richtung, wo die Ruinen der alten Festung lagen. »Unsere *Taywwa'na'cho* lieben kaltes Bier, seit eine Karawane uns eine Lieferung davon verkauft hat. Es ist Zwergenbier.«

»Sollen wir losen, wer zuerst baden darf?«, fragte Rutaaura, als Azaoua sie allein gelassen hatte, um den *Gras'dau* zu ihnen zu schicken. Lluigolf winkte ab.

»Geh du zuerst, sonst wird dieses wunderbare Bier warm. Außerdem mag ich's gar nicht so gerne, wenn das Wasser so heiß ist.«

»Ich schon«, sagte Rutaaura aus tiefstem Herzen. Sie schlüpfte aus ihren staubigen Gewändern und stieg in das dampfende Wasser. Die Mädchen hatten ein großes, nach Olivenöl riechendes Stück Seife neben den Zuber gelegt, und Rutaaura genoss den Luxus, sich damit von Kopf bis Fuß einzuseifen. Als Letztes wusch sie ihre Haare und staunte über den Sand, der sich dabei löste.

»Es tut mir leid«, sagte sie ein wenig beschämt, als sie aus dem Wasser stieg und sich abtrocknete. »Ich fürchte, ich habe dir das Badewasser nicht allzu sauber hinterlassen.«

Lluigolf nahm ihr das Tuch ab und frottierte ihr den Rücken. »Das macht mir nichts«, murmelte er und schnüffelte an ihrem Nacken. »Du riechst sehr appetitlich, meine Freundin.«

»Das ist die Seife«, lachte Rutaaura und nahm ihm das Tuch ab, um sich hineinzuwickeln. »Los, das Wasser ist nicht mehr sehr heiß.«

Lluigolf entkleidete sich und hockte kurz darauf ebenfalls in dem Zuber. »Gut?«, fragte Rutaaura, die sich mit einem grobgeschnitzten Kamm die Haare entwirrte.

»Sehr gut. Meine müden Knochen jubilieren«, erwiderte Lluigolf. Er schloss die Augen und gähnte. »Wenn das hier überstanden ist, sollten wir endlich wieder nach Raakus gehen. Warmes Essen, ein weiches Bett, Krämer, denen man ihr Geld beim Kartenspiel abknöpfen kann – und nirgendwo Sand …«

Er bekam nur Schweigen als Antwort. Irritiert öffnete er die Augen. »Was ist?«

Rutaaura saß da, die Hände im Schoß, und mied seinen Blick. Lluigolf setzte sich so heftig auf, dass das Wasser aus dem Zuber platschte. »O nein«, sagte er. »Ich kenne dieses Gesicht! Du hast gar nicht vor, in die Mark zurückzukehren?«

Rutaaura legte den Kamm sorgsam auf einen Stein und rieb die Hände an ihrem Badetuch ab.

»Ich will dich nicht verletzen, Lluis«, sagte sie.

Seine Miene versteinerte, und sie hob begütigend die Hände. »Lieber, du weißt, dass ich nicht nur einfach so durch die Welt reise. Ich suche …«

»Das weiß ich«, unterbrach er sie. »Himmel, die meiste Zeit bin ich an deiner Seite, hast du das vergessen? Ich dachte nur, dass wir eine kleine Pause verdient hätten. Etwas Ruhe nach der langen …« Er stockte, als er ihre Miene sah – mitfühlend, liebevoll und auch ein wenig traurig, aber zugleich mit diesem kalten Funkeln im Blick, das ihm sagte, er werde sich die Zähne ausbeißen, wenn er versuchen sollte, sie umzustimmen. Sie schüttelte sacht den Kopf.

»Ach, verflucht!« Er stieg aus dem Zuber und trocknete sich mit wütenden Bewegungen ab.

»Lluis, sei mir nicht böse. Ich kann jetzt nicht in die Mark zurück. Aber du musst auch nicht mit mir kommen. Reite zurück, ruh dich aus …«

»Willst du mich loswerden?«, fragte er, von ihr abgewandt. »Ist es das? Bist du meine Gesellschaft satt? Sag es nur, damit ich weiß, woran ich bin.«

Ihre Hand legte sich kühl, besänftigend auf seine nackte Schulter. »Lluis, es hat nichts mir dir – mit uns – zu tun. Ich finde einfach keine Ruhe, verstehst du.«

»Ich weiß«, murmelte er. »Ich weiß es ja. Ich frage mich nur hin und wieder, was dir eigentlich wichtiger ist, deine Suche oder ich.« Er lachte bitter. »Nein, wenn ich ehrlich zu mir bin, kenne ich die Antwort.« Er drehte sich um und umarmte sie heftig.

Sie erwiderte seine Umarmung kurz und schob ihn dann sanft von sich. »Du redest dummes Zeug, Lluis. Aber jetzt lass uns erst einmal die Kinder befreien – dann sehen wir weiter.«

In leichte, helle Gewänder gekleidet, saßen sie später neben einem kleinen Feuer, als Schritte den Weg hinaufkamen. Ein hochgewachsener Sandläufer in einem schlichten grünen Burnus näherte sich ihnen und grüßte respektvoll. Sein glattes, dunkles Haar war eingeölt und streng zurückgekämmt und gab dem schmalen, scharfnasigen Gesicht mit den goldbraunen Augen etwas Unnahbares, aber das Lächeln des Mannes war trotz aller Zurückhaltung warm und freundlich.

»Du bist der *Gras'dau* dieses Stammes?«, fragte Rutaaura, nachdem sie dem *Taywwa* Platz und einen Becher Bier angeboten hatten, was er beides würdevoll angenommen hatte.

»Ich bin Izayan, der *Gras'dau*«, bestätigte er akzentfrei in der Sprache der nördlichen Ebenen, und seine Augen blitzten, als er die Überraschung in ihren Gesichtern sah.

Er trank, wobei seine langen Finger den Becher elegant umschlossen, und betrachtete Rutaaura. Er musterte ihr helles Haar, das sie zu einem nachlässigen Knoten geschlungen hatte, und ihre mondfarbenen Augen ohne die Scheu, die die anderen *Taywwa* bisher gezeigt hatten.

»Du gehörst zu den *Saayyin* im Süden?«, fragte er.

»Ich bin auf dem Weg dorthin«, sagte sie, angetan von seiner ruhigen Art.

Er nickte und stellte den Becher ab. »Die Kleine *J'Xchan* sagte mir, dass ihr meine Hilfe braucht.«

»Ich kenne deine Kräfte nicht«, begann Rutaaura zögernd. »Wir haben vor, die Sklavenjäger zu täuschen – ein Trick, den wir schon einmal mit Erfolg angewendet haben. Allerdings hatten wir damals die Unterstützung eines *Gras'dau*, der unsere Fähigkeiten ergänzt und verstärkt hat. Wenn du dazu in der Lage bist, könnten wir das Gleiche noch einmal versuchen.«

»Was muss ich tun?«

»Kannst du Bilder schaffen?«

Die Luft neben Rutaaura erzitterte, Farbflecken erschienen, flossen zusammen, verfestigten sich, wurden zu einem bunten Gewand, das eine schüchtern dreinblickende *Taywwa* kleidete. Das Mädchen lächelte scheu und zog das dünne Tuch, das ihren Kopf bedeckte, vor den Mund. Die Armreifen an ihrem Handgelenk klingelten leise.

»Ah«, sagte Izayan. Er hob den Finger und ließ ihn durch die Luft kreisen. Ein Nebelwölkchen bildete sich, wurde größer, sank herab und wurde zu einem kleinen Esel, der sie verwundert ansah, blökte und dann zu grasen begann. Izayan wiederholte die Geste, und zu dem Esel gesellte sich ein barfüßiger Junge, der auf einem Zuckerblatt herumkaute.

»Perfekt«, sagte Lluigolf. »Das hätte Trurre kaum besser geschafft.« Er lachte und klopfte sich auf die Schenkel. »Das wird ein Fest«, sagte er. »Wir werden diese Bande mit langen Gesichtern nach Hause schicken!«

Rutaaura nickte erleichtert. »Danke, Izayan. Genau das brauchen wir. Wie viele Bilder kannst du gleichzeitig beherrschen und für welchen Zeitraum?«

»Müssen sie Laute von sich geben?«

Rutaaura verneinte.

»Dann kann ich drei für den Zeitraum eines Achteltages lenken. Auf eine Entfernung von einer Länge.«

»Kannst du heute Nacht schon mit uns reiten?«

Izayan stand auf. »Ich werde bereit sein, wenn ihr reitet«, sagte er knapp. Er neigte den Kopf und ging. Junge und Esel verschwanden wie Rauch in der Luft, und dann löste sich auch die Erscheinung des jungen Mädchens auf.

»Macht ja nicht viele Worte, der gute Mann«, murmelte Lluigolf. »Eigentlich schade, das ist endlich ein Sandläufer, den auch ich verstehe.«

»Haben wir passende Kleider?« Rutaaura öffnete einen Korb, der neben der Hütte stand, und hob leuchtende Stoffe heraus. »Du bist diesmal der Händler, Lluis.« Sie legte eine dunkelrote Hose beiseite und suchte nach dem passenden Oberteil. Lluigolf gesellte sich zu ihr und half, die Kleidungsstücke zu sichten. Es waren erstaunlich viele.

»Wie hat sich das denn hierher verirrt?«, staunte Lluigolf und hielt ein Wams hoch, das einem Edlen der nördlichen Ebenen gehört haben konnte.

Rutaaura musterte es kritisch und schüttelte den Kopf. »Passt nicht. Komm, such mal nach etwas, das zu einem reisenden Händler aus dem Küstengebiet passen könnte.«

Lluigolf verschwand schließlich mit einem Arm voll Kleider in der Hütte. Rutaaura entschied sich für ein fließendes weißes Gewand mit goldfarbenen Verschnürungen und einen schlichten dunkelblauen Burnus und begann, ihr noch feuchtes Haar zu einem dicken Zopf zu flechten.

Lluigolf kam aus der Hütte, drehte sich einmal um seine Achse und breitete die Arme aus. »Gefalle ich dir?«

Rutaaura grinste. »Du warst schon hübscher«, sagte sie.

Lluigolf sah an sich herab. »Wieso?«, sagte er entrüstet. »Ich bin doch schmuck!« Er trug eine dunkelrote, leicht ausgestellte Hose, darüber eine knielange, blaugrün gemusterte Schoßjacke, die mit einer violetten Schärpe zusammengehalten wurde. Seine goldbestickten Pantoffeln waren smaragdgrün und an den Spitzen etwas hochgebogen, und auf dem Kopf trug er einen gelben, turbanähnlichen Hut mit einer dunkelroten Drapierung.

Lluigolf stolzierte ein paar Schritte auf und ab, und Rutaaura lachte laut. »Schön bunt«, sagte sie und wischte sich die Augen.

»Nicht?«, erwiderte er zufrieden und drehte sich geziert.

»Das Ding, das du da auf dem Kopf hast, ist das Beste«, sagte Rutaaura.

Er nahm den Hut ab und musterte ihn kritisch. »Wie kommen die nur an das ganze Zeug, und was machen sie damit?«, fragte er.

Rutaaura griff nach ihren Kleidern und wies auf ihr Reisegepäck, das neben der Tür der Hütte an der Wand lehnte. »Suchst du alles zusammen, was wir brauchen?« Sie ging hinein, und Lluigolf kniete sich neben ihre Bündel.

Das Licht einer Fackel tanzte über den Pfad zu den Hütten. Wenig später trat Graina zwischen den Bäumen hervor und ging gähnend auf die zweite Hütte zu. Sie musterte Lluigolf von der Seite und grüßte zögernd.

Er wandte sich um und zog mit einer schwungvollen Gebärde den Hut vor ihr.

Graina juchzte erschreckt, dann begann sie zu lachen. »Wie siehst du denn aus?«

»Wie ein ehrbarer Händler, hoffe ich doch«, erwiderte er.

»Eher wie ein ehrbarer Papagei«, sagte Rutaaura spöttisch. Sie trat aus der Hütte und stemmte die Hände in die Seiten. »Also?«

Lluigolf stieß einen Pfiff aus. Graina blinzelte mehrmals und legte verblüfft die Hand auf den Mund. »Wenn ich nicht so müde wäre …«, sagte sie. »Was habt ihr vor? Für ein Kostümfest finde ich das hier weder den passenden Ort noch die richtige Tageszeit.« Sie gähnte wieder. »Erklärt es mir morgen«, murmelte sie. »Ich falle sonst tot um.« Sie winkte kurz und ging in ihre Hütte.

»Sehr hübsch«, sagte Lluigolf anerkennend. Er ging mehrmals um Rutaaura herum. »Sehr, sehr hübsch. Du wirst großes Aufsehen erregen, meine Schöne.«

Rutaaura nickte ernst. Das leichte Gewand umspielte ihre schlanken Glieder und ließ ihre Haut noch dunkler erscheinen. »Ich muss an meinem Äußeren noch ein paar Veränderungen vornehmen«, sagte sie. »Aber erst, wenn wir an unserem Ziel sind.«

»Kannst du in dem Zeug überhaupt reiten?«, fragte Lluigolf besorgt.

»Ja«, erwiderte sie knapp. Sie lüpfte den Saum des weiten Gewandes und zeigte die enggeschnittene Hose aus Echsenleder, die sie darunter trug. Lluigolf pfiff wieder, und es klang anzüglich. Sie hob die Hand und drohte ihm, aber ihre Augen lächelten dabei. »Hast du alles, was wir brauchen? Dann auf, mein Freund. Wir dürfen keine Zeit verlieren.«

Auf dem Dorfplatz standen schon ihre gesattelten Skralls, ein größerer für zwei Reiter und ein kleinerer, auf dem Izayan gerade einen Ledersack befestigte. Der *Gras'dau* nickte ihnen gelassen zu, ohne ein Zeichen von Überraschung über ihre abenteuerliche Aufmachung zu zeigen.

Anders Azaoua, die neben ihm stand. Sie sah Lluigolfs bunten Aufzug und lachte laut auf.

Rutaaura schnallte ihr Bündel auf den Rücken des großen Skralls, raffte ihr Kleid um die Schenkel und stieg in den Sattel. Lluigolf kletterte hinter ihr her, sie griff nach den Zügeln und schnalzte mit der Zunge. Der Skrall erhob sich schwerfällig und schlug dabei unruhig mit dem Schwanz.

»Sie laufen nicht gerne in der Nacht«, erklärte Azaoua. »Aber sie werden euch gehorchen, es sind brave Tiere. Ich wünsche euch, dass ihr unter einem guten Stern reitet.«

Sie hob die Hand und sah ihnen hinterher, wie sie im Dunkel der Bäume verschwanden.

# Andronee Mondauge, Persönliche Aufzeichnungen

»Wir haben uns zu sicher gefühlt. Die Zeit der großen Kriege lag lange zurück, wir lebten in der Glücklichen Ära. Die leidigen Fehden mit den Zwergen wurden von unserer Garde ausgetragen, und wenn es galt, die Drachen in den Feuerklüften im Zaum zu halten oder einen Herrscher der Menschen in seine Schranken zu weisen, war auch das nicht die Aufgabe unseres Königs. Es gab immer genügend heißblütige junge Elbenfürsten, die sich in solchen Kämpfen beweisen wollten.

(...)

Oft flieht mich der Schlaf, auch nach so langer Zeit noch, und ich denke darüber nach, dass ich für Onabiirutes Wahnsinn die Verantwortung trage.

Der König war gefallen und mit ihm alles, was er an Erinnerungen und Wissen besaß. Onabiirute hatte darauf verzichtet, sich einweihen zu lassen, als sie den Thron bestieg. Vielleicht lag dort sogar mein eigentliches Versäumnis. Ich hätte es nicht zulassen dürfen.

(...)

Onabiirute war unsere Königin, sie konnte ohne das Gedächtnis unseres Volkes nicht herrschen. Ich weiß, welche Last das bedeutet, aber ich hielt sie für stark genug, es zu tragen, auch wenn sie nicht vollkommen darauf vorbereitet war. Meine Bewahrerinnen und ich taten alles, was nötig war.

Es hätte gelingen können.«

# —19—

An dem Tag, an dem Iviidis und Nekiritan ihren Ausflug zum Roten See machen wollten, saß Iviidis morgens noch geruhsam mit Indrekin im kleinen Frühstückszimmer und knackte frische Mandeln, als einer der Diener eintrat. Er verneigte sich ehrerbietig und reichte ihr ein gefaltetes Blatt, auf dem sie das Siegel und die Handschrift Nekiritans erkannte.

Iviidis fegte die Schalen auf dem Tisch in der hohlen Hand zusammen und warf sie in ihren Teller. Sie steckte Indrekin noch eine letzte Mandel in den Mund und öffnete den Brief.

Stirnrunzelnd überflog sie die Zeilen in Nekiritans schwungvoller Handschrift. Er entschuldigte sich blumig, dass er ihre Verabredung nicht einhalten könne, aber er sei in wichtigen Angelegenheiten des Rates unterwegs. Sie möge ihm verzeihen und die Gnade gewähren, später am Abend noch bei ihr vorzusprechen und eine neue Verabredung für ihren Ausflug zu treffen.

Iviidis faltete den Brief zusammen und tippte mit der Kante gegen ihre Zähne. Wichtige Ratsangelegenheiten. Ihr Vater war seit gestern verreist, und Zinaavija behauptete, sie wisse nicht, wohin.

Kurz entschlossen stand Iviidis auf und nahm ihren Sohn auf den Arm, um ihn bei seinem Kindermädchen abzuliefern. Sie hatte Vinoota versprochen, sie endlich wieder einmal zu besuchen – und mit einiger Wahrscheinlichkeit würde sie den Ratsherrn Gintaris bei ihrer Freundin finden. Vielleicht konnte sie ihn ein wenig zum Reden darüber verleiten, welche Angelegenheiten den Rat zur Zeit derart in Atem hielten.

Iviidis traf ihre Freundin wie erhofft in Gintaris' Begleitung an. Die beiden wandelten Arm in Arm durch den kleinen Rosengarten, der Vinootas Haus umgab, und nahmen hastig ein wenig Abstand voneinander, als sie Iviidis erblickten.

»Meine Liebe«, flötete Vinoota und eilte mit ausgebreiteten

Armen auf Iviidis zu. »Wenn ich gewusst hätte, dass du mich heute besuchst, hätte ich ein Frühstück für uns vorbereitet. Was darf ich dir anbieten?«

Iviidis erwiderte Gintaris' höfliche, wenn auch nicht sehr erfreute Begrüßung und dankte Vinoota. »Ich komme gerade vom Frühstück. Ich hoffe, ich störe euch nicht.«

»Aber nein«, beteuerte Vinoota und errötete sanft. »Du bist uns sehr willkommen. Nicht wahr, Gintaris?«

Der Ratsherr murmelte etwas Höfliches, Nichtssagendes. Vinoota nahm seinen Arm und hakte sich auf der anderen Seite bei Iviidis unter. Sie führte beide zwischen den Rosenhecken hindurch zu einem zierlichen Bänkchen und einem kleinen Tisch, die unter einer rosenberankten Pergola zum Verweilen einluden. Auf dem Tisch standen zwei geschliffene Gläser und eine Karaffe, die mit Wasserperlen benetzt war.

»Setzt euch, meine Lieben«, sagte Vinoota. »Sagt, ist das nicht ein schöner Morgen?« Ein himmelblauer Schmetterling flatterte vorüber, glänzend im Sonnenlicht.

»Ein wunderschöner Morgen«, bekräftigte Gintaris und griff nach Vinootas Hand, um einen Kuss auf ihre Finger zu drücken.

Vinoota lächelte ihre Freundin halb entschuldigend an und schenkte aus der betauten Karaffe eine blassrosa Flüssigkeit in die beiden Gläser. Iviidis nahm das Glas, das Vinoota ihr reichte und aus dem es zart nach Rosen und Pfirsichen duftete.

»Wir können aus einem Glas trinken«, sagte Vinoota zu dem Ratsherrn. Iviidis begann sich ein wenig unbehaglich zu fühlen. Ganz offensichtlich störte sie ein verliebtes Paar, und normalerweise hätte sie sich gleich wieder unter einem Vorwand verabschiedet und ein späteres Treffen mit ihrer Freundin ausgemacht. Aber der Drang, herauszufinden, was den Rat im Augenblick beschäftigte, war stärker als alle Höflichkeit.

Sie nippte an dem fruchtigen Getränk und drehte fahrig den Stiel des geschliffenen Glases zwischen den Fingern, dass es blitzende Reflexe auf ihr Kleid und den Tisch warf.

»Was gibt es Neues?«, fragte sie Vinoota. »Du bist doch immer so gut unterrichtet.«

Vinoota lächelte geschmeichelt und begann gleich, den neuesten Klatsch auszubreiten. Gintaris lauschte der Stimme seiner Angebeteten eine Weile, dann sah Iviidis, wie sein Blick in die Ferne schweifte. Ganz offensichtlich hatte der Ratsherr nicht viel für Klatsch und Gerüchte übrig.

»Und Ihr, edler Ratsherr? Was beschäftigt den Rat zur Zeit?«, fragte Iviidis in einer Pause, vordergründig darum bemüht, den gelangweilten Gintaris wieder ins Gespräch zu ziehen.

Gintaris dankte ihr mit einem Lächeln für den Themenwechsel und begann sich ausführlich über die verschiedensten Ratsgeschäfte auszulassen. Iviidis versuchte, ihn in die gewünschte Richtung zu lenken, indem sie Nekiritan und dann auch Glautas' Abwesenheit erwähnte, aber entweder wusste Gintaris nicht, was ihn und Iviidis' Vater zur Zeit in Atem hielt, oder er wollte nicht darüber sprechen.

Als sich die erste Gelegenheit ergab, erhob sich Iviidis, dankte Vinoota für ihre Gastfreundschaft und verabschiedete sich von den beiden.

Nachdenklich ging sie zurück nach Hause. Gintaris hatte etwas von einer Sondersitzung des Rates gesagt, bei der darüber beraten worden war, ob die Befugnisse der Garde ausgeweitet werden sollten. Es sei vor allem um die Frage gegangen, was bei einer möglichen Bedrohung der inneren Sicherheit geschehen sollte. Das Ganze hatte seinen Ursprung in der Ermordung Horakins, und der Rat hatte entschieden, dass künftig in solchen und ähnlichen Fällen einige neue Notstandsregelungen in Kraft treten sollten. Iviidis hätte Gintaris gerne näher dazu befragt, aber sie hatte Vinootas Miene gesehen. Ihre Freundin hätte ihr Interesse für dieses Thema sicherlich befremdlich gefunden, und Iviidis wollte nicht zu neugierig erscheinen.

Gintaris Worte erinnerten sie an das Gespräch zwischen Zinaavija und Nekiritan, das sie auf dem Empfang so bruchstückhaft belauscht hatte. Darin war auch von der Garde und dem Ausnahmezustand die Rede gewesen, und möglicherweise war es darin um ebendiese Sondersitzung des Rates gegangen.

Iviidis seufzte. Ihren Vater konnte sie danach nicht fragen,

Glautas war verreist. Also würde sie Nekiritan jetzt ein Briefchen zurücksenden und ihn wirklich für den Abend einladen. Auch wenn er ihr nichts erzählte, wollte sie doch gern ausprobieren, bei welchen Themen er sich empfindlich zeigte.

Und bis dahin konnte sie sich in einen ruhigen Innenhof zurückziehen und sich ungestört weiter mit Lootanas und Andronees Aufzeichnungen beschäftigen.

In ihrem Zimmer wartete Broneete auf sie. Die Gardistin erhob sich hastig von dem Hocker, auf dem sie gesessen hatte, und stammelte eine Entschuldigung, weil sie die Dreistigkeit besessen hatte, in Iviidis' Gemach auf sie zu warten.

Iviidis beruhigte sie und fragte, warum Broneete so dringend mit ihr zu sprechen wünschte.

Die Gardistin atmete mit einem Seufzer aus und erzählte von dem Treffen im Haus, das sie belauscht hatte. »Ich wollte nicht herumspionieren«, beteuerte sie. »Glaube mir, es war ein dummer Zufall.«

Iviidis schüttelte geistesabwesend den Kopf. Sie verschränkte die Arme und ging ruhelos durch den Raum. »Was haben sie nur vor?«, fragte sie.

»Wenn wir wenigstens wüssten, wo dein Vater ist und wann er zurückkehrt«, sagte Broneete.

»Ich werde heute Abend Nekiritan fragen. Ich bin sicher, dass er es weiß.« Iviidis strich sich ärgerlich eine Locke aus der Stirn. »Der Rat fürchtet anscheinend irgendeine Bedrohung – ob von innen oder von außen, weiß ich nicht. Die Garde soll mit größeren Befugnissen ausgestattet werden.«

»Das hört sich beinahe nach Krieg an. Aber warum und gegen wen?«

»Wir leben in Frieden mit unseren Nachbarn«, sagte Iviidis. »Aber möglicherweise geht es gar nicht darum, Krieg zu führen. Ich denke, die Bedrohung befindet sich hier, mitten im Herzen des Wandernden Hains.«

»Wie meinst du das?«

Iviidis biss sich auf die Lippe. Sie hatte Alvydas versprochen zu schweigen. »Ich glaube, dass jemand versucht, sich den Thron anzueignen«, sagte sie deshalb nur.

Broneete starrte sie an. »Das klingt ...«, begann sie und unterbrach sich verlegen.

Iviidis lachte auf. »Das klingt irrsinnig, ich weiß. Eine Verschwörung, ein Staatsstreich, finstere Ränke um eine Krone ... Ich kann auch nicht glauben, dass so etwas wirklich passiert. Aber was ist mit dem Mord? Und denk an das, was du belauscht hast. Wie hat sich das angehört?«

Broneete wiegte nachdenklich den Kopf. »Sie sprachen von ›Geschäftspartnern‹«, gab sie zu bedenken. »Das klingt nach Handel, nicht nach Mord.«

»Und das Gerede von Blut und Chaos?«, fragte Iviidis. »Und gibt es dir nicht zu denken, dass der Rat es für nötig hält, die Garde zu stärken? Warum sollte er das tun, wenn nichts zu fürchten ist?«

Broneete schwieg mit besorgter Miene. Iviidis nahm ihre Hand. »Sei ruhig«, sagte sie. »Mein Vater wird nicht ewig fort sein, und sobald er wieder hier ist, werden wir beide ihn unverzüglich aufsuchen. Er wird wissen, was zu tun ist. Und bis dahin stochere ich noch ein bisschen im Trüben herum. Ich denke, bei Nekiritan anzufangen ist nicht falsch.«

»Ist das nicht zu gefährlich?«, fragte Broneete. »Wenn er auch dazu gehört ...«

»Was soll er tun?«, sagte Iviidis. »Mich beseitigen? Das kann er nicht. Außerdem – er macht sich immer noch Hoffnungen, dass ich Olkodan seinetwegen verlasse. Wenn ich ihn darin ein bisschen bestärke, wird das sein Misstrauen sicher schmälern.«

Broneete nickte zweifelnd. »Aber sei vorsichtig«, bat sie. Sie erhob sich. »Ich muss zum Dienst. Soll ich mich bei deinem Treffen mit Nekiritan in der Nähe aufhalten – vorsichtshalber?«

Iviidis schüttelte lächelnd den Kopf. »Ich werde ihn hierher bitten. Hier geschieht mir nichts, nicht mit all der Dienerschaft im Haus. Außerdem glaube ich wirklich nicht, dass Nekiritan mir Böses tun würde. Mach dir keine Sorgen, Broneete. Wir treffen uns morgen, und ich erzähle dir, was ich aus ihm herausbekommen habe.«

Den Nachmittag verbrachte Iviidis äußerst geruhsam. Sie dachte weder über Nekiritan noch über irgendwelche Verschwörungen nach, sondern vertiefte sich wie geplant in die Aufzeichnungen ihrer Mutter und Andronee Mondauges. Als die Sonne hinter den Bäumen verschwand und die Stimmen der Vögel den Abend begrüßten, erhob sie sich bedauernd, streckte die Glieder und ging ins Haus, um sich für den Besuch passend anzukleiden.

Sie hatte den kleinsten der Innenhöfe für das Treffen ausgewählt. Seine Lage im äußeren Ring und an der Seite, die dem Haupteingang entgegengesetzt war, machte ihn zu einem der verschwiegensten Treffpunkte in Glautas' Haus. Außerdem war er wirklich winzig: Er bot gerade mal Platz für zwei über Eck stehende Ruhebänke.

Iviids verteilte großzügig einige Kissen darauf. Dann rückte sie das Tischchen mit den Gläsern in die Mitte und ließ sich in die Kissen sinken. Erstaunt stellte sie fest, dass sie aufgeregt war. Sie musste ihre Hände zur Ruhe zwingen, als sie sich ein Glas Wein einschenkte und es mit Wasser verdünnte.

Nekiritan kam spät, und er wirkte weniger glanzvoll als bei ihrem letzten Treffen. Tatsächlich waren da müde Linien um seine Augen, und sein Lächeln war nicht so strahlend wie sonst.

»Verzeih, dass ich dich habe warten lassen«, murmelte er und beugte sich über ihre Hand.

»Das macht nichts«, sagte Iviidis. »Komm, setz dich und trink etwas. Du siehst aus, als hättest du einen harten Tag hinter dir.«

Nekiritan nahm das Glas, das sie ihm reichte, und trank durstig. »Hart – nun ja. Er war vor allem lang. Ich war vor Morgengrauen auf den Beinen, und du weißt ja, dass ich kein Frühaufsteher bin.« Er lächelte.

Sie schenkte ihm einen Blick, den sie Gintaris abgeschaut hatte. Nekiritans Lächeln verblasste, er sah sie an, als traute er seinen Augen nicht recht. Iviidis senkte die Lider und führte das Glas an ihre Lippen.

»Erzähl schon«, sagte sie. »Was hat dich so früh aus dem Bett getrieben?«

Nekiritan lehnte sich in die Kissen und berührte dabei wie zufällig ihre Schulter. Sie tat so, als hätte sie es nicht bemerkt und wich auch nicht zurück. Er rückte ihr noch ein Stückchen näher. »Nichts, was unterhaltsamen Gesprächsstoff abgäbe, meine Schönste«, sagte er. »Trockene Ratsangelegenheiten.«

Iviidis spielte mit den Quasten, die an einem der Kissen baumelten. »Wie trocken ist eine Angelegenheit, die dich im Morgengrauen aus dem Bett jagt und bis zum Abend in Atem hält?«, fragte sie. »Oder ist es so geheim, dass du nicht darüber reden darfst?«

Seine Mundwinkel zuckten unmutig. »Warum willst du das denn unbedingt wissen?«, fragte er. »Ich habe mich den ganzen Tag damit herumgeärgert und dachte eigentlich, dass wir uns beide heute Abend etwas Besseres als Unterhaltung aussuchen könnten.«

Sie legte besänftigend die Hand auf seinen Arm. »Ich wollte dich nicht ärgern, Kiritan. Es ist nur so, dass ich nicht viel Neues zu hören bekomme, seit Glautas verreist ist. Wir unterhalten uns abends auch immer über seine Angelegenheiten – ich bin einfach daran gewöhnt. Du weißt, ich war vor meiner Heirat eine seiner engsten Mitarbeiterinnen. Mir ist wahrscheinlich einfach ein wenig langweilig.«

Nekiritan küsste ihre Hand und hielt sie fest. Er sah tief in ihre Augen. »Vergib mir, Ivii. Ich hätte nicht so gereizt zu dir sprechen dürfen. Aber ich will dich schließlich auch nicht langweilen – und mein Tagesgeschäft war zum Weglaufen öde!«

Sie musste sich wohl oder übel mit dieser Antwort begnügen. Eine Weile herrschte Schweigen, dann seufzte Iviidis und sagte: »Weißt du, wo mein Vater ist? Es käme mir so albern vor, Zinaavija danach zu fragen.«

Nekiritan zögerte kurz. Dann schüttelte er lächelnd den Kopf. »Du stellst mir schwierige Fragen, Sonne meines Lebens. Ich kann dir nicht sagen, wo Glautas ist, aber immerhin so viel: Es hat wohl mit seinen Ermittlungen in dieser leidigen Mordsache zu tun. Es hat sich eine neue Spur ergeben, der er persönlich nachgehen wollte.«

Iviidis riss die Augen auf und legte eine Hand auf ihr Herz. »Hoffentlich ist es nicht gefährlich«, hauchte sie.

Nekiritan drückte beruhigend ihre Hand. »Aber nein, fürchte dich nicht. Dein Vater weiß schon, was er tut.«

Iviidis lächelte und fragte sich insgeheim, ob sie mit ihrem besorgten Gehabe nicht ein wenig zu dick auftrug. Aber Nekiritan schien es zu gefallen. Er sah zufrieden aus, und sein Blick und sein Lächeln zeigten, dass er begann, auf einen Erfolg zu hoffen.

Sie ließ ein wenig locker, damit Nekiritan sich nicht zu sehr ausgefragt fühlte, und erzählte von Alvurkans und Riikarjas bevorstehender Verlöbnis-Feier. Sie erörterten ernsthaft die Frage der Toilette für diesen Anlass, und Iviidis ließ sich von Nekiritan dazu überreden, eine dunkelgrüne Seidenrobe zu tragen, weil diese sich wunderbar zu den Farben seines Hauses fügen würde.

Nachdem das heikle Modethema zur beiderseitigen Zufriedenheit geregelt war, erzählte Iviidis ihm von ihrem morgendlichen Besuch bei Vinoota. Sie zog ein wenig über Gintaris her, und Nekiritan lachte herzhaft über ihre Schilderung des verliebten Ratsherrn. Ganz offensichtlich konnte er Gintaris nicht besonders gut leiden. Iviidis nahm sich vor, beim nächsten Treffen besonders nett zu Vinootas Verehrer zu sein.

»... und dann hat er uns damit gelangweilt, dass er von dieser Sondersitzung des Rates geredet hat. Nicht, dass er uns die spannenden Details erzählt hätte – wer den Rat einberufen hat, warum es für nötig gehalten wird, die Garde zu stärken, ob es eine konkrete Bedrohung gibt – nein, da schwieg er sich aus. Ich hatte fast das Gefühl, er hat die Sitzung verschlafen und wollte es nur nicht zugeben«, plauderte sie.

Nekiritan wischte sich über die Augen. »Ach, meine Herzensdame«, sagte er. »Du bist wirklich entzückend, noch viel entzückender als damals, bevor du mir wegen diesem Bauern den Laufpass gegeben hast.« Er zog sie sanft an sich, was wegen der Stellung der beiden Ruhebänke nicht allzu gut gelingen wollte. Iviidis verdrehte die Augen, was er nicht sehen konnte, weil er schon wieder ihre Hand küsste. Sie sträubte sich ein wenig und gab ihm einen sittsamen kleinen Klaps mit dem Fächer.

»Nun komm, stille meine Neugier«, sagte sie. »Befürchtet der Rat, dass es Krieg gibt?«

Nekiritan zog sich atemlos ein wenig zurück und glättete die zerdrückten Spitzen an seinem Rock. »Aber nein«, sagte er. »Unsere alten Feinde sind zurzeit alle friedlich, und es gibt auch keine Anzeichen dafür, dass sich einer von ihnen für einen Feldzug rüstet. Der Rat ist nur beunruhigt wegen dieser unangenehmen Sache mit Kommandeur Horakin. Nichts, weswegen du dir Sorgen machen müsstest. Entrunzele also deine hübsche Stirn, meine Freundin.«

Iviidis lächelte ihn schmachtend an. Seine Augen verengten sich, wurden dann weit vor freudiger Überraschung.

»Sag, Kiritan, würdest du mir etwas verraten?«, schnurrte Iviidis nach einer Weile, in der er ihre Hand und ihren Arm abgeküsst und ihr süße Worte ins Ohr gehaucht hatte. »Weißt du, ob Zinaavija irgendetwas tut, was Glautas nicht wissen darf?«

Er ließ ihre Hand los und rückte etwas ab. »Was meinst du damit?«, fragte er scharf.

Iviidis hob die Hand an den Mund. »Habe ich dich verärgert?«, fragte sie. »Kiritan, das wollte ich nicht, ich dachte nur …« Sie ließ den Satz unvollendet und sah den Elben mit großen, arglosen Augen an.

Nekiritan starrte sie misstrauisch an. Dann wurde seine Miene weich, und er lächelte wieder. »Du hast was gedacht?«, fragte er sanft.

»Ich dachte nur, ach, weißt du – ich habe neulich so etwas gehört. Aus Versehen, ich wollte nicht … Ich bin an einem Zimmer vorbeigekommen, und da habe ich gehört, wie Zinaavija sich unterhalten hat. Ich wollte wirklich nicht lauschen, aber sie sprach recht laut und ich dachte, sie hat mit jemandem Streit, und dann fielen ein paar Sätze, die ich nicht recht verstanden habe, aber es klang so, als wäre da etwas im Gange, von dem Glautas nichts weiß und …« Sie unterbrach ihren Redeschwall und verbarg ihr Gesicht hinter dem Fächer. »Es ist mir so peinlich«, sagte sie erstickt.

Nekiritan griff nach ihrer Hand und drückte den Fächer hinunter. Dann legte er einen Finger unter ihr Kinn, hob es sacht an und küsste sie. Iviidis ließ es zu, aber sie hütete sich, den Kuss zu erwidern.

Er ließ es bei dem kurzen Kuss bewenden und griff wieder nach seinem Glas. »Ich denke nicht, dass Zinaavija Glautas in irgendeiner Weise hintergeht«, sagte er. »Sie ist ihm so treu ergeben, wie es nur möglich ist. Mach dir keine Sorgen deswegen, Ivii.« Er lächelte sie an. »Ihr beide seid nicht gerade gute Freundinnen, oder?«

Sie schüttelte den Kopf und hob die Schultern. »Ja, da hast du recht«, sagte sie. »Wahrscheinlich ist jede ein wenig eifersüchtig auf die andere. Deswegen war es auch gut, dass ich von hier fortgegangen bin.«

»Das war sehr schade«, sagte er. »Und ich hoffe, du bleibst jetzt bei uns. Glautas ist glücklich darüber, dass du wieder in seinem Hause wohnst. Und ich wäre es auch«, setzte er leiser hinzu.

Iviidis lächelte und antwortete nicht.

Nekiritan verabschiedete sich wenig später, nachdem sie sich für einen der kommenden Tage verabredet hatten, um den ausgefallenen Ausflug nachzuholen.

Iviidis saß noch eine Weile in dem Höfchen und dachte nach. Sie hatte nichts wirklich Wichtiges von Nekiritan erfahren, und ihr war wieder einmal klar geworden, dass sie nicht dafür taugte, anderen Geheimnisse zu entlocken. Das höfische Spiel der Intrigen, Betrügereien, falschen Schmeicheleien und versteckten Botschaften hatte ihr früher schon kein Vergnügen bereitet, und deshalb hatte sie sich auch nie darüm bemüht, es zu lernen. Sie war zufrieden damit gewesen, im Archiv zu arbeiten, sich ihren Forschungen zu widmen und ihrem Vater zur Hand zu gehen.

Iviidis blickte zum Nachthimmel auf, an dem kein Stern zu sehen war. Ein paar Tropfen fielen in ihr emporgewandtes Gesicht, und es roch süß nach Regen. Sie streckte die Arme aus und genoss das Gefühl der weichen Feuchtigkeit auf ihrer Haut.

Ermüdet von dem nutzlosen Getändel mit Nekiritan überlegte sie einen Moment, ob sie nicht einfach alles ihrem Vater überlassen sollte. Sobald er wieder daheim war, könnte sie mit Broneete zu ihm gehen, und dann würde er die Sache in die Hand nehmen. Sie hatte schließlich genug damit zu tun, die Aufzeichnung von

Alvydas abzuschließen und sich dann weiter um ihr Forschungsgebiet zu kümmern. Und was Olkodan betraf – in den nächsten Tagen würde sie ihm eine Nachricht schicken, dass er zu ihr kommen sollte, und dann würde sie ihn fragen, was er davon hielte, hierher zurückzukehren – wenigstens für eine Weile.

Iviidis lächelte bei dem Gedanken, Olkodan bald wiederzusehen. Sie vermisste ihn. Es würde schön sein, ihn bald wieder bei sich zu haben. Dann seufzte sie. Glautas von Broneetes und ihren Vermutungen zu erzählen war richtig, und das würde sie tun. Aber sie ahnte, dass niemand sie davon abbringen würde, ihre Nase weiter in diese dubiose Angelegenheit zu stecken – noch nicht einmal sie selbst.

Der Morgen war kühl und ein wenig verhangen. Es hatte ausgiebig geregnet in der Nacht, und die Luft roch frisch und nach nassem Gras. Iviidis schritt kräftig aus und genoss das Gefühl, mit den Füßen durch Pfützen und über feuchtes Moos und nasse Erde zu laufen.

Alvydas schnupperte, als sie in seine Baumhöhle trat, und ein Lächeln erschien auf seinem Gesicht. »Ah, Regen«, sagte er. »Ich hatte heute Nacht das Gefühl, dass es regnet, aber ich war zu faul hinauszuklettern.«

Iviidis hielt ihm einige Zweige und Blüten hin, an denen noch Regentropfen hingen. Er nahm sie, roch daran und strich mit behutsamen Fingern darüber. »Danke«, sagte er.

»Sollen wir anfangen?«, fragte Iviidis. »Fühlst du dich kräftig genug?«

Alvydas holte wortlos den Schwarzbernstein hervor. Als Iviidis danach griff, hielt er ihre Hand fest. »Wir werden heute fertig«, sagte er.

Iviidis atmete lang aus. »Gut«, sagte sie. »Gut. Dann beginne ich morgen mit der Archivierung.«

Alvydas ließ sie nicht los. Seine Opalaugen musterten sie scharf. »Bedrückt dich etwas?«, fragte er.

Iviidis zögerte. »Ja«, sagte sie schließlich. »Ja, ich mache mir Sorgen. Rutaaura hat mich hergeschickt, damit ich mich umsehe und umhöre und vielleicht herausfinde, was vor sich geht. Ich dachte, es wäre ein Spaß und nicht viel dahinter, aber inzwischen weiß ich, dass beunruhigende Dinge geschehen. Und ich habe festgestellt, dass ich mich nicht sonderlich dazu eigne, herumzuschnüffeln und Leute auszufragen, um Dinge herauszufinden, die andere geheim halten wollen.« Sie presste die Lippen zusammen. »Nenn mich naiv, aber ich mag mein ruhiges, geordnetes Leben und beschäftige mich lieber mit alten Aufzeichnungen als mit neuen Morden. Ich bin einfach die falsche Person für solche Arbeit. Und gestern habe ich mich vor Nekiritan komplett zum Narren gemacht«, setzte sie erbittert hinzu.

Alvydas lachte. »Das kann ich mir gar nicht vorstellen«, sagte er erheitert.

Iviidis nickte nachdrücklich. »Und ob. Ich habe mit den Wimpern geklimpert und ihn angeschmachtet und unglaublich schwachsinnige Dinge von mir gegeben, bis mir beinahe selbst übel geworden ist. Ich dachte, ich wäre raffiniert, aber ich war einfach nur – ungeschickt.« Ihr Gesicht war rot überhaucht, und Alvydas brummte tröstend.

»Was hältst du von Nekiritan?«, fragte er.

Iviidis drehte gedankenverloren einen kleinen Zweig mit herzförmigen hellgrünen Blättern zwischen den Fingern. »Ich halte ihn für klug, arrogant und ungeheuer machtgierig«, sagte sie nach einer Weile. »Er versteckt seine Klugheit hinter seinem affektierten Gehabe, aber ich kenne ihn und weiß, dass er alles andere als ein Geck ist.« Sie kaute auf ihrer Unterlippe. »Es war dumm, ihm gestern so ein Theater vorzuspielen. Aber seltsamerweise schien es ihm zu gefallen.«

Alvydas wiegte den Kopf. Das Licht des Elbenfeuers tanzte spiegelnd auf seinem haarlosen Schädel. »Hat er dir dein Theater denn geglaubt?«

Iviidis hob zögernd die Schultern. »Ich denke ja. Er wurde ein paarmal heftig, wenn ich eine Frage stellte, die er nicht beantworten wollte, aber er war immer schnell wieder besänftigt.«

»Glaubst du, er will dich wirklich immer noch heiraten?«

»Ja. Ich bin die Erbin des Hauses Rutâr, und in meinen Adern fließt wie in den seinen königliches Blut. Er ist versessen darauf, die alten Zeiten wieder aufleben zu lassen. Er will Kinder von königlichem Geblüt und wird niemals eine Frau heiraten, die unter seinem Stand steht.«

Alvydas schüttelte sich. »Dieser junge Narr«, sagte er leise.

Iviidis schloss die Hand um den Schwarzbernstein. »Lass uns beginnen«, sagte sie. »Ich freue mich schon darauf, zur Abwechslung mal in deinem Leben herumzuschnüffeln.«

Alvydas lachte überrascht auf und gab sich in ihre Obhut.

Der sanft schwellende Fluss seiner Erinnerungen füllte ihren Geist mit Bildern, Gerüchen und Lauten. Da war die Berührung von sanften Händen, das glitzernde Licht auf bewegtem Wasser, der eintönige Gesang eines Weidenlaubsängers, der starke Geruch von Buchsbaum an einem heißen Sommertag, die Stimme ihrer Mutter, die lachend »Alter Esel« sagte, das Klirren von Waffen und die Schreie von Sterbenden, wiehernde Pferde und das tiefe Dröhnen einer Stimme, die zu keinem Tier gehörte, das sie kannte, Mondlicht, das sich auf eisbedeckten Gipfeln spiegelte, das sanfte Rascheln von weichem Stoff, der über Gras glitt, plätschernder Regen und das Gefühl von Nässe auf der Haut.

Der Fluss versiegte. Iviidis öffnete die Augen und löste ihre Finger von dem Bernstein. Sein Herz leuchtete tiefgolden und pulsierte in einem stetigen Takt. Alvydas lehnte in seinem Stuhl, die tief liegenden Augen waren geschlossen, und seine Brust hob und senkte sich im gleichen, langsamen Rhythmus. Er schlief fest.

Iviidis nahm eine Decke von seinem schmalen Lager und deckte ihn damit zu. Dann hob sie den Bernstein auf, wickelte ihn sorgfältig ein und legte ihn in sein Behältnis zurück.

Die frischen Erinnerungen in ihrem Kopf machten sie ein wenig schwindelig, und sie ermahnte sich achtzugeben, dass sie auf dem Weg durch das dunkle Innere des Baumes keinen Fehltritt tat. Morgen würde sie damit beginnen, die Erinnerungen ihres Lehrers zu sortieren – aber jetzt wollte sie erst einmal nichts weiter als ihr Bett und ein wenig Schlaf und danach in Frieden und Ruhe mit ihrem Sohn spielen, bevor sie sich am Abend wieder mit Broneete traf.

# 20

Die nächsten Tage verliefen so ereignislos und friedlich, wie Iviidis es sich gewünscht hatte. Broneete hatte ihren Bericht über das Rendezvous mit Nekiritan mit einem Schmunzeln kommentiert und war damit einverstanden, alle weiteren Nachforschungen ruhen zu lassen, bis Glautas wieder zurück war. Iviidis erkannte überrascht, dass die Gardistin sich um ihre und Indrekins Sicherheit sorgte und nur deshalb bereit war, vorläufig nichts weiter in dieser Angelegenheit zu unternehmen. Dieser Gedanke beunruhigte Iviidis allerdings noch mehr.

Iviidis' Vater schickte einen Boten, der seine Rückkehr in den nächsten Tagen ankündigte, und Zinaavija nutzte die Zeit, sämtliche Bediensteten für eine ausgedehnte und gründliche Reinigungsaktion bis in die entlegensten Ecken des Hauses zu scheuchen.

Iviidis war mit den Vorbereitungen für die Archivierung beschäftigt, die in diesem Fall weitaus umfangreicher ausfielen als gewöhnlich. Sie nahm alte Übungen der Konzentration und geistigen Reinigung wieder in ihren Tagesplan auf, um sich auf die Fülle der Erinnerungen vorzubereiten, die nun in ihrem Geist Platz finden mussten, bis sie sie geordnet und endgültig in den Speicherkristall zurückgeben konnte.

Über all dem hatte sie bisher versäumt, Olkodan zu benachrichtigen, aber ihn in den Sommerpalast zu rufen war ja nichts, was der Eile bedurfte.

Ihre aufgeschobene Verabredung mit Nekiritan wurde an einem schwülen Tag endlich nachgeholt. Sie hatte sich ein wenig davor gefürchtet, Nekiritan wieder zu begegnen, und als er ihr eröffnete, dass Alvurkan und seine Verlobte sie begleiten wollten und er aus Gründen der Höflichkeit keine andere Möglichkeit gesehen habe, als sie ebenfalls einzuladen, musste sie an sich halten, ihre Erleichterung nicht allzu deutlich zu zeigen.

Der Ausflug war ein ungetrübtes Vergnügen, und Iviidis war noch erleichterter, als das unvermindert charmante Benehmen Nekiritans ihr zeigte, dass er den Abend, an dem sie versucht hatte, ihn auszuhorchen, nicht übel vermerkt zu haben schien. Wahrscheinlich hatte sie ihn ganz zu Unrecht verdächtigt, in irgendwelche Machenschaften verwickelt zu sein – Machenschaften, von denen sie schließlich noch nicht einmal wusste, ob sie überhaupt existierten.

Zwei Tage nach dem Ausflug kehrte sie früher als sonst aus dem Archiv zurück. Als sie auf dem Vorplatz von Glautas' Haus ankam, stand die Sonne noch hoch im Mittag. Die hohen Linden warfen ein wenig Schatten auf den Platz, und der kleine Brunnen plätscherte schläfrig in der Mittagsstille. Auf seinem gemauerten Rand saß ein Hainelbe mit dem Rücken zu ihr und zog seine Hand durch das kühle Wasser. Seine Kleider waren staubig und zerknittert, neben ihm lehnte ein abgeschabter Rucksack, und in seinem lockigen rotbraunen Haar hingen einige Strohhalme, als hätte er die Nacht in einem Heuhaufen verbracht.

Iviidis' Schritt stockte. »Olko?«, sagte sie leise, fast zu sich selbst.

Der Elbe hatte sie dennoch gehört. Er wandte sich um, und sein rundes Gesicht strahlte heller als die Sonne über ihnen. Er sprang auf und breitete die Arme weit aus, und sie flog lachend hinein und bedeckte sein Gesicht und seine moorbraunen Augen mit Küssen.

»Woher wusstest du, dass ich dich bitten wollte herzukommen?«, fragte sie, als beide wieder zu Atem gekommen waren. Sie standen da, hielten sich umarmt, und Iviidis glaubte, sich nicht sattsehen zu können an ihm. Ihr war gar nicht bewusst gewesen, wie sehr sie ihn vermisst hatte.

Olkodan streichelte mit seinen sanften, von der Holzarbeit schwieligen Händen über ihr Gesicht.

»Ich wusste es nicht«, sagte er. »Und ich hatte Sorge, dass du es mir übel nimmst, wenn ich komme.« Sein freundliches Gesicht bewölkte sich ein wenig. »Ich bin kein Goldener, ich weiß, dass ich nicht recht hierher passe.«

Sie schloss seine Lippen mit einem Kuss. »Du passt an meine Seite«, flüsterte sie. »Wo ich bin, ist dein Zuhause. Du hast mir gefehlt.«

Sie schob ihn ein wenig von sich weg und sah ihn an. »Du siehst aus, als wärst du den ganzen Weg zu Fuß gekommen«, neckte sie ihn. Olkodan senkte den Blick.

Iviidis schlug die Hand vor den Mund. »Nein«, sagte sie atemlos. »Olko, nein! Das hast du nicht wirklich getan!«

Er nickte verlegen. »Das Pferd«, begann er. »Ich weiß nicht, es hat was gegen mich. Erst ist es mir mit seinen großen Hufen auf den Fuß getreten und hat mir beinahe die Zehen gebrochen, sie sind jetzt noch ganz blau. Es wollte auch nicht von meinem Fuß runter, da habe ich es weggeschoben und mit ihm geschimpft, und als ich ihm dann den Sattel auflegen wollte, hat es mich in die Schulter gebissen …«

Er unterbrach sich, weil Iviidis in hilfloses Gelächter ausbrach. Sie schluchzte und gluckste und winkte ihm verzweifelt, ihr nicht böse zu sein, während Tränen über ihr Gesicht liefen und sie sich bemühte, ihr Lachen zu unterdrücken, was die Sache nur noch schlimmer machte.

Olkodan lächelte schief. »Ich habe die Nachbarin gebeten, für alles zu sorgen. Das Pferd und den Garten, meine ich. Und dann hab ich mein Bündel genommen und bin losgelaufen. Obwohl mir der Fuß wirklich wehgetan hat.«

Iviidis lehnte sich gegen ihn und wischte ihr Gesicht an seinem staubigen Hemdzipfel trocken. »Ach, Olko«, sagte sie. »Du bist so ein großartiger Kerl, aber manchmal frage ich mich, ob du wirklich ein Elbe bist.«

Sie hakte ihn unter. »Komm, wir müssen hier nicht herumstehen. Warum hast du nicht drinnen auf mich gewartet?«

Sie führte ihn zu ihrem Zimmer. Er stand unbeholfen mit seinem Rucksack zwischen all den zierlichen Möbeln und zarten Stoffen und sah sich um. »Hübsch hier«, sagte er. »Wo darf ich mich denn hinsetzen?«

Iviidis blieb in der Tür stehen. »Wo du möchtest«, sagte sie ein wenig ärgerlich. »Olkodan, stell dich nicht so an. Das ist mein Zimmer, also leg dich meinetwegen aufs Bett! Ich kümmere mich inzwischen darum, dass du ein Bad bekommst.«

Sie ging hinaus, und der junge Elbe ließ sich auf der Kante eines cremefarbenen Sesselchens nieder. Er blickte auf seine staubigen Schuhe auf dem hellen Seidenteppich und versuchte vergeblich, sie an den Hosenbeinen sauber zu reiben. Dann seufzte er, verschränkte die Arme und bemühte sich, nichts zu berühren.

Iviidis kam zurück, mit einem dunkelgrünen Hausmantel über dem Arm. »Ich habe mir bei Vaters Diener etwas für dich ausgeliehen«, sagte sie. »Komm, raus aus den Sachen. Ich gebe sie gleich zum Ausbürsten.« Sie musterte kritisch seine Hose. »Besser zum Waschen«, murmelte sie.

Olkodan begann sich auszukleiden, während Iviidis seinen Rucksack auspackte.

»Ich habe dir ein Bad bereiten lassen«, sagte sie und breitete seine Habseligkeiten über den Diwan. »Darf ich dir den Rücken schrubben?«

Olkodan brummte verlegen und wickelte sich in den zu großen Hausmantel. Iviidis lachte ihn an. »Was ist los? So lange war ich doch nicht weg, Olko.«

Er lachte. »Es ist nur eine komische Vorstellung … Wenn jetzt dein Vater hereinkommt, während ich im Wasser sitze …«

»Er kommt nicht«, erwiderte Iviidis und nahm seine Hand, um ihn energisch aus dem Zimmer zu ziehen.

Ein heißes, duftendes Bad später lag Olkodan rosig geschrubbt mit feuchtem Haar auf einer der Ruhebänke in dem winzigen Innenhof, in dem Iviidis wenige Abende zuvor mit Nekiritan gesessen hatte. Er blickte in den Himmel, über den kleine Wölkchen wanderten, und genoss die kraulende Hand seiner Frau, in deren Schoß sein Kopf lag.

Er lächelte. Indrekin hatte neben der großen hölzernen Badewanne gestanden und mit großen Augen in das dampfende Wasser geschaut, während sein Kindermädchen ihm erklärte, wie das Badewasser durch ein Feuer erhitzt wurde.

Als Iviidis mit Olkodan eintrat, juchzte der Kleine vor Freude und warf sich in die Arme seines Vaters, der ihn hoch in die Luft hob.

Danach hatte Iviidis ihre beiden Männer mit einer Bürste und einem weichen Schwamm abgeschrubbt und mit heißem Wasser übergossen, bevor sie alle in die große Wanne gestiegen waren und sich dort hatten einweichen lassen.

Indrekin war nun wieder in der Obhut seines Kindermädchens, weil Iviidis nach dem Bad kategorisch erklärt hatte, sie wolle schließlich heute noch ein paar ruhige Augenblicke mit Olkodan genießen, und das sei ja wohl komplett unmöglich, wenn der mit seinem Sohn über den Boden tobe.

Er seufzte wohlig. Iviidis kämmte seine Haare mit den Fingern und sagte: »Erzähl mir, was du erlebt hast. Du hast mir eine Nachricht geschickt, dass du Besuch hattest.«

Olkodan seufzte wieder. Iviidis streichelte die kleine Falte, die über seine Stirn lief, und musterte ihn fragend. »Drücken dich Sorgen, mein Liebster?«

Er lächelte sie an, aber die Falte blieb. »Erzähl du zuerst«, sagte er. »Womit bist du so beschäftigt, dass du einfach nicht mehr nach Hause zurückkehren konntest?«

Jetzt war es an ihr, zu seufzen und die Stirn zu runzeln. Beide sahen sich an und begannen zu lachen.

»Gib es zu«, neckte Olkodan sie. »Du hast es schamlos ausgenutzt, dass ich weit weg war, und mit deinem alten Galan Nekiritan wieder etwas angefangen.«

Iviidis wurde blass und hörte auf zu lachen. Olkodan starrte sie an. »Nein«, sagte er fassungslos und setzte sich auf.

Iviidis gestikulierte schwach. »Ich habe nicht … In Wirklichkeit … Ach, Olko, sieh mich nicht so grimmig an! Ich habe versucht, etwas herauszufinden und dazu habe ich auch ein wenig mit Nekiritan geschäkert. Glaube mir, er ist noch genauso eingebildet wie früher!«

Olkodan verschränkte die Arme vor der Brust. »Findest du nicht, du bist mir eine etwas längere Erklärung schuldig?«

»Was soll das denn?«, gab Iviidis zurück. »Spielst du jetzt den eifersüchtigen Ehemann? Sei nicht albern, Olkodan!«

Er blickte sie finster an. Sie knuffte ihn fest in die Seite. »Jetzt sei lieb. Was war das für ein Besuch, und warum bist du überhaupt hier? Deine Sehnsucht nach mir muss ja groß gewesen sein, wenn du den ganzen Weg zu Fuß gegangen bist. Wie lange warst du unterwegs – drei Tage?«

Olkodan versuchte vergeblich, seine grimmige Miene beizubehalten. Schließlich gab er auf und lächelte sie an. »Das ist eine lange Geschichte, und ich habe einen trockenen Hals«, sagte er einlenkend.

Iviidis stieß die Luft hörbar durch die Nase und schenkte ihm ein Glas Wein ein. Er blickte ein wenig traurig darauf hinab. »Kein Bier?«, fragte er.

»Seit wann trinkst du lieber Bier?«, wunderte sich Iviidis.

»Seit ich Besuch von jemandem hatte, der es mich zu schätzen gelehrt hat«, erwiderte er und schmunzelte. »Du hast übrigens Geheimnisse vor mir«, fügte er vorwurfsvoll hinzu. »Du hast mir nie von deiner Schwester erzählt – Rutaaura.«

Iviidis zuckte zusammen und legte ihm die Hand auf den Mund. »Nenne ihren Namen nicht in diesem Haus«, zischte sie und blickte sich um.

»Dann stimmt, was Trurre erzählt hat?«, sagte Olkodan staunend. »Ich wollte es ihm nicht glauben.«

»Wer – ist – Trurre?«, fragte Iviidis, jede Silbe scharf betonend. Aus ihrem Gesicht war das Lächeln schon wieder gewichen, und ihre Augen blitzten zornig.

Olkodan blitzte zurück. »Du hast eine Schwester und hast es mir all die Zeit verschwiegen?«

Sie starrten sich aufgebracht an. »Also gut«, fauchte sie. »Es geht dich zwar nichts an, aber ich *habe* eine Schwester. Was hat dir dieser – dieser Trurre über sie erzählt?« Sie stutzte. »Moment mal – wie klingt denn dieser Name?«

»Trurre Silberzunge ist ein Zwerg«, knurrte Olkodan. »Ein sehr feiner, höflicher und wohlerzogener Zwerg noch dazu. Er ist mein Freund!«

Iviidis lachte auf. »Dein Freund«, spottete sie. »Ich bin ein paar Augenblicke von zu Hause fort und du freundest dich mit *Zwergen* an, die dir die intimsten Geheimnisse meiner Familie herausposaunen. Feine Freunde für einen Elben. Ein wohlerzogener Zwerg, fürwahr!«

»Er ist besser erzogen als du«, parierte Olkodan wütend. »Er hat jedenfalls besser über deine Schwester gesprochen als du über ihn, den du nicht einmal kennst.«

Der Vorwurf ernüchterte Iviidis. Sie sank ein wenig zusammen, das zornig gereckte Kinn wurde weich, und sie schüttelte den Kopf. »Er kennt Ruta persönlich?«, fragte sie leise und ein wenig traurig.

Olkodan sah ihre Miene, und sein Zorn legte sich. »Er hat gut von ihr gesprochen. Sie hat ihn geschickt, um auf dich und mich aufzupassen, sagte er.«

Iviidis barg das Gesicht in den Händen. Olkodan zögerte kurz, dann nahm er sie in die Arme. »Erzähl mir von ihr«, bat er leise.

Iviidis schüttelte sacht den Kopf. »Nicht jetzt, nicht hier«, flüsterte sie. »Ihr Name wird in diesem Haus nicht erwähnt. Bitte, Olkodan, gedulde dich noch ein wenig. Morgen oder übermorgen gehe ich mit dir zu einem alten Freund, der auch von ihr weiß. Bei ihm fühle ich mich sicher genug, dir von dem Unglück zu erzählen, das meine Familie getroffen hat.«

Olkodan strich ihr ein wenig hilflos tröstend über den Kopf.

»Warum bist du hergekommen?«, fragte Iviidis nach einer Weile. »Wegen des Zwerges?«

Olkodan blickte ins Leere. »Ja, letztlich wegen des Zwerges«, sagte er zögernd. Dann erzählte er Iviidis von seinem ersten Zusammentreffen mit Trurre Silberzunge und davon, wie der Zwerg später wiedergekehrt war und was er von seiner erschreckenden Begegnung mit den mysteriösen Elben im Wandernden Hain erzählt hatte.

Iviidis lauschte seinen Worten mit wachsender Bestürzung.

»Er ist jetzt zu seinem Volk geritten, um sie vor einer möglichen Bedrohung durch – durch uns zu warnen«, schloß Olkodan. »Und ich bin hier, weil ich deinen Vater fragen wollte, ob er weiß, was los ist.«

Iviidis biss auf ihrem Fingerknöchel herum. »Also doch«, murmelte sie. »Wer mag bloß dahinterstecken?«

Olkodan sah sie fragend an. Iviidis lächelte schief. »Das ist mein Teil der Geschichte«, sagte sie und erzählte ihm dann von dem Mord an Horakin und von dem, was Broneete miterlebt und belauscht hatte.

»Also ist wirklich so etwas wie eine Verschwörung im Gange«, sagte Olkodan überrascht. »Aber du musst zugeben, mein Herz, dass das Ganze nicht viel Sinn ergibt. Warum sollte jemand das alles tun, und was bezweckt er damit?«

»Vielleicht, dass alle nach einer starken Hand schreien werden, wenn erst einmal Krieg und Chaos herrschen? Wenn die Zwerge uns angreifen, um unserem Angriff zuvorzukommen, und wenn gleichzeitig hier im Wandernden Hain die Dinge außer Kontrolle geraten – wenn dann ein entschlossener Elbe nach dem Thron greift, könnte er Erfolg damit haben.«

»Das klingt nicht sehr wahrscheinlich«, gab Olkodan zu bedenken. »Zu viel ›könnte‹ und ›vielleicht‹.«

Iviidis nickte müde. »Wir wissen einfach zu wenig«, gab sie zu. »Ich bin froh, dass wir bald mit Glautas darüber sprechen können. Er wird wissen, was unternommen werden muss.«

Sie saßen noch eine Weile schweigend nebeneinander, hielten sich an den Händen und hingen ihren Gedanken nach. Dann gähnte Olkodan und murmelte: »Ich kann kaum noch die Augen aufhalten. Lass uns zu Bett gehen.«

Iviidis erhob sich und reichte ihm die Hände. »Du musst schrecklich müde sein nach deiner Reise«, sagte sie. »Es tut mir leid, dass ich daran nicht gedacht habe. Komm, morgen ist auch noch ein Tag.«

Sie gingen Arm in Arm hinein, und Iviidis' Kopf lehnte an seiner Schulter.

Olkodan stand da, nur in ein Paar leidlich saubere Hosen gekleidet, und drehte und wendete unschlüssig seine beiden gleichermaßen zerknitterten Hemden in den Händen. Er sah Iviidis an und schnitt eine Grimasse. »Ich fürchte, die haben die Reise nicht gut überstanden«, sagte er.

Iviidis musterte die Hemden kritisch. »Du hast recht«, sagte sie. »Wenn du Vater darin unter die Augen trittst, wird er mich gleich wieder bedeutungsvoll ansehen, und ich werde leider genau wissen, was er denkt.« Sie lächelte, als sie Olkodans Miene sah. »Glautas ist wieder zu Hause und will mit uns essen. Ich habe mir aber gedacht, dass du etwas anzuziehen brauchst, und habe dir schnell ein paar Sachen besorgen lassen«, sie deutete auf einen kleinen Korb, der neben dem Bett stand. »Schau mal, was dir davon gefällt.«

Olkodan breitete die Kleidungsstücke auf dem Bett aus und verzog das Gesicht. »Ich werde aussehen wie ein Idiot«, murmelte er. Iviidis erstickte seinen halbherzigen Protest mit einem Kuss.

»Du wirst standesgemäß aussehen und nicht wie ein Vagabund, ganz wie es sich für meinen Ehemann gehört. Und Vater wird sich ärgern«, sagte sie vergnügt. »Komm, sei ein braver Ehemann. Ich hätte dir noch sehr viel schönere Kleider bringen lassen können.«

Olkodan schauderte. »Ich danke dir von Herzen«, murmelte er und begann sich anzukleiden.

Als er schließlich vor dem Spiegel stand, musste er zugeben, dass die ungewohnt elegante Kleidung ihm gut zu Gesicht stand. Iviidis schien dasselbe zu denken, denn sie lächelte zufrieden und begann, seine störrischen Locken mit Wasser und Kamm zu bändigen. Sie band ihm einen kurzen Zopf, den sie mit einem dunkelgrünen Samtband im Nacken zusammenhielt.

»Sehr – hübsch siehst du aus«, sagte sie und tätschelte anzüglich seinen Po in der eng sitzenden Leinenhose.

Olkodan drehte sich zu ihr um und umfasste ihre Taille. »Du auch«, sagte er und küsste sie. »Und wenn du das noch mal machst, ziehe ich alles wieder aus und dich gleich mit.« Er grinste. Iviidis wand sich aus seinem Arm und warf ihm einen Handkuss zu. »Ich komme später gerne auf dein Angebot zurück.« Nüchtern fügte sie hinzu: »Eine Jacke brauchst du nicht, es ist ein Essen im engsten Familienkreis. Ich habe Glautas gebeten, dass wir danach allein mit ihm sprechen können, es sei dringend.« Sie lachte auf. »Wahrscheinlich denkt er, ich will ihm eröffnen, dass ich mich endlich von dir trenne. Er wird enttäuscht sein.«

Olkodan lächelte ein wenig gequält. »Für deinen Vater bin ich doch sowieso eine einzige Enttäuschung«, sagte er.

»Na und?«, erwiderte sie. »Ich wäre unglücklich ohne dich. Glautas wird sich noch daran gewöhnen, wenn wir erst einmal wieder ...« Sie unterbrach sich.

Olkodan horchte auf. »Wenn wir erst einmal wieder – was?«

»Nichts«, sagte Iviidis und wandte den Blick ab.

»Was?«, insistierte er.

Iviidis seufzte. »Ich glaube, ich möchte wieder zurück in den Sommerpalast«, gab sie zu. »Es ist sehr schön mit dir da draußen. Friedlich und ruhig, und es war gerade richtig, um die Aufregung um unsere Heirat sich beruhigen zu lassen. Aber ich brauche meine Arbeit hier. Ich habe gar nicht bemerkt, wie sehr ich sie vermisst habe. Aber, Liebster, darüber wollte ich jetzt nicht mit dir reden. Wir haben später genug Zeit dazu, und ich will wissen, was du darüber denkst. Aber jetzt sollten wir nicht zu spät zum Essen kommen.«

Seine Miene hatte sich verdüstert, aber er nahm ihren Arm und verließ mit ihr das Zimmer.

Zinaavija begrüßte Olkodan kühl, aber höflich, um sich dann wieder dem hübsch gedeckten Tisch zuzuwenden. Sie zupfte an den Blumen der Dekoration herum, wischte einen imaginären Krümel von der glänzend polierten Oberfläche des Tischs und tat sehr geschäftig, bis Glautas endlich eintrat.

Er sah müde aus, aber er lächelte seine Tochter an und ließ sich von ihr auf die Wange küssen, ehe er seinem Schwiegersohn die Hand gab und ihn prüfend und mit gewohnter Strenge musterte. Olkodan schien die Prüfung zu bestehen, denn Glautas murmelte ein paar durchaus freundliche Begrüßungsworte und forderte dann alle auf, sich zu setzen.

Sie aßen schweigend die klare Suppe, die aufgetragen wurde, und erst nachdem die Teller abgeräumt worden waren, fragte Iviidis ihren Vater, ob er mit dem Ergebnis seiner Reise zufrieden sei. Glautas hob die Braue und sah sie fragend an.

»Nekiritan sagte, du seist einer Spur nachgereist. Der Mordfall«, fügte sie hinzu, als Glautas sie immer noch verständnislos anblickte.

»Ah. Ja, richtig«, sagte ihr Vater. »Entschuldige, ich war in Gedanken schon bei einer anderen Angelegenheit. Der Rat hat einige Dinge während meiner Abwesenheit beschlossen, mit denen ich nicht ganz einverstanden bin«, wandte er sich zu Zinaavija, die nickte.

»Ich werde dir heute Abend ein paar Briefe diktieren«, sagte Glautas. »Ich möchte, dass du dich auch persönlich um die Zustellung kümmerst.« Zinaavija nickte wieder.

Beim Hauptgang wandte sich das Gespräch anderen Themen zu. Glautas fragte Olkodan höflich nach seiner Arbeit und erzählte dann ein wenig von den entlegenen Gegenden des Wandernden Hains, die er besucht hatte. »Ich war sogar gezwungen, zwei Tage dort draußen zu verbringen«, sagte er mit leisem Widerwillen in der Stimme. Zinaavija murmelte teilnahmsvoll und legte eine Hand auf seine Finger, die mit einem Stück Brot spielten.

»Es war lehrreich für mich«, fuhr er fort. »Ich bin sogar in einem Gasthof eingekehrt, der von Menschen und Unterirdischen besucht wird. Glücklicherweise waren nur Menschen anwesend, als ich dort übernachtete. Und das war schon schlimm genug.«

Zinaavija verzog das Gesicht und schob ihren Teller beiseite, als hätte ihr allein die Vorstellung den Appetit verdorben.

Danach redeten sie nur noch über allgemeine Themen, bis Zinaavija aufstand und sich entschuldigte. Glautas sah seine Tochter an und machte eine einladende Handbewegung. »Wollen wir in mein Arbeitszimmer gehen?«

Das Zimmer war nicht allzu groß und gut abgeschirmt von der Betriebsamkeit des restlichen Hauses.

Glautas ließ sich in seinem bequemen Lehnstuhl nieder und

fixierte Iviidis und Olkodan aufmerksam. Seine Finger spielten mit dem Ring an seiner Hand. Iviidis sah seinen erwartungsvollen Blick und beschloss, den Anfang zu machen.

Als er ihr aufmunternd zunickte, hob sie das Kinn, sah ihrem Vater gerade in die Augen und erzählte ihm alles, was sie und Broneete gehört und sich zusammengereimt hatten. Als sie die Worte Zinaavijas wiederholte, die Broneete ihr übermittelt hatte, verengten sich seine Augen für einen Moment, aber dann hörte er wieder mit unbewegter Miene zu.

»Broneete hätte dir gerne selbst Bericht erstattet«, schloss Iviidis, »aber sie wurde heute für den Ehrendienst in der Hohen Halle eingeteilt. Du kannst sie ja später noch einmal selbst befragen.« Sie nickte Olkodan zu, der sich ein wenig unruhig räusperte.

»Auch ich habe Beunruhigendes gehört«, begann er, und seine Stimme gewann an Sicherheit, als er von seinen Begegnungen mit dem Zwerg Trurre Silberzunge erzählte.

Glautas lehnte sich vor und legte die Hände vor seinem Mund zu einem spitzen Dach zusammen. Er starrte Olkodan mit zusammengezogenen Brauen an und nickte gelegentlich ungeduldig, wenn der junge Elbe ihn ansah, um zu erfahren, ob Glautas ihm folgte.

Olkodan beendete seinen Bericht. Glautas schloss die Augen und lehnte sich in seinem Stuhl zurück. Seine Finger strichen über die Armlehnen.

Iviidis griff nach Olkodans Hand und drückte sie fest. Seltsamerweise war sie so aufgeregt, als könnte jeden Augenblick etwas Wunderbares oder Schreckliches geschehen.

Es war still. Irgendwo in den Tiefen des Hauses rumpelte etwas Schweres, vielleicht ein Möbelstück, und jemand schimpfte und lachte gleich darauf.

Glautas öffnete mit einem tiefen Atemzug die Augen und sah die beiden starr an. »Das alles ist wirklich seltsam und ein wenig beunruhigend«, begann er. »Ich werde der Sache nachgehen, und ich werde auch Zinaavija dazu befragen. Aber ich will euch gleich sagen: Ich kann mir nicht vorstellen, dass das, was die Gardistin belauscht hat, irgendetwas zu bedeuten hat. Man kann das alles so oder so oder auch ganz anders deuten.« Er hob die Hand, um Iviidis zu unterbrechen, die etwas sagen wollte. »Du brauchst mich nicht zu ermahnen, Kind. Ich weiß selbst, dass es keinen Sinn hätte, den Kopf in den Sand zu stecken, wenn wirklich eine Verschwörung im Gange wäre.«

Er schwieg und rieb sich über das Kinn. Einen Moment lang sah er erschöpft und alt aus.

Dann straffte sich seine Haltung wieder, und das gewohnte gebieterische Funkeln belebte seinen Blick. »Ihr müsst mir nun versprechen, dass ihr vor jedermann über diese Sache schweigt«, forderte er. »Falls wirklich Kräfte am Werk sind, die unserer Gemeinschaft schaden wollen, dürfen wir sie auf keinen Fall darauf aufmerksam machen, dass wir etwas darüber wissen.« Er sah Iviidis an, die nachdrücklich nickte.

»Schwiegersohn?«, fragte Glautas. Olkodan zuckte leicht zusammen und nickte dann ebenfalls.

Glautas erhob sich, und Olkodan sprang eilig auf. Iviidis dagegen blieb, wo sie war, und sah ihren Vater neugierig an. »Was wirst du unternehmen?«, fragte sie.

Er sah sie überrascht und ein wenig unwillig an. »Ich werde die Gardistin befragen«, sagte er dann. »Und ich werde meinerseits Nachforschungen anstellen, was vor sich geht. Die Entwicklungen im Rat machen mir ebenfalls Sorgen, und ich weiß nicht, ob auch da Zusammenhänge bestehen. Ich muss mich mit einigen Leuten treffen und mit ihnen reden.« Er verstummte und dachte nach. Dann deutete er auf die Tür. »Bitte geht jetzt und lasst mich allein. Ich habe heute noch eine Menge zu erledigen, und der Tag ist schon weit fortgeschritten.« Er sah Iviidis' unzufriedene Miene, und sein Gesicht wurde ein wenig freundlicher. »Danke, mein Kind. Ich werde dich unterrichten, wenn ich etwas herausgefunden habe. Und sorge dich nicht – so leicht lasse ich mich nicht übertölpeln. Wenn jemand wirklich einen Staatsstreich plant, muss er zuerst einmal an mir vorbei!«

# 21

Der Dunkle las den Brief, den ein Bote ihm überbracht hatte. Dann reichte er ihn schweigend dem größeren seiner beiden Begleiter.

Der überflog den Brief und zog die Brauen empor. »Sie fängt an, lästig zu werden«, sagte er.

Der Erste zuckte mit den Achseln. »Unwichtig«, sagte er.

Der Größere warf den Brief auf den mit Papieren übersäten Tisch und sah seinen Anführer fragend an. »Was machen wir mit ihr?«, fragte er.

Der Erste sah aus dem Fenster. Die Kate, in der sie ihr Quartier aufgeschlagen hatten, lag in einem einsamen Winkel des riesigen Waldgebietes. Hierher verirrte sich niemand – dafür sorgten allein schon die täuschenden Zauber, die rundum gewoben waren.

»Wir sollen sie im Zuge unserer nächsten Aktion auch gleich aus dem Weg schaffen«, sagte er. »Ich würde sie ja einfach nicht weiter beachten, aber sie macht unsere Geschäftspartner unruhig, und das ist unserer Sache zum jetzigen Zeitpunkt schädlich.« Er sah den Kleineren an. »Du weißt, was du zu tun hast.«

Der Mann verneigte sich schweigend und verließ den Raum.

Die beiden anderen beugten sich wieder über die auf dem Tisch ausgebreiteten Papiere und Karten und fuhren in der unterbrochenen Besprechung fort, während sich schneller Hufschlag von der Kate entfernte.

Iviidis und Olkodan schritten Arm in Arm den schattigen Pfad entlang. Sprengsel von Sonnenlicht leuchteten auf dem weichen Moos, und das Laub über ihren Köpfen schimmerte goldgrün, dunkelrot und bernsteinfarben wie ein buntes Glasfenster.

Sie löste sich von ihm und tanzte ein paar Schritte voraus.

»Komm, Liebster. Ich bin so gespannt, ob Alvydas dich heute empfangen kann!«

Sie waren beide etwas außer Atem, als sie den riesigen Baum erreichten. Das letzte Stück war Iviidis schnell gelaufen und hatte dabei lachend »Fang mich!« gerufen. Olkodan war zu spät in einen schnelleren Schritt gefallen und brauchte bis zum Fuß der Rotesche, um seine Frau einzuholen. Dort packte er sie bei den Hüften und hob sie hoch. »Hab dich«, schnaufte er.

Sie kitzelte seine Arme. »Du bist aber schlecht in Form«, neckte sie ihn. »Und das, obwohl du so einen langen Fußmarsch hinter dir hast. Was mache ich bloß mit dir?«

Er setzte sie ab und küsste sie. »Nimm mich mit in dein Bett und bring mich außer Atem«, flüsterte er ihr ins Ohr.

Sie lachte und wand sich aus seiner Umarmung. »Für jetzt weiß ich etwas Besseres.« Sie deutete empor. »Kannst du klettern?«

Als sie endlich vor dem Einstieg zu Alvydas' Baumhöhle angelangt waren, lehnte sich Olkodan gegen den Stamm, ließ die Beine baumeln und schloss die Augen. »Macht dein alter Lehrer das jeden Tag?«, fragte er. »Ich bin beeindruckt. Er muss weniger gebrechlich sein, als du mir erzählt hast.« Er massierte seine schmerzenden Beine.

»Er geht nicht mehr hinaus«, sagte Iviidis leise.

Olkodan öffnete die Augen und sah sie aufmerksam an. »Du machst dir Sorgen um ihn?«

Sie zuckte mit den Schultern. »Er ist älter als jeder Elbe, den du kennst«, erwiderte sie. »Aber du wirst ihn ja bald kennenlernen.« Sie reichte Olkodan die Hand und zog ihn auf die Beine.

Olkodan folgte ihr durch das finstere Innere des Baumes. Sie hatte für ihn einen kleinen Elbenfunken entzündet, damit er bei seinem ersten Mal auf diesem Weg keinen Fehltritt tat.

Vor dem Eingang zu Alvydas' Heim drehte sie sich zu Olkodan um und bedeutete ihm, auf sie zu warten. Sie verschwand durch den Vorhang, und nach einer Weile hörte Olkodan ihre Stimme und dazwischen eine dunklere, leise Männerstimme.

Wenig später tauchte Iviidis' helle Erscheinung wieder auf. Sie trat durch den Vorhang und schüttelte bedauernd den Kopf. »Es geht ihm nicht gut genug, um einen Fremden zu sehen«, sagte sie. »Er entschuldigt sich bei dir und lässt dir ausrichten, dass er sich darauf freut, dich bald kennenzulernen.«

Olkodan nickte ein wenig enttäuscht. Iviidis führte ihn zurück, und als sie wieder festen Boden unter den Füßen hatten, schlug sie vor, stattdessen Alvurkan aufzusuchen.

Der Baumsinger freute sich ganz offensichtlich über ihren unangekündigten Besuch. Er bat sie herein und erzählte, dass er vor Aufregung kaum arbeiten konnte, weil der Tag seines Verlöbnisses mit Riikarja inzwischen so dicht vor der Tür stand, dass er das Weiße in seinen Augen sehen konnte.

Iviidis lachte und drückte seine Hand. »Du wirst sehen, es ist alles halb so schlimm«, sagte sie. »Und es tut auch fast gar nicht weh.«

Alvurkan schmunzelte und sah Olkodan an. »Schade. Wenn ich gewusst hätte, dass du hier sein wirst, hätte ich dich gebeten, mein Begleiter zu sein.«

Er verzog kurz das Gesicht, und Iviidis lachte auf. »Ich weiß, was du denkst. Wenn Nekiritan dir dazu überhaupt die Gelegenheit gegeben hatte.«

Der Baumsinger lächelte und erwiderte nichts. Er musterte Olkodan. »Du hast dich verändert«, sagte er. »Siehst nicht mehr so verschreckt aus. Es muss schlimm für dich gewesen sein, in das Schussfeld von Nekiritan und Iviidis' furchterregendem Vater zu geraten.«

Olkodan stieß ein überraschtes Lachen aus, und Iviidis riss die Augen auf. »Warum nennst du Glautas denn ›furchterregend‹?«

Alvurkan fuhr nachdenklich mit seinen schlanken Fingern über ein halb fertiges Figürchen aus dunkelrotem Holz, das auf dem Tisch stand. Das Zimmer, in dem sie saßen, war licht und beinahe unmöbliert, aber überall standen Schmuckgegenstände und Skulpturen aus Holz, an denen Alvurkan augenscheinlich gerade arbeitete.

Er schob das Figürchen fort. Iviidis fiel erneut auf, dass auch

Alvurkan sich verändert hatte. Sein schmales Gesicht mit den sanften Zügen war kantiger geworden in der Zeit, in der sie nicht im Sommerpalast geweilt hatte.

»Dein Vater hat keinerlei Geduld und zeigt auch nicht allzu große Nachsicht für die Schwächen seiner Mitelben«, sagte er. »Ich glaube, er verachtet in Wirklichkeit jeden, der ihm geistig oder körperlich unterlegen ist – und das dürfte so ziemlich alle hier im Sommerpalast betreffen. Selbst die, die sich seine Freunde nennen, können sich da nicht sicher fühlen.« Er lächelte ein wenig schief, und seine dunkelblauen Augen sahen sie entwaffnend an. »Du bist seine Tochter, du kennst ihn sicherlich auch anders. Aber ich bin schon ein paar Mal übel mit ihm zusammengestoßen und habe wenig Lust, das zu wiederholen. Dabei halte ich mich wirklich nicht für schwächlich oder dumm – aber dein Vater ist wirklich ein harter Brocken.«

»Ich dachte immer, ich wäre der Einzige, der ihn fürchtet«, sagte Olkodan erleichtert.

Alvurkan schüttelte lächelnd den Kopf. »Du bist in guter Gesellschaft. Ich kenne einige gestandene Ratsherren, die weiche Knie bekommen, wenn Glautas auf sie zukommt und droht, ein Gespräch anzufangen.«

Die beiden Männer lachten, und Iviidis sah ein wenig erstaunt vom einen zum anderen. »Ihr scheint euch ja blendend zu verstehen – ich glaube, ich kann euch eine Weile allein lassen«, sagte sie. »Ich möchte noch einmal zurück ins Archiv.«

Alvurkan breitete die Hände aus. »Geh ruhig«, sagte er. »Wir arbeiten beide mit Holz, ich denke, wir haben eine Menge Gesprächsstoff.«

Olkodan nickte ein wenig zweifelnd. Iviidis küsste ihn auf die Wange und verabschiedete sich auch von Alvurkan.

Alvurkan erhob sich, als Iviidis den Raum verlassen hatte. Olkodan stand ebenfalls auf und sah den anderen Elben fragend an. Der drehte mit einer geschickten Handbewegung seine langen dunkelblonden Haare im Nacken zusammen und steckte sie mit einer hölzernen Nadel fest. »Ich würde gerne in meine Werkstatt gehen«, sagte er und deutete auf eine schmale Tür. »Wir können uns dort genauso gut unterhalten. Außerdem wüsste ich gerne deine Meinung zu einem Stück, an dem ich gerade arbeite.«

Sie gingen in einen kleineren, ebenso hellen Raum, in dessen Mitte eine Art lange Werkbank stand. Irgendwelches erkennbare Werkzeug konnte er nicht ausmachen. Auf dem Tisch lagen ebenso wie in dem Raum, den sie gerade verlassen hatten, viele Holzgegenstände in unterschiedlichen Stadien der Bearbeitung. Auf dem Boden standen größere Gegenstände, zumeist Skulpturen von Tieren und Elben.

Alvurkan ging zu der Werkbank und nahm eine Schale in die Hand. Er reichte sie Olkodan, der sie ins Licht hielt. Er drehte die Schale in den Händen, bewunderte die feine, spiralförmig verlaufende Maserung, die durch die ebenmäßig bearbeitete Oberfläche wunderbar zur Geltung kam. Das Holz war so dünn, dass es das Sonnenlicht hindurchscheinen ließ.

Er drehte die Schale um und fuhr mit den Fingern über die Rückseite. Dort ertastete er eine kleine Unebenheit, die er näher betrachtete. Eine winzige Erhebung störte die ansonsten seidenglatte Oberfläche.

Alvurkan hatte sich halb auf die Werkbank gesetzt und lächelte. »Fast vollkommen«, sagte er. »Aber nur fast. Ich dachte, ich hätte das Stück sorgfältig ausgesucht, aber ich habe eine Unvollkommenheit übersehen, und das verdirbt mir nun die ganze Arbeit. Mein Auftraggeber ist sehr anspruchsvoll, er wird sie mir nicht abnehmen.«

Olkodan hielt die Schale bewundernd in den Händen. »Sie ist dennoch wunderschön«, sagte er. »Ich wollte, ich verfügte über deine Fähigkeiten.«

Alvurkan zuckte mit den Schultern und schob ein kleines Stück Holz auf der Werkbank hin und her. »Hast du es je ernsthaft versucht?«, fragte er. »Ich glaube, jeder, der gerne und gut mit Holz arbeitet, hat auch die Fähigkeit, es zu singen.«

Er sah Olkodans erstaunte Miene und lachte. »Ich weiß, mit dieser Einstellung mache ich mir keine Freunde bei der Gilde der Baumsinger.« Er stand auf und ging zum Fenster, das in einen winzig kleinen, überwucherten Garten hinausblickte. »Du hast es sicher versucht«, sagte er.

Olkodan seufzte leise. »Ich habe es versucht, natürlich.« Er nahm das Stückchen Holz in die Hand und drehte es sanft zwischen seinen Fingern. »Manchmal hatte ich das Gefühl, dass ich es nur ein klein wenig anders anstellen müsste, damit es gelingt. Aber es war immer nur ein Gefühl.«

Alvurkan drehte sich nicht um. Seine Hände lagen ruhig auf dem Fenstersims. »Zeig es mir«, sagte er. Olkodan zögerte. Alvurkan drehte sich um und verschränkte die Arme. »Zeig es mir«, forderte er erneut. Seine Augen lächelten.

Olkodan begegnete seinem Blick, dann zuckte er resigniert mit den Achseln und hob das Stück Holz vor sein Gesicht. Er betrachtete es von allen Seiten, prüfte es, betastete es mit den Fingerspitzen, und dann begann er leise zu summen.

Alvurkan sah ihm aufmerksam zu. Dann trat er an Olkodans Seite, legte eine Hand um Olkodans Finger und die andere ganz leicht an seine Lippen. »Weiter«, sagte er.

Olkodan schluckte. Dann holte er Luft und erneuerte seine Anstrengungen.

Nach einer Weile nickte Alvurkan. »Pass auf«, sagte er. Er nahm ein anderes Stück Holz und hielt es zwischen den Fingerspitzen. Mit einem gehauchten Ton beginnend, drehte er das Stückchen in der Hand, verstärkte das Summen zu einem klaren Ton, ließ ihn wieder verhauchen und bewegte dabei das Holz unablässig zwischen seinen Fingern, streichelte es, schmeichelte und sang die Form hinaus, die darin steckte und nun ans Licht drängte wie ein Küken, das aus einem Ei schlüpft.

Olkodan sah mit angehaltenem Atem zu. Er hatte Baumsinger bei der Arbeit gesehen, aber es waren immer größere Arbeiten gewesen. Als Kind hatte er zugesehen, wie die hölzerne Bank, die rund um die Kastanie auf dem Marktplatz von Grünau führte, aus dem Stamm gesungen worden war. Das hatte ihn so beeindruckt, dass er seitdem auch Baumsinger werden wollte. Später hatte er erfahren müssen, dass dieser Weg einem einfachen Hainelben wie ihm nicht offenstand. Sein Unglück darüber hatte einen großen

Teil seines Lebens überschattet und ihm immer wieder Zeiten tiefer Mutlosigkeit beschert.

Sein Gemüt hatte sich erst wieder dauerhaft aufgehellt, als er Iviidis kennenlernte, sich in sie verliebte und feststellte, dass sie seine Gefühle erwiderte.

»Olkodan?«, fragte Alvurkan sanft.

Er schüttelte die Gedanken ab. »Ich habe das noch nie so aus der Nähe gesehen«, sagte er langsam. »Ich glaube, ich versuche es noch einmal.«

Alvurkan legte die aus dem Holz gesungene Rose beiseite. »Baumsinger lassen sich nicht gerne auf die Finger sehen, ich weiß«, sagte er. »Mir macht das nichts aus. Ich fürchte nur, ich bin kein guter Lehrer.«

Olkodan schaute von dem Holz auf. »Warum bemühst du dich so um mich?«, fragte er.

Der andere blickte ihn offen an. »Ich habe Iviidis immer sehr gerne gehabt«, antwortete er. »Ihr Vater hat mich früh entmutigt, mich als Anwärter auf ihre Hand zu sehen – und ich habe mich entmutigen lassen. Dafür schäme ich mich heute noch.« Er senkte den Blick. »Ich habe mir damals nur eins gewünscht: dass sie sich nicht dazu bringen lässt, Nekiritan zu heiraten.«

Olkodan hatte die Hand mit dem Holzstück sinken lassen. »Und du nimmst mir nicht übel, dass ich Iviidis …«

Alvurkan schüttelte den Kopf. »Ich habe mich gefreut. Du bist genau der Richtige für sie. Und ich habe Riikarja gefunden, für die ich genau der Richtige bin. Iviidis hat in mir nie mehr gesehen als einen guten Freund, und mehr als das will ich heute auch nicht mehr sein.« Er deutete auf Olkodans Hand. »Du wolltest etwas damit tun.«

Olkodan sah ihn noch einen Augenblick lang an, dann sammelte er sich wieder und wandte sich ganz dem Holz zu. Er bemühte sich, das zu wiederholen, was er bei Alvurkan gesehen hatte, und für eine kleine Zeitspanne schien sich das harte Material in seiner Hand zu erwärmen und weicher zu werden. Er atmete scharf aus und sah auf. Der Baumsinger lächelte.

»Ich denke, wir können daran arbeiten«, sagte er. »Ich bin kein geübter Lehrer, aber wir können gemeinsam schauen, was dabei herauskommt. Wenn du möchtest.«

»Ob ich möchte?«, sagte Olkodan atemlos. »Es gibt nichts, was ich mir jemals mehr gewünscht habe in meinem Leben. Außer meiner Frau«, fügte er leise hinzu und blickte auf das Holz in seiner Hand, das sich an einer Seite leicht verformt hatte.

Alvurkan klopfte ihm sacht auf die Schulter. »Ich freue mich darauf, mit dir zu arbeiten«, sagte er.

Olkodan war nachdenklich und beschwingt zugleich, als er nach Hause ging. Er brannte darauf, Iviidis zu erzählen, was geschehen war – und ihr zu sagen, dass er dem Gedanken, zumindest für eine Zeit wieder in den Sommerpalast zurückzukehren, gar nicht mehr so abgeneigt war.

Er ging an der Wache vorbei, die in Glautas' Hof stand, und schritt dann eilig die Biegungen des Ganges entlang, die ins Herz des Hauses und zu Iviidis' Gemächern führten. Im Eintreten sagte er: »Weißt du, was …« und unterbrach sich gleich wieder. Die Frau, die im Zimmer stand, war nicht Iviidis. Sie war dunkelhaarig und stämmig und trug die Uniform einer Gardistin.

Beide begannen gleichzeitig zu reden, hörten wieder auf, und Olkodan gab der Frau lachend ein Zeichen mit der Hand. »Du musst Broneete sein«, sagte er.

Die Gardistin nickte und hob die Schultern. »Entschuldige, dass ich hier eingedrungen bin«, sagte sie. »Iviidis hat nichts dagegen, wenn ich hier auf sie warte, und ich wusste nicht, dass jemand anderes … Du bist Olkodan, ihr Mann, nicht wahr?«

Olkodan bestätigte das und sagte: »Iviidis ist ins Archiv gegangen, aber wenn du möchtest, kannst du gerne hier auf sie warten.«

Broneete dankte ihm, entschied sich aber dagegen. »Könntest du ihr ausrichten, dass ich hier war?«, fügte sie hinzu. »Ich komme morgen nach meinem Dienst noch einmal vorbei.«

Sie verabschiedete sich, und Olkodan machte sich auf die Suche nach seinem Sohn. In der Küche wurde er schließlich fündig – Indrekin saß auf einer Arbeitsplatte und patschte mit seinen kleinen Händen auf einem Teigklumpen herum. Die Köchin und sein

Kindermädchen standen lachend neben ihm, die Köchin mit einem Nudelholz in der Hand, und boten ihre Hilfe an, aber Indrekin wollte alles alleine machen. Das Nudelholz war zu groß und zu schwer für ihn, aber er gab nicht auf. Er kniete auf der Platte, beide Hände auf das Holz gestemmt, und schob ächzend und stöhnend den Teigklumpen damit vor sich her.

Olkodan stellte sich neben ihn und bewunderte das Werk.

»Ich backe Kekse«, sagte Indrekin stolz.

»Und das macht er sehr gut«, fügte Leniita hinzu und drückte unauffällig den Teig mit ihren großen Händen flach. »Jetzt musst du sie ausschneiden.« Sie drückte dem Jungen ein flaches Holz in die Hand.

Olkodan setzte sich an den großen Eichentisch, der mitten in der Küche stand, und sah zu, wie Indrekin und die Köchin die Plätzchen formten und auf ein Blech legten.

Zwischendurch drehte Leniita sich um und sah ihn streng an. »Du siehst aus, als hättest du heute noch nichts gegessen«, sagte sie. Ohne Olkodans Antwort abzuwarten, ging sie zum Schrank und holte Brot, Butter und Käse heraus. Sie schnitt ein paar kräftige Scheiben von dem knusprigen Brot ab, nahm aus einem Korb eine kleine Gurke und eine Handvoll Radieschen und legte alles auf ein großes Holzbrett, das sie vor Olkodan hinstellte.

Er stellte fest, dass sie recht hatte, und begann zu essen, während Indrekin vor dem großen Herd stand und gespannt zusah, wie seine Kekse in dem rußigen Bauch verschwanden.

Iviidis war noch nicht wieder nach Hause gekommen. Olkodan saß noch eine Weile auf dem Diwan und dachte über den Tag und seine Ereignisse nach. Was Alvurkan gesagt hatte, stimmte. Er hatte sich verändert. Zwar fühlte er sich in Glautas' Gegenwart immer noch ein wenig wie ein Dienstbote, der gerade das beste Geschirr zerschlagen hat, aber er hatte nicht mehr die Angst vor Iviidis' Vater, die ihm früher in seiner Gegenwart immer die Knochen erweicht hatte.

Olkodan lächelte. Anscheinend war er damit nicht allein. Wenn sogar ein angesehener Baumsinger wie Alvurkan Glautas fürchtete, dann war sein eigener Respekt keine Feigheit, sondern eine schlichte Tatsache. Mit dem Obersten Tenttai war eben nicht gut Kirschen essen, außer, man hatte einen sehr langen Löffel.

In der Abenddämmerung sang eine Amsel. Olkodan seufzte und legte sich für einen kurzen Augenblick der Ruhe auf das Bett, um auf Iviidis zu warten.

Er erwachte, weil er fror. Zuerst wusste er nicht, warum er voll angekleidet auf dem Bett lag. Durch das Fenster zog ein kühler Luftzug herein, der nach frischem Heu und Feuchtigkeit roch. Regen plätscherte leise.

Olkodan stand steifgliedrig auf und ging ans Fenster. Es war tiefe Nacht. Verwirrt sah er sich um. Wo war Iviidis? Vielleicht war sie hinausgegangen, um nach Indrekin zu sehen. Aber selbst wenn sie ihn, Olkodan, nicht hatte wecken wollen, hätte sie sicherlich die Decke über ihn gelegt, damit er nicht fror. Das tat sie sonst immer.

Er stand unschlüssig eine Weile im Zimmer, dann ging er zur Tür und blickte hinaus. Es war dunkel, das Haus schlief. Nichts regte sich.

Schließlich ging er zu Bett. Es war unwahrscheinlich, dass Iviidis hier im Sommerpalast etwas zugestoßen war. Sicher hatte sie sich einfach noch mit einer Freundin getroffen und dort auch gleich übernachtet. Es bestand überhaupt kein Grund zur Sorge.

Obwohl er sich das sagte, hatte er Mühe, wieder in den Schlaf zu finden. In seinem Kopf kreisten Bilder, und ihm klangen die Worte des Zwerges im Ohr: *Die Schwester deiner Frau hat mich gebeten, ein Auge auf dich und Iviidis zu werfen.*

Die Schwester seiner Frau. Er versuchte, sie sich vorzustellen. Über dem Bild einer Elbin, die ihn mit Iviidis' Augen aus einem Gesicht anlächelte, das nicht Iviidis gehörte, schlief er endlich ein, und im Einschlummern hörte er sie mit Glautas' Stimme sagen: *Pass auf Iviidis auf. Sie ist in Gefahr!*

In der dunkelsten Stunde der Nacht hörte der Regen plötzlich auf, und ein frischer Wind erhob sich. Das Haus lag still unter einem aufklarenden Himmel, über den Wolkenfetzen trieben. Ein Nachtvogel ließ seinen klagenden Ruf hören, der plötzlich abbrach. Einen Augenblick lang war es vollkommen ruhig, selbst der Wind hatte aufgehört zu blasen. Niemand war zu dieser Nachtzeit unterwegs, die wachsamen Augen einer Ratte, die im Gras nach Essbarem suchte, erblickten den gleitenden, huschenden Fleck Dunkelheit, der mit den anderen Schatten der Hauswand verschmolz, kurz verharrte, weiterrückte, wieder zur Ruhe kam.

Der wandernde Schemen erreichte die Türöffnung und schob sich ins tiefere Dunkel des Eingangs. Die Ratte wartete noch einen Moment, aber die sonderbare Bewegung hatte aufgehört. Beruhigt widmete sie sich wieder der Nahrungssuche.

Im Inneren des Hauses erregte der stille Eindringling keinerlei Aufmerksamkeit. Er glitt lautlos durch die gewundenen Gänge bis ins innerste Herz des Gebäudes. Dort verharrte er erneut und schien zu lauschen. Dann schob er sich so geräuschlos, wie er durch das Haus gewandert war, durch einen sanft im Luftzug raschelnden Türvorhang und machte vor einem niedrigen Lager halt. Der Eindringling senkte den Kopf, betrachtete die Schlafenden. Einer der beiden regte sich unruhig, als bemerke er eine fremde Anwesenheit im Raum. Der Schatten beobachtete das Aufwachen reglos und kaltblütig, wartete mit grausamer Freude, bis der Schläfer ganz und gar wach war und der Schrecken in seinen Augen anzeigte, dass er sich der Bedrohung neben seinem Lager bewusst wurde.

Kein Laut drang über die Lippen des überraschten Elben, denn der Eindringling ließ ihm keine Gelegenheit dazu. Mit der Schnelligkeit eines herabstoßenden Falken hieb er nach der Kehle seines Opfers und zerfleischte sie mit einer Beiläufigkeit, die umso grausamer war. Das heiße Blut des Sterbenden spritzte auf die Schläferin neben ihm, die, von seinen letzten Zuckungen aufgeweckt, nun mit einem Aufschrei emporfuhr.

Der düstere Eindringling sorgte mit einer weiteren, augenblickschnellen Bewegung seiner Hand für Schweigen. Sein Griff zerdrückte den Kehlkopf der Elbin, die mit grauenerfüllter Miene zu ersticken begann. Der Schatten neigte den Kopf, unzufrieden, wie es schien, und wandte sich dann mit einem Achselzucken ab, denn von draußen war ein fragender Ruf erklungen.

Er verließ das Zimmer und seinen Geruch nach frischem Blut, und auf dem Weg hinaus tötete er mit einer Geste, wie man eine lästige Fliege erschlägt, noch einen alten Elben, der sich ihm in den Weg stellte.

Der Himmel war sternenklar, und in der Ferne sang ein Nachtvogel ein melancholisches Lied. Der Schatten verschmolz mit all den anderen Schatten des Hains und war verschwunden.

## Andronee Mondauge, Persönliche Aufzeichnungen

»Ich habe mich oft gefragt, ob ich hätte verhindern können, was dann geschah. Vielleicht wäre es mir möglich gewesen, wäre ich nicht ausgerechnet die Oberste Tenttai der Bewahrer gewesen, sondern nur eine der Herrinnen der Fünf Häuser.

Aber mein Status machte mich zur Feindin der Großen Häuser, und als erste Beraterin der Königin war ich diejenige, die nun die gesamte Last und die Schuld am Geschehenen auf ihren Schultern tragen musste.

(…)

Es nahm seinen Lauf, unabwendbar. Die Ältesten schließlich waren es, die uns den Ausweg aus einem blutigen und todbringenden Chaos wiesen, und obwohl die Konsequenz verhängnisvoll für unser ganzes Volk sein musste, wählten wir schließlich mit großem Leid in unseren Seelen diesen Weg.

(…)

Es brach mir das Herz, als ich mitansehen musste, wie die Ältesten sich voneinander trennten. Wenn mir irgendwann deutlich wurde, welch ein Riss ab jetzt durch unser Volk gehen würde, dann war es an dieser Stelle. Sie hielten sich ein letztes Mal an den Händen, dann löste sich Windgesang von ihrem weinenden Bruder, nahm ihr Bündel und schritt uns allen voran auf unserem langen Weg. Seit diesem Tag sind wir auf Wanderschaft, doch unsere Herzen sehnen sich auch heute nach den Stätten unserer Kindheit zurück.«

# 22

Das eisenbeschlagene Tor der *Kervansaray* stand weit offen. Der dunkelhäutige Wächter, der im Schatten der dicken Mauern stand, wirkte nur auf den ersten Blick schläfrig. Er hielt eine Lanze lässig in der Armbeuge und hatte die Daumen in seinen Gürtel gehakt. Sein langer, schwarzer Schnurrbart bewegte sich im Rhythmus seiner Kaubewegungen, und hin und wieder spie er in den Sand neben seinen Stiefeln.

Aber seine dunklen Augen musterten die eintreffenden Reisenden scharf und genau, und er bemerkte jede Waffe und jedes verhüllte Bündel, das auf einem Skrallrücken an ihm vorbeischaukelte.

Die achteckige Wehranlage lag an der großen westlichen Karawanenroute und war deshalb selbst von imposanter Größe. In ihren Mauern herrschte rege Betriebsamkeit. Die Arkadengänge, die den großen Hof umgaben, hallten wider von den Stimmen der Reisenden, von Tiergeschrei und dem Lärm des Be- und Entladens der Karawanen.

Wohlgerüche von bratendem Gemüse, heißem Tee, Gewürzen und Parfums mischten sich mit den beißenden Ausdünstungen der großen Echsen, menschlichem Schweiß und dem Gestank von Exkrementen und verrottendem Unrat.

Die staubbedeckte kleine Gruppe aus Skralls und Menschen, die jetzt den Hof betrat, erregte keinerlei Aufmerksamkeit. Vorneweg ging ein dunkelhäutiger Händler in papageienbunter Aufmachung, der eine kleine Familie von Skralls hinter sich führte. Auf ihren Rücken saßen vier verschleierte Frauengestalten, die lethargisch im Rhythmus der Schritte ihrer Reittiere in den Sätteln hin- und herschaukelten. Den Abschluss bildete ein jüngerer Mann in einem schlichten Burnus, der sich aufmerksam, aber nicht neugierig umschaute.

Der dickbäuchige ältere Mann, der die kleine Karawane leitete, deutete auf einen freien Platz in der Nähe der Ställe. Der Gehilfe nickte und hob die Skrallpeitsche, um das letzte Tier mit einer leisen Berührung am muskulösen Hinterlauf in die richtige Richtung zu lenken.

Die Frau, die auf diesem Skrall saß, schlug den Schleier ein wenig beiseite, um sich umzublicken. An ihren Handgelenken klingelte eine feine, silberne Kette, die mit dem Geschirr ihres Reittiers verbunden war.

Das Gesicht, das aus den Falten ihres Schleiers blickte, war ebenmäßig geschnitten und so hell wie der weiße Sand unter ihnen. Eine goldene Haarsträhne lugte hervor, und veilchenblaue Augen musterten mit einem Ausdruck zwischen Angst und Resignation die Umgebung.

Der Händler drehte sich um und hob mit einem scharfen Pfiff drohend die Skrallpeitsche. Sein jüngerer Begleiter klopfte mit seiner Peitsche gegen das Bein der Frau und sagte leise etwas zu ihr. Sie zog den Schleier vor ihr Gesicht und sank ebenso teilnahmslos im Sattel zusammen wie die andere Frau, die hinter ihr saß.

Die beiden Männer ketteten die Skralls an einer Säule an, und der ältere verschwand in einem der Eingänge der *Kervansaray*. Sein Gehilfe lehnte sich an die Mauer, streifte die Kapuze seines Burnus zurück und steckte ein Zuckerblatt zwischen die Zähne, auf dem er herumzukauen begann, während er sich müßig umblickte. Er hatte ein rundes Gesicht, aus dem ein Paar dümmliche schwarze Augen blickten, und sein dunkelbraunes Haar hing ihm in öligen Strähnen in die sonnenverbrannte Stirn. Er bohrte mit einem dreckigen Finger in seinen bräunlich verfärbten Zähnen herum.

Seine Blicke wanderten über den Hof und betrachteten die anderen Reisenden. Eine kleine Gruppe von hell gewandeten Kriegern erweckte seine Aufmerksamkeit. Er schob sich in eine etwas aufrechtere Position und reckte mit leicht geöffnetem Mund den Hals, ein Bild einfältiger Neugier.

Die Männer standen vor der Tür des Teehauses beieinander,

steckten die Köpfe zusammen und waren in ein angeregtes Gespräch verwickelt. Der Gehilfe konnte beobachten, dass andere Reisende einen vorsichtigen Bogen um die schwer bewaffneten Männer machten.

Sie sahen aus wie Brüder, hochgewachsen, sonnenverbrannt und sehnig, mit kahlrasierten Schädeln, die nur ein dünner Streifen helles Haar zierte, der von der Stirn bis in den Nacken lief und dort zu einem Zöpfchen geflochten war. Ihre Kleidung war die von reitenden Wüstenbewohnern: helle Burnusse, unter denen schmale Hosen und weiche Stiefel aus Echsenleder hervorblickten. Das Auffälligste waren ihre Waffen: krumme Säbel oder lange Messer, dazu kurze Bögen oder Armbrüste und Köcher mit Pfeilen.

»Jamalli«, murmelte der junge Händler und spuckte aus.

»Richtig«, bestätigte der ältere, der nun an seine Seite trat. Sein dunkles, vollbärtiges Gesicht lächelte, und er tätschelte zufrieden seinen dicken Bauch. »Hoffen wir, dass es unsere Geschäftspartner sind.« Er deutete auf eine Türöffnung gegenüber. »Man hat uns diesen Stall und einen Lagerraum zugewiesen. Lass uns die Tiere wegbringen und dann ins Teehaus gehen. Ich habe Hunger.«

Der junge Mann sah zu, wie die Jamalli das Teehaus betraten, und lächelte ebenfalls.

Kurz darauf sah man die beiden Händler quer über den großen Hof gehen. Der Ältere redete auf seinen Gehilfen ein, dabei eindringlich mit den Händen gestikulierend. Der Händler machte sich Sorgen um die Transportfähigkeit seiner Ware und fragte sich, ob es nicht günstiger sei, gleich hier einen Abnehmer zu finden, der dann selbst zusehen könne, wie er den Weitertransport regelte.

Er war noch dabei, wortreich auf seine Zulieferer zu schimpfen, die ihm so empfindliche und verderbliche Ware zumuteten, als sie das Teehaus durch einen klimpernden Vorhang aus Glasperlen betraten. Er verstummte für eine kurze Weile, in der er sich nach einem freien Platz für sich und seinen Gehilfen umsah. Dann deutete er auf einen Platz in der Nähe der Tür, an dem ein kleiner

Luftzug für Kühlung sorgte, und hielt einen Jungen am Arm fest, der gerade mit einer Wasserpfeife an ihnen vorüberkam.

»Du bringst uns das Gleiche«, sagte er laut. »Aber zuerst Tee und etwas Kaltes zu essen. Ach ja, und zwei Gläser *Skrillja*!« Ohne den Jungen weiter zu beachten, ließ er sich ächzend auf einem der Kissen nieder, die auf der Strohmatte rund um einen niedrigen Tisch lagen, und lehnte sich an die lehmverputzte Wand.

Die Jamalli saßen an einem Tisch gegenüber auf der anderen Seite der Tür. Sie waren zu viert und aßen schweigend gemeinsam aus einer großen Schüssel, die in der Mitte des Tisches stand. Es roch nach Hirse und gebratenem Skrallfleisch mit Zwiebeln.

Der Händler schnäuzte sich geräuschvoll und nickte nur, als der Servierjunge das Bestellte brachte. Er hob das kleine Glas mit dem milchiggrünen Echsenschnaps, prostete seinem Gehilfen zu und schüttete es in einem Zug hinunter. Dann nahm er einige Anissamen aus dem Schälchen, das in der Mitte des Tisches stand, und warf sie in den Mund.

»Los, runter damit, das ist gesund«, sagte er kauend. Sein Gehilfe verzog leicht das Gesicht, kam der Aufforderung aber nach.

»Wir sollten uns umhören«, sagte der Händler und riss ein Stück vom Fladenbrot ab. Er tunkte es in die scharfe grünrote Sauce, mit der es serviert worden war, und häufte sich eine gehörige Menge kaltes, gegrilltes Gemüse darauf.

Dann schob er den Bissen in den Mund, kaute hingebungsvoll und schluckte. »Es sind um diese Zeit viele Händler aus dem Norden hier«, fuhr er fort und deutete mit einer großen Handbewegung um sich. »Es ist sicherlich jemand darunter, der uns die Mädchen abnimmt.« Er lachte dröhnend. »Im Norden herrscht immer Bedarf an Frischfleisch.« Er schaufelte sich den nächsten Bissen in den Mund und spülte ihn mit einem großen Schluck Tee hinunter.

»Aber unser Auftraggeber …«, wandte der Gehilfe zaghaft ein.

»Er wird zufrieden sein«, tönte der Händler. »Ich werde ihm anderes Spielzeug besorgen. Ich weiß, was er noch lieber mag als junge Frauen.« Er beugte sich vor und sagte mit seiner durchdringenden Stimme: »Kinder. Sandläuferkinder. Er ist ganz verrückt nach dem kleinen Ungeziefer. Hält sie als Diener und als Spielzeug und ich glaube, für das Training seiner Jagdhunde.« Er lehnte sich zurück und lachte dröhnend. »Das kleine Viehzeug lässt sich jedenfalls leichter durch die Wüste schaffen als unsere empfindlichen Dämchen. Wir müssen nur jemanden finden, der so was im Sortiment hat.«

Er rülpste und winkte dem Servierjungen mit dem Schnapsglas zu.

Die Jamalli am Nebentisch hatten ihre Mahlzeit inzwischen beendet. Sie ließen sich Wasserpfeifen kommen und unterhielten sich gedämpft miteinander, während sie rauchten. Der Gehilfe blickte zu ihnen hinüber und sagte leise: »Sie hören zu.«

Der Händler nickte kaum wahrnehmbar. Er tätschelte seinen Bauch und leerte das Glas mit dem scharf riechenden *Skrillja*, um gleich ein neues zu bestellen. Der Händler erzählte allerlei Belangloses von seinen Reisen, während sein Gehilfe schläfrig vor sich hindämmerte und ab und zu ein zustimmendes Geräusch von sich gab.

Irgendwann nach einigen zusätzlichen Gläsern Schnaps gab der Händler das Zeichen zum Aufbruch. Der Gehilfe zahlte die Zeche, während der Ältere draußen vor der Tür wartete. Er blickte zum Himmel auf, wippte leicht auf den Zehen und pfiff leise und unmusikalisch durch die Zähne.

Die Sklavenjäger traten durch den klimpernden Vorhang. Einer von ihnen rempelte den Händler leicht an und entschuldigte sich mit rauer Stimme.

»Macht nichts, macht nichts«, sagte der Händler mit einer weit ausholenden Handbewegung, die einen der Jamalli fast getroffen hätte. Er war ganz offensichtlich nicht mehr ganz nüchtern. Die Jamalli grinsten, und einer beugte sich zu dem sanft schwankenden Mann hinunter. »Wir haben gehört, was du drinnen erzählt hast«, sagte er. Sein nördlicher Akzent klang hart und unmelodisch. »Wir haben etwas, was dir möglicherweise gefallen könnte.«

Der dickbäuchige Mann kniff die Augen zusammen. »Ihr seid Jamalli«, stellte er fest. »Ich mache keine Geschäfte mit Jamalli.

Hab schlechte Erfahrungen gemacht ... Nichts für ungut.« Er rülpste.

Der Wortführer der Sklavenjäger hörte mit einem Schlag auf zu grinsen. Seine Hand schloss sich um den abgewetzten Griff seines Messers. Die anderen rückten näher und starrten den Händler drohend aus geschlitzten, hellen Katzenaugen an.

»Was willst du damit sagen?«, zischte der Jamall. »Wir bieten dir an, dir deine Ware abzukaufen, obwohl du ein fetter, kriechender Sandwurm bist, der dankbar sein sollte, wenn ein Jamalli-Krieger überhaupt mit ihm redet.« Er stand dicht vor ihm, und sein Speichel sprühte auf das Gesicht des Händlers, der nicht mit der Wimper zuckte.

»Hab schlechte Erfahrungen gemacht«, wiederholte er. »Hat nichts mit dir persönlich zu tun, du bist bestimmt ein prima Kerl. Aber ich mach keine Geschäfte mit Jamalli, das ist'n Grundsatz von mir.«

Der Jamall heulte auf und griff nach der Kehle des Händlers. Der Gehilfe, der inzwischen aus dem Teehaus gekommen war, schrie auf und warf sich dazwischen. »Edle Herren«, stieß er hervor, »nehmt meine Entschuldigung entgegen. Mein Herr weiß nicht, was er redet. Er ist betrunken, seht ihm sein Geschwätz nach. Natürlich will er mit euch handeln!«

Der Händler griff hilflos nach der sehnigen Hand, die eisern seine Kehle umklammert hielt. Er schnappte nach Luft, und seine Augen begannen hervorzutreten.

»Bitte, hört auf mich«, flehte der Gehilfe. »Ich zeige euch auch gerne unsere Ware. Wir haben vier schöne Mädchen aus dem Norden. Eine ist blond! Eine Prinzessin, ganz hell und zart. Schön! Jung! Gerade recht für einen hohen Herrn – ihr werdet ihr Gewicht in Gold als Kaufpreis nehmen können!«

Der aufgebrachte Jamall wandte zum ersten Mal seinen starren Blick von dem dunkel angelaufenen Gesicht des älteren Händlers. »Warum willst du so erstklassige Ware an uns verkaufen?«, fragte er misstrauisch. »Du könntest doch selbst Profit damit machen.«

Der Gehilfe deutete auf seinen Herrn. »Lass ihn erst los, bitte«, sagte er. »Wir sollten einen Tee miteinander trinken und uns alle beruhigen, und dann reden wir.«

Der Jamall ließ den Händler beiläufig los und wischte sich die Hand an seinem Burnus ab, als hätte er etwas Schmieriges berührt. Der Händler sank gegen die Hauswand, rang nach Luft, hustete und krächzte und rieb seinen Hals, an dem sich feuerrot die Fingerabdrücke des Jamalls abzeichneten.

»Also gut«, sagte der Sklavenjäger mit ausdrucksloser Miene. »Du lädst uns zum Tee ein, und dann hören wir, was du anzubieten hast.«

Er legte seine Hand auf die Schulter des Gehilfen und schob ihn wieder ins Haus. Die anderen Jamalli folgten ihm, und wenig später humpelte auch der Händler hinein und setzte sich, wobei er darauf achtete, seinen Gehilfen zwischen sich und dem Sprecher der Jamalli zu halten.

Der Tee wurde serviert, und die Männer tranken schweigend das erste Glas. Dann stellte der Jamall sein Glas ab und wandte sich dem Gehilfen zu. »Du wolltest etwas von uns.«

Der junge Mann stupste seinen älteren Begleiter Hilfe suchend an. Der beugte sich vor und sagte mit finsterer Miene: »Du redest mit mir, Jamall. Es ist meine Ware.«

Der Sklavenjäger sah ihn nicht an. »Ihr sucht Kinder«, sagte er. »Wir haben Kinder. Sechs Stück, gute Ware, frisch.«

Der Händler knurrte. »Gut«, sagte er. »Meinetwegen. Ich kaufe sie dir ab, wenn ich sie gesehen habe. Wie viel?«

Der Jamall wandte ihm langsam das Gesicht zu. Er grinste breit und humorlos. »Wir tauschen«, sagte er. »Deine Ware gegen unsere.«

»Du bist verrückt!« Der Händler schlug mit der Hand auf den Tisch und machte Anstalten, sich zu erheben. Sein Gehilfe packte ihn hastig am Ärmel und zerrte ihn wieder auf das Kissen. Die Jamalli, die sich aufgerichtet und nach ihren Waffen gegriffen hatten, sanken zurück.

Der Anführer starrte den Händler an. »Ich biete dir ein Geschäft, das du nicht abschlagen solltest, wenn du an deinem Leben hängst«, zischte er. »Du hast mich beleidigt. Du kannst froh sein, wenn ich dir nicht die Kehle durchschneide und dir deine traurigen Weiber einfach so abnehme!« Er spuckte auf den Boden.

Der Händler war blass geworden unter seiner dunklen Haut. Er sah seinen Gehilfen an, der heftig nickte.

»Aber das ist ein schlechtes Geschäft für mich«, wandte er trotz seiner offensichtlichen Furcht ein. »Ein paar halb verhungerte Kinder gegen meine Luxus-Mädchen, eins hübscher als das andere, wohlgenährt, duftend, eine wahre Augenweide!« Er weinte beinahe.

Die Jamalli lachten und stießen sich an. Ihr Wortführer stand auf. »Zeig uns deine Mädchen«, befahl er.

Der Händler jammerte ein wenig, aber er ging voraus zu seinem Lagerraum. Er fingerte einen Schlüsselbund heraus, schloss die Tür auf und ließ die Jamalli eintreten.

Die Frauen hockten zwischen einigen Gepäckstücken auf Decken. Ihre Fußketten waren an Ringen an der Wand befestigt. Sie sahen die eintretenden Männer, drängten sich eng aneinander und verbargen eilig ihre Gesichter.

Der Händler deutete auf die Größte. »Du«, befahl er. »Steh auf. Zeig dein Gesicht.«

Die Frau stand zögernd auf. Sie schlug den Schleier beiseite und sah die Sklavenjäger ängstlich an.

Der Jamall-Anführer pfiff durch die Zähne. »Du hast nicht übertrieben«, sagte er zu dem Gehilfen. Er trat nah an die Frau heran und packte ihr Kinn, schob ihren Kopf hin und her, zog eins ihrer Unterlider herunter. »Gute Augen. Klar, gesund«, sagte er. Dann zwängte er die Finger zwischen ihre Zähne und öffnete ihren Mund. Sie keuchte protestierend.

»He«, rief der Händler. »Geh ein bisschen behutsamer mit ihr um, du beschädigst sie noch!«

»Gutes Gebiss«, sagte der Jamall, ohne sich stören zu lassen. Er betastete die Schenkel und Arme der jungen Frau und strich prüfend über ihre Vorderseite, als tätschelte er ein Pferd. Sie errötete und murmelte etwas in einer Sprache, die keiner verstand.

Der Jamall ließ sie los und drehte sich um. »Woher hast du sie?«

»Einer meiner Kunden hatte Schulden bei mir, die er nicht bezahlen konnte, und hat sie mir dafür überlassen.«

»Der Idiot«, sagte der Jamall. Der Händler vergaß seinen Streit mit dem Sklavenjäger und lachte zustimmend. Die beiden Männer zwinkerten sich zu.

Dann wurde der Jamall ernst. »Ich nehme sie. Die anderen auch«, fügte er mit einem flüchtigen Seitenblick hinzu.

Der Händler begann sich unwillkürlich die Hände zu reiben. »Sie ist wirklich ein ganz besonders prächtiges Exemplar«, sagte er. »Aber ich kann dir einen guten Preis machen …«

Der Jamall machte eine Kopfbewegung. Seine Männer, die stumm an der Tür gestanden hatten, nahmen den Händler rechts und links in die Zange und hielten seine Arme fest. Ihr Anführer griff mit einer schnellen Bewegung zu und hatte dem Händler seinen Schlüsselbund entrissen, den er dem vierten Jamall zuwarf. Der ging zu den Frauen und begann, sie loszuschließen.

Der Händler protestierte. Der Jamall zog bedeutungsvoll sein Messer aus dem Gürtel und ließ die scharfe Schneide blitzen. »Hast du vergessen, was ich dir gesagt habe?«, fragte er.

Der Händler sank zusammen. »Aber ihr könnt mich doch nicht einfach ausrauben«, jammerte er. »Es gibt Gesetze. Ihr werdet keinen Fuß mehr in diese *Kervansaray* setzen dürfen, ich zeige euch beim *Saffar* an …«

Der Jamall machte eine scharfe Handbewegung. »Schweig!«, sagte er. »Ich raube dich nicht aus. Das ist ein legales Tauschgeschäft.«

Er sagte ein paar Worte in seiner Sprache zu seinem Begleiter, der nickte und hinausging, die Frauen hinter sich herzerrend.

Der Jamall-Wortführer zog sein Messer und begann schweigend, seine Fingernägel zu reinigen. Sie warteten, während der Händler leise und erbittert vor sich hinfluchte und seinem Gehilfen böse Blicke zuwarf.

Wenig später kehrte der vierte Mann zurück. Er trieb eine kleine Schar verängstigt aussehender Sandläuferkinder vor sich her. Der Händler warf seinem Gehilfen einen schnellen Seitenblick zu. Der musterte die Kinder und nickte.

»Diese halb verhungerten Lumpenbündel wollt ihr mir für meine schönen Mädchen andrehen!«, jammerte der Händler. Er beugte sich zu den Kindern hinunter und musterte sie aus der Nähe. Der kleinste Junge sah ihn aus riesengroßen dunklen Augen an und begann zu schluchzen, und eins der Mädchen weinte sofort laut mit, während die etwas größeren Kinder ihn voller Hass und Angst anstarrten.

»Sag ihnen, dass ich sie durchprügele, wenn sie heulen«, wies der Händler seinen Gehilfen an. »Ich habe keine Lust, mit einer kreischenden Fracht durch die Wüste zu reisen.«

Er wandte sich an den Jamall-Anführer. »Ich weiß schon, warum ich keine Geschäfte mit euch mache. Ihr seid ein verdammtes Räuberpack.«

Der Jamall lächelte zufrieden und steckte sein Messer weg. »Du hast ja deine Kinder«, sagte er. »Und du hast dich darüber beklagt, dass die Mädchen mehr Umstände machen. Also, was willst du?« Er stieß dem Händler den Finger in den vorstehenden Bauch. »Außerdem bist du noch am Leben und kannst weiterfressen. Das kann kaum jemand von sich behaupten, der so unvorsichtig war, einen Jamall zu beleidigen, Sandwurm!«

Er lachte und ging zur Tür hinaus. Die beiden Händler warteten, bis die Schritte sich entfernt hatten, dann plumpste der Ältere auf einen Strohballen und zog den Hut vom Kopf, um sich damit den Schweiß aus dem Gesicht zu wischen. »Puh!«, machte er.

Der Jüngere sah auf und lächelte. »Du warst gut«, sagte er anerkennend. Dann wies er auf die Kinder, die ihn ungläubig anstarrten. »Sie glauben mir nicht, aber sie sind wenigstens ruhig. Wir sollten zusehen, dass wir von hier wegkommen.«

»Welche ist Tamayouts Schwester?«, fragte Lluigolf.

Izayan deutete auf das größere Mädchen. »Das ist Akeyoud.« Das Mädchen sah auf, als es seinen Namen hörte und lächelte unsicher. Lluigolf nickte ihr aufmunternd zu. »Ihr seid bald zu Hause bei euren Eltern«, sagte er, und der *Gras'dau* übersetzte es.

»Also, lass uns die Skralls satteln«, sagte Lluigolf. »Ich reite nicht gerne nachts, aber ich will möglichst viel Entfernung zwischen uns und die Jamalli bringen. Wir reiten nicht auf geradem

Weg zurück zum Dorf, sondern wenden uns erst nach Norden und schlagen dann einen Bogen, damit die Sklavenjäger nicht misstrauisch werden.«

Sein Begleiter nickte und ging zur Tür, die zu den Ställen führte. »Wie wird deine Gefährtin sich befreien?«, fragte er ruhig.

Lluigolf verzog das Gesicht. »Ehrlich gesagt, das war der Teil unseres Plans, für den uns ein wenig die Ideen gefehlt haben«, sagte er. »Wir wissen nicht, wie die Jamalli ihre Gefangenen befördern und wo sie sie wieder losschlagen. Aber Ruta meinte, dass ihr schon etwas einfallen wird. Spätestens wenn die Sklavenjäger sie verkaufen, wird sie einen Weg finden, sich aus dem Staub zu machen.« Er lächelte schief. »Wir haben so eine ähnliche Nummer vor einigen Umläufen schon einmal durchgezogen. Dabei hat es aber einige Tote gegeben, und Ruta fand das etwas unelegant.«

Der Sandläufer sah ihn verblüfft an, dann zuckte er mit den Schultern und ging hinaus, um die Skralls reisefertig zu machen.

Rutaaura dehnte missmutig die Schultern. Die Jamalli hatten ihr die Hände auf den Rücken gebunden, was nicht sehr bequem war, aber dafür waren ihre Füße frei. Sie war mit einer Lederleine an den Sattelteil des Reiters gebunden, der vor ihr saß, und musste sich mit ihren gefesselten Händen festhalten.

Noch gelang es ihr, die Erscheinungen der drei anderen Frauen aufrechtzuerhalten, aber sie spürte erste Anzeichen von Erschöpfung. Bei der ersten Rast würde sie eine oder zwei der Frauen verschwinden lassen – vielleicht ermöglichte ihr die daraus sicher resultierende Verwirrung, sich zu befreien.

Sie waren nach Norden unterwegs. Rutaaura war in Sorge, denn sie konnte deutlich erkennen, dass kurz vor ihnen eine kleine Familie von Skralls den Pfad passiert haben musste – wahrscheinlich die Tiere von Lluigolf und dem *Gras'dau*. Die Jamalli ritten kleine, sehnige Jagd-Skralls, die ein sehr viel schnelleres Tempo vorlegen konnten als die behäbigen Reittiere der Sandläufer. Es bestand die Gefahr, dass die beiden Gruppen sich wieder begegneten – und Rutaaura war keinesfalls sicher, dass die Jamalli sich die Gelegenheit entgehen lassen würden, die Kinder wieder an sich zu bringen.

Sie seufzte leise und ließ sich nach vorne sinken. Der Jamall stieß sie unsanft zurück, aber sie hing schwer auf seinem Rücken und schwankte mit den Bewegungen des Skralls hin und her, als wäre sie dabei, das Bewusstsein zu verlieren.

Der Jamall pfiff gellend durch die Zähne und zügelte seine Echse. Er sprang aus dem Sattel, fing die vornüberkippende Frau mit einer Hand auf und nestelte fluchend an dem Haken, mit dem ihre Fessel am Sattel befestigt war.

Seine Kameraden hatten ihre Skralls gezügelt und sahen ihm feixend zu. Er ließ Rutaaura unsanft in den Sand fallen und spuckte erbost aus. Die Jamalli diskutierten eine Weile, und Rutaaura hoffte, dass sie sie nicht einfach quer über den Sattel legen und weiterreiten würden. Aber der Anführer der Sklavenjäger war wohl der Ansicht, dass er seine wertvolle Ware ein wenig behutsamer behandeln musste als üblich. Er stieg ab und gab dem Jamall ein Zeichen, er möge sich um die Gefangene kümmern.

Rutaaura ließ sich von dem Jamall in den Schatten eines Sandsteinfelsens tragen und dort in den Sand legen. Wenig später spürte sie, wie ein feuchtes Tuch ihr Gesicht berührte. Sie stöhnte ein wenig und versuchte, sich aufzusetzen, was ihr wegen der gefesselten Hände nicht gelang. Eine raue Hand drehte sie auf die Seite und nestelte an der Lederschnur. Wenig später waren ihre Handgelenke frei. Sie blieb eine Weile liegen, dann stemmte sie sich schwankend hoch und öffnete die Augen.

Der Jamall, der neben ihr hockte, hielt ihr eine Schale mit Wasser hin. Sie nahm sie mit bebenden Händen und führte sie zum Mund. Der Jamall blieb neben ihr hocken und wandte sein sonnenverbranntes Gesicht auch nicht für die Dauer eines Wimpernschlags ab. Rutaaura ließ die Schale sinken und sackte gegen den Felsen. Sie verdrehte die Augen und ließ den Mund halb geöffnet.

Der Jamall rief etwas zum Anführer hinüber, der ungeduldig neben seinem Tier wartete. Der warf zornig die Zügel seines Reittiers aus der Hand und kam mit langen Schritten auf sie zu. Sand stäubte hoch vor seinen Stiefeln auf, als er neben ihnen stehen blieb und sich zu Rutaaura niederbeugte. Er griff nach ihrem Gesicht und prüfte ihre Temperatur – die bei allen Elben etwas höher lag als bei Menschen. Dann zog er ein Augenlid herab und schlug ihr ein paar Mal auf die Wange, aber Rutaaura stellte sich weiter bewusstlos.

Der Sklavenjäger drehte sich mit einem Fluch um und vollführte eine kreisende Geste mit dem Arm. Die anderen Jamalli fingen an zu fluchen, richteten sich aber auf eine Rast ein. Sie führten ihre Tiere in den Schatten der Felsen, banden ihre Vorderläufe zusammen und hoben die anderen Frauen aus den Doppelsätteln.

Rutaaura nutzte die Unruhe, die dadurch entstand, und blinzelte durch ihre Wimpern. Ihr Bewacher hatte sich ein paar Schritte entfernt und besprach sich mit dem Anführer. Rutaaura atmete erleichtert aus und ließ eine der Gefangenen verschwinden. Der Jamall, der die Frau gerade in den Sand gesetzt hatte, schrie in höchstem Erschrecken auf und machte einen Satz zurück.

Die anderen, die nicht gesehen hatten, was geschehen war, riefen durcheinander, fragten ihn, was geschehen sei. Der Mann deutete auf den leeren Platz im Sand und stotterte ein paar Worte. Die anderen lachten, dann wurden sie ärgerlich. Der Anführer ging zu seinen durcheinanderschreienden Männern und brachte sie barsch zur Ruhe. Dann befragte er den unglücklichen Jamall, dem seine Gefangene auf so unerklärliche Weise entkommen war. Der Mann stammelte hastig ein paar Worte, und der Anführer hob die Hand und schlug ihm so hart ins Gesicht, dass er zu Boden ging.

Der Jamall wischte sich das Blut aus dem Gesicht und verbeugte sich vor seinem Anführer, dass seine Stirn den Boden berührte. So verharrte er, und der andere trat ihm fest in die Rippen.

Rutaaura setzte sich halb auf und ließ die zweite Frau verschwinden. Das blieb zunächst unbemerkt, bis ihrem Bewacher auffiel, dass er eine leere Lederleine in der Hand hielt. Er schrie auf, und alle drehten sich zu ihm um. Rutaaura unterdrückte ein Kichern und ließ die dritte Illusion in der Luft zerfasern. Das Chaos, das nun folgte, nutzte sie aus, um hinter den Felsen zu krabbeln und sich dort für menschliche Augen so gut wie unsichtbar zu machen. Das gelang gewöhnlich besser bei Nacht, aber für einen flüchtigen Blick sollte der Schatten hier ausreichen. Der nächste Skrall stand einige Schritte von ihr entfernt, und sie musste durch das gleißende Sonnenlicht.

Sie wartete einen günstigen Moment ab, in dem alle entweder auf ihren Anführer sahen oder zu der Stelle, an der die letzte Erscheinung verschwunden war, und lief gebückt los. Das lose Gewand hatte sie gerafft, und auch ihre weichen Stiefel machten kein Geräusch. Aber einer der Jamalls hatte die Bewegung im Augenwinkel bemerkt, fuhr herum und deutete mit einem lauten Alarmruf auf sie.

Rutaaura fluchte und sprang vor, um die Fußfessel des Skralls zu lösen. Dem ersten Krieger, der sie erreichte, brach sie mit einem Schlag die Nase und trat ihm, als er zurücktaumelte, in den Unterleib. Er fiel gegen zwei andere Angreifer und blockierte kurz deren Weg. Das genügte ihr, um die Fessel des Skralls zu lösen. Sie griff nach den Zügeln, aber im selben Augenblick hatte einer der Sklavenjäger sie schon gepackt und hielt sie eisern umklammert. Sie kämpfte sich halb aus seinem Würgegriff und packte ihn an seinem Gürtel. Es gelang ihr, sein Messer zu ziehen, und sie jagte es in seinen Oberschenkel. Als er sie losließ, fiel sie gegen den Skrall, dessen aufgeregt peitschender Schwanz sie hart im Nacken traf. Noch im Fallen kämpfte sie darum, bei Bewusstsein zu bleiben, doch sie spürte nicht mehr, wie sie auftraf.

Kopf und Nacken schmerzten höllisch, als sie wieder zu sich kam. Ihr war übel, und der Umstand, dass sie quer über einem schaukelnden Skrallrücken hing, verbesserte ihre Lage nicht.

Der Skrall lief in einem schnellen Tempo, seine kräftigen Klauen wirbelten den Sand auf, und sie spürte, wie die Muskeln des Tiers unter ihr arbeiteten.

Sie wandte den Kopf und starrte direkt auf ein Bein. Der Reiter des Skralls hatte sie vor seinem Sattel über den Hals des Tieres gelegt. Neben und etwas hinter sich sah sie ein zweites Tier laufen, und sie konnte die Geräusche von mindestens drei weiteren rennenden Skralls ausmachen.

Rutaaura biss sich auf die Lippe, wütend über ihr Versagen. Wenn die Jamalli weiter auf der Karawanenroute nach Norden geritten waren, mussten sie bei diesem scharfen Tempo jeden Moment Lluigolf und die Kinder eingeholt haben. Sie war nicht lange bewusstlos gewesen, das sagte ihr ihr Gefühl, aber es hatte sicher einige Zeit gedauert, bis die verletzten Sklavenjäger versorgt und die Jamalli wieder in den Sätteln gewesen waren.

Erneut drehte sie den Kopf und versuchte, am Hals des Skralls vorbei nach vorne zu blicken. Dort war eine kleine Staubwolke, das mussten Lluigolf und der *Gras'dau* sein.

Rutaaura bewegte sich vorsichtig. Zu ihrem Erstaunen war sie nicht gefesselt. Sie legte ihre Hände auf den Hals des Skralls und richtete sich auf. Ihr Reiter zügelte das Tier zu einem gemäßigteren Tempo, wich geschmeidig ihrem Faustschlag aus und sagte mit samtiger Stimme: »Hallo, kleine Schwester. Entschuldige den unwürdigen Transport, aber wir hatten es eilig.«

Helle Augen lächelten sie aus einem Gesicht an, das tief im Schatten einer Kapuze verborgen lag. Rutaaura starrte ihn verblüfft an, aber plötzlich griff der Schwindel nach ihr, und sie wurde erneut für einige Atemzüge ohnmächtig.

Als sie das nächste Mal erwachte, lag sie im Sand. Die Skralls standen still, stampften nur hin und wieder unruhig mit den Beinen und zischten leise. Ein starker, stetiger Wind blies ihr Sand ins Gesicht.

Über dem lauten Sausen des Windes hörte sie Stimmen. »Wir haben beide«, rief jemand.

»Die Kinder?«, fragte eine hellere Stimme, und eine dritte antwortete: »Hier bei mir. Sie sind wohlauf!«

Ihre Benommenheit wich einem plötzlichen Schrecken. Sie hatten Lluigolf und Izayan erwischt! Mit einem Stöhnlaut zwang sie sich auf die Füße und lief auf die Gruppe von Menschen hinter den Skralls zu. Ihre dünnen Kleider flatterten heftig im auffrischenden Wind.

»Lluis!«, rief sie. Die Fremden drehten sich um und sahen sie erstaunt an.

»Sachte, kleine Schwester«, sagte der Mann, der sie vorhin schon angesprochen hatte. Er packte sie beim Arm und hinderte sie daran, hinzufallen. »Du hast dir böse den Kopf angeschlagen. Langsam!« Er hielt sie fest. »Wenn du dich um die Kinder sorgst – wir haben sie.«

Sie schüttelte die Benommenheit ab. »Nicht die Kinder«, sagte sie. »Die Männer.« Sosehr sie sich auch bemühte – ihr Kopf sank herab, und der Mann ließ sie behutsam auf den Boden gleiten, ohne sie loszulassen.

Kurze Zeit herrschte Schweigen. Dann kamen Schritte auf sie zu. Sie öffnete die Augen, aber ihr Blick verschwamm immer wieder. Eine Gestalt kniete vor ihr nieder und zwei sanfte Hände berührten ihr Gesicht. »Was ist mit den Männern?«, fragte die helle Stimme, die sie vorhin gehört hatte. Sie gehörte einer Frau, ebenso wie die weichen Hände. Die Berührung sandte ein linderndes Gefühl in ihren schmerzenden Kopf.

»Meine Freunde«, sagte sie mühsam. »... die Kinder befreit ... Jamalli ...«

Sie hörte, wie die Fremden miteinander redeten, aber sie war nicht mehr in der Lage, ihnen zu folgen. Schließlich gab sie den Kampf auf und sank zurück in dunkle Bewusstlosigkeit.

# 23

Die Sterne des Götterhammers glitzerten bläulich und kalt in der frostklaren Luft. In seinem Bart hatten sich winzige Kristalle von seinem Atem gesammelt. Trurre hauchte fröstelnd in die Hände und schob sie in die Achselhöhlen. Die Umläufe, die er im Tiefland verbracht hatte, hatten ihn anscheinend der Kälte entwöhnt, die hier in den Bergen herrschte.

Hinter ihm knarrte eine Tür, und ein Lichtstreifen fiel auf den bereiften Hof. »Gehen wir«, hörte er Snorrgalds Bass sagen. Eine schwere Hand legte sich kurz auf seine Schulter, dann ging der alte Soldat hinkend vor ihm her über den Hof. Trurre griff nach seinem Stab, der neben ihm an der Wand gelehnt hatte, und folgte dem anderen Zwerg.

»Willst du das Ding nicht lieber hierlassen?«, fragte Snorrgald, ohne sich umzudrehen.

Trurre holte zu ihm auf und schritt neben ihm her. Sie passierten den Osteingang und tauchten in die Eingeweide der Burg.

»Ich bin nicht so verrückt und gehe unbewaffnet zu diesem Treffen«, erwiderte er.

Snorrgald lachte auf und klopfte gegen die Axt an seinem Gürtel. »Ganz deiner Meinung«, sagte er.

Sie stiegen endlose Treppen hinab, liefen durch steil absteigende Gänge mit grob behauenen Wänden und kletterten schließlich noch eine lange, knarrende Leiter mit etlichen fehlenden Sprossen hinunter, ehe sie endlich am Ziel waren.

Weit vor ihnen blakte trüber Lichtschein, und er vernahm das Brummen tiefer Stimmen.

»Dort entlang«, sagte er.

Snorrgald ächzte. »Das sind Verschwörer nach meinem Herzen. Warum sie nicht einen Treffpunkt gewählt haben, für den wir noch ein paar überflutete Stollen hätten durchschwimmen müssen, ist mir allerdings schleierhaft.«

Trurre grinste und schob ihn voran. Snorrgald schimpfte noch eine Weile, aber als sie sich dem Eingang der Kaverne näherten, aus der das Licht und laute Stimmen kamen, verstummte er und sah sich neugierig um.

Der Raum war groß genug, dass im Licht der Fackeln seine Decke und die hinteren Wände nicht zu erkennen waren. Ihr Eintreten blieb zunächst unbemerkt, weil in der Mitte des Raumes ein Kampf im Gange war. Soweit Trurre es erkennen konnte, waren zwei Zwerge dabei, sich zu prügeln, während die anderen – fünfzehn oder zwanzig – um sie herumstanden und sie lautstark anfeuerten. Die Höhle hallte wider von ihrem Geschrei, und Trurre drehte sich mit einer Grimasse zu Snorrgald um. Der hob die Hände. »So sind sie eben«, schien er zu sagen.

Trurre sah sich um. Rechts von ihnen stand ein improvisierter Tisch – eine Holzplatte auf ein paar Felsen –, und Kisten und eine lange Bank dienten als Sitzplätze. Auf einem Stein balancierte ein Fass, und daneben standen Krüge auf dem Felsboden. Trurre deutete auf das Fass. Sein Begleiter zwinkerte ihm zu und hob seinen Daumen.

Sie setzten sich auf die Bank, jeder einen Krug mit schäumendem Bier neben sich auf dem Tisch, und sahen dem Kampf zu, soweit sie ihn zwischen den Rücken und durch die Beine der anderen Zwerge hindurch verfolgen konnten. Es schien sich kein Gewinner abzuzeichnen, denn die Anfeuerungsrufe galten nach wie vor gleichzeitig beiden Kämpfern.

»Ho, Agnar, reiß ihn am Bart«, dröhnte ein heiserer Bariton.

»Terje, geh ran! Du hast ihn bei den Eiern!«, brüllte ein anderer.

»Zwei Gold-Dan auf Agnar Feuerbart«, grölte ein Zwerg.

»Drei auf Terje Schiefmaul«, riefen zwei andere im Chor. »Terje, beiß ihn in die Nase! Er weint gleich!«

»Agnar, Agnar, hau ihn um!«

»Nimm doch die Faust, du Jammerlappen!«

»He, den Tritt hat er gespürt!«

»Terje, mach ihn platt!«

»Au, das hat wehgetan …«

Gelächter, Geschrei, grobe Worte, und über allem roch es nach verschüttetem Bier, in dem die beiden Raufbolde sich über den Boden wälzten.

Trurre und Snorrgald tranken friedlich ihren Humpen leer, während der Kampf seinem Ende zuging. Beide Kontrahenten waren gleich angeschlagen, sie standen wieder auf den Beinen, genauer: lagen sich in den Armen, suchten gegenseitig aneinander Halt, und ihre Schläge kamen nur noch müde und brachten mehr den zum Wanken, der ihn austeilte, als den, der ihn in Empfang nahm. Irgendwann lösten sie sich voneinander, grinsten sich unschlüssig an, wischten sich das Blut aus dem Gesicht und sahen sich nach ihren Bierhumpen um, die umgestoßen auf dem Boden lagen.

Die Zuschauergruppe zerstreute sich unter Gelächter und wüsten Worten und wandte sich wieder dem Tisch und dem Bierfass zu. Jetzt erst entdeckte einer von ihnen Trurre und seinen Freund und stieß den Zwerg neben sich an. »Sieh mal an – der Hexenmeister traut sich her!«

Die anderen hörten seine Worte und verstummten. Die beiden Gegner von eben standen Schulter an Schulter da und gafften, ihre Gefolgsleute hörten auf, ihnen auf die Schultern zu klopfen und hakten die Daumen in die Gürtel oder stemmten die Hände in die Seiten, und alle sahen Trurre und Snorrgald an – einige mit einem kleinen Lächeln oder begrüßenden Nicken, aber die meisten misstrauisch oder gar offen feindselig.

»Trurre Silberzunge«, rief Kjetil Einauge und löste sich aus der Gruppe starrender Zwerge. »Willkommen. Ich freue mich, dass du meiner Einladung gefolgt bist!«

»Mut hat er«, murmelte ein Zwerg.

Kjetil wandte sich zu den anderen und breitete seine Hände aus. »Trurre ist willkommen«, rief er. »Denkt daran: Jeder, der kommt, um mit uns zu singen, ist hier willkommen, Freunde!«

»Wenn er singen kann«, erwiderte skeptisch, aber nicht unfreundlich ein untersetzter Zwerg, dessen schwarzer Bart Löcher hatte, als seien Motten hineingekommen, und dessen Gesicht und Hände mit Brandnarben übersät waren. Trurre erkannte Halfdan

Schwarzfinger, den Köhler. Er blickte ihn an, und Halfdan nickte ihm mit ernster Miene zu.

»Ich weiß nicht, wie eure Lieder heutzutage lauten, Halfdan Schwarzfinger«, erwiderte Trurre mit weit klingender Stimme. »Aber ich bin bereit, die Strophen mit euch zu singen, die ich kenne und die ich für richtig halte.«

Die Zwerge murmelten und einige murrten. Kjetil Einauge hieb mit der Faust auf den Tisch, dass die Krüge darauf hüpften. »Haltet das Maul!«, brüllte er. »Ich habe ihn eingeladen, das ist mein Recht. Er ist ein ehrenwerter Zwerg, so gut wie jeder von euch – wenn nicht besser als manch einer!«, fügte er mit einem Seitenblick auf die verbeulten Gesichter der beiden Streithähne hinzu, die beschämt grinsten. »Jetzt nehmt euch zu trinken und setzt euch hin«, knurrte der Einäugige. »Wir sind für heute vollzählig, soweit ich sehe.«

»Wo ist Ottar Eisenfaust?«, wollte ein schmächtiger Zwerg wissen, der sich bisher mit Äußerungen zurückgehalten hatte.

»Ottar ist unterwegs«, erteilte Kjetil ihm Auskunft. »Ich berichte dir später von ihm.«

Die Zwerge nickten und wandten sich zum Fass, um sich ordentliche Humpen von dem starken dunklen Bier zu zapfen.

Kjetil kam an Trurres Seite und klopfte ihm auf die Schulter. »Schön, dich zu sehen, alter Dachs«, sagte er warm. Dann blickte er Snorrgald an und nickte ihm zu. »Mit dir hätte ich nicht zu rechnen gewagt«, sagte er. »Bist hier, um ein Auge auf ihn zu haben, hm?«

Snorrgald hob den Krug und prostete ihm zu. »Eigentlich um ein Auge auf *euch* zu haben«, erwiderte er.

Die anderen Zwerge unterbrachen ihre Unterhaltungen und sammelten sich um den Tisch. »Was gibt es Neues?«, fragte ein dickbäuchiger Zwerg, dessen gutmütiges Gesicht mit der feuerroten Nase von seinem Hang zu einem guten Tropfen zeugte.

»Das Neueste? Trurre Silberzunge ist zurück und spioniert uns aus, und Kjetil hält ihm Händchen dabei«, spottete ein schieläugiger Zwerg und wischte sich den Mund mit dem Jackenärmel ab.

»Orrins Hammer«, fluchte Kjetil Einauge und packte den Zwerg beim Kragen, um ihn über den Tisch zu ziehen. »Tord, du bist eine verdammte Plage, weißt du das? Ich hätte nicht übel Lust, dir das Auge gerade zu hauen!«

Dröhnendes Gelächter rollte um den Tisch. Die Zwerge hieben ihre Krüge auf die Platte, dass es donnerte, und feuerten den Einäugigen an: »Mach das Schielauge zu Kleinholz, Kjetil! Zeig ihm, wo Orrins Hammer hängt!«

Kjetil ließ den Zwerg los und brüllte: »Ruhe, ihr verdammten Schwachköpfe! Es wundert mich gar nicht, dass wir uns hier im hintersten verlausten Stollen verstecken müssen, statt uns stolz in der Halle des Königs zu zeigen und Hammerstirn und seinen verlausten Freunden zu sagen, wo sie hingehören!«

»In die Drachenkluft«, schrien alle im Chor. Die Krüge donnerten erneut auf den Tisch.

Trurre und Snorrgald sahen sich an. Kjetil bemerkte den Blickwechsel und zuckte mit den Achseln. »Es sind gute Jungs«, murmelte er. »Nicht alle sind sehr helle, aber alle haben ein Herz aus Stein, und das am rechten Fleck.«

»Du fehlst uns hier«, fuhr er fort. »Wir haben kein rechtes Ziel. Natürlich sind wir unzufrieden damit, wie manches in der Kronburg läuft. Der König hört auf schlechte Berater – damit meine ich nicht deine Schwester, Trurre! Er ist schwach geworden, seit er seinen Erben verloren hat. Beeinflussbar.«

»Dem König geht es schon lange nur noch darum, was bei der nächsten Mahlzeit auf seinem Teller liegt«, warf ein Zwerg ein, der neben ihm saß. »Eirik und seine Freunde haben das systematisch betrieben, und der König hat sich von ihnen weichkochen lassen! Er ist beinahe entmachtet und weiß es selbst nicht.«

Kjetil nickte ihm ernst zu. »Und wir haben keine Alternative zu bieten«, fuhr er fort. »Wir wollen Eirik Hammerstirn und seine Kumpane aus der Burg jagen, ja. Aber wir planen keine Revolte gegen den König und sein Haus. Wir sind königstreu wie jeder gute Zwerg!« Er sah sich um, und die Umsitzenden spendeten ihm Beifall.

»Königstreu!«, brüllte eine Stimme.

»Aber der König hat keinen Erben«, fügte ein anderer hinzu und fixierte Trurre dabei.

»Ich bin immer noch dagegen, dass er hier ist«, murrte Tord Schielauge. »Er wird alles weitererzählen, was wir hier besprechen. Da nützt es gar nichts, wenn wir laut verkünden, wie ach so königstreu wir doch alle sind.«

Kjetil sah ihn beinahe mitleidig an. »Tord, du Schwachkopf«, sagte er. »Für wen soll Trurre deiner Meinung nach denn spionieren? Für Eirik, der damals dafür gesorgt hat, dass er verbannt wurde?«

Tord kniff die Lippen schmal zusammen. »Er ist und bleibt ein Risiko«, beharrte er. »Er ist nicht wie wir. Seht euch doch an, was er da mit sich herumschleppt. Das ist schließlich keine Axt!«

Trurre griff nach dem knotigen Stock, der über seinen Beinen lag, und hob ihn hoch über den Kopf, während er aufstand. Es wurde schlagartig still, und alle blickten ihn an, manche mit echtem Schrecken in den Augen.

»Ich bin Trurre Silberzunge«, sagte er ruhig. »Manche von euch kennen mich so lange, wie sie sich selbst kennen. Ich habe noch nie in meinem Leben einem anderen Zwerg Schaden zugefügt – von ein paar blauen Augen einmal abgesehen –, und ich bin so königstreu und stolz auf meine Sippe wie ihr alle.« Er blickte kurz hoch zu dem Stock, den er immer noch in die Luft gereckt hielt. Der schieläugige Tord fixierte den Stock wie das Kaninchen die Schlange und leckte sich dabei unablässig über die Lippen.

»Das hier ist meine Waffe«, sagte Trurre. »Sie ist ein wenig anders als die euren, und ich nutze sie nur selten. Ich habe sie noch nie verwendet, wenn ein Zwerg in meiner Nähe war, weil ich weiß, dass Zwerge verabscheuen, was ich bin und was ich kann.« Er senkte den Stock langsam, bis er auf Tord Schielauge zeigte. Der Zwerg schluckte trocken.

»Auch gegen dich, Tord, der du mich verfolgst, obwohl ich dir nie etwas getan habe, würde ich meinen Stab nicht erheben«, sagte Trurre mit einem sanften Lächeln. »Außer, um ihn dir über den Schädel zu ziehen.«

Einige lachten. Kjetil brummte zufrieden und stieß Snorrgald den Ellbogen in die Seite.

Trurre senkte den Stock und stützte sich auf ihn. »Ich denke, es war falsch von mir, dem König nicht die Stirn zu bieten, als er mich verbannte«, sagte er ernst. »Ich hätte bleiben müssen und dafür sorgen, dass Zwerge wie ihr – und ich! – wissen, wofür sie kämpfen sollen. Es war falsch von mir, zu gehen und Eirik Hammerstirn kampflos den Platz zu überlassen.«

Kjetil hämmerte mit seinem Bierkrug auf den Tisch und brüllte begeistert: »Hört, hört!« Einige zögernde Stimmen schlossen sich ihm an, aber die meisten Zwerge schauten sich unschlüssig an.

Trurre lächelte. »Ich weiß, dass ihr mir nicht traut«, sagte er. »Aber ich bin Trurre, Groffins Sohn – und ich schwöre bei Orrins Bart, dass ich ein Zwerg bin wie ihr und nichts anderes will als ihr. Ich bin zurückgekehrt, um den König vor einem drohenden Krieg zu warnen, doch meine Warnung stieß auf taube Ohren. Deshalb werde ich die Kronburg erneut verlassen, und dort draußen werde ich tun, was in meinen Kräften steht, um den Frieden zwischen den Sippen und den Elben zu erhalten. Aber ich werde zurückkehren, und an den Gedanken solltet ihr euch besser schon mal gewöhnen.«

Er setzte sich. Snorrgald legte ihm schweigend eine Hand auf die Schulter und drückte sie kurz und herzlich.

»Gut gesprochen, Trurre Silberzunge«, rief einer der Zwerge.

»Orrinverdammt gut gesprochen«, knurrte Kjetil Einauge. »Es wurde Zeit, dass du vernünftig wirst, Trurre. Deine Schwester braucht jede Unterstützung, die sie bekommen kann. Sie kämpft einen verflucht einsamen Kampf!«

Trurre sah ihn erstaunt an. Kjetil senkte verlegen den Blick. Über Trurres Gesicht huschte ein warmes Lächeln.

Die Gespräche wandten sich nun Themen zu, denen Trurre nicht folgen konnte, weil er zu lange außerhalb der Burg gelebt hatte. Er sah, dass Snorrgard aufmerksam lauschte, und lehnte sich gegen die Felswand, um seine Pfeife zu stopfen.

Trurre dachte nach. In der kurzen Zeit, die er nun in der Kronburg weilte, war sein Leben in den Grundfesten erschüttert worden. Es war, als müsste er sein ganzes bisheriges Dasein völlig neu bewerten.

Er bemerkte, dass immer wieder der eine oder andere Zwerg zu ihm hinsah. Manche Blicke waren nur flüchtig und wandten sich gleich wieder anderem zu, aber manche waren von Dauer, und sie zeigten alle Schattierungen, deren ein Blick fähig war: Furcht, Neugier, Feindseligkeit, schüchterne Zustimmung, Staunen, blanker Hass …

Trurre erwiderte die Blicke mit neutraler Freundlichkeit und einer unausgesprochenen Einladung, und hin und wieder folgte ein Zwerg dieser stummen Aufforderung und kam an seine Seite. Er sprach mit alten Freunden, die ihm fremd geworden waren, und mit Zwergen, mit denen er nie zuvor ein Wort gewechselt hatte.

Irgendwann, es musste bereits auf die Morgendämmerung zugehen, kehrte er zum Tisch zurück, an dem nur noch eine Handvoll Zwerge saß und leise miteinander sprach. Snorrgald hatte die Füße auf die Bank gelegt und spielte »Knochen und Stein« mit Halfdan Schwarzfinger. Trurre blieb neben Kjetil Einauge stehen, der in ein Gespräch vertieft war, und legte eine Hand auf seine Schulter.

»Ich verabschiede mich«, sagte er, als Kjetil aufblickte. »Danke für deine Einladung. Es war sehr … lehrreich für mich.«

Kjetil führte Trurre ein paar Schritte beiseite, indem er seine Hand ergriff. »Ich danke dir«, sagte er. »Deine Anwesenheit hat einiges in Bewegung gesetzt, Trurre. Und es hat mich darin bestätigt, wer von uns etwas taugt und wen ich mit Vorsicht genießen muss.« Er zwinkerte, dann wurde er wieder ernst. »Hast du das wirklich gemeint, was du eben gesagt hast? Wirst du zurückkehren?«

Trurre nickte nachdenklich. »Ja, das werde ich«, erwiderte er langsam. »Du hast wahr gesprochen, Kjetil. Meine Reise hierher hat auch bei mir einiges in Bewegung gesetzt. Ich muss nun neu bedenken, wo mein Weg mich hinführt.«

»Bleib nicht zu lange fort«, sagte Kjetil, und sein Gesicht war besorgt. »Ich habe ein Gefühl in meinen Knochen, dass sich der

Wind dreht. Du wirst hier gebraucht, wenn der Sturm losbricht, Trurre Silberzunge.«

»Könnt ihr auf meine Schwester aufpassen, du und Snorrgald?«, bat Trurre, den die Worte des Einäugigen tief berührten.

»Ich verspreche es dir«, erwiderte Kjetil, und ein Lächeln glitt über sein narbiges Gesicht. »Deine Schwester ist die großartigste Frau, die ich kenne. Ich würde meinen Arm für sie geben. Eher sterbe ich, bevor ihr etwas zustößt.« Er unterbrach sich und räusperte sich verlegen.

»Danke«, sagte Trurre und verbarg sein Lächeln. »Dein Versprechen ist mir viel wert!«

Kjetil nickte kurz und ging zurück zum Tisch. Snorrgald warf seine Spielsteine auf den Tisch, nickte allen zu und gesellte sich zu Trurre, der am Eingang der Kaverne auf ihn wartete. »Ich bin müde wie ein Hund«, sagte er gähnend. »Bin nicht mehr daran gewöhnt, die Nacht durchzumachen.«

Trurre stimmte halblaut zu, und beide machten sich schweigend und in Gedanken verloren an den langen Aufstieg zurück zur Oberfläche.

# Andronee Mondauge, Verborgenes Licht

»Die Ersten waren, ehe alles andere war. Schulter an Schulter standen sie, hoch aufragend, grün und mächtig.

Ihre Kinder waren Embul und Askur, und so nannten diese fortan auch alle Sprösslinge aus dem ersten Zweig.

(...)

Askur und Embul lebten auf dem Rücken der Welt, als sie noch jung und ungebärdig war. Mit ihr alterten sie und wuchsen an Geist und Körper. Sie hegten und umsorgten die jungen Sprösslinge, die ihre Geschwister waren, auch wenn sie nicht ihnen, sondern ihren Eltern glichen. Keins von ihnen sollte ohne ein Geschwister sein, und deshalb schufen die Ersten weitere Kinder, die beweglich an Geist und Körper waren wie Embul und Askur.

(...)

Sommer kamen und gingen. Die Wälder breiteten sich aus und bekleideten die Erde. Askur und Embul waren nun die Ältesten. Sie zogen sich zurück, als die jungen Völker über den Rücken der Welt zu stürmen begannen. Sie, die einst alleine durch die Welt gewandert waren, lebten nun wie ihre Eltern, an einem Ort, von dem sie nicht mehr wichen.

(...)

Die Ersten fielen. Embul und Askur weinten.«

# 24

Der Wind hatte weiter an Stärke zugenommen. Er blies so heftig, dass sie im Schatten eines Felsens Schutz suchen mussten. Stoffe knatterten in seinem Zug, und das Feuer, das sie in einem ausgehobenen Loch im steinigen Boden entfacht hatten, brannte mit beinahe unsichtbarer Flamme.

Der Schweigsamste von Rutaauras Rettern hatte einen Kessel mit Wasser darüber gehängt, in dem ein Sud aus übelriechenden Kräutern kochte. Die Flüssigkeit schäumte bräunlichgrün, und es roch nach faulen Eiern.

»Ich hoffe, ich muss nichts davon trinken«, murmelte Lluigolf, der inzwischen wieder seine eigene Gestalt angenommen hatte. Er trug immer noch die schreiend bunten Kleider des Sklavenhändlers und fühlte sich offensichtlich nicht allzu wohl darin.

Er und der *Gras'dau* saßen, fachmännisch gefesselt, an den Felsen gelehnt und sahen zu, wie die Elben-Männer im Handumdrehen ein provisorisches Zelt als Schutz gegen die Sonne und den unbarmherzigen Wind aufbauten. Die immer noch bewusstlose Rutaaura lag nun in seinem Schatten, und die Frau und der schweigsame Mann kümmerten sich um sie.

»Wenigstens leben wir noch«, stellte Izayan trocken fest. »Ich war einigermaßen überzeugt davon, dass sie uns gleich von unseren Köpfen trennen.« Er sah zu den Männern hin, die sich so geschmeidig und gefährlich wie große Katzen bewegten. »Mein Stamm hat hin und wieder Kontakt mit ihnen, sie sind den *Taywwa* wohlgesonnen. Aber ich weiß, dass nicht alle Bewohner der Wüste sie so friedlich erleben.«

Lluigolf schnalzte mit der Zunge. »Der Große hatte Blut auf seinem Burnus. Ich schätze, die Jamalli haben ihren letzten Raubzug unternommen.«

Sie schwiegen. Die Frau erhob sich von Rutaauras Lager und

kam zu ihnen. Sie hockte sich neben Lluigolf und betrachtete ihn aufmerksam und neugierig.

»Er ist ein *Taywwa*«, sagte sie und deutete mit dem Kinn auf Izayan. »Aber was bist du?«

Lluigolf blickte in ihre Augen, die die Farbe eines klaren Winterhimmels hatten. Er schluckte trocken. »Ich bin Lluigolf, Rutaauras Gefährte«, sagte er heiser. »Sie wird froh sein, euch zu sehen, wenn sie wieder wach ist.«

Die Frau schien seiner Antwort nachzuschmecken wie einem etwas schwer genießbaren Bissen. »Darf ich?«, fragte sie und hob die Hand, um Lluigolfs Haar beiseite zu streichen. Sie lächelte, als sie sein spitzes Ohr sah.

»Du bist ein seltsamer Elbe«, bemerkte sie.

»Nicht seltsamer als du«, antwortete er.

Sie lachte. Dann erhob sie sich und rief einem der Männer zu: »Sturmtänzer! Komm her zu mir und berate dich, ich möchte die Männer losbinden.«

Der Große mit den Mondsteinaugen und dem kurzen Haar von der Farbe sommerreifen Weizens legte seinen Burnus beiseite, den er gerade säuberte, und kam mit langen Schritten an ihre Seite. Sein helles Untergewand flatterte ihm heftig um die Beine. Er kniete neben der Frau nieder und sah die beiden Gefangenen starr an. Seine Hände lagen reglos auf seinen Knien.

»Warum willst du das tun, Sonnenlied?«, fragte er nach einer Weile mit melodischer dunkler Stimme.

»Sie gehören zu ihr«, erwiderte die Frau. »Ich habe keine Zweifel an der Geschichte, die sie uns erzählt haben. Und die Kinder haben bestätigt, dass er« – sie deutete auf den aufmerksam lauschenden Izayan – »der *Gras'dau* ihres Stammes ist. Außerdem werden sie nicht zu fliehen versuchen, solange wir ihre Skralls haben.«

Der Elbe äußerte sich nicht. Er neigte den Kopf ein wenig, als würde er einer unhörbaren Stimme lauschen. »Binde sie los«, sagte er dann und stand auf, um zu seinem unterbrochenen Tun zurückzukehren.

Die Frau beugte sich vor und löste Lluigolfs Fesseln. Sie bedeutete ihm, das Gleiche mit Izayan zu tun, und hockte sich wieder auf ihre Fersen. Ihre Hände mit den mondfarbenen Nägeln baumelten entspannt vor ihren Knien.

»Warum seid ihr hier?«, fragte sie.

Lluigolf rieb sich die Handgelenke und streckte sich, dass die Gelenke knackten. »Wir haben die Kinder befreit«, antwortete er mürrisch.

Die Elbin lachte, und ihre weißen Zähne blitzten. »Du bist ulkig«, sagte sie. Lluigolf lächelte ein wenig verkniffen zurück.

»Ich bin müde, ich bin hungrig und ich bin äußerst schlecht gelaunt«, sagte er. »Was habt ihr mit uns vor?«

Der Schweigsame, der bis jetzt in dem Topf mit dem stark riechenden Gebräu herumgerührt hatte, rief: »Sonnenlied!«

Sie stand auf. »Ich werde mich jetzt um deine Gefährtin kümmern. Und ihr bekommt etwas zu essen, mein übellauniger Freund.«

Sie ging fort in dem weit ausgreifenden Schritt, der diese Elben anscheinend auszeichnete. Lluigolf spuckte aus und erhob sich. »Ich sehe nach Rutaaura. Ich will wissen, was sie mit ihr anstellen.«

Izayans Hand berührte sein Bein. »Lass sie gewähren«, sagte der *Gras'dau* ruhig. »Sie sind Heiler, allesamt. Ihre Kräfte sind groß und ihre Fähigkeiten übersteigen alles, was du dir vorstellen kannst.«

»Aber ja«, murmelte Lluigolf. »Und bei Sonnenaufgang fliegen sie ein bisschen am Himmel herum, und notfalls können sie auch übers Wasser laufen.« Er klopfte dem Sandläufer auf die Schulter und schlenderte dann zu dem offenen Zelt hinüber, in dem die beiden Elben neben Rutaaura knieten. Der Schweigsame hatte den grünlichbraunen Brei aus dem Kessel in ein dünnes Leinentuch geschüttet und faltete es sorgfältig zu einem Päckchen. Die Elbin Sonnenlied richtete Rutaaura halb auf, sodass der andere ihr das Breipäckchen in den Nacken legen konnte. Er fixierte es locker mit einem zweiten Streifen Stoff, und beide ließen die Bewusstlose sanft wieder auf die Decke gleiten.

Lluigolf ging zögernd zu ihnen und nahm Rutaauras Hand. Sie

lag kühl und schlaff in seinem Griff. Er sah Sonnenlied und ihren Begleiter fragend an.

»Du solltest dich nicht sorgen«, sagte die Elbin. »Sie hat einen bösen Schlag abbekommen, aber sie ist bald wieder auf den Beinen.«

»Aber sie wird üble Kopfschmerzen haben, wenn wir nichts weiter tun«, fügte der Schweigsame hinzu und legte seine große Hand auf Rutaauras Stirn. »Ich würde mich gerne darum kümmern.«

Die Elbin nickte und stand auf. »Ich lasse dich allein, Regenläufer«, sagte sie und sah Lluigolf an.

»Er kann bleiben«, sagte der andere. »Wenn er ruhig ist.«

Lluigolf nickte und legte eine Hand vor seinen Mund. Der Elbe lächelte knapp und wandte sich Rutaaura zu.

»Wie ist ihr Name?«, fragte er.

»Rutaaura«, sagte Lluigolf.

»Das ist einer von *ihren* Namen«, sagte Regenläufer abfällig. »Aber sie sieht aus wie eins von Mondauges Kindern.«

Er ließ seine Hand auf ihrer Stirn und legte die andere auf Rutaauras Schulter, sodass er leicht ihren Hals berührte. Der Blick seiner gelben Vogelaugen ging ins Leere, und sein Atem wurde so flach, dass er ihn anzuhalten schien.

Lluigolf ließ sich auf seinen untergeschlagenen Beinen nieder und betrachtete den Elben mit Staunen. Die einzige Dunkle Elbin, die er kannte, war Rutaaura, und er hatte angenommen, dass alle Dunklen mehr oder weniger so aussähen wie sie. Jetzt stellte er fest, dass sie so unterschiedlich waren wie Bäume. Die Frau, Sonnenlied, war kleiner als Rutaaura und breiter gebaut. Sie hatte kräftige Arme und Schultern und ein rundes Gesicht und ähnelte damit den bäuerlichen Elben, die am Rande des Wandernden Hains in ihren Dörfern lebten. Ihre Haut hatte die Farbe von dunkler Walderde und ihr Haar den Ton der blassen Wintersonne.

Regenläufer war hochgewachsen und schlank. Seine gelben Augen, die denen einer Möwe glichen, blickten aus einem Gesicht, das deutlich heller war als das Sonnenlieds. Wie der Große, der der Anführer der Gruppe zu sein schien, trug er sein Haar kurz geschnitten, und da es beinahe weiß war, lag es wie Raureif auf seinem dunklen Schädel.

Regenläufer holte tief Luft und stieß sie wieder aus. Seine Augenlider flatterten. Lluigolf konnte sehen, wie die Sehnen in seinem Hals arbeiteten. Seine großen Hände lagen sanft wie Taubenflügel auf Rutaaura, und seine Finger bebten leicht.

Lange Zeit geschah nichts. Lluigolf sah, dass Izayan sich draußen zu den Kindern gesellt hatte, die ihn umringten und immer wieder berührten, als wollten sie sich vergewissern, dass er es auch wirklich war. Der starke Wind trieb Wolken von Sand über den Boden, und hin und wieder fegte ein Knäuel verdorrter Pflanzen an ihnen vorbei, verfing sich an einem Felsen oder in einem dornigen Busch, wo es zitternd hängen blieb. Die Sonne sank in einem Rausch von Farben dem Horizont entgegen.

Ein leises, zweistimmiges Seufzen erregte Lluigolfs Aufmerksamkeit. Rutaauras Brust hob sich in einem tiefen Atemzug, und Regenläufer löste seine Hände von ihr und griff nach ihrem Handgelenk.

»Wach auf, kleine Schwester«, sagte er leise und klopfte sanft mit zwei Fingern gegen ihre Wange. Lluigolf beugte sich vor und hielt den Atem an.

»Wach auf. Du hast genug geschlafen«, wiederholte der Elbe geduldig.

Rutaauras Augen öffneten sich. Sie blickte in das Gesicht des Dunklen, der sich über sie beugte, und blinzelte. »Lluis«, sagte sie mit schwacher Stimme.

»Dein Gefährte ist hier«, sagte der Elbe und deutete auf Lluigolf. Rutaaura wandte mühsam den Kopf. Ein Lächeln glitt über ihr Gesicht. Sie tastete nach seiner Hand. »Gut«, murmelte sie schwerfällig und befeuchtete die trockenen Lippen mit der Zunge. »Sitzen«, forderte sie und griff nach Lluigolfs Arm.

»Ho«, machte Regenläufer überrascht, aber er packte zu und half ihr, sich aufzusetzen. Sie tastete verwundert nach dem Breiumschlag in ihrem Nacken. »Nimm das weg«, sagte sie schon energischer. »Ich habe Durst.«

Lluigolf griff nach dem Wasserschlauch, der neben ihm lag.

»Gut«, sagte sie nach einigen Schlucken und schob ihn weg. Sie hob die Hand an den Kopf. »Ich glaube, mich hat ein Pferd getreten«, sagte sie.

»Ein Skrall, so wie es aussieht«, korrigierte der Dunkle und lächelte sie an. »Du bist zäh, kleine Schwester.«

»Was ist mit den Kindern?«, fragte sie, an Lluigolf gewandt. »Sie sind wohlauf. Was man von den Jamalli wahrscheinlich nicht mehr behaupten kann.«

Er sah den Dunklen herausfordernd an, aber der lächelte nur und schwieg.

Rutaaura massierte ihren Nacken und ächzte leise. »Wann reiten wir weiter? Die Kinder sollten so schnell wie möglich nach Hause gebracht werden, auch, damit ihre Familien sich nicht weiter sorgen.«

»Waldsprecher ist schon vorausgeritten, er kündigt uns an«, erwiderte Regenläufer. »Die Kinder sind erschöpft, sie brauchen eine Pause. Und du auch«, fügte er mahnend hinzu.

Rutaaura blickte ihn zum ersten Mal richtig an. Ihre mondhellen Augen verengten sich. »Ich dachte, ich hätte phantasiert«, sagte sie. »Ich war auf der Suche nach euch.«

Regenläufer nickte ein wenig ungeduldig, als habe sie ihm etwas erzählt, das er schon lange wusste. »Du hast uns gefunden«, erwiderte er. »Und jetzt solltest du dich ausruhen. Du siehst auch aus, als könntest du etwas Schlaf gebrauchen«, sagte er, an Lluigolf gewandt.

Der schüttelte den Kopf, obwohl seine Lider schwer waren wie Blei. Der Dunkle nickte gleichmütig und verließ den Unterstand.

»Komm, Lluis«, sagte Rutaaura und gähnte. »Leg dich hin. Du musst nicht Wache halten.«

Er blickte zweifelnd hinaus. Ein paar Schritt entfernt brannte ein kleines Feuer, um das sich die Dunklen versammelten. Er hörte ihre gedämpfte Unterhaltung und hin und wieder ein Lachen. Jemand sang leise ein Duett mit dem beständig sausenden Wind.

»Sie sind mir nicht geheuer«, sagte Lluigolf. »Was haben sie mit uns vor?«

Rutaaura antwortete nicht, und als er sich zu ihr umdrehte, war sie eingeschlafen. Eine Weile saß er neben ihr und betrachtete ihr erschöpftes Gesicht, das sich mehr und mehr entspannte, je tiefer sie in den Schlaf sank. Schließlich wickelte er sich in die Decke und legte sich neben sie.

Er erwachte davon, dass das Geräusch des Windes aufgehört hatte. Es war noch dunkel, aber am Horizont zeigte ein lichter Streifen das Nahen der Morgendämmerung. Rutaaura atmete leicht und ruhig, und sie hatte sich so tief in ihre Decke vergraben, dass er nicht einmal ein Haar von ihr erspähen konnte.

Lluigolf kroch aus dem Unterstand und streckte die klammen Glieder. Er ging am niedergebrannten Feuer vorbei, um das die Dunklen in reglosem Schlummer lagen. Etwas abseits konnte er Izayan mit den Kindern sehen, die sich im Schlaf dicht aneinander drängten.

Lluigolf ging ein paar Schritte in die Wüste hinaus. Der Himmel über ihm war sternklar und frostig und so still wie der Tod.

Er vergrub seine Hände in den Falten des Burnus, den er sich übergeworfen hatte. Etwas zu lang war er ihm, wahrscheinlich gehörte er Rutaaura oder vielleicht sogar einem der Dunklen. Lluigolf schauderte, und es war nicht die Kälte, die ihn frösteln ließ.

Rutaaura hatte endlich gefunden, wonach sie so lange gesucht hatte. Es stand fest, dass sie mit den Dunklen gehen würde, wohin auch immer sie sie brachten – ganz gleich, was am Ende auf sie wartete.

Natürlich kannte auch Lluigolf die Schauergeschichten, die die Elben sich über ihre dunklen Geschwister erzählten. Er hatte immer darüber gelacht – bis heute. Aber nun war er den Schweigsamen begegnet und musste sich eingestehen, dass er sie fürchtete.

Eine Hand berührte seine Schulter. Er fuhr herum, während er vergebens nach dem Messer griff, das er neben Rutaaura im Unterstand liegen gelassen hatte.

»Ho«, machte eine Stimme beruhigend, als wäre er ein scheuendes Pferd. Die Hand hielt seinen Arm fest. Im Dämmerlicht konnte er die Züge des Gesichts nicht erkennen, aber es gehörte offensichtlich einem Mann, und zwar einem recht hochgewachsenen.

»Warum läufst du hier draußen herum?«, fragte der Dunkle. Er schüttelte die Kapuze seines Burnus vom Kopf, und sein helles Haar leuchtete im Zwielicht auf wie der Mond, der zwischen Wolken hervorkommt.

»Ich habe nachgedacht«, erwiderte Lluigolf.

»Du bist unbewaffnet – das ist entweder sehr mutig oder sehr dumm.«

Lluigolf verschränkte die Arme. »Ich kann mir denken, wofür du es hältst.«

Der große Elbe schnalzte mit der Zunge. »Du klingst feindselig«, sagte er. »Das ist bedauerlich. Ich dachte, jemand wie du urteilt ein wenig anders über mich und meinesgleichen.«

»Ich habe keine Vorurteile. Aber ihr habt mich bisher nicht allzu freundlich behandelt – und da ihr mein Reittier in Gewahrsam habt, muss ich auch immer noch davon ausgehen, euer Gefangener zu sein.« Er schnaubte. »Ich kenne noch nicht einmal deinen Namen.«

Der Elbe trat einen Schritt zurück und verneigte sich anmutig. »Ich erbitte deine Verzeihung«, sagte er, und Lluigolf suchte in der Stimme vergeblich nach dem Spott, den er zu finden erwartete. »Man nennt mich Sturmtänzer.«

Lluigolf erwiderte die Verbeugung nicht minder elegant. »Lluigolf, Rialinns Sohn, aus der Mark Raakus. Zu deinen Diensten, Sturmtänzer.«

Beide lachten, und der Elbe drückte kurz Lluigolfs Arm. »Du bist besorgt, das sehe ich«, sagte er. »Du weißt nicht, was wir für dich und deine Gefährtin bedeuten.« Er sah Lluigolf starr in die Augen, und der erwiderte den Blick, ohne zu blinzeln.

»Du fürchtest, dass sie Leid durch uns erfährt«, sagte Sturmtänzer nach einer Weile. »Das erstaunt mich. Sie hat uns gesucht, und es war notwendig, dass sie zu uns findet.« Er schüttelte sacht den Kopf. »Sie hat noch keinen Namen, und solange sie den nicht erhalten hat, ist sie nicht vollständig.«

Lluigolf sah ihn verständnislos an, aber der Dunkle wehrte die unausgesprochene Frage mit einer Handbewegung ab. »Wir werden sie mitnehmen nach Süden«, sagte er bestimmt.

»Und was ist mit mir?«

Sturmtänzer hob die Brauen. Über ihrer Unterhaltung war die Sonne aufgegangen, und Lluigolf konnte nun sein Gesicht im klaren Morgenlicht erkennen. Der Elbe hatte breite Wangenknochen und eine Nase wie ein Raubvogel, seine Haut war so dunkel wie geöltes Ebenholz. Die beinahe farblosen Augen mit den goldenen Sprenkeln gaben dem Gesicht etwas Gespenstisches.

»Was willst du?«, fragte der Elbe.

»Mit ihr gehen, denke ich«, erwiderte Lluigolf zögernd. Doch der Gedanke an eine Siedlung, in der nur Schattengestalten mit diesen unheimlichen Augen lebten, ließ ihm eine Gänsehaut wachsen.

Rutaaura stand nur in Hose und ärmellosem Hemd über eine Schüssel gebeugt und wusch sich Gesicht und Arme. Sie lächelte, als sie Lluigolf herankommen sah.

»Gut siehst du aus«, sagte er und reichte ihr das Tuch an, das neben ihr lag. Sie trocknete sich ab und schlüpfte in ihren Burnus.

»Hast du andere Kleider mitgenommen?«, fragte sie.

»Ich habe alles im Dorf gelassen«, sagte er. »Du wirst meinen Anblick noch ertragen müssen, bis wir die Kinder zurückgebracht haben.« Er stutzte, als er ihr Gesicht sah. »Wir *bringen* die Kinder doch heim?«

Rutaaura schob die Hände in die Ärmel ihres Gewandes. Ihr Gesicht war ausdruckslos. »Sturmtänzer will heute noch in den Südlichen Karst zurück. Einer von seinen Leuten begleitet Izayan und kommt uns dann nach.«

»Du willst mit Sterntänzer gehen.«

»Aber natürlich will ich das.« Sie schüttelte ein wenig ärgerlich den Kopf. »Lluis, deshalb bin ich hier! Unsere Aufgabe ist erledigt, wir müssen die Kinder nicht noch persönlich abliefern. Warum sollte ich Zeit verlieren? Außerdem fürchtet Sturmtänzer, dass das Wetter umschlägt.«

Lluigolf nickte verkniffen. »Dann brauche ich vernünftige Kleidung. In diesem Aufzug reite ich keine Länge mehr weiter.«

»Sonnenlied«, rief Rutaaura. »Mein Gefährte kommt mit uns. Er braucht tauglichere Kleidung – kannst du uns helfen?«

Lluigolf ließ Sonnenlieds prüfenden Blick stoisch über sich ergehen.

»Ich denke, er hat Wolkensuchers Statur«, sagte die Elbin nach der Musterung. Sie ging zu einer der Packtaschen, die neben dem Felsen lagerten, und öffnete sie.

»Hat er nichts dagegen?«, fragte Lluigolf, als sie mit einem Arm voller Kleidungsstücke zurückkam.

»Warum sollte er?«, fragte die Elbin verwundert. Sie ging zurück zu den anderen, die das Lager abbrachen, das Feuer löschten und die Spuren ihres Aufenthaltes beseitigten.

Izayan kam zögernd heran. »Ihr reitet nicht mit mir zurück?«, fragte er. Lluigolf schlug seine etwas zu langen Ärmel um und schüttelte den Kopf.

»Wir reiten weiter in den Süden. Es tut mir leid, Izayan.«

»Wir werden euch danken, wenn ihr von eurer Reise zurückkehrt«, sagte der *Gras'dau.* »Wenn ihr es wünscht, verwahre ich euer Eigentum so lange.«

»Danke, das ist sehr freundlich von dir. Ich weiß nicht, wie lange wir fort sein werden.« Lluigolf sah Rutaaura an, die mit abwesender Miene ins Weite sah.

»Was? Oh, ich weiß nicht«, sagte sie. »Vielleicht bleibe ich ja dort.« Sie mied Lluigolfs Blick. Izayan sah, dass die Augen des Halbelben zornig funkelten, und verabschiedete sich hastig.

»Was hast du vor?«, fragte Lluigolf. »Sag es mir lieber jetzt, ehe ich mit dir irgendwo im Niemandsland gestrandet bin.«

Rutaaura verschränkte die Arme. »Ich zwinge dich nicht, mit mir zu kommen«, sagte sie. »Ehrlich gesagt, ich habe Sturmtänzer die Erlaubnis, dich mitzunehmen, mühsam abringen müssen. Sie mögen keine … Sie sind lieber unter sich.«

»Wäre es dir lieber, wenn ich nach Sandanger zurückkehre?«

Rutaaura sah ihn ohne erkennbare Gemütsregung an. »Ich kann es dir nicht sagen«, erwiderte sie nach einer Weile. »Ich weiß nicht, was mich dort erwartet. Lluis, versteh doch. Das hier ist es, wonach ich gesucht habe in all den Umläufen. Sie sind mein Volk, meine Familie.«

»Und was bin ich?« Er sagte es ohne Anklage, aber Rutaaura zuckte ein wenig zurück.

»Vielleicht gehe ich besser alleine«, antwortete sie nach einer Weile. »Du solltest zu Trurre zurückkehren. Ich gebe euch Nachricht, wenn ich weiß, wie es weitergeht.«

Er wandte den Kopf ab, aber sie sah, dass seine Kiefer mahlten. »Hast du dir schon einen neuen Gefährten ausgesucht?«, fragte er gepresst.

Rutaaura griff nach seiner Hand, aber er entzog sie ihr. »Lluis, das passt nicht zu dir. Wir waren doch schon oft getrennt unterwegs.«

»Es würde mir weniger schwerfallen, wenn ich nicht fürchten müsste, dass es dieses Mal für immer sein könnte. Versprichst du, dass du zu mir zurückkommst?«

Rutaaura erwiderte seinen Blick, dann schlug sie die Augen nieder. »Ich weiß nicht, was mich dort erwartet«, sagte sie. »Lluis, ich kann dir nichts versprechen.« Sie drehte sich zögernd um und ging zu den anderen Dunklen hinüber.

Lluigolf ließ sich langsam in die Hocke sinken. Er fühlte sich, als hätte ihn ein Schlag aus einer völlig unerwarteten Richtung getroffen, und seine Knie waren ein wenig zittrig.

Er hockte eine Weile da, aus der Zeit geworfen, bis einer der kleineren Dunklen zu ihm kam. Er hatte einen Becher in der Hand, auf dem er ein großes Stück Brot balancierte. Der Elbe hockte sich neben ihn und hielt ihm den Becher hin.

»Frühstück«, sagte er, als Lluigolf ihn verständnislos ansah. »Hast du keinen Hunger?« Er sprach mit einem vertraut gefärbten Zungenschlag.

»Du bist aus der Mark Raakus«, sagte er.

Der Dunkle neigte lächelnd den Kopf. »Ich bin dort aufgewachsen«, erwiderte er. Seine katzengrünen Augen funkelten aus dem braunen Gesicht. »Meine Pflegeeltern waren Bauern in der Mark.«

Lluigolf nahm ihm den Becher ab, den der Dunkle ihm immer noch geduldig hinhielt. »Ich dachte …«, sagte Lluigolf und unterbrach sich. »Natürlich. Ich bin dumm. Rutaaura ist ja auch bei Menschen aufgewachsen.«

»Wie viele von uns.« Der Dunkle zupfte lächelnd an Lluigolfs aufgekrempeltem Ärmel. »Passt nicht ganz. Ich habe *Sungprat*-Arme.« Er grinste.

»Du bist Wolken…späher?«

»Wolkensucher, ja. Es freut mich, dass ich dir helfen konnte.« Er warf einen Seitenblick auf die bunten Kleider, die neben ihnen lagen. »Du sahst wirklich schlimm aus.«

»Danke«, erwiderte Lluigolf, aber ein Lächeln huschte über seine Lippen.

»Du gehst nicht mit uns?«

»Ich wäre wohl fehl am Platz«, antwortete Lluigolf bitter.

Der Elbe ließ etwas Sand durch seine Finger rieseln. »Es ist selten, dass sich ein Fremder zu uns verirrt. Die Älteste würde aber niemanden fortschicken. Glaube ich.«

Lluigolf sah ihn an. »Du bist auch noch nicht lange bei ihnen, oder?«

Wolkensucher verzog ein wenig das Gesicht. »Man merkt es, oder? Ich habe meinen Namen erst vor einem Umlauf bekommen.«

»Du bist jedenfalls noch ziemlich normal«, sagte Lluigolf. »Deine Leute machen mir eine Gänsehaut.«

»Sie sind ein bisschen seltsam«, gab der junge Elbe zu. »Aber das kannst du da unten auch werden. Es ist verflucht einsam im Südlichen Karst.«

»Bist du glücklich bei deinen Leuten?«, fragte Lluigolf und dachte an Rutaaura.

»Ich hatte niemanden«, sagte der Dunkle leise. »Meine Pflegeeltern sind schon lange tot. Ich habe niemanden zurücklassen müssen.« Er zuckte mit den Schultern. »Lass sie gehen. Sie wird eine Zeit brauchen, um sich an alles zu gewöhnen, und dann kann sie entscheiden, was sie will. Niemand wird gegen seinen Willen festgehalten.«

Lluigolf seufzte. »Niemand könnte sie gegen ihren Willen festhalten, auch keiner von deinen Leuten. Das ist es nicht, was ich fürchte.«

Der andere nickte verständnisvoll. Dann ging er zurück zu den anderen, die inzwischen reisefertig waren.

Lluigolf sah, dass Rutaaura ein paar Worte mit dem Anführer der Dunklen wechselte und dabei zu ihm hinübersah.

Lluigolf fing ihren Blick auf und hob fragend die Hände. Sie winkte ihm, er möge warten, eine vertraut ungeduldige Geste, die ihn traurig stimmte.

Wenig später stapfte sie mit langen Schritten auf ihn zu und ließ sich neben ihm in die Hocke sinken. Ihre Augen musterten ihn aufmerksam und fragend.

»Ich kehre zurück«, sagte Lluigolf. »Ich denke, es ist besser so.«

Sie nahm seine Hand. »Ich werde mich melden. Ganz bestimmt. Schau nicht so unglücklich drein, Lluis.«

»Ich wünsche dir eine gute Reise«, sagte er schroff. »Und dass du findest, was du gesucht hast.« Er stand auf und blickte sich um. »Izayan!«, rief er. »Wartet auf mich, ich komme mit euch.«

Rutaaura stand noch eine Weile da und sah ihm nach, bis Sturmtänzer ein wenig ungeduldig nach ihr rief. Er saß bereits auf seinem Skrall und deutete auf Sonnenlied, die neben ihrem Tier stand und ihr zuwinkte. »Du reitest mit mir, kleine Schwester«, rief sie.

»Ich komme«, antwortete Rutaaura. Sie schüttelte die leise Trauer ab, die sich durch den übereilten Abschied von Lluigolf auf ihr Gemüt gelegt hatte, und hob erwartungsvoll den Kopf. *Nach Süden,* dachte sie. *Nach Hause.*

# 25

Die Suche nach Iviidis blieb erfolglos. Olkodan hatte den Suchtrupp begleitet, der unter Broneetes Führung den näheren und später auch weiteren Umkreis des Hauses absuchte und danach alle Plätze kontrollierte, an denen Iviidis sich für gewöhnlich gerne aufhielt.

Das hatte geraume Zeit in Anspruch genommen. Irgendwann schickte Broneete ihre Leute fort, damit sie sich ausruhen konnten, und sprach Olkodan an. Er schrak zusammen, denn er war so in Gedanken, dass er kaum bemerkte, was um ihn herum vorging.

»Was?«, fragte er.

»Du solltest dich auch etwas ausruhen«, wiederholte Broneete geduldig. Sie sah ihn an und drückte mitfühlend seine Schulter. »Sei nicht so besorgt. Ihr wird schon nichts zugestoßen sein.«

Olkodan rieb sich die Augen. »Ich habe Angst. Sie würde niemals einfach so weggehen, ohne etwas zu sagen.«

Broneete erwiderte nichts. Sie sah sich um. Glautas hatte sofort, nachdem Olkodan ihm von Iviidis' Ausbleiben berichtet hatte, die Garde alarmiert. Broneete leitete die Suchaktion, worüber sie bei aller Aufregung und Sorge um Iviidis auch ein wenig stolz war.

Aber bis zum jetzigen Zeitpunkt hatten sie nichts, nicht den kleinsten Hinweis auf Iviidis' Verbleib gefunden. Die Suchaktion wurde dadurch erschwert, dass wegen der heimtückischen Ermordung von Ratsfrau Laiima und ihrer Familie der größte Teil der Garde anderweitig gebunden war. Sie selbst hätte eigentlich nach zwei durchgearbeiteten Schichten endlich eine Pause einlegen müssen, aber Iviidis' spurloses Verschwinden raubte ihr ebenso den Schlaf wie Olkodan.

»Geh, ruh dich aus«, sagte Broneete noch einmal. »Wir werden weitersuchen, das verspreche ich dir. Ich gebe nicht auf, ehe ich sie nicht zurückgebracht habe.«

»Was, denkst du, kann ihr zugestoßen sein?«, fragte Olkodan.

»Ich weiß es nicht«, sagte sie. »Aber wir werden sie finden, das weiß ich.«

»Wenn sie noch lebt«, flüsterte Olkodan. »Ich habe Angst, dass jemand ihr etwas angetan hat. Du weißt doch besser noch als ich, was für einer seltsamen Verschwörung ihr auf der Spur wart.«

Broneete schüttelte energisch den Kopf. »Das halte ich für ausgeschlossen«, sagte sie fest. »Du wirst sehen, es gibt eine einfache und harmlose Erklärung.« Sie verzog das Gesicht. »Vielleicht sollte ich Ratsherr Nekiritan einmal genauer befragen.«

Olkodan horchte auf. »Nekiritan? Wieso ihn?«, fragte er scharf.

»Er ist, hm, er war … also, er hat sich ziemlich um deine Frau bemüht«, antwortete Broneete verlegen. »Sie sind wohl alte Freunde oder so was.«

»Oder so was, das will ich meinen«, knurrte Olkodan ärgerlich. »Er ist ein verdammter Schleimbeutel, dieser Nekiritan!«

»Ich erstatte jetzt Glautas Bericht«, sagte Broneete. »Dann werde ich etwas essen, ich bin halb verhungert. Und dann suche ich Nekiritan auf, vielleicht weiß er ja etwas.«

»Das will ich ihm nicht geraten haben«, erwiderte Olkodan. Broneete lachte über seinen müden Witz, froh darüber, dass er nicht mehr ganz so hoffnungslos dreinsah.

»Was machst du?«

»Ich gehe noch mal zum Archiv.« Er hob die Hand, um Broneetes Einwand zuvorzukommen. »Ich weiß, dass deine Leute dort alles auf den Kopf stellen und uns sofort benachrichtigen. Aber ich möchte mich gerne selbst umsehen.«

»Tu, was du für richtig hältst.« Broneete rieb sich übers Gesicht. »Ich komme heute Abend vorbei und erzähle dir, was Nekiritan gesagt hat.«

Olkodan lächelte, als er sich abwandte. Er hatte sich auf Anhieb bestens mit der Gardistin verstanden, und er freute sich darüber, dass Iviidis und sie schon fast so etwas wie Freundinnen geworden waren. Sein Lächeln schwand. Wo mochte sie bloß sein?

Den Weg zum Archiv ging er mit schwerem Herzen. Gedankenverloren tasteten seine Finger über die Taschen seiner Jacke, fuhren dann in die Westentaschen, bis er auf ein leicht gezacktes, rötlichgelbes Blatt stieß, das spröde zwischen seinen Fingern knisterte. Olkodan betrachtete es verwundert – er hatte beinahe vergessen, dass Trurre es ihm vor seiner Abreise in die Hand gedrückt hatte. »Für Notfälle«, hatte er gesagt und gezwinkert.

Olkodan atmete tief und hoffnungslos. Er hatte größere Angst um Iviidis, als er vor Broneete oder Glautas zugeben wollte. Broneete hatte zwar miterlebt, wie ihr Kommandeur gemeuchelt worden war, aber sie schien dennoch nicht ernsthaft daran zu glauben, dass hier im Herzen des Wandernden Hains einem Elben etwas zustoßen konnte. Ihm fehlte diese Zuversicht. Er hatte Angst.

Olkodan hob das Blatt an die Lippen und hauchte es sanft an. Die Wärme seines Atems und sein Wunsch, es zu beleben, bewirkten die Magie, die es benötigte, das trockene Blatt in einen lebendigen kleinen Schmetterling zu verwandeln, der mit zitternden Fühlern und sacht schlagenden Flügeln auf seiner Hand saß. Olkodan gab ihm die Botschaft an Trurre ein und hob dann die Hand, um ihn auf seinen langen Weg nach Norden, in die Kronberge, zu schicken.

Der rotgoldene Fleck verschwand taumelnd, aber zielstrebig zwischen den Baumwipfeln.

Der Archivbaum ragte vor ihm auf wie eine Festung. Olkodan blickte ein wenig beklommen hoch. Er war noch nie ohne Iviidis hierhergekommen und fühlte sich wie ein Eindringling. Die rot gewandeten Bewahrer, an denen er vorüberkam, musterten ihn fragend, aber nicht unfreundlich. Als er schließlich, nach einem anstrengenden Aufstieg, vor dem Einstieg zu Alvydas' Höhle stand, wurden ihm vor Erleichterung und Aufregung zugleich die Knie weich. Er schob sich in das Innere des Baums und tastete sich vorwärts. Hinter ihm verglomm der letzte Schimmer des Tageslichtes, und er entzündete einen Elbenfunken, der ihm zumindest zu sehen erlaubte, wohin er seine Füße setzte.

Vor Alvydas' Räumen hielt er inne und lauschte. Kein Geräusch drang zu ihm, es war, als wäre niemand außer ihm hier im Inneren des Baumes. Verzagt klatschte er in die Hände.

Nichts rührte sich, und er hatte sich schon abgewandt, um sich durch die Finsternis wieder zurück ans Licht zu tasten, als hinter ihm ein Rascheln erklang.

»Wer ist das?«, fragte eine klare Stimme. Ein Lichtstrahl fiel in die Dunkelheit.

»Olkodan«, sagte er und räusperte sich. »Iviidis' Mann. Ich entschuldige mich für mein Eindringen, aber ich muss mit dir sprechen.«

Ein Vorhang wurde beiseite gezogen. »Komm herein«, sagte die Stimme.

Olkodan blinzelte, als er eintrat. Dies war also Alvydas, der ihn freundlich fragend anblickte, und Olkodan musste sich anstrengen, ihn nicht anzustarren. Der haarlose Schädel und die großen Augen in dem faltigen Gesicht, die bleiche Haut und die offenkundige Gebrechlichkeit des Elben boten einen ungewöhnlichen, beinahe erschreckenden Anblick.

»Du kommst alleine? Wo ist Iviidis?«, fragte der alte Elbe. Olkodan biss sich auf die Lippe.

Alvydas griff nach seinem Arm. »Setz dich«, sagte er sanft. »Du siehst aus, als würdest du jeden Augenblick umfallen.«

Olkodan ließ sich auf einen Stuhl sinken und legte müde die Hand vor den Mund. Alvydas ging auf seinen Stock gestützt an ihm vorbei und verschwand im Nebenraum. Er hörte etwas klappern und ein Gluckern. Dann schob sich eine Hand in sein Blickfeld, die einen kleinen Becher hielt. »Trink«, sagte Alvydas.

Olkodan war selbst erstaunt zu sehen, dass seine Hand leicht bebte, als er den Becher an die Lippen hob. Er trank einen großzügigen Schluck, ohne zuvor zu probieren, und unvermutet rann etwas scharf Brennendes, ein Geschmack nach Anis und anderen Gewürzen seine Kehle hinab. Mit einem Laut, der zwischen Keuchen und Husten lag, stellte er den halb geleerten Becher ab und wischte sich die plötzlich tränenden Augen.

»Danke«, sagte er erstickt. »Für das Gebräu würde einer meiner Freunde einen weiten Weg zurücklegen.«

Alvydas, der sich im Sessel gegenüber niedergelassen hatte, legte die Hände zu einem spitzen Dach zusammen, kurz lächelnd, bevor er Olkodan erstaunlich scharf anblickte. »Sag mir, was geschehen ist.«

Olkodan drehte den Becher unentschlossen in den Fingern und stellte ihn wieder ab. »Sie ist verschwunden«, sagte er und erzählte Alvydas, was sich zugetragen hatte und dass er befürchtete, Iviidis könne in die Hände der Verschwörer geraten sein. Während er das noch aussprach, kam ihm der Verdacht plötzlich lächerlich vor, und er fühlte sich wie ein überbesorgter Dummkopf.

Der alte Elbe hörte ihm aufmerksam zu und saß einen Moment lang nachdenklich da, als Olkodan geendet hatte.

»Ich weiß gar nicht, warum ich zu dir gekommen bin«, sagte Olkodan unglücklich. »Ich habe mich so hilflos gefühlt. Iviidis wollte gestern noch zu dir, und vielleicht habe ich sogar gehofft, dass sie hier ist …« Er legte das Gesicht in die Hände.

»Danke, dass du an mich gedacht hast«, sagte Alvydas. »Ich hätte nicht erfahren, dass etwas geschehen ist, wenn du nicht gekommen wärst.« Er ließ einen Seufzer hören, der fast klang wie ein Stöhnen.

Olkodan hob den Kopf und sah ihn alarmiert an. »Deine Frau trägt meine Erinnerungen mit sich«, fuhr Alvydas fort. »Sie müsste sich jetzt eigentlich dringend darum kümmern, sie zu archivieren.«

Olkodan starrte ihn an. »Was bedeutet das für sie?«

Alvydas schüttelte den Kopf. »Ich kann es dir nicht sagen, weil es nicht für alle gleich abläuft. Manche Bewahrer können einen Mond lang oder länger mit unverarbeiteten Erinnerungen herumlaufen – andere bekommen schon nach zwei Tagen Kopfschmerzen davon.«

»Was könnte ihr passieren, wenn sie sich nicht rechtzeitig darum kümmern kann?«

Alvydas wandte den Blick ab.

Olkodan nickte, als hätte der andere etwas gesagt. »Gut, das heißt umso mehr, dass wir sie so schnell wie möglich finden müssen.« Er stand auf und ging durch den kleinen Raum. Vor der Holzskulptur mit den beiden verschlungenen Körpern hielt er inne. Er fuhr sacht mit einem Finger über die glatt polierte Oberfläche. Alvydas beobachtete ihn schweigend.

»Iviidis hat eine Schwester«, sagte Olkodan geistesabwesend, während er das Figürchen betastete.

»Ja.«

»Kennst du sie?«

»Ich weiß von ihr.«

Olkodan wandte sich um und sah ihn an. Er hielt immer noch die kleine Skulptur in der Hand. Alvydas beugte sich mühsam vor und nahm sie ihm ab.

»Entschuldige meine schlechten Manieren«, sagte Olkodan verlegen. »Es ist ... Ich arbeite mit Holz. Das ist eine sehr schöne Arbeit. Von einem Baumsinger, nicht wahr?«

Alvydas stellte das Figürchen behutsam auf den Tisch. Seine Hand verweilte beinahe zärtlich auf ihr. »Ja«, bestätigte er.

»Ihre Schwester – was ist mit ihr? Warum spricht ihre Familie nicht von ihr?«

Alvydas schüttelte langsam den Kopf. »Ist das jetzt wichtig?«

Olkodan schloss entmutigt die Augen. »Nein, natürlich nicht. Ich weiß bloß nicht, was ich tun soll. Iviidis ist irgendwo da draußen – und ich sitze hier herum. Die Garde sucht nach ihr, den ganzen Tag schon. Ich habe keine Hoffnung, dass sie sie inzwischen gefunden haben.« Er lächelte verzerrt. »Falsch – ich hoffe, dass sie sie *nicht* gefunden haben. Solange keine Spur von ihr auftaucht, ist sie vielleicht noch am Leben und wird bloß gefangen gehalten.«

»Von wem?«, fragte Alvydas. »Was vermutet Glautas?«

»Er glaubt, dass er Feinde hat, die ihn unter Druck setzen wollen. Im Rat gibt es offenbar einige Fraktionen, die in wichtigen Punkten gegensätzlicher Meinung sind.«

»Das wäre noch kein Grund, die Tochter eines Ratsherren zu entführen.«

Olkodan schnaubte. »Anscheinend ist es irgendetwas ungeheuer Wichtiges, um das sich der Rat zurzeit streitet. Glautas sagt, er stehe für eine bestimmte Richtung, die sich keiner großen Beliebtheit erfreut. Und er hält seine Feinde für unberechenbar und skrupellos genug, so etwas zu tun. Er hat die Garde alarmiert und ist selbst aufgebrochen, um ein paar Leute aufzusuchen.«

Alvydas schüttelte den Kopf, aber er sagte nichts. Olkodan griff nach dem Becher, der noch immer auf dem Tisch stand, und trank ihn entschlossen aus.

»Danke, dass du mir zugehört hast«, sagte er. »Ich gehe jetzt nach Hause. Vielleicht gibt es ja Neuigkeiten.«

Alvydas stand mühsam auf. »Ich werde nachdenken. Manchmal hilft es ...« Er lächelte wehmütig.

»Darf ich wiederkommen?«

»Ich würde mich freuen. Vor allem, wenn du etwas erfährst ...«

»Dann komme ich sofort zu dir.« Olkodan warf einen letzten Blick auf die kleine Skulptur und ging zur Tür. Alvydas schloss den Vorhang hinter ihm.

Olkodan stand einige Atemzüge lang in der Finsternis. Es roch ein wenig muffig, nach moderndem Holz, Erde und Pilzen. Das Innere des Baums war nicht unbelebt, er hörte das leise Kratzen von Tierfüßen, und über seinem Kopf flatterte etwas, unsichtbar, aber er fühlte den Luftzug auf der Wange. Wie konnte ein Elbe hier leben, im ewigen Dunkel, ohne jemals die frische Morgenluft, einen Regenschauer, die Sonne oder die Sterne zu erblicken?

Er schüttelte sich unwillkürlich und beeilte sich, wieder hinaus ans Licht zu kommen.

Sie wusste nicht, wo sie war. Es war ein Raum, irgendein Raum. Sie verband nichts mit ihm. Ein Tisch, ein Stuhl, ein Bett. Eine Waschschüssel. Sie musterte gleichgültg die Umgebung, während sie auf dem Bett lag.

War dies ihr Zimmer? Sie wusste, dass sie ein Zimmer hatte. Oder einmal gehabt hatte. Ihre Erinnerung daran war nebelhaft, wie alles, was ihre Vergangenheit betraf. Sie hatte sicherlich ein Zimmer gehabt, und wahrscheinlich hatte sie auch eine Familie. Vielleicht einen Mann oder ein Kind. Eltern? Geschwister? Ja, möglicherweise.

Sie setzte sich auf und stellte die Füße auf den glatten Holzboden. Er war ein wenig warm und fühlte sich beinahe lebendig an. Sie ging die wenigen Schritte hinüber zum Tisch und sah auf den Teller mit Obst und den Wasserkrug hinab, die dort standen. Sie griff nach einem Apfel und roch ohne große Begeisterung daran, um ihn dann wieder zurückzulegen.

Zwei Schritte vom Tisch bis zur verschlossenen Tür. Drei Schritte von dort zum Bett. Sie legte sich hin, die Arme unter dem Kopf verschränkt, und starrte zur Decke.

Was machte sie hier? Sie schien auf etwas zu warten – auf jemanden zu warten?

Als die Tür sich öffnete, warf sie nur einen beiläufigen Blick auf den Eintretenden, dann starrte sie wieder zur Decke. Es war der Mann, der ihr befohlen hatte, ihm zu folgen. Wann? Wo? Sie entsann sich nicht. Er hatte gesagt: »Folge mir«, und sie war ihm gefolgt.

Den Geräuschen nach zu urteilen, stellte der Mann etwas auf den Tisch. Sie hörte ein leises Klirren. Wasser gluckerte, wahrscheinlich wechselte er das Wasser in der Waschschüssel aus.

Ein Schatten fiel über sie, der Mann beugte sich zu ihr hinunter. »Brauchst du etwas?«, fragte er.

Sie schüttelte den Kopf.

»Willst du hinaus? Ein paar Schritte ins Freie?«

Sie verneinte wieder. Was sollte sie draußen? Was war draußen? Sic wusste nicht, wo sie war, und es war ihr auch gleichgültig.

Der Mann legte seine Hand gegen ihre Schläfe. Sie machte sich nicht die Mühe, den Kopf wegzudrehen. Sie kannte es, er tat das jedes Mal, wenn er hereinkam. Er würde die Hand wieder fortnehmen und gehen.

»Gut so«, sagte er leise. »Du bist sehr brav.«

Sie schloss die Augen.

Wenn sie schlief, schrie sie. Rüttelte an den Stäben, trat gegen die Tür, warf sich gegen die Wände, die sie einschlossen. Holt mich raus, rief sie. Helft mir doch! Sie halten mich hier fest, ich will nach Hause! Olko, Liebster, rette mich vor ihnen. Sie werden mich töten! Vater, komm und befreie mich! Warum hört mich denn keiner?

Er hatte neben dem Pfad gestanden, still. Reglos. Dunkel. Sie hatte ihn nicht bemerkt, bis er ihr in den Weg trat. Seine Hand rührte an ihren Hals, sie musste stehen bleiben. Ihr Herz hörte auf zu schlagen, sie fühlte es, und die Angst wallte auf, krallte sich darum, ließ Schwärze vor ihre Augen treten. Dann sagte er: »Folge mir.« Ihr Herz schlug wieder, die Todesangst verging, Schatten legten sich über ihren Verstand und um ihre Gefühle. Sie ging hinter ihm her.

Im Schlaf runzelte sie die Stirn. Was wollte der Dunkle von ihr? Er hatte sie hierher gebracht, wo auch immer »hier« war, und seitdem hockte sie in diesem Zimmer. Er versorgte sie und er sorgte dafür, dass sie sich nicht gegen ihre Gefangenschaft auflehnte.

Sie warf sich auf die andere Seite. Der Schlaf drohte zu weichen, und sie wehrte sich mit Macht dagegen. Nur wenn sie schlief, war sie ihre eigene Herrin. Sie musste schlafen … musste …

Es war keine Langeweile. Langeweile hätte bedeutet, dass sie irgendetwas begehrte oder eine Veränderung wünschte oder überhaupt etwas fühlte. Aber sie fühlte nicht. Beinahe.

Sie verspürte eine vage Neugier. Da war etwas. Sie setzte sich auf. Das Zimmer lag im Zwielicht, wahrscheinlich dämmerte der Abend. Wie lange war sie schon hier? Es war ihr zu mühsam, darüber nachzudenken. Unwichtig.

Was hatte sie noch gerade gedacht? Es war schwer, sich zu konzentrieren.

Ein Bild. Ungebeten, unverhofft. Eine Hand, die sich um ein Stück Holz schloss. Klang dazu, eine Stimme. Sie kannte diese Stimme nicht und lauschte ihr erstaunt. Die Worte, die sie hörte, ergaben keinen Sinn. Jemand beklagte das Fortgehen seiner Schwester. Es war die Stimme eines Elben, und sie fragte sich, was die Stimme in ihrem Kopf trieb.

Misstrauisch sah sie sich um. Außer ihr war niemand im Raum. Sie hörte Wind in Blättern rauschen. Keine Stimme.

Wieder wandte sie ihre Aufmerksamkeit nach innen. Die Stimme sprach immer noch, begleitet von Bildern, die aufblitzten und wieder verschwanden. Sie hielt sich die Ohren zu, aber es nützte nichts.

»Aufhören«, flüsterte sie. Die unbarmherzige Stimme sprach weiter, ein unaufhörlicher Monolog, der sie zum Zittern brachte. »Bitte, aufhören«, sagte sie flehentlich.

Glitzerndes Wasser und das Grün von endlosen Wäldern. Waffen, die in der Sonne glänzten. Der Geruch von Blut und Feuer. Sie stöhnte auf. Das waren fremde Bilder, nichts daran war ihr vertraut.

Sie versuchte sich erneut zu sammeln. Meine Erinnerungen, sagte sie lautlos. Meine … Sie hielt inne. Da war nichts. Sie besaß keine Erinnerungen. Sie hätte einen Namen haben müssen, oder? Man hatte Namen, das wusste sie noch. Allgemeine Dinge waren ihr geblieben: Man hatte Namen, man wohnte, man hatte Familie und Freunde. Man aß, man schlief. Man zog sich Kleider an. Sie hob die Hände und betrachtete sie gründlich. Man hatte Hände und Füße und ein Gesicht.

Sie erinnerte sich nicht an ihr Gesicht. Sie wusste, dass es Wasser gab, Seen, Flüsse, kleine Bäche. Manches Wasser spiegelte, wenn man hineinblickte.

Es gab Spiegel. Sie erinnerte sich. Im Spiegel konnte man sein Gesicht sehen.

Sie erinnerte sich nicht an ihr Gesicht. Angst flutete hoch und verebbte sogleich wieder. Erinnern. Sie hatte Erinnerungen, viele, viele. Vielleicht fühlten sie sich nicht so an, als wären es die ihren, aber sie konnte sich irren. Wahrscheinlich irrte sie sich. Wessen Erinnerungen sollten es denn sein, wenn sie doch in ihrem Kopf waren?

Sie lehnte sich zurück, plötzlich ganz beruhigt und voller Vorfreude. Sie breitete die Arme aus, in unbewusster Nachahmung der Bewegung, die sie in ihrem Geist machte: »Kommt zu mir.«

Und die Erinnerungen gehorchten. Die Dämme brachen, die Flut kam und riss sie mit sich. Sie sank nach hinten, ihre Augen verdrehten sich, ihr Atem stockte.

Sie bemerkte nicht, dass jemand in den Raum gestürzt kam und sie schüttelte. Sie bemerkte nichts mehr. Ihr Herz stand still.

# 26

Als sie weiter nach Süden ritten, wurde es kälter. Ihre Begleiter waren anscheinend gegen die nächtlichen Temperaturen gefeit, aber Rutaaura glaubte noch nie in ihrem Leben so gefroren zu haben. In den letzten Nächten hatte sie kaum Schlaf gefunden, sondern sie hatte neben dem Feuer kauernd gedöst, in ihre Decke gewickelt und mit steifen Fingern immer wieder Holz nachschiebend.

Tagsüber ritten sie in scharfem Tempo. Der Jagd-Skrall, auf dem sie mit Sonnenlied saß, war ein Weibchen, sie hieß Daja und war von reizbarem Temperament. Dennoch ließ sie sich inzwischen auch von Rutaaura leiten, und Sonnenlied überließ ihr immer mal wieder die Zügel und erholte sich dann ein wenig.

Rutaaura gelang es im Gegensatz zu Sonnenlied nicht, im Sattel zu schlafen. Der harte Schritt der kleinen Skralls rüttelte sie bis an die Zähne durch und verhinderte jegliche Erholung.

Die Schweigsamen verdienten ihren Beinamen. Es wurden wenig Worte gewechselt, die Mitglieder der Gruppe waren allem Anschein nach perfekt aufeinander eingespielt, oder sie konnten Gedanken lesen. Je weiter die Reise ging und je zerschlagener sie sich fühlte, desto wahrscheinlicher erschien ihr die letztere Möglichkeit.

Sie hatte keinen Grund sich zu beschweren, die Dunklen waren freundlich zu ihr. Sie lächelte, als sie das dachte. »Die Dunklen«. Was war sie selbst? Das waren *ihre* Leute, *ihre* Familie, *ihr* Volk. Es fühlte sich nur noch nicht so an. Doch die Fremdheit, die sie in ihrer Gegenwart noch immer verspürte, begann mit jeder Länge, die sie sich weiter von der ihr bekannten Welt entfernten, mehr zu schwinden.

»Nicht mehr lange«, sagte Sonnenlied. »Du bist das Reisen leid, nicht wahr, kleine Schwester?«

»Ja«, erwiderte Rutaaura einsilbig. Sie mochte die Elbin, Sonnenlied hatte ein beinah herzliches, nicht allzu kompliziertes Wesen und war fast immer bereit, ihre Fragen zu beantworten. Aber Rutaaura war inzwischen zu erschöpft, um noch die brennende Neugier zu empfinden, die sie zu Anfang ihrer Reise beseelt hatte. Sie würden irgendwann an ihrem Ziel eintreffen, und dann würde sie – egal, welche Einweihungsriten oder Begrüßungszeremonien sie auch erwarten mochten – erst einmal zusehen, dass sie ein Bett und vielleicht vorher ein heißes Bad bekam. Falls es im Südlichen Karst so etwas wie Betten und heiße Bäder gab.

Sie fragte Sonnenlied danach und wurde mit dem fröhlichen Glucksen belohnt, mit dem Sonnenlied ihre Fragen häufiger quittierte.

»Wir sind Elben«, sagte sie. »Kannst du dir eine Elbengemeinschaft vorstellen, die ohne heiße Bäder auskommt? Und wenn wir beide zusammenhalten, schaffen wir es vielleicht, vor den Männern im Wasser zu sein!«

Sie verstummte, denn Sturmtänzer ließ sich gerade zu ihnen zurückfallen. Er lenkte seinen Skrall an ihre Seite und ritt eine Weile schweigend neben ihnen her. Rutaaura wartete geduldig ab. Der Anführer des kleinen Elbentrupps schien eine besondere Abneigung gegen das Sprechen zu hegen. Es erstaunte sie immer noch, dass er sich vor ihrem Aufbruch so lange mit Lluigolf unterhalten hatte.

Lluis – der Gedanke versetzte ihr einen Stich. Sie presste die Lippen zusammen und versuchte sich durch die Betrachtung der rauen Landschaft abzulenken, die sie durchquerten. Seit gestern ritten sie durch eine zerklüftete Felsenlandschaft, die derart von Rinnen, Furchen und Senken durchzogen war, dass sie aussah wie von den Klauen wütender Riesen zerstört.

»Was erwartest du?«, riss Sturmtänzers Stimme sie aus ihren Betrachtungen. Sie sah ihn fragend an, aber er führte seine Frage nicht weiter aus.

»Von euch?«

Sturmtänzer nickte und schüttelte gleichzeitig den Kopf. Es war eine eigentümliche Bewegung, die sie schon häufiger an den Dunklen beobachtet hatte.

»Ich weiß nicht, ob ich etwas erwarte«, sagte sie. »Ich kenne eure Gemeinschaft nicht. Und, vergib mir, ihr seid nicht sehr gesprächig. Ich habe mir bisher kein richtiges Bild machen können von dem, was auf mich zukommt.«

Seine beinahe farblosen Augen ließen sie nicht los. Sie konnnte sich darin gespiegelt sehen, eine vor Erschöpfung hagere, dunkle Vogelscheuche, die sicher nicht mit einem herzlichen Empfang zu rechnen hatte.

Sturmtänzer schüttelte tadelnd den Kopf, als könnte er ihre Gedanken lesen. »Was willst du wissen?«

»Wie viele von euch – von uns – leben dort, wo ihr mich hinbringt?«

Er drehte das Handgelenk hin und her. »Zahlen …«, sagte er. »Beinahe alle, die es noch gibt. Wir sind wenige geworden in den Umläufen seit der Trennung.«

»Die Trennung?«

Er lachte kurz auf. »Kleine Schwester, das ist eine lange Geschichte, und im Tal gibt es Berufenere als mich, sie dir zu erzählen.«

»Im Tal – du meinst, dort, wo wir jetzt hingehen?«

Er nickte mit leiser Ungeduld und trieb seinen Skrall an. Rutaaura sah ihm nach und schnaubte. »Er gehört nicht zu den Langmütigsten, schätze ich.«

»Damit könntest du recht haben«, murmelte Sonnenlied. »Ich bin überrascht, dass er angeboten hat, dir Fragen zu beantworten.« Sie dachte nach. »Und dass er es dann wirklich getan hat«, fügte sie hinzu.

»Seit wann lebst du hier?«, fragte Rutaaura, deren Neugierde durch die magere Unterhaltung mit Sturmtänzer aus dem Schlummer geweckt worden war. Sie warf einen Blick über ihre Schulter, um das Gesicht ihrer Begleiterin zu sehen.

Sonnenlied hatte die Augen halb geschlossen. »Ich lebe seit sechzig Umläufen im Tal«, sagte sie schließlich. »Ungefähr. Man hört irgendwann auf mitzuzählen.«

Ein lautes Krächzen ertönte über ihren Köpfen. Rutaaura riss den Kopf empor und suchte nach dem Urheber des Geräusches.

»Krâwa«, sagte Sonnenlied. Rutaaura sah sie verständnislos an. »Die Zwerge nennen sie ›Hrókr‹.« Sie lächelte verschmitzt und hob eine Hand winkend über den Kopf.

Wieder das unmelodische Krächzen. Schwingen rauschten, etwas Großes, Dunkles flatterte an Rutaauras Kopf vorbei und landete mit einem hörbaren Plumpsen auf dem Hals des Skralls. Der peitschte mit dem Schwanz und zischte warnend, was den riesigen Vogel, der vor Rutaaura gelandet war, nicht im Mindesten zu berühren schien. Er legte den Kopf mit dem beängstigend aussehenden Schnabel schief und betrachtete sie mit einem klugen, glänzend schwarzen Auge.

Rutaaura wich unwillkürlich etwas zurück, und der Rabe öffnete ein wenig den Schnabel, als würde er lachen. Er neigte nickend den Kopf, dann sprang er empor und flog wieder davon.

»Was war das?«, fragte Rutaaura ihre Begleiterin.

»Eine von Windgesangs Botinnen. Sie sind die Augen und Ohren der Ältesten.« Sonnenlied streckte sich. »Wahrscheinlich wollte sie sehen, wen wir mitbringen.«

Inzwischen war der junge Elbe namens Wolkensucher herangekommen.

Rutaaura mochte auch ihn. Er hatte die freundliche und etwas tollpatschige Ausstrahlung eines jungen Hundes, und er war deutlich gesprächiger als seine Gefährten. Sie hatte ihn in den letzten Tagen so lieb gewonnen, als wäre er ihr jüngerer Bruder.

»Wer ist die Älteste?«, fragte sie ihn.

Wolkensucher gab seinem Skrall einen kräftigen Klaps, weil er nach Daja schnappte.

»Windgesang …«, sagte der Elbe. »Sie ist … Ja nun. Sie ist die Älteste.« Er kratzte sich ein wenig verlegen am Kopf. »Was willst du wissen?«

»Ich weiß gar nichts über eure Gemeinschaft«, erwiderte Rutaaura beinahe verzweifelt. »Ihr redet alle so wenig.«

Wolkensucher lachte auf. »Ich weiß, wie du dich fühlst. Mir ging es auch nicht anders, als ich hierherkam.« Er warf einen Blick zu Sonnenlied, die dösend hinter Rutaaura saß, dann beugte er sich vor und murmelte: »Ein paar von ihnen sind auch ganz schön merkwürdig. Nicht die hier, die sind eigentlich in Ordnung.« Er deutete mit dem Kopf auf die Gruppe der Reiter vor ihnen. »Aber da gibt es zum Beispiel solche wie Nebelherz – der macht mir Gänsehaut, und seine Freunde auch. Du wirst ihn sicher kennenlernen.«

Rutaaura war zwar nicht klüger als vorher, aber sie dankte ihm trotzdem. Vor ihnen kam die Gruppe der Reiter in Bewegung. Ihr Anführer hatte sich hoch im Sattel aufgerichtet und rief etwas nach hinten, das Rutaaura nicht verstand.

Hinter Rutaaura setzte sich Sonnenlied auf. »Sind wir schon beim ersten Posten?«, fragte sie erstaunt. »Habe ich so lange geschlafen?«

»Nein, es ist wohl eine Patrouille«, gab Wolkensucher zurück. Er beschattete die Augen mit der Hand und suchte die Felsen ab, die rechts und links aufragten. Sie ritten inzwischen durch eine immer enger werdende Schlucht, deren Wände steil emporragten und nur noch einen schmalen Ausschnitt des Himmels freigaben. Es war kühl im tiefen Schatten, und Rutaaura fröstelte.

»Da sind sie«, sagte Wolkensucher und deutete nach vorne. Rutaaura folgte seinem Finger und sah drei Reiter herankommen. Auf Sturmtänzers Höhe hielten sie an, und einer von ihnen sprach mit ihm. Die Gruppe schloss jetzt langsam zu ihnen auf, und als Rutaaura und Sonnenlied als Letzte dort eintrafen, ritten Sturmtänzer und einer der Neuankömmlinge schon weiter, während die beiden anderen Dunklen ihre Skralls eng an den Wegrand lenkten und abwarteten, bis alle an ihnen vorbeigezogen waren.

Rutaaura fühlte die Blicke der beiden Elben auf sich ruhen, als sie sie passierte. Einer nickte ihr kurz zu, der andere, ein hagerer Mann mit knochenweißem Haar, das ihm offen über die Schultern fiel, starrte sie nur reglos an. Der Blick seiner eisgrünen Augen jagte ihr einen Schauer über den Rücken, so starr und ausdruckslos wirkte er.

Der eine von beiden schloss sich ihnen an, und als sie einen schnellen Blick über die Schulter nach hinten warf, sah sie den anderen – den Unheimlichen – im schnellen Trab nach Norden davonreiten, hinaus aus der Schlucht.

»Wer war das?«, fragte sie flüsternd.

Sonnenlied spuckte aus, eine ungewohnte Geste der freundlichen Elbin. »Eisgefährte«, sagte sie. »Keiner meiner Freunde.«

Mehr Worte waren von ihr nicht zu erwarten, und Rutaaura begnügte sich damit.

Zwei Raben zogen über die Schlucht und kreisten kurz über ihren Köpfen, ehe auch sie nach Norden weiterflogen. Sie ritten schweigend und im Gänsemarsch weiter in die Schlucht hinein. Die Wände rückten immer näher, bis Rutaaura sie mit ausgestreckten Händen hätte berühren können. Die Felsen strahlten beißende Kälte aus, und es war dämmrig, als würde die Nacht hereinbrechen.

Rutaaura reckte sich und versuchte, über die Voranreitenden hinweg zu blicken. Sie glaubte dort einen Schimmer helleren Lichtes erhaschen zu können, der möglicherweise den Ausgang aus der Schlucht bedeutete.

Und tatsächlich, wenige Längen weiter verbreiterte der Weg sich langsam wieder und öffnete sich schließlich zu einem atemberaubenden Anblick.

»Ah«, machte Rutaaura unwillkürlich, als sie das Plateau erreichte. Von hier aus blickte man in einen weiten Talkessel hinunter, der rundum von hohen Kraterwänden umschlossen war.

»Zuhause«, rief Sonnenlied aus. »Kleine Schwester, das heiße Bad ist in Reichweite!«

Das Tal war dicht begrünt, und Rutaaura konnte von oben keinerlei Gebäude oder andere Schöpfungen von Elbenhand ausmachen. Alles wirkte unbelebt, unbewohnt. Über dem Tal kreiste ein riesiger Schwarm großer, dunkler Vögel, den gezackten Silhouetten ihrer Flügel nach waren es Raben und kleinere Vögel, wahrscheinlich Krähen.

Die Skralls setzten sich wieder in Bewegung.

»Lass mich nach vorne«, sagte Sonnenlied und klopfte ihr auf die Schulter. »Der Weg ist schwierig, wenn man ihn das erste Mal reitet.«

Rutaaura wechselte nicht ungern auf den hinteren Sattel, so

hatte sie mehr Muße, die Umgebung zu betrachten. Sie hielt sich am Sattelhorn fest und blickte sich um, während Sonnenlied den Skrall den anderen hinterher lenkte.

Daja setzte ihre klauenbewehrten Füße achtsam auf den schmalen Pfad, der sich eng an den Fels schmiegte. Gleich daneben fiel die Wand steil ab; wer hier abstürzte, dessen Fall wurde von nichts aufgehalten, bis er auf der Talsohle aufschlug.

Der Pfad zog sich in einer langsamen Abwärtsbewegung an der Wand des Kessels entlang, sodass der Anblick des Tals sich mit jeder Länge ein wenig veränderte. Das Gebiet mit der dichtesten Bewaldung lag hinter ihnen, nun blickten sie auf eine weite Lichtung, die von einem mäandernden Flüsschen durchzogen war. Selbst hier oben roch die Luft nach dem kräftigen Aroma der Zirbelkiefern, die unten im Tal wuchsen. Immer noch war nichts davon zu sehen, dass irgendwo dort unten Elben leben sollten.

Sie hatten den weiten Kessel beinahe zu drei Vierteln umrundet, als sie endlich an seinem Grund angekommen waren. Rutaaura lockerte ihren Griff um das Sattelhorn und bemerkte jetzt erst, dass sie sich während des ganzen Abstiegs daran festgeklammert hatte. Sie blickte zurück auf den Weg, den sie gekommen waren. »Es dürfte schwierig sein, euch überraschend zu besuchen«, sagte sie.

»Unmöglich«, sagte Sonnenlied. Sie deutete nach oben. »Windgesangs Augen geben acht.«

Rutaaura blickte zu den Vögeln empor, die unaufhörlich, beinahe ohne Flügelregung, in unsichtbaren Aufwinden in der Luft standen.

»Und wenn doch jemand an ihnen und an euren Patrouillen vorbeikommt, könnt ihr ihn auf dem langen Abstieg ganz bequem aus der Wand schießen«, sagte sie nachdenklich. »Ihr habt doch sicher Bogenschützen?«

»Du siehst ihr nicht nur ähnlich, du denkst sogar wie die Älteste«, sagte Sonnenlied lachend.

»Was meinst du damit?«, fragte Rutaaura verblüfft.

Sonnenlied antwortete nicht. Sie ritten schweigend durch einen lockeren Bestand von Zirbelkiefern. Trockene Nadeln und kleine

Ästchen knisterten und knackten unter den Schritten ihrer Reittiere. Es roch würzig nach Harz, und hin und wieder sprang eine Zirbelnuss unter den Füßen der Skralls weg und rollte ins dichte Unterholz.

Rutaaura erwartete, dass sie hier irgendwo auf eine Ansiedlung von Hütten stoßen würden, die sie von oben nicht hatte ausmachen können. Aber sie verließen schließlich den Wald und ritten weiter durch die Flussebene, überquerten den Fluss an einer Furt und ritten ein Stück am Ufer entlang. Der Weg führte sie wieder in einen Wald, der merklich dichter war als der, den sie gerade verlassen hatten, und stieg leicht an. Sie ritten auf eine der Kraterwände zu. Sonnenlied stieß einen leisen Ruf aus und deutete nach vorne. Rutaaura blickte an ihrer Schulter vorbei und sah, wie die Reiter einer nach dem anderen einfach zu verschwinden schienen.

Als sie näher kam, erkannte sie den Grund dafür – vor ihr verbarg ein dicht geflochtenes, mit belaubten Zweigen besetztes Netz einen Durchgang. Sonnenlied lenkte den Skrall geschickt durch die schmale Öffnung, und Rutaaura fand sich im Dunkeln wieder. Die Geräusche der Reitenden klangen dumpf von unsichtbaren Wänden wider. Ihre Augen passten sich an, und sie erkannte, dass sie sich durch einen schmalen Stollen bewegten. Die Decke des Ganges war dicht über Rutaauras Kopf, was ein leises Gefühl der Beklemmung hervorrief.

Der Skrall aber trabte ungerührt voran, und schon bald erreichten sie eine große Höhle, in die ein Dutzend weiterer Gänge mündete. Elbenfeuer beleuchtete die Höhle gerade so weit, dass man sich orientieren konnte.

»Was ist das hier?«, fragte Rutaaura, unwillkürlich flüsternd.

»Wir sind gleich da«, erwiderte Sonnenlied ebenso gedämpft. »Du wirst schon sehen.«

Sturmtänzer führte sie in einen Gang zu ihrer Linken, der zuerst ein Stück abwärts führte, bevor er steil anstieg. Der Gang sah nicht aus, als wäre er kürzlich erst angelegt worden. Seine unebenen Wände waren dicht bemoost und glänzten feucht im diffusen Licht der Elbenfunken, die jetzt in den Händen der Reiter glühten. In unregelmäßigen Abständen tauchten Öffnungen in den Wänden auf, hinter denen weitere Höhlen oder Gänge lagen. Anscheinend stießen sie immer tiefer in ein wahres Labyrinth vor. Es ging kreuz und quer durch Höhlen und Gänge, und Rutaaura hatte bald die Orientierung verloren; ohne Hilfe würde sie niemals zum Eingang zurückfinden. Unbehaglich drehte sie sich im Sattel um und blickte nach hinten.

Der Reiter, der ihnen schweigend folgte, sah sie fragend an. Sie nickte ihm nur stumm zu und wandte sich wieder nach vorne, seufzte leise und beschloss, sich keine Gedanken zu machen. Man würde sie wohl kaum gegen ihren Willen hier festhalten, und wenn sie gehen wollte, konnte sie ja jemand hinausführen.

Erneut bogen sie in einen Gang, der diesmal steil wie eine Treppe emporführte. Sie hielt sich am Sattelknauf fest, während sie die starken Muskeln des Skralls unter sich arbeiten fühlte. Plötzlich war da Tageslicht. Sie blinzelte geblendet. Ein Luftzug fächelte ihre Wangen, und sie atmete begierig die frische Luft ein, die süß auf ihrer Zunge schmeckte.

Sie waren in einem kleinen Kessel angelangt, das winzige Gegenstück zu dem weiten Tal. Ein Weg führte hindurch, und sie konnte zwischen den locker stehenden Bäumen die Wände und schiefergedeckten Dächer von Holzhütten erkennen.

Vor der ersten Hütte zügelte Sturmtänzer seinen Skrall und sprang von seinem Rücken. Sonnenlied ächzte, als sie ihr Bein über den Sattel hob und sich auf den Boden fallen ließ. »Steif wie Holz«, sagte sie und reckte sich ausgiebig. Die anderen Elben glitten ebenfalls aus den Sätteln und führten ihre Skralls auf eine kleine Lichtung.

Irgendwoher tauchte ein halbwüchsiger Elbenjunge auf. Er blinzelte schüchtern durch einen Vorhang von weißblonden Haaren, als er sich an Rutaaura vorbeidrückte und auf Sturmtänzer zulief. Der große Elbe beugte sich hinab und legte ihm eine Hand auf den Scheitel, während der Junge ihn anstrahlte.

»Sein Enkel Tiup«, sagte Sonnenlied. »Der kleine Bruder soll in diesem Winter seinen Namen bekommen.«

»Tiup«, wiederholte Rutaaura lächelnd. »Das klingt fast wie ein Vogel.«

Sonnenlied lachte und gab ihrem Skrall einen Klaps. Daja zischte friedlich und setzte sich in Bewegung, den Pfad hinunter, bog zielstrebig um eine Ecke und war fort. »Sie weiß, wo der Pferch ist«, erläuterte Sonnenlied, als sie Rutaauras verwunderten Blick sah.

Die Dunklen, die sie hierher gebracht hatten, gingen einer nach dem anderen davon, ohne Rutaaura noch viel Aufmerksamkeit zu schenken. Einzig Wolkensucher winkte ihr noch einmal zu, bevor er im Dämmerlicht zwischen den Bäumen verschwand. »Komm, auf ins Bad«, sagte Sonnenlied und nahm Rutaauras Arm.

Da traten zwei Frauen aus einer der Hütten und kamen auf sie zu. Sie nickten Sonnenlied zu, die beinahe erschreckt Rutaauras Arm losließ und etwas beiseite ging.

»Willkommen«, sagte die größere der beiden Frauen. Sie hatte ein strenges Gesicht unter einem dichten Schopf schneeweißer, kurz geschnittener Haare, die wie ein Helm um ihren Kopf lagen.

»Willkommen«, echote die andere, kleiner und zierlicher als ihre Begleiterin.

»Wir bringen dich zu deiner Unterkunft«, sagte die erste mit einem Blick auf Sonnenlied. Diese nickte und ging ohne ein Wort des Abschieds davon.

Rutaaura entfloh ein kleiner Jammerlaut. Da ging ihre einzige Freundin unter all diesen Fremden – und ihr heißes Bad. Die beiden Elbinnen wandten sich ohne ein weiteres Wort um und gingen den Pfad hinab. Die kleine Lichtung hatte sich inzwischen geleert.

Rutaaura blieb nichts übrig, als den Frauen zu folgen, wenn sie nicht alleine hier zurückbleiben wollte. Sie fühlte ihre Erschöpfung, als sie sich beeilte, zu ihren Führerinnen aufzuschließen. Die Abendluft kroch klamm in ihre Kleider und machte ihre müden Glieder unbeweglich.

»Wohin bringt ihr mich?«, rief sie. Und, da die Antwort ausblieb, lauter und ein wenig erbost: »Ich habe gefragt, wohin ihr mich bringt!«

Die streng Aussehende warf einen Blick über ihre Schulter, ohne den Schritt zu verlangsamen. »Zu deiner Unterkunft«, wiederholte sie zugleich tadelnd und geduldig, als spräche sie zu einem bockigen Kind.

Rutaaura schwieg. Sie war zu müde, um sich zu streiten. Sie würde sich zufrieden geben, wenn sie nur ein Lager und etwas zu essen bekäme – alles Weitere sollte sich am nächsten Tag zeigen.

Zu ihrer Überraschung brachten die beiden Frauen sie nicht zu einer der Hütten. Sie durchquerten das kleine Tal, bis sie an die Stelle gelangten, wo sie gerade erst das Höhlenlabyrinth verlassen hatte. Ohne sich nach ihr umzusehen, betraten ihre Führerinnen den Gang und verschwanden im Dunkeln. Rutaaura warf einen verzweifelten Blick zurück ins Tal, über dem das letzte Licht verdämmerte. Die ersten Sterne erschienen am Firmament, und die Sichel der Tänzerin zeigte ihre zarte Gestalt. Die Baumwipfel standen schwarz vor dem nachtblauen Himmel.

Mit einem leisen Fluch folgte Rutaaura den Frauen ins Labyrinth.

Sie entzündete einen Elbenfunken, weil sie keine Lust verspürte, über Dinge zu stolpern, die sie nicht sehen konnte. Es war finster wie in einem zugebundenen Sack, und völlig ohne Licht nützten auch die schärfsten Elbenaugen nichts.

Die größere der Frauen sah sie zwar tadelnd an, als das schimmrige Licht aufglomm, aber sie sagte nichts. Unter ihren Füßen knirschten Steinchen und Sand, dann wieder war der Boden so glatt, als wäre er poliert, oder rissig und rau wie Borke. Zweimal überquerten sie ein kleines Rinnsal, das sich tief in den Fels gegraben hatte.

Sie gingen lange und schweigend, und wie bei ihrer ersten Durchquerung des Höhlensystems verlor Rutaaura innerhalb kürzester Zeit vollkommen die Orientierung. Endlich hielten die Frauen an und deuteten auf einen Höhleneingang. Rutaaura trat zwischen ihnen hindurch und sah sich misstrauisch um. Die Höhle war winzig, wie ein kleines, aus dem Felsen gehauenes Nest. Auf einem kniehohen Sims war auf einer dicken Schicht von Ästen aus weichen Decken ein ordentliches Lager gerichtet, und daneben stand ein zugedecktes Tablett, unter dem Rutaaura ihr Nachtmahl vermutete. Eine Schüssel mit Wasser und ein paar Tücher warteten am Fuß der Bettstelle. Kein heißes Bad, aber damit hatte sie ohnehin nicht mehr gerechnet.

Sie wandte sich um, wollte ihre Begleiterinnen fragen, wie es nun weitergehen sollte – aber die beiden Frauen waren lautlos verschwunden. Sie war allein.

Rutaaura setzte sich auf das sanft knisternde Lager, streckte die Beine von sich und ächzte leise. »Lluis, du hattest recht«, murmelte sie. »Was treibe ich hier bloß?«

Sie rieb sich übers Gesicht. Wo er jetzt wohl gerade war? Noch bei Tamayout oder schon auf dem Rückweg in den Norden? Die Erinnerung an ihren Abschied versetzte ihr einen Stich. Er wäre ihr klaglos – *beinahe* klaglos – hierher und noch weiter gefolgt, aber sie hatte ihn davongejagt wie eine lästige Fliege.

Sie gähnte, zu müde für ernsthafte Selbstvorwürfe, und zog sich aus. Es war erstaunlich warm in der kleinen Höhle, beinahe, als würde sie geheizt. Dankbar schlüpfte sie in ein langes Hemd, das zusammengefaltet für sie bereitlag. Das abgedeckte Tablett wartete mit einer kräftigen, wenn auch kalten Mahlzeit auf, die sie nicht ganz verzehrte. Sie zog die Decke über den Kopf, zum ersten Mal seit einigen Nächten nicht durchgefroren bis ins Mark, und schlief ein, kaum, dass sie die Augen zugemacht hatte.

Sie schlief und träumte, dass sie durch das Labyrinth wanderte. Sie war allein, aber trotzdem hörte sie flüsternde Stimmen. Immer wenn sie sich umdrehte, um zu sehen, wer sie verfolgte, waren da nur die Umrisse der Felsen. Sie hörte das Echo ihrer eigenen Schritte, und wenn sie innehielt, klangen leise und raschelnd Schritte nach, die nicht von ihr stammen konnten. Aber sie sah niemanden, der ihr folgte. Sie ging weiter. Ihre Füße waren müde, aber sie war getrieben von dem Wunsch, das endlose Gewirr von Gängen und Höhlen hinter sich zu lassen und wieder Tageslicht zu sehen.

Sie hatte keinen Blick für die Wunder, die sich ihren Augen darboten. Sie passierte tiefe Schluchten, wo Wasserfälle aus der Schwärze über ihr herabtosten und in der Dunkelheit verschwanden. Sie überquerte fragile Steinbrücken, während rechts und links von ihr der Abgrund nach ihr griff. Sie sah Höhlen, in denen seltsame Steingebilde aus den Wänden wuchsen, und andere, in denen der Schimmer ungeschliffener Kristalle ihre Augen narrte. Ein endloser Gang war rundum dicht mit blauem Moos bewachsen, sie trat über sein weiches Polster, das unter ihren Füßen bebte wie ein lebendes Wesen und leise wogend zurückwich, wenn sie den Wänden die Hand näherte.

Aber an all dem ging sie achtlos vorüber, nichts anderes im Sinn, als es hinter sich zu lassen und das Licht der Sonne wiederzusehen.

Und immer waren Schritte hinter ihr und leise Stimmen, die Worte flüsterten, die sie nicht verstand.

»Sssss«, flüsterte es. »Tttt«, gab eine andere Stimme zurück. »Chhhhh«, hauchte eine dritte. »Mmmmm«, stöhnte die erste – oder wiederum eine neue? »Aaaaah«, seufzte ein Chor von Stimmen, und »Ooooh« und »Huuuu« antworteten andere.

»Ruuuu«, murmelte ein tiefer Ton. »Taaaa«, erwiderte es leise. »Tochhhhhh«, jammerte ein Windhauch. »Tochhhhhh«.

Mit diesem Seufzer im Ohr erwachte sie ruckartig. Jemand hatte an ihrem Lager gestanden und auf sie herabgesehen. Sie sprang auf, benommen vom Schlaf, und ging zum Eingang ihrer Höhle. »Tochter«, murmelte sie, nach den letzten Fetzen ihrer Träume haschend. Niemand war dort. Es war dunkel, still und kalt.

Mit einem Schaudern zog sie sich in das warme Innere ihrer Schlafhöhle zurück und wickelte sich wieder in ihre Decken. Der Schlummer kam wider Erwarten sanft, und diesmal schlief sie traumlos.

# 27

Sie hörte, dass jemand sprach. Die Worte ergaben keinen Sinn, aber der Tonfall, der Klang der Stimme waren ihr vertraut. Sie lauschte, ohne sich allerdings dabei anzustrengen.

Es war ihr nicht wichtig, die Worte zu verstehen. Sie wusste, dass sie eingesperrt war, doch es beunruhigte sie nicht. Sie erinnerte sich nicht daran, wie sie hierhergekommen war, aber auch das störte sie nicht. In sich versunken betrachtete sie den Sonnenfleck, der vor ihr auf dem Boden lag wie ein großer goldener Schmetterling. Sie schob ihren Fuß vor, bis ihre Zehen in das Licht eintauchten, und bewunderte das Spiel der Stäubchen, die darin tanzten.

»Ich hatte erwartet, dass ihr zumindest besser auf sie achtet«, sagte die vertraute Stimme.

»Das taten wir«, erwiderte eine andere, deren Klang sie frösteln machte.

»dastatnwir«, wiederholte sie abwehrend, und dann »irgutaufsiachtt«. Es klang seltsam, und sie lachte.

»Hat sie etwas gesagt?«, fragte die erste Stimme.

»Sie plappert manchmal vor sich hin«, erwiderte die zweite, die kalte.

»Vors'chhinnnnn«, murmelte sie und lauschte andächtig dem Summen ihrer eigenen Stimme.

»Sie hatte einen Anfall. Ich konnte nicht erkennen, was ihn ausgelöst hat. Wir versorgen sie gut, vielleicht erholt sie sich wieder.«

»Das reicht mir nicht«, gab der erste Sprecher scharf zurück. Seine Stimme klang angespannt und böse. »Ihr habt sie gegen meinen Willen entführt. Ich bestehe darauf, dass ihr sie in meine Obhut gebt.«

Der zweite lachte. »Und ich halte es für besser, wenn sie bei uns bleibt«, erwiderte er. »Unsere Zusammenarbeit war nicht befriedigend. Nun hast du einen guten Grund, dich im Sinne unserer gemeinsamen Sache ein wenig mehr anzustrengen.«

Sie wollte die Stimmen nicht mehr hören und steckte die Finger in die Ohren. Es reichte nicht, um die Stimmen auszusperren, also nahm sie die Decke, die neben ihr lag, und wickelte sie um ihren Kopf. Das war gut. Es war dunkel und ruhig, und wenn es dunkel und ruhig war, konnte sie den *anderen* Stimmen lauschen, die zu ihr sprachen. Sie erzählten ihr Geschichten, die sie zum Weinen brachten und die sie staunen ließen. Große Geschichten, Geschichten von Blut und Trauer, aber auch von Liebe und Freundschaft. Sie sah Gesichter, die ihr fremd und gleichzeitig altbekannt waren, sie wusste, was die Akteure dieser großen Geschichten bewegte, sie wusste, dass unzählige von ihnen im Verlaufe der Handlung sterben und viele sich, an Leib und Seele verwundet, zurückziehen würden. Sie waren ihre Kinder und ihre Ahnen, sie war ihr Kind und ihre Ahnin – es war gut, bei ihnen zu sein. Sie waren ihr Volk.

Irgendwann schlief sie. Wenn sie schlief, hörte sie nur die *anderen* Stimmen. Unablässig sprachen sie zu ihr, ein endloser Fluss von Bildern, Worten, Gedanken, der sie mit sich nahm auf eine Reise, die niemals endete. Sie ließ sich mit den Stimmen treiben, denn sie flößten ihr keine Furcht ein. Manchmal weinte sie, aber sie fühlte keinen Schmerz. Das Weinen war wie Regen im Frühling, bald vorüber und vergessen.

Rutaaura erwachte davon, dass sie niesen musste. Ein Strohhalm aus ihrem Lager hatte sich durch die Decken gebohrt und kitzelte sie an der Nase. Sie setzte sich auf und betrachtete ihre Umgebung, die nicht anders aussah als in der Nacht zuvor. Falls es nicht noch immer Nacht war. Sie dachte beunruhigt darüber nach. Sie wusste nicht, ob inzwischen ein neuer Tag angebrochen war. Sie hatte geschlafen, sie war erwacht, sie war einigermaßen ausgeruht – aber ihr fehlte jeder Hinweis auf das, was draußen vor sich ging.

Sie stand auf und zog sich an. Während sie ihre Stiefel schnürte, fiel ihr Blick auf das Tablett mit den Essensresten – oder besser gesagt, auf das Tablett, auf dem sich Essensreste hätten befinden müssen. Stattdessen sah sie einen Krug mit Wasser, Brot und Käse, Obst, Nüsse, ein Stück Früchtekuchen – alles frisch und unberührt. Sie drehte sich um und suchte nach der Waschschüssel, die sie am Vortag ausgeleert hatte. Auch sie war frisch gefüllt worden.

Mit einem Fluch fuhr sie herum und stürzte hinaus vor ihre Höhle. Still und dunkel lag der Gang vor ihr. Sie blickte sich hastig um, aber keiner ihrer Sinne verriet ihr die Anwesenheit eines anderen Lebewesens. Sie rief: »Hallo!«, doch nichts außer dem Echo ihrer eigenen Stimme antwortete.

Rutaaura ging zurück in die kleine Höhle und starrte auf die Zeugnisse fremder Anwesenheit. Dann hockte sie sich, vom Knurren ihres Magens besiegt, auf die Kante des Felssimses, nahm das Tablett auf die Knie und biss in das verlockend duftende Brot.

Sie wartete. Sie wurde wieder müde und rollte sich auf ihrem Lager zusammen. Wenn sie schlief, kam jemand herein und brachte ihr etwas zu essen.

Rutaaura versuchte, wach zu bleiben, um diesen Jemand zu erwischen und ihn zu fragen, warum man sie hier gefangen hielt. Denn gefangen war sie in diesem Loch, so sicher wie hinter einer verriegelten Tür oder mit einem Fußeisen um den Knöchel.

Sie blieb also wach. Sie ging durch ihre Zelle – denn als solche empfand sie diesen Ort – und zählte die Schritte.

Ihre Augen brannten. Sie lehnte sich gegen die Wand, und als sie spürte, dass ihr der Kopf auf die Brust sank, hockte sie sich in den Eingang zur Höhle, versperrte mit ihren Beinen den Durchgang und erlaubte dem Schlummer, sie mitzunehmen.

Sie erwachte mit steifen Gliedern, immer noch in die Türöffnung geklemmt, und das Erste, was sie sah, als sie sich hochrappelte, war eine frisch gefüllte Waschschüssel.

»Orrins verlauster Arsch!«, entfuhr ihr einer von Trurres saftigeren Flüchen. Sie trat so heftig gegen die Schüssel, dass diese gegen die Wand schepperte und ihren Inhalt über das Strohlager verteilte.

Die Tage vergingen, ohne dass sie hätte sagen können, wie lange sie schon in der ewigen, gleichförmigen Wärme der kleinen Höhle ausharren musste. Wenn sie schlief, träumte sie davon, wie sie durch die Höhlen wanderte. Wenn sie wach war, starrte sie die Wände ihres Gefängnisses an. Irgendwann zog sie Zweige und ein paar Handvoll Stroh aus ihrem Lager, wickelte ein paar Scheiben Brot in ein Tuch, trank sich am Wasser satt, warf eine Decke um ihre Schultern und verließ ihr Gefängnis. Ihre Augen hatten sich an die Finsternis angepasst, sie benötigte keinen Elbenfunken mehr, um ihren Weg zu finden.

Als sie das erste Mal rastete, betrachtete sie sorgenvoll den schrumpfenden Holzvorrat. An jeder Weggabelung hatte sie ein Stückchen von einem Zweig abgebrochen und damit ihren Weg markiert, und sie hatte nicht den Eindruck, dass sie der Welt draußen ein bedeutendes Stück näher gekommen war. Es war unmöglich zu erkennen, ob sie weiter in den Berg hineinging oder ob die Richtung, in die sie sich bewegte, stimmte. Hin und wieder kam es ihr vor, als stiege der Boden leicht an, aber selbst das konnte gut oder schlecht, richtig oder falsch sein.

Seufzend legte sie sich zurück und starrte in die Dunkelheit über ihrem Kopf.

Als sie ihre Wegmarken aufgebraucht hatte, kehrte sie um. In ihrer Höhle warteten Essen und frisches Wasser auf sie, als wären sie aus dem Felsen gewachsen. Ihr Lager war gerichtet, die herausgezogenen Zweige und Halme wieder ordentlich hineingesteckt, die Decke, die sie mitgenommen hatte, durch eine neue ersetzt.

Rutaaura ließ sich auf das Lager sinken, drehte das Gesicht zur Wand und zog die Decke über den Kopf. So lag sie lange, ohne zu schlafen. Dann erhob sie sich erneut, packte alles Essbare in ein Tuch, wickelte ein Bündel Zweige in eine Decke, die sie sich umschlang, und nahm den Wasserkrug.

Während sie durch riesige Gewölbe schritt, in denen ihre Schritte von unsichtbaren Wänden widerhallten, sprach sie mit ihren Gefährten. »Dort drüben ist ein Gang, den wir probieren sollten«, schlug sie vor.

»Es geht hinauf«, erwiderte Lluigolf. Sie hörte seine Stimme so deutlich, als ginge er dicht neben ihr. »Wir sind ein ganzes Stück abwärts gegangen, aber hier steigt der Boden wieder an. Was meinst du, Hexenmeister? Du bist doch der Experte für Höhlen.«

»Wenn ich Höhlen mögen würde, wäre ich zu Hause geblieben«, brummte der Zwerg. Rutaaura meinte sein Lächeln zu sehen und vernahm das dumpfe Geräusch, mit dem sein Stock auf dem Felsboden auftraf. »Hier hinab scheint mir richtig.«

Sie wandte den Kopf und blickte in den Gang, auf den Trurre zeigte.

Sie schüttelte den Kopf. »Ich werde wahnsinnig, wenn ich noch lange hier herumlaufe«, sagte sie zu den beiden.

»Das ist richtig«, erwiderte der Zwerg ungerührt.

»Du schaffst das schon«, sagte Lluigolf. Seine Stimme klang zärtlich. Rutaaura drehte sich zu ihm um und erschrak. Neben ihr ragte ein mannshoher Stalagmit empor, der in Kopfhöhe zwei dunkle Flecken wie Augenhöhlen aufwies. Sie starrte ihn an und fragte sich einen herzklopfenden Moment lang, ob ein Zauber Lluigolf in Stein verwandelt habe.

Sie schluckte laut und ließ sich an dem Stein hinab auf den Boden gleiten. Hockend vergrub sie das Gesicht in den Händen. »Ich – muss – hier – raus«, flüsterte sie durch fest zusammengebissene Zähne.

»Ich fürchte mich auch«, vernahm sie da eine leise Stimme.

Sie riss den Kopf hoch. Neben ihr kniete eine helle Gestalt mit verhülltem Gesicht. Sie trug keinen Schleier, wie Rutaaura verblüfft feststellte, sondern schien eine dünne Schlafdecke um ihren Kopf gewickelt zu haben und presste darüber noch die Hände auf die Ohren. »Sie haben aufgehört«, fuhr sie fort. »Es ist so still. Sie haben mich allein gelassen, was soll ich jetzt tun? Ich weiß nicht, wo ich bin.«

»Wie kannst du überhaupt etwas sehen, wenn du dir eine Decke um den Kopf wickelst?«, fragte Rutaaura.

Die Gestalt tastete nach ihr und schrie leise auf, als sie Rutaauras Arm berührte. »Du bist wirklich«, sagte sie. »Wie bist du hereingekommen? Sie lassen niemanden herein.« Sie zog die Decke von den Augen und blickte in Rutaauras Richtung. »Es ist so dunkel«, klagte sie. »Ich kann dich nicht sehen.«

Rutaaura hob die Hand und entzündete einen gelblichen Elbenfunken. Die andere blinzelte geblendet und befreite ihren Kopf aus dem Tuch. Zerzaustes rotgoldenes Haar leuchtete im Lichtschein.

»Iviidis?«, Rutaaura kam auf die Knie und umfasste die Schultern der anderen. »Ivii, wie kommst du hierher?«

Die Elbin blinzelte erneut. »Wie … Wie nennst du mich?«

»Iviidis«, wiederholte Rutaaura ungeduldig. »Schwester, wie kommst du hierher?«

Iviidis legte den Kopf zur Seite und dachte nach. »Iviidis«, sagte sie langsam, ließ den Namen auf der Zunge zergehen. »Iviidis. Es klingt vertraut.« Sie runzelte die Stirn und sah Rutaaura an. »Du bist eine Bewahrerin«, sagte sie. »Ich kenne dich …« Sie hob die Hand, als Rutaaura etwas sagen wollte. »Du bist Mondauge.«

Rutaaura schüttelte sie sanft. »Ich bin Rutaaura, deine Schwester. *Du* bist die Bewahrerin, mein Herz, nicht ich.«

Iviidis lachte, ein fröhliches, glucksendes Gelächter. »Aber wie kann ich eine Bewahrerin sein – ich?« Sie hielt Rutaaura ihre helle Hand hin, als wollte sie damit etwas beweisen.

»Ivii«, sagte Rutaaura eindringlich. »Meine Schwester – wie bist du hierhergekommen? Ich suche seit Tagen und Tagen nach dem Weg hinaus!«

Iviidis schüttelte den Kopf. »Ich weiß es nicht. Ich war … Ich war … dort.« Sie runzelte die Stirn. »Du behauptest, ich sei deine Schwester?«

Rutaaura nahm Iviidis' Hand. »Woran erinnerst du dich?«, fragte sie.

Iviidis' Augen glänzten. »An alles«, sagte sie inbrünstig. »An alles!«

Rutaaura lachte. »Nicht ganz«, sagte sie. »Du erinnerst dich nicht an mich, du weißt nicht, wie du hergekommen bist, du weißt ja nicht einmal, wer du selbst bist!«

Iviidis lachte mit ihr, aber dann wurde sie ernst. »Warte«, sagte sie. »Da ist so viel, es ist schwer, den Weg zu finden.« Sie kniff die Augen zusammen. »Du bist nicht Mondauge?«, fragte sie. Rutaaura verneinte. »Du sagst, ich bin Iviidis. Ich bin … Ich bin nicht …« Sie verstummte und schüttelte den Kopf. »Natürlich bin ich nicht Alvydas«, sagte sie ärgerlich. »Ich war auf dem Weg zu ihm, als …« Wieder das Kopfschütteln. »Es geht alles durcheinander«, beklagte sie sich. »Alles da drin geht durcheinander!« Sie schlug fest mit der flachen Hand gegen ihren Kopf. Als sie erneut ausholte, griff Rutaaura erschreckt nach ihr und hielt sie fest. Iviidis schloss die Augen und atmete hörbar aus.

Rutaaura betrachtete sie. *Das ist nicht meine Schwester,* dachte sie. *Das kann nicht Iviidis sein. Es ist ein Trugbild. Eben habe ich noch Lluis' Stimme gehört, und jetzt sehe ich meine Schwester. Ich werde noch verrückt hier drinnen.*

Iviidis öffnete die Augen und blickte sie an. »Du bist nicht verrückt«, sagte sie. »Es ist seltsam, dass ich hier bin, aber vielleicht hat es etwas damit zu tun.« Sie hob die Hand und öffnete sie. Sie war leer, doch dann flimmerte die Luft über der Handfläche wie in großer Hitze, und ein dunkler Kristall erschien dort.

»Was ist das?«, fragte Rutaaura.

»Ich weiß es nicht«, antwortete Iviidis grimmig. »Du musst Geduld mit mir haben, ich finde nicht auf Anhieb alles, was ich suche. Da ist so viel, dass ich das Gefühl habe, mein Kopf platzt.« Sie schloss die Hand um den Stein.

Rutaaura ließ sie los. »Du hast gesagt: ›Sie lassen niemanden herein.‹ Was meinst du damit?«

»Die, die mich gefangen halten«, antwortete Iviidis und riss gleich darauf die Augen auf. »Oh.«

»Oh«, echote Rutaaura. »Was ist los im Wandernden Hain? Wieso und von wem wirst du gefangen gehalten?« *Und warum hat Trurre nicht auf dich aufgepasst, wie ich es ihm gesagt habe?,* fügte sie in Gedanken hinzu.

Iviidis zuckte mit den Schultern. »Ich weiß es nicht«, sagte sie resigniert. Ihre Hand wanderte zur Stirn. »Zu viel. Einfach zu viel.« Sie gähnte und zog die Decke wieder über ihren Kopf. »Müde«, murmelte sie.

Rutaaura rüttelte an ihrer Schulter. »He, nicht einschlafen«, sagte sie. »Wir sollten zusehen, dass wir hier rauskommen. Ich habe nicht gesehen, aus welchem Gang du gekommen bist. Weißt du es noch?«

Iviidis schob den Kopf aus der Decke und sah sich um. »Ich war noch nie zuvor hier«, erklärte sie. »Wo sind wir?«

»Denk nach«, forderte Rutaaura. Iviidis sah sich um.

»Das ist eine Höhle.« Sie schüttelte den Kopf. »Ich erinnere mich nicht an eine Höhle.« Wieder machte sie Anstalten, die Decke über das Gesicht zu ziehen.

Rutaaura verhinderte es, indem sie Iviidis' Kopf zwischen die Hände nahm. »Denk nach!«, wiederholte sie eindringlich.

Iviidis ächzte. Sie richtete sich aus der zusammengesunkenen Haltung auf und starrte ihrer Schwester in die Augen. Rutaaura sah, wie ihre Pupillen groß und dunkel wurden und Iviidis zu zittern begann. Sie tastete hilflos nach Rutaauras Händen und wimmerte leise. Rutaaura wollte loslassen, erschreckt über das, was mit ihrer Schwester geschah, aber der Griff ihrer Finger ließ sich nicht mehr lösen. Iviidis' Zittern wurde stärker, sie bebte am ganzen Leib. Ihre Hände umklammerten Rutaauras Handgelenke. Rutaaura biss so fest die Zähne zusammen, dass sie knirschten. Ihre Hände lagen um Iviidis' Kopf, als wären sie festgewachsen, und sie versuchte mit aller Kraft, sie loszureißen.

»Nicht dagegen kämpfen«, sagte eine Stimme. »Ihr beide – lasst es geschehen. Es wird euch nichts passieren.«

Bestimmtheit und große Sicherheit klangen aus diesen Worten. Rutaaura spürte, wie Ruhe sie überkam. Ihr Griff um Iviidis' Schläfen wurde sanfter, und Iviidis ergab sich darein.

Sie verharrten lange in dieser Haltung, und Rutaaura glaubte zu fühlen, wie der Aufruhr in Iviidis' Innerem sich legte. Sie wandte den Blick nicht vom Gesicht ihrer Schwester, obwohl es in ihr kribbelte, sich nach derjenigen umzudrehen, die gerade zu ihnen gesprochen hatte.

Endlich seufzte Iviidis und schloss die Augen. »Es ist gut«, sagte sie schwach. »Du kannst aufhören. Danke, Bewahrerin. Deine Hilfe war segensreich.«

Rutaaura löste ihre Hände und rieb die Handflächen an ihren Schenkeln. »Was habe ich denn getan?«, fragte sie verwirrt.

Iviidis öffnete die Augen wieder. Ihr Blick war jetzt klar. »Rutaaura, du bist es«, sagte sie. Dann sah sie sich um. »Bei den Ewigen – wo *sind* wir?«

Rutaaura begann zu lachen. Dann sah sie sich ebenfalls um. Niemand war bei ihnen, und sie war nicht einmal überrascht.

»Ich muss schlafen«, sagte Iviidis. »Ruta, ich bin schrecklich müde. Nur einen Moment, sei nicht böse. Wir können gleich miteinander reden.« Sie zog die Decke über ihr Gesicht und lehnte sich an Rutaauras Schulter. Ihre Schwester legte den Arm um sie und schloss auch die Augen. Was immer soeben geschehen war, es hatte sie bis auf die Knochen erschöpft.

Sie träumte, wie sie es immer tat, wenn sie in diesem Labyrinth in Schlaf sank. Sie stand unter dem Wasserfall, der laut donnernd herabrauschte, doch sie wurde nicht nass. Das Wasser verwandelte sich über ihrem Kopf in funkelnde Lichter, die sie über und über bedeckten, sich in ihr Haar setzten, auf ihren Lippen zerplatzten, in ihren Wimpern hängen blieben und sie an der Nase kitzelten.

Rutaaura erwachte davon, dass sie niesen musste. Ein Strohhalm aus ihrem Lager hatte sich durch die Decken gebohrt und kitzelte sie an der Nase. Sie öffnete die Augen und tastete nach Iviidis, aber da war niemand an ihrer Seite. Sie lag auf ihrem Lager in der kleinen Höhle und blickte auf ein Tablett mit frisch gebackenem Brot, das verführerisch duftete.

»Verflucht«, sagte sie und setzte sich auf.

»Guten Morgen«, erwiderte jemand.

Rutaaura fuhr herum. Am Fußende ihres Lagers saß eine der Schweigsamen. Sie lehnte an der Wand, die Hände in die weiten Ärmel ihres Gewandes gesteckt, und betrachtete Rutaaura.

»Wer …«, begann Rutaaura und sah sich verwirrt um. »Wie komme ich hierher?«

Die Elbin lächelte. Ihr Gesicht war zerfurcht wie altes Leder und ebenso dunkel. »Regenkind und Mondgefährtin haben dich hergebracht. Erinnerst du dich etwa nicht?«

Rutaaura verschränkte die Arme. »Ich finde eure Art der Gastfreundschaft eigenartig. Sperrt ihr eure Gäste immer erst einmal für Wochen weg, ehe ihr euch bequemt, sie willkommen zu heißen?«

Die andere legte den Kopf in den Nacken und lachte herzlich. Dann griff sie nach Rutaauras Hand und hielt sie fest zwischen ihren warmen Handflächen. »Du bist gesegnet«, sagte sie. »Und jetzt erzähle mir von deinem Traum.«

Rutaaura zog ihre Hand nicht fort »Welchen meiner Träume möchtest du hören?«, fragte sie spitz. »Ich hatte reichlich Gelegenheit zu träumen – sehr viel anderes gab es hier nicht zu tun.«

»Den letzten Traum von allen meine ich«, sagte die Elbin geduldig. »Den Traum, der mich zu dir gerufen hat.«

Sterne fielen wie Funken durch Rutaauras Blickfeld. Sie blinzelte erschrocken.

»Ah«, sagte die alte Elbin. »Ich sehe … Wir hatten lange keine Sternfängerin mehr unter uns.« Sie ließ Rutaauras Hand los und zeichnete mit dem Daumen ein verschlungenes Symbol auf Rutaauras Stirn. Es prickelte, und Rutaaura rümpfte die Nase.

Die alte Elbin stand auf. »Erhebe dich, Rutaaura Sternfängerin. Wir werden diesen Ort später wieder aufsuchen, aber nun sollten wir ihn verlassen.«

Rutaaura ergriff die auffordernd ausgestreckte Hand nicht und verschränkte die Arme. »Ich kenne deinen Namen nicht«, sagte sie.

Die Elbin neigte den Kopf. »Vergib mir meine Nachlässigkeit. Windgesang nennen mich meine Kinder.«

Rutaaura nickte. »Du bist die Älteste, ich habe von dir gehört.« Sie grinste. »Man hat mir gesagt, wir seien uns ähnlich.«

Die alte Elbin kräuselte die Lippen. »So«, sagte sie nur. »Kommst du mit mir, oder möchtest du noch ein wenig hier verweilen? Ich hatte allerdings nicht den Eindruck, dass du den Aufenthalt hier sehr genossen hast.«

Rutaaura warf einen Blick an sich herab und sah, dass sie bis auf die Stiefel vollständig bekleidet war. Sie stieg hinein, schnürte sie und erhob sich. »Gehen wir also«, sagte sie.

Vor dem Eingang der Höhle stand schweigend eine weitere Elbin. Rutaaura schenkte ihr nur einen flüchtigen Blick, in der Annahme, dass es eine der beiden war, die sie auch hierher in ihren Kerker geführt hatten. Sie schritten gemeinsam durch die Höhlengänge, und schneller als erwartet drang der erste Schimmer des Tageslichts an ihre Augen.

»Halt«, sagte Rutaaura und blieb stehen. »Ich bin doch … Meine Schwester Iviidis ist irgendwo da drinnen. Wir müssen sie suchen!«

Rutaaura bemerkte, dass die andere Elbin zusammenzuckte und sich ihr zuwandte, aber sie sah nur die Älteste an und wartete auf deren Antwort.

Windgesang schüttelte den Kopf. »Sie ist nicht hier.«

»Aber …«

»Wir werden über deine Erlebnisse dort sprechen. Aber nicht jetzt«, sagte die Älteste unnachgiebig. Sie setzte ihren Weg fort, und die schweigsame Begleiterin folgte ihr nach kurzem Zögern. Sie warf Rutaaura wieder einen schnellen Blick zu. Ihr Gesicht lag tief im Schatten ihrer Kapuze, Rutaaura konnte nur ein paar helle Augen ausmachen, ehe die Elbin ihr Gesicht wieder abwandte.

Sie traten ins Licht eines frühen Morgens, und Rutaaura schossen die Tränen in die Augen, so sehr wurde sie geblendet nach der langen Dunkelheit. Eine Hand schloss sich um ihren Arm, und sie duldete gerne, dass jemand sie führte, solange sie nichts sehen konnte.

Langsam kehrte ihre Sicht zurück. Bäume beschatteten ihren Weg, und sie atmete in tiefen Zügen die würzige Luft, die eine Erholung war nach dem langen Aufenthalt in der unbewegten Atmosphäre des Höhlensystems.

»Danke«, sagte sie leise zu der hochgewachsenen Elbin. »Ich kann wieder alleine gehen.« Diese nickte, immer noch schweigend, und ließ sich ein paar Schritte zurückfallen.

Windgesang führte sie quer durch das Tal, bis sie wieder auf dem kleinen Platz zwischen den Hütten anlangten. Eine Gruppe von Elben hatte sich um einen kleinen Brunnen versammelt, und Rutaaura erkannte voller Freude Sonnenlied unter ihnen. Die Elbin erblickte sie beinahe im gleichen Augenblick, sie hob die Hand und winkte. »Hallo, kleine Schwester! Hast du gut geschlafen? Es tut mir leid, dass wir unser Bad gestern nicht mehr genießen konnten – aber das holen wir heute nach!«

Rutaaura starrte sie verwirrt an. »Gestern?«, fragte sie.

Die große Elbin, die dicht hinter ihr stehen geblieben war, legte ihr die Hand auf die Schulter. Dann drehte sie sich zu der Elbengruppe um und sagte laut und mit Triumph in der Stimme: »Es gibt keine kleine Schwester mehr unter uns. An meiner Seite seht ihr Sternfängerin!«

Die Elben schwiegen kurz, dann erstaunten sie Rutaaura damit, dass sie in lauten Jubel ausbrachen. Aus den Hütten kamen weitere Dunkle dazu, die winkten und lachten. Sonnenlied hob die Hände und rief: »Du bist gesegnet, Sternfängerin!«

»Geh weiter«, sagte die Elbin leise und stieß Rutaaura an. »Die Älteste wartet.«

Rutaaura folgte der Anweisung. »Was hat das denn wieder zu bedeuten?«, fragte sie kopfschüttelnd. »Es wäre nett, wenn mir jemand erklären würde, was hier vor sich geht.«

»Du wirst bald verstehen«, flüsterte die Elbin. »Sei geduldig, meine Tochter.«

Windgesang wartete am Eingang einer Hütte auf sie. Eine Ulme hielt schützend ihre Äste über das niedrige Dach. Die Älteste deutete einladend auf die Tür, und Rutaaura trat nach einem misstrauischen Blick in die Runde hindurch.

Der Raum war klein und unerwartet gemütlich. In einer Ecke brannte ein Herdfeuer, darüber brodelte ein Kessel, und auf dem Tisch standen Trinkbecher und ein Teller mit Früchten.

Die große Elbin, die zusammen mit der Ältesten hinter ihr eingetreten war, machte sich an dem Kessel zu schaffen. Geschirr klapperte und würziger Kräuterduft breitete sich aus.

Die Älteste nahm die Kanne, die die andere Elbin ihr reichte, und schenkte ein. »Trink«, sagte sie freundlich. »Das wird dich erfrischen und die Gespenster einer langen Nacht vertreiben.«

Rutaaura hob den Becher und roch an der goldgrünen Flüssigkeit. Ein frischer, herber Geruch mit einer leichten Schärfe wie von Minze stieg in ihre Nase. Sie nippte an dem Tee und bewegte den Schluck einmal im Mund herum, bevor sie einen zweiten, größeren nahm. Es stimmte, der Trank erfrischte augenblicklich ihren Geist.

Rutaaura stellte den Becher ab und verschränkte die Arme vor der Brust. Windgesang sah sie freundlich, aber abwartend an.

»Was erwartet ihr von mir?«, fragte Rutaaura. Sie war sich der Anwesenheit der zweiten Elbin, die sich in ihrem Rücken niedergelassen hatte, deutlich bewusst. Noch immer war ihr Gesicht nicht zu sehen, so tief war die Kapuze herabgezogen.

»Nichts«, sagte Windgesang erstaunt. Die alte Elbin schob die Ärmel ihres weiten Gewandes hoch zu den Ellbogen und legte die Hände ineinander. »Du bist zu uns gekommen, weil du uns gesucht hast. Wir haben dich aufgenommen. Das ist alles.«

»Was ist dort in den Höhlen geschehen?«, fragte Rutaaura. »Ich war doch in Wirklichkeit länger als nur eine Nacht dort.«

Die Älteste schüttelte den Kopf.

»Aber ich erinnere mich an jeden Tag.«

»Du erinnerst dich an eine lange Reihe von Träumen«, erwiderte die Älteste. »Du hast so lange geträumt, bis dir dein Name genannt wurde. Dann bist du erwacht.«

»Manch einer muss wirklich viele Tage und Nächte in den Höhlen verweilen, bis er seinen Namen träumt«, fügte die andere Elbin hinzu. »Doch du warst bereit.«

Windgesang senkte zustimmend den Kopf. »Du bist gesegnet, Sternfängerin«, wiederholte sie Sonnenlieds Worte.

»Meinetwegen«, murmelte Rutaaura. »Was ist mit Ivii – mit meiner Schwester?«

»Erzähle mir von ihr«, forderte Windgesang sie auf. Wieder glaubte Rutaaura zu spüren, wie die andere Elbin sich wachsam aufrichtete. Warum erregte der Name nur immer ihre Aufmerksamkeit?

Sie berichtete in knappen Worten, wie Iviidis aufgetaucht und was sie zu Rutaaura gesagt hatte und was dann geschehen war.

»Dann habe ich deine Stimme gehört« – sie nickte Windgesang zu –, »und als ich Iviidis endlich loslassen konnte, schien sie wieder zu wissen, wer ich bin. Dann sind wir eingeschlafen. Und dann war sie wieder fort.«

Windgesang wechselte einen Blick mit der zweiten Elbin. Rutaaura hörte, wie diese sich hinter ihr bewegte.

»Hat sie dir sagen können, wer sie gefangen hält?«, fragte die Elbin. Ihre Stimme klang nicht mehr so gelassen wie bisher, deutliche Unruhe schwang in ihrer Frage mit.

Rutaaura drehte sich um und wollte verneinen, doch sie stockte. Die Elbin sah sie an. Die Kapuze lag nun in ihrem Nacken und enthüllte ein blasses Gesicht, das Rutaaura schmerzlich vertraut erschien.

»Ivii«, stammelte sie verwirrt. Nein, es konnte natürlich nicht Iviidis sein. Die Elbin war größer als ihre Schwester, und älter. Auch das dichte rotgoldene Haar war nicht das ihrer Schwester, es war dunkler, von einem flammenden Ton wie herbstliches Laub.

Die Elbin hob die Hand, als wollte sie Rutaaura berühren.

»Meine Tochter«, sagte sie leise.

»Lootana«, sagte Windgesang mit leisem Tadel. »Ich hatte dich doch gebeten …«

»Ich bitte um Vergebung, Älteste«, sagte die Elbin. »Aber das, was sie uns an Neuigkeiten bringt, ist zu beunruhigend und verlangt nach schnellem Handeln. Ich fürchte, wir werden keine Zeit mehr für ein langsames Kennenlernen haben!«

»Halt«, sagte Rutaaura und stand auf. »Halt. Ich finde, ich darf eine Erklärung verlangen.«

Windgesang breitete die Hände aus und sah die andere Elbin beinah vorwurfsvoll an.

»Du kennst mich nicht«, sagte diese, »und ich bedauere das ebenso wie du. Ich bin Lootana. Du bist meine Tochter, Rutaaura Sternfängerin.«

Rutaaura sah sie stumm an. Die Elbin sah Iviidis zu ähnlich, als dass es Zufall sein konnte. Sie musste ihr glauben.

»Du bist also meine Mutter«, sagte sie schließlich. »Ich bin erstaunt, dich hier zu finden. Das ist nicht der Ort, an dem ich eine Goldene erwartet hätte.«

Lootana zuckte ein wenig zurück, als hätte Rutaaura sie beschimpft. Windgesang klopfte leicht mit dem Knöchel auf den Tisch. »Wir haben nun wirklich keine Zeit für Geplänkel«, sagte sie. »Kind, sei deiner Mutter nicht gram. Sie hatte keine andere Wahl, als das zu tun, was sie getan hat.«

Rutaaura zuckte mit den Achseln und wandte Lootana den Rücken zu. »Was soll jetzt geschehen?«, fragte sie betont sachlich. »Ich fürchte, dass sich Iviidis in ernster Gefahr befindet, und ich verstehe nicht, warum sie so schrecklich durcheinander war.«

Windgesang sah Lootana an. »Was meinst du?«

Die Elbin sah Rutaaura an. »Woran genau erinnerst du dich? Was hat Iviidis dir erzählt?«

Rutaaura schloss die Augen und rief die Erinnerung in sich wach. Dann begann sie zögernd zu berichten, bis Lootana sie unterbrach: »Sie hat gesagt ›Ich bin nicht Alvydas‹?«

Rutaaura nickte. Lootana blickte Windgesang an, und ihre Miene war grimmig und besorgt zugleich. »Sie hat seine Erinnerungen. Und so, wie es aussieht, hatte sie keine Gelegenheit, sie zu archivieren.«

Windgesang legte eine Hand über die Augen. »Das ist eine viel zu große Bürde für eine von euch«, sagte sie. »Sie kann sie nicht lange tragen. Und sie wurde nicht einmal darauf vorbereitet, das Gefäß zu sein.«

»Was bedeutet das?«, fragte Rutaaura. Die beiden Frauen antworteten nicht. Dann stand Lootana auf und sagte entschlossen: »Ich hole Mondauge. Sie ist die Letzte von euch, die die Erinnerungen der Ältesten getragen hat.«

Windgesang seufzte zustimmend. Dann stand sie auf und legte ihre Hände auf Rutaauras Schultern.

»Ich hätte mir gewünscht, dass wir mehr Zeit haben«, sagte sie. »Und noch mehr hätte ich dir gewünscht, dass du dich langsam an alles gewöhnen kannst. Aber ich weiß, dass solche Wünsche Federn im Sturm sind. Du wirst deinen Frieden finden, Sternfängerin. Du bist bei deinem Volk angekommen, und wir heißen dich mehr als willkommen, denn wir haben lange auf dich gewartet. Aber jetzt solltest du dich ausruhen. Geh und finde Sonnenlied, damit sie dir das Bad zeigt. Heute Abend werden wir uns weiter unterhalten.«

Rutaaura sah in die zwingenden Augen der Ältesten, und jeder Protest erstarb in ihr. Sie nickte gehorsam und folgte Lootana hinaus.

## 28

Zum ersten Mal nahm sie den Raum mit wachem Verstand wahr. Er war düster, die Holzbalken der Decke hingen niedrig über ihrem Kopf, und durch die vergitterte Fensteröffnung konnte sie nur einen winzigen Ausschnitt der Welt draußen erkennen – in der Hauptsache die Stämme großer Bäume.

Iviidis hockte auf ihrer Bettstelle, die Arme um ihre hochgezogenen Knie gelegt, und starrte auf die verschlossene Tür. Sie war den Raum nun mehrmals abgegangen, in der Hoffnung, eine Möglichkeit zur Flucht täte sich ihr auf, aber die Wände waren aus steinhartem Lehm, und die Eichenbohlen der Tür hingen in stabilen Angeln.

Iviidis dachte nach. Der Traum in der letzten Nacht hatte ihr geholfen, aus dem Irrgarten der fremden Erinnerungen herauszufinden. Sie wusste nicht, wie das geschehen konnte, aber sie war aufgewacht und wusste wieder, wer sie war. Wo sie sich befand, war zwar immer noch ungeklärt, aber daran konnte sie aus eigener Kraft nichts ändern.

Sie erinnerte sich an die Zeit der Verwirrung, und der Gedanke daran machte ihr Angst. Sie war nahe daran gewesen, den Verstand zu verlieren – oder sie hatte ihn schon verloren, und nur ein gütiges Schicksal hatte sie anscheinend davor bewahrt, endgültig dem Wahnsinn zu verfallen.

»Wieso Rutaaura?«, murmelte sie. Sie hatte von ihrer Schwester geträumt, und es war ein sehr realistischer Traum gewesen. Sie hatten nebeneinander in einem finsteren Gewölbe gehockt, Rutaaura trug fremdländisch anmutende Kleider und sah hager und erschöpft aus. Sie hatte ihr die Hände um den Kopf gelegt, und Rutas Stimme war in ihrem Inneren gewesen und hatte sie geleitet, hinausgeführt aus der Verwirrung der fremden Erinnerungen.

Alvydas' Erinnerungen. Iviidis schauderte und schloss die

Augen. Sie waren noch da, alle, in ihrer unglaublichen Fülle. Kein Elbe konnte so alt sein. Wenn sie begann, die Erinnerungen im Geiste abzuschreiten, konnte sie ihren Beginn irgendwo im fernen Nebel des Anfangs aller Dinge erahnen. Alvydas war dagewesen, als es noch keinen Wandernden Hain gegeben hatte, keine Könige, keine Goldenen … Da waren nur er und seine Schwestern und Brüder, die mit und in ihren Bäumen lebten. Die Welt war jung und wild, und die Bäume und die Elben lebten auf ihr, während die Berge sich formten.

Die Türriegel wurden zurückgeschoben. Iviidis zog die Decke über das Gesicht und wartete. Leichte Schritte kamen über den Lehmboden, und Iviidis hörte, wie sich jemand am Tisch zu schaffen machte. Dann fühlte sie, dass der Besucher vor ihr stand. Eine Hand legte sich um ihren Arm. »Essen«, sagte er. »Du musst etwas essen. Komm.« Er zog sie hoch, und sie ließ es geschehen. Sie ließ sich von ihm zum Tisch führen. Die Decke fiel von ihren Schultern, und sie machte keine Bewegung, sie aufzufangen.

Der Mann, der hinter ihr stand, wartete. »Du hast keinen Hunger?«, fragte er nach einer Weile. Iviidis schüttelte den Kopf.

»Willst du hinaus? Ein bisschen frische Luft atmen?«

Iviidis stockte der Atem. Sie zwang sich, ruhig zu bleiben und sich nicht zu bewegen. Nach einer Weile senkte sie langsam den Kopf zu einem scheinbar gleichgültigen Nicken.

»Gut, dann komm«, sagte der Mann mit einem Hauch von Ungeduld in der Stimme.

Iviidis ging an seiner Hand aus dem Zimmer. Sie zwang sich, mit schleppenden Schritten zu gehen, als wäre sie zu müde, um die Füße zu heben.

Der nächste Raum war größer, mit einer Feuerstelle und wenigen Möbeln. Er sah nicht bewohnt aus, stellte sie fest, eher so, als würde jemand ihn nur zeitweise als Unterschlupf benutzen.

Die Tür ins Freie stand offen, und der Mann schob sie hindurch. Sie sah die dunkle Hand auf ihrem Arm und unterdrückte ein Schaudern.

Der Mann führte sie zu einem Holzstapel an der Hauswand.

»Setz dich«, sagte er. Iviidis gehorchte und fühlte die sonnenwarmen, ein wenig kratzigen Holzscheite unter sich. Es roch nach Harz. Sie ließ ihren Blick über ihren Bewacher wandern, so gleichgültig und leer, wie sie es nur hinbekam. Er war größer als sie und sehr schlank. Dunkel wie das alte Holz der Hüttenwand, vor der sie saß. Seine Haare waren hell wie Daunen und hingen lang über seine Schultern. Sie mied seine stechenden Augen und blickte an ihm vorbei. Bäume, alt und eng beieinander stehend. Dichtes Unterholz. Ein schmal ausgetretener Pfad lief auf die Tür des Hauses zu. Moos wuchs auf den Hüttenwänden und auf dem tiefgezogenen Dach.

Sie stand auf. Der Elbe lehnte an der Hauswand und sah gelassen zu, wie sie einige Schritte nach rechts ging und um die Hausecke blickte. Auch hier standen die Bäume dicht an dicht, und Gestrüpp versperrte zusätzlich den Weg. Wahrscheinlich sah es rundum so aus. Das hier war wirklich ein verlassener Platz.

Sie wanderte weiter, bis sie das Haus einmal umrundet hatte. »Gut jetzt?«, fragte der Dunkle.

Sie schüttelte den Kopf. Er schüttelte den Kopf. »Du bist ganz schön lästig«, erklärte er. »Du hättest hören sollen, wie der Goldene sich aufgeregt hat wegen dir. Als wärst du ihm nicht völlig egal.« Er lachte. Iviidis sah ihn ausdruckslos an. *Rede nur weiter,* dachte sie. Aber der Dunkle schwieg und starrte in die Luft.

Anscheinend waren sie allein, sie hatte niemanden außer ihrem Bewacher entdecken können. Wenn es ihm langweilig wurde, neben ihr zu stehen, bot sich vielleicht eine Möglichkeit, sich davonzustehlen. Sie rückte sich auf dem Holzstapel zurecht und schloss die Augen. Im Wald rief ein Kuckuck.

»He«, sagte er nach einer Weile. »Du wirst doch hier nicht einschlafen?« Er stubste sie leicht an. Sie verschränkte die Arme und protestierte leise. Sie hörte ihn seufzen.

»Also gut«, sagte er. »Dann bleib eben noch eine Weile hier sitzen.«

Seine Schritte entfernten sich; er ging ins Haus. Iviidis hielt den Atem an. Sie saß ganz ruhig und blinzelte durch die gesenkten Lider. Zweimal kam der Dunkle wieder und sprach sie an, beide

Male winkte sie ihn fort, bedeutete, sie wolle schlafen. Er lachte und ließ ihr ihren Willen.

Dann rührte sich lange Zeit nichts mehr. Iviidis riskierte einen Blick. Die kleine Lichtung, auf der die Hütte stand, war leer. Die Sonne stand tief über den Baumwipfeln, und die Schatten krochen über ihren Holzstapel. Sie streckte behutsam die Beine aus und stand auf. Leise ging sie zu dem Pfad, der zwischen den Bäumen verschwand. Sie warf noch einen Blick zurück zu der Hütte, dann lief sie so leise und so schnell es ging den Pfad entlang, der sich als schmal und überwuchert erwies. Zweige peitschten ihr ins Gesicht, und die dürren Ranken der Brombeersträucher griffen nach ihren Kleidern, hakten sich darin fest und rissen an ihr.

Nach einigen Biegungen schritt sie etwas langsamer aus, und ihr Atem wurde ruhiger. Sie hörte keine Verfolger hinter sich. Es war fatal, dass dies der einzige Weg hinaus war. Sobald der Dunkle feststellte, dass sie fort war, würde er ihr nachsetzen und sie unweigerlich fangen. Sie musste von dem Pfad hinunter, aber das Dickicht rechts und links von ihr war undurchdringlich.

Iviidis blieb stehen und lauschte. Jetzt waren da Geräusche zu hören. Irgendwo hinter ihr rannte jemand, sie hörte Zweige brechen und dumpfe Schritte.

Fieberhaft blickte sie sich um. Es musste ein Schlupfloch geben, irgendein Versteck. Sie zwängte sich durch ein Gebüsch und presste sich eng gegen den zerklüfteten Stamm einer riesigen Ulme. Sie drückte ihr Gesicht gegen die Rinde und legte die Arme über ihren Kopf. Natürlich würde er sie sehen. Sie war ein heller Fleck in dem dunklen Gebüsch … Die Schritte wurden lauter, schon konnte sie den keuchenden Atem ihres Verfolgers hören.

*Embul,* flüsterte eine Stimme in ihrem Inneren. Nachdenklich, zärtlich, ein wenig melancholisch und zugleich amüsiert. *Embul, lass uns ein …*

Die Ulme erschauerte. Der Stamm schien sich unter Iviidis' Händen zu weiten wie in einem langen Atemzug. Ein hohles Geräusch erklang, ein tiefes Seufzen. Iviidis verlor den Halt und kippte nach vorne. Sie schrie erstickt auf und fiel auf Hände und

Knie. Plötzlich war es dunkel und still. Unter ihren Handflächen fühlte sie weichen Mulch.

Iviidis setzte sich auf und tastete umher. Offensichtlich war sie in einer kleinen Höhlung gefangen – oder besser gesagt: gerettet. Sie spürte warmes Holz unter ihren Fingern. Sie hockte sich auf den weichen, duftenden Boden und lehnte sich an die Wand. *Wie bin ich hier hereingekommen?*, fragte sie sich. *Aber vielleicht sollte ich mich lieber fragen, wie ich wieder hinauskomme*, setzte sie stumm hinzu.

Sie wandte sich in ihr Inneres. Sie hatte die Stimme erkannt, die die Ulme um Einlass gebeten hatte. *Alvydas?*, dachte sie. *Bist du da irgendwo?*

*Nicht wirklich*, erwiderte die Stimme. *Du weißt, dass du nur mit seinen Erinnerungen sprichst. Der wahre Alvydas sitzt in seiner Höhle und sorgt sich um dich.*

»Aber du hast mich in diesen Baum versetzt«, sagte Iviidis laut.

*Das hast du selbst getan, Tochter der Baumelben, Gefäß der ewigen Erinnerung.*

Iviidis schüttelte den Kopf. »Ich habe das alles noch nicht richtig im Griff«, murmelte sie. Sie wartete. Es war unmöglich herauszufinden, was draußen vor sich ging. Besser, so lange zu warten, bis ihr Entführer die Suche aufgegeben hatte.

Sie dachte nach. Der Traum, in dem Rutaaura an ihrer Seite gewesen war, hatte ganz offensichtlich etwas damit zu tun, dass sie nun mit Alvydas' Erinnerungen leben konnte, ohne davon verrückt zu werden. Sie wagte es nicht, tiefer hineinzutauchen, weil sie befürchten musste, dass sie sich ohne einen Führer darin verlor. Dieser Führer war Alvydas, und sobald sie wieder zu Hause war, würde sie ihn aufsuchen.

Das warf aber eine weitere Frage auf. Wer hatte sie entführen lassen und warum? Wenn es darum ging, dass sie einer wirklichen Verschwörung auf die Spur gekommen und deshalb für irgendjemanden zur Gefahr geworden war, dann war es unverständlich, warum ihre Entführer sie nicht gleich getötet hatten. Wenn es ihr nun also gelingen sollte, nach Hause zu kommen – was würde sie dort erwarten?

Iviidis legte das Gesicht auf die Knie. Es war warm in der Baumhöhlung, und die Luft war stickig. Sie wurde müde. Sie schlief ein.

Der Baum atmete. Leise und sanft wie eine Umarmung schloss sich die Höhlung wieder, in der Iviidis Schutz gefunden hatte. Ihr Schlummer wurde tiefer, und das atmende Holz umfing sie wie eine warme Hand, schmiegte sich dicht an ihre Haut, legte sich schützend um ihren Körper, bis sie endlich von ihm umschlossen war wie die Nuss in ihrer Schale.

*Gefäß der Erinnerung*, flüsterte der Wind. *Baumkind*, rauschte die Krone des Baumes.

Alvurkan legte das Wurzelstück, an dem sie arbeiteten, ungewöhnlich energisch auf den Tisch. »Was ist los?«, fragte er. »Du bist überhaupt nicht bei der Sache.«

Olkodan blickte auf. »Hm?«, machte er.

Der Baumsinger sah ihn aufmerksam an. »Es tut mir leid«, sagte er. »Du hast an Iviidis gedacht.«

Olkodan nickte und legte sein Stück der Wurzel ebenfalls aus der Hand. »Ich glaube, sie suchen gar nicht mehr nach ihr«, sagte er leise. »Ich fühle mich wie ein Verräter, weil ich hier bei dir bin und mit Holz arbeite, statt das zu tun, was mein Herz von mir verlangt.«

Alvurkan stand auf und ging zum Fenster.

»Du solltest versuchen, dich etwas abzulenken. Du bist tagelang beinahe ohne zu schlafen oder zu essen durch den Hain gehetzt und hast nach deiner Frau gesucht. Du hast jeden der Suchtrupps begleitet, und du bist danach noch auf eigene Faust losgezogen. Was erwartest du von dir?«

»Dass ich sie finde«, erwiderte Olkodan schlicht.

Alvurkan nahm das Holzstück wieder auf. »Sollen wir weitermachen?« Er grinste. »Ich habe langsam den Eindruck, du hast dir noch einen anderen Lehrer gesucht. Deine Fortschritte sind mir ein wenig unheimlich.«

Olkodan räusperte sich unbehaglich. »Ich glaube, ich bringe

heute nicht mehr die nötige Kraft auf. Lass uns morgen weitermachen.«

Vor dem Haus atmete er in tiefen Zügen ein. In der Nacht hatte es geregnet, und die Feuchtigkeit hing noch immer in der Luft. Olkodan ging langsam den spiraligen Weg entlang, der von Alvurkan zu Glautas' Domizil führte.

Der Gardist, der vor der Tür stand, grüßte ihn wie einen Kameraden. Olkodan blieb stehen und wechselte ein paar Worte mit ihm. Sie hatten vor ein paar Tagen gemeinsam den Wald in der unmittelbaren Umgebung des Archivs durchsucht, und der Gardist erzählte ihm, dass Broneete, die inzwischen die offizielle Leitung sämtlicher Suchmannschaften unter sich hatte, für einen der nächsten Tage noch einmal eine große Suche anberaumt hatte.

Im Haus traf er als Erstes auf Zinaavija, die ihm auf gewohnt kühle Art mitteilte, dass Glautas ihn sprechen wolle.

Er fand Iviidis' Vater in seinem Arbeitszimmer, und Broneete war, wie so oft in letzter Zeit, bei ihm. Die Gardistin sah angespannt aus, und auch Glautas wirkte besorgt. Sie blickten beide auf, als Olkodan eintrat, und Glautas bat ihn, sich einen Stuhl zu nehmen und einen Augenblick zu warten.

Die beiden setzten ihre Unterredung fort. Es schien um verstärkte Schutzmaßnahmen für Ratsmitglieder zu gehen, doch Olkodan hörte nur mit halbem Ohr und dann gar nicht mehr zu. Er versank in die Betrachtung einer kleinen Skulptur, die in einer Nische an der Längswand stand.

Als sein Name fiel, blickte er auf und lächelte fragend.

»Wir werden in ein paar Tagen noch einmal eine große Suche unternehmen«, sagte Broneete. »Du willst doch bestimmt daran teilnehmen?«

Olkodan bejahte, ohne zu verraten, dass der wachhabende Gardist ihn schon unterrichtet hatte.

»Ich teile dich ein und gebe dir dann Bescheid«, sagte Broneete und blickte auf ihre Notizen herab.

Olkodan räusperte sich. »Was denkst du – können wir sie finden?«

Broneete sah zu Glautas. Beide schwiegen.

»Es ist nicht sicher«, sagte Broneete behutsam. »Wir wissen nach wie vor nicht, was geschehen ist. Und im Moment sind mir auch weitgehend die Hände gebunden – die Vorfälle in den letzten Tagen halten die Garde vollständig beschäftigt, und ich muss beim Kommandeur um jeden Mann betteln, den ich für die Suche nach deiner Frau abstellen will.«

»Vorfälle?«, fragte Olkodan.

Glautas, der schweigend zugehört hatte, hob den Kopf. »Das ist nichts, was öffentlich werden sollte«, sagte er. »Du gehörst zu meinem Haushalt, deshalb ist es unvermeidlich, dass du davon erfährst, aber ich möchte, dass du darüber schweigst.« Er sah Olkodan streng an. Der nickte erstaunt. Glautas gab Broneete einen knappen Wink und sank wieder in seinen Sitz zurück.

Die Gardistin strich mit einer fahrigen Handbewegung über ihr Haar. »Es hat weitere Morde gegeben«, sagte sie. »Zwei Ratsherren und ein Mitglied der Garde wurden in den letzten Tagen getötet. Davor die Ratsfrau Laiima und ihre gesamte Familie. Und auch dieser Mord ist immer noch nicht aufgeklärt. Wir wissen nicht, wer oder was dafür verantwortlich ist.«

»Es muss auf jeden Fall vermieden werden, dass Unruhe entsteht«, setzte Glautas hinzu. »Wir werden die Vorfälle nicht geheim halten können, aber es darf so wenig Aufsehen geben wie nur möglich.«

Olkodan nickte beklommen. »Habt ihr eine Vermutung, wer dahinterstecken könnte?«, fragte er.

Glautas und Broneete wechselten einen Blick. »Möglicherweise«, sagte Glautas endlich zurückhaltend. »Ich will darüber nicht sprechen.«

Olkodan sah Broneete an, die unmerklich mit den Achseln zuckte. Anscheinend wusste sie auch nicht mehr als er.

»Wir werden dennoch weiter nach Iviidis suchen«, sagte Glautas abschließend und erhob sich. »Wenn sie irgendwo hier im Hain ist, werden wir sie früher oder später finden.«

Seine Stimme klang alles andere als hoffnungsvoll, stellte Olkodan fest. Er erhob sich.

»Du sagst mir also Bescheid?«, fragte er. Broneete nickte nur.

Als er hinausging, sah er, dass sie ihm ein Zeichen machte. Also würde sie ihn gleich noch in Iviidis' Räumen aufsuchen. Das hatte sie in den letzten Tagen immer getan, wenn sie es einrichten konnte, und er war ihr dankbar dafür. Sie konnte seine Unruhe nicht stillen, aber es war gut zu wissen, dass sie sich ebenso um Iviidis sorgte wie er. Er hatte sie inzwischen recht gut kennengelernt und wusste, dass sie nicht leicht aufgab, wenn sie sich in etwas verbissen hatte.

Er saß mit einem Stück Holz in der Hand am Fenster, als sie eintrat.

»Ich habe uns etwas zu essen mitgebracht«, sagte sie und stellte ein Tablett auf den Tisch. »Du hast ausgesehen, als hättest du schon wieder den ganzen Tag nichts gegessen.« Sie sah ihn prüfend an. »Iviidis wird mich schelten, weil ich nicht auf dich geachtet habe.«

Olkodan lächelte sie dankbar an – nicht wegen des Essens, sondern wegen ihrer hoffnungsvollen Worte.

»Was ist da draußen los?«, fragte Olkodan.

»Es ist wirklich schlimm«, sagte sie kauend. »Glautas kann die Morde nicht geheim halten – zu viele wissen davon. Die Garde ist in höchster Alarmbereitschaft.«

»Was glaubst du, hat es etwas mit dem zu tun, was ihr – Iviidis und du – entdeckt habt?«

Sie hob die Schultern.

»Wo warst du heute früh?«, fragte sie. »Ich habe nach dir gesucht.«

»Im Archiv«, antwortete er. »Ich war bei Iviidis' altem Lehrer. Er ist sehr – faszinierend.«

Broneete hob die Brauen. »Was ist denn so faszinierend an ihm?«

Olkodan blickte versonnen auf das Holzstück in seiner Hand. Broneetes Blick wurde darauf gelenkt, und sie runzelte die Stirn. »Hat es etwas damit zu tun?«

»Er zeigt mir, was man mit Holz alles machen kann.« Olkodan

legte das Werkstück beiseite. »Wo werden wir nach Iviidis suchen?«

Broneete erklärte es ihm. Er lauschte aufmerksam und seufzte, als sie zum Ende kam. »Es wird ewig dauern, den ganzen Hain nach ihr abzusuchen«, sagte er niedergeschlagen. »Und was ist, wenn sie gar nicht mehr hier ist?«

»Wir gehen davon aus, dass sie im Hain versteckt gehalten wird. Wenn sie tot wäre, hätten wir sie längst gefunden.« Sie schüttelte den Kopf. »Wenn man sie nach draußen gebracht hat, werden wir sie niemals finden. Also lass uns hoffen, dass unsere Vermutung stimmt.«

Sie stand auf und reckte sich. Dann hob sie ihre Stiefel auf und legte Olkodan eine Hand auf die Schulter. »Ich habe jetzt dienstfrei. Sollen wir draußen ein wenig herumlaufen?«

Sie wanderten schweigend ein gutes Stück in den stilleren Teil am Rande des Sommerpalastes. Broneete hatte ihre Stiefel dem Wachposten vor dem Haus zur Aufbewahrung gegeben und lief nun auf bloßen Füßen neben Olkodan her. Es dämmerte. Neben einer Weißdornhecke blieb Olkodan stehen und rieb sich über den Nacken. »Ich bin müde«, sagte er. »Nein, das ist es nicht. Ich habe Angst, Bron. Ich habe schreckliche Angst, dass wir Iviidis nicht finden werden.«

Broneete riss ein Blatt von der Hecke ab und zerrieb es zwischen ihren Fingern. »Was soll ich sagen?«, murmelte sie. »Ich bin auch schrecklich beunruhigt, mein Freund.«

Einen Moment lang schien die Welt den Atem anzuhalten, dann brach hinter ihnen unvermittelt Lärm aus. Elben schrien, Signalhörner ertönten; es klang, als fiele eine Horde wilder Orks über den friedlichen Sommerpalast her. Broneete fuhr herum und fluchte, weil sich ein spitzer Kiesel in ihre nackte Fußsohle bohrte. Sie rannte den Weg zurück, und Olkodan folgte ihr.

Der Lärm schwoll an, als sie sich dem kleinen Hain näherten, in dem die Häuser einiger Ratsmitglieder wuchsen. Im schwindenden Licht des Tages war deutlich eine große Rauchwolke zu erkennen, die über dem Hain stand. Inzwischen waren die Signalhörner verstummt, aber der Lärm von Stimmen und allgemeiner Aufregung erfüllte immer noch die Luft.

»Dort entlang«, keuchte Broneete. Sie deutete auf einen kleinen Durchgang zwischen zwei hohen Buchsbaumhecken. Sie bogen in die schmale, düstere Passage ein.

Sie kamen genau am Ort des Geschehens wieder ans Tageslicht. Broneete orientierte sich kurz und lief dann zu einem Offizier der Garde hinüber, der im Gewühl stand und Befehle brüllte.

Olkodan blieb, wo er war, und versuchte, das Geschehen zu begreifen.

Vor ihm stand ein Haus in Flammen. Elben liefen kopflos und panisch umher, und eine Reihe von Gardisten bemühte sich, trotz der dadurch verursachten Störungen das Feuer zu löschen. Eine Gruppe hatte sich um jemanden versammelt, der sich anscheinend aus dem brennenden Haus gerettet hatte. Olkodan trat zögernd näher heran und erkannte Nekiritan, der mit angesengten Haaren, beschmutzten und zerrissenen Kleidern und einer blutenden Kopfwunde auf einer Brunneneinfassung saß und wie betäubt auf sein brennendes Haus starrte.

Ein Elbe, wahrscheinlich einer seiner Bediensteten, kümmerte sich um den verletzten Ratsherrn, und eine andere Dienerin versuchte, Nekaari zu beruhigen, die hysterisch schreiend neben ihrem Cousin stand.

Olkodan wandte sich an eine ältere Elbin, die neben ihm stand. »Was ist geschehen?«, fragte er.

Sie schüttelte den Kopf und wischte sich über die Augen. »Ich weiß es nicht«, sagte sie. »Ihr Ewigen! Aber es ist schrecklich, schrecklich!«

Olkodan stimmte ihr zu. Das Feuer schien inzwischen unter Kontrolle zu sein, aber Nekiritans Haus war unbewohnbar geworden. Der Ratsherr erhob sich und schüttelte seinen Diener unwillig ab. Er ging auf sein Haus zu und verschwand im Eingang. Ein Gardist, der rußverschmiert, mit einem Wassereimer in der Hand, neben der Tür stand, lief hinter ihm her.

Der Offizier, der den Einsatz leitete, drehte sich zu der Menge um. »Wer hat gesehen, was hier geschehen ist?«, rief er laut.

Eine kleine Gruppe von Elben versammelte sich augenblicklich um den Offizier und begann, erregt auf ihn einzureden. Olkodan ging beiseite und näherte sich dabei Nekaari, die inzwischen aufgehört hatte zu schreien und nur noch leise weinend auf der Brunneneinfassung hockte. Sie suchte schniefend und vergeblich in ihrem Hauskleid herum, während ihr Mädchen händeringend auf das zerstörte Haus starrte, von dem immer noch dichter Qualm aufstieg.

Olkodan zog ein Tuch aus der Tasche und reichte es Nekiritans Cousine. »Es ist sauber«, sagte er leise.

Die Elbin schluchzte auf und griff danach, um sich die Augen zu wischen und etwas geziert die Nase zu putzen. »Danke«, sagte sie erstickt.

Olkodan hockte sich neben sie. »Ist dir etwas geschehen?«, fragte er.

Sie lachte auf und begann wieder zu weinen. »Nein«, sagte sie schluchzend. »Ich bin in Ordnung. Ne – Nekiritan – ist ver- verletzt …« Sie vergrub ihr Gesicht im weiten Ärmel ihres Hauskleids. Olkodan sah, dass dessen heller Stoff und die zarte Spitze mit Ruß- und Schmierflecken verunziert waren.

Zögernd legte er den Arm um Nekaari, dachte dabei an jedes Mal, das sie ihn herablassend behandelt oder schlicht links liegen gelassen hatte, und seufzte leise. Sie warf sich an ihn und barg den Kopf an seiner Schulter.

Nekiritan war von der Inspektion seines Hauses zurückgekehrt und gesellte sich zu dem Offizier, der noch immer geduldig den Leuten zuhörte, die ihn umringten. Olkodan konnte über dem Stimmengewirr hören, wie Nekiritan ausrief: »Das ist unerhört! Ich verlange, dass die Garde uns besser beschützt!«

Die meisten der Umstehenden stimmten mit lauten Rufen zu. Die Diskussion, die rund um den Offizier lief, wurde mit einem Mal deutlich hitziger. Er versuchte vergeblich, die aufgebrachte Menge zu besänftigen.

Olkodan sah, wie Broneete auf ihn zukam. Ein dicker Rußstreifen zog sich quer über ihre Stirn, und ihre Füße waren schlammig. Sie sah Nekaari an und zog eine Braue hoch. Olkodan grinste.

»Ratsherrin?«, sagte Broneete. »Ich habe den Auftrag, dich zu Glautas zu bringen – er lädt euch beide ein, bei ihm zu wohnen, bis euer Haus von der Gilde der Baumsinger wieder instand gesetzt wurde.«

Nekaari hob das rotgeweinte Gesicht von Olkodans Schulter, machte einen vergeblichen Versuch, ihre zerrupfte Frisur zu richten und erhob sich so würdevoll wie möglich. »Danke, Gardistin«, sagte sie. »Geleite mich.« Sie winkte ihrem Mädchen, das immer noch mit großen Augen um sich schaute, und nahm Broneetes Arm, während sie ihr Hausgewand raffte. Die zierlichen Seidenpantöffelchen waren ebenso nass und beschmutzt wie der Saum ihres Kleides.

Broneete warf Olkodan noch einen augenrollenden Blick zu und ging mit der Ratsherrin zu ihrem Cousin hinüber.

Olkodan stützte das Kinn in die Hände. Jemand hatte Nekiritans Haus angezündet – aber warum? Gehörte das in die Reihe der Vorfälle, von denen Glautas gesprochen hatte? Nekiritan war noch am Leben – aber was, wenn es ihm nicht gelungen wäre, sich aus dem brennenden Haus zu befreien? Dann hätte es ein weiteres totes Ratsmitglied gegeben – oder sogar deren zwei.

Er schüttelte sich und stand auf. Er wollte nicht hierbleiben und gaffen. Helfen konnte er auch nicht, also ging er jetzt wohl besser einfach nach Hause zurück.

# 29

Die Nacht über herrschte große Unruhe im Haus. Leute liefen durch die Gänge, redeten, riefen Befehle, Bedienstete eilten hin und her.

Olkodan gab es irgendwann in der Morgendämmerung auf, Schlaf finden zu wollen. Er zog sich an und verließ das Haus. Draußen patrouillierten Gardisten, die ihn grüßten, als er vorbeiging.

Er ging in Gedanken verloren und ohne Ziel und war erstaunt, als er sich schließlich vor der mächtigen Esche wiederfand, in der das Archiv beheimatet war. Kurzentschlossen machte er sich an den Aufstieg. Das war keine Zeit für einen Besuch, und wahrscheinlich würde er Alvydas schlafend antreffen, aber er konnte dem alten Elben seinen Tee bereiten und sich ein wenig in dem durchgesessenen Lehnstuhl ausruhen. Vielleicht konnte er dort sogar ein wenig schlafen.

Auf halber Höhe machte er eine Pause und blickte über den Sommerpalast. Die Rauchwolke über Nekiritans Haus war inzwischen vom Wind vertrieben worden, aber ihm schien, als läge östlich davon ebenfalls Rauch in der Luft. Ein zweiter Brand oder doch das Herdfeuer eines früh erwachten Kochs?

Olkodan sah, dass sich überall auf den Wegen Gardisten bewegten. Er war erstaunt, wie viele es waren. Die Garde war anscheinend größer, als er geahnt hatte – und so, wie es aussah, waren sie allesamt hier im Umkreis unterwegs.

Er setzte seinen Weg fort. Im Inneren des Baumes war es kühl und still. Er blieb in der Dunkelheit stehen und schloss die Augen. Ein scharfer Schmerz ließ ihn erschauern. Iviidis … Gestern hatte Indrekin ihn wieder gefragt, wann seine Mutter denn zurückkäme. Er tröstete den Kleinen immer und versicherte ihm, dass es nicht mehr lange dauern würde, aber es fiel ihm mit jedem Tag schwerer, das mit Überzeugung zu sagen.

»Olkodan?«, hörte er den alten Elben fragen.

»Ja, ich bin es«, erwiderte er und beeilte sich, den Vorhang zu öffnen und einzutreten.

Alvydas stand zu seinem Erstaunen mitten im Raum und hielt den Teekessel in der Hand. »Du kommst gerade recht zum Frühstück«, sagte er und winkte energisch, Olkodan möge sich setzen. »Was ist los da draußen? Ich kann die Unruhe in meinen Knochen spüren.«

Olkodan erzählte ihm von dem Brand. Alvydas schüttelte den Kopf. »Nekiritan, hm?«, sagte er. Er wandte sich ab und füllte den Kessel mit heißem Wasser.

»Nekiritan«, bestätigte Olkodan. »Iviidis hatte ihn wohl im Verdacht, irgendwie in diese Verschwörung verwickelt zu sein – was auch immer dahinterstecken mag. Aber er würde wohl kaum sein eigenes Haus anzünden.« Er dachte nach. »Falls das alles überhaupt zusammenhängt.«

Alvydas erwiderte nichts darauf. Er gab Tee in zwei Becher und setzte sich Olkodan gegenüber.

»Ich möchte, dass du mir gleich zeigst, was du von deinem Lehrer draußen gelernt hast«, forderte er ihn auf.

Olkodan sah ihn erstaunt an. Alvydas wirkte anders als sonst, angespannt, unruhig. Er trank einen Schluck Tee, stellte ihn beiseite und nahm das Stück Wurzelholz aus der Tasche. Er atmete einige Male langsam ein und aus und schloss dann seine Hände um das Holzstück. Dann beugte er sich darüber und blies sacht in die Höhlung.

Alvydas hatte die Hände vor dem Mund gefaltet und sah ihm aufmerksam zu. Seine opalfarbenen Augen funkelten im Licht der Lampe wie die Flügel eines Falters.

Olkodan öffnete die Hände und zeigte das Holz. Es hatte sich zu einer vollkommenen Kugel geformt, die glänzte, als wäre sie poliert.

Alvydas nickte. »Sehr ordentlich. Und jetzt will ich sehen, wie du mit lebendem Holz arbeitest.«

Olkodan riss die Augen auf. »Das können nur die größten Meister«, wandte er ein.

Der alte Elbe schnaubte. »Dummes Zeug«, fuhr er ihn an. »Dies hier« – er wies mit einer verächtlichen Handbewegung auf die Kugel, die zwischen ihnen auf dem Tisch lag –, »das kann jeder, der noch ein bisschen altes Blut in seinen Adern hat. Das könnte ich deinem Sohn beibringen. Die Arbeit mit lebendem Holz ist eine Arbeit für Erwachsene. Du bist erwachsen, also hör auf, dich herauszureden!«

Olkodan blinzelte verdutzt. Es war das erste Mal, dass er die sanfte Stimme des alten Elben hatte laut werden hören.

Alvydas schnippte ungeduldig mit den Fingern und deutete auf die Wand seiner Höhle. »Hier. Lebendes Holz. Fang an!«

Olkodan stand zögernd auf. Er kniete sich vor die Wand und legte beide Hände auf das Holz. Dann blickte er fragend zu Alvydas auf, aber der hatte sich abgewandt und starrte mit gerunzelter Stirn ins Leere.

Der junge Elbe schloss die Augen und spürte dem Gefühl in seinen Händen nach. Wie seine Lehrer es ihm gezeigt hatten, suchte er nach den Lebenslinien im Holz, nach den feinen Kanälen und Adern, die es durchzogen. Aber dies war kein totes Werkstück, sondern ein lebender, uralter Baum. Er keuchte, als sein tastender Geist in das verzweigte Netz von Lebensadern gezogen wurde. Vor ihm spannte sich eine Myriade von Wegen und Bahnen. Rundherum pulsierte die Kraft des Baumes. Grüngoldene Lebenssäfte stiegen von den Wurzeln auf und kreisten empor bis in die feinsten Blattspitzen, sanken zurück und brachten Licht und Energie mit, stiegen erneut auf, bis ihm schwindelig zu werden drohte. Ein donnerndes Rauschen wie von einem Wasserfall machte ihn beinahe taub und goldene Funken tanzten vor seinem Blick.

»Zapf es an«, dröhnte Alvydas' Stimme durch das Sausen in seinen Ohren. »Fasse hinaus und berühre es. Das ist Askurs Kraft, die Urkraft unserer Ahnen!«

Olkodan riss den Mund zu einem lautlosen Schrei auf und reckte sich hinaus. Er streckte sich und wuchs, bis er so groß war wie der Baum, in dessen Bauch er kniete. Seine Knochen knackten, und die Sehnen und Muskeln seines Körpers schrillten vor Schmerz.

Er berührte die Essenz des Baumes, seine Seele, und hörte auf zu existieren. Er wurde Licht, grüngoldenes Licht und wortloses Sein. Er zirkulierte mit den steigenden und fallenden Energien, stieg in die höchsten Baumspitzen, fühlte das Sonnenlicht und hörte den Wind, dann sank er tief hinab, bis in die Wurzeln, die weit ins Innere der Erde hinabreichten. Kühl, dunkel und schwer lag er da, und kleines Getier wimmelte um seinen Leib, während seine Fingerspitzen sich schlängelnd in die fette Erde gruben.

Er war alt. Älter als alle seine Kinder, die sich um ihn scharten. Da waren die, die wie er ihre Wurzeln in den Boden gruben und ihre Äste in den Himmel reckten. Da waren die, die herumliefen und mit Augen blickten und mit Stimmen sangen. Er war. Er war einer der Ersten.

Gedanken verloren sich. Wille blieb. Wille, Neues zu treiben und zu grünen und zu wachsen. Seufzend ließ er einen neuen Trieb entstehen. Zartes Grün entfaltete sich und strebte dem Licht der Sonne entgegen. Warm und reich.

Zufrieden. Er streckte sich aus und rief. Und weit, weit entfernt wurde ihm Antwort zuteil.

*Embul …*, hauchte er.

*Askur*, rief es sehnsüchtig. *Askur …*

Jemand schüttelte seinen Stamm. Er brummte unwillig und peitschte mit den Ästen nach dem Störenfried. Wer rüttelte an ihm, dass er beinahe sein Laub verlor? Er öffnete die Augen. »Was«, versuchte er zu sagen, aber nur ein unartikuliertes Stöhnen kam aus seinem Mund.

Alvydas half ihm hoch und hielt einen Becher an seine Lippen. Langsam klärte sich sein Kopf.

Er hob schwach die Hand und wehrte den Becher ab, als er ein zweites Mal seinen Mund berührte. »Danke«, krächzte er. »Bei den Ewigen, was *war* das?«

Alvydas half ihm aufzustehen. Er stützte sich auf den alten Elben und humpelte zu seinem Stuhl.

»Gut gemacht«, sagte Alvydas. Seine Augen funkelten, und sein blasses Gesicht hatte sich ein wenig gerötet. »Du hast meine Erwartungen nicht enttäuscht.«

Olkodan hörte ihm nicht zu. Er haschte nach einer Erinnerung, die ihm zu entgleiten drohte. Das Erlebnis, das er gerade gehabt hatte, zerfaserte unter seinen Fingern wie allerfeinste Spinnweben im Sturm. Da war eine Stimme gewesen, die seinen Namen gerufen hatte, und diese Stimme gehörte …

»Iviidis«, sagte er laut. Er griff erregt nach Alvydas' Hand. »Hast du sie auch gehört?«

Der alte Elbe hielt seine Finger umschlossen. »Nein«, sagte er ruhig. »Was hast du vernommen?«

»Sie hat mich gerufen.« Er zögerte. »Sie hat meinen Namen gerufen. Nein, sie hat nicht *meinen* Namen gerufen. Aber sie meinte mich …« Er schüttelte den Kopf und rieb sich die Schläfe.

Alvydas schloss halb die Augen und schien zu lauschen. Dann hieb er mit der Hand auf den Tisch und sprang auf. Olkodan starrte ihn mit offenem Mund an. Der alte Elbe schien sich vor seinen Augen mit jedem Atemzug zu verjüngen.

»Das also ist es«, rief Alvydas. »Blatt und Baum! Der alte Stumpf beginnt wieder zu grünen!« Er rieb sich die Hände und lachte. Dann deutete er auf Olkodan. »Morgen Abend«, sagte er. »Du kommst, wenn es dämmert. Ich vertrage noch kein Tageslicht.« Er hob die Hand und dachte nach. »Vielleicht bringst du diese Frau mit – wie heißt sie? Die Gardistin.«

»Broneete«, sagte Olkodan verdutzt.

»Genau. Wir werden bewaffneten Geleitschutz brauchen.« Alvydas hatte sich umgedreht und wühlte in einer Truhe herum, murmelte dabei vor sich hin. Sein Gehstock lag vergessen in einer Ecke.

»Wo hast du sie gehört?«, fragte er. Seine Stimme klang dumpf, weil er sich tief über die Truhe beugte.

»Wo?« Olkodan überlegte. Dann deutete er unsicher in eine Himmelsrichtung. »Ich glaube, es kam von dort.« Da der alte Elbe nicht zu ihm hinsah, fügte er hinzu: »Südosten.«

»Hmm. Der alte Ulmenhain. Ich hätte es mir denken können. Ah.« Er richtete sich auf und hielt triumphierend einen strahlend grünen Stein in die Luft. Der Stein schien von innen zu leuchten. »Siehst du? Embul zeigt sich.«

Olkodan gab es auf. Alvydas schien ihm wie von Sinnen. Aber er hatte Iviidis' Stimme gehört, und allein darüber war er überglücklich.

»Warum denn nicht heute?«, fragte er ungeduldig. »Was auch immer du vorhast – warum willst du es erst morgen Abend beginnen?«

»Ich muss mich vorbereiten«, sagte Alvydas. »Ich bin noch nicht wieder stark genug – aber gib mir Zeit bis morgen, dann werde ich Askurs Kräfte erneut für mich nutzen können.«

Das Leuchten um ihn schien zu verblassen, er tastete nach seinem Stuhl und ließ sich hineinsinken. »Danke«, sagte er leise. »Danke, mein Sohn. Geh jetzt, lass mich ausruhen. Morgen werden wir deine Frau suchen.«

Olkodan fühlte sich ein wenig zittrig, als er den Weg nach Hause einschlug. Seine Erinnerung an den Vorfall im Baum verblasste bereits, aber zurück blieb das Gefühl, einer ungeheuren Kraftquelle nahe – zu nahe – gekommen zu sein. Er schüttelte sich und tastete unwillkürlich über seine Arme und die Brust. Es war alles noch an Ort und Stelle, obwohl er sich fühlte, als wäre er zerlegt und danach nicht ganz richtig wieder zusammengesetzt worden.

Rund um Glautas' Haus wimmelte es von Soldaten. Olkodan sah sich befremdet um und rannte dabei einen Gardisten um, der stolperte und sich mit einem Fluch an ihm festhielt.

»Entschuldige, Rimas, ich hab dich nicht gesehen«, sagte Olkodan und half dem Gardisten, auf den Füßen zu bleiben. »Was ist denn hier los?«

Der Soldat rückte seine Jacke zurecht. »Der Kommandeur hat uns abgestellt, die innere Sicherheit rund um die Hohe Halle zu gewährleisten und dafür zu sorgen, dass wieder Ruhe einkehrt. Wir haben deshalb den Befehl erhalten, uns bei der neuen Krisen-Beauftragten der Garde zu melden.« Er blickte sich um. »Ist deine Frau inzwischen wieder aufgetaucht?«, fragte er leise.

Olkodan schüttelte den Kopf. Der Gardist klopfte ihm tröstend auf die Schulter. »Wir werden sie sicher bald finden«, sagte er. »Dafür ist die Garde schließlich da. Sag mal, was ist hier bei euch eigentlich los? Drei Häuser haben gebrannt, und es hat Tote gegeben.«

Olkodan schüttelte den Kopf. »Ich weiß es nicht«, sagte er. »Aber manchmal wünschte ich mir, ich wäre im Randgebiet geblieben.«

Der Gardist klopfte ihm noch mal auf die Schulter, und Olkodan knuffte zurück, dann betrat er das Haus, in dem ebenfalls allerlei Volk durch die Gänge hastete. Er bahnte sich seinen Weg in die Küche und fand dort die ersehnte Ruhe. Die Köchin sah wütend auf und hatte schon den Kochlöffel erhoben, um den Eindringling hinauszuweisen, aber als sie ihn erkannte, hellte sich ihre erboste Miene auf. »Mach die Tür zu, schnell«, sagte sie. »Komm, setz dich her. Du siehst ja halb verhungert aus.«

Mit einigen Handgriffen richtete sie ihm einen Teller mit Broten und schöpfte einen Napf Suppe dazu. Dann drehte sie sich zur Tür und schimpfte: »So kann ich nicht arbeiten. Ständig kommt eins von diesen uniformierten Trampeltieren hier hereingestapft und will etwas. Oder sonst ein Fremder. Was glauben die denn, was ich hier betreibe? Eine öffentliche Garküche?«

Die Tür schwang auf und eine Gardistin trat ein. »Raus!«, schrie Leniita und warf mit einem Spüllappen nach ihr. »Raus aus meiner Küche!«

»Ho, ganz ruhig, Leniita.« Die Gardistin lachte nur, und pflückte sich den Lappen von der Schulter. »Ich werde dafür sorgen, dass die Küche ab jetzt als Sperrgebiet gilt.«

»Ach, du bist es«, brummelte die Köchin. »Gut, meinetwegen. Wenn du es schaffst, dass die Leute aus meiner Küche wegbleiben, bekommst du das Gleiche wie er«, sie wies mit dem Kinn auf Olkodan, der sich an den kleinen Tisch hinter dem Spülstein zurückgezogen hatte.

»Das Angebot nehme ich gerne an«, erwiderte Broneete und setzte sich zu Olkodan.

»›Du wirst dafür sorgen‹?«, fragte Olkodan. »Was bist du – etwa die neue Krisen-Beauftragte?«

Broneete lächelte zugleich verlegen und stolz. »Ich war auch mehr als überrascht«, sagte sie. »Glautas hat den Kommandanten um meine Beförderung zur Vizeadjutantin gebeten. Ich stehe jetzt unter direktem Befehl des Obersten Tenttai.« Sie wies auf das kleine silberne Abzeichen an ihrem Kragen und errötete ein wenig.

»Das nenne ich einen Karrieresprung«, sagte Olkodan lächelnd. »Gratuliere!«

Sie biss in ihr Brot. »Danke«, murmelte sie.

»Und was machen nun all die Soldaten hier?«

»Wir sollen vor allem Ruhe und Ordnung wiederherstellen. Der Rat berät zurzeit über eine Ausnahmeregelung, möglicherweise wird der gesamte Sommerpalast eine Zeit lang unter so eine Art militärische Aufsicht gestellt.«

Olkodan hob die Brauen. »So schlimm ist es?«

Broneete nickte. »Ich mache mir Sorgen, dass die Suche nach Iviidis bei all dem in den nächsten Tagen zu kurz kommen könnte. Ich werde aber alles daran setzen, noch einen Suchtrupp genehmigt zu bekommen.«

Olkodan beugte sich vor. »Kannst du dir morgen Abend freihalten?«, fragte er. »Alvydas hat eine Ahnung, wo sie sein könnte, aber er möchte jemanden dabei haben, der bewaffnet ist. Er fragte nach dir.«

Broneete sah ihn groß an. »Ihr habt eine Spur? Was vermutet ihr denn? Ach, verdammt. Olko, ich würde nichts lieber tun, als mit euch zu kommen, aber morgen Abend ist große Stabssitzung im Hauptquartier. Ich muss dorthin, ich begleite den Obersten Tenttai.«

Olkodan nickte begütigend. »Du musst deinen Dienst tun. Ich werde jemanden finden, der uns begleitet, und sonst gehen wir alleine.«

»Soll ich einen meiner Männer für dich abstellen?«

Olkodan schüttelte den Kopf. »Ich werde mit Alvydas sprechen, ob das überhaupt nötig ist. Aber danke für dein Angebot.«

Olkodan schlief unruhig. Wie in der Nacht davor war es laut in den Gängen, und auch draußen schien viel los zu sein. Zweimal schreckten ihn Signalhörner aus seinem Schlummer, und wie am

Tag zuvor stand er in der Morgendämmerung auf und ging hinaus. Er sehnte sich nach ein wenig Ruhe, und so wanderte er zum Rand des Sommerpalastes, dorthin, wo die dichteren Wälder des Wandernden Hains anfingen, und streifte die Pfade entlang. Unter einer Ulme setzte er sich nieder und lehnte seinen Kopf an den Stamm des Baumes. Er blickte empor zu den hellen Unterseiten der gezackten Blätter, legte nachdenklich eine Hand auf eine Wurzel, die neben ihm im Boden verschwand, und fühlte das Fließen der Kraft darin. Er tauchte tiefer, nahm Kontakt mit der Essenz des Baumes auf und ließ sich eine Weile mit dem Pulsieren der Lebenskraft treiben. Das Erlebnis des Vortages wiederholte sich, aber weniger heftig. Sanft wurde er in den Gipfel des Baumes getragen, und ebenso leise sank er hinab in seine Wurzeln. Er spürte neugierig dem Atem des Baumes nach und ertastete eine zarte Stimme, die wortlos in ihm zu singen schien.

*Komm*, lockte er stumm. Und der Baum neigte sich ihm zu. Die Wurzel bewegte sich unter seinen Händen. Er saß lange so, ohne zu denken, fühlte nur das Wesen des Baumes, freundlich, sanft, weise.

Endlich seufzte er und zog sich zurück. Zwischen seinen Fingern war ein Trieb gesprossen, jung und zart. Er blickte ihn an wie ein Wunder. »Danke«, flüsterte er, und ein Windhauch ließ die Blätter über seinem Kopf aufrauschen.

Er ging weiter, unruhig bis ins Mark, berührte hier und da den Stamm eines Baumes oder ließ einen Zweig durch seine Finger gleiten. Der Tag ging quälend langsam vorüber. In einem weiten Bogen wanderte er zurück in Richtung Archiv-Baum. Jetzt würde er endlich Alvydas aufsuchen und erfahren, wo dieser Iviidis vermutete. Der Gedanke, dass er sie vielleicht schon bald wieder bei sich haben würde, ließ sein Herz höher schlagen. In einem Waldstück mit dichtem Gebüsch und verfilztem Unterholz kämpfte er sich geduldig über den stark überwucherten Pfad, als ihn unvermutet jemand am Arm fasste und in einen Busch zog. »He!«, keuchte er und wehrte sich gegen die Zweige und Hände, die ihn ihn so plötzlich angriffen.

»Pscht!«, machte der Angreifer und hielt ihn fest. Olkodan hieb mit dem Ellbogen nach hinten, wobei er auf etwas erstaunlich Hartes traf. Sein Gegner grunzte und drehte ihn mit einer kräftigen Bewegung zu sich herum.

»Oh«, sagte Olkodan. »Oh, Entschuldigung. Ich hoffe, ich habe dir nicht die Nase gebrochen!«

»Nein, die sah vorher schon so aus«, erwiderte der Zwerg, dem die Tränen in den Augen standen. »Du hast aber erstaunlich spitze Knochen, mein Freund.«

Olkodan hockte sich hin. »Was *machst* du hier?«

»Ich drücke mich im Gebüsch herum und versuche, nicht von all diesen riesigen Soldaten niedergetrampelt zu werden. Was, bei Orrins edlen Teilen, ist hier los?«

Olkodan erzählte ihm in aller Kürze, was in den letzten Tagen geschehen war. Dann wiederholte er seine Frage.

Trurre hörte auf, seine Nase zu reiben. »Du hast mich doch gerufen«, sagte er erstaunt.

Olkodan fuhr sich über die Stirn. »Trurre, mein Freund«, sagte er erschüttert. »Ich hatte nicht erwartet – gut, ich habe es vielleicht gehofft ...«

Trurre nahm seine Hand und drückte sie. »Ist deine Frau inzwischen wieder aufgetaucht?«, fragte er.

»Nein, aber vielleicht haben wir eine Spur.« Er berichtete von Alvydas, dem Elben im Baum. Trurre lauschte mit großen Augen. »Würdest du uns auf unserer Suche begleiten?«, fragte Olkodan schließlich.

»Ich darf auf keinen Fall einem eurer Soldaten über den Weg laufen«, sagte Trurre. »Am besten laufe ich überhaupt niemandem über den Weg, sonst denken gleich alle, *ich* hätte die Feuer gelegt. Aber warum sollte ich nicht mit euch kommen? Deshalb bin ich ja schließlich hier.« Er grinste.

»Vielleicht wartest du gleich an Ort und Stelle«, sagte Olkodan. »Hast du Proviant bei dir? Wie hast du mich überhaupt gefunden?«

Trurre wiegte den Kopf. »Ich krieche schon eine Weile rund um den Sommerpalast durchs Gebüsch«, sagte er. »Mein Proviant ist Zwergen-Notration. Hält ewig, schmeckt scheußlich. Und Wasser gibt es ja überall.« Er schnitt eine jämmerliche Grimasse. »Wenn du allerdings irgendwo einen Krug Bier auftreiben könntest, wäre ich dir ewig dankbar.«

»Ich werde sehen, was ich tun kann«, versicherte der Elbe und ließ Trurre in dem Gebüsch zurück.

Alvydas wartete bereits auf ihn. Er stand nachlässig auf seinen Stock gestützt da, hatte ein Bündel in der Hand und wirkte überaus unternehmungslustig. Olkodan begrüßte ihn und sagte: »Die Gardistin kann uns nicht begleiten. Aber ich habe einen Freund getroffen, der sich angeboten hat.«

Alvydas sah ihn prüfend an. »Was für einen Freund?«

»Trurre Silberzunge«, erwiderte Olkodan. »Ein guter, treuer Freund. Er ist einen weiten Weg gekommen, weil ich ihn gerufen habe – und er nimmt hier einiges an Gefahr und Unbill in Kauf.«

Alvydas nickte bedächtig. »So«, sagte er. »Einer der Herren unter dem Berg … Das ist erstaunlich.«

Weiter äußerte er nichts. Olkodan räusperte sich. »Hast du vielleicht so etwas wie Bier in deinen Vorräten?«, fragte er.

Alvydas lachte. »Ein wahrer Sohn seines Volkes. Aber ja, warte.« Er öffnete einen Kasten und holte einen versiegelten Krug hervor, den er Olkodan reichte. Dann hob er den Kopf und schien zu lauschen.

»Was ist draußen los?«, fragte er. »Die Bäume sind unruhig.«

Olkodan berichtete ihm die Neuigkeiten, und Alvydas nickte. »Ich möchte nicht, dass wir jemandem begegnen. Wir können dankbar sein, dass der alte Ulmenhain außerhalb des Sommerpalastes liegt.«

Er deutete zur Tür. »Gehen wir also.«

Es war dunkel geworden. Alvydas blinzelte zu den Sternen auf und murmelte: »Kein Mond heut Nacht. Das ist gut.« Sie kletterten schweigend hinab zum Boden. Im Baum war niemand unterwegs, anscheinend blieben in diesen unruhigen Zeiten auch die Bewahrer lieber dort, wo sie waren, und trieben sich nicht draußen herum.

Der alte Elbe schritt erstaunlich kräftig neben ihm aus. Olkodan musterte ihn vestohlen. Noch vor ein paar Tagen war Alvydas ihm so hinfällig erschienen, dass er gefürchtet hatte, der alte Elbe wäre auf seinem letzten Weg. Aber seit dem gestrigen Tag wirkte er, als hätte er neues Leben getrunken.

»Hier«, sagte Olkodan gedämpft, stellte den Bierkrug ab und bedeutete Alvydas zu warten. Dann schob er sich in das dichte Gebüsch. Blätter blieben in seinem Kragen hängen, und ein Zweig zerkratzte ihm die Wange. »Trurre?«, flüsterte er. Niemand antwortete. Er schimpfte leise und manövrierte sich rückwärts wieder hinaus.

Neben Alvydas stand der Zwerg. Er hatte den Krug in der Hand und schnitt gerade mit einem Messer die Versiegelung auf. Alvydas lächelte. »Er ist ein Meister versteckter Künste, dein Freund«, sagte er.

»Wo war er?«, fragte Olkodan ein wenig verschnupft.

»Hier«, erwiderte der Zwerg. »Ihr habt mich nicht gesehen, seid einfach an mir vorbeimarschiert. Danke übrigens für das Lebenselixier.« Er zwinkerte und setzte den Krug an die Lippen.

»Wie geht es jetzt weiter?«, fragte Olkodan, während Trurre sich mit einem genüsslichen Schmatzen die Lippen leckte.

»Wir halten uns südlich«, erwiderte Alvydas. Er lauschte. »Die Bäume dort sind ruhig. Anscheinend halten sich die Soldaten in der Hauptsache rund um die Hohe Halle auf. Je weiter wir zum Rand des Sommerpalastes kommen, desto weniger Leute werden uns über den Weg laufen.«

»Das ist gut«, bemerkte Trurre. »Ich bin heute dreimal nur um Barthaaresbreite einer Patrouille entkommen.« Er verstaute den Krug, in dem es nur noch schwach gluckerte, nach einem fragenden Blick zu den beiden Elben in seinem Rucksack. Dann nahm er seinen Stock in die andere Hand und bekundete: »Ich bin bereit.«

Olkodan ging neben Alvydas her, um den alten Elben bei schwierigen Wegstrecken unterstützen zu können. Aber er stellte schnell fest, dass Alvydas anscheinend mühelos mit Trurre und ihm mithalten konnte.

Der Zwerg stapfte schweigend hinter ihnen her. Ab und zu hörte Olkodan ihn etwas wispern, aber sosehr er seine Ohren auch anstrengte, er verstand nicht, was Trurre sagte.

Nachdem sie eine ganze Weile so durch die Nacht gewandert waren, ohne jemand anderem zu begegnen als einigen Igeln und Mäusen, ließ Olkodan Alvydas vorangehen und gesellte sich zu Trurre.

»Warst du bei deiner Familie?«

Trurre nickte.

»Haben sie sich gefreut?«

Trurre warf ihm einen schrägen Blick zu. »Teils, teils«, erwiderte er.

»Das Thema behagt dir nicht«, sagte Olkodan. »Ich wollte dich nicht aushorchen.«

Der Zwerg nickte und hob den Finger an die Lippen. Olkodan hörte ein leises Geräusch. Dort bewegte sich etwas auf dem Weg vor ihnen, und es klang nicht nach einem Igel.

Alvydas war stehen geblieben und hob nun die Hand, um die Gefährten heranzuwinken. Er sah Trurre an und lächelte. »Du oder ich?«, fragte er.

Der Zwerg zwinkerte. »Du. Ich bin schließlich nur zu Besuch hier.« Er verschränkte die Hände auf seinem Stock und lehnte sich gegen einen Baum.

Alvydas bedeutete Olkodan, sich zu Trurre zu gesellen, und stellte sich dann neben die beiden. Nichts geschah. Olkodan sah Trurre fragend an, aber der blickte nur schweigend geradeaus und schien zu lauschen.

Nach einer Weile wurden die Geräusche lauter. Das Stampfen von Pferdehufen, das Klirren von Waffen und gedämpfte Stimmen waren zu hören. An der Biegung des Pfades tauchten weich glühende Elbenfunken auf, die die Silhouetten von Reitern und Pferden aus der Nacht schnitten. Zaumzeug glänzte matt, und die satten Farben der Elbenuniformen leuchteten in dem schwachen Licht, das über den Händen der Reiter schwebte.

Olkodan stieß Trurre an. Sie mussten sich schnellstens verbergen!

Der Zwerg legte begütigend eine Hand auf Olkodans Arm und schüttelte leicht den Kopf. *Still!*, formten seine Lippen.

Die Gardisten zogen so dicht an ihnen vorüber, dass Olkodan sie hätte berühren können. Eins der Pferde wandte ihnen den Kopf zu und schnaubte leise, aber die Soldaten schienen sie nicht zu bemerken.

Dann waren sie vorüber. Olkodan bemerkte, dass er den Atem angehalten hatte. Trurre schnalzte anerkennend mit der Zunge: »Saubere Arbeit, alter Mann.«

Olkodan zuckte zusammen, aber Alvydas schien die respektlose Anrede nicht zu ärgern. Er nickte nur sanft und deutete auf den wieder stillen Pfad.

Irgendwann bat Alvydas um eine Pause. Er ließ sich neben einer krummgewachsenen Esche zu Boden sinken und lehnte sich mit geschlossenen Augen an den Stamm wie an die Schulter eines Freundes. Olkodan und Trurre hockten sich an den Wegrand und beobachteten den Pfad.

»Wie hat er das gemacht?«, fragte Olkodan nach einer Weile. »Du schienst ja Bescheid zu wissen.«

»Täuschung«, sagte der Zwerg lakonisch. »Der alte Mann ist ein starker Magier. Der mächtigste, den ich je getroffen habe, wage ich zu behaupten.« Er schüttelte ein wenig wehmütig den Kopf. »Was hoffen wir am Ende unseres Weges zu finden?«, wechselte er das Thema.

»Meine Frau, hoffe ich.«

»Und ihre Entführer – habe ich recht?«

Olkodan wiegte den Kopf. »Wahrscheinlich. Keine Ahnung, wie Alvydas herausgefunden hat, wo sie gefangen gehalten wird, aber er ist sich recht sicher. Ich vertraue ihm.«

Der Zwerg nickte ernst. »Das solltest du auch. Sonst verwandelt er dich in ein Glühwürmchen.«

Olkodan sah ihn unsicher an. Trurre bleckte die Zähne.

»Junger Zwerg«, rief Alvydas von hinten. Trurre erhob sich und ging zu ihm. Alvydas stand mit seiner Hilfe auf und sah ihn prüfend an. »Wir sind in der Nähe unseres Ziels«, sagte er. »Dein Lehrer war ein Mensch, nicht wahr?«

Trurre nickte.

»Hat er dir gezeigt, wie man Baummagie wirkt?«

Der Zwerg hob die Hände. »Magister Davydd war ein ehrenwerter Mann. Aber seine Kunst hatte Grenzen – und so die meine.«

Alvydas lächelte. »Darf ich deine Hand nehmen?«, bat er höflich.

Trurre zögerte kurz, dann überließ er seine Hand dem Griff der schmalen Finger. Alvydas umschloss die kräftige Hand des Zwerges mit beiden Händen und sah ihm dabei in die Augen. Trurre blinzelte unbehaglich. Nach einer Weile ließ Alvydas ihn los und rieb sich über die Augen.

»Wenn ich nicht so müde wäre«, murmelte der Elbe. »Du hättest einen Lehrer verdient, der deine Fähigkeiten zu schätzen weiß. Zwergenmagie ist selten – und stark. Die Macht der Tiefen schlummert in euren Herzen.«

Er öffnete die Augen. »Wir sollten weitergehen. Die Nacht schreitet schnell voran, und ich fürchte das Licht des Morgens.«

Weil sie ohne weitere Störung vorankamen, erreichten sie den alten Ulmenhain lange vor der Morgendämmerung. Sie gingen an seinem Rand entlang, bis Olkodan etwas erspähte. »Dort!« Er zeigte auf die Stelle, die er entdeckt hatte. »Sieht das nicht aus wie ein Weg?«

Sie gingen ein Stück den schmal ausgetretenen Pfad entlang, unsicher, ob es sich nur um einen Wildwechsel handelte oder ob dieser Weg wirklich von Elben benutzt worden war. Schließlich deutete der Zwerg auf einige abgebrochene Zweige in seiner Kopfhöhe. »Hier ist jemand in eurer Größe entlanggekommen«, sagte er. »Und zwar recht eilig.«

Alvydas stimmte ihm zu. »Wir sollten leise sein«, sagte er. »Wir wissen nicht, was am Ende dieses Wegs auf uns wartet.«

Als sie schließlich die kleine Lichtung erreichten, zeigten sich die ersten Zeichen der Morgendämmerung am Himmel. Die Vögel in den Bäumen rundum vollführten ein ohrenbetäubendes Konzert, was einerseits hilfreich war, um ihre eigenen Geräusche zu übertönen, sie aber andererseits auch wirkungsvoll daran hinderte, selbst zu hören, was eventuell vor sich ging.

Das kleine Haus lag still und dunkel. Die drei Gefährten tauschten Blicke aus, und dann schlichen Trurre und Olkodan sich an die Hütte heran. Olkodan spähte durch die winzigen Fensteröffnungen, und Trurre untersuchte den Boden. Nach einer kompletten Umrundung sahen sich beide mit einem Nicken an, und Trurre deutete auf die Tür. Er stellte sich neben ihr auf, seinen Stock erhoben, und Olkodan öffnete vorsichtig die Tür.

Der Raum war verlassen. Staubflöckchen tanzten im Luftzug. Olkodan schob sich ins Innere der Hütte und ging zu einer niedrigen, angelehnten Tür an der Rückwand. Er blickte vorsichtig durch den Spalt, öffnete die Tür ganz und betrat den Raum dahinter.

Als er wieder hinauskam, hatte Trurre sich in dem vorderen Raum umgesehen und schüttelte den Kopf. »Hier ist schon eine Weile niemand mehr gewesen. Ein paar Tage, schätze ich.« Er zerrieb Asche von der Feuerstelle zwischen seinen Fingern.

»Dort hinten ist ein Lager, und auf dem Tisch stehen Essensreste. Aber das Zimmer ist auch leer.«

»Meinst du, dass sie hier war? Deine Frau?«

Olkodan zuckte mit den Achseln. »Ich habe nichts gefunden, was darauf hindeutet.«

Sie verließen die Hütte und blickten sich um. Der Wald stand dicht wie eine Mauer um das kleine Haus. »Wenn sie hier irgendwo ist, wie Alvydas vermutet, haben wir eine lange Suche vor uns«, bemerkte der Zwerg.

Alvydas saß mit geschlossenen Augen unter den tief hängenden Zweigen eines Baumes. Er blickte auf, als sie kamen, und schüttelte den Kopf. »Nicht in der Hütte? Ich habe es mir gedacht.« Er stand auf. »Ich werde mich drinnen ein wenig ausruhen. Das Sonnenlicht tut meinen Augen weh.« Er deutete auf den Wald rundum. »Iviidis ist hier irgendwo. Du hast sie schon einmal gehört, Olkodan. Nutze deinen Verstand und deine Sinne, dann wirst du sie finden.«

Die beiden sahen ihm nach, wie er mit tastenden Schritten zur Hütte ging und darin verschwand. Dann klatschte der Zwerg in die Hände. »Also ans Werk. Wo fangen wir an?«

# 30

Die Höhle war klein, angenehm warm und bestand eigentlich nur aus einem großen Becken mit Wasser, das verlockend dampfte. Sonnenlied entzündete mit einer beiläufigen Handbewegung ein Dutzend Elbenfunken, die sie an den Wände verteilte. Rutaaura sah ihr staunend dabei zu. Elbenfunken erloschen normalerweise sofort, wenn sie sich weiter als eine Armlänge von ihrem Erzeuger entfernten.

Sonnenlied sah ihr Erstaunen und lächelte. »Das ist keine Kunst«, sagte sie. »Du wirst es schnell heraus haben.«

Sie warf Rutaaura ein weiches Badetuch zu und deutete auf das Becken. »Wie versprochen: Wir haben es für uns allein.«

Rutaaura entkleidete sich und glitt in das heiße Wasser. Es prickelte ein wenig, als wäre Luft darin gelöst. Das Becken hatte – natürliche oder aus dem Stein gehauene? – Stufen, die ein bequemes Sitzen im Wasser ermöglichten. Sie tauchte bis zum Hals hinein und seufzte vor Wonne. Ihre von der Reise zerschlagenen Muskeln begrüßten die Hitze.

Sonnenlied legte ihre Kleider zu einem ordentlichen Päckchen zusammen und stieg etwas langsamer in das Becken. »Ah, das tut gut!«, schnaufte sie und schloss die Augen.

Rutaaura tat es ihr nach. So lagen sie da und genossen es, langsam aufzuweichen.

»Diese Höhlen«, sagte Rutaaura nach einer Weile. »Findest du dich hier zurecht?«

»Nicht überall. Ich vermeide es, zu weit hineinzugehen. Die Älteste ist die Einzige, die alle Wege kennt.« Sonnenlied beugte sich zu ihr, und das Wasser plätscherte gegen den Stein. »Man sagt, dass es von hier aus einen Ausgang zu jedem beliebigen Punkt auf der Welt gibt.« Sie zwinkerte verschwörerisch.

»Ich glaube es fast«, brummte Rutaaura und griff nach dem Bimsstein, der auf dem Rand lag. »Ich bin durch diese Gänge gelaufen, bis ich dachte, ich bin einmal um den Südlichen Ozean marschiert.«

Sonnenlied sah sie mitfühlend an. »Wie lange warst du da unten, was schätzt du?«

»Eine Nacht lang mindestens«, erwiderte Rutaaura gallig.

Sonnenlied nickte. »Ich dachte damals, ich wäre vier Nächte dort gewesen. Es war ziemlich schlimm.«

»Was hast du gesehen?«

Sonnenlied zögerte. »Wir sprechen nur mit der Ältesten darüber«, sagte sie schließlich. »Es ist zu … persönlich.«

Rutaaura rieb sich kräftig mit dem rauen Stein ab. »Ich verstehe. Sag mal, die Älteste – sie bestimmt hier alles?«

Die andere Elbin plätscherte mit der Hand durch das Wasser und betrachtete die kleinen Wellen, die dabei entstanden. »Ja und nein«, erwiderte sie. »Wir würden niemals gegen eine ihrer Entscheidungen handeln, aber das hat gute Gründe. Ohne Windgesang wären wir wahrscheinlich alle heimatlos über die Welt verstreut oder sogar tot.«

»Was ist mit diesem Elben, den Wolkensucher nicht leiden kann – er war bei der Patrouille, die uns empfangen hat.«

»Nebelherz. Ja, der ist ziemlich übel.« Sonnenlied zog die Brauen zusammen. »Er und seine Freunde wollen anders leben, als wir es tun. Er findet, dass die Elben im Wandernden Hain uns lange genug ins Exil getrieben haben. Wenn es nach ihm ginge, würden wir den Hain mit Gewalt zurückerobern.« Sie schüttelte so energisch den Kopf, dass die nassen Haare gegen ihre Wangen klatschten. »Keiner hier denkt so. Wir sind nicht glücklich über die Trennung, weil sie falsch ist. Aber wir haben hier unseren eigenen Hain, er bietet uns Schutz, und wir sind frei. Die Goldenen haben uns zu Sündenböcken gemacht, also wollen wir mit ihnen nichts mehr zu tun haben. So einfach ist das.«

Rutaaura schwirrte der Kopf. »Ich glaube, ich verstehe nicht alles, was du erzählst«, sagte sie.

Sonnenlied drückte ihre Hand. »Du wirst schon eine Lektion in Geschichte bekommen, keine Bange. Dafür sorgt Mondauge, schließlich ist sie unsere Historikerin.« Sie grinste. »Sie stürzt sich immer auf die Neuankömmlinge. Ich bin gespannt, ab wann du bei ihrem Vortrag den glasigen Blick bekommst.«

Rutaaura lachte. Dann wurde sie ernst. »Was ist mit der Goldenen, die bei euch lebt?«

Sonnenlied sah sie erstaunt an. »Lootana ist doch deine Mutter, oder habe ich da etwas falsch verstanden?«

Rutaaura knirschte mit den Zähnen. »Nein, das stimmt«, sagte sie.

Sie sprachen nicht mehr viel. Sonnenlied erzählte ihr ein wenig von den täglichen Abläufen im Tal, und Rutaaura hörte unaufmerksam zu. Schließlich stiegen sie aus dem Wasser, trockneten sich ab und machten sich auf den Rückweg.

In der Hütte, die Rutaaura zugewiesen worden war, wartete schon eine junge Elbin auf sie, um sie zum gemeinsamen Essen zu führen. »Es nehmen nicht immer alle daran teil«, erklärte sie, während sie neben Rutaaura herging. »Aber die Älteste meinte, du solltest wissen, dass es das gemeinsame Mahl gibt und dass es dir freisteht, dich jederzeit dazu zu gesellen.«

Sie führte Rutaaura zu einem Platz, auf dem eine Reihe von Tischen und Bänken aufgebaut war. Stoffbahnen bildeten ein Dach, aber es gab keine Wände. Das Essen war auf einem großen Tisch aufgebaut, und jeder nahm sich nach Belieben und setzte sich damit, wohin er wollte. Beinahe alle Tische waren mit mehr oder weniger großen Gruppen besetzt, die schweigend und auch miteinander plaudernd aßen.

Rutaaura nahm sich eine Schale mit dicker Suppe und Brot und blieb zögernd am Rand des Platzes stehen, bis sie sah, dass ihr jemand Fremdes zuwinkte. Sie ging zu dem Tisch hinüber. Die Winkende, eine ältere Elbin mit stoppelkurzen weißen Haaren, lächelte sie an und deutete auf den Platz an ihrer Seite. »Du bist Lootanas Tochter«, sagte sie. »Setz dich. Ich freue mich, dich endlich kennenzulernen.«

Rutaaura ließ sich nieder und stellte ihre Suppe ab. Die Elbin reichte ihr die Hand. »Mondauge«, sagte sie. »Du bist wahrscheinlich schon vor mir gewarnt worden.«

Rutaaura lachte und begann, ihre Suppe zu löffeln. Mondauge trank einen stark riechenden Tee und sah ihr lächelnd beim Essen zu. »Wie gefällt es dir hier?«, fragte sie.

Rutaaura schob den Napf fort. »Es ist nicht leicht, darauf zu antworten«, sagte sie ehrlich. »Ich war so froh, euch gefunden zu haben – aber der Empfang hat mich dann ein wenig erschreckt.«

Mondauge nickte verständnisvoll. »Wir haben dir keine Gelegenheit gegeben, dich ein wenig einzuleben«, sagte sie. »Das ist normalerweise nicht unsere Art. Aber in deinem Fall ...« Sie kratzte nachdenklich mit dem Fingernagel auf der Tischplatte herum.

»Was ist mit mir?«, fragte Rutaaura unverblümt. Sie wurde langsam ungeduldig, weil ihr anscheinend niemand Antworten auf ihre Fragen geben wollte.

Die Elbin stützte die Ellbogen auf den Tisch und faltete die Hände vor dem Mund. »Das ist eine lange Geschichte«, sagte sie gedämpft. »Im Grunde bist du bei mir genau richtig, was das angeht, denn ich bin hier die Expertin für lange Geschichten. Aber ich fürchte, wir haben dafür doch zu wenig Zeit.«

Rutaaura nickte grimmig. Schon wieder Ausflüchte. Mondauge sah ihr ihre Gedanken an und legte begütigend eine Hand auf ihren Arm. »Du wirst alle Antworten bekommen, das verspreche ich dir. Aber zuerst möchte ich dir etwas über die Hintergründe erzählen, warum wir alle überhaupt hier sind, in diesem verlassenen Winkel der Welt.«

Sie beugte sich vor und erzählte Rutaaura von der Trennung des Elbenvolkes. Rutaaura lauschte, zunehmend von der Geschichte in Bann gezogen, und die dunkle Stimme Mondauges tat ein Übriges.

»Also waren wir einst ein Volk«, sagte Rutaaura schließlich.

»Wir sind es noch immer«, erwiderte Mondauge. »Es war ein großes Unglück, dass unsere Zweige sich trennten. Der Baum verkümmert. Seither hat keine Königin und kein König mehr auf dem Thron des Elbenreiches gesessen.«

»Warum ist das so?«

»Weil die Dunklen die Bewahrer sind«, sagte Mondauge. »Wir

sind diejenigen, die das Wissen und die Geschichte in uns tragen. Wir sind die Seele unseres gemeinsamen Volkes, wie die Hellen Elben der Körper sind.«

»Aber sie haben auch ihre Bewahrer«, wandte Rutaaura ein. »Meine Schwester Iviidis ist eine von ihnen.«

Mondauge nickte. »Sie haben die Technik erlernt. Aber sie verstehen den Sinn dahinter nicht. Es geht nicht nur darum, Wissen zu archivieren.« Sie seufzte. »Dir diesen Unterschied zu erklären, zu zeigen, was er bedeutet, wird einige Zeit in Anspruch nehmen. Zeit, die wir leider nicht haben.«

Sie deutete auf Rutaauras halb geleerten Napf. »Bist du schon satt?« Rutaaura nickte. Mondauge erhob sich. »Dann lass uns gehen. Windgesang wartet sicher schon.«

Sie gingen nicht, wie Rutaaura erwartet hatte, zu Windgesangs Hütte, sondern wanderten daran vorbei und tiefer in den kleinen Wald, bis sie eine Lichtung erreichten, in deren Mitte sich ein großer, silbergrauer Stein erhob. Die Älteste stand mit erhobenem Kopf vor diesem Stein und hatte ihre Handflächen auf seine Oberfläche gelegt.

»Komm her zu mir, Kind«, sagte sie, ohne sich zu ihnen umzuwenden. »Lege deine Hände hierher. Was spürst du?«

Rutaaura folgte der Aufforderung. Der Stein war auch auf der Schattenseite warm wie ein lebendiges Wesen. Sie fühlte seine glatte Oberfläche unter ihren Fingern. Es war ein erstaunlich angenehmes Gefühl, und sie verspürte den Wunsch, ihr Gesicht an den Stein zu legen.

»Tu's«, sagte die Älteste leise.

Rutaaura lehnte sich gegen den Stein. Er schmiegte sich an sie wie ein großes Tier, und sie fühlte sich willkommen. Nur noch undeutlich bemerkte sie die Anwesenheit der Ältesten an ihrer Seite. Da war der Stein, und er füllte die ganze Welt aus, mächtig und alt, schwer lastend auf der Erde, der Stein, der seine Wurzeln weit in den Boden trieb und dessen Wesenheit hinausreichte in die Ferne.

Rutaaura folgte fasziniert seinem stummen Ruf. Sie ließ sich hineinsinken und fiel in den Sog, der sie davonzutragen drohte wie wirbelndes Wasser. Sie schnappte nach Luft und fühlte, wie ihre geistigen Finger abzurutschen begannen.

Eine feste Hand griff nach ihr und hielt sie fest. *Langsam,* sagte Windgesang an ihrer Seite, und sie war wie ein ruhiges Feuer. *Lass uns erst einmal sehen, Kind.*

Da war noch eine zweite Anwesenheit in der Aura des Steins. Rutaaura spürte sie wie eine kühle Wolke an einem heißen Tag. *Mondauge?,* dachte sie und erhielt eine wortlose Bestätigung.

*Zeig uns, was du in den Höhlen gesehen hast, Sternfängerin,* kam die Aufforderung. Rutaaura wollte sich sträuben, aber Windgesang hielt ihr beharrlich die geöffnete Hand entgegen. So gab sie nach und legte ihre Erinnerung hinein.

Eine unmessbare Zeitspanne lang schwebte sie im wirbelnden Sog des Steines, nur gehalten von den beiden Anwesenheiten neben sich. Endlich lockerte sich der feste Griff, und ehe sie davontreiben konnte, wurde sie mit einem Ruck zurückgeholt in die Welt.

Sie fand sich auf dem Boden kniend, die Finger tief ins Moos gegraben und um Atem ringend wie eine Ertrinkende. Eine Hand strich kühl über ihren Kopf und ihre Stirn, und dann half ihr jemand, sich aufzurichten.

»Hier«, sagte Windgesang und hielt ihr eine kleine Trinkflasche hin. Rutaaura ließ einen Schluck in ihren Mund rinnen und schmeckte scharfen Kakteenschnaps, wie ihn die Sandläufer brannten.

»Danke«, sagte sie und gab die Flasche zurück. Dann legte sie sich zurück auf den grasigen Grund und schloss die Augen. Es drehte sich in ihrem Kopf, und das kam nicht vom Alkohol.

Sie hörte die beiden Elbinnen leise miteinander sprechen. Zweimal fiel der Name ihrer Schwester, aber sie fand nicht die Kraft, sich zu erheben und zuzuhören. Endlich kam Windgesang an ihre Seite und nahm ihre Hand. »Du hast deine Sache sehr gut gemacht«, sagte sie. »Du bist wahrlich eins meiner Kinder, Sternfängerin. Wir muten dir sehr viel zu, und ich bin erfreut, dass ich dich nicht überschätzt habe. Doch jetzt solltest du schlafen. Der

Weg des Steins fordert seinen Tribut von einer ungeübten Bewahrerin. Ich werde hinausgehen und nach deiner Schwester suchen.«

Rutaaura wollte sie fragen, was sie damit meinte, aber die Hand der Ältesten lag schon auf ihren Augen und verschloss ihr die Welt.

Sie erwachte in der Abenddämmerung. Neben ihr saß Mondauge, gegen den Stein gelehnt, was Rutaaura seltsam respektlos erschien. Die Älteste war nirgendwo zu sehen. Rutaaura setzte sich auf und rieb ihren Nacken. Es war still, kein Vogel war zu hören, und nur das Laub der Bäume rauschte leise im steten Wind.

»Wo ist Windgesang?«, fragte Rutaaura. Mondauge steckte den kleinen Kristall, den sie in der Hand gehalten hatte, in die Tasche und deutete auf den Wald.

»Der Stein konnte deine Schwester nicht finden«, sagte sie. »Windgesang geht nun den Alten Weg.«

»Was bedeutet das?«, fragte Rutaaura.

Mondauge stand auf und reichte ihr die Hand, um sie ebenfalls auf die Füße zu bringen. »Der Alte Weg ist der Weg von Baum, Wurzel und Blatt«, erklärte sie. »Wenn der Stein deine Schwester nicht finden kann, bedeutet das, dass sie sich nicht mehr in seinem Wirkungskreis aufhält. Also ist sie entweder im Wasser, was unwahrscheinlich ist, oder bei den Bäumen. Und dort sucht sie die Älteste jetzt.«

»Aha«, sagte Rutaaura, ohne etwas verstanden zu haben. Mondauge lächelte.

»Komm«, sagte sie. »Wir beide werden uns bei mir ein wenig unterhalten. Ich werde wohl in der nächsten Zeit deine Lehrerin sein.«

Während sie zu den Hütten zurückgingen, erzählte Mondauge ihr von der Zeit, als das Elbenvolk noch geeint gewesen war, und von den letzten Tagen der Königin Onabiirute, die wahnsinnig geworden war. »Es war immer eine Gefahr damit verbunden, wenn ein Mitglied der fünf Hohen Häuser ausgewählt wurde, um das Gefäß zu sein«, erklärte sie. »Wir mussten die Anwärter lange und gründlich auf diese Aufgabe vorbereiten, und es war sogar manchmal der Fall, dass derjenige sich als nicht geeignet herausstellte, wenn der Älteste ihm seine Erinnerungen übergab.«

»Und was geschah dann?«

»Dann musste der empfangende Geist sorgfältig wieder gereinigt werden. Eine langwierige und komplizierte Prozedur, die alle Beteiligten in der Regel sehr mitnahm. Deshalb wurde das Gefäß immer sehr sorgfältig ausgewählt. Wir Bewahrer mussten sichergehen, dass unsere Könige in der Lage waren, die Bürde zu tragen – wenn auch niemals für eine sehr lange Zeit.«

Rutaaura schüttelte den Kopf. »Warum dieser Umstand? Du hast doch erklärt, dass alle Erinnerungen von den Bewahrern gehütet werden.«

»Es musste immer einen Elben geben, der alle Erinnerungen in sich vereint. Es reicht nicht, sie nur zu archivieren. Sie müssen lebendig unter uns sein, damit unser Volk lebt, wächst und gedeiht.« Mondauge schlug ihre Hände ineinander, dass es knallte wie ein Peitschenhieb. Irgendwo im Dickicht flog erschreckt ein Vogel auf. »Der Baum verkümmert, Sternfängerin. Unser Volk stirbt.«

Rutaaura blieb plötzlich stehen. »Iviidis«, stieß sie hervor. »Jetzt verstehe ich eure Sorge!«

Mondauge nickte. »Sie war nicht vorbereitet«, sagte sie grimmig. »Ich weiß nicht, was den Ältesten getrieben hat, ihr das anzutun. Außer …«

»Außer?«

»Außer, er lag im Sterben.«

Auf dem kleinen Platz zwischen den Hütten war eine Handvoll Elben versammelt, die einem in ihrer Mitte lauschten. Rutaaura vernahm Satzfetzen, die von Abwehr und sogar Empörung zeugten, aber auch Worte der Zustimmung.

Sie sah Mondauge an und bemerkte verwundert den zornigen Ausdruck, den das Gesicht der Elbin angenommen hatte.

Mondauge ergriff ihren Ellbogen und wollte sie eilig an der Gruppe vorüberführen, aber in diesem Moment löste sich ein

Mann aus der Mitte und trat Rutaaura in den Weg. Sie erkannte Nebelherz, der sie aufreizend musterte.

»Du bist also der neue Lichtblick der Ältesten«, sagte er kalt. »Die Hoffnung unseres Volkes, das Wunder, das uns unseren angestammten Platz zurückgeben soll. Willkommen, du Wunderwirkerin. Ich bin ein wenig enttäuscht, ich hatte mir dich beeindruckender vorgestellt.«

Aus der Ansammlung hinter ihnen erklang wütendes Gemurmel, aber der Elbe ließ sich davon nicht beirren.

»Zügele deine Zunge, Nebelherz«, wies Mondauge ihn scharf zurecht. »Du bist ein Unglück für unser Volk, wenn du so redest.«

Der Elbe streifte sie mit einem gleichgültigen Blick. »Geh zu deinen Kristallen, alte Frau«, sagte er. »Deine Zeit ist vorüber, du hast sie schlecht genutzt. Du und deinesgleichen seid Schuld an unserem Unglück!«

Mondauge hob die Hand, aber ein Elbe aus der Gruppe der Zuhörer fiel ihr in den Arm. »Tu nichts, was dich unglücklich macht, Gesegnete«, sagte er sanft. »Dieser wird sich früher oder später selbst richten. Komm.« Er nahm Mondauge beim Arm und zog sie mit sich, obwohl sie sich sträubte.

Rutaaura hielt dem starren Blick ihres Gegenübers stand. »Was willst du von mir?«, fragte sie ruhig.

»Zeig mir, was du kannst«, erwiderte er. »Ich brenne darauf zu sehen, ob du wirklich so stark bist, wie die Alten hoffen.« Er bleckte die Zähne.

Rutaaura schüttelte den Kopf. »Ich weiß nicht, wovon du redest«, sagte sie. »Aber du hast kein Recht, mich so zu bedrängen. Ich möchte nichts mit dir zu tun haben.« Sie wollte an ihm vorbeigehen, um Mondauge zu folgen, aber der Elbe packte sie am Arm.

»Feige also?«, zischte er, und etwas Speichel sprühte auf ihre Wange. Sie wischte ihn angeekelt ab und riss sich aus seinem Griff los.

Sie hörte, dass jemand aus der Zuschauergruppe scharf einatmete, und deutete das Zeichen richtig. Sie warf sich zur Seite, und der Schlag streifte nur ihre Schulter.

Rutaaura fuhr herum und sah den Elben ruhig dastehen, einige Mannslängen weit von ihr entfernt. Ihre Augen weiteten sich.

Nebelherz lächelte und deutete auf sie.

»Pass auf«, rief eine Elbin. Rutaaura hob schützend die Hände vor ihr Gesicht. Eine Faust aus Luft schien gegen ihre Handflächen zu schmettern und ließ sie rückwärts taumeln und zu Boden fallen.

»Das ist genug«, sagte unvermittelt eine Stimme. Obwohl sie nur leise sprach, drang sie wie ein Messer an jedes Ohr.

Nebelherz ließ die Hand sinken. »Schneegeflüster, mein Bruder«, sagte er und senkte demütig den Kopf. »Sei willkommen zu Hause.«

Der Neuankömmling ging mit schnellen Schritten auf ihn zu und nahm ihn bei den Schultern. Er murmelte ein paar Worte in das Ohr des anderen, der nur stumm nickte und ging.

Schneegeflüster sah die Zuschauer an, die noch immer auf der Lichtung standen. »Geht nach Hause«, sagte er mit heiserer Flüsterstimme. »Es gibt keinen Kampf.«

Rutaaura sah erstaunt, dass die Elben ihm gehorchten, als wäre er Windgesang. Ohne Widerspruch verließen sie den Platz.

Der Elbe kam zu ihr und reichte ihr die Hand, um ihr aufzuhelfen. »Es tut mir leid«, sagte er. »Nebelherz ist ein junger Dummkopf. Hat er dich verletzt?«

Rutaaura verneinte. Der Elbe nickte. »Gut. Ich denke, wir beide haben das eine oder andere zu besprechen, aber nicht jetzt. Unsere geschätzte Historikerin wartet auf dich.« Er deutete mit einer Kopfbewegung auf Mondauge, die am Rand der Lichtung stand und sie beobachtete.

Mondauge nahm stumm ihren Arm und führte sie zu ihrer Hütte.

»Was war das?«, fragte Rutaaura.

Die andere schüttelte den Kopf. »Seltsam«, murmelte sie. »Ich frage mich, was er im Schilde führt.«

»Er wollte aus irgendeinem Grund, dass ich mit ihm kämpfe«, erwiderte Rutaaura aufgebracht.

»Nein, der andere. Schneegeflüster.« Mondauge setzte sich auf eine Strohmatte und faltete die Hände im Schoß. »Er ist der Anführer der Unzufriedenen – oder vielleicht sollte ich besser sagen: Unruhestifter – in unserem Volk. Ich hätte erwartet, dass er Nebelherz unterstützt oder zumindest nicht an dem hindert, was er vorhat.«

Sie lächelte Rutaaura zu. »Du hast dich gut gehalten. Es tut mir leid, dass ich dich nicht habe schützen können. Ich bin keine Kriegerin.«

Rutaaura ertappte sich dabei, dass sie zurücklächelte. Sie mochte die ältere Frau. »Wie hat er das gemacht?«, fragte sie.

Mondauge verflocht die Finger ineinander. »Ich kann es dir nicht beibringen«, sagte sie. »Aber du wirst es lernen, mit der Hilfe des Steins. Das ist Magie, die auch ich nicht beherrsche – oder zumindest habe ich mich nie darum bemüht. Es gab Wichtigeres.«

Rutaaura nickte. Sie verstand, was Mondauge sagen wollte. »Und was hat er mit ›Hoffnung unseres Volkes‹ und all dem anderen unverständlichen Zeug gemeint?«, fragte sie weiter.

»Er meinte, dass du eine Aufgabe hast«, sagte eine andere Stimme. Rutaaura drehte sich um und sah Lootana, die gerade durch die niedrige Tür trat. Sie presste die Lippen zusammen.

»Hallo, Mutter«, sagte Lootana und ging zur Feuerstelle, um sich aus dem Teekessel zu bedienen. Rutaaura starrte sie und dann Mondauge an, unsicher, ob sie ihren Ohren trauen durfte.

Mondauge ächzte leise. »Das war nun wirklich nicht allzu geschickt von dir, Tochter«, sagte sie sanft.

»Oh nein«, sagte Rutaaura und machte Anstalten, sich zu erheben. »Bitte, nein. Das ist zu viel!«

»Setz dich wieder hin«, sagte Lootana. Sie hatte sich gegen die Einfassung der Feuerstelle gelehnt und die Arme über der Brust verschränkt. »Du bist erwachsen, Rutaaura. Benimm dich nicht wie ein Kind.«

Der unerwartet scharfe Ton wirkte wie ein kalter Wasserguss. Rutaaura schüttelte sich. Mondauge, die sie besorgt betrachtet hatte, wirkte erleichtert.

Lootana nickte befriedigt. Sie nippte an ihrem Tee und betrachtete dabei die Flecken, die sie gerade auf ihren Ärmel gemacht hatte.

»Ich habe also plötzlich eine Familie«, sagte Rutaaura etwas gefasster. »Nicht nur eine Mutter, die sich bisher wenig um mich gekümmert hat, sondern auch gleich eine Großmutter dazu.« Sie konnte nicht verhindern, dass ihre Worte ein wenig vorwurfsvoll klangen. »Es wäre nett gewesen, früher davon zu erfahren. Dann hätte ich gewusst, wohin ich gehöre.«

Mondauge drehte den Kopf, ohne sie aus den Augen zu lassen. Lootana seufzte und setzte sich neben sie. Sie musterte Rutaaura aufmerksam. »Du siehst aus wie eine Frau, die stolz auf das ist, was sie aus eigener Kraft erreicht hat«, sagte sie mit einer gewissen Härte in der Stimme. »Ich kann nicht für die Dunklen sprechen – sie dulden mich hier, weil ich Windgesangs Gast bin und weil ich es als meine Aufgabe betrachte, unser Volk wieder zu vereinen. Obwohl das nicht alle hier wünschen«, fügte sie mit einem resignierten Lächeln hinzu. Mondauge brummte zustimmend.

»Aber sie haben eine Regel, die ich immer akzeptiert habe, auch wenn es mir schwergefallen ist«, fuhr Lootana fort. »Wer nicht hier im Tal geboren wurde, muss den Weg zu ihnen aus eigener Kraft finden. Der Wunsch und der Wille muss stark genug sein.« Sie sah ihre Mutter an. »Du weißt, was ich von dieser Regel halte«, sagte sie.

Mondauge nickte. »Das Gleiche wie ich«, sagte sie bitter. »Viele finden nie den Weg zu uns, die dennoch wertvoll für uns wären – und manche, wie Nebelherz, kämpfen sich vom Herzen des Wandernden Hains bis zu uns durch und sind trotzdem verloren für unser Volk …«

»Dann ändert die Regel«, sagte Rutaaura heftig. »Ich mag stolz darauf sein, dass ich es hierher geschafft habe – aber das ist ein Stolz, der bitter schmeckt. Lieber wäre es mir gewesen, früher von meiner Großmutter zu wissen und von ihr lernen zu können.«

»Das ist jetzt alles müßig«, sagte Mondauge mit leisem Bedauern. »Wir sind nun hier zusammengetroffen, und eine erneute große Umwälzung steht uns bevor. Wenn unser Volk den nächsten

Umlauf überlebt, braucht sich keiner von uns mehr Gedanken über solche Fragen zu machen. Das hoffe ich zumindest.«

»Zurück zu deiner Frage«, sagte Lootana. »Du wolltest wissen, was dieser junge Rüpel von dir wollte.« Sie strich mit einer nervösen Bewegung über ihre Tunika und klopfte dann mit den Fingern auf die Matte, auf der sie saß. »Windgesang hat gesehen, dass du eine Aufgabe für unser Volk zu erfüllen hast. Ich weiß nicht, wie die Unruhestifter davon erfahren konnten …«

»Schneegeflüster«, warf Mondauge ein. »Er hat besonders spitze Ohren.«

Lootanas angespannte Miene lockerte sich. Sie legte ihre Hände in einer ähnlichen Geste zusammen, wie Rutaaura sie von Iviidis kannte, und hob die Schultern. »Wie auch immer. Es ist an der Zeit, dass die Lichten und die Dunklen wieder zusammenkommen. Du wirst unser Bindeglied sein, die neue Oberste Tenttai. Das wurde so beschlossen.«

Rutaaura stieß den Atem aus. »Ihr seid wirklich verrückt«, sagte sie.

Lootana grinste. »Vielleicht«, gab sie zu. »Aber es ist doch immerhin ein lohnendes Ziel, was meinst du?«

»Ich tauge doch schwerlich als Bewahrerin«, wandte Rutaaura ein. »Ihr hättet Iviidis dafür auswählen sollen, wenn es schon in der Familie bleiben soll. Sie ist wenigstens Bewahrerin und kennt sich im Wandernden Hain aus. Ich bin eine Außenseiterin.«

Die beiden älteren Elbinnen sahen sich an. Dann schüttelte Mondauge langsam den Kopf. »Du bist eine von uns. Keine Goldene kann das tun, was du tun kannst. Außerdem ist für deine Schwester bereits eine andere Aufgabe vorgesehen worden.«

»Wenn sie noch lebt und es uns gelingt, sie zu finden«, sagte Lootana. »Und wenn sie bis dahin überhaupt noch bei klarem Verstand ist.«

# 31

Gegen Mittag legten sie eine Pause ein. Sie hatten in konzentrischen Kreisen die Umgebung der Hütte abgesucht, das Unterholz durchforstet, gerufen und in Baumkronen hinaufgesehen – aber nirgendwo eine Spur der Verschwundenen aufgespürt.

Jetzt saßen sie im Schatten eines Baumes neben dem Pfad, der sie zur Lichtung geführt hatte, und kauten missmutig auf Trurres Notvorrat herum. »Wonach suchen wir eigentlich?«, fasste der Zwerg schließlich seine Zweifel in Worte. »Sie wird doch kaum irgendwo sitzen und Verstecken mit uns spielen.«

Olkodan rieb sich müde übers Gesicht. »Du hast ja recht«, sagte er. »Aber ich hoffe, dass ich eine Spur von ihr finde. Irgendetwas, was mir sagt, dass sie hier war oder vielleicht noch ist …«

Trurre beugte sich vor und klopfte ihm aufs Knie. »Wir werden sie finden«, sagte er mit seiner tiefen Stimme. »Der alte Mann hat gesagt, dass wir sie hier suchen sollen – und er wird es wissen.«

Olkodan schüttelte den Kopf. »Wir machen was falsch«, sagte er. »Er hat gesagt, ich solle meinen Verstand nutzen – aber bis jetzt bin ich nur durchs Gestrüpp gekrochen.«

Trurre streckte sich. »Also, was sollen wir deiner Meinung nach tun?«

Olkodan legte geistesabwesend eine Hand auf den Stamm des Baumes, unter dem sie saßen. »Vielleicht muss ich auf einer anderen Ebene suchen«, sagte er.

Trurre sah ihn aufmerksam an. »Was kann ich tun?«, fragte er.

Olkodan hob die Schultern. »Ich weiß ja noch nicht einmal, was ich tun kann. Aber ich werde etwas versuchen – vielleicht passt du einfach auf, dass uns niemand überrascht.«

Trurre nickte und stand auf. Er stützte sich auf seinen Stock und blickte den Pfad hinab.

Olkodan schloss die Augen, seine Hand ruhte noch immer auf dem Baumstamm. Er fühlte erneut, wie der Baum ihn begrüßte und ihn sanft in sein Inneres aufnahm. Zum ersten Mal versuchte er, mit dem Wesen des Baums zu sprechen, und er erhielt eine Antwort. Wortlos zwar, aber dennoch zu verstehen.

Olkodan riss die Augen auf. »Sie ist hier«, sagte er heiser. »Sie ist diesen Pfad entlanggekommen. Wir müssen weiter hinunter.«

Trurre fragte nicht, woher diese Erkenntnis kam. Er stapfte wortlos vor Olkodan her und blieb stehen, als der Elbe ihn darum bat.

Diesmal ließ Olkodan sich in die Wurzeln des Baumes sinken und folgte ihren feinen Verästelungen. Wieder fragte er nach Iviidis, und wieder wartete er geduldig, bis aus der Ferne die Antwort zu ihm kam. Die Stimme war leise, und sie sprach langsam, wie eine sehr alte, ein wenig müde gewordene Wesenheit. *SIE … IST … IN … MEINER … OBHUT …*

»Ich denke, ich weiß, wo sie ist«, krächzte Olkodan. »Dort, ein Stück weiter den Pfad hinab und etwas seitwärts des Weges muss ein großer alter Baum stehen.« Er ließ sich von Trurre auf die Beine helfen, und beide gingen zu der bezeichneten Stelle.

Trurre blickte an der Ulme empor und pfiff durch die Zähne. »Und wo ist jetzt deine Frau, was denkst du?«, fragte er.

Olkodan schauderte. »Irgendwo da drinnen«, sagte er matt.

Trurre sah ihn groß an. »*In* dem Baum?«, fragte er ungläubig.

Olkodan nickte und kniete vor dem Baum nieder. Er legte Hände und Stirn an den Stamm und sandte seinen Ruf aus.

Wieder dauerte es lange, dann antwortete die uralte Stimme: *WAS … WILLST … DU … VON … MIR …*

»Ich danke dir, dass du Iviidis beschützt hast«, sagte Olkodan laut. »Aber jetzt sind wir hier. Wir möchten sie mit nach Hause nehmen.«

Lange Zeit war es still. Olkodan wechselte die Haltung, weil seine Arme einzuschlafen begannen. Dann hörte er endlich die knarrende Stimme des Baumes.

*SIE … WILL … BEI … MIR … SEIN …*, erklang es unerbittlich in seinem Inneren.

Olkodan spürte, wie ihm der Schweiß ausbrach. »Ich glaube, du irrst dich«, sagte er. »Sie ist zu dir geflohen, als sie keine andere Wahl hatte. Du hast sie gerettet. Aber nun ist die Gefahr vorüber. Du kannst sie gehen lassen. Sie möchte zu ihrer Familie.«

Wieder wartete er. Die Schatten wurden länger, der Abend sank herab.

Schließlich hörte er: *SIE ... IST ... EMBUL ...*

Erneut eine lange Pause.

*SIE ... IST ... UNSERE ... SCHWESTER ... WIR ... HABEN ... SIE ... ENTBEHRT ...*

Olkodan löste sich von dem Baum und berichtete Trurre. Der Zwerg zuckte mit den Achseln. »Ich habe keine Erfahrung mit Bäumen und ihren Gemütszuständen«, sagte er. »Ich finde, wir sollten den alten Elben holen.«

Olkodan lehnte sich gegen den Baum und legte den Kopf auf die Knie. »Ich muss ein wenig ausruhen«, sagte er. »Mit Bäumen zu reden ist unglaublich anstrengend.«

Der Zwerg sah sich um. »Hör mal, ich glaube nicht, dass hier außer uns noch irgendjemand ist. Ich gehe und hole Alvydas.«

Olkodan nickte, ohne aufzublicken. Er hörte, wie Trurres Schritte sich entfernten.

Und so hockte er auch noch da, als Trurre zurückkam. Alvydas folgte ihm auf den Fersen und kniete gleich neben Olkodan nieder. Seine federleichte Hand legte sich kühl auf den Nacken des jungen Elben. Olkodan seufzte und hob den Kopf. Alvydas musterte ihn eindringlich und lächelte dann. »Gut gemacht, Baumsinger«, sagte er.

Olkodan konnte nur mit einem matten Senken seines Kopfes antworten. Alvydas griff in seine Jackentasche und holte ein paar trockene Blätter heraus, die er zwischen den Fingern verrieb und Olkodan reichte. »Hier, nimm die in den Mund. Das vertreibt die Erschöpfung. Du hast noch etwas zu tun.«

Olkodan legte die Blattkrümel auf seine Zunge und schloss wieder die Augen. Das zerriebene Grün schmeckte so bitter, dass es ihm die Muskeln zusammenzog und der Speichel floss. Aber Alvydas hatte recht: es vertrieb die dumpfe Mattigkeit aus Kopf und Gliedern.

Er spuckte den angesammelten Speichel aus und stand auf. »Bah«, sagte er angewidert.

Dann blickte er Alvydas an, der mit verschränkten Armen vor ihm stand und ihn musterte. Die opalfarbenen Augen zeigten einen Ausdruck, den er nicht recht zu deuten wusste.

»Also, sie ist hier drin«, sagte Olkodan und klopfte sanft gegen den Baumstamm. »Der Baum will sie nicht freigeben. Hast du einen Rat?«

Alvydas neigte leicht den Kopf. »Hast du schon mit Iviidis gesprochen?«

Olkodan sah ihn verblüfft an. »Ich – nein. Nur mit diesem sturen Holzkopf hier.«

Der alte Elbe verkniff sich ein Lachen. »Sie ist eine sehr alte Ulme«, sagte er. »Sie hat einen eigenen Kopf, vor allem, wenn einer zu ihr redet, der nicht Embul ist.« Sein Gesicht wurde ernst. »Und sie ist sehr, sehr lange ohne Elbenschwester gewesen. Ich verstehe, dass sie Iviidis nicht so schnell wieder verlieren will. Die Bäume sind sehr einsam ohne ihre Elben.« Seine Finger strichen zart über die Zweige der jungen Buche neben ihm, die sich seinem Streicheln entgegenzuneigen schien wie ein kleines Kätzchen.

Olkodan sah, dass Trurre aufmerksam lauschte. Sein Gesicht war so ernst wie das des alten Elben. »Früher hatten alle Bäume einen von euch zum Gefährten?«, fragte er.

Alvydas nickte und breitete dann resigniert die Hände aus. »Unsere Kinder haben sich entschieden, über die Welt zu wandeln und die Bäume zu verlassen. Es war immer schwer, wenn ein Baum alt wurde und starb. Ich habe es oft, oft miterlebt, und jedes Mal stirbt ein Stück von mir mit meinem Baumbruder.«

Er wandte sich wieder Olkodan zu. »Geh, wecke deine Frau«, wies er ihn an. »Sie ist Embul, sie muss den Baum aus eigener Kraft dazu bringen, sie gehen zu lassen. Du bist Askur, wie ich – du kannst sie nur dabei unterstützen.«

Olkodan atmete tief ein. »Ich hatte es befürchtet«, sagte er. Trurre klopfte ihm auf die Schulter.

»Du wirst das schon schaffen. Ich bin jedenfalls sehr beeindruckt, mein Freund.«

Olkodan legte wieder seinen Kopf und die Hände gegen die raue Rinde. Diesmal bemühte er sich nicht, den Baum selbst zu rufen, sondern sandte seinen Geist aus, um Iviidis zu finden.

Schließlich stieß er auf das zarte Glühen eines schlummernden Bewusstseins, tief im Herzen des Baumes. Olkodan rief es sanft an, tastete mit vorsichtigen Fingern über das Wesen, das da so geborgen ruhte. Es regte sich, das Glimmen wurde heller, das schlafende Bewusstsein erwachte.

*Iviidis,* hauchte Olkodan.

*Askur, Geliebter,* erwiderte sie schläfrig. Sie versuchte, sich zu strecken, und wurde plötzlich von Panik ergriffen. Der Baum umschloss sie fest und eng, sie konnte nicht einmal einen Finger bewegen. Ihre lautlosen Hilfeschreie explodierten in Olkodans Kopf. Er prallte zurück und presste die Hände auf die Ohren, während Tränen aus seinen Augen sprangen.

Alvydas war an seiner Seite und hielt ihn. Er strich leise über Olkodans Stirn, und der Schmerz löste sich auf.

Ohne zu zögern, kehrte Olkodan in seine vorherige Haltung zurück und wandte sich erneut Iviidis' Bewusstsein zu. »Ruhig«, sagte er laut. »Liebste, wir sind hier. Du bist nicht in Gefahr. Beruhige dich nur.«

Sie griff nach ihm wie eine Ertrinkende. Olkodan hielt sie fest und beruhigte ihr aufgewühltes Gemüt. *Wo bin ich hier?,* fragte sie schließlich.

Olkodan erklärte es ihr und erntete ungläubiges Staunen. Dann spürte er verdutzt, wie Iviidis zu lachen begann. *Ich scheine in letzter Zeit ständig in irgendeiner Klemme zu stecken. Du solltest besser auf mich aufpassen, Geliebter.*

Olkodan lächelte.

*Ich erinnere mich nur, dass ich in eine Höhlung im Baum gekrochen bin, weil ich mich verstecken wollte,* sagte Iviidis. *Wie komme ich hier wieder heraus?*

Olkodan erklärte ihr, wie er das erste Mal mit der alten Ulme Kontakt aufgenommen hatte.

*Oh,* sagte Iviidis. *Das ist wunderbar, aber ob ich das auch schaffe?*

Er spürte, wie sie tastend ihre geistigen Fühler ausstreckte. Er probierte, ob er sie ein wenig beeinflussen oder lenken konnte, und stellte fest, dass das ging. Die feinen Finger seines Bewusstseins verflochten sich mit ihren, und gemeinsam gelang es ihnen, das innerste Wesen der uralten Ulme zu berühren. Der Baum wandte ihnen – langsam, langsam – seine Aufmerksamkeit zu, und Olkodan zog sich hastig zurück, um das Zwiegespräch zwischen Iviidis und dem Baum nicht zu stören. Er verharrte am Rand von Iviidis' Gedankenstrom und wartete.

Ganz in der Ferne spürte er, wie jemand über ihn wachte. Er war alt, älter als die Bäume rundum. Olkodan schwindelte, als er einen flüchtigen Blick in das fremde Ich tat und sah, wie tief und in welch ferne Vergangenheit dessen Erinnerungen reichten, und er zog sich hastig davon zurück, voller Angst, sich darin zu verlieren und den Weg zurück nie wiederzufinden.

Ein Echo davon konnte er in Iviidis spüren, deren geduldige Stimme nun zu sprechen begonnen hatte. Dazwischen, mit den langen Pausen, die er nun schon kannte, dröhnte die tiefe Stimme der Ulme, dann wieder hörte er Iviidis antworten. Er wollte das Gespräch nicht mit seiner Gegenwart stören, deshalb konnte er nicht verstehen, was zwischen seiner Frau und dem Baum vorging.

Eine lange Zeit verstrich. Schließlich fühlte er, wie Iviidis nach ihm griff. *Sie lässt mich gehen,* sagte sie. Ihre innere Stimme klang zu Tode erschöpft. *Ich sollte mich aber beeilen, ehe sie es sich anders überlegt. Ich brauche deine Kraft, Olko. Wenn ich dir das Zeichen gebe, zieh mich raus.*

Sie sammelte alles an Kraft, was sie noch besaß, und drängte die Baumhöhlung auseinander. Zögernd wich das Holz beiseite und gewährte ihr den Platz, sich aufzurichten. *Ich muss hier raus,* hörte Olkodan sie murmeln. *Keine Luft.* Er spürte, wie der Baumstamm erzitterte. Knarrend bildete sich ein Spalt zwischen seinen Handflächen und erweiterte sich langsam zu einer schmalen Öffnung.

*Licht,* murmelte Iviidis erleichtert. *Nun hilf mir heraus, Liebster.*

Olkodan schloss die Augen und ließ seinen Willen und seine Kraft in die entstandene Höhlung fließen. Er hörte, wie Trurre nach Luft schnappte.

Eine helle Hand glitt aus der Öffnung. Dann folgte der Arm, ein Stück Schulter, der gesenkte Kopf.

»Das ist zu eng«, flüsterte der Zwerg. Olkodan ließ sich nicht beirren. Iviidis ächzte, als ihre Schultern sich aus dem engen Spalt zwängten und die raue Rinde dabei über ihre Haut kratzte. Olkodan ergriff ihre Arme und begann fest zu ziehen.

»Langsam«, keuchte Iviidis. »Ich habe Angst, dass meine Beine sonst stecken bleiben.«

Endlich kam Iviidis mit einem Ruck frei, und beide fielen übereinander auf den Waldboden. Olkodan umarmte seine Frau, die sich fest an ihn klammerte. Ihr ganzer Körper bebte vor Anstrengung. Er strich ihr zärtlich über den Kopf und sah zu seinen Begleitern auf. Überrascht stellte er fest, dass es inzwischen tiefe Nacht geworden war. »Haben wir irgendwo etwas zu trinken für sie?«, fragte er.

Trurre öffnete wortlos seinen Rucksack und zog den Bierkrug heraus. »Hab einen Schluck verwahrt«, erklärte er.

Der Elbe lachte und hielt Iviidis den Krug hin. »Hier. Hast du Hunger? Wir haben nur Zwergen-Notrationen.«

Iviidis setzte sich auf und strich das zerzauste Haar zurück. »Ich fühle mich, als hätte mich jemand durch einen Dornbusch geschleift«, sagte sie. Ihr Blick fiel auf Alvydas, der schweigend neben dem Baum stand. »Alvydas«, sagte sie. »Wie bist du denn hierhergekommen?«

»Die beiden Herren haben mich hergebracht«, sagte der Elbe schmunzelnd.

Iviidis drehte sich zu dem anderen »Herrn« um und riss die Augen auf. »Ihr Ewigen«, sagte sie. »Ich dachte, du machst einen Witz mit den Zwergenrationen.«

»Trurre Silberzunge, zu deinen Diensten«, sagte Trurre und verbeugte sich.

Iviidis verneigte sich, so höflich ihr das im Sitzen möglich war, und sah dann flehend ihren Mann an. »Du erklärst mir das alles irgendwann, ja?« Sie trank aus dem Krug und schüttelte sich ein wenig.

Trurre richtete sich auf. »Wir sollten überlegen, was wir jetzt machen«, sagte er. »Die Hütte war verlassen. Sollen wir fürs Erste dorthin zurückkehren?«

»Nein«, stieß Iviidis hervor. »Bitte, nicht dorthin zurück!« Olkodan legte seinen Arm um sie und schüttelte den Kopf. Alvydas löste sich von dem Baum und kniete sich neben sie. »Ich würde auch vorschlagen, dass wir zur Hütte gehen«, sagte er leise. »Dort wird dich niemand vermuten.« Er musterte Iviidis eindringlich. »Wer auch immer dich entführt hat – er wird nach dir suchen. Oder?«

Iviidis schloss die Augen und nickte mit schmerzverzerrter Miene.

»Wer war es?«, fragte Olkodan. »Wer hat dich entführt – und warum?«

Iviidis schüttelte stumm den Kopf. Sie rang sichtlich um Fassung. Dann sah sie Olkodan mit einem Blick an, der ihm das Herz zu brechen drohte.

»Ich werde euch alles erzählen, woran ich mich erinnere«, sagte sie stockend. »Vieles davon ist verschwommen, ich war während der Zeit nicht ganz bei mir. Es waren Dunkle, die mich entführt haben.«

»Dunkle«, sagt der Zwerg erstaunt. »Hier im Hain?«

Iviidis nickte.

»Nicht jetzt, nicht hier«, sagte Alvydas energisch. »Gehen wir zurück zur Hütte.«

Iviidis ließ sich von Olkodan aufhelfen. Trurre kam an ihre andere Seite und schob seine breite Schulter stützend unter ihre Hand. Sie sah zu ihm hinunter und lächelte ein wenig verwundert. Er sah sie an und zwinkerte.

»Ich bin ein Freund deiner Schwester«, erklärte er.

»Ah«, machte Iviidis. Sie schüttelte den Kopf. »Du weißt, dass es nicht ungefährlich für einen Zwerg ist, sich hier im Hain aufzuhalten. Die Garde …«

»Wir werden versuchen, niemandem in die Arme zu laufen«,

sagte Alvydas mahnend. »Und jetzt still, damit ich hören kann, ob uns jemand folgt.«

»Oder entgegenkommt«, sagte Iviidis leise und schauderte.

Als sie wenig später die Lichtung erreichten, war es immer noch finster, aber die ersten Vogelstimmen ließen sich bereits vernehmen. Olkodan und Iviidis schwankten vor Müdigkeit. Iviidis hielt sich dankbar an Trurres Schulter fest, und der Zwerg hatte es sich erlaubt, seinen Arm so fest um ihre Taille zu legen, dass er sie beinahe trug.

Die Hütte war immer noch verlassen. Iviidis schüttelte sich vor Abscheu, aber sie ließ sich von Olkodan in das kleine Zimmer bringen und auf das schmale Lager betten. Olkodan nahm eine Decke, wehrte Iviidis' Protest ab und rollte sich neben ihr auf dem Boden zusammen.

Trurre und Alvydas sahen sich in dem vorderen Raum um. »Ich halte Wache«, sagte der Zwerg. Alvydas nickte und streckte sich auf dem Boden vor der kalten Feuerstelle aus. Trurre konnte zusehen, wie der alte Elbe vom einen auf den anderen Augenblick fest einschlief.

Trurre kniete neben seinem Rucksack nieder und schnürte ihn auf. Er wühlte ihn bis auf den Grund um und zog einen flachen, in Ölpapier eingewickelten Gegenstand heraus. Er schlug das Papier auseinander, und zum Vorschein kam das Blatt einer Streitaxt. Dann nahm er den geschwungenen Stiel der Axt heraus und passte ihn in das Schaftloch ein. Mit einem tiefen Seufzer stand er auf und postierte sich an der Tür.

Der Tag erwachte. Die Sonne stieg über die Baumwipfel empor und erwärmte die kleine Lichtung. Insekten summten über das hohe Gras. Trurres Augen waren schwer vor Müdigkeit. Er nahm seinen Stock und schritt im Halbkreis vor der Tür über die Lichtung, während er eine Beschwörung murmelte und mit dem Stock eine Linie ins Gras zeichnete. Dann hockte er an den Türpfosten und legte die Axt quer über den Schoß. Seine Augen schlossen sich, und das Kinn sank ihm auf die Brust.

Er erwachte, weil ihn jemand angestoßen hatte. Sofort war er auf den Beinen und hielt die Axt vor sich. Die Sonne stand im Nachmittag. Einige Schritte entfernt, in den langen Baumschatten vor der Hütte, stand ein Elbe und sah ihn an. Seine Augen leuchteten wie Katzenaugen aus dem dunklen Gesicht. Er stand halb geduckt, und sein Fuß ruhte auf der unsichtbaren Linie, die Trurre ins Gras gezeichnet hatte.

»Wolltest mich überraschen, hm?«, sagte Trurre und schüttelte die Schläfrigkeit ab.

Der Elbe grinste. Weiße Zähne blitzten. Er hob die Hand und deutete auf ihn, und Trurre hob drohend die Axt. Er ächzte, als eine unsichtbare Faust seine Waffe packte und ihm aus den Händen wand. Hilflos sah er zu, wie sie zu Boden polterte.

Mit einem Fluch griff er nach hinten und nahm seinen Stock, der an der Tür gelehnt hatte. Der Elbe war inzwischen herangekommen, immer noch lachend, und hob erneut die Hand. Trurre zischte wie eine wütende Schlange und hielt seinen Stock vor sich gestreckt. Dieses Mal fing er den Schlag ab und sandte ihn an seinen Gegner zurück. Der taumelte, fing sich und stieß einen erstaunten Ruf aus.

»Versuch's noch mal, Elbenbengel«, knurrte er. Der Dunkle lächelte nicht mehr. Er hob die Faust und sandte einen Blitz, der grünlich schillernd auf Trurre niederfuhr.

Der Zwerg wehrte ihn mit seinem Stock ab. Zischend verschwand er im Gehölz und setzte ein trockenes Grasbüschel in Brand, das hoch aufloderte.

Trurre wartete nicht, bis der andere erneut angriff. Er hob den Stock und warf einen Zauberspruch auf den Dunklen, und als der ihn abwehrte, schickte er gleich einen zweiten hinterher. Der Elbe fluchte und führte seine versengte Hand an die Lippen. Trurre bückte sich, nahm seine Axt auf und warf sie.

Mit zerschmetterter Schulter brach der Dunkle in die Knie. Er schrie auf, und ein zweiter Elbe stürmte auf die Lichtung. Ein scharlachroter Blitz zischte auf den Zwerg zu. Trurre fluchte und rannte ins Haus, schmetterte die Tür hinter sich zu und lehnte sich dagegen. »Ärger, alter Mann!«, rief er. Die Tür erzitterte unter einem wuchtigen Schlag.

Alvydas stand bereits neben ihm. »Öffne«, sagte er leise.

Trurre trat beiseite, und die Tür schwang auf. Der Dunkle, der davor stand, zögerte, als er Alvydas sah. Der alte Baumelbe stand reglos da, ein schwaches Lächeln im Gesicht, und sah den Dunklen an. Der erholte sich schnell von der Überraschung und schickte einen Blitz, der zischend auf Alvydas niederfuhr. Doch der Alte schüttelte nur tadelnd den Kopf, und der Blitz zersprang in tausend kleine Funken, die wirkungslos in der Luft zerstäubten.

»Geh«, sagte Alvydas. Der Dunkle fuhr zurück, als hätte ihn ein harter Schlag getroffen. »Nimm deinen Kumpan und geh. Du hast hier nichts verloren.«

Der Elbe verzog das Gesicht zu einer wütenden Grimasse. Er unternahm einen erneuten Versuch, Alvydas anzugreifen. Alvydas hob die Hand, und der Dunkle erstarrte. »Geh«, sagte Alvydas noch einmal. Wie unter Zwang drehte der Dunkle sich um und stapfte steifbeinig über die Lichtung. Sein verwundeter Kumpan rappelte sich auf und taumelte hinter ihm her.

Trurre wischte sich den Schweiß ab. »Warum hast du sie laufen lassen?«, fragte er. »Wir hätten sie gefangen nehmen und alles, was sie wissen, aus ihnen herausprügeln sollen.«

»Und was hätten wir danach mit ihnen machen sollen? Wir können sie nicht mitnehmen. Wärst du bereit gewesen, sie zu töten, damit sie uns nicht weiter gefährlich werden können?«

Trurre reckte das Kinn vor. »Wenn es keine andere Lösung gegeben hätte, natürlich«, sagte er kriegerisch.

»Warum hast du dann deinen Gegner nicht gleich getötet?«, fragte Alvydas mild.

Trurre hob die Schultern. »Ich habe nur schlecht gezielt«, erwiderte er verlegen.

Alvydas fuhr sich mit der Hand übers Gesicht und wankte. Trurre sprang an seine Seite und stützte ihn. »Ich bin an solche Anstrengungen nicht mehr gewöhnt«, murmelte Alvydas. Trurre führte ihn mit besorgter Miene zu einem Stuhl.

»Was ist passiert?«, fragte Olkodan und steckte seinen Kopf aus der Kammer. »Hat jemand geschrien, oder habe ich mir das eingebildet?«

»Du hast wahrlich einen festen Schlaf«, brummte Trurre. »Wir hatten unliebsamen Besuch. Vielleicht ist es besser, wenn du deine Frau weckst.«

»Nicht nötig«, sagte eine verschlafene Stimme. Iviidis kam durch die Tür, gähnte und reckte sich. »Was war denn los?«

Trurre berichtete von den Dunklen. Iviidis schlang ihre Arme um den Leib und hörte zu, das Gesicht ernst und ein wenig ängstlich.

»Sie werden zurückkommen«, sagte sie.

Alvydas, der schmal und blass auf dem Stuhl hockte, hob den Kopf. »Ihr solltet gehen«, sagte er matt. »Ich werde euch folgen, sobald ich wieder bei Kräften bin.«

Iviidis sah Olkodan an, dann wieder Alvydas. »Ich bin nicht sicher, wohin wir uns wenden können«, sagte sie zögernd.

Olkodan sah sie fragend an. »Nach Hause, dachte ich.«

Iviidis nickte zweifelnd. »Ich bin nicht sicher ...« Sie stockte und suchte nach Worten.

»Du befürchtest, dass außer den Dunklen noch jemand hinter dir her ist«, sagte Trurre, der sie aufmerksam angesehen hatte.

Iviidis biss sich auf die Lippe. »Es ist alles noch komplizierter, als ich gedacht habe«, sagte sie. »Diese Verschwörung, die Broneete und ich zu entdecken geglaubt haben – ich weiß nicht, wer alles darin verwickelt ist.«

»Dieser Nekiritan«, folgerte Olkodan und erntete einen verzweifelten Blick seiner Frau.

»Viel schlimmer«, sagte sie. »Hört zu. Ich habe mich plötzlich an eine Unterhaltung erinnert. Ihr müsst wissen, seit der Dunkle mich auf dem Weg zum Archiv abgefangen hat, war ich wie von Sinnen. Ich glaube, ich hatte meinen Verstand verloren.« Sie sah Hilfe suchend zu Alvydas. Der legte seine Fingerspitzen an Iviidis' Schläfe. »Darf ich nachsehen?«, fragte er leise. Sie nickte mit fragender Miene. Alvydas schloss die Augen zu einem kleinen Spalt.

Dann atmete er tief ein und öffnete sie wieder. »Du hast meine Erinnerungen zu deinen gemacht«, sagte er mit Staunen in der Stimme. »Wie ist dir das gelungen?«

Iviidis zuckte mit den Schultern. »Ich weiß es nicht«, sagte sie. »Aber es hat vielleicht etwas damit zu tun, dass ich von Rutaaura geträumt habe. Nach diesem Traum war ich wieder ich selbst.« Sie schauderte. »Und jetzt erinnere ich mich auch an die Zeit meiner Gefangenschaft. Diese Dunklen haben mich bewacht. Und sie haben Besuch von jemandem aus dem Sommerpalast bekommen. Zwei- oder dreimal.« Sie umklammerte Olkodans Hand so fest, dass er das Gesicht verzog, aber er gab keinen Laut von sich, um sie nicht zu stören.

Iviidis starrte in ihren Schoß nieder. Sie rang um Fassung.

»Erzähle«, sagte Alvydas sanft.

»Ich weiß nicht, wie ich es sagen soll. Ich kann es mir nicht erklären«, sagte sie. »Mein Vater … Die Dunklen haben ihn für ihre Zwecke benutzt. Er war hier, ich habe gehört, wie … Sie haben ihn damit erpresst, dass sie mich entführt haben.«

»Was?«, explodierte Olkodan. »Das ist doch … Irrst du dich vielleicht? Hast du das geträumt?«

Iviidis schüttelte den Kopf. »Es war kein Traum«, sagte sie schwach. »Glautas war hier. Er hat sich sehr darüber aufgeregt, dass ich in einem so schlechten Zustand war – aber ganz offensichtlich hat er schon zuvor mit den Dunklen irgendwelche Pläne geschmiedet, die sich gegen den Goldenen Hof richteten.«

»Aber warum denn nur?« Olkodan schüttelte ungläubig den Kopf.

Trurre schnalzte mit der Zunge und wechselte einen wissenden Blick mit Alvydas. Der neigte den Kopf.

»Wem nützt das Chaos im Sommerpalast?«, sagte Trurre.

Olkodan sah ihn an und erbleichte. »Die Garde untersteht inzwischen faktisch dem Obersten Tenttai«, sagte er.

Iviidis schlug die Hände vors Gesicht. »Ich habe Nekiritan verdächtigt«, sagte sie erstickt. »Und dabei steckte die ganze Zeit mein eigener Vater mit in dieser Verschwörung.«

Olkodan sprang auf. »Wir müsssen sofort weg«, sagte er. »Jeden Augenblick kann die Garde hier auftauchen.«

Alvydas hob die Hand. »Langsam, junger Elbe«, sagte er. »Wo willst du denn hin?«

Olkodan zögerte und sah dann den Zwerg an. Doch Trurre wusste auch keinen Rat.

»Für mich gibt es nur einen Weg«, sagte Iviidis. »Ich muss zurück in den Sommerpalast.« Sie sah die anderen an. »Indrekin.«

»Orrinverfluchter Orkmist«, entfuhr es Trurre.

»Du sagst es, mein Freund.« Olkodan nickte grimmig. »Ich gehe alleine. Ich hole Indrekin, und dann treffen wir uns irgendwo.«

»Du warst ein paar Tage fort«, warf Iviidis ein. »Glautas wird dich fragen, wo du gewesen bist.«

Olkodan winkte ab. »Ich werde eben versuchen, ihm aus dem Weg zu gehen.«

Iviidis verschränkte die Arme vor der Brust und begann, unruhig auf und ab zu gehen. »Ich sollte mit ihm reden«, sagte sie schließlich. »Es stimmt, sie haben ihn erpresst. Wenn er sieht, dass ich frei bin, kann er sich besinnen.«

Trurre sah sie zweifelnd an, aber Iviidis' verschlossene Miene ließ ihn schweigen.

Olkodan hielt sie fest. »Liebste, das ist Irrsinn«, sagte er sanft. »Wir sollten schleunigst von hier verschwinden und …«

»Und?«, fauchte Iviidis. »Zusehen, wie alles zugrunde geht? Du hast doch gesehen, was im Sommerpalast los ist, du hast es mir selbst erzählt. Wohin sollen wir gehen? Hinaus zu den Menschen, während hinter uns alles im Chaos versinkt?«

Olkodan starrte sie an. Alvydas hob besänftigend die Hand. »Komm zu mir, mein Kind«, sagte er. »Ihr anderen, lasst uns einen Augenblick allein.«

Olkodan und Trurre zogen sich zur Tür zurück und blickten hinaus auf die Lichtung, die wieder friedlich und still dalag. Sie hörten die murmelnden Stimmen von Alvydas und Iviidis, aber sie lauschten dem Gespräch nicht.

»Was denkst du?«, fragte Olkodan flüsternd. Trurre hob die Schultern.

»Ich gehe, wohin du gehst«, erwiderte er. »Bis ich weiß, dass ihr in Sicherheit seid, weiche ich nicht von deiner Seite.«

»Du bist selbst in Gefahr«, wandte Olkodan ein. »Umso mehr,

wenn hier im Hain Kriegszustand herrscht. Wenn die Garde dich zu fassen bekommt, wird es dir mit Sicherheit übel ergehen. Mein Freund – ich rate dir, bringe dich in Sicherheit. Wir sind Elben, wir werden es schaffen, unsere Haut zu retten.«

»Deine Frau scheint aber fest entschlossen, mitten ins Wespennest zu stechen«, sagte Trurre.

Olkodan verzog das Gesicht. »Ich weiß ja nicht, wie ihre Schwester so ist. Aber wenn sie Iviidis nur ein bisschen ähnlich ist, dann weißt du, was für ein Dickkopf meine Frau sein kann.«

Trurre nickte schwermütig. »O ja«, sagte er.

Alvydas rief nach ihnen. Iviidis saß neben dem alten Elben und hielt seine Hand. Sie wirkte zugleich erschüttert und entschlossen. Als Olkodan vor ihr stehen blieb, hob sie den Kopf und sagte: »Wir gehen zum Sommerpalast. Es ist unsere Pflicht, dafür zu sorgen, dass dieser seltsame Aufstand ein Ende findet.«

Olkodan starrte sie an. Ihre Stimme hatte einen ungewohnten Klang, als spräche jemand anders aus ihr, eine ältere, strengere Elbin. Iviidis sah sein Befremden und lächelte ihm kurz zu. »Keine Sorge«, sagte sie. »Ich weiß, was ich tue.« Sie schüttelte kurz den Kopf und lachte auf. »Nein, ich weiß es natürlich nicht. Aber ich weiß, was ich tun muss.« Sie stand auf und beugte sich zu Alvydas hinunter. »Ich verlasse dich nun, Ältester«, sagte sie sanft.

Der Elbe hob den Kopf, langsam, als sei er so schwer wie die Welt. »Geh mit den Ewigen, meine Tochter«, flüsterte er. »Ich kann dich nicht begleiten, aber du wirst nicht ohne Schutz sein.«

Iviidis sah Trurre an. »Bleib bei ihm«, bat sie. »Pass auf, dass ihm nichts passiert. Er ist der Wertvollste unseres Volkes.«

Trurre öffnete den Mund und schloss ihn wieder. »Wir folgen euch, sobald es geht«, sagte er dann.

Iviidis nahm Olkodans Hand. »Gehen wir also.«

# 32

Die Älteste kehrte am nächsten Tag ins Dorf zurück. Sie überquerte, ohne sich aufhalten zu lassen, den kleinen Platz und ging zu Mondauges Hütte. Rutaaura, die im Gespräch mit ihrer Großmutter saß, stand auf, als sie Windgesang erblickte. Die Älteste bat sie mit einer Handbewegung, sich wieder zu setzen, und ließ sich neben den beiden am Herdfeuer nieder.

»Hast du Iviidis ausfindig machen können?«, fragte Mondauge.

Die Älteste nickte. Rutaaura beugte sich vor. Windgesang befeuchtete ihre Lippen und sagte: »Wir müssen bald aufbrechen, am besten morgen schon. Es gibt erschreckende Nachrichten aus dem Wandernden Hain. Die Bäume sind äußerst beunruhigt.« Sie legte den Kopf an die Rückenlehne des Stuhls.

»Was ist mit Iviidis?«, fragte Rutaaura. Die Älteste antwortete nicht gleich.

»Ich fand sie in der Obhut eines Baumes«, sagte sie dann. »Sie ist also in Sicherheit. Vorläufig jedenfalls. Wir brechen morgen auf, Sternfängerin. Du wirst deiner Schwester noch rechtzeitig zur Seite stehen können, das verspreche ich dir.«

Sie schloss wieder die Augen, und Rutaaura stand leise auf. Windgesang machte einen überaus erschöpften Eindruck, und es war sicherlich besser, sie ein wenig ruhen zu lassen.

Rutaaura wanderte ziellos durch das Tal. Irgendwann gelangte sie zum Eingang des Höhlensystems und blieb davor stehen. Ein kühler Hauch wehte sie aus dem Gang an, und sie fröstelte.

»Du fragst dich, wohin diese Wege führen«, sagte eine heisere Stimme. Sie fuhr mit einem Laut des Erschreckens herum, denn sie hatte nicht gehört, dass sich ihr jemand genähert hatte.

Schneegeflüster war es, der hinter ihr stand. Rutaaura sah ihn fragend an. Der Elbe verzog den Mund zu einem gewinnenden Lächeln. Seine dunkelgrünen Augen glänzten wie Juwelen. »Ich wollte noch einmal um Nachsicht für meinen hitzigen Freund bitten«, sagte er.

Rutaaura nickte abwartend. Schneegeflüster deutete auf einen Baumstamm, der halb überwuchert im Gras lag. »Setzen wir uns?«

Er streckte seine langen Beine aus, die in einer eng anliegenden dunklen Hose aus weichem Leder steckten, und strich mit einer unbewusst anmutigen Geste darüber. »Nebelherz ist ein zorniger junger Elbe«, sagte er. »Er hasst alles, was mit den Lichten Elben zu tun hat, denn er ist im Herzen des Wandernden Hains aufgewachsen.« Er zog einen langen Grashalm aus und steckte ihn zwischen die Zähne, um den süßen Saft herauszusaugen.

»Wie ist das möglich?«, fragte Rutaaura, die wider Willen von ihm beeindruckt war.

»Nebelherz entstammt einem der Hohen Häuser. Seine Eltern haben ihn versteckt gehalten. Er durfte sein Zimmer nicht verlassen, und selbst die Diener haben ihn nicht zu sehen bekommen. Irgendwann ist er fortgelaufen, weil er es nicht mehr aushalten konnte. Er sagte, er wisse jetzt, wie sich die Tiere fühlen müssen, die von Menschen in Käfigen gehalten werden. Er hatte Angst, den Verstand zu verlieren.«

Rutaaura merkte, dass sie die Fäuste ballte. »Es ist nicht recht«, sagte sie heftig.

Der Elbe an ihrer Seite nickte. »Es ist nicht recht«, bestätigte er mit seiner heiseren Stimme. »Sie zwingen uns dazu, uns wie Tiere im Dickicht zu verbergen.«

»Du und deine Freunde – was sind eure Absichten? Mondauge bezeichnete euch als Unruhestifter«, fragte Rutaaura, fest entschlossen, sich nicht zu sehr von ihm einnehmen zu lassen.

Schneegeflüster überraschte sie mit einem Lachen, das ebenso heiser war wie sein Sprechen. Er warf den Kopf in den Nacken, wobei ihm sein langes weizenblondes Haar über die Schultern fiel.

»Unruhestifter«, sagte er. »Das ist natürlich Ansichtssache. Ich würde eher sagen, wir sind traditionsbewusst. Wir wollen diesen Zustand des unwürdigen Exils beenden. Die Goldenen haben uns unser Land, unseren Besitz und unsere Ehre gestohlen. Wir fordern nur zurück, was uns von Rechts wegen gehört.«

Rutaaura nickte nachdenklich. Er sprach aus, was sie ihr ganzes Leben lang gedacht hatte. »Das sind große Worte«, sagte sie dennoch skeptisch. »Was wollt ihr tun, um dieses Ziel zu erreichen?«

»Wir haben schon damit begonnen, etwas zu tun, Sternfängerin.« Er legte einen Finger auf die Lippen. Seine Augen lächelten. Sie sah ihn fragend an, aber dann hörte auch sie die Schritte, die sich ihnen näherten. Sie drehte sich zum Pfad und sah Sonnenlied, die aus dem Wald kam und ihr erleichtert zuwinkte. »Ach, hier bist du«, rief sie. »Was machst du hier?«

Rutaaura wollte auf ihren Begleiter deuten, doch Schneegeflüster war fort, als hätte er nie neben ihr gesessen. Sie zuckte vor Überraschung zusammen, fing sich aber gleich wieder. »Ich komme«, rief sie. »Was ist denn los?«

»Die Älteste hat nach dir gefragt«, antwortete Sonnenlied und nahm sie beim Arm. »Komm. Lass sie nicht warten.«

Windgesang saß noch immer in Mondauges Hütte an der Feuerstelle, aber sie sah nicht mehr so zu Tode erschöpft aus. Sie war allein. Die Älteste winkte Rutaaura zu sich und nahm ihre Hände. »Danke, dass du gleich gekommen bist«, sagte sie leise. »Du willst sicher genauer wissen, was ich erfahren habe. Deine Schwester ist an einem sicheren Ort, so viel habe ich sehen können. Ich weiß nicht, warum sie dort ist und ob sie bei guter Gesundheit und klarem Verstand ist – aber solange sie dort bleibt, wird ihr nichts geschehen.« Sie sah Rutaaura prüfend an. »Morgen machen wir uns auf den Weg in den Wandernden Hain«, sagte sie. »Bist du bereit? Dort herrscht Aufruhr und großer Streit, und ich fürchte, einige Mitglieder unserer Sippe sind daran nicht unbeteiligt.«

Rutaaura dachte mit Unbehagen an ihr Zusammentreffen mit Schneegeflüster. Er hatte gesagt, sie hätten damit begonnen, etwas zu tun …

Windgesang sah ihr Mienenspiel und legte eine Hand an ihre Wange. »Du solltest dich nicht sorgen«, sagte sie leise. »Wir sind in den Händen der Ewigen. Alles kommt, wie es kommen soll.«

Rutaaura schüttelte leicht den Kopf. Sie war nicht dieser Ansicht, aber sie widersprach nicht. »Wir brauchen einige Wochen, bis wir dort ankommen«, sagte sie stattdessen. »Bis dahin ist längst alles vorüber.«

»Wir werden kaum länger als einen Tag und eine Nacht für die Reise brauchen«, entgegnete Windgesang. »Und das auch nur, weil ich nicht mehr so kräftig bin wie früher. Also mach dich reisefertig, mein liebes Kind, und schlaf dich gut aus. Der Weg, den wir gehen müssen, ist anstrengend.«

Gedankenverloren ging Rutaaura zu ihrer Hütte zwischen den dicht stehenden Kiefern am Rande des Dorfplatzes. Sie schritt über den Teppich aus leise knisternden Nadeln und betrat den kleinen Raum, in dem es dunkel und kühl war. Vor der Feuerstelle kniete sie nieder und griff nach dem Glühstein, der auf der gemauerten Einfassung lag.

»Das Werkzeug hast du nicht nötig«, sagte Schneegeflüster. Er hockte still in einem Winkel, die langen Beine hochgezogen und die Arme darum verschränkt. Seine Gestalt war in Schatten gekleidet, Schatten verhüllten seine Züge und ließen seine Konturen mit der Umgebung verschmelzen. Einzig sein helles Haar schimmerte kalt wie Mondlicht auf mitternächtlichem Schnee. »Schau, du musst es so machen.«

Er hob eine Hand und deutete mit einem winzigen Schnippen seiner Finger auf das aufgeschichtete Holz. Es zischte leise, und die Äste begannen zu glimmen. »Es ist so ähnlich wie bei einem Elbenfunken«, erklärte er. »Du musst deine Gedanken nur sammeln. Du gestattest?«

Er wartete ihre Zustimmung nicht ab, sondern stand auf und kam zu ihr. Seine Keckheit verblüffte sie, aber sie ließ zu, dass er ihre Schläfe mit seinen Fingerspitzen berührte. Ein leises Summen erfüllte ihr Ohr.

»Jetzt denke einen Funken«, hauchte er. Sein Atem streifte ihre Wange, so dicht stand er neben ihr. Sie konnte ihn riechen, ein Duft nach frischem Gras und kaltem Wind ging von ihm aus.

Rutaauras Lider zitterten. Sie erzeugte einen Elbenfunken auf ihrer Hand und spürte, wie Schneegeflüsters Geist ihn durch sie berührte und den Energiestrom verstärkte. »Nun lass ihn los«, sagte er.

Sie warf den Funken, der plötzlich hell aufloderte, Richtung Feuerstelle und sah, wie zwei kleinere Äste in einem Funkenschauer aufgingen.

»Beinahe so«, sagte er vergnügt. »Noch ein wenig ungeformt, aber das ist alles eine Frage der Übung. Du hast wirklich Talent, da hatten die Alten sogar einmal recht.« Er trat ein glimmendes Stück Holz aus, das vor seinen Füßen gelandet war.

»Wie hast du das gemacht?«, fragte Rutaaura.

Schneegeflüster grinste und schüttelte den Kopf. »Die Alten haben dir nichts wirklich Wichtiges verraten, hm? Sie haben mal wieder nur über unsere Geschichte gefaselt, habe ich recht?«

Rutaaura musste gegen ihren Willen lachen. Der Elbe lachte mit und nahm ihre Hand. »Ich sage dir alles, was du wissen möchtest«, sagte er. »Und ich zeige dir alles, was du können musst. Es ist nicht recht, dass sie dich im Unwissen lassen.«

Rutaaura sah in seine Augen. Sie waren so unergründlich wie Katzenaugen. Sie seufzte unwillkürlich.

»So schlimm ist es nicht«, sagte er leise und blinzelte ihr zu. »Keine Angst, es tut nicht weh.«

»Da bin ich mir gar nicht so sicher«, gab sie ebenso leise zurück.

Sein Gesicht war ihrem sehr nahe. »Du wirst es nicht bereuen. Außerdem siehst du nicht aus wie jemand, der Angst vor einem kleinen Abenteuer hat.« Seine Hand berührte ihre Schulter und strich über ihren Rücken.

»Ich habe keine Angst«, flüsterte sie. »Aber ich glaube, dass es nicht klug wäre.«

»Wer sagt das?«, murmelte er und näherte seine Lippen ihrem Mund.

Sie trat zwei schnelle Schritte zurück. »Nein«, sagte sie. »Nicht jetzt, nicht hier. Ich gebe zu, dass ich mich zu dir hingezogen fühle, aber dies ist der falsche Zeitpunkt.«

Er lächelte bedauernd. »Ich deute das als ›später gerne‹«, sagte er. »Wenn du erlaubst.«

»Darüber lässt sich bestimmt reden«, sagte Rutaaura. »Später. Gerne.«

Er machte eine kleine Verbeugung und ging hinaus. Rutaaura ließ sich mit plötzlich weichen Knien auf einem Schemel nieder. Lluigolfs Gesicht erschien vor ihrem inneren Auge und schien sie vorwurfsvoll anzusehen. »Es ist doch gar nichts passiert«, sagte sie laut, dann schüttelte sie den Kopf über sich selbst und lachte leise. Sie blickte auf das Feuer und schüttelte wieder den Kopf. Dann hob sie die Hand, wie Schneegeflüster es getan hatte, und deutete mit einem Fingerschnippen auf die Feuerstelle. Ein Funke löste sich von ihren Fingerspitzen und schoss durch die Luft. Er verpuffte während des Fluges, aber Rutaaura lachte vor Freude. »Es tut nicht weh«, sagte sie vergnügt.

Die Empfehlung der Ältesten, sich auszuruhen, kam ihr in den Sinn. Außerdem war sie mit einem Mal auch wirklich erstaunlich müde. Ihr Lager sah einladend und weich aus. Sie wickelte sich mit einem Seufzer in ihre Decke und war eingeschlafen, kaum, dass sie die Augen geschlossen hatte.

Olkodan ging neben seiner Frau her und musterte sie ab und zu verstohlen. Ihr Gesicht war verschlossen und so ernst, dass ihre Miene beinahe böse wirkte. Sie hatten seit ihrem Aufbruch kein Wort gewechselt, und Olkodan machte sich langsam Sorgen.

Es war inzwischen dunkel geworden. Sie mieden die breiten Wege und wanderten über kleine Pfade durch den Wald auf den Sommerpalast zu.

»Was habt ihr besprochen, Alvydas und du?«, fragte Olkodan, als er das Schweigen nicht länger aushielt.

Iviidis blieb stehen und sah ihn an, als hätte sie vergessen, dass er neben ihr ging. Der angespannte Gesichtsausdruck löste sich ein wenig.

»Olko, Lieber. Ich habe dich schlecht behandelt, verzeih mir«, sagte sie und nahm seine Hand.

»Ach, dummes Zeug«, erwiderte er mit ungewohnter Heftigkeit. »Du machst dir Sorgen, das kann ich sehen. Willst du mir nicht sagen, was dich bedrückt?«

Sie legte den Kopf zur Seite, als würde sie einer Stimme lauschen, die er nicht vernehmen konnte. Dann atmete sie tief ein und stieß den Atem hörbar wieder aus.

»Es ist schwer zu erklären«, sagte sie, »aber ich will es versuchen. Ich habe dir doch erzählt, dass ich Alvydas' Erinnerungen in mir trage.« Sie rieb sich mit einer unbewussten Geste über die Stirn. »Das hat mich beinahe umgebracht, als ich in dieser Hütte festsaß. Aber ich habe diesen Schatz jetzt sicher in mir geborgen und beginne so langsam, die Erinnerungen zu meinem Eigentum zu machen. Dabei kommt jetzt manches zutage, das – wie soll ich es sagen – Konsequenzen hat. Weitreichende Konsequenzen.« Sie seufzte. »Ich kann es dir nicht auf die Schnelle erklären, Lieber. Aber Alvydas hat mir etwas bestätigt, was ich schon geahnt habe: Ich habe mit seinen Erinnerungen auch große Verpflichtungen auf mich genommen. Und es war kein Zufall, dass er mich ausgewählt hat. Er sagt, ich hätte eine Aufgabe zu erfüllen.« Sie lachte kurz und zornig auf. »Nicht, dass mir der Gedanke gefällt. Ich glaube nicht, dass ich eingewilligt hätte, hätte er mich vorher gefragt. Aber die Ältesten pflegen nun einmal nicht zu fragen …«

»Was für eine Aufgabe?«, fragte Olkodan verwirrt. Iviidis presste die Lippen zusammen.

»Ich muss zuerst einmal für Ordnung sorgen«, sagte sie schließlich. »Was auch immer im Sommerpalast gerade passiert, und wer auch immer dahintersteckt – das muss ein Ende haben. Und deshalb möchte ich jetzt auch bitte weitergehen!«

Olkodan schwieg und folgte ihr. Sie ging schnell und ohne sich allzu große Mühe damit zu geben, leise zu sein. Je näher sie ihrem Ziel kamen, desto öfter waren Patrouillen zu hören, die nahebei auf dem Hauptweg vorüberritten. Bald hatten sie den Rand des Sommerpalastes erreicht, und Iviidis blieb stehen und hob einen Finger an die Lippen. Sie horchten. Es war tief in der Nacht, kein Lichtschein war zu sehen, aber im Sommerpalast herrschte Unruhe. Hin und wieder erscholl ein Signalhorn, und der Wind trug Stimmen und Geräusche in ihre Richtung.

»Wir nehmen am besten den Weg am Archiv vorbei«, sagte Iviidis. »Ich möchte nicht durch den Haupteingang ins Haus, das macht mir doch zu viel Aufsehen. Lass uns den Kücheneingang nehmen.«

»Und die Köchin erschrecken?«, fragte Olkodan.

Iviidis lachte.

Die ersten Zeichen der Morgendämmerung standen am Himmel, als sie die Dienerquartiere der Hohen Häuser passierten. Dort waren für diese Tageszeit auffällig wenig Elben unterwegs – normalerweise hätten sie jetzt auf Scharen von Bediensteten auf dem Weg zur Arbeit treffen müssen.

Wenig später standen sie vor der Rückseite von Glautas' Wohnsitz. Iviidis ging voraus, durchquerte eilig den Küchengarten und trat durch die Tür zur Vorratskammer ins Haus.

Olkodan folgte ihr nach einem letzten Blick rundum. »Hast du gesehen?«, flüsterte er ihr zu. Iviidis nickte. »Einige der Häuser haben gebrannt. Ihr Ewigen, was geschieht hier?«

Im Küchenofen brannte bereits Feuer. Leniita saß am Tisch und trank ihren Morgentee. Sie blickte Iviidis an, und die Worte, die sie auf den Lippen hatte, blieben ungesagt. Sie sprang auf, wobei der Becher umkippte und sein Inhalt über den Tisch floss, und breitete die Arme aus. Iviidis ließ sich umarmen und streichelte den Rücken der alten Köchin, der unverhohlene Tränen übers Gesicht liefen.

»Kindchen, Kindchen, wo bist du bloß gewesen?«, fragte sie schließlich schniefend und wischte sich mit dem Schürzenzipfel die Augen. Olkodan ging stumm zum Herd und füllte drei Becher mit Tee. Dann schnitt er etwas Brot ab, stellte die Becher auf den Tisch, wischte mit einem Lappen die Pfütze auf und schob der Köchin einen Stuhl hin. Die ließ Iviidis los und setzte sich schwerfällig hin.

»Leniita, ich erzähle dir später alles«, sagte Iviidis und tätschelte der Köchin die Hand. »Jetzt muss ich erst einmal wissen, was hier los ist. Olkodan, könntest du bitte nach Indrekin sehen? Weck ihn auf und sieh zu, dass er angezogen ist, aber bleib auf dem Zimmer mit ihm. Ich komme dann zu euch.«

Olkodan steckte den Brotkanten in seine Jackentasche, nahm den Becher und ging hinaus, während die leisen Worte der Köchin hinter ihm verklangen: »Es ist alles so schrecklich. Alle haben nach dir gesucht, und dann fingen die ersten Häuser an zu brennen …«

Das Haus lag in einer betäubten Stille, so als hätte die ganze Nacht Unruhe geherrscht, und nun wären alle gleichzeitig in erschöpften Schlaf gefallen.

Olkodan begegnete einigen übernächtigt aussehenden Dienern, die ihn flüchtig grüßten. Indrekin lag alleine in seinem Zimmer, das Kindermädchen war nicht da. Olkodan schüttelte zugleich erleichtert und missbilligend den Kopf, dann legte er die Hand auf den Kopf seines Sohnes. »Indrek, wach auf«, sagte er. »Ich habe gute Nachrichten. Deine Mutter ist wieder da.«

Das Kind schlug die Augen auf und sah ihn schlaftrunken an. »Papa?«, murmelte es. »Wo ist Mama?«

»In der Küche bei Tante Leniita«, erwiderte Olkodan und durchwühlte den Kasten. »Komm, Großer. Sie holt uns gleich ab, und dann wollen wir angezogen und fertig sein.«

Als Iviidis ins Zimmer kam, lagen beide schlafend nebeneinander im Bett. Indrekin war ordentlich angezogen und hatte sich in seines Vaters Arm gekuschelt. Beide hatten ein Stück Brot in der Hand. Iviidis sah auf sie hinab und lächelte ein wenig traurig. Dann rührte sie an Olkodans Schulter, der sofort die Augen aufschlug. Er sah zum Fenster, durch das die Sonne hereinschien.

»Wo ist das Kindermädchen?«, fragte er.

Iviidis hob die Schultern. »Es sind schon seit Tagen nicht mehr alle Bediensteten zur Arbeit erschienen«, sagte sie. »Leniita hat sich darum gekümmert, dass Indrek versorgt wurde.« Sie schob Olkodans Beine beiseite und setzte sich aufs Bett. »Ich gehe gleich und suche meinen Vater auf«, sagte sie.

»Was?«, Olkodan griff überrascht nach ihrer Hand. »Sollten wir nicht lieber Indrekin nehmen und sehen, dass wir fortkommen, solange hier alles drunter und drüber geht?«

Iviidis schüttelte verbissen den Kopf. »Ich habe eine Aufgabe«, wiederholte sie. »Olko, nimm Indrek und reite mit ihm nach Hause. Geh zu den Stallungen unten bei den Dienstbotenquartieren und frag nach Vidas. Er kennt dich. Er soll dir ein sanftes Pferd geben.« Sie lächelte. »Indrekin wird sich freuen.«

Der Junge wachte auf und sah seine Mutter. »Mama, wo warst du?«, rief er und sprang ihr in die Arme. Iviidis umarmte ihn fest.

Olkodan betrachtete sie unbehaglich. »Ich weiß nicht …«, begann er.

»Ich bitte dich darum«, sagte Iviidis bestimmt. »Wenn Indrek nicht hier wäre … Aber ich möchte, dass er in Sicherheit ist. Mir wäre es auch lieber, dich an meiner Seite zu haben, aber wem könnte ich sonst unser Kind anvertrauen?«

Olkodan starrte sie an. »Ich möchte warten, bis du mit Glautas gesprochen hast«, sagte er.

Iviidis schüttelte den Kopf. »Ich kann dich nicht dazu zwingen«, sagte sie. »Aber ich bitte dich: Nimm Indrekin und geh.«

Sie stand auf und schloss für einige Atemzüge die Augen. Dann lächelte sie Olkodan und ihrem Sohn zu. »Vielleicht gehst du jetzt erstmal mit ihm in die Küche. Lasst euch ein Frühstück geben.«

Sie küsste Olkodan und den Jungen, der immer noch verschlafen blinzelte, und ging hinaus.

»Ah, Broneete. Ausgezeichnet, ich wollte gerade nach dir schicken.« Glautas deutete auf einen Stuhl und rieb sich über die Augen. »Setz dich, ich bin gleich fertig hiermit. Oder gab es etwas Dringliches?«

Broneete schüttelte den Kopf und nahm Platz. Dankbar streckte sie ihre bleischweren Beine von sich. Seit der Ausnahmezustand ausgerufen worden war, war sie pausenlos auf den Füßen gewesen – so kam es ihr zumindest vor. Die teils verängstigten, teils aufgebrachten Bewohner des Sommerpalastes hielten die Gardisten mit ihren Wünschen und Beschwerden in Atem – und seit die Garde auch noch dafür zu sorgen hatte, dass die nächtliche Ausgangssperre eingehalten wurde, konnte sie ihren Dienst nur noch im Laufschritt erledigen. Jetzt war früher Morgen, sie war nicht im Bett gewesen, hatte nicht gefrühstückt und konnte sich nicht einmal mehr daran erinnern, ob sie gestern etwas zu Abend gegessen hatte.

Broneete betrachtete den Obersten Tenttai, dem man den Schlafmangel und die Sorgen der letzten Tage ebenfalls deutlich ansah. Sein Gesicht war angespannt, in seiner Wange zuckte regelmäßig ein Muskel, und er rieb sich immer wieder mit einer nervösen Geste über die Nasenwurzel. Er las ein Dokument, das er von einem Stapel ähnlich aussehender Schreiben vor sich genommen hatte, und kritzelte hin und wieder eine Anmerkung an den Rand.

Endlich legte er das Blatt beiseite und sah auf. »Hat mein Bote dich erreicht?«, fragte er.

»Die Suche nach dem Zwerg läuft, *yun-Ttai*«, erwiderte Broneete. »Ich habe alle verfügbaren Gardisten zu der bezeichneten Hütte geschickt und Anweisung gegeben, auch die Umgebung zu durchkämmen. Wenn er festgenommen wurde, bekomme ich sofort Bescheid.« Sie räusperte sich. »Wenn ich mit dem Informanten einmal persönlich sprechen dürfte …«

»Das ist leider nicht möglich«, erwiderte Glautas knapp. »Er ist zu schwer verletzt. Zinaavija kümmert sich um ihn und will nicht, dass er in der nächsten Zeit einem Verhör oder auch nur einer Befragung unterzogen wird. Aber er hat uns alles mitgeteilt, was er wusste, sei versichert.«

Broneete nickte ergeben. Glautas rieb sich schon wieder über die Nase. »Was wollte ich … ah, ja. Wie schätzt du die Lage ein? Wirst du gerade irgendwo dringend benötigt? Ich will zur Hohen Halle hinübergehen, einige Ratsmitglieder haben um eine Unterredung gebeten – und ich habe das Gefühl, es wäre besser, wenn ich dich heute an meiner Seite habe.« Er lächelte schmal. Broneete sah ihn fragend an.

»Du meinst – es ist heute so weit?«

Er nickte missvergnügt. »Vielleicht sehe ich zu schwarz, aber die letzten Maßnahmen habe ich nicht mit der Zustimmung des gesamten Rates getroffen. Ehrlich gesagt, ich habe den Rat erst hinterher in Kenntnis gesetzt.« Er wischte mit einer ärgerlichen Handbewegung einige Papierknäuel vom Tisch, die über den Boden hüpften und unter einem Schrank verschwanden. »Wenn ich in einer solchen Lage immer erst die Einwilligung der Ratsmitglieder einholen will, wächst uns die Lage über den Kopf«, sagte er. »Ich muss schnell handeln können, um das Schlimmste zu verhindern. Du weißt ja, was da draußen los ist!«

Broneete nickte bestätigend. Mehrere Ratsmitglieder und einige Goldene Elben, Angehörige geringerer Adelshäuser, waren ermordet aufgefunden worden. Es gab keine Hinweise darauf, wer der oder die Täter waren, und es gab keinen erkennbaren Grund, warum diese Elben hatten sterben müssen. Glautas' Sondierer waren pausenlos im Einsatz, aber bisher hatte keiner von ihnen einen Hinweis oder eine Spur gefunden. Die erste brauchbare Fährte war dieser mysteriöse Zwerg, der im Hain aufgetaucht war und einen Elben angegriffen hatte. Wahrscheinlich war er nicht alleine – welcher Zwerg würde sich ohne Begleitung ins Zentrum des Elbenlandes wagen?

Broneete bemerkte, dass Glautas auf eine Antwort wartete. »Ich bin bereit«, sagte sie. »Ganz, wie du es für diesen Fall angeordnet hast, *yun-Ttai*. Aber willst du nicht doch noch ein oder zwei meiner Leute zusätzlich mitnehmen?«

Glautas winkte ab. »Es dürfte für den Anfang genügen, wenn du neben mir stehst und grimmig aussiehst«, sagte er mit galligem Humor. Er erhob sich und griff nach seiner Jacke, die über der Stuhllehne hing. Broneete sprang auf und half ihm, in die Ärmel zu kommen. Anscheinend beabsichtigte der Oberste Tenttai nicht, sich für diesen Besuch in der Hohen Halle in seine offiziellen Gewänder zu kleiden. Er richtete noch seinen Kragen, als an der Tür ein Händeklatschen ertönte.

»Ja, bitte!«, rief Glautas ungeduldig. »Ich habe keine Zeit, ich muss zu einer Sitzung des Rates«, fuhr er gleich darauf fort und ging an der eintretenden Zinaavija vorbei. »Was gibt es so Wichtiges?«

Sie hob die Brauen. »Entschuldige, dass ich dich störe. Aber du hast mich gebeten, dir Bescheid zu geben, weil du jemanden erwartest. Er ist soeben eingetroffen.«

Glautas erstaunte Broneete damit, dass er fluchte. Sie sah, dass Zinaavija pikiert die Lippen spitzte.

»Also gut«, fauchte Glautas. »Ich komme. Wo ist er?«

»Er wartet im Kleinen Besuchszimmer.«

Glautas deutete auf Broneete. »Geh schon vor, such nach Nekiritan und richte ihm aus, dass ich mich verspäte. Er soll sich etwas einfallen lassen, womit er die Ratsmitglieder bei Laune hält.« Er stürmte aus der Tür, und Broneete hörte ihn noch murmeln: »Der kann sich ruhig auch mal nützlich machen!«

In dem Augenblick, als Glautas durch die Tür des Kleinen Besuchszimmers ging, bog Iviidis in den Gang zu seinem Arbeitszimmer ein. Sie sah gerade noch, wie er durch den Vorhang ging und ein Schutzzauber davor aufglomm. Kurzentschlossen näherte sie sich der Tür und klatschte in die Hände.

»Ich möchte nicht gestört werden«, erscholl die gereizte Antwort.

Iviidis stieß die Luft durch die Nase und hob die Hand, um den Vorhang beiseite zu schieben. Es war eine unwillkürliche Geste, denn sie hatte eigentlich nicht die Fähigkeiten, den Schutzzauber ihres Vaters zu brechen. Aber der Vorhang ließ sich bewegen, und sie trat ungehindert hindurch.

Glautas fuhr herum. »Wie kannst du es wagen …«, begann er, dann erkannte er seine Tochter. Iviidis sah ihn nicht an, denn ihr Blick war beim Eintreten auf den Elben gefallen, der Glautas gegenüberstand. Sie starrte ihn an, und er gab den Blick mit einem amüsierten Funkeln seiner dunkelgrünen Augen zurück.

»Deine vermisste Tochter, nehme ich an?«, fragte er Glautas.

Iviidis verschränkte die Arme. »Bist du einer von denen, die mich festgehalten haben? Ich kenne dein Gesicht nicht.«

Er lächelte. »Ich bin hier, um mich deswegen bei deinem Vater zu entschuldigen. Meine Leute waren etwas übereifrig.«

Glautas hatte sich von seiner Überraschung erholt und hob die Hand. »Bitte!«, sagte er zu dem Dunklen. Er ging auf Iviidis zu und nahm sie bei den Schultern, um sie prüfend und sichtlich bewegt zu mustern. »Geht es dir gut?«, fragte er.

Sie nickte ungeduldig. »Ich denke, wir müssen miteinander reden, Vater!«

Er rieb sich über die Augen, und in seiner Wange begann wieder der Muskel zu zucken. »Du hast recht«, sagte er müde. »Aber nicht jetzt. Ich werde in der Hohen Halle erwartet – wenn man mich nicht aufgehalten hätte, wäre ich längst fort.«

»Ein paar Worte werden wir wohl noch wechseln können«, sagte Iviidis scharf. »Ich bin immerhin von diesen Leuten entführt und festgehalten worden«, sie wies mit einer Kopfbewegung auf den Dunklen, der abwehrend die Hand hob. »Und jetzt finde ich einen von ihnen hier mit dir im Gespräch. Also, was ist hier eigentlich los?«

»Du warst in einem erbärmlichen Zustand«, murmelte Glautas. »Wie ist es dir gelungen …« Er schüttelte den Kopf. »Ich habe versucht, sie dazu zu bewegen, dich freizulassen«, erklärte er. »Glaube nicht, dass ich dich aufgegeben hätte. Ich wollte Broneete mit ein paar ihrer Gardisten aussenden, um dich zu befreien …« Er vermied es, den Dunklen anzusehen, der sich lässig gegen den Tisch in der Mitte des Zimmers lehnte.

Iviidis musterte den Unbekannten. »Und?«, fragte sie. »Was hattet ihr vor mit mir?«

Er hob die Schultern. »Nichts weiter. Wir mussten deinen Vater ein wenig anspornen, das ist alles. Du wärst unbeschadet wieder zurück nach Hause gekommen, wenn das hier erst einmal vorbei ist.«

Glautas hatte sich auf einen Stuhl sinken lassen. Er erwiderte Iviidis' Blick mit einem zornigen Funkeln. »Du hast keine Ahnung, worum es geht«, sagte er mühsam beherrscht. »Ich war sehr wütend über deine Entführung, aber ich wusste, dass du keinen Moment in Gefahr bist, solange ich mich nur richtig verhalte. Glaube mir, ich hätte nicht zugelassen, dass dir ein Haar gekrümmt wird.«

Iviidis nickte ungeduldig. »Das ist jetzt alles nebensächlich. Was geht hier vor? Was habt ihr miteinander zu tun?« Sie verschränkte mit grimmiger Miene die Arme. »Diese merkwürdige Verschwörung, hinter der Broneete und ich her waren – steckst du etwa dahinter?«

Glautas erwiderte ihren Blick, ohne zu blinzeln. »Du weißt nicht, worum es geht«, wiederholte er gepresst. »Und jetzt lass mich gehen, wir können später miteinander reden. Ich muss zur Hohen Halle!«

»Vater!«, sie stellte sich ihm in den Weg. »Du kannst jetzt nicht einfach weglaufen. Du schuldest mir eine Erklärung!«

Glautas schob sie wortlos beiseite. Iviidis stieß einen erbitterten Laut aus und lief hinter ihm her. »Gut«, sagte sie wütend, »dann gehe ich mit dir!«

Glautas öffnete den Mund und schloss ihn gleich wieder. »Tu, was du nicht lassen kannst«, sagte er kurz und ging zur Tür. »Schneegeflüster, ich möchte, dass du in meinen Räumen auf mich wartest. Zinaavija wird sich um dich kümmern. Sie kann dich auch zu deinem Mann führen.«

»Was hat diese seltsame Geschichte mit dem Zwerg zu bedeuten?«, fragte der Dunkle.

Glautas winkte ab. »Ich lasse bereits nach ihm fahnden. Später, ich bitte dich.«

Der Dunkle zog sich mit unzufriedener Miene zurück. Glautas durchquerte schnellen Schrittes den gewundenen Gang zum Haupteingang, und Iviidis rannte hinter ihm her.

»Was hast du denn vor?«, rief sie wütend.

Glautas schüttelte den Kopf. »Nicht jetzt«, wiederholte er barsch. Er sah sie an. »Bei den Ewigen, es geschieht alles zum Besten unseres Volkes«, entfuhr es ihm.

Iviidis erwiderte darauf nichts.

Sie folgte Glautas, der sie keines Blickes mehr würdigte, in den Ratssaal. Die Ratsmitglieder standen in kleinen Grüppchen beisammen, und Iviidis sah, dass sich die politischen Freunde ihres Vaters und seine Gegner säuberlich voneinander getrennt hielten. Glautas steuerte die Gruppe um Nekiritan an und begrüßte alle, während Iviidis unbemerkt an der Tür stehen blieb. Sie betrachtete Glautas' Gegner und runzelte die Stirn. Es waren wenige. Sie kannte jedes Ratsmitglied, denn alle – auch die, deren Ansichten nicht mit Glautas' übereinstimmten – erschienen regelmäßig zu den Gesellschaften in seinem Haus. Wo war Ratsfrau Laiima? Und wo war der wortkarge Valdas, der ihr früher immer kandierte Pflaumen mitgebracht hatte, wenn er zu Glautas kam? Sie musterte die Gesichter der Räte und sah Sorge und Angst in ihnen. Und dann zählte sie die beiden Gruppen, während sie ihre Fingernägel in ihren Arm grub.

Jemand sah sie an. Sie zog sich weiter in den Schatten der Türnische zurück, aber der Blick folgte ihr. Sie erwiderte ihn und erkannte Nekiritan, der neben ihrem Vater stand. Sein Gesichtsausdruck war leer, gerade so, als ränge er um Fassung. Er neigte sich zu Glautas und machte eine Bemerkung, die ihr Vater mit einem kurzen Seitenblick beantwortete. Dann sah er wieder Iviidis an und verzog den Mund zu einem Lächeln, ohne dass diese Regung auch seine Augen erreicht hätte, die immer noch beinahe betäubt blickten.

Iviidis erwiderte das Lächeln nur mit einem Senken ihres Kopfes. Nekiritan sah sie noch eine Weile an, dann wandte er sich ab und sprach mit einer Nebenstehenden. Iviidis lockerte den Griff ihrer Finger, sie hatte sie so fest in ihren Oberarm gekrallt, dass es schmerzte. Ein Laut der Überraschung ließ sie herumfahren, und sie fand sich zu ihrer Überraschung in einer heftigen Umarmung wieder.

»Iviidis«, hauchte Broneete in ihr Ohr. »Glautas hat nichts gesagt. Oh, wie bist du … Wo warst du nur?«

Iviidis löste sich aus der Umarmung und drückte herzlich die Schulter der Gardistin, ein wenig erschrocken darüber, wie grau und erschöpft diese aussah.

»Ich bin froh, dich zu sehen«, sagte sie leise. »Ich brauche jemanden, der mir erzählt, was ich alles verpasst habe, während ich … fort war.«

Broneete schnitt eine Grimasse. »Du hast gesehen, wie es draußen aussieht?« Sie wartete Iviidis' Nicken ab und fuhr mit gedämpfter Stimme fort: »Jede Nacht seit dem letzten Vollmond brennen Häuser und werden Elben ermordet. Wir finden keine Spuren, und es gibt auch keinerlei Erklärung für die Vorkommnisse. Anscheinend will jemand, dass der Sommerpalast im Chaos versinkt – und so, wie es aussieht, gelingt es ihm blendend.« Sie sah sich um und flüsterte dann: »Aber letzte Nacht hat sich etwas Neues ergeben. Wir haben zum ersten Mal eine Spur: Ein Zwerg hat einen Elben schwer verletzt, und hinter dem sind wir jetzt her. Wahrscheinlich suchen die Zwerge wieder Streit!«

Iviidis schüttelte müde den Kopf. »Vergiss den Zwerg, er hat nichts damit zu tun. Was ist mit den Dunklen?«

»Welche Dunklen?«, fragte Broneete verwirrt.

»Der von dir erwähnte schwer verletzte Elbe zum Beispiel«, sagte Iviidis ungeduldig.

Broneete starrte sie sprachlos an. Iviidis winkte ab. »Etwas anderes. Weißt du, warum so viele Ratsmitglieder nicht erschienen sind?«

Broneete sah sie betroffen an. »Sie sind tot.«

»Alle?«, flüsterte Iviidis. Sie war blass geworden. Broneete nickte.

»Verehrte Ratsmitglieder«, ertönte da eine salbungsvolle Stimme. »Dürfte ich darum bitten, dass wir langsam beginnen? Unser viel beschäftigter Oberster Tenttai hat ja endlich auch geruht, sich zu uns zu gesellen, ich denke also, wir sind vollzählig.«

»Ich muss zurück«, flüsterte Broneete und rannte durch den Saal an Glautas' Seite.

Die Elben versammelten sich um den großen ovalen Tisch in der Mitte des Raumes. Iviidis sah ihnen zu und zählte noch einmal die Mitglieder der beiden Fraktionen. Die Grünsterne, Glautas' Freunde und Verbündete, waren eindeutig in der Mehrheit, nun, da so viele Ratsmitglieder getötet worden waren. Iviidis drehte sich der Kopf. Broneete hatte zwar behauptet, die Morde seien wahllos geschehen, aber hier im Rat war ein deutliches Muster zu erkennen. So wie es aussah, war keiner von Glautas' Freunden von den Anschlägen betroffen, abgesehen von Nekiritan, dessen Haus abgebrannt war. Aber Nekiritan hatte den Anschlag überlebt ...

Lauter werdende Stimmen lenkten ihre Aufmerksamkeit auf die Ratssitzung, deren ungeladener Gast sie war. Anscheinend ging es um die übermächtige Präsenz der Garde im Sommerpalast. Nekiritan versuchte, die aufgebrachten Ratsmitglieder zu besänftigen, aber es gelang ihm nicht.

»Ich sehe nicht ein, warum ich einen gewöhnlichen Gardisten um Erlaubnis fragen muss, wenn ich mein Haus verlassen will«, gellte eine ältere Ratsfrau. Nekiritan murmelte etwas, das nur den empörten Ausruf »Dummes Gerede« hervorrief. Die Ratsmitglieder begannen, laut durcheinander zu rufen.

»Bitte, meine Lieben«, meldete sich Glautas zu Wort und klopfte auf den Tisch. »Bitte, etwas mehr Haltung! Ich darf daran erinnern, dass der Rat selbst diese Ausgangssperre beschlossen hat …«

Er wurde niedergebrüllt. Obwohl er versuchte, sich mit einigen heftigen Faustschlägen auf den Tisch Gehör zu verschaffen, war der Tumult zu groß. Die Anhänger der beiden Fraktionen standen sich gegenüber, schwangen die Fäuste und schrien sich an.

Glautas wandte sich zu Broneete um, die mit besorgter Miene hinter ihm stand. Er sagte etwas zu ihr, sie nickte und eilte hinaus. Während sie an Iviidis vorbeirannte, zischte sie: »Verschwinde besser. Das wird übel!«

Iviidis verließ den Platz an der Tür und huschte in eine der kleinen Gesprächsnischen an der Längswand. Niemand schenkte ihr Beachtung.

Glautas und Nekiritan standen inzwischen Seite an Seite und bemühten sich, Ruhe in den Saal zu bringen. Iviidis konnte hin und wieder die Stimme ihres Vaters aus dem Geschrei heraushören. »… Maßnahmen erscheinen vielleicht hart«, hörte sie ihn sagen, »… sobald die Täter gefasst sind … sich neue Hinweise ergeben … nur noch eine Frage der Zeit, bis …«

Sie hörte, wie von draußen Schritte erklangen und eine Stimme Befehle rief. Beinahe im gleichen Augenblick stürmten Gardisten in den Saal und gingen rundum an den Wänden in Stellung. Die gerade noch durcheinander schreienden Ratsmitglieder verstummten und sahen sich um. Glautas nutzte den Schreckmoment, um sich Gehör zu verschaffen: »Bitte, seid vernünftig. Es wird niemandem etwas geschehen. Ich will nur, dass wieder Ordnung und Ruhe herrschen.«

Er nickte Broneete zu, die blass und ernst an seine Seite trat, die

Hand am Griff ihres kurzen Schwertes. »Meine Gardisten werden euch jetzt nach Hause begleiten. Ich bitte euch, in euren Häusern zu bleiben, bis die Lage wieder vollständig unter Kontrolle ist.«

Ein Sturm der Entrüstung brach los. Iviidis hörte, wie ein Ratsherr mit sich überschlagender Stimme brüllte: »Bedeutet das etwa Hausarrest?«

Glautas gab Broneete ein Zeichen, und sie winkte die Gardisten zum Einsatz. Innerhalb weniger Augenblicke war jedes Ratsmitglied von einem Gardisten flankiert, manche sogar von zweien.

Nekiritan, an dessen Seite mit ausdrucksloser Miene ein baumlanger Soldat stand, meldete sich zu Wort: »Liebe Freunde«, rief er. »Seht her, auch ich beuge mich der Notwendigkeit. Ich bin einer der Leidtragenden dieser Vorfälle und weiß, dass die Maßnahmen nur zu unser aller Schutz gedacht sind. Wir wollen nicht noch mehr Freunde an die Meuchler verlieren!«

Stimmen protestierten, aber sie verstummten, als die ersten Ratsmitglieder mit sanfter Gewalt zum Ausgang eskortiert wurden. Noch einmal ließ sich Glautas vernehmen: »Ich erkläre den Rat vorerst für aufgelöst. Die Garde übernimmt ab jetzt die Aufrechterhaltung der Ordnung.«

Der Saal leerte sich nun schnell. Iviidis drückte sich in ihre Nische und beobachtete, wie der entmachtete Rat aus dem Raum geführt wurde. Schließlich blieb Glautas allein zurück. Er ließ sich in einen Stuhl sinken und trocknete mit einem Tüchlein sein Gesicht.

»Komm heraus«, sagte er müde. »Du wolltest ja unbedingt dabei sein.«

Iviidis setzte sich neben ihn und betrachtete den leeren Saal. Nur einige umgefallene Stühle zeugten von den Turbulenzen der letzten Minuten. »Du steckst also hinter all dem«, sagte sie erschüttert. »Was hast du vor?«

Glautas lehnte sich zurück und faltete die Hände vor dem Mund. Er tippte leicht mit den Zeigefingern gegen seine Lippen. »Nichts anderes als das, was ich eben gesagt habe«, murmelte er nach einer Weile. »Ich will dafür sorgen, dass Ruhe und Ordnung einkehren.«

Iviidis sah ihn ungläubig an. »Aber – du hast doch selbst erst dafür gesorgt, dass hier alles drunter und drüber geht!«

Erneut stritt Glautas ihre Anschuldigung nicht ab, und das erschreckte sie beinahe noch mehr als die Vorkommnisse dieses Tages.

»Irgendjemand musste die Angelegenheit endlich in die Hände nehmen«, erwiderte er. »Es konnte doch nicht so weitergehen. Wir sind nur noch ein Schatten unserer selbst. Die Zwerge lauern nur darauf, uns erneut anzugreifen, weil sie wissen, dass wir schwach sind. Schwach!«

Er erhob sich und fing an, auf und ab zu gehen. Seine Hand schlug erregt gegen seinen Schenkel. Iviidis sah ihn sprachlos an.

»Der Thron steht schon viel zu lange leer«, fuhr Glautas fort. »Komm mit!« Er deutete auf eine kleine Tür, die dem Eingang gegenüber lag. Iviidis folgte ihm hindurch und fand sich in einem großen, dämmrigen Saal wieder. Sie erkannte nicht gleich, wo sie war, und brauchte einen Augenblick, um sich zu orientieren. Dann sah sie, dass sie den Thronsaal betreten hatten. Sie stand hinter dem Doppelthron, der aus dieser Perspektive aussah wie ein gedrungener Baum. Der Boden hinter dem Thron war mit einem dicken Moosteppich bedeckt, der unter ihren Schritten leicht federte. Diffuses Licht fiel durch das belaubte Dach und ließ die kostbaren Wandbehänge schimmern wie gesponnenes Gold. Vor dem Thron lagen Seidenteppiche, deren satte Farben juwelengleich leuchteten.

Iviidis drehte sich zu ihrem Vater um, der hinter ihr stehen geblieben war. »Was …?«

»Warte«, sagte er. Dann hörte sie die hastigen Schritte und Broneetes Stimme, die aus dem Saal nebenan kam: »*Yun-Ttai*? Ich bringe gute Neuigkeiten!«

»Hier sind wir«, rief Glautas.

Broneete erschien in der Tür. Sie atmete schwer vom schnellen Lauf, und sie strahlte über das ganze Gesicht. »*Yun-Ttai* Glautas – wir haben den Zwerg gefasst. Er strich ums Archiv herum, wahrscheinlich wollte er dort Feuer legen!«

Iviidis entfuhr ein Fluch.

# 33

»Einen Tag und eine Nacht, hast du gesagt?« Rutaaura sah sich missvergnügt um.

Die Älteste stand an der Kreuzung zweier Stollen und schien sich nicht recht entscheiden zu können, welche Abzweigung sie nehmen sollten. Sie nickte nur und deutete auf den linken Weg, ehe sie sich wieder in Bewegung setzte.

Rutaaura beugte sich zu Lootana hinüber und flüsterte: »Weiß sie überhaupt, wo es entlanggeht?«

Lootana verbiss sich ein Lächeln und rollte mit den Augen. »Sei nicht so frech«, wisperte sie.

»Ich habe dich gehört«, sagte Windgesang und warf einen Blick über ihre Schulter. »Ja, ich weiß, wo es langgeht. Der Weg ist nur nicht jedes Mal derselbe.«

Rutaaura seufzte. Sie hasste das Höhlenlabyrinth.

Sie waren in aller Frühe aufgebrochen. Lootana hatte sie geweckt und war dann mit ihr durch den Wald zum Höhleneingang gegangen, wo Windgesang bereits auf sie wartete. »Wir gehen alleine«, sagte die Älteste. Sie sah müde aus und ein wenig besorgt.

»Ich dachte, Mondauge begleitet uns«, sagte Lootana.

»Ich brauche hier jemanden, der ein Auge auf meine Kinder hält.« Windgesang lächelte schwach, und Lootana schüttelte den Kopf.

»Diese dummen Jungen«, sagte sie.

Sie liefen durch das Gewirr der Höhlen und Gänge, bis Rutaaura einmal mehr vollständig die Orientierung verloren hatte. Es ging steil hinab, dann wieder aufwärts, sie bogen scheinbar willkürlich nach rechts oder nach links ab – und manchmal, wie gerade, stand Windgesang lange vor einer Abzweigung, bis sie sich endlich für einen Weg entschied.

Es war still und dunkel und beinahe so, als wäre die Welt untergegangen und sie die letzten Elben, die nun bis ans Ende ihrer Tage durch die endlosen Höhlen wandern mussten, ohne je wieder das Tageslicht sehen zu dürfen. Das Gefühl, ein Gebirge über ihrem Kopf zu haben, lastete schwer auf ihr. »Ich weiß nicht, was Trurre daran findet«, murmelte Rutaaura. Lootana sah sie fragend an, aber ihre Tochter erläuterte den Sinn ihrer Worte nicht.

Irgendwann machten sie eine Pause an einem kleinen, kreisrunden See. Das Wasser war tintenschwarz und glanzlos wie das Auge eines toten Tieres.

Windgesang lehnte sich gegen einen riesigen Stalagmiten und schloss die Augen. Lootana hockte sich neben sie und rieb ihre Hände. »Es strengt mich mehr an, als ich gefürchtet habe«, sagte die Älteste. »Es kann sein, dass ich für das letzte Stück der Reise eure Hilfe benötige.«

Nach einer Weile setzten sie ihren Weg fort. Rutaaura verlor jedes Zeitgefühl. Von Zeit zu Zeit legten sie eine kurze Rast ein, und ein- oder zweimal verteilte Lootana einige Früchte und etwas Brot aus ihrem Rucksack, dann liefen sie wieder weiter. Sie überquerten fragile Brücken aus Stein, erklommen Treppen, deren Stufen von Riesen aus dem Felsen gehauen schienen, so breit und hoch waren sie, dann wieder kletterten sie Pfade empor, auf denen kaum zwei Füße nebeneinander Platz fanden, oder stiegen enge Hohlwege hinab, die in riesige Höhlensäle mit unzähligen Ausgängen mündeten – manche groß wie Scheunentore und andere so winzig wie Schlupflöcher für Elbenkinder.

Es schien, als seien sie schon Tage unterwegs, als Windgesang für eine längere Ruhepause anhielt. »Wir sollten ein wenig schlafen«, sagte sie. »Jetzt steht uns der schwierigste Teil unserer Reise bevor, und dafür brauchen wir einen klaren Kopf.«

Rutaaura glaubte, nicht müde genug zu sein, um in dieser Umgebung Schlaf zu finden, aber dann spürte sie eine Hand an ihrer Schulter, die sie sanft rüttelte, und als sie die Augen aufschlug, sagte Lootana leise: »Wir müssen weiter. Es wird Zeit.«

Es ging nun eine ganze Weile lang steil aufwärts. Rutaaura

geriet außer Atem und fragte sich, wie die Älteste diese Anstrengung bewältigen konnte. Aber Windgesang zeigte keine Zeichen von Ermüdung. Als sie schließlich in einer Höhle ohne zweiten Ausgang anhielten, nahm die Älteste Rutaaura bei der Hand und sah sie lange an. »Jetzt brauche ich dich«, sagte sie schließlich. »Sieh dort«, sie deutete auf die Wand und die Höhlendecke. Rutaaura versuchte zu erkennen, worauf die Älteste zeigte. »Was ist das?«, fragte sie. »Es sieht aus wie Wurzeln aus Stein.«

»Wurzeln«, bestätigte Windgesang. »Von hier aus können wir überallhin gelangen, wenn wir nur die richtige finden. Das ist deine Aufgabe.«

Rutaaura sah sie fragend an. »Das war ein Witz«, sagte sie schließlich, als keine weitere Erläuterung folgte.

Windgesang schüttelte den Kopf und hockte sich auf den Boden. Lootana setzte sich neben sie. »Fang an«, sagte die Älteste müde.

Rutaaura starrte die Wurzeln an, die sich dicht an dicht über Decke und Wände knäulten. Ineinander verflochten und verknotet, zogen sie sich in armdicken Strängen bis zu haarfeinen Fädchen über die gesamte Fläche. Rutaaura legte probeweise ihre Hand auf einen dicken Wurzelstrang und fuhr ihn mit den Fingern nach. Es war massiver, kalter Stein, den sie fühlte. Sie warf einen verwirrten Blick über ihre Schulter, aber Windgesang und ihre Mutter lehnten aneinander und schliefen.

Rutaaura drehte sich mit einem leisen Seufzer zurück zur Wand. Sie verfolgte den Strang, auf den ihr Blick als Erstes gefallen war, mit den Augen. Er kurvte und schlängelte sich, und sie musste sich anstrengen, ihn nicht zu verlieren. Unter ihrem starren Blick entwickelte er ein eigentümliches Leben. Nicht mehr graubraun und felsartig, sondern mit einem rötlichen Glühen, das sie in ihrem Inneren fühlen konnte, zog er sich über die Wand, verschwand an der Decke zunächst unter einem verknäulten Strang anderer Wurzeln, tauchte wieder daraus auf und wanderte über die andere Wand. Dort verlor er seine rötlich leuchtende Farbe und verschwand unter unzähligen anderen, aber Rutaauras Blick blieb sofort an einem anderen Wurzelstrang hängen, der haarfein und in einem scharfblauen Ton unter ihrem Blick aufleuchtete. Auch dieser verblasste nach einer Weile wieder, und im gleichen Augenblick wurde sie von einem dunkelgrün schimmernden, armdicken Zopf angezogen, der sich entfaltete und in fünf Stränge teilte, von denen ein mild organgefarbener Rutaauras Blick anzog und weiterleitete.

Sie verlor jedes Gefühl für ihre Umgebung und ihren eigenen Körper. Nur noch das vielfarbige, manchmal sanfte, manchmal blendend grelle Leuchten der Wurzeln füllte ihre Welt. Und dann war es plötzlich vorüber. Ihre Knie wurden weich, und sie sackte vornüber. Hände hielten sie und fingen sie auf, und als sie wieder sehen konnte, lag ihr Kopf im Schoß ihrer Mutter, und Lootanas warme Hände streichelten ihre Stirn. »Du hast es geschafft«, sagte sie. »Schau.«

Rutaaura hob den Blick. Das wilde Gewirr der Wurzeln war verschwunden, Wände und Decke zeigten sich spiegelglatt, wie poliert. Nur ein einziger Wurzelstrang zog sich noch vom Eingang über alle Wände und die Decke.

»Das ist also unser Weg«, sagte Windgesang und stand auf. »Ich werde ihn öffnen.«

Sie strich mit den Händen über die Erhebung, und Rutaaura spürte, wie der Boden erzitterte.

»Nehmt meine Hände«, sagte Windgesang.

Mit einem Mal waren Wände, Decke und Boden der Höhle verschwunden, und sie hingen frei inmitten einer undurchsichtigen Wolke, die träge um sie zirkulierte. Rutaaura keuchte und klammerte sich fest an Windgesangs Arm. Die alte Elbin murmelte: »Ruhig, Kind.« Rutaaura hörte ihren schweren Atem neben sich. Sie schloss die Augen und spürte den Luftzug, der sie umwehte. Er wurde stärker, so stark, dass ihre Kleider flatterten und der Wind ihr das Haar ins Gesicht peitschte. Das alles geschah vollkommen lautlos, was diesen Sturm umso gespenstischer machte.

»Askur«, rief Windgesang und ließ Rutaauras Hand los. Es gab einen heftigen Ruck, und plötzlich fühlte Rutaaura wieder festen Boden unter den Füßen. Sie taumelte und fiel ein paar Schritte vorwärts. Keuchend landete sie auf Händen und Knien und ertastete weichen Boden unter ihren Handflächen.

»Wo sind wir?«, fragte sie betäubt. Lootana, die neben ihr kniete, hob den Kopf.

»Irgendwo im Sommerpalast, nehme ich an«, sagte sie gedämpft. »Ich bin mir nicht sicher …« Sie sah sich um, runzelte die Stirn. »Seltsam.«

Rutaaura setzte sich auf. »Wo ist die Älteste?«

Sie befanden sich in einem leeren, kreisrunden Raum, durch dessen Blätterdach weiches Sonnenlicht filterte. Es war ein kleiner Raum mit samtigem Moosboden, und er war leer bis auf Lootana und sie. Windgesang war fort.

Glautas hatte Broneete zum Hauptquartier der Garde geschickt, mit dem Befehl, den gefangenen Zwerg unverzüglich zu ihm zu bringen.

Iviidis war außer sich vor Wut und Bestürzung. »Du weißt schließlich am besten, dass er nichts mit all dem zu tun hat«, fuhr sie ihren Vater an, als Broneete fort war.

Glautas musterte sie mit emporgezogenen Brauen. »Warum regst du dich derart auf?«, fragte er. »Es passt doch alles wunderbar. Wir haben einen Sündenbock, den wir präsentieren können – und außerdem gibt uns das einen Grund, endlich gegen die Zwerge mobil zu machen. Besser, wir kommen ihnen mit einem Angriff zuvor.«

»Vater!«, schrie Iviidis auf. »Du willst uns wirklich wieder in einen Krieg steuern?«

Glautas packte sie beim Arm und zerrte sie vor den leeren Doppelthron. »Sieh ihn dir an«, forderte er sie auf. »Sieh hin: Das ist unsere Gegenwart. Ein verwaister Thron! Wir leben schon so lange mit dieser Schande. Unser Volk stirbt langsam daran, merkst du das denn nicht?«

Iviidis schüttelte verbissen den Kopf, obwohl sie Glautas im Stillen recht gab. Der leere Thron war eine Anklage, ein Symbol dafür, dass dem Volk der Elben sein innerster Kern fehlte. Sie schüttelte noch einmal den Kopf, zu erschüttert, um die rechten Worte zu finden, mit denen sie ihren Vater erreichen konnte. »Und was sollte ein Krieg gegen die Zwerge daran ändern?«, fragte sie schließlich.

Glautas erschreckte sie damit, dass er zu lachen begann. »Alles und nichts«, sagte er. »Wenn hier im Sommerpalast das Chaos herrscht und gleichzeitig ein Krieg notwendig wird, weil die Zwerge uns heimtückisch in unserem eigenen Land angreifen – dann wird es keine große Überzeugungskraft mehr brauchen, um den Rat und die Hohen Häuser dazu zu bringen, endlich einen neuen Herrscher zu akzeptieren.«

»Und der bist du.«

Glautas hob die Hände. »Wer sonst wäre dafür geeignet? Nekiritan etwa?«

Iviidis musterte ihren Vater wie einen Fremden. »Du hast dafür gesorgt, dass Elben starben.«

»In einem Krieg, auf den wir nicht vorbereitet sind, würden noch weitaus mehr Elben fallen«, erwiderte er kühl.

Iviidis schloss die Augen. Draußen rief eine Frauenstimme nach Glautas, sie klang schrill und aufgeregt. Dann stürmte Zinaavija in den Thronsaal, und sie zerrte einen laut weinenden Indrekin hinter sich her. »Dein verdammter Schwiegersohn hat versucht, sich mit dem Kind davonzumachen!«

Iviidis schrie auf und wollte zu Zinaavija stürzen, aber Glautas hielt sie auf. »Seid ruhig, alle beide!«, donnerte er. Indrekin hörte vor Schreck auf zu weinen und sah seine Mutter flehend an. »Was ist geschehen?«, fragte Glautas.

Zinaavija starrte immer noch die unvermutet wieder aufgetauchte Iviidis an. »Er war bei den Stallungen«, sagte sie geistesabwesend. Glautas ging zu ihr und nahm den Jungen auf den Arm, der sein Gesicht an der Schulter seines Großvaters barg.

»Was hatte er vor?«, fragte Glautas seine Tochter.

»Er wollte mit Indrekin nach Hause reiten«, erwiderte sie schrill. »Seid ihr beide vollkommen wahnsinnig geworden? Was hast du mit Olkodan gemacht?« Diese Frage schleuderte sie Zinaavija hin.

»Nichts«, erwiderte die Elbin kühl. »Was sollte ich schon mit ihm gemacht haben?« Sie drehte Iviidis den Rücken zu und betrachtete den Thronsaal.

Draußen klirrten Waffen. Broneete trat ein und winkte einigen Gardisten, ihr zu folgen. Die Soldaten blickten sich unbehaglich um, als sie den Saal mit den kostbaren Seidenteppichen betraten, und bemühten sich, nicht allzu hart aufzutreten. Zwischen sich führten sie den gefesselten Trurre, der gleichzeitig wütend und resigniert dreinblickte. Als er Iviidis erblickte, zuckte er kurz mit den Achseln und lächelte schief.

»Hier ist der Zwerg«, verkündete Broneete überflüssigerweise. Die Gardisten zerrten den Gefangenen recht unsanft durch den Saal und vor den Obersten Tenttai, der seinen Enkelsohn behutsam auf den Teppich vor dem Thron stellte und sich dann dem Zwerg zuwandte.

»Du wurdest vor unserem großen Archiv aufgegriffen«, sagte er. »Was hattest du vor?«

Trurre blickte gefasst zu ihm auf. »Ich war auf dem Weg hinaus«, sagte er schließlich.

»Vater, er hat nichts mit den Bränden zu tun«, rief Iviidis. »Lass ihn gehen.«

Glautas hob gebieterisch die Hand, um sie zum Schweigen zu bringen. Trurre hatte bei ihren Worten erstaunt die Brauen emporgezogen. »Du bist also Glautas«, sagte er. »Geehrter Tenttai – deine Tochter spricht die Wahrheit.«

»Meine Tochter ist jetzt nicht wichtig«, gab Glautas zurück. »Ich sage, du bist ein Brandstifter. Du wolltest unser Archiv vernichten, das Gedächtnis unseres Volkes.«

»Das ist doch kompletter …«, begann Iviidis, aber sie wurde davon unterbrochen, dass jemand ihr etwas Spitzes in die Seite drückte. Sie fuhr zurück und sah in Zinaavijas grimmiges Gesicht. Die Elbin stand seitlich hinter ihr und hielt ein schmales Messer in der Hand verborgen. Sie zeigte es Iviidis und flüsterte: »Ich würde an deiner Stelle den Mund halten. Denk daran, dass dein Kind hier ist. Es soll nicht mitansehen müssen, dass ich seiner Mutter wehtue. Oder noch Schlimmeres.«

Iviidis sah sie sprachlos an. Dann blickte sie starr geradeaus und biss die Zähne zusammen. Die Messerspitze bohrte sich schmerzhaft in ihre Seite.

Broneete warf ihr von der anderen Seite des Saales einen erstaunten Blick zu. Iviidis versuchte, ihr mit Blicken die Lage zu erklären, aber die Gardistin verstand sie nicht.

Glautas setzte sein Verhör des Zwerges fort. Nach einigen fruchtlosen Versuchen, sich in aller Ruhe und Vernunft mit dem Obersten Tenttai zu verständigen, gab Trurre auf und schwieg nur noch verbissen zu den Fragen und Anschuldigungen.

»Bringt ihn weg«, sagte Glautas schließlich. »Ich möchte, dass er unter strengsten Sicherheitsvorkehrungen eingesperrt wird. Niemand außer mir darf zu ihm. Ja, was ist denn los?« Er blickte gereizt zur Tür, durch die jemand mit riesigen Schritten in den Saal gestürmt kam.

Iviidis schrie erneut auf, als sie Olkodan erkannte, der wie ein gereizter Stier auf sie zustampfte. Sie hatte ihren sanften Mann noch nie zuvor zornig erlebt, aber jetzt raste er förmlich vor Wut. Zinaavija ächzte leise und wich zurück, als Olkodan sich ihnen näherte. Eine Wunde an seinem Kopf hatte offenbar stark geblutet, denn auf seinem Wangenknochen und seinem Hals war eine dunkle Spur von geronnenem Blut zu sehen, und auch seine Jacke war damit bespritzt.

»Du verdammte …«, er stieß ein Schimpfwort aus, das Iviidis erbleichen ließ. Sie sprang beiseite, als er an ihr vorbei hinter Zinaavija hersetzte. Die Elbin floh hinter den Thron, und Iviidis hörte sie schreien: »Glautas, hilf mir. Er will mich umbringen!«

Glautas, der wie erstarrt zugesehen hatte, bewegte sich wieder. »Soldaten, ergreift ihn«, brüllte er. »Und nehmt auch meine Tochter fest!«

Die Gardisten blickten verwirrt zu ihrer Vorgesetzten und erwarteten ihre Bestätigung. Broneete stand blass und erschrocken da und sah dann Iviidis an. »Was?«, formten ihre Lippen.

»Broneete«, schrie Glautas sie an. Inzwischen hatte Olkodan Zinaavija eingeholt und packte sie an der Hand, die das Messer hielt. Sie kreischte und wehrte sich mit Schlägen und Fußtritten, aber er hielt sie unnachgiebig fest und entwand ihr das Messer. Glautas fluchte und stürzte zum Thron. Er beugte sich zu Indrekin hinab, der sich verängstigt auf dem Boden zusammengekauert hatte, und riss ihn in seine Arme. »Lass sie los«, herrschte er Olkodan an.

Für einen Moment standen alle starr da. Nur schweres Atmen und das Weinen des Kindes waren zu hören.

»Broneete, ich befehle dir ein letztes Mal, meine Tochter und ihren Mann festzunehmen«, sagte Glautas langsam und überdeutlich.

Broneete atmete zitternd ein. »Nein«, sagte sie heiser. Die Gardisten bewegten sich unsicher einen Schritt vor und blieben wieder stehen.

Glautas blickte sie einen Moment lang wutentbrannt an, dann wurde seine Miene kalt und ruhig. »Gib Zinaavija frei und geh zu deiner Frau«, sagte er. Olkodan zögerte, dann gab er Zinaavija einen heftigen Stoß, dass sie ein paar Schritte nach vorne taumelte, und stellte sich neben Iviidis. Sie tastete nach seiner Hand. Iviidis warf einen besorgten Blick in sein Gesicht und erkannte darin immer noch Wut, nicht Angst.

Glautas hielt Indrekin mit einem Arm an sich gedrückt und streckte die Hand aus, um Zinaavija aufzuhelfen.

»Du«, sagte er und warf einen zornblitzenden Blick auf Broneete. »Geh mir aus den Augen! Ich werde über Maßnahmen wegen deiner Befehlsverweigerung nachdenken. Bring jetzt den Zwerg in seine Haft.«

Broneete war so blass geworden, dass ihre Augen wie dunkle Löcher in ihrem Gesicht standen. »Darf ich eine Erklärung verlangen?«, fragte sie heiser.

»Du darfst dich entfernen«, brüllte Glautas. »Wir gehen jetzt hinaus«, fuhr er ruhiger fort, an seine Tochter gewandt. »Ihr werdet uns nicht folgen. Ich wünsche, dass ihr beide augenblicklich den Sommerpalast verlasst. Wenn ihr das tut und mir nicht mehr in die Quere kommt, bekommt ihr euren Sohn zurück. Aber erst, wenn das alles hier vorüber ist. Bis dahin bleibt der Erbe bei mir. Habt ihr mich verstanden?«

Iviidis stand wie erstarrt. Olkodan drückte ihre Hand so fest, dass sie glaubte, ihre Knochen knirschen zu hören.

»Nein«, sagte er, und Iviidis spürte den kochenden Zorn unter seiner Ruhe. Dann ließ er ihre Hand los und hob sie in einer weit ausholenden Geste über den Kopf. »Askur«, flüsterte er, und das Flüstern rollte wie ein fernes Tosen durch den Saal. »Embul. Ich rufe euch an!«

Glautas verzog spöttisch den Mund. Dann keuchte er und griff mit beiden Händen an seine Kehle. Dafür musste er Indrekin loslassen, der auf den weichen Boden zu Glautas' Füßen stürzte und aufschrie. Zinaavija wandte sich heftig zu Glautas um und kreischte: »Was hast du?«

Der Oberste Tenttai gurgelte nur. Iviidis sah schreckensstarr zu, wie aus dem hölzernen Doppelthron Ranken sprossen, die sich um Glautas' Glieder und seinen Hals schlangen und ihn langsam zum Thronsitz zerrten. Schritt für Schritt wankte er rückwärts, bis die peitschenden Äste ihn auf den Sitz gefesselt hatten. Seine Augen quollen hervor, und er versuchte zu schreien, aber die Ranke, die um seinen Hals lag, ermöglichte ihm gerade noch, ein wenig Luft zu schöpfen.

Zinaavija wich zurück. Sie hatte die Hände vor den Mund geschlagen und wimmerte leise. Ihre Knie gaben nach, und sie sank neben dem Thron zu Boden.

Die Gardisten hatten wie erstarrt dem Geschehen zugesehen. Iviidis wandte sich zu Broneete um und deutete auf den Zwerg, der mit seinen Bewachern an der Rückwand stand und sie angespannt musterte. »Binde ihn los«, sagte sie. Broneete zögerte, dann ging sie zu Trurre hinüber. Die beiden Gardisten, die ihn flankierten, vertraten ihr den Weg, aber ihre Mienen waren unschlüssig. Sie sahen Hilfe suchend zu Glautas, der noch immer auf dem Thronsitz kauerte.

»Bindet den Zwerg los«, befahl Iviidis. »Und dann wünsche ich, dass mein Vater in Hausarrest gebracht und gut bewacht wird.« Ihre Stimme klang klar und bestimmt.

»Aber …«, wagte der älteste Soldat einen Protest. Er schüttelte den Kopf und deutete auf Glautas, um Worte verlegen.

»Tut, was sie sagt«, mischte sich eine fremde Stimme ein. Es war Lootana, die eintrat und dem ältesten Gardisten zunickte. »Du kennst mich«, sagte sie. Der Soldat nickte erleichtert. »Also – tut, was eure Königin euch sagt«, fuhr Lootana mit einem triumphierenden Leuchten in den Augen fort.

Glautas stöhnte erstickt. Die Gardisten sahen einander fragend an und wandten dann wie auf Kommando die Köpfe zu Iviidis. »Mutter«, sagte sie matt.

»Mein Kind«, erwiderte diese. »Du weißt hoffentlich, was du zu tun hast.« Sie musterte Glautas ohne erkennbare Gefühlsregung. »Dein Mann hat seine Pflicht ja schon erfüllt«, fügte sie hinzu.

Iviidis nickte steif und ging zum Thron. Sie legte ihre Hand auf die schwere Armlehne und berührte dann mit den Fingerspitzen den Stamm des Apfelbaumes, aus dem der Thronsitz gesungen war. Eine leise Bewegung, wie von einem Windzug, ließ die Blätter des Baumes raschelnd erschauern. Die Ranken, die Glautas gefesselt hielten, fielen herab und zogen sich in den Baum zurück. Er sackte zusammen und rang stöhnend nach Luft.

»Legt ihm die Fesseln an«, befahl Iviidis, die nun ebenso blass war wie Broneete vorhin. Die Soldaten, die inzwischen zugelassen hatten, dass Broneete den Zwerg befreite, sahen sich wieder unschlüssig an.

»Könnt ihr die Zeichen nicht erkennen? Was haben eure Eltern euch eigentlich beigebracht?«, rügte Lootana mild. Sie deutete auf den Apfelbaum, und ein Raunen ertönte. Der Baum stand seit Iviidis' Berührung über und über in Blüte, und ein betörender Duft erfüllte den Raum. Olkodan, der still und staunend mit seinem verstört dreinblickenden Sohn im Arm dagestanden hatte, legte mit einem Seufzer den anderen Arm um seine Frau. »Bedeutet es das, was ich befürchte?«, flüsterte er, und Iviidis nickte grimmig.

Die Gardisten folgten nun Broneetes Anweisung und nahmen Glautas fest. »Was soll mit ihm geschehen?«, fragte Broneete.

»Bringt ihn zu seinem Haus«, befahl Iviidis, und Olkodan fügte, an seinen Schwiegervater gewandt, hinzu: »Du brauchst nicht zu hoffen, dass du entfliehen kannst. Auch dort finden sich

Bäume genug.« Er deutete auf die Wand des Saals, und auf sein Zeichen sprossen Zweige hervor und schlossen sich um den Arm des Gardisten, der dort stand. Der keuchte erschreckt, und Olkodan befreite ihn mit einem zweiten Wink wieder.

Glautas rang immer noch nach Luft. »Ihr …«, röchelte er. »Ihr …« Er sah von seiner Tochter zu seiner Frau, dann winkte er mit gebundenen Händen ab und ließ sich abführen.

Hinter ihnen schrie Zinaavija, die halb betäubt dagelegen hatte, wie von Sinnen. Sie rappelte sich vom Boden auf und stürzte sich auf Iviidis. Broneete rief »Ivii, Achtung!« und warf sich mit gezücktem Schwert dazwischen. Es folgte ein kurzer Tumult, an dessen Ende Glautas' Gefährtin bewusstlos auf dem Boden lag. Neben ihrer schlaffen Hand blitzte das Messer, mit dem sie Iviidis hatte erstechen wollen.

Broneete kniete schwer atmend auf dem Boden und stützte sich auf ihr Schwert. Sie hatte Zinaavija mit der flachen Klinge niedergeschlagen. Beinahe überrascht hob sie den Kopf und sah Iviidis an. »Ich habe sie … Sie wollte dich …«

Trurre stand plötzlich an ihrer Seite und half ihr auf. »Gut gemacht, Soldatin«, sagte er. »Verdammt schnell gehandelt. Du hast deiner Königin gerade das Leben gerettet.«

»Trurre«, sagte Olkodan und drückte ihm voller Erleichterung die Hand. »Was für ein Glück, dass dir nichts geschehen ist.«

Iviidis, die sich leise mit ihrer Mutter unterhalten hatte, unterbrach das Gespräch und fragte: »Wo ist Alvydas?«

Trurre verneigte sich formvollendet vor ihr, was sie mit einer halb belustigten, halb unmutigen Geste quittierte. »Er ist zu Hause«, antwortete er. »Die Soldaten haben mich erwischt, als ich schon auf dem Rückweg war.« Er sah besorgt aus. »Es ging ihm sehr schlecht, als ich ihn verließ. Sicher wäre es gut, wenn jemand nach ihm sehen würde.«

»Das machen wir«, mischte sich Lootana ins Gespräch.

»Wir?«, fragte Iviidis.

Lootana nickte zur Tür, und aus einem Schatten, der dort unbeachtet einen Winkel füllte, formte sich eine elbische Gestalt. »Ruta«, riefen Trurre und Iviidis gleichzeitig aus.

»Schön, euch zu sehen«, sagte Rutaaura und lachte. »Was für eine turbulente Szene. War das unser Vater, den sie da gerade abgeführt haben?«

»Schwatzen können wir später noch«, ging Lootana dazwischen. »Komm, wir wollen nach Alvydas sehen. Und dann suchen wir Windgesang, irgendwo hier muss sie ja sein.«

Broneete hatte inzwischen Zinaavijas Hände gefesselt und half ihr auf.

»Irgendwann hat sicher jemand Zeit, mir das alles zu erklären«, sagte sie mühsam gefasst und sah von Iviidis zu Trurre. Dieser hatte Olkodan gerade mit gedämpfter Stimme von seiner Festnahme erzählt und befragte ihn nun zu der Wunde an seinem Kopf.

Iviidis legte ihr kurz die Hand auf die Schulter. »Danke für dein Vertrauen«, sagte sie. »Wir sehen uns nachher, wenn du alles erledigt hast. Ich denke, wir haben uns eine Menge zu erzählen.« Broneete nickte knapp und schob Zinaavija vor sich her zur Tür.

Lootana winkte Rutaaura, die gerade mit Trurre sprach und dabei von Olkodan neugierig unter die Lupe genommen wurde. »Komm bitte, wir haben nachher noch alle Zeit der Welt.«

Rutaaura schlug Trurre fest und herzlich auf die Schulter und lief hinter ihrer Mutter her. Trurre sah ihr einen Augenblick lang nach und drehte sich dann zu den übrig gebliebenen Elben um. Iviidis und Olkodan hatten sich am Fuß des Throns niedergesetzt, und Iviidis hielt ihren Sohn im Schoß, den nach all der Aufregung die Erschöpfung übermannt hatte und der nun fest eingeschlafen war.

Trurre kniete sich vor beide hin und musterte sie mit einem Lächeln. Olkodan, der hin und wieder leicht den Kopf schüttelte, als müsste er sein Gehirn wieder an den richtigen Platz rücken, lächelte etwas unbehaglich zurück.

»Seit wann weißt du es schon?«, fragte der Zwerg Iviidis. Olkodan schnaubte leise und sah ebenfalls seine Frau an.

»Wie meinst du das?«, fragte sie ausweichend.

»Als deine Mutter zu diesen Waffenschränken sagte, du seist die Herrscherin, warst du nicht besonders überrascht«, antwortete Olkodan an Trurres Stelle.

Iviidis verzog das Gesicht. »Alvydas hat es mir in der Hütte gesagt«, erwiderte sie. »Während ihr draußen Wache gehalten habt, hat er mir einen Vortrag über meine Pflichten gehalten, obwohl er sich kaum noch auf dem Stuhl halten konnte.« Sie schnaufte erbost. »Nicht, dass er mir in dieser Sache eine Wahl gelassen hätte. In dem Moment, da ich seine Erinnerungen aufgenommen habe, war mein Schicksal schon besiegelt. Seit Urzeiten erwählt Alvydas die Könige, und wenn er jemanden dazu ausersehen hat, gibt es kein Entkommen mehr.«

Trurre zwinkerte und sah Olkodan an. »Dich hat sich der alte Mann anscheinend auch vorgenommen, habe ich recht?«

Olkodan lachte und hob die Hände. »Mir schwirrt der Kopf«, gab er freimütig zu. »Trurre, mein Freund – was rätst du uns?«

Der Zwerg riss die Augen auf. »Ich? Wer bin ich, dass ich dem jungen Königspaar der Goldenen Elben etwas raten könnte?« Er stand ein wenig schwerfällig auf. »Darf ich euch um einen Schlafplatz bitten?«, fragte er demütig. »Ich weiß nicht, wann ich das letzte Mal meinen Kopf auf ein Kissen gelegt habe. Ganz zu schweigen davon, einfach nur die Augen zu schließen und endlich mal wieder ein wenig in Orrins Bart zu schaukeln.« Wie zur Bekräftigung gähnte er herzzerreißend.

Olkodan stand auf und nahm Iviidis das Kind ab. »Ich bringe dich nach Hause.« Er sah Iviidis fragend an, und sie erhob sich mit einem langen Seufzer. Sie schob ihren Arm unter den ihres Mannes. »Gehen wir. Alles andere kann jetzt warten.«

# 34

Rutaaura hüllte sich auf ihrem Weg zum Archiv in magischen Nebel. Es war zwar heller Tag, was die Ablenkung immer etwas erschwerte, aber wegen der erschreckenden Vorfälle waren wenige Elben unterwegs, und die, die sie trafen, hatten die Blicke gesenkt und hasteten an ihnen vorüber, ohne ihnen Aufmerksamkeit zu schenken.

Rutaaura hätte sich gerne ein wenig umgesehen – hier war sie nun, im Herzen des Wandernden Hains, etwas, worauf sie kaum jemals zu hoffen gewagt hatte –, aber Lootana trieb sie zur Eile an. Sie war sichtlich besorgt wegen des Elben, zu dem sie nun unterwegs waren, das war deutlich.

»Wer ist dieser Alvydas?«, fragte Rutaaura.

Lootana verlangsamte ihre Schritte nicht. »Er ist der wertvollste Besitz unseres Volkes«, gab sie zurück. »Und ein Freund.«

Rutaaura zog die Brauen zusammen. Die Formulierung erschien ihr eigenartig. Wie konnte jemand der »wertvollste Besitz seines Volkes« sein?

»Da sind wir«, sagte Lootana endlich.

Sie standen vor dem Archivbaum, und Rutaaura blickte mit einem Pfiff an ihm empor. »Beeindruckend«, sagte sie.

Sie kletterten schweigend und schnell durch das Geäst und turnten an den Seilbrücken entlang, bis sie schließlich den Eingang in den Baum erreichten. Lootana entzündete einen Elbenfunken und ging voran, und Rutaaura folgte ihr staunend.

»Alvydas?«, rief Lootana, als sie vor dem Eingang zu seiner Höhle standen. Als keine Antwort kam, blickte sie ihre Tochter besorgt an und ging hinein.

Es war dunkel im Raum. An einer Wand glomm ein rötlicher Funken, der nur schwach seine Umgebung erhellte. Lootana ging durch das leere Gemach und betrat den Nebenraum. Rutaaura hörte sie einen gedämpften Laut des Erstaunens ausstoßen. Sie folgte ihrer Mutter und blickte auf das, was Lootana entdeckt hatte. Auf einem schmalen Lager ruhte ein ausgezehrt wirkender Elbe, dessen haarloser Schädel im Dämmerlicht bleich leuchtete. Sein eingefallenes Gesicht war der Tür zugewandt, und eine seiner schmalen Hände umklammerte die dunklen Finger Windgesangs, die neben dem Bett in einem Lehnstuhl hockte und zu schlafen schien.

Lootana hockte sich neben die Älteste und rührte sanft an ihre Schulter. Windgesang schlug die Augen auf und sah Lootana hellwach an. Sie lächelte und legte den Finger auf die Lippen. Dann löste sie vorsichtig Alvydas' Griff um ihre Hand und erhob sich.

»Ich bin wach«, sagte der alte Elbe, ohne die Augen zu öffnen. »Wer ist da gekommen?« Seine Stimme war kaum zu vernehmen.

»Ich bin es«, sagte Lootana. »Der Zwerg sagte uns, dass es dir schlecht geht.«

»Lootana«, sagte Alvydas. »Wie schön.« Er hob langsam die Hand, und Lootana ergriff sie. »Da ist noch jemand«, sagte der alte Elbe und öffnete die Augen. Rutaaura erwiderte voller Faszination den Blick der opalisierenden Augen.

»Deine andere Tochter.« Er begann zu lächeln. Rutaaura lächelte unwillkürlich zurück.

»Wie geht es …«, Alvydas unterbrach sich und schloss die Augen. Windgesang beugte sich vor und legte eine Hand auf seine Stirn.

»Iviidis?«, fragte Lootana. »Sie ist unversehrt, und es geht ihr gut.« Sie lachte leise. »Allerdings ist sie, fürchte ich, im Moment nicht allzu gut auf dich zu sprechen.«

Alvydas hustete erstickt. Dann winkte er Rutaaura zu sich und ergriff ihre Hand. »Windgesang sagte mir, dass du der Schlüssel warst«, sagte er. »Deine Schwester verdankt dir ihr Leben, weißt du das?«

Rutaaura sah ihn zweifelnd an. Der Griff seiner Finger war kühl und erstaunlich kraftvoll.

Windgesang verschränkte die Arme vor der Brust und lehnte sich an die Wand. »Ich wusste, dass sie der Schlüssel sein würde«, sagte sie zufrieden.

»Und ich hatte es gehofft«, sagte Alvydas. Er machte Anstalten, sich aufzusetzen. Lootana half ihm.

»Es ist gut«, wehrte er ihre Bemühung ab, ihm ein Kissen in den Rücken zu stopfen. »Ich bin bald wieder auf den Beinen. Die letzten Tage waren ein wenig hart. Aber ich habe es überstanden.«

Windgesang schnaubte. »Du lagst im Sterben«, sagte sie scharf. »Du hättest niemals gewagt, eine unvorbereitete Kandidatin als Gefäß zu benutzen, wenn es dir nicht wirklich schlecht gegangen wäre. Erzähle mir also nicht, dass es dir jetzt schon wieder gut geht. Nicht, nachdem du auch noch einen meiner jungen Burschen zur Räson bringen musstest!«

Lootana sah sie fragend an, und Windgesang erzählte ihr, was sie von Alvydas über seinen und Trurres Kampf mit dem Dunklen erfahren hatte.

»Jetzt geht es mir wieder gut«, beharrte Alvydas. »Ich brauche ein wenig Ruhe, das ist alles. Wurzel und Blatt, fühlt ihr nicht, dass jetzt alles wieder zusammenwächst? Seht mich also nicht an, als würde ich euch unter den Händen wegsterben, das wird in der nächsten Zeit nicht geschehen.« Er sah Windgesang mit großer Zärtlichkeit an. »Nicht, wenn wir wieder vereint sind«, sagte er leise.

Die Älteste schnaubte leise, aber ihr Gesicht war weich. »Schlaf jetzt, mein Bruder«, sagte sie. »Schlaf, Askur. Embul wacht.«

Er nickte und schloss die Augen. Sein fester Griff löste sich, und Rutaaura zog ihre Hand unter seiner hervor. Sie sah Windgesang fragend an, und die deutete auf das Nebenzimmer.

»Ich werde eine Weile hierbleiben«, sagte die Älteste. »Bevor er nicht vollkommen wiederhergestellt ist, möchte ich ihn nicht allein lassen. Wir waren zu lange getrennt, das hat ihn geschwächt.«

»Er ist dein Bruder?«, fragte Rutaaura neugierig. Windgesang nickte kurz.

»Wir werden ohnehin noch eine Weile hier gebraucht«, sagte Lootana. »Also ist es gut so. Wir gehen erst zurück, wenn Alvydas wieder auf den Beinen ist.«

Rutaaura räusperte sich. »Wie soll es denn überhaupt weitergehen?«, fragte sie. »Ich denke, eine Vereinigung unserer beiden Völker dürfte etwas schwieriger zu bewerkstelligen sein als dies hier«, sagte sie lakonisch und nickte in Richtung Windgesang und Alvydas.

»Wenn wir es schaffen, den Hohen Häusern ein neues Königspaar schmackhaft zu machen, bekommen wir auch den kleinen Rest hin«, gab Lootana zurück. »Keine Sorge. Für den größten Teil der Überzeugungsarbeit werde ich zuständig sein. Und vielleicht auch Alvydas«, fügte sie nachdenklich hinzu. »Man wird sich an ihn erinnern, zumindest die Älteren unter den Mitgliedern der Hohen Häuser. Nach der Trennung wollte niemand mehr an den Königsmacher denken, und, Windgesang, du kennst unser Volk – wenn wir etwas vergessen wollen, dann tun wir es gründlich. Aber ich glaube, dass ich in der Lage sein werde, ein paar dieser Erinnerungen wieder wachzurufen.«

Sie sah die Älteste fragend an. »Hast du alles, was du brauchst? Ich lasse dir nachher etwas zu essen bringen.«

Windgesang dankte ihr und geleitete Mutter und Tochter zur Tür.

Sie schwiegen auf dem Abstieg. Unten angekommen, deutete Rutaaura umher und sagte: »Ich würde mich gerne noch ein wenig umsehen. Wie finde ich euch?«

Lootana erklärte ihr den Weg zu Glautas' Haus, schärfte ihr ein, niemandem unter die Augen zu kommen, denn dazu sei es noch zu früh, und verschwand zwischen den Bäumen.

Rutaaura schlenderte den Pfad entlang, der zur Mitte des Sommerpalastes führte. Hin und wieder trat sie in den Schatten eines Baums, wenn jemand ihren Weg kreuzte, und wartete, bis er vorüber war. Sie erreichte die ersten Hausbäume, zwischen denen immer noch Soldaten unterwegs waren. Unter einer Linde setzte sie sich einen Moment ins Gras und betrachtete die Umgebung. Es war erstaunlich ruhig und friedlich, und es roch gut nach dem sie umgebenden frischen Grün. Sie lehnte sich gegen den Baumstamm und lächelte.

»Du siehst ausgesprochen zufrieden aus«, hauchte ihr jemand

ins Ohr. Rutaaura zuckte ein wenig zusammen, aber sie hatte die Stimme erkannt und drehte sich deshalb nicht um.

»Was machst du hier?«, fragte sie.

Schneegeflüster lachte leise. »Ich sehe zu, dass ich mit heiler Haut wieder herauskomme«, sagte er seltsam vergnügt. »Es ist alles komplett schiefgelaufen – aber das gehört zum Spiel.«

Rutaaura sah ihn jetzt doch an. Sein schmales dunkles Gesicht strafte die Leichtigkeit seines Tons Lügen, es wirkte angespannt, und um den Mund lag ein bitterer Zug der Enttäuschung.

»Wir werden Frieden miteinander schließen«, sagte Rutaaura. »Unser Volk wird hierher zurückkehren können – bald. Bist du nicht zufrieden damit?«

Er betrachtete seine Hände. An einem Finger steckte ein großer Smaragdring, den Rutaaura vorher nicht an ihm bemerkt hatte. Dann schüttelte er schwach den Kopf.

»Ich bin nicht zufrieden«, flüsterte er. »Ich habe mir etwas anderes gewünscht. Vielleicht … Rache?«

Rutaaura sah ihn lange an. »Das ist kein guter Antrieb«, sagte sie schließlich. »Wenn alles wieder zusammenwächst und kein Kind mehr bei Menschen aufwachsen muss – ist das nicht besser als Rache?«

Er erwiderte nichts darauf. Sein Blick prüfte ständig die Umgebung, als warte er auf etwas oder jemanden. Dann wandte er sich mit einer jähen Bewegung zu ihr und küsste sie auf die Lippen. »Später – gerne«, flüsterte er. »Du erinnerst dich?« Er stand mit einer fließenden Bewegung auf und verschwand lautlos im Gebüsch.

Rutaaura saß noch eine Weile sinnierend dort unter dem Baum, dann machte sie sich auf den Weg, den Lootana ihr beschrieben hatte. Vor Glautas' Haus stand zwar eine Gardistin, die große Augen machte, als sie Rutaaura erblickte, aber anscheinend war sie avisiert worden, denn die Gardistin ließ sie eintreten.

Drinnen herrschte helle Aufregung. Soldaten liefen durch die Gänge, sie schienen das Haus zu durchsuchen. Bedienstete standen mit verwirrten und erschreckten Gesichtern herum und schienen nicht zu wissen, was sie tun sollten.

Rutaaura ging weiter ins Innere des Hauses, und als sie sich gründlich verlaufen hatte, fragte sie eine Dienerin, die weinend in einer Türöffnung stand, nach dem Weg zu Iviidis' Räumen. Die Dienerin deutete schniefend den Gang hinunter und schluchzte: »Die dritte Tür auf der Innenseite.«

Rutaaura zögerte, wollte sie fragen, was geschehen war, aber die Frau war schon wieder verschwunden.

Das Zimmer, das sie ihr gewiesen hatte, war leer. Das Bett sah zwar aus, als hätte gerade jemand darauf gelegen, aber sonst fand sie sich alleine. Rutaaura wandte sich um, um wieder hinauszugehen, und stieß mit Olkodan zusammen. Er sah genauso erschüttert aus wie alle anderen, auf die sie hier getroffen war.

»Was ist denn geschehen?«, fragte sie.

»Glautas ist tot«, sagte er heiser. »Broneete hat ihn gefunden, als sie Zinaavija herbrachte. Die Wache vor seinem Zimmer hat es nicht bemerkt.«

»Ermordet?«, fragte Rutaaura. Ihr wurde kalt.

Iviidis, die gerade eintrat, sagte: »Es gab keine Anzeichen von Gewalt, aber ich gehe davon aus, dass er ermordet wurde. Sein Ring ist fort.« Ihr Gesicht war grimmig. »Und der Dunkle, der hier war, ist ebenfalls nicht mehr im Haus, jedenfalls haben wir ihn noch nicht gefunden. Seinen verwundeten Freund schon, aber der ist jetzt ebenfalls tot.«

»Ein Ring …«, sagte Rutaaura. »Recht groß, ein Smaragd?«

Iviidis zuckte zusammen. »Wo hast du ihn gesehen?«

Rutaaura biss die Zähne zusammen. »Dieser … also hat er doch seine Rache bekommen!« Sie schlug mit der Faust gegen die Wand.

Sie berichtete von Schneegeflüster. Iviidis ließ sie nicht ausreden, sondern stürmte aus dem Raum und rief nach Broneete. Rutaaura und Olkodan sahen sich an.

»Ein schlimmer Tag«, sagte er sanft. »Ich hätte mir gewünscht, dich unter besseren Bedingungen kennenzulernen.«

»Ich auch«, erwiderte Rutaaura. »Aber was nützt so ein Wunsch? Man muss die Tage nehmen, wie sie kommen.« Sie lächelte ihn an. »Trurre hat einen Narren an dir gefressen«, sagte sie. »Das spricht jedenfalls sehr für dich, er ist eigentlich sehr wählerisch. Ich glaube aber, er hat recht, was sein Urteil über dich betrifft.«

»Danke«, sagte Olkodan schlicht. Er drehte sich um, denn Iviidis kam wieder herein und brachte Broneete mit. Die Gardistin hörte sich genau an, wo und wie Rutaaura mit Schneegeflüster zusammengetroffen war, weil sie die Garde hinter ihm herschicken wollte.

Iviidis fiel auf das Bett, als Broneete gegangen war, und vergrub das Gesicht in den Händen. »Was für eine grausame Tat, was für ein Tag der Schrecken«, sagte sie erstickt.

Olkodan legte die Arme um sie. »Aber alles wird gut«, flüsterte er. »Alles wird gut.«

Während die Schwestern und Olkodan sich von ihren Strapazen erholten und Broneete Nachforschungen darüber anstellte, wer außer Glautas an dem Komplott beteiligt gewesen war, besuchte Lootana nacheinander alle Hohen Häuser und sämtliche Ratsmitglieder und erinnerte sie an die glückliche Zeit, als es noch Könige gab und Dunkle und Lichte Elben als Geschwister zusammenlebten. Lootana hatte früher das allerhöchste Ansehen im Rat genossen, und die meisten Ratsmitglieder waren auch jetzt noch immer geneigt, auf ihre Worte zu hören. Trotzdem war dafür einiges an Überzeugungsarbeit nötig, aber an jedem neuen Abend kehrte Iviidis' Mutter mit einem Lächeln im Gesicht nach Hause zurück.

Trurre war in der ersten Zeit die Sensation in dem großen Elbenhaus gewesen. Das hatte sich inzwischen immerhin etwas gelegt, auch wenn er immer noch auf Schritt und Tritt beobachtet wurde – nicht mehr misstrauisch, dafür aber neugierig. Leniita hatte ihn bei seinem ersten Ausflug in die Küchenregionen noch mit Löffeln, Lappen und einem Topf mit – glücklicherweise – kalter Suppe beworfen, aber nachdem sie sich erst einmal von dem Schreck erholt hatte, dass ausgerechnet ein Zwerg in ihrem Allerheiligsten stand, hatten die beiden sogar so etwas wie Freundschaft geschlossen. Man fand Trurre nun häufig an dem großen

Küchentisch sitzend, die Ellbogen auf die Platte gestemmt, während er unter ausführlichen Lobreden auf ihre Kochkunst eine der Köstlichkeiten verputzte, die die zufrieden lächelnde Köchin ihm vorzusetzen pflegte.

Iviidis und ihre Schwester unternahmen lange Ausflüge durch den Sommerpalast, auf denen sie über die Zukunft sprachen. Es war inzwischen beschlossen worden, dass beide mit Windgesang zum Tal reisen würden. Iviidis wollte die Höhle aufsuchen, in der sie mit Rutaaura zusammengetroffen war – ein Erlebnis, das beide sich nicht recht erklären konnten. Außerdem hatte sie voller Staunen vernommen, dass im Tal noch eine Großmutter der beiden Schwestern lebte, von der sie nie zuvor vernommen hatte.

»Mondauge?«, sagte sie verblüfft zu Rutaaura. »Das ist doch nicht – *Andronee* Mondauge? Die Historikerin?«

»Andronee – weiß ich nicht«, sagte Rutaaura. »Sie benutzen diese Namen nicht im Tal. Aber Historikerin, das stimmt. Sie war die Oberste Tenttai vor der Trennung.«

Iviidis verschluckte sich. »Das ist unsere Großmutter?«, fragte sie hustend. »Lootanas Mutter?«

Rutaaura klopfte ihr auf den Rücken. »Ja doch. Warum regst du dich so auf?«

Im Sommerpalast kehrte Ruhe ein. Die Garde patrouillierte zwar immer noch zwischen den Häusern, aber der Ausnahmezustand war sofort beendet worden, als der dezimierte Rat sich zur ersten Sitzung nach den schrecklichen Vorfällen wieder in der Hohen Halle traf. Lootana hatte auf dieser Sitzung eine Rede gehalten, nach der die älteste Ratsfrau aufstand und eine Beratung über die Wiederbesetzung des Leeren Throns beantragte. Der Antrag wurde einstimmig angenommen, wie Lootana triumphierend zu Hause berichtete.

Und dann kam der Tag, an dem Alvydas am Arm seiner Schwester durch den Sommerpalast schritt und über Iviidis' Schwelle trat. Lootana und Rutaaura wurden gerufen, und alle zogen sich in das Große Besuchszimmer zurück, das von einem starken Zauber abgeschirmt wurde.

Broneete, die kam, um von ihren Fortschritten zu berichten, traf nur auf Trurre, der dabei war, sein Bündel zu packen. Olkodan hatte dafür gesorgt, dass sein Pferdchen Hasenherz in den Sommerpalast gebracht worden war – Trurre hatte es vorsorglich in Olkodans Stall untergestellt, bevor er sich in den Sommerpalast geschlichen hatte.

»Ich muss langsam mal nach Hause zurück«, erklärte er, als die Gardistin ihn fragend musterte. »Ich habe da ein paar unerledigte Geschäfte hinterlassen.« Er grinste breit.

Broneete setzte sich ächzend hin und rieb sich die Beine. »Ich bin schon wieder zwei Tage nicht aus meinen Stiefeln herausgekommen«, sagte sie düster. »Ich wollte Meldung erstatten, aber sie haben sich ja alle dort eingeriegelt und lassen niemanden vor.«

Trurre nahm seine Pfeife aus dem Beutel und steckte sie in Brand. »Erfolg gehabt?«, sagte er paffend.

Broneete zuckte mit den Achseln. »Wie man es nimmt. Ich habe mir Nekaari vorgenommen, weil ich Hinweise gefunden habe, dass sie zwar über diese Verschwörung Bescheid wusste, aber nicht direkt daran beteiligt gewesen ist. Sie hat sich erst gesträubt, aber dann hat sie sich doch entschlossen auszusagen.«

Nekaari war wütend genug auf ihren Cousin, um Broneete wirklich alles zu sagen, was sie wusste. Er hatte mit Glautas zusammen den Plan entworfen, mit Hilfe der Dunklen die Elben im Sommerpalast derart unter Druck zu setzen, dass sie schließlich einer Thronbesteigung durch Glautas keinen Widerstand mehr entgegensetzen würden. Für seine Unterstützung hatte Glautas Nekiritan versprochen, dass er Iviidis zur Frau bekommen würde.

Sein Haus hatte Nekiritan in jener Nacht eigenhändig angezündet, und das war es, was seine Cousine ihm ausgesprochen übel nahm. Dafür, dass wegen seiner und Glautas' Machenschaften Elben gestorben waren, hatte sie nur ein Achselzucken übrig.

»Feine Bande«, sagte der Zwerg. »Das ist ja fast wie bei mir zu Hause in der Kronburg.« Er klopfte seine Pfeife aus und packte sie sorgfältig ein.

Als die Erwarteten endlich ihre Besprechung beendeten, hatten sie entschieden, dass die Krönung für den nächsten Wächterinnenmond angesetzt werden sollte. Der Rat hatte sich mehrheitlich dafür ausgesprochen, wieder ein Königspaar zu ernennen. Die Zeichen waren zu deutlich gewesen und Lootanas Überzeugungskünste zu wirksam. Größerer Widerstand hatte sich im Rat bei dem Vorschlag erhoben, die Dunklen aus dem Tal wieder in den Wandernden Hain zurückkehren zu lassen. Aber Lootana war zuversichtlich, dass auch dieser Schritt nur noch eine Frage der Zeit war. Alvydas und Windgesang kehrten in den Archivbaum zurück, und die anderen trafen sich noch zu einem späten Imbiss in einem der ruhigen Innenhöfe.

»Wir werden in den nächsten Tag abreisen«, sagte Iviidis zu Broneete und dem Zwerg. »Ich gehe mit Ruta ins Tal und spreche mit den Dunklen dort. Windgesang geht davon aus, dass nicht alle bereit sein werden, sich mit uns wieder zu vereinigen – aber niemand soll gezwungen werden, das Tal zu verlassen.«

»Windgesang und Mondauge werden das schon schaffen«, warf Rutaaura ein. »Und was Schneegeflüster und seine Leute betrifft – die werden uns mit Sicherheit noch Ärger bereiten. Aber darum kümmern wir uns, wenn alles andere erledigt ist.« Sie sah bei diesen Worten ernst und ein wenig bekümmert aus.

»Ivii«, sagte sie, »Ich habe noch eine Bitte an dich.« Sie zögerte, und ihre Schwester forderte sie mit einem Nicken auf fortzufahren.

»Es geht um einen Halbelben, an dem mir sehr viel liegt«, sagte Rutaaura mit einem schnellen Seitenblick auf Trurre. Der Zwerg schmunzelte und trank von seinem Bier. »Er wird früher oder später hierherkommen, wie ich ihn kenne, weil er mich sucht. Würdet ihr ihn beherbergen, bis ich wieder zurückkehre? Oder verstößt das gegen irgendwelche Prinzipien?«

Olkodan schüttelte den Kopf, und Iviidis schnaufte geradezu empört. »Jemand, der dir wichtig ist? Er wird Ehrengast in diesem Haus sein. Olkodan, du kümmerst dich sicher um ihn, falls er auftaucht, solange Ruta und ich fort sind.«

Olkodan nickte und lächelte Rutaaura zu. »Ich bin unterrichtet«, sagte er. »Wir werden der Garde Bescheid geben, dass sie Lluigolf hergeleiten, wenn er ihnen über den Weg läuft. Broneete, übernimmst du das?«

Die Gardistin nickte.

»Dann ist ja fürs Erste alles besprochen«, sagte Lootana seufzend und stand auf. »Ihr reist morgen ab, ich bleibe hier und kümmere mich mit Olkodan um die Vorbereitungen für die Krönung.« Sie stand auf und verabschiedete sich gähnend für die Nacht, gleich gefolgt von Broneete, die noch zum Hauptquartier der Garde zurückwollte.

Trurre streckte seufzend die Beine aus und verschränkte die Arme hinter dem Kopf. »Ich reise auch morgen ab«, sagte er und warf einen schrägen Blick unter seinen dichten Brauen hervor auf Iviidis und ihren Mann. »Bis zu eurem großen Tag bleibt mir noch Zeit genug, ein paar familiäre Angelegenheiten zu regeln. Ich hoffe, dass ich in offizieller Stellung an eurer Krönung teilnehmen kann.«

Iviidis sah ihn mit hochgezogenen Brauen an. Rutaaura hatte einen Schluck Wein genommen und prustete ihn jetzt über den Tisch. »Was denn?«, rief sie lachend aus. »Du willst deinen Anspruch geltend machen? Du hast doch immer gesagt ...«

»Ach, ich habe viel gesagt«, wehrte Trurre ab. »Meine Meinung hat sich geändert. Ich will nicht, dass in der Kronburg ähnliche Zustände herrschen wie hier – und die Gefahr ist groß.«

»Würde mich bitte jemand aufklären, worüber ihr redet?«, bat Iviidis mild.

Rutaaura lachte immer noch. »Trurre hier«, sagte sie und klopfte dem Zwerg auf die Schulter, »ist der Sohn Groffin Steinbrechers. Er hat sich bisher nur geweigert, das zur Kenntnis zu nehmen.«

Trurre funkelte sie an. »Ganz so ist es nicht, liebe Freundin«, sagte er. »Mein Vater hat mich immerhin vom Hofe verbannt.«

Rutaaura zuckte mit den Achseln und grinste in ihr Weinglas.

Olkodan verneigte sich im Sitzen vor dem Zwerg. »Ich fühle mich geehrt, Prinz«, sagte er mit einem Lächeln.

»Ah, bah«, erwiderte Trurre und trank aus lauter Verlegenheit einen großen Schluck Wasser aus Iviidis' Glas.

Sie gingen spät auseinander und verabschiedeten sich voller Herzlichkeit von Trurre Silberzunge. Olkodan begleitete ihn noch zu seinem Quartier und hielt einen Moment lang die Pranke des Zwerges zwischen seinen Händen. »Wir werden Frieden schließen«, sagte er schließlich. »Einen wahren Frieden zwischen deinem und meinem Volk. Ich bin froh, dich kennengelernt zu haben, Trurre Silberzunge, Prinz der Unterirdischen.«

»Und ich bin froh, dich Freund nennen zu dürfen, König der Goldenen«, erwiderte der Zwerg und umarmte den Elben.

Olkodan stand noch einen Augenblick lang vor der Tür, durch die Trurre verschwunden war, dann breitete er in einer Aufwallung der Freude die Arme aus und ging schnellen Schrittes zu seinen und Iviidis' Räumen, wo seine Frau bereits auf ihn wartete.

»Ich liebe dich«, flüsterte er und nahm ihre zarte Ohrspitze sanft zwischen die Lippen. Sie schnurrte wie eine Katze und umarmte ihn fest.

»Schlaf gut, mein Liebster. Bald ist die ruhige Zeit für uns vorüber.«

Olkodan stöhnte und vergrub den Kopf im Kissen. »Was für eine verrückte Geschichte«, murmelte er. »Wenn ich das gewusst hätte, hätte ich doch Nachbarins Töchterchen genommen. Sie war ganz verschossen in mich. Sie ist Marktfrau in Grünau, eine sehr respektable Partie …«

Iviidis schlug lachend mit dem Kissen nach ihm, und dann lagen beide still da und sahen noch eine Weile ins Dunkle, ehe sie schließlich einschlummerten.

ENDE

# Danksagung

Ab Buch Fünf wird es so langsam mal Zeit, einigen lieben Leuten herzlich »Danke« zu sagen!

Zuallererst meiner Familie: Sabine, Personal Coach, Managerin, Leib- und Seelenärztin, Ernährungsberaterin, psychologischer Beistand und natürlich die erste Instanz, ob ein Text funktioniert, und die letzte Hürde, ehe er vor andere Augen treten darf. Danke für Deine endlose Geduld, Dein Sprachgefühl und Deinen superscharfen Verstand!

Norbert: Danke für eine nichtabreißende Serie von Kaffees und die Extraportion Nervenstärke, mich auszuhalten, wenn ich über einem Projekt brüte!

Und Pünktchen und Anton: Danke fürs Schnurren, Pföteln und Liebsein und dafür, dass Ihr mich ab und zu in den Keller entführt habt. Es ist ausgesprochen entspannend, mit Euch vor imaginären Mauselöchern zu hocken.

Danke dem gesamten Piper-Fantasy-Team, ohne das dies hier nicht möglich gewesen wäre:

Friedel Wahren dafür, dass sie mir das Elbenthema aufs Auge gedrückt hat – Sie hatten recht, der Schuh hat schön gepasst! (Aber Sie waren ja schon von Anfang an meine literarische Ziehmutter …)

Carsten Polzin, dem nettesten Herausgeber, den man sich denken kann – Sie sind der Royal Flush für eine Fantasyautorin!

Außerdem all den netten Leuten, mit denen ich zu tun hatte, für die allezeit nette, liebevolle und kompetente Betreuung – und dafür, dass Ihr so ein schönes Buch gebaut habt!

Und, ganz am Schluss, weil ganz weit vorne, ein dickes Dankeschön der besten Lektorin, die einer Autorin passieren kann: Kerstin Claussen. Dankedankedanke für Deine tolle Arbeit, für die Elimination aller unpassenden Neologismen, fürs Kürzen, Kürzen, Kürzen, für Deine Geduld und dafür, dass wir viel miteinander gelacht haben. Kerstin, Du bist ein Haupttreffer! (KollegInnen – schnappt sie Euch!)

Und dann sind da noch viele liebe Menschen, die mich über die Jahre begleitet, unterstützt und motiviert haben: Sylvia Schlunk, die mein erstes Manuskript herumgeschickt hat und nie böse ist, wenn ich mich mal wieder ein halbes Jahr nicht bei ihr melde; Ralf Reiter – ich danke Dir für ein Gutachten, das viel bewirkt hat, für Katzenflummis, witzige und kluge E-Mails und eine unterhaltsame Begleitung zur Buchmesse; den 42erAutoren danke für Feedback, Streit, Lesungen, Telefonjoker und überhaupt – Ihr seid klasse! Danke auch all den engagierten Leuten bei den Büchereulen und Literaturschock für nette Gespräche und Leserunden und dafür, dass sie so viel Spaß an Büchern haben; und meinen BetaleserInnen – wenn es Euch nicht gäbe, müsste man Euch erfinden!